W9-BAX-628

COLLECTION FOLIO

Gustave Flaubert

# Bouvard et Pécuchet

*avec un choix des scénarios, du*

## Sottisier, L'Album de la Marquise

*et*

## Le Dictionnaire des idées reçues

*Édition présentée et établie*
*par Claudine Gothot-Mersch*
Professeur aux Facultés universitaires
Saint-Louis de Bruxelles

Gallimard

# INTRODUCTION

*Le 8 mai 1880 Flaubert mourait d'une congestion cérébrale, sans avoir achevé* Bouvard et Pecuchet. *Neuf chapitres du roman etaient mis au net, et pour le dixième, fort avancé, les plans (ou « scenarios ») laissés par l'écrivain indiquent clairement comment il devait se terminer : après l'échec de toutes leurs expériences, les deux héros se seraient attelés à un gigantesque travail de copie — retrouvant ainsi, à la fin de leur existence, ce qui avait été jadis leur métier. Un « second volume » (ce sont les termes de l'auteur quoiqu'il n'ait jamais appelé « premier volume » les dix chapitres rédigés) aurait été consacré à leur copie. On s'est beaucoup interrogé sur ce que devaient être le contenu de cette copie, sa présentation, et son sens même. La publication des scénarios du roman, et d'une grande partie de l'énorme dossier amassé par Flaubert et qu'il n'a pas eu le temps d'exploiter (nous le décrivons dans la* Notice*), a permis de résoudre définitivement certains problèmes ; mais bien des points, on va le voir, restent obscurs.*

★

*Les* Souvenirs littéraires *de Maxime Du Camp font remonter à 1843 le projet, chez Flaubert, d'écrire l' « histoire de deux commis*[1] ». *Comme la première trace que laisse ce projet dans les papiers de l'écrivain n'apparaît que vingt ans plus tard, le témoignage de Du Camp est généralement tenu pour suspect.*

*Il ne serait cependant pas impossible que Flaubert ait eu, dès 1843, l'idée du sujet qui devait donner, finalement,* Bouvard. *En effet, la source lointaine du roman est, sans conteste, une nouvelle de Barthélemy Maurice intitulée* Les Deux Greffiers. *Elle raconte l'histoire de deux commis greffiers, dont la vie s'est « écoulée uniforme et paisible comme l'eau du canal Saint-Martin*[2] », *qui décident de se retirer à la campagne, essaient de la chasse, de la pêche, puis de l'horticulture, s'ennuient, s'aigrissent — et ne retrouvent leur belle humeur qu'en se remettant à écrire tour à tour, sous la dictée l'un de l'autre, des plaidoiries et des arrêts extraits de la* Gazette des tribunaux : « *ainsi leur dernier plaisir, leur vrai, leur seul plaisir, fut de reprendre fictivement cette aride besogne qui pendant trente-huit ans avait fait l'occupation et, peut-être à leur insu, le bonheur de leur vie* » *Cette nouvelle fut publiée à deux reprises en 1841, une troisième fois en 1858. Il n'est donc pas impensable que Flaubert ait conçu, dès les années 40, le projet de reprendre le thème de Maurice; le personnage du commis, d'ailleurs, l'avait déjà retenu en 1837, lorsqu'il lui avait consacré une* physiologie *à la manière de l'époque, sous le titre :* Une leçon d'histoire naturelle, genre « Commis ».

*Quoi qu'il en soit, c'est seulement en 1863 que le projet fait son apparition, simultanément, dans la*

1. *Souvenirs littéraires,* Paris, Hachette, 1882-1883, t. I, pp. 252-253; t. II, p. 540.

2. Rappelons que le canal Saint-Martin est évoqué dans la deuxième phrase de *Bouvard et Pécuchet.*

*correspondance de l'écrivain et dans ses notes de travail. Flaubert vient de terminer* Salammbô, *et il hésite entre deux sujets :* L'Éducation sentimentale, *et* Bouvard et Pécuchet, *qu'il présente sous le titre* Les Deux Cloportes, *et comme « une vieille idée [qu'il a] depuis des années*[3] *». On sait qu'il va se décider pour* L'Éducation sentimentale; *mais dès 1863 il a rédigé un premier scénario de* Bouvard, *que Mme Marie-Jeanne Durry retrouvera dans un de ses carnets de lectures (le carnet 19), avec d'autres notes pour le même roman.*

*Après* L'Éducation sentimentale, *publiée en 1869, Flaubert reprend, pour la troisième fois,* La Tentation de saint Antoine; *il ne se mettra à* Bouvard *qu'en 1872. Cependant, le projet n'est peut-être pas entièrement perdu de vue. Flaubert en aurait parlé un soir chez Théophile Gautier, devant Louis Bouilhet*[4] *(or celui-ci meurt en juillet 1869). Et surtout, la future « copie » des deux bonshommes s'élabore lentement.*

*A vrai dire, il y a longtemps qu'elle a commencé de s'élaborer. Pour prendre le cas le plus clair,* Le Dictionnaire des idées reçues, *auquel les scénarios de* Bouvard *assignent une place dans la copie, est présenté, dans une lettre de septembre 1850, comme un projet déjà connu de Bouilhet*[5]*. Périodiquement, ce projet refait surface : ainsi, en décembre 1852, Flaubert le décrit à Louise Colet, lui donne une série d'articles en exemple, et lui expose sa conception de la préface*[6]*; à la fin de février 1853, il a écrit le plan de celle-ci; de mars à septembre, il en parle quatre fois : « Il y a des jours où la main me démange d'écrire cette*

3. *Correspondance*, supplément I, p. 323.
4. Cf. Judith Gautier, *Le Second Rang du collier*, Paris, Juven s. d., p. 266.
5. *Correspondance*, t. II, p. 237.
6. *Ibid.*, t. III, pp. 66-67.

*préface des* Idées reçues[7]. » *Puis la rédaction de* Madame Bovary *se fait trop absorbante ; si, en 1855, Flaubert évoque encore le* Dictionnaire, *c'est pour réconforter Bouilhet par la perspective des travaux qu'ils feront ensemble, une fois le roman terminé*[8]. *En réalité, le* Dictionnaire *ne sera repris que dans la perspective de* Bouvard.

*Flaubert, d'autre part, n'a pas attendu 1872 pour se mettre à collectionner les textes bizarres ou stupides. Dès les années 50, la* Correspondance *fait allusion à des documents que l'on retrouvera, soit dans les dossiers de* Bouvard, *soit mentionnés dans les scénarios de la copie : lettres de femmes,* Observations de l'Académie sur le Cid, *critiques élogieuses sur la* Jessie *de Mocquard, pastiche écrit par George Sand, etc.*[9]. *De plus, les dossiers de* Bouvard *comprennent un important « sottisier » de la main de Jules Duplan, un ami du romancier, qui mourut en 1870 ; c'est dans le sottisier de Duplan que figure* L'Album de la Marquise, *recueil factice de citations authentiques, dont une note du carnet de lectures indique qu'il doit être inséré, avec* Le Dictionnaire des idées reçues, *dans la copie des deux amis.*

*Il faudrait savoir, cependant, quelle signification avait, à ses yeux et à ceux de Flaubert, le travail de Duplan. N'est-ce pas s'avancer beaucoup que de dire, comme Alberto Cento : « Entre 1863 et 1870, le dossier de la copie est confié à Jules Duplan*[10] *» ? C'est sous-entendre, en effet, que Flaubert, tout en écrivant* L'Éducation sentimentale, *préparait déjà*

7. *Ibid.*, p. 175.
8. *Ibid.*, t. IV, p. 82.
9. *Ibid.*, p. 69, p. 71, p. 441 ; t. V, p. 256.
10. *Bouvard et Pécuchet,* édition critique par Alberto Cento, p. XXVI

Bouvard, *et qu'il avait décidé, dès 1863, de faire de la copie un élément central de son livre. Si tout ce qui concerne* Bouvard *dans le carnet 19 datait de 1863, comme semblent le penser Mme Durry*[11] *et Alberto Cento, cela ne ferait pas de doute; mais rien n'est moins sûr.*

*Par exemple, alors qu'une note du carnet déclare que* L'Album de la Marquise *figurera dans la copie, une lettre de 1868 en parle comme d'un ouvrage en cours de réalisation, et dont Flaubert ignore le titre exact : l'œuvre d'Amédée Rolland, écrit-il à son ami, « fourmille de jolies phrases dont tu pourras orner l'album de la Vicomtesse*[12] *». Il nous faut donc admettre que la note du carnet 19 est sans doute postérieure à 1863, et que par conséquent d'autres passages du même document peuvent l'être aussi; nous n'avons plus alors aucune possibilité de savoir si Flaubert pensait à* Bouvard, *et en quels termes, entre 1863 et 1872; car le scénario du carnet 19, dans son état primitif (avant les additions dont nous venons de voir qu'elles sont impossibles à dater), n'est pratiquement que le résumé de la nouvelle de Maurice.*

*On ne peut donc affirmer que lorsque Duplan collectionnait les citations ridicules, lorsqu'il fabriquait* L'Album de la Marquise, *il travaillait en vue de* Bouvard. *Est-il même sûr qu'il ait travaillé sur commande? Peut-être, influencé par la tournure d'esprit de Flaubert et pris d'émulation, a-t-il entrepris spontanément ce sottisier que l'écrivain annexera, comme le* Dictionnaire, *au dossier de* Bouvard, *mais*

11. *Flaubert et ses projets inédits*, p. 52 : le contenu du carnet 19 « permet d'avancer qu'il fut écrit en 1862-1863 », et p. 208.

12. *Correspondance*, t. V, p. 363. C'est Alberto Cento qui a reconnu dans cette phrase une allusion à *L'Album de la Marquise;* mais il la date, à tort, de 1863 (*op. cit.*, p. XXIX).

*pour n'en retenir finalement qu'assez peu de choses*[13].

*Bref, nous ne jurerions pas que Flaubert se soit occupé de* Bouvard *entre 1863 et 1872, fût-ce par personne interposée. Le fait qu'après l'*Éducation *il se soit mis à* La Tentation de saint Antoine *pourrait d'ailleurs être un indice de l'oubli dans lequel était tombé, provisoirement, le projet de roman. Par contre, le jour même où il annonce que la* Tentation *est terminée, le 1er juillet 1872, il a déjà décidé d'entamer* Bouvard et Pécuchet. *Et la façon dont il en parle suggère que c'est son rapport avec l'œuvre qui s'achève qui a pu provoquer la résurgence du projet ancien : Flaubert voit* Bouvard, *en effet, comme « un roman moderne faisant la contrepartie de* Saint Antoine *et qui aura la prétention d'être comique*[14] *». Quelques semaines plus tard, il écrit : « Je vais commencer un livre qui va m'occuper pendant plusieurs années* [...]. *C'est l'histoire de ces deux bonshommes qui copient une espèce d'encyclopédie critique en farce* [...]. *Pour cela, il va me falloir étudier beaucoup de choses que j'ignore : la chimie, la médecine, l'agriculture*[15]. *» A la même époque, il « relit » le plan de son roman, qui compte quatre pages*[16] *: c'est très probablement le premier des scénarios conservés à Rouen* (Rouen I).

*Pendant deux ans, Flaubert va préparer son livre sans en écrire une ligne. Scénarios, lectures, recherche de renseignements, excursions en Normandie, vont remplir sa vie.*

*Sur le travail des scénarios, la* Correspondance *est*

13. Cf. *Bouvard et Pécuchet*, édition du Club de l'Honnête Homme, t. II, pp. 519 et 520.
14. *Correspondance*, suppl. III, pp. 39-40.
15. *Ibid.*, t. VI, p. 402.
16. *Ibid.*, p. 404.

*muette. Mais il est certain que quatre au moins des grands scénarios de Rouen datent de cette période de préparation, puisque, comme l'a fait remarquer Cento, le quatrième reprend encore le premier chapitre, ce qui ne se justifierait pas si celui-ci était déjà rédigé.*

*C'est dès le carnet 19 — plus exactement, dans les additions du tout premier scénario — qu'apparaissent les deux trouvailles qui vont transformer la fable anodine inspirée par Maurice en une des œuvres les plus ambitieuses et les plus étranges de l'histoire du roman français. D'une part, aux expériences d'agriculture qui — comme chez Maurice — sont d'abord seules prévues, vont s'ajouter politique, littérature, histoire, métaphysique, religion, science, éducation : le caractère encyclopédique du roman est ainsi prévu ; dès ce moment, Flaubert s'engage, de façon irréversible, dans une revue et une critique des connaissances de son époque. D'autre part, alors que les greffiers de Maurice se remettaient à écrire ce qu'ils avaient écrit toute leur vie, Flaubert conçoit la copie de Bouvard et de Pécuchet comme un gigantesque réquisitoire contre l'homme (« crimes des rois et des peuples », « idees reçues », « art officiel » — et, dans d'autres passages du carnet 19 : « cruautés », « extraits de critique idiots »), et décide corollairement d'y consacrer la dernière partie de son livre.*

*Les deux premiers scénarios de Rouen divisent en effet le roman en trois parties. La première, l' « introduction », qui se décompose en cinq mouvements distincts, correspond à l'actuel chapitre I ; la seconde, qui se réduira progressivement de treize à neuf chapitres, comprend la matière des chapitres II à X ; la troisième, enfin, est constituée par la copie, et deviendra dans les projets ultérieurs — lorsque Flaubert renonce à la division en parties — le chapitre XI, que le dernier scénario fait suivre d'un chapitre XII, la « conclusion ». Mais ceci ne veut pas dire nécessairement que la copie perd peu à peu de son importance : jusqu'au bout, nous le verrons, la* Correspondance *continuera à diviser le roman en deux « volumes », les dix premiers chapitres d'une part, la copie de l'autre.*

*De scénario en scénario, une autre transformation se manifeste — plus importante parce que moins purement formelle : l'ordre des expériences est modifié. La chimie et la médecine, qui figurent en dernier lieu dans le scénario du carnet, et comme dixième chapitre de la deuxième partie dans* Rouen I, *interviendront finalement, on le sait, juste après l'agriculture et l'horticulture. Flaubert regroupe ainsi les sciences proprement dites, avant ce que nous appellerons, sommairement, les sciences humaines.*

*Cette organisation progressive après un désordre premier se remarque aussi dans les lectures auxquelles se livre l'écrivain. Médecine, puis traités sur l'éducation, chimie, agriculture : en août 1873 il a lu, dit-il, 194 livres, « et dans tous j'ai relevé des notes*[17] *». Il continue par des œuvres édifiantes, puis des livres d'hygiène. Un second bilan, en juin 1874 — peu avant qu'il n'entame la phase de rédaction — donne le chiffre de 294 volumes*[18]*. Mais ce n'est pas tout. Jusqu'au jour de sa mort, Flaubert poursuit ses lectures, matière par matière cette fois, selon l'ordre des chapitres. A la fin de juin 1879, il annonce triomphalement à Zola : « Mes lectures sont finies et je n'ouvre plus aucun bouquin jusqu'à la terminaison de mon roman*[19]*. » Las! quelques mois plus tard il est dans les « livres ecclésiastiques » jusqu'au cou; et pour son dernier chapitre, il lira Fénelon, l'*Émile, *s'ins-*

17. *Ibid.*, t. VII, p. 46.
18. *Ibid.*, p. 153.
19. *Ibid.*, t. VIII, p. 279.

*truira en phrénologie, en droit administratif, en botanique. « Savez-vous à combien se montent les volumes qu'il m'a fallu absorber pour mes deux bonshommes? A plus de 1 500! » écrit-il en janvier 1880*[20]*. On a longtemps tenu ce chiffre pour fantaisiste. Les spécialistes estiment aujourd'hui qu'il n'a « absolument rien d'exagéré*[21] *».*

*En même temps qu'il dévore des bibliothèques, Flaubert met à contribution ses amis et connaissances. L'épisode de l'héritage (chapitre I) suivra fidèlement les indications d'un mémorandum rédigé par le notaire Duplan (frère de Jules Duplan), et qui figure dans les dossiers de* Bouvard[22]*. Ces dossiers contiennent aussi une note sur les expériences d'agriculture de Gustave de Maupassant, qui a fourni plusieurs détails du chapitre II (par exemple, les poules enfermées dans des cages à roulettes qui leur cassent les pattes) ; pour le même chapitre, une lettre à George Sand interroge celle-ci sur les souvenirs agronomiques de son fils Maurice. Guy de Maupassant sera mis à contribution à de nombreuses reprises — notamment pour découvrir l'endroit où Bouvard, au cours d'une excursion géologique, détale devant un éboulement et disparaît aux yeux de Pécuchet (chapitre III).*

*Flaubert se préoccupe beaucoup, en effet, de la*

20. *Ibid.*, pp. 355-356.

21. Sur les lectures de Flaubert pour *Bouvard et Pécuchet*, voir René Descharmes, *Autour de « Bouvard et Pécuchet »*, pp. 273-300; René Dumesnil, dans *Bouvard et Pécuchet*, édition des Belles-Lettres, pp. 303-315; Marie-Jeanne Durry et Jean Bruneau, « Lectures de Flaubert et de Bouvard et Pécuchet », *Rivista di letterature moderne e comparate*, mars 1962, pp. 5-45; et Alberto Cento, *Commentaire de « Bouvard et Pécuchet »*, pp. 9-19.

22. Ce document a été publié et analysé par Alberto Cento dans *Studi in onore di Carlo Pellegrini*, Turin, « Biblioteca di Studi Francesi », 1963, pp. 721-731, sous le titre : *Per un'edizione critica di « Bouvard et Pécuchet »*.

*situation géographique de l'action. En août 1873, il parcourt la Brie et la Beauce pour chercher l'endroit où se retireront les deux bonshommes. Il ne le trouvera qu'en juin 1874, au cours d'un autre voyage : c'est « entre la vallée de l'Orne et la vallée d'Auge, sur un plateau stupide, entre Caen et Falaise*[23] *». Ces recherches sur le terrain continueront elles aussi pendant la période de rédaction.*

*Le 1*er *août 1874, « à quatre heures, après tout un après-midi de torture », Flaubert trouve la première phrase de son roman. Quelques jours plus tôt, il avait confié à Tourgueniev : « Il me semble que je vais m'embarquer pour un très grand voyage, vers des régions inconnues, et que je n'en reviendrai pas*[24]*. »*

*Les deux premiers chapitres lui demandent un peu plus de six mois : il achève l'agriculture en février 1875; le voilà, pourrait-on croire, bien parti. Mais c'est l'époque où le mari de sa nièce, Ernest Commanville, s'est mis dans une situation financière désastreuse. Flaubert parvient à lui éviter la faillite, après bien des angoisses, au prix d'une demi-ruine et de la mise à contribution de ses amis personnels (parmi lesquels Edmond Laporte, qui a succédé à Duplan comme collaborateur bénévole, et que les Commanville brouilleront finalement avec l'écrivain en 1879). Très démoralisé, fort occupé d'ailleurs par ses démarches, Flaubert cesse de travailler pendant plusieurs mois. Et lorsqu'en septembre il se remet à la littérature, il abandonne* Bouvard et Pécuchet *— « trop difficiles » — pour les* Trois Contes. *Il ne se remettra à son roman qu'en mars 1877, après deux ans d'interruption. La reprise est pénible;*

23. *Correspondance*, t. VII, p. 155.
24. *Ibid.*, suppl. III, p. 140, et t. VII, p. 178.

*c'est seulement le 10 novembre qu'il pourra proclamer : « Je viens de finir mon abominable chapitre des Sciences. » Puis, il reprend son rythme : quatre mois pour le chapitre IV (archéologie, celticisme, histoire), quatre pour la littérature, quatre pour la politique — et le chapitre VII (chapitre « de l'amour ») est expédié en quelques semaines. En décembre 1878, Flaubert prépare à la fois ses trois derniers chapitres, entremêlant les lectures arides d'ouvrages qu'il juge récréatifs : le* Catéchisme de persévérance *de l'abbé Gaume, et la* Gymnastique *d'Amoros. En avril 1879, il recommence à rédiger. Les chapitres VIII et IX lui demandent un peu plus de neuf mois. Le 15 février 1880, après d'ultimes lectures, il entame la rédaction du dixième chapitre (le dernier du premier volume) : on sait qu'il ne l'achèvera pas.*

★

*Dès 1852, Flaubert avait manifesté l'intention d' « engueuler les humains [...] dans quelque long roman[25] ». Lorsqu'il pense à* Bouvard *en 1863, il affirme qu'un tel bouquin le ferait chasser de France[26]. A Maxime Du Camp, il aurait parlé d'un « livre des vengeances[27] ».*

*De quoi entend-il se venger? On le sait, en gros : de la bêtise. Dans sa lettre de 1852, « en attendant » que le roman projeté prenne corps, il médite en ces termes une préface au* Dictionnaire des idées reçues : *« ... aucune loi ne pourrait me mordre, quoique j'y*

25. *Ibid.*, t. III, p. 66.
26. *Ibid.*, suppl. I, p. 320.
27. *Souvenirs littéraires*, t. II, p. 544.

*attaquerais tout. Ce serait la glorification historique de tout ce qu'on approuve. J'y démontrerais que les majorités ont toujours eu raison, les minorités toujours tort. J'immolerais les grands hommes à tous les imbéciles, les martyrs à tous les bourreaux* [...]. *Cette apologie de la canaillerie humaine sur toutes ses faces, ironique et hurlante d'un bout à l'autre, pleine de citations, de preuves (qui prouveraient le contraire) et de textes effrayants (ce serait facile), est dans le but, dirais-je, d'en finir une fois pour toutes avec les excentricités* ». *Dans le* Dictionnaire *on trouverait* « *par ordre alphabétique, sur tous les sujets possibles,* tout ce qu'il faut dire en société pour être un homme convenable et aimable ».

*Les majorités, les imbéciles, les bourreaux : tels sont les ennemis que dénonce ce texte. Ce qui est le fait de la masse est nécessairement mauvais : les idées reçues sont bêtes, parce qu'elles sont reçues. Et d'autre part, le texte que nous venons de citer donne tout son poids à la remarque de Sartre : Flaubert réagit à la bêtise comme à une agression, pour lui* « *le sot devient un oppresseur*[28] ». *Il met explicitement en parallèle, en effet, l'imbécile et le bourreau — la bêtise et la cruauté. La même association se retrouvera dans les scénarios de* Bouvard : *la copie des bonshommes doit comprendre, à côté des sottises, des* crimes *(c'est prévu dès le carnet 19) ; un autre scénario montre les deux compères pris de fureur* « *contre la bêtise, l'injustice et la cruauté des hommes*[29] ». Bouvard et Pécuchet *sera une* « *encyclopédie de la bêtise humaine* » *— c'est le sous-titre que l'auteur propose, en 1879, pour son roman*[30] *— mais il ne pourra l'être avec tant de*

28. *L'Idiot de la famille,* t. I, p. 613.
29. Ms gg 10, f° 35.
30. *Correspondance,* suppl. IV, p. 170.

*virulence que parce que Flaubert a élevé la Bêtise au rang du Mal.*

*Le dessein encyclopédique de* Bouvard *est évident. C'est là-dessus d'ailleurs que Flaubert, dès le départ, a mis l'accent : « un roman moderne faisant la contrepartie de* Saint Antoine *» (« prenant les sciences au lieu des religions », glose Maupassant*[31]*), « l'histoire de ces deux bonshommes qui copient une espèce d'encyclopédie critique en farce ». Entreprise démiurgique : comme jadis Rabelais, Flaubert entend dresser le bilan des connaissances de son époque*[32]*. Mais cette encyclopédie est* critique *en effet, et dans les deux sens du terme : elle juge, et elle condamne. Montant en épingle les théories et croyances saugrenues, écumant les traités pour en retenir les passages ridicules, dressant les systèmes les uns contre les autres, opposant les faits entre eux,* Bouvard *est « la pièce d'archives où la postérité lira clairement les espoirs et les déboires d'un siècle*[33] *».*

*Comment s'articule, par rapport à cette encyclopédie critique, le problème de la bêtise? La question d'Henry Céard au lendemain de la publication de* Bouvard et Pécuchet[34] *: « Ce livre [...], qu'est-ce qu'il condamne? La science? ou les gens qui ne savent pas l'appliquer? » reste d'actualité, près de cent ans plus tard.*

31. *Étude sur Gustave Flaubert*, p. XXIII.

32. Celui des « idées modernes », écrit-il (*Correspondance*, t. VIII, p. 336). Et s'il lui arrive d'évoquer la « bêtise humaine » en général, c'est surtout à ses contemporains qu'il compte s'attaquer (*ibid.*, t. VI, p. 425).

33. Remy de Gourmont, *Le Problème du style;* cf. D.-L. Demorest, *op. cit.*, p. 154. Voir aussi Victor Brombert, *Flaubert par lui-même*, p. 172 : *Bouvard* traduit le « malaise intellectuel à la fin du siècle », devant le « prestige croissant de la science ».

34. *L'Express*, 9 avril 1881.

*Scandalisés à la seule idée qu'on puisse suspecter la Science, certains ont argué du respect que Flaubert lui aurait toujours témoigné*[35] *pour déclarer irrecevable l'interprétation selon laquelle* Bouvard *en ferait la critique. La science « sort intacte de* Bouvard et Pécuchet[36] *», affirme René Descharmes. Les deux bonshommes, fait-on remarquer, ont plus d'ambition que de moyens. Ils ne sont armés ni moralement, ni intellectuellement, pour mener à bien leurs entreprises. « La grande leçon critique qui se dégage du roman, c'est en somme qu'il faut pratiquer la Science avec autant de patience, de respect, de méthode, de désintéressement qu'on doit, par ailleurs, en avoir pour l'Art pur*[37]*. » Peut-être aussi, prenant les choses par l'autre bout, peut-on conclure de* Bouvard *que la science et la pensée ne sont pas sans danger pour des têtes non préparées*[38].

*Flaubert paraît cautionner des interprétations de ce type lorsqu'il écrit — et très tard, quelques mois avant sa mort — cette phrase souvent citée : « Le sous-titre serait : Du défaut de méthode dans les sciences*[39]*. » Mais lisons la suite : « Bref, j'ai la prétention de faire une revue de toutes les idées modernes. » Donc, lorsqu'il parle de « défaut de méthode », c'est dans les « idées » mêmes qu'il le trouve — dans les*

35. Mais sur lequel Jean-Paul Sartre émet des doutes qui paraissent fondés (*op. cit.*, t. I, p. 495) : dans *La Tentation de saint Antoine*, la Science est fille de l'Orgueil, elle collectionne les faits, et se plaint de n'aboutir à rien; dans ses *Souvenirs*, Flaubert lui fait les mêmes reproches : elle collectionne, classe, analyse sans jamais aboutir à la synthèse.

36. René Descharmes, *op. cit.*, p. 203.

37. *Ibid.*, p. 270.

38. Cf. Paul Bourget, *Essais de psychologie contemporaine*, Paris, Lemerre, 1890, p. 151.

39. *Correspondance*, t. VIII, p. 336.

*systèmes de pensée, dans les sciences — et non dans l'utilisation qu'en font les deux bonshommes.*

*Ceux qui affirment que la leçon de* Bouvard *porte uniquement sur le mauvais usage de la science ont cru trouver un second argument dans la méthode de travail de Flaubert : il aurait, dit-on, étudié les sciences comme ses piètres héros pouvaient les étudier, lisant quinze cents volumes « avec la seule préoccupation de se demander quel effet ces quinze cents volumes peuvent faire sur ceux qui sont incapables de les comprendre*[40] *». L'examen des dossiers prouve qu'il n'en est rien : Flaubert a consciencieusement analysé des dizaines de volumes, dont il a laissé de longs résumés. Pour certaines questions (historiques, philosophiques, théologiques), il a ensuite fait le point en regroupant sur une même page les différentes théories rencontrées (« ce sont les notes de mes notes que je coordonne*[41] *»). Bref, il s'est d'abord demandé, non pas ce que ses héros pourraient comprendre aux livres — ou ne pas y comprendre —, mais ce que ceux-ci contenaient réellement.*

*Les scénarios, d'ailleurs, montrent clairement que Flaubert s'en prend aux sciences. Et comment pourrait-il en être autrement, s'il veut dénoncer la bêtise humaine? Les sciences sont humaines, donc elles sont bêtes; c'est-à-dire qu'elles ne sont pas de la Science véritable, idéale. Ce que Flaubert entend prouver à propos de la politique : « démontrer que ce n'est pas une science*[42] *», et démontre abondamment à propos de l'histoire : il en dénonce les contradictions, comme celles de l'hygiène, et celles des principes d'éducation*[43].

40. Émile Faguet, *Flaubert*. Paris, Hachette, 1899, p. 132.
41. *Correspondance*, t. VIII, p. 239.
42. Ms gg 10, f° 25. Cf. la dernière page du CHAPITRE VI.
43. *Ibid.*, f^os 9 *bis*, 35, 12, 16.

*Il déclare que « le* Français *est une utopie » et qu'il le prouvera par des « exemples stupides tirés des grammairiens*[44] *».*

*Mais il va plus loin, et veut aussi prouver à ses bonshommes, par « un fait quelconque », « qu'il est impossible de savoir la Vérité*[45] *». Maupassant voyait la morale du livre dans deux phrases de Bouvard qui proclament l'irrémédiable insuffisance de la science : « La science est faite suivant les données fournies par un coin de l'étendue. Peut-être qu'elle ne convient pas à tout le reste qu'on ignore, qui est beaucoup plus grand et qu'on ne peut découvrir*[46]*. » Mais cette remarque hisse le problème à un niveau qui n'est pas celui où se place, le plus souvent, le débat. Ce n'est pas sur les limites de l'entendement humain que discourt Flaubert dans son dernier livre, mais plutôt sur la prétention ridicule de ceux qui croient savoir.*

*Si l'intention de Flaubert a bien été celle que nous pensons — dévoiler la bêtise générale, et particulièrement celle de ses contemporains, en réduisant à néant ce qui devrait prouver au contraire la valeur de l'esprit humain : les sciences qu'il a élaborées pour comprendre et dominer le monde — alors, c'est une étrange idée d'avoir choisi, pour cette entreprise, le truchement de deux imbéciles.*

*Bouvard et Pécuchet sont-ils vraiment des imbéciles? On en a beaucoup discuté — principalement à l'époque où, les dossiers étant inaccessibles, on essayait de supputer le contenu de leur copie à partir du niveau d'intelligence qu'on leur reconnaissait. La question, en effet, n'est pas simple.*

44. Ms g 225², f° 33 v.
45. Ms gg 10, f° 9 *bis*.
46. *Op. cit.*, p. XXV.

*Il est clair qu'au début du roman les deux bonshommes sont assez ridicules. Leur présentation, dans les premières pages, est caricaturale. Lorsqu'ils échouent dans leurs expériences d'agriculture ou dans la stérilisation des conserves, la faute en est à eux bien plus qu'aux livres : ils se lancent à la légère dans des entreprises auxquelles ils ne sont pas préparés. Par rapport aux autres personnages, ils ne font pas le poids : le comte de Faverges, lui, gère parfaitement son domaine. Mais à la fin du livre, la perspective se renverse : Bouvard et Pécuchet sont plus clairvoyants que leurs voisins — que Jeufroy, que Faverges —, et ils mettent fort bien en lumière les faiblesses des livres. Cette évolution est d'ailleurs signalée dans une phrase du chapitre VIII : « Alors une faculté pitoyable se développa dans leur esprit, celle de voir la bêtise et de ne plus la tolérer »; Flaubert ne peut annoncer avec plus de désinvolture que ses personnages deviennent ses porte-parole, avec plus de clarté que la bêtise n'est pas en eux, mais au-dehors. Les deux bonshommes sont désormais capables de stigmatiser, en les consignant par écrit, les sottises des autres*[47].

*On ne peut cependant réduire* Bouvard *à l'histoire de deux personnages incultes et bornés, qui entreprennent de s'initier aux sciences les plus diverses, se forment ainsi, et deviennent capables de critique. Car Bouvard et Pécuchet sont aussi, dès le début, intelligents : au milieu du premier chapitre, avant toute expérience, Flaubert écrit déjà : « leur intelligence se développa. » Les premiers scénarios se préoccupent manifestement de cette question : « ce ne sont pas*

47. On s'est longtemps demandé si Bouvard et Pécuchet auraient composé intentionnellement un sottisier, ou s'ils auraient copié, par bêtise, des bourdes qu'ils jugeaient dignes d'admiration. La publication des scénarios ne laisse aucun doute : ils auraient écrit, eux aussi, un « livre des vengeances ».

*précisément des imbéciles », note l'auteur ; « leur grotesque est surtout dans leurs discours et leurs façons plus que dans leurs idées*[48] *» ; et dans une page qui doit être très ancienne (puisqu'elle se termine sur des notes qui concernent les premières expériences), nous pouvons lire cet aveu : « leur opinion (= la mienne)*[49] *».*

*Mais si Bouvard et Pécuchet sont intelligents dès le départ, ils sont également imbéciles jusqu'à la fin. En 1874, en 1875 — à l'époque même des scénarios que nous venons de citer —, la* Correspondance *parle de leur bêtise en termes énergiques : « Bouvard et Pécuchet m'envahissent à un tel point que je suis devenu eux ! Leur bêtise est mienne et j'en crève*[50]. *» En 1878 encore, elle les traite d'imbéciles : « Comment intéresser avec deux imbéciles qui causent Littérature*[51] *? » En janvier 1880, pour les leçons de dessin de Pécuchet, Flaubert écrit à sa nièce : « Il doit barboter d'une manière grotesque [...] voici ma question : quelles sont les bêtises qu'il peut faire, et pourquoi ? Il y a chez lui défaut de vision et d'aptitude*[52]. *» Jusqu'à la fin, en effet, les bonshommes se ridiculisent, foncent tête baissée dans les ennuis, échouent dans toutes leurs entreprises ; ils n'ont rien appris — et la preuve, c'est qu'ils sont incapables de rien enseigner.*

*L'attitude de Flaubert (ou du texte) envers les deux bonshommes est donc contradictoire en soi, irréductiblement. Et qu'on ne dise pas que l'écrivain n'a pu revoir son livre, qu'il l'aurait « profondément remanié*[53] *» s'il en avait eu le temps : une fois un manuscrit*

48. Ms gg 10, f^os 2 r et v.
49. *Ibid.*, f° 42 r.
50. *Correspondance*, t. VII, p. 237. Voir aussi p. 189.
51. *Ibid.*, suppl. IV, p. 62.
52. *Ibid.*, p. 302.
53. Émile Faguet, *op. cit.*, p. 127.
René Dumesnil, lui aussi, voit bien « une contradiction entre

*mis au net (ce qui est le cas des neuf premiers chapitres de* Bouvard*), Flaubert n'y change plus que des détails.*

*De plus — seconde contradiction — comment cet homme qui stigmatise les idées reçues, c'est-à-dire les gens qui ne pensent pas, peut-il en même temps ridiculiser ceux qui essaient de penser*[54]*? Barbey d'Aurevilly — toujours heureux de pouvoir médire de son vieil ennemi — avait immédiatement mis le doigt sur la plaie : « Bouvard et Pécuchet, dont Gustave Flaubert a fait deux imbéciles de base et de sommet, ont le désir, du fond de leur imbécillité, de devenir des êtres intelligents et savants sans instruction obligatoire, et si on eût pressé le bouton à Flaubert là-dessus quand il vivait, il n'aurait* pas pu ne pas dire *que c'était là un noble mouvement, une inspiration honorable*[55]*. »*

*Une explication serait que l'écrivain a été pris entre deux exigences opposées. Bouvard et Pécuchet doivent être assez intelligents pour faire de leur « copie » — nous allons y venir — un terrible réquisitoire. Mais puisque Flaubert a choisi de présenter son encyclopédie critique sous forme romanesque, et sur le mode comique (souci dont la* Correspondance *témoigne constamment), il lui faut des héros naïfs, un peu benêts, prêts à monter dans tous les bateaux — des hommes qui, parce qu'ils y croient, mettront les théories en pratique,*

---

l'idée première de Bouvard et de Pécuchet grotesques, à peu près illettrés, presque imbéciles, et l'idée de deux copistes composant un florilège de la sottise humaine » (« Le sottisier de *Bouvard et Pécuchet* », *Mercure de France*, 15 décembre 1936, p. 496); mais c'est pour la résoudre immédiatement en une évolution de l'imbécillité a l'intelligence.

54. Cf. E.-L. Ferrère, *Gustave Flaubert : Le Dictionnaire des idees reçues*, pp. 33-34. Mais Ferrère, lui aussi, se préoccupe de réduire les contradictions; il s'efforce de démontrer que les bonshommes ne sont pas ridicules.

55 *Le Constitutionnel*, 20 mai 1882.

*et en démontreront ainsi concrètement l'absurdité*[56]*; Voltaire, dans* Candide, *n'a pas procédé autrement. Nous montrerons toutefois que cette incohérence peut se récupérer en termes positifs à un autre niveau.*

★

*Le dixième chapitre de* Bouvard et Pécuchet *devait s'achever au moment où les deux bonshommes « s'y mettent » — c'est-à-dire commencent, ou recommencent, à copier. Serait venu ensuite, nous l'avons dit, un « second volume » (le mot* volume *est employé à de nombreuses reprises dans la* Correspondance*), que Flaubert appelle tantôt* la copie, *tantôt* le volume de notes; *à Edmond de Goncourt, il aurait parlé des « notes du supplément*[57] *». Ce volume ne devait être « presque composé que de citations*[58] *»; c'est pourquoi, sans doute, Flaubert estime à six mois seulement le temps nécessaire pour l'écrire, alors qu'il a mis six ans pour le « premier volume » — nous appelons ainsi les dix chapitres rédigés.*

*Le mot* notes *peut sembler curieux : en quoi les citations recopiées par les deux compères auraient-elles constitué des notes? Les témoignages des intimes de l'écrivain nous éclairent sur ce point. Maxime Du Camp, d'abord, confirme qu'il faut bien prendre le mot dans son sens technique précis : le second volume,*

56. L'édition du Club de l'Honnête Homme avance une autre hypothèse : « Flaubert veut que les œuvres des hommes ou les œuvres du siècle soient jugées par des *simples* [...]. C'est [...] le gros bon sens qui parle par leur bouche » (p. 30).

57. *Journal*, Monaco, Imprimerie Nationale, 1956, t. XII, p. 47.

58. *Correspondance*, t. VIII, p. 356. L'expression « volume de notes » apparaît t. VIII, p. 155, et suppl. IV, p. 89.

*écrit-il, aurait été une « réunion de pièces justificatives, expliquant le premier*[59] ». *Ensuite, Maupassant précise le contenu de ces notes justificatives : « Quand Bouvard et Pécuchet, degoûtés de tout, se remettaient à copier, ils ouvraient naturellement les livres qu'ils avaient lus et, reprenant l'ordre naturel de leurs études, transcrivaient minutieusement des passages choisis par eux dans les ouvrages où ils avaient puisé*[60]. » *C'est aussi ce qu'avait entendu dire Henry Céard : « On nous affirme qu'après* Bouvard et Pécuchet *un autre volume va venir, contenant la masse considérable de notes qui, dans les desseins de l'auteur, devaient servir à documenter les chapitres, à appuyer les affirmations et à justifier les plus durs sarcasmes*[61]. »

*D'après les déclarations orales et écrites de Flaubert, le second volume de* Bouvard *aurait donc été composé de citations des ouvrages lus par les deux bonshommes au long du premier volume, citations destinées à faire éclater la bêtise et les insuffisances de ces ouvrages. Ceci paraît confirmé par la première lettre que Flaubert adresse à Laporte à propos de la copie : « Avez-vous fini le travail des notes sur l'Agriculture et la Médecine*[62]*? », et, indirectement, par un témoignage de Céard, racontant que Flaubert ouvrait « des grands dossiers de papier bleu » pour régaler ses amis d' « extraits de bêtise » : car ce qui est sur papier bleu, dans les dossiers de Rouen, ce sont les résumés des ouvrages dépouillés pour les expériences des bonshommes; en marge de certaines citations figurent une croix et la mention « pour la copie »; ces*

59. *Souvenirs littéraires*, t. II, p. 545.
60. *Op. cit.*, p. XXVII.
61. Article cité.
62. *Correspondance*, suppl. IV, p. 29.

*citations se retrouvent en effet, recopiées, dans d'autres passages des dossiers.*

*Cependant, outre la préparation du premier volume, les huit tomes des dossiers de Rouen contiennent encore bien d'autres choses, comme le démontrent les rubriques de leurs tables des matières :* bizarreries, nomenclatures, beautés, esprit des journaux, exaltation du bas... *Quant aux plans ou scénarios de la copie, ils ne sont en accord ni avec les rubriques des dossiers : s'ils en reprennent un certain nombre, ils en laissent aussi tomber, et ils en inventent d'autres, comme celle des parallèles antithétiques ; ni avec les déclarations de Flaubert : comme le faisait déjà remarquer D.-L. Demorest*[63]*, les premiers scénarios de la copie ne font aucune place aux « notes des auteurs précédemment lus » ; et quand cette mention apparaît, c'est seulement une rubrique parmi beaucoup d'autres. La discordance est donc flagrante entre les déclarations de l'auteur, les intentions que manifestent ses scénarios, et la documentation qu'il a accumulée.*

*Le plus ancien, c'est, à coup sûr, une partie des dossiers de Rouen : première version du* Dictionnaire, *papiers de Duplan... Ce qui fait dire à Alberto Cento : « C'est sans doute le sottisier qui a fait naître le roman, et non pas le roman qui a fait naître le sottisier*[64]*. » Il est bien possible, en effet, que l'idée d'exploiter le sottisier ait pesé sur le choix du sujet ; et il paraît certain que le contenu des dossiers a déterminé, partiellement, les rubriques des scénarios. Reste que, selon qu'on part des dossiers (comme l'a fait par exemple Maupassant), des scénarios (comme nous tentons de le faire) ou de l'ordre des expériences dans*

63. *A travers les plans, manuscrits et dossiers de « Bouvard et Pécuchet »*, p. 101.
64. *Op. cit.*, p. LI.

*le premier volume (comme paraît le prévoir la* Correspondance*), l'architecture du « second volume » risque de connaître des variations importantes.*

*Si l'ordre et le contenu même de la copie ne peuvent être déterminés avec certitude, un autre problème se pose également : comment celle-ci devait-elle être présentée? L'idée paraît incroyable d'un volume qui ne serait « presque composé que de citations » : imagine-t-on deux ou trois cents pages de citations juxtaposées? Ici encore, une divergence apparaît entre la* Correspondance *et les scénarios. Celle-là ne cesse d'affirmer que le deuxième volume est presque fait, qu'il se fait de lui-même, qu'il n'y manque plus que des attaches*[65]*... Ceux-ci révèlent que, progressivement, ces attaches (narratives) prennent plus d'importance dans le projet. Dès le scénario du carnet 19, Flaubert prévoit que le travail des deux bonshommes sera plus qu'une simple copie (qu'on pourrait se contenter de retranscrire) ; ils conçoivent des « parallèles antithétiques », ils ont des « cas de conscience » à résoudre : bref, le récit garde ses droits à côté de l' « encyclopédie ». Le souci de respecter une organisation romanesque se manifeste aussi dans une note du même carnet qui propose d'intercaler* Le Dictionnaire des idées reçues *et* L'Histoire de l'art officiel *dans la copie, mais « par fragments typiques ». Dans la suite, Flaubert décidera, on le sait, que Bouvard et Pécuchet « font » le* Dictionnaire *— autre moyen peut-être de ménager une narration. Il mettra l'accent sur l'évolution progressive des personnages (et de leur travail) : copiant d'abord « au hasard », ils éprouvent ensuite « le besoin de faire un classement » puis, pris de*

65. *Correspondance*, t. VIII, pp. 264, 356; suppl. IV, pp. 62, 147, 255, 273.

scrupules, se résolvent à copier tout, car tout se vaut : il n'y a de vrai que « la statistique ». Ils vont aussi ajouter « des annotations au bas des copies »; comme l'écrit Demorest, ces annotations devaient sans doute mettre en lumière les bévues des textes copiés; Demorest cite en exemple la phrase de Scribe, dans son discours de réception à l'Académie française : « La comédie de Molière [...] nous parle-t-elle de la Révocation de l'Édit de Nantes? » et l'annotation célèbre de Flaubert : « Révocation de l'Édit de Nantes : 1685; mort de Molière : 1673[66]. »

Loin d'abandonner le contexte romanesque du premier volume, Flaubert prévoit au contraire, dans les derniers scénarios, de jeter un « coup d'œil sur ce qui s'est passé dans le village, depuis qu'ils sont à copier ». Il indique, notamment, ce que sont devenus Marescot, Mélie, Gorgu. Et il invente une conclusion ingénieuse à l'histoire de ses héros : ceux-ci découvrent une lettre du médecin, qui les traite d' « imbéciles inoffensifs »; cette lettre, sorte de rapport adressé au Préfet, « résume et juge Bouvard et Pécuchet et doit rappeler au lecteur tout le livre »; après un moment d'hésitation, les bonshommes la joignent à leur copie. Cet épisode est finalement destiné à former à lui seul un chapitre XII (« conclusion »), après le chapitre XI consacré à la « copie ».

Les scénarios manifestent donc de plus en plus nettement le souci de préserver l'aspect narratif du texte dans le second volume. Mais n'oublions pas que la documentation amassée était énorme : que l'on songe, par exemple, à ce qu'aurait représenté l'insertion du Dictionnaire des idées reçues au milieu d'un récit — et il est difficile de croire que Flaubert s'acharnait à mettre au point le Dictionnaire dans le

66. Op. cit., p. 142. Ms g 226$^5$, f° 59.

*seul but d'en publier quelques extraits. D'ailleurs, les chapitres XI et XII devaient former à eux seuls un volume. Les « attaches » narratives, même multipliées, risquaient fort d'être noyées dans le flot de la copie.*

*Les derniers scénarios témoignent aussi d'une tout autre intention, qui paraît bien contredire celle de romancer la copie. « Mais bientôt, ils éprouvent le besoin d'un classement. C'est le classement qu'on donne ici*[67] *» : il ne s'agirait donc plus de montrer les deux bonshommes en train de construire leur « monument », mais de présenter directement le texte même de la copie, en renonçant à raconter les circonstances de sa rédaction. C'est ce que confirme une note d'un scénario partiel : « Avant la copie, après l'introduction, mettre en italique, ou en note : on a retrouvé par hasard leur copie, l'Éditeur la donne afin de grossir le présent ouvrage*[68]*. »*

*Si le mot « introduction » désigne ici le premier volume, alors la conception du second est complètement modifiée : abandonnant d'un coup son effort pour lui donner un aspect narratif, Flaubert déciderait de le réduire à la copie. Cela paraît peu probable. Aussi D.-L. Demorest a-t-il proposé une autre interprétation*[69]*.*

*L' « introduction », pour lui, c'est celle du second volume, et elle aurait été constituée par les chapitres XI et XII. Celui-ci est certes appelé « conclusion », mais comme il doit se terminer par la « vue des deux bonshommes, penchés sur leurs pupitres et écrivant », il convient parfaitement pour annoncer la copie. Le chapitre XI, quant à lui, aurait montré*

67. Ms gg 10, f° 32 r, avant-dernier scénario d'ensemble du second volume.
68. *Ibid.*, f° 67 r.
69. *Op. cit.*, pp. 116-117.

*Bouvard et Pécuchet au travail, mais n'aurait contenu que des exemples (donc des fragments) de leur copie, l'ensemble de celle-ci étant rejeté en annexe.*

*En l'absence d'un document confirmant cette hypothèse, celle-ci reste évidemment fragile. Elle est d'ailleurs affaiblie par des raisonnements spécieux; ainsi, lorsque Demorest tire argument de l'expression « spécimens de tous les styles » (dans l'énumération des éléments de la copie) pour démontrer que le chapitre XI ne devait présenter que des exemples du travail des deux bonshommes : on a beau jeu de lui répondre que, même complète, la copie n'aurait pu fournir autre chose que des spécimens de style, l'exhaustivité étant impossible dans ce domaine. C'est ce que n'a pas manqué de dire Alberto Cento, pour qui l'interprétation de Demorest doit à tout prix être écartée « par respect pour Flaubert*[70] *».*

*Nous n'oserions trancher de façon aussi péremptoire. L'hypothèse de Demorest présente le grand avantage de concilier ce qui est à première vue contradictoire, et que personne ne s'est chargé de concilier autrement. De plus, si Cento rejette cette hypothèse, c'est que donner la copie* in extenso *après en avoir déjà fourni des extraits lui semblerait un rabâchage inadmissible. Nous croyons au contraire que ce serait parfaitement dans l'esprit de* Bouvard, *dont la structure — nous le montrerons — est l'illustration exemplaire de la formule de l'éternel recommencement.*

*

Bouvard et Pécuchet *n'est certes pas sans lien avec les autres romans de Flaubert. On a pu retrouver le* bovarysme *dans la soif inextinguible de connaissances et d'expériences qui pousse à l'action les deux bons-*

70. *Op. cit.*, p. LV.

hommes; dans certains passages du texte (« Des nappes, des draps, des serviettes pendaient verticalement, attachés par des fiches de bois à des cordes tendues[71] »), ce goût maniaque pour la description, dont on sait qu'il était apparu aux premiers lecteurs de Madame Bovary comme une des caractéristiques du livre; ailleurs, un lyrisme inattendu dans cette œuvre caricaturale, mais qui rappelle certaines pages du premier roman et, par-delà, les œuvres de jeunesse.

Bouvard connaît, d'autre part, le même ancrage historique que L'Éducation sentimentale : la révolution de 1848. Le thème général est de nouveau celui des « années d'apprentissage »; mais il s'est déplacé, en ce sens que les deux bonshommes commencent leur éducation à l'âge où, d'habitude, on cesse toute activité : retournement qui fait partie, sans aucun doute, de la « farce » qu'est Bouvard. Le résultat, pourtant, est identique : un constat d'échec, qui s'accompagne d'un retour au passé, aux temps heureux d'avant le début du récit; Frédéric et Deslauriers se rappellent une aventure de leur adolescence comme « ce [qu'ils ont] eu de meilleur », Bouvard et Pécuchet retournent à l'occupation qu'ils avaient abandonnée avec tant de joie au premier chapitre.

Que Flaubert n'ait pas renoncé, pour Bouvard et Pécuchet, aux préoccupations réalistes des romans précédents, la Correspondance et les scénarios le démontrent abondamment[72]. Flaubert n'a de cesse de découvrir dans la réalité le paysage qu'il a conçu pour y installer ses héros, ou pour y situer un épisode de l'action; il va se promener avec une chandelle dans le potager avant d'écrire la dernière page du premier

71. C'est l'exemple cité par Roland Barthes dans *Le Plaisir du texte*, Paris, Éditions du Seuil, 1973, p. 44.

72. Voir sur ce point D.-L. Demorest, *op. cit.*, pp. 41 et suiv.

*chapitre, qui relate pareille exploration*[73]*; désireux de raconter « une férocité d'enfant commise sur un chat », il cherche une histoire vraie qu'il pourrait reprendre. Plus qu'un souci de documentation, ces démarches manifestent un attachement presque superstitieux à la théorie de la Mimésis. Quant aux scénarios, toute une série d'entre eux répondent exclusivement au souci de faire de* Bouvard *un roman véritable; on y voit Flaubert s'inquiéter de l'insertion des personnages secondaires dans le récit, cherchant à utiliser chacun tour à tour, établissant de subtiles distinctions hiérarchiques; il s'occupe aussi de varier le lieu de l'action, de différencier et de graduer les réactions des deux héros : il s'interroge sur les différentes manières de présenter les livres qu'étudient Bouvard et Pécuchet : lecture à haute voix, analyse en dialogue, résumé écrit.*

*Cependant, c'est avec* La Tentation de saint Antoine *que le roman posthume entretient, nous l'avons dit, les rapports les plus étroits et les plus évidents. Même encyclopédisme, et dans le même but négatif; même conception d'un « livre fait de livres*[74] *», et qui illustre le drame de la croyance aux livres, l'inadéquation des livres et du monde*[75]*; même mise en œuvre d'abstractions : « Dans* Bouvard et Pécuchet, *écrit Maupassant, les véritables personnages sont des systèmes et non plus des hommes*[76]*. » Si Flaubert y fait encore des concessions à l'esthétique du roman réaliste,* Bouvard *frappe par son aspect schématique, sa structure répétitive (entreprise —*

73. *Correspondance,* t. VII, pp. 211-212.

74. Michel Foucault, « La Bibliothèque fantastique », dans Raymonde Debray-Genette, *Flaubert,* FDD, « Miroir de la critique », 1970, p. 186.

75. Ce drame est déjà celui d'Emma Bovary et, dans une certaine mesure, de Frédéric Moreau.

76. *Op. cit.,* p. XXVI.

*échec — nouvelle entreprise), son absence d'intrigue (« Ceux qui lisent un livre pour savoir si la baronne épousera le vicomte seront dupés*[77] *»), son dédain de la chronologie (comme l'a montré René Descharmes*[78]*, il est impossible de concilier les indications de durée et les quelques dates fournies par le texte; trente ans s'écoulent au bas mot entre la rencontre des deux bonshommes et le chapitre X : Bouvard et Pécuchet ont près de quatre-vingts ans quand ils entreprennent l'éducation de Victor et de sa sœur; ni eux, ni les comparses ne semblent pourtant avoir vieilli), son traitement caricatural des personnages (ce couple parodique, que ne transforme guère ni l'âge, ni l'expérience, peut apparaître comme « la pure et simple commodité d'un recensement encyclopédique*[79] *»), son style d'une exemplaire sécheresse. Dépassant le réalisme,* Bouvard et Pécuchet *renoue avec la tradition du conte philosophique.*

*Tous les livres de Flaubert sont sceptiques, négatifs. Il s'empare du monde mais, comme le dit Jean-Paul Sartre, c'est pour le détruire*[80]. Madame Bovary, *par exemple, renvoie dos à dos la science et la religion — le pharmacien et le curé —, et se moque même, l'auteur le proclamait avec quelque fierté, de la jeune première et du jeune premier. Avec* Bouvard, *la tendance est évidemment portée à l'extrême : Flaubert s'attaque aux sciences et aux systèmes de pensée; aux lieux communs : opinions reçues* (Dictionnaire), *idées chic, intérêts populaires* (Catalogue des opinions chic); *aux bourdes individuelles* (sottisier). *Mais*

77. *Correspondance*, t. VIII, p. 336.
78. *Autour de « Bouvard et Pécuchet »*, chap III.
79. Jean Ricardou, *Pour une théorie du nouveau roman*, Paris, Éditions du Seuil, 1971, p. 235.
80. *Op. cit.*, t. I, p. 965.

*surtout, les moyens changent, et la portée du livre en même temps.*

*Dans* Madame Bovary, *l'ironie est encore saisissable; par exemple, dans l'emploi de l'italique, qui désigne et stigmatise le discours de l'autre dans celui de l'auteur-narrateur; et si le style indirect libre, procédé plus subtil, y est déjà couramment exploité, il est loin de prendre l'importance qu'il aura dans le roman posthume. Dans* Bouvard et Pécuchet, *tout est organisé pour que le lecteur perde pied. Nous savons qu'il est impossible de répondre nettement à ces questions fondamentales : de qui, de quoi se moque-t-on? Les deux bonshommes sont-ils des imbéciles, ou les porte-parole autorisés de l'auteur? Non seulement il ne faut pas croire que, mettant la dernière main à son livre, Flaubert en eût réduit les contradictions, dissipé les incertitudes, mais on peut être sûr que ces contradictions, ces incertitudes ont été voulues dès le départ, et consciemment cultivées.*

*Partant de l'idée que « la bêtise consiste à vouloir conclure*[81] *», Flaubert s'arrange pour laisser flotter le sens. Lorsqu'il rêvait à la préface du* Dictionnaire, *dans les années 50, il voulait la rédiger « de telle manière que le lecteur ne sache pas si on se fout de lui, oui ou non*[82] *», et y produire notamment des « preuves (qui prouveraient le contraire)*[83] *». Vingt ans plus tard, il prévoit de « donner comme vraies des indications bibliographiques fausses » dans la copie de* Bouvard[84]. *Et si l'on examine dans cette optique les expériences des deux bonshommes, on constate que rien n'y est sûr : aucun résultat n'est prévisible, aucune*

81. *Correspondance*, t. II, p. 239.
82. *Ibid.*, p. 238.
83. *Ibid.*, t. III, p. 66.
84. Ms gg 10, f° 5 r.

conclusion n'est indiscutable. Ainsi, le magnétisme et la phrénologie sont depuis toujours l'objet des sarcasmes de Flaubert ; mais Pécuchet fera successivement trois expériences de phrénologie concluantes, et le magnétisme guérira la vache enflée, permettra de voir à distance. De mauvaises méthodes vont donner de bons résultats : Bouvard et Pécuchet sont de dangereux amateurs en médecine, mais ils guérissent l'herpès de Mme Bordin, auquel le docteur Vaucorbeil n'avait rien pu[85].

Bien plus : l'échec, dans *Bouvard*, ne se différencie guère de la réussite. S'il amène la répétition de l'expérience ratée, ou l'entreprise d'une autre expérience, le succès occasionnel a les mêmes conséquences[86]. Il arrive d'ailleurs que l'échec soit considéré comme un succès : « Les bouteilles de chablis, coupées de moût, éclatèrent d'elles-mêmes. Alors ils ne doutèrent plus de la réussite. » Sartre a écrit que pour Flaubert « la pire bêtise, c'est l'intelligence[87] ». Nous dirions plutôt que la bêtise et l'intelligence, c'est la même chose, comme la réussite et l'échec, comme le même et l'autre (de deux portraits en rigoureuse opposition, Flaubert conclut que les bonshommes s'harmonisent parfaitement).

La *Correspondance* montre en lui un esprit chagrin, rejetant indistinctement le blanc et le noir, pratiquant cet anarchisme un peu léger qui n'est pas rare chez les intellectuels bourgeois. « Républicains,

85. Dans un brouillon de ce passage (ms g 226⁷, f° 142), Flaubert expliquait que le médecin n'avait pu diagnostiquer le mal à ses débuts, tandis que Bouvard et Pécuchet avaient examiné la patiente à un moment où le cas ne faisait plus de doute. Cette explication supprimée, la victoire des deux bonshommes apparaît comme un triomphe de l'ignorance sur la science.

86. Nous devons cette remarque à Ingrid Spica.

87. *Op. cit.*, t. I, p. 332.

*réactionnaires, rouges, bleus, tricolores, tout cela concourt d'ineptie.* » « *Bourgeois et socialistes sont à fourrer dans le même sac.* » « *Je trouve le Matérialisme et le Spiritualisme* deux impertinences égales. » « *Le néo-catholicisme d'une part et le socialisme de l'autre ont abêti la France. Tout se meurt entre l'Immaculée Conception et les gamelles ouvrières.* » *Quand il interroge ironiquement :* « *Que dites-vous des pèlerins de Lourdes?* » *il ajoute :* « *et de ceux qui les insultent?* » *Même type de réflexion dans le domaine politique :* « *la loi Ferry. Ceux qui la défendent et ceux qui l'attaquent m'embêtent également* ». *Bref :* « *il y a ainsi une foule de sujets qui m'embêtent également par n'importe quel bout on les prend*[88] ».

*Pour mettre en évidence cette indifférenciation, cette* « *égalité de tout*[89] » *(mais dans la négation) qu'évoquent les scénarios de* Bouvard, *un procédé est systématiquement utilisé dans le roman posthume : la juxtaposition antithétique. Dans le premier volume, elle se fait en dialogue :* « *Un tel affirme que...* » *dit Bouvard;* « *oui, mais tel autre soutient que...* » *répond Pécuchet. Dans la copie, Flaubert prévoyait de présenter l'un à la suite de l'autre des textes contradictoires : deux avis contraires sur le même sujet, deux affirmations incompatibles, une assertion et un fait qui la dément. On connaît, d'autre part, le système de renvois utilisé dans* Le Dictionnaire des idées reçues : « Blondes : *plus chaudes que les brunes (voyez* brunes*)* », « Brunes : *plus chaudes que les blondes (voyez* blondes*).* » *Par le procédé de la juxtaposition antithétique, Flaubert creuse l'écart entre les deux termes, empêche toute tentative de*

88. *Correspondance*, t. II, p. 87; suppl. II, p. 259; t. V, p. 367; *ibid.*, p. 407; t. VI, p. 426; t. VIII, p. 283; et t. III, p. 153.
89. Ms gg 10, f° 5. Formule reprise dans les scénarios suivants.

*conciliation ; mais en même temps, ces deux termes sont présentés dans une stricte égalité, et deviennent identiques aux yeux du lecteur ; pas question, donc, de choisir — il ne reste qu'à tout rejeter : là est l'habileté du procédé.*

*La juxtaposition sans commentaire, et la nomenclature statistique qui en est la forme exacerbée, laissent donc le lecteur sans guide. D'autres procédés encore seront utilisés pour éviter de « conclure » ; ainsi, dans* Le Dictionnaire des idées reçues. *Sartre a reproché à Flaubert l'absence d'idée directrice dans le* Dictionnaire : *tout le monde est visé, c'est-à-dire personne, sinon l'auteur lui-même ; le classement alphabétique est un aveu d'impuissance*[90]. *Nous y verrions plutôt un merveilleux moyen d'indifférenciation, très consciemment utilisé : pas d'organisation, pas de hiérarchie. L'auteur se retire du jeu, en choisissant le seul ordre vraiment insignifiant.*

*Il s'en retire aussi, et dès le premier volume d* Bouvard, *en faisant une place extrêmement large à la citation ; citation au sens étroit du terme, ou sous diverses formes atténuées : exposés, résumés, passant par la voix narrative, ou par celle des deux héros. A la limite de* Bouvard, *il y aurait un livre où rien ne serait de l'auteur, ni le contenu (qui vient d'ailleurs), ni l'arrangement (qui est refusé).*

*C'est ici qu'il faut reparler du style indirect libre, important déjà, nous l'avons signalé, dans* Madame Bovary, *et généralisé dans* Bouvard et Pécuchet. *A l'inverse de l'italique, qui distingue sans équivoque le discours venu d'ailleurs au sein du discours du narrateur (« le médecin fut invité, par M. Rouault lui-même, à* prendre un morceau *avant de partir »), le style indirect libre énigmatise le sens en nous laissant*

90. *Op. cit.*, t. I, pp. 633 et suiv.

*dans l'incertitude quant à l'origine du discours : la formulation confond parole du narrateur et parole du personnage, or il est essentiel, pour que le sens soit sans équivoque, que l'on puisse les distinguer, la voix du narrateur externe étant (du moins dans le système classique) celle qui prime, qui dit le vrai, qui établit souverainement les faits et les significations. Si l'on ne sait plus qui parle, rien n'est sûr.*

*La confusion de la parole du narrateur et de celle du personnage est encore accentuée, dans* Bouvard, *par certaines hardiesses typographiques qui ne sont pas sans annoncer les expérimentations d'une Nathalie Sarraute : discours direct sans guillemets (« Bref, plaise à M. le juge de paix d'appliquer le maximum de la peine », phrase du réquisitoire de Foureau dans le dernier chapitre, suit, sans guillemets, un passage en indirect libre), et, à l'inverse, indirect libre entre guillemets (« La route de Chavignolles à Bretteville! — était-ce l'ancienne, ou la nouvelle? Ce devait être l'ancienne? »).*

*Enfin, un moyen décisif pour éviter de « conclure » (au sens propre, ici, comme au figuré) est utilisé dans* Bouvard *: la circularité.*

*Cette circularité est inscrite dans la nouvelle de Maurice : les deux greffiers reviennent à leur occupation première. Mais chez Maurice, les choses s'arrêtent là, au lieu que le « second volume » de Flaubert devait — semble-t-il — faire repartir le lecteur pour un deuxième tour, en reprenant d'une autre façon (par des citations) la matière des différentes expériences. La lettre-rapport du médecin, qui devait en conclusion résumer toute l'histoire, aurait constitué un troisième tour. Aussi l'hypothèse de D.-L. Demorest selon laquelle l'essentiel de la copie aurait été rejeté en annexe, loin de devoir être repoussée « par respect pour Flaubert », nous paraît-elle au contraire s'accorder parfaitement avec la structure conçue par l'écrivain : un quatrième tour s'ajouterait, dans cette hypothèse, aux trois premiers. La spirale devient sans fin.*

*Cette reprise des mêmes faits sur des angles différents aurait permis d'autre part de nouvelles contradictions. En rédigeant le* Dictionnaire, *Bouvard et Pécuchet auraient été amenés à dénoncer nombre d'idées et d'attitudes qui sont les leurs dans la première partie : ils se méfient des courants d'air, croient riches tous les Anglais, estiment l'astronomie utile pour la marine, décident d'avoir une bibliothèque à la campagne et d'adopter, là-bas, une tenue plus relâchée (« Nous laisserons pousser notre barbe! »), craignent les serpents dans les cavernes, admirent que le cèdre du Jardin des plantes ait été rapporté dans un chapeau, se méfient de l'insalubrité des endroits humides, veulent un laboratoire, gémissent sur l'excès du luxe, ont peur du mercure, respectent les professeurs, boivent du punch... Bref, ils sont à la fois ceux qui émettent et ceux qui dénoncent les idées reçues. Enfin, en copiant la lettre du médecin qui les juge imbéciles, ils nous enferment dans le paradoxe du menteur qui dit qu'il ment. S'ils sont des imbéciles, alors ils se montrent lucides en recopiant la lettre, en acceptant le verdict — et donc ils ne sont pas des imbéciles; mais s'ils ne sont pas des imbéciles, ils se trompent en disant qu'ils le sont — donc ils le sont : sur ce point, le sens devient irrémédiablement indécidable.*

*Le sottisier aurait aussi fourni l'occasion de ridiculiser l'auteur lui-même. De façon indirecte d'abord; certaine lettre à George Sand paraît très proche du lyrisme du clerc de Marescot : « C'est là ce qui vous a manqué : la haine. Malgré vos grands yeux de sphinx, vous avez vu le monde à travers une couleur d'or. Elle venait du soleil de votre cœur; mais tant de ténèbres ont surgi, que vous voilà maintenant ne reconnaissant plus les choses. Allez donc! criez! tonnez! Prenez votre grande lyre et pincez la corde d'airain : les monstres s'enfuiront. Arrosez-nous avec les gouttes du sang de Thémis blessée*[91] » — *on sait que le clerc de Marescot aurait été l'auteur d'une* Thémis blessée.

*Mais il y a plus : les deux bonshommes devaient mettre Flaubert en cause, nommément. Les témoignages concordent en effet pour affirmer qu'une phrase de* Madame Bovary *aurait figuré dans le sottisier, et le nom de l'écrivain se trouve d'ailleurs sur deux listes dressées par Jules Duplan. Alors que Flaubert, vingt-cinq ans plus tôt, avait renoncé à la scène étonnante où le pharmacien Homais devait s'attaquer à son auteur* (« *Ne suis-je qu'un personnage de roman, le fruit d'une imagination en délire, l'invention d'un petit paltoquet que j'ai vu naître...* »), *scène en avance, sans doute, sur l'esthétique de* Madame Bovary, *dans* Bouvard et Pécuchet *l'inscription de l'auteur dans le livre, sa mise en accusation par les personnages, contribuent à lui faire perdre son autorité — à miner, donc, les certitudes.*

*Enfin, si Bouvard et Pécuchet mettent Flaubert dans leur livre, comme celui-ci les a mis dans le sien, ce n'est là qu'un aspect de la confusion qui s'établit entre l'auteur et ses personnages. Car les deux bonshommes sont les doubles exacts de leur créateur, non seulement parce qu'ils deviennent ses porte-parole, mais dans leur activité même : comme lui, ils copient interminablement des sottises, et celles mêmes qu'a copiées Flaubert ; comme lui, ils écrivent un livre pour prouver que les livres ne valent rien. Nouveau et ultime paradoxe : si* Bouvard *est un échec, la thèse n'est pas confirmée ;*

91. *Correspondance*, t. VI, p. 282-283.

*s'il est une réussite, elle ne l'est pas non plus. Dans le dernier roman de Flaubert, le sens se retourne sur lui-même à l'infini.*

Claudine Gothot-Mersch.

*Raymond Queneau avait écrit en 1947 une préface à* Bouvard et Pécuchet *(éditions du Point du Jour, reprise dans* Bâtons, chiffres et lettres, *Gallimard, 1950). Il comptait la remanier pour la présente édition; la mort l'en a empêché. Nous donnons ci-dessous les passages de cette préface qui nous ont paru les plus éclairants.*

De même que Cervantes présente d'abord Don Quichotte comme un fou ridicule, puis, dès le chapitre XI, lui fait prononcer une belle tirade qui exprime sa pensée, à lui Cervantes, et ne cesse ensuite de l'accompagner de sa sympathie, ainsi l'opinion de Flaubert sur ses deux « bonshommes » et même sur le sens du livre en général a changé au fur et à mesure que l'œuvre se développait, quoiqu'il y ait toujours, au moins à travers la première partie (celle qui nous reste, presque entièrement rédigée), ambiguïté dans l'attitude de Flaubert à leur égard.

Bouvard et Pécuchet se sont d'abord appelés Dubolard et Pécuchet, puis Bolard et Manichet avant de trouver leur baptême définitif (et le roman lui-même s'était appelé d'abord *Histoire de deux cloportes,* puis *Histoire de deux bonshommes*). La ressemblance entre les noms de Bouvard et de Bovary est curieusement accentuée par le fait que Flaubert avait obtenu celui de Bovary en « dénaturant celui de Bouvaret ». Un autre rapprochement à faire entre l'*Histoire de deux cloportes* et *Madame Bovary,* c'est le « mot » de Flaubert, rapporté dans le *Journal* des Goncourt : dans *Madame Bovary,* il avait voulu donner au livre la « couleur de moisissure de l'existence des cloportes ».

Quant à l'héroïne, moins intelligente certes que Bouvard et l'ami Pécuchet, elle se lance dans diverses entreprises, l'adultère, la dévotion et la grammaire italienne, avec le même insouci de la méthode et la même désinvolture primaire qu'en première analyse on attribue aux deux bonshommes.

Il est curieux de constater que, parmi les sciences dont Bouvard et Pécuchet entreprennent l'étude, la mathématique est à peu près la seule à ne pas figurer. On les voit pourtant fort bien cherchant à démontrer le théorème de Fermat, ébahis par l'assertion que la droite est une courbe et finalement scandalisés par la répartition des nombres premiers. Dans la mythologie infernale des collèges, la table de logarithmes passe pour être de tous les monstres le plus épouvantable. Cette phobie n'est pas sans témoigner de quelque affectation : on peut manier ce livre sans antipathie. Il incite moins à la rêverie que l'*Indicateur des Chemins de fer,* le *Catalogue de la Manufacture d'Armes et Cycles de Saint-Étienne,* l'*Annuaire du Bureau des Longitudes* ou le *Bottin-Étranger,* tous ouvrages chers aux jeunes bouvard-et-pécuchétiens. Cependant, il n'est pas sans charme. La table de logarithmes habituellement utilisée il y a quelque vingt ans et peut-être encore en service, était l'œuvre de deux messieurs dont l'un se nommait Bouvart et l'autre Ratinet : il était inévitable que les auteurs d'une pareille production portassent de pareils noms ; à un *d* et un *pécuch* près, ils allaient se mettre à recopier purement et simplement la suite des nombres entiers en cochant en rouge les nombres pairs et en bleu les impairs.

Puis ils établissent le *Dictionnaire des Idées reçues*, œuvre de Flaubert « complètement fait(e) » dès le 4 septembre 1850. Le 17 septembre 1852, il écrit à Louise Colet : « La préface (de ce dictionnaire) m'excite fort, et la manière dont je la conçois : ce serait tout un livre... » Ce livre n'est autre que *Bouvard et Pécuchet* dont le chapitre XI aurait eu une longueur égale à celle des dix premiers.

*Bouvard et Pécuchet* est une *Odyssée*, madame Bordin et Mélie sont les Calypso de cette errance à travers la Méditerranée du savoir et la copie finale est l'Ithaque où, après avoir massacré tous les prétendants, ils font avec un enthousiasme plein de sagesse l'élevage des huîtres perlières de la bêtise humaine. Tout comme Candide, ils cultivent leur jardin et, dit Flaubert dans une lettre à Edmond de Goncourt : « La fin de Candide : cultivons notre jardin est la plus grande leçon de morale qui existe. »

La littérature (profane — c'est-à-dire la vraie) commence avec Homère (déjà grand sceptique) et toute grande œuvre est soit une Iliade soit une Odyssée, les odyssées étant beaucoup plus nombreuses que les iliades : le *Satiricon*, *La Divine Comédie*, *Pantagruel*, *Don Quichotte*, et naturellement *Ulysse* (où l'on reconnaît d'ailleurs l'influence directe de Bouvard et Pécuchet) sont des odyssées, c'est-à-dire des récits de temps pleins. Les iliades sont au contraire des recherches du temps perdu : devant Troie, sur une île déserte ou chez les Guermantes.

Raymond Queneau.

*Bouvard et Pécuchet*

# I

Comme il faisait une chaleur de trente-trois degrés, le boulevard Bourdon se trouvait absolument désert.

Plus bas le canal Saint-Martin, fermé par les deux écluses étalait en ligne droite son eau couleur d'encre. Il y avait au milieu, un bateau plein de bois, et sur la berge deux rangs de barriques.

Au delà du canal, entre les maisons que séparent des chantiers le grand ciel pur se découpait en plaques d'outremer, et sous la réverbération du soleil, les façades blanches, les toits d'ardoises, les quais de granit éblouissaient. Une rumeur confuse montait du loin dans l'atmosphère tiède; et tout semblait engourdi par le désœuvrement du dimanche et la tristesse des jours d'été.

Deux hommes parurent.

L'un venait de la Bastille, l'autre du Jardin des Plantes. Le plus grand, vêtu de toile, marchait le chapeau en arrière, le gilet déboutonné et sa cravate à la main. Le plus petit, dont le corps disparaissait dans une redingote marron, baissait la tête sous une casquette à visière pointue.

Quand ils furent arrivés au milieu du boulevard, ils s'assirent à la même minute, sur le même banc.

Pour s'essuyer le front, ils retirèrent leurs coiffures, que chacun posa près de soi; et le petit homme aperçut écrit dans le chapeau de son voisin : Bouvard; pendant que celui-ci distinguait aisément dans la casquette du particulier en redingote le mot : Pécuchet.

— « Tiens! » dit-il « nous avons eu la même idée, celle d'inscrire notre nom dans nos couvre-chefs. »

— « Mon Dieu, oui! on pourrait prendre le mien à mon bureau! »

— « C'est comme moi, je suis employé. »

Alors ils se considérèrent.

L'aspect aimable de Bouvard charma de suite Pécuchet.

Ses yeux bleuâtres, toujours entreclos, souriaient dans son visage coloré. Un pantalon à grand-pont, qui godait par le bas sur des souliers de castor, moulait son ventre, faisait bouffer sa chemise à la ceinture; — et ses cheveux blonds, frisés d'eux-mêmes en boucles légères, lui donnaient quelque chose d'enfantin.

Il poussait du bout des lèvres une espèce de sifflement continu.

L'air sérieux de Pécuchet frappa Bouvard.

On aurait dit qu'il portait une perruque, tant les mèches garnissant son crâne élevé étaient plates et noires. Sa figure semblait tout en profil, à cause du nez qui descendait très bas. Ses jambes prises dans des tuyaux de lasting manquaient de proportion avec la longueur du buste; et il avait une voix forte, caverneuse.

Cette exclamation lui échappa : — « Comme on serait bien à la campagne! »

Mais la banlieue, selon Bouvard, était assommante par le tapage des guinguettes. Pécuchet pensait de même. Il commençait néanmoins à se sentir fatigué de la capitale, Bouvard aussi.

Et leurs yeux erraient sur des tas de pierres à bâtir, sur l'eau hideuse où une botte de paille flottait, sur la cheminée d'une usine se dressant à l'horizon; des miasmes d'égout s'exhalaient. Ils se tournèrent de l'autre côté. Alors, ils eurent devant eux les murs du Grenier d'abondance.

Décidément (et Pécuchet en était surpris) on avait encore plus chaud dans les rues que chez soi!

Bouvard l'engagea à mettre bas sa redingote. Lui, il se moquait du qu'en dira-t-on!

Tout à coup un ivrogne traversa en zigzag le trottoir; — et à propos des ouvriers, ils entamèrent une conversation politique. Leurs opinions étaient les mêmes, bien que Bouvard fût peut-être plus libéral.

Un bruit de ferrailles sonna sur le pavé, dans un tourbillon de poussière. C'étaient trois calèches de remise qui s'en allaient vers Bercy, promenant une mariée avec son bouquet, des bourgeois en cravate blanche, des dames enfouies jusqu'aux aisselles dans leur jupon, deux ou trois petites filles, un collégien. La vue de cette noce amena Bouvard et Pécuchet à parler des femmes, — qu'ils déclarèrent frivoles, acariâtres, têtues. Malgré cela, elles étaient souvent meilleures que les hommes; d'autres fois elles étaient pires. Bref, il valait mieux vivre sans elles; aussi Pécuchet était resté célibataire.

— « Moi je suis veuf » dit Bouvard « et sans enfants! »

— « C'est peut-être un bonheur pour vous? » Mais la solitude à la longue était bien triste.

Puis, au bord du quai, parut une fille de joie, avec un soldat. Blême, les cheveux noirs et marquée de petite vérole, elle s'appuyait sur le bras du militaire, en traînant ses savates et balançant les hanches.

Quand elle fut plus loin, Bouvard se permit une réflexion obscène. Pécuchet devint très rouge, et sans doute pour s'éviter de répondre, lui désigna du regard un prêtre qui s'avançait.

L'ecclésiastique descendit avec lenteur l'avenue des maigres ormeaux jalonnant le trottoir, et Bouvard dès qu'il n'aperçut plus le tricorne, se déclara soulagé car il exécrait les jésuites. Pécuchet, sans les absoudre, montra quelque déférence pour la religion.

Cependant le crépuscule tombait et des persiennes en face s'étaient relevées. Les passants devinrent plus nombreux. Sept heures sonnèrent.

Leurs paroles coulaient intarissablement, les remarques succédant aux anecdotes, les aperçus philosophiques aux considérations individuelles. Ils dénigrèrent le corps des Ponts et chaussées, la régie des tabacs, le commerce, les théâtres, notre marine et tout le genre humain, comme des gens qui ont subi de grands déboires. Chacun en écoutant l'autre retrouvait des parties de lui-même oubliées ; — et bien qu'ils eussent passé l'âge des émotions naïves, ils éprouvaient un plaisir nouveau, une sorte d'épanouissement, le charme des tendresses à leur début.

Vingt fois ils s'étaient levés, s'étaient rassis et avaient fait la longueur du boulevard depuis l'écluse d'amont jusqu'à l'écluse d'aval, chaque fois voulant s'en aller, n'en ayant pas la force, retenus par une fascination.

Ils se quittaient pourtant, et leurs mains étaient jointes, quand Bouvard dit tout à coup :

— « Ma foi ! si nous dînions ensemble ? »

— « J'en avais l'idée! » reprit Pécuchet « mais je n'osais pas vous le proposer! »

Et il se laissa conduire en face de l'Hôtel de Ville, dans un petit restaurant où l'on serait bien.

Bouvard commanda le menu.

Pécuchet avait peur des épices comme pouvant lui incendier le corps. Ce fut l'objet d'une discussion médicale. Ensuite, ils glorifièrent les avantages des sciences : que de choses à connaître! que de recherches — si on avait le temps! Hélas, le gagne-pain l'absorbait; et ils levèrent les bras d'étonnement, ils faillirent s'embrasser par-dessus la table en découvrant qu'ils étaient tous les deux copistes, Bouvard dans une maison de commerce, Pécuchet au ministère de la marine, — ce qui ne l'empêchait pas de consacrer, chaque soir, quelques moments à l'étude. Il avait noté des fautes dans l'ouvrage de M. Thiers et il parla avec les plus grands respects d'un certain Dumouchel, professeur.

Bouvard l'emportait par d'autres côtés. Sa chaîne de montre en cheveux et la manière dont il battait la remolade décelaient le roquentin plein d'expérience; et il mangeait le coin de la serviette dans l'aisselle, en débitant des choses qui faisaient rire Pécuchet. C'était un rire particulier, une seule note très basse, toujours la même, poussée à de longs intervalles. Celui de Bouvard était continu, sonore, découvrait ses dents, lui secouait les épaules, et les consommateurs à la porte s'en retournaient.

Le repas fini, ils allèrent prendre le café dans un autre établissement. Pécuchet en contemplant les becs de gaz gémit sur le débordement du luxe, puis d'un geste dédaigneux écarta les journaux. Bouvard était plus indulgent à leur endroit. Il aimait tous les écrivains en général, et avait eu dans sa jeunesse des dispositions pour être acteur!

Il voulut faire des tours d'équilibre avec une queue de billard et deux boules d'ivoire comme en exécutait Barberou, un de ses amis. Invariablement, elles tombaient, et roulant sur le plancher entre les jambes des personnes allaient se perdre au loin. Le garçon qui se levait toutes les fois pour les chercher à quatre pattes sous les banquettes finit par se plaindre. Pécuchet eut une querelle avec lui; le limonadier survint, il n'écouta pas ses excuses et même chicana sur la consommation.

Il proposa ensuite de terminer la soirée paisiblement dans son domicile qui était tout près, rue Saint-Martin.

A peine entré, il endossa une manière de camisole en indienne et fit les honneurs de son appartement.

Un bureau de sapin placé juste dans le milieu incommodait par ses angles; et tout autour, sur des planchettes, sur les trois chaises, sur le vieux fauteuil et dans les coins se trouvaient pêle-mêle plusieurs volumes de l'Encyclopédie Roret, le *Manuel du magnétiseur*, un Fénelon, d'autres bouquins, — avec des tas de paperasses, deux noix de coco, diverses médailles, un bonnet turc — et des coquilles, rapportées du Havre par Dumouchel. Une couche de poussière veloutait les murailles autrefois peintes en jaune. La brosse pour les souliers traînait au bord du lit dont les draps pendaient. On voyait au plafond une grande tache noire, produite par la fumée de la lampe.

Bouvard, — à cause de l'odeur sans doute, demanda la permission d'ouvrir la fenêtre.

— « Les papiers s'envoleraient! » s'écria Pécuchet qui redoutait, en plus, les courants d'air.

Cependant, il haletait dans cette petite chambre

chauffée depuis le matin par les ardoises de la toiture.

Bouvard lui dit : — « A votre place, j'ôterais ma flanelle ! »

— « Comment ! » et Pécuchet baissa la tête, s'effrayant à l'hypothèse de ne plus avoir son gilet de santé.

— « Faites-moi la conduite » reprit Bouvard « l'air extérieur vous rafraîchira. »

Enfin Pécuchet repassa ses bottes, en grommelant : « Vous m'ensorcelez ma parole d'honneur ! » — et malgré la distance, il l'accompagna jusque chez lui au coin de la rue de Béthune, en face le pont de la Tournelle.

La chambre de Bouvard, bien cirée, avec des rideaux de percale et des meubles en acajou, jouissait d'un balcon ayant vue sur la rivière. Les deux ornements principaux étaient un porte-liqueurs au milieu de la commode, et le long de la glace des daguerréotypes représentant des amis ; une peinture à l'huile occupait l'alcôve.

— « Mon oncle ! » dit Bouvard, et le flambeau qu'il tenait éclaira un monsieur.

Des favoris rouges élargissaient son visage surmonté d'un toupet frisant par la pointe. Sa haute cravate avec le triple col de la chemise, du gilet de velours, et de l'habit noir l'engonçaient. On avait figuré des diamants sur le jabot. Ses yeux étaient bridés aux pommettes, et il souriait d'un petit air narquois.

Pécuchet ne put s'empêcher de dire : — « On le prendrait plutôt pour votre père ! »

— « C'est mon parrain » répliqua Bouvard, négligemment, ajoutant qu'il s'appelait de ses noms de baptême François, Denys, Bartholomée. Ceux de Pécuchet étaient Juste, Romain, Cyrille ; — et ils avaient le même âge : quarante-sept ans ! Cette coïncidence leur fit plaisir ; mais les surprit, chacun ayant cru l'autre beaucoup moins jeune. Ensuite, ils admirèrent la Providence dont les combinaisons parfois sont merveilleuses. — « Car, enfin, si nous n'étions pas sortis tantôt pour nous promener, nous aurions pu mourir avant de nous connaître ! » et s'étant donné l'adresse de leurs patrons, ils se souhaitèrent une bonne nuit.

— « N'allez pas voir les dames ! » cria Bouvard dans l'escalier.

Pécuchet descendit les marches sans répondre à la gaudriole.

Le lendemain, dans la cour de MM. Descambos frères, — tissus d'Alsace rue Hautefeuille 92, une voix appela : — « Bouvard ! Monsieur Bouvard ! »

Celui-ci passa la tête par les carreaux et reconnut Pécuchet qui articula plus fort.

— « Je ne suis pas malade ! Je l'ai retirée ! »

— « Quoi donc ! »

— « Elle ! » dit Pécuchet, en désignant sa poitrine.

Tous les propos de la journée, avec la température de l'appartement et les labeurs de la digestion l'avaient empêché de dormir, si bien que n'y tenant plus, il avait rejeté loin de lui sa flanelle. — Le matin, il s'était rappelé son action heureusement sans conséquence, et il venait en instruire Bouvard qui, par là, fut placé dans son estime à une prodigieuse hauteur.

Il était le fils d'un petit marchand, et n'avait pas connu sa mère, morte très jeune. On l'avait, à quinze ans, retiré de pension pour le mettre chez un huissier. Les gendarmes y survinrent ; et le patron fut envoyé aux galères, histoire farouche qui lui causait encore de l'épouvante. Ensuite, il avait essayé de plusieurs états, maître d'études, élève en pharmacie, comptable sur un des paquebots de la haute Seine. Enfin un chef de division séduit par son écriture, l'avait engagé comme expéditionnaire; mais la conscience d'une instruction défectueuse, avec les besoins d'esprit qu'elle lui donnait, irritaient son humeur; et il vivait complètement seul sans parents, sans maîtresse. Sa distraction était, le dimanche, d'inspecter les travaux publics.

Les plus vieux souvenirs de Bouvard le reportaient sur les bords de la Loire dans une cour de ferme. Un homme qui était son oncle, l'avait emmené à Paris pour lui apprendre le commerce. A sa majorité, on lui versa quelques mille francs. Alors il avait pris femme et ouvert une boutique de confiseur. Six mois plus tard, son épouse disparaissait, en emportant la caisse. Les amis, la bonne chère, et surtout la paresse avaient promptement achevé sa ruine. Mais il eut l'inspiration d'utiliser sa belle main; et depuis douze ans, il se tenait dans la même place, MM. Descambos frères, tissus, rue Hautefeuille 92. Quant à son oncle, qui autrefois lui avait expédié comme souvenir le fameux portrait, Bouvard ignorait même sa résidence et n'en attendait plus rien. Quinze cents livres de revenu et ses gages de copiste lui permettaient d'aller, tous les soirs, faire un somme dans un estaminet.

Ainsi leur rencontre avait eu l'importance d'une aventure. Ils s'étaient, tout de suite, accrochés par des fibres secrètes. D'ailleurs, comment expliquer les sympathies? Pourquoi telle particularité, telle imperfection indifférente ou odieuse dans celui-ci enchante-t-elle dans celui-là? Ce qu'on appelle le coup de foudre est vrai pour toutes les passions. Avant la fin de la semaine, ils se tutoyèrent.

Souvent, ils venaient se chercher à leur comptoir.

Dès que l'un paraissait, l'autre fermait son pupitre et ils s'en allaient ensemble dans les rues. Bouvard marchait à grandes enjambées, tandis que Pécuchet multipliant les pas, avec sa redingote qui lui battait les talons semblait glisser sur des roulettes. De même leurs goûts particuliers s'harmonisaient. Bouvard fumait la pipe, aimait le fromage, prenait régulièrement sa demi-tasse. Pécuchet prisait, ne mangeait au dessert que des confitures et trempait un morceau de sucre dans le café. L'un était confiant, étourdi, généreux. L'autre discret, méditatif, économe.

Pour lui être agréable, Bouvard voulut faire faire à Pécuchet la connaissance de Barberou. C'était un ancien commis-voyageur, actuellement boursier, très bon enfant, patriote, ami des dames, et qui affectait le langage faubourien. Pécuchet le trouva déplaisant et il conduisit Bouvard chez Dumouchel. Cet auteur — (car il avait publié une petite mnémotechnie) donnait des leçons de littérature dans un pensionnat de jeunes personnes, avait des opinions orthodoxes et la tenue sérieuse. Il ennuya Bouvard.

Aucun des deux n'avait caché à l'autre son opinion. Chacun en reconnut la justesse. Leurs habitudes changèrent; et quittant leur pension bourgeoise, ils finirent par dîner ensemble tous les jours.

Ils faisaient des réflexions sur les pièces de théâtre dont on parlait, sur le gouvernement, la cherté des vivres, les fraudes du commerce. De temps à autre l'histoire du Collier ou le procès de Fualdès revenait dans leurs discours; — et puis, ils cherchaient les causes de la Révolution.

Ils flânaient le long des boutiques de bric-à-brac. Ils visitèrent le Conservatoire des Arts et Métiers,

Saint-Denis, les Gobelins, les Invalides, et toutes les collections publiques. Quand on demandait leur passeport, ils faisaient mine de l'avoir perdu, se donnant pour deux étrangers, deux Anglais.

Dans les galeries du Muséum, ils passèrent avec ébahissement devant les quadrupèdes empaillés, avec plaisir devant les papillons, avec indifférence devant les métaux; les fossiles les firent rêver, la conchyliologie les ennuya. Ils examinèrent les serres-chaudes par les vitres, et frémirent en songeant que tous ces feuillages distillaient des poisons. Ce qu'ils admirèrent du cèdre, c'est qu'on l'eût rapporté dans un chapeau.

Ils s'efforcèrent au Louvre de s'enthousiasmer pour Raphaël. A la grande bibliothèque ils auraient voulu connaître le nombre exact des volumes.

Une fois, ils entrèrent au cours d'arabe du Collège de France; et le professeur fut étonné de voir ces deux inconnus qui tâchaient de prendre des notes. Grâce à Barberou, ils pénétrèrent dans les coulisses d'un petit théâtre. Dumouchel leur procura des billets pour une séance de l'Académie. Ils s'informaient des découvertes, lisaient les prospectus et par cette curiosité leur intelligence se développa. Au fond d'un horizon plus lointain chaque jour, ils apercevaient des choses à la fois confuses et merveilleuses.

En admirant un vieux meuble, ils regrettaient de n'avoir pas vécu à l'époque où il servait, bien qu'ils ignorassent absolument cette époque-là. D'après de certains noms, ils imaginaient des pays d'autant plus beaux qu'ils n'en pouvaient rien préciser. Les ouvrages dont les titres étaient pour eux inintelligibles leur semblaient contenir un mystère.

Et ayant plus d'idées, ils eurent plus de souffrances. Quand une malle-poste les croisait dans les rues, ils sentaient le besoin de partir avec elle. Le quai aux Fleurs les faisait soupirer pour la campagne.

Un dimanche ils se mirent en marche dès le matin; et passant par Meudon, Bellevue, Suresnes, Auteuil, tout le long du jour ils vagabondèrent entre les vignes, arrachèrent des coquelicots au bord des champs, dormirent sur l'herbe, burent du lait, mangèrent sous les acacias des guinguettes, et rentrèrent fort tard, poudreux, exténués, ravis. Ils renouvelèrent souvent ces promenades. Les lendemains étaient si tristes qu'ils finirent par s'en priver.

La monotonie du bureau leur devenait odieuse. Continuellement le grattoir et la sandaraque, le même encrier, les mêmes plumes et les mêmes compagnons! Les jugeant stupides, ils leur parlaient de moins en moins; cela leur valut des taquineries. Ils arrivaient tous les jours après l'heure, et reçurent des semonces.

Autrefois, ils se trouvaient presque heureux. Mais leur métier les humiliait depuis qu'ils s'estimaient davantage; — et ils se renforçaient dans ce dégoût, s'exaltaient mutuellement, se gâtaient. Pécuchet contracta la brusquerie de Bouvard, Bouvard prit quelque chose de la morosité de Pécuchet.

— « J'ai envie de me faire saltimbanque sur les places publiques! » disait l'un.

— « Autant être chiffonnier » s'écriait l'autre.

Quelle situation abominable! Et nul moyen d'en sortir! Pas même d'espérance!

Un après-midi (c'était le 20 janvier 1839) Bouvard étant à son comptoir reçut une lettre, apportée par le facteur.

Ses bras se levèrent, sa tête peu à peu se renversait, et il tomba évanoui sur le carreau.

Les commis se précipitèrent; on lui ôta sa cravate; on envoya chercher un médecin.

Il rouvrit les yeux — puis aux questions qu'on lui faisait : — « Ah!... c'est que... c'est que... un peu d'air me soulagera. Non! laissez-moi! permettez! » et malgré sa corpulence, il courut tout d'une haleine jusqu'au ministère de la marine, se passant la main sur le front, croyant devenir fou, tâchant de se calmer.

Il fit demander Pécuchet.

Pécuchet parut.

— « Mon oncle est mort! j'hérite! »

— « Pas possible! »

Bouvard montra les lignes suivantes :

ÉTUDE DE M^e TARDIVEL, NOTAIRE.

Savigny-en-Septaine 14 janvier 39.

« Monsieur,

Je vous prie de vous rendre en mon étude, pour y prendre connaissance du testament de votre père naturel M. François, Denys, Bartholomée Bouvard, ex-négociant dans la ville de Nantes, décédé en cette commune le 10 du présent mois. Ce testament contient en votre faveur une disposition très importante.

Agréez, Monsieur, l'assurance de mes respects.

TARDIVEL, notaire. »

Pécuchet fut obligé de s'asseoir sur une borne dans la cour. Puis, il rendit le papier en disant lentement :

— « Pourvu... que ce ne soit pas... quelque farce? »

— « Tu crois que c'est une farce! » reprit Bouvard d'une voix étranglée, pareille à un râle de moribond.

Mais le timbre de la poste, le nom de l'étude en caractères d'imprimerie, la signature du notaire, tout prouvait l'authenticité de la nouvelle; — et ils se regardèrent avec un tremblement du coin de la bouche et une larme qui roulait dans leurs yeux fixes.

L'espace leur manquait. Ils allèrent jusqu'à l'Arc de Triomphe, revinrent par le bord de l'eau, dépassèrent Notre-Dame. Bouvard était très rouge. Il donna à Pécuchet des coups de poing dans le dos, et pendant cinq minutes déraisonna complètement.

Ils ricanaient malgré eux. Cet héritage, bien sûr, devait se monter...? — « Ah! ce serait trop beau! n'en parlons plus. » Ils en reparlaient.

Rien n'empêchait de demander tout de suite des explications. Bouvard écrivit au notaire pour en avoir.

Le notaire envoya la copie du testament, lequel se terminait ainsi : « En conséquence je donne à François, Denys, Bartholomée Bouvard mon fils naturel reconnu, la portion de mes biens disponible par la loi. »

Le bonhomme avait eu ce fils dans sa jeunesse, mais il l'avait tenu à l'écart soigneusement, le faisant passer pour un neveu; et le neveu l'avait toujours appelé mon oncle, bien que sachant à quoi s'en tenir. Vers la quarantaine, M. Bouvard s'était marié, puis était devenu veuf. Ses deux fils légitimes ayant tourné contrairement à ses vues, un remords l'avait pris sur l'abandon où il laissait depuis tant d'années son autre enfant. Il l'eût même fait venir chez lui, sans l'influence de sa cuisinière. Elle le quitta grâce aux manœuvres de la famille — et dans son isolement près de mourir, il voulut réparer ses torts en léguant au fruit de ses premières amours tout ce qu'il pouvait de sa fortune. Elle s'élevait à la moitié d'un million, ce qui faisait pour le copiste deux cent cinquante mille francs. L'aîné des frères, M. Étienne, avait annoncé qu'il respecterait le testament.

Bouvard tomba dans une sorte d'hébétude. Il répétait à voix basse, en souriant du sourire paisible des ivrognes : — « Quinze mille livres de rente ! » et Pécuchet, dont la tête pourtant était plus forte, n'en revenait pas.

Ils furent secoués brusquement par une lettre de Tardivel. L'autre fils, M. Alexandre, déclarait son intention de régler tout devant la justice, et même d'attaquer le legs s'il le pouvait, exigeant au préalable scellés, inventaire, nomination d'un séquestre, etc. ! Bouvard en eut une maladie bilieuse. A peine convalescent, il s'embarqua pour Savigny — d'où il revint, sans conclusion d'aucune sorte et déplorant ses frais de voyage.

Puis ce furent des insomnies, des alternatives de colère et d'espoir, d'exaltation et d'abattement. Enfin, au bout de six mois, le sieur Alexandre s'apaisant, Bouvard entra en possession de l'héritage.

Son premier cri avait été : — « Nous nous retirerons à la campagne ! » et ce mot qui liait son ami à son bonheur, Pécuchet l'avait trouvé tout simple. Car l'union de ces deux hommes était absolue et profonde.

Mais comme il ne voulait point vivre aux crochets de Bouvard, il ne partirait pas avant sa retraite. Encore deux ans; n'importe! Il demeura inflexible et la chose fut décidée.

Pour savoir où s'établir, ils passèrent en revue toutes les provinces. Le Nord était fertile mais trop froid, le Midi enchanteur par son climat, mais incommode vu les moustiques, et le Centre franchement n'avait rien de curieux. La Bretagne leur aurait convenu sans l'esprit cagot des habitants. Quant aux régions de l'Est, à cause du patois germanique, il n'y fallait pas songer. Mais il y avait d'autres pays. Qu'était-ce par exemple que le Forez, le Bugey, le Roumois? Les cartes de géographie n'en disaient rien. Du reste, que leur maison fût dans tel endroit ou dans tel autre, l'important c'est qu'ils en auraient une.

Déjà, ils se voyaient en manches de chemise, au bord d'une plate-bande émondant des rosiers, et bêchant, binant, maniant de la terre, dépotant des tulipes. Ils se réveilleraient au chant de l'alouette, pour suivre les charrues, iraient avec un panier cueillir des pommes, regarderaient faire le beurre, battre le grain, tondre les moutons, soigner les ruches, et se délecteraient au mugissement des vaches et à la senteur des foins coupés. Plus d'écritures! plus de chefs! plus même de terme à payer! — Car ils posséderaient un domicile à eux! et ils mangeraient les poules de leur basse-cour, les légumes de leur jardin, et dîneraient en gardant leurs sabots! — « Nous ferons tout ce qui nous plaira! nous laisserons pousser notre barbe! »

Ils s'achetèrent des instruments horticoles, puis un tas de choses « qui pourraient peut-être servir » telles qu'une boîte à outils (il en faut toujours dans une maison), ensuite des balances, une chaîne d'arpenteur, une baignoire en cas qu'ils ne fussent malades, un thermomètre, et même un baromètre

« système Gay-Lussac » pour des expériences de physique, si la fantaisie leur en prenait. Il ne serait pas mal, non plus (car on ne peut pas toujours travailler dehors), d'avoir quelques bons ouvrages de littérature ; — et ils en cherchèrent, — fort embarrassés parfois de savoir si tel livre « était vraiment un livre de bibliothèque ». Bouvard tranchait la question.

— « Eh ! nous n'aurons pas besoin de bibliothèque. »

— « D'ailleurs, j'ai la mienne » disait Pécuchet.

D'avance, ils s'organisaient. Bouvard emporterait ses meubles, Pécuchet sa grande table noire ; on tirerait parti des rideaux et avec un peu de batterie de cuisine ce serait bien suffisant. Ils s'étaient juré de taire tout cela ; mais leur figure rayonnait. Aussi leurs collègues les trouvaient « drôles ». Bouvard, qui écrivait étalé sur son pupitre et les coudes en dehors pour mieux arrondir sa bâtarde, poussait son espèce de sifflement tout en clignant d'un air malin ses lourdes paupières. Pécuchet huché sur un grand tabouret de paille soignait toujours les jambages de sa longue écriture — mais en gonflant les narines pinçait les lèvres, comme s'il avait peur de lâcher son secret.

Après dix-huit mois de recherches, ils n'avaient rien trouvé. Ils firent des voyages dans tous les environs de Paris, et depuis Amiens jusqu'à Évreux, et de Fontainebleau jusqu'au Havre. Ils voulaient une campagne qui fût bien la campagne, sans tenir précisément à un site pittoresque, mais un horizon borné les attristait. Ils fuyaient le voisinage des habitations et redoutaient pourtant la solitude. Quelquefois, ils se décidaient, puis craignant de se repentir plus tard, ils changeaient d'avis, l'endroit leur ayant paru malsain, ou exposé au vent de mer, ou trop près d'une manufacture ou d'un abord difficile.

Barberou les sauva.

Il connaissait leur rêve, et un beau jour vint leur dire qu'on lui avait parlé d'un domaine à Chavignolles, entre Caen et Falaise. Cela consistait en une ferme de trente-huit hectares, avec une manière de château et un jardin en plein rapport.

Ils se transportèrent dans le Calvados; et ils furent enthousiasmés. Seulement, tant de la ferme que de la maison (l'une ne serait pas vendue sans l'autre) on exigeait cent quarante-trois mille francs. Bouvard n'en donnait que cent vingt mille.

Pécuchet combattit son entêtement, le pria de céder, enfin déclara qu'il compléterait le surplus. C'était toute sa fortune, provenant du patrimoine de sa mère et de ses économies. Jamais il n'en avait soufflé mot, réservant ce capital pour une grande occasion.

Tout fut payé vers la fin de 1840, six mois avant sa retraite.

Bouvard n'était plus copiste. D'abord, il avait continué ses fonctions par défiance de l'avenir, mais s'en était démis, une fois certain de l'héritage. Cependant il retournait volontiers chez les Messieurs Descambos, et la veille de son départ il offrit un punch à tout le comptoir.

Pécuchet, au contraire, fut maussade pour ses collègues, et sortit le dernier jour, en claquant la porte brutalement.

Il avait à surveiller les emballages, faire un tas de commissions, d'emplettes encore, et prendre congé de Dumouchel!

Le professeur lui proposa un commerce épistolaire, où il le tiendrait au courant de la Littérature; et après des félicitations nouvelles lui souhaita une bonne santé. Barberou se montra plus sensible en recevant l'adieu de Bouvard. Il abandonna exprès une partie de dominos, promit d'aller le voir là-bas, commanda deux anisettes et l'embrassa.

Bouvard, rentré chez lui, aspira sur son balcon une large bouffée d'air en se disant : « Enfin. » Les lumières des quais tremblaient dans l'eau, le roulement des omnibus au loin s'apaisait. Il se rappela des jours heureux passés dans cette grande ville, des pique-niques au restaurant, des soirs au théâtre, les commérages de sa portière, toutes ses habitudes ; et il sentit une défaillance de cœur, une tristesse qu'il n'osait pas s'avouer.

Pécuchet jusqu'à deux heures du matin se promena dans sa chambre. Il ne reviendrait plus là ; tant mieux ! et cependant, pour laisser quelque chose de lui, il grava son nom sur le plâtre de la cheminée.

Le plus gros du bagage était parti dès la veille. Les instruments de jardin, les couchettes, les matelas, les tables, les chaises, un caléfacteur, la baignoire et trois fûts de Bourgogne iraient par la Seine, jusqu'au Havre, et de là seraient expédiés sur Caen, où Bouvard qui les attendrait les ferait parvenir à Chavignolles. Mais le portrait de son père, les fauteuils, la cave à liqueurs, les bouquins, la pendule, tous les objets précieux furent mis dans une voiture de déménagement qui s'acheminerait par Nonancourt, Verneuil et Falaise. Pécuchet voulut l'accompagner.

Il s'installa auprès du conducteur, sur la banquette, et couvert de sa plus vieille redingote, avec un cache-nez, des mitaines et sa chancelière de bureau, le dimanche 20 mars, au petit jour, il sortit de la Capitale.

Le mouvement et la nouveauté du voyage l'occupèrent les premières heures. Puis les chevaux se ralentirent, ce qui amena des disputes avec le conducteur et le charretier. Ils choisissaient d'exécrables auberges et bien qu'ils répondissent de tout, Pécuchet par excès de prudence couchait dans les mêmes gîtes. Le lendemain on repartait dès l'aube; et la route, toujours la même, s'allongeait en montant jusqu'au bord de l'horizon. Les mètres de cailloux se succédaient, les fossés étaient pleins d'eau, la campagne s'étalait par grandes surfaces d'un vert monotone et froid, des nuages couraient dans le ciel, de temps à autre la pluie tombait. Le troisième jour des bourrasques s'élevèrent. La bâche du chariot, mal attachée, claquait au vent comme la voile d'un navire. Pécuchet baissait la figure sous sa casquette, et chaque fois qu'il ouvrait sa tabatière, il lui fallait, pour garantir ses yeux, se retourner complètement. Pendant les cahots, il entendait osciller derrière lui tout son bagage et prodiguait les recommandations. Voyant qu'elles ne servaient à rien, il changea de tactique; il fit le bon enfant, eut des complaisances; dans les montées pénibles, il poussait à la roue avec les hommes; il en vint jusqu'à leur payer le gloria après les repas. Ils filèrent dès lors plus lestement, si bien qu'aux environs de Gauburge l'essieu se rompit et le chariot resta penché. Pécuchet visita tout de suite l'intérieur; les tasses de porcelaine gisaient en morceaux. Il leva les bras, en grinçant des dents, maudit ces deux imbéciles; et la journée suivante fut perdue, à cause du charretier qui se grisa; mais il n'eut pas la force de se plaindre, la coupe d'amertume étant remplie.

Bouvard n'avait quitté Paris que le surlendemain, pour dîner encore une fois avec Barberou. Il arriva dans la cour des messageries à la dernière minute, puis se réveilla devant la cathédrale de Rouen ; il s'était trompé de diligence.

Le soir toutes les places pour Caen étaient retenues ; ne sachant que faire, il alla au Théâtre des Arts, et il souriait à ses voisins, disant qu'il était retiré du négoce et nouvellement acquéreur d'un domaine aux alentours. Quand il débarqua le vendredi à Caen ses ballots n'y étaient pas. Il les reçut le dimanche, et les expédia sur une charrette, ayant prévenu le fermier qu'il les suivrait de quelques heures.

A Falaise, le neuvième jour de son voyage, Pécuchet prit un cheval de renfort, et jusqu'au coucher du soleil on marcha bien. Au delà de Bretteville, ayant quitté la grande route, il s'engagea dans un chemin de traverse, croyant voir à chaque minute le pignon de Chavignolles. Cependant les ornières s'effaçaient, elles disparurent, et ils se trouvèrent au milieu des champs labourés. La nuit tombait. Que devenir ? Enfin Pécuchet abandonna le chariot, et pataugeant dans la boue, s'avança devant lui à la découverte. Quand il approchait des fermes, les chiens aboyaient. Il criait de toutes ses forces pour demander sa route. On ne répondait pas. Il avait peur et regagnait le large. Tout à coup deux lanternes brillèrent. Il aperçut un cabriolet, s'élança pour le rejoindre. Bouvard était dedans.

Mais où pouvait être la voiture du déménagement ? Pendant une heure, ils la hélèrent dans les ténèbres. Enfin, elle se retrouva, et ils arrivèrent à Chavignolles.

Un grand feu de broussailles et de pommes de pin flambait dans la salle. Deux couverts y étaient mis. Les meubles arrivés sur la charrette encombraient le vestibule. Rien ne manquait. Ils s'attablèrent.

On leur avait préparé une soupe à l'oignon, un poulet, du lard et des œufs durs. La vieille femme qui faisait la cuisine venait de temps à autre s'informer de leurs goûts. Ils répondaient : « Oh très bon! très bon! » et le gros pain difficile à couper, la crème, les noix, tout les délecta! Le carrelage avait des trous, les murs suintaient. Cependant, ils promenaient autour d'eux un regard de satisfaction, en mangeant sur la petite table où brûlait une chandelle. Leurs figures étaient rougies par le grand air. Ils tendaient leur ventre, ils s'appuyaient sur le dossier de leur chaise, qui en craquait, et ils se répétaient : — « Nous y voilà donc! quel bonheur! il me semble que c'est un rêve! »

Bien qu'il fût minuit, Pécuchet eut l'idée de faire un tour dans le jardin. Bouvard ne s'y refusa pas. Ils prirent la chandelle, et l'abritant avec un vieux journal, se promenèrent le long des plates-bandes.

Ils avaient plaisir à nommer tout haut les légumes : « Tiens : des carottes! Ah! des choux. »

Ensuite, ils inspectèrent les espaliers. Pécuchet tâcha de découvrir des bourgeons. Quelquefois une araignée fuyait tout à coup sur le mur; — et les deux ombres de leur corps s'y dessinaient agrandies, en répétant leurs gestes. Les pointes des herbes dégouttelaient de rosée. La nuit était complètement noire; et tout se tenait immobile dans un grand silence, une grande douceur. Au loin, un coq chanta.

Leurs deux chambres avaient entre elles une petite porte que le papier de la tenture masquait. En la heurtant avec une commode, on venait d'en faire sauter les clous. Ils la trouvèrent béante. Ce fut une surprise.

Déshabillés et dans leur lit, ils bavardèrent quelque temps, puis s'endormirent ; Bouvard sur le dos, la bouche ouverte, tête nue, Pécuchet sur le flanc droit, les genoux au ventre, affublé d'un bonnet de coton ; — et tous les deux ronflaient sous le clair de la lune, qui entrait par les fenêtres.

## II

Quelle joie, le lendemain en se réveillant! Bouvard fuma une pipe, et Pécuchet huma une prise, qu'ils déclarèrent la meilleure de leur existence. Puis ils se mirent à la croisée, pour voir le paysage.

On avait en face de soi les champs, à droite une grange, avec le clocher de l'église, — et à gauche un rideau de peupliers.

Deux allées principales, formant la croix, divisaient le jardin en quatre morceaux. Les légumes étaient compris dans les plates-bandes, où se dressaient, de place en place, des cyprès nains et des quenouilles. D'un côté, une tonnelle aboutissait à un vigneau, de l'autre un mur soutenait les espaliers; — et une claire-voie, dans le fond, donnait sur la campagne. Il y avait au delà du mur un verger, après la charmille un bosquet, derrière la claire-voie un petit chemin.

Ils contemplaient cet ensemble, quand un homme à chevelure grisonnante et vêtu d'un paletot noir, longea le sentier, en râclant avec sa canne tous les barreaux de la claire-voie. La vieille servante leur apprit que c'était M. Vaucorbeil, un docteur fameux dans l'arrondissement.

Les autres notables étaient le comte de Faverges, autrefois député, et dont on citait les vacheries, le maire M. Foureau qui vendait du bois, du plâtre, toute espèce de choses, M. Marescot le notaire, l'abbé Jeufroy, et Mme veuve Bordin, vivant de son revenu. — Quant à elle, on l'appelait la Germaine, à cause de feu Germain son mari. Elle « faisait des journées » mais aurait voulu passer au service de ces messieurs. Ils l'acceptèrent, et partirent pour leur ferme, située à un kilomètre de distance.

Quand ils entrèrent dans la cour, le fermier, maître Gouy, vociférait contre un garçon et la fermière sur un escabeau, serrait entre ses jambes un dinde qu'elle empâtait avec des gobes de farine. L'homme avait le front bas, le nez fin, le regard en dessous, et les épaules robustes. La femme était très blonde, avec les pommettes tachetées de son, et cet air de simplicité que l'on voit aux manants sur le vitrail des églises.

Dans la cuisine, des bottes de chanvre étaient suspendues au plafond. Trois vieux fusils s'échelonnaient sur la haute cheminée. Un dressoir chargé de faïences à fleurs occupait le milieu de la muraille; — et les carreaux en verre de bouteille jetaient sur les ustensiles de fer-blanc et de cuivre rouge une lumière blafarde.

Les deux Parisiens désiraient faire leur inspection, n'ayant vu la propriété qu'une fois, sommairement. Maître Gouy et son épouse les escortèrent; — et la kyrielle des plaintes commença.

Tous les bâtiments, depuis la charretterie jusqu'à la bouillerie, avaient besoin de réparations. Il aurait fallu construire une succursale pour les fromages, mettre aux barrières des ferrements neufs, relever les « hauts-bords », creuser la mare et replanter considérablement de pommiers dans les trois cours.

Ensuite, on visita les cultures. Maître Gouy les déprécia. Elles mangeaient trop de fumier; les charrois étaient dispendieux, — impossible d'extraire les cailloux, la mauvaise herbe empoisonnait les prairies; — et ce dénigrement de sa terre atténua le plaisir que Bouvard sentait à marcher dessus.

Ils s'en revinrent par la cavée, sous une avenue de hêtres. La maison montrait de ce côté-là, sa cour d'honneur et sa façade.

Elle était peinte en blanc, avec des réchampis de couleur jaune. Le hangar et le cellier, le fournil et le bûcher faisaient en retour deux ailes plus basses. La cuisine communiquait avec une petite salle. On rencontrait ensuite le vestibule, une deuxième salle plus grande, et le salon. Les quatre chambres au premier s'ouvraient sur le corridor qui regardait la cour. Pécuchet en prit une pour ses collections; la dernière fut destinée à la bibliothèque; et comme ils ouvraient les armoires, ils trouvèrent d'autres bouquins, mais n'eurent pas la fantaisie d'en lire les titres. Le plus pressé, c'était le jardin.

Bouvard, en passant près de la charmille découvrit sous les branches une dame en plâtre. Avec deux doigts, elle écartait sa jupe, les genoux pliés, la tête sur l'épaule, comme craignant d'être surprise. — « Ah! pardon! ne vous gênez pas! » — et cette plaisanterie les amusa tellement que vingt fois par jour pendant plus de trois semaines, ils la répétèrent.

Cependant, les bourgeois de Chavignolles désiraient les connaître — on venait les observer par la claire-voie. Ils en bouchèrent les ouvertures avec des planches. La population fut contrariée.

Pour se garantir du soleil, Bouvard portait sur la tête un mouchoir noué en turban, Pécuchet sa casquette; et il avait un grand tablier avec une poche par devant, dans laquelle ballottaient un sécateur, son foulard et sa tabatière. Les bras nus, et côte à côte, ils labouraient, sarclaient, émondaient, s'imposaient des tâches, mangeaient le plus vite possible; — mais allaient prendre le café sur le vigneau, pour jouir du point de vue.

S'ils rencontraient un limaçon, ils s'approchaient de lui, et l'écrasaient en faisant une grimace du coin de la bouche, comme pour casser une noix. Ils ne sortaient pas sans leur louchet, — et coupaient en deux les vers blancs d'une telle force que le fer de l'outil s'en enfonçait de trois pouces. Pour se délivrer des chenilles, ils battaient les arbres, à grands coups de gaule, furieusement.

Bouvard planta une pivoine au milieu du gazon — et des pommes d'amour qui devaient retomber comme des lustres, sous l'arceau de la tonnelle.

Pécuchet fit creuser devant la cuisine, un large trou, et le disposa en trois compartiments, où il fabriquerait des composts qui feraient pousser un tas de choses dont les détritus amèneraient d'autres récoltes, procurant d'autres engrais, tout cela indéfiniment; — et il rêvait au bord de la fosse, apercevant dans l'avenir, des montagnes de fruits, des débordements de fleurs, des avalanches de légumes. Mais le fumier de cheval si utile pour les couches lui manquait. Les cultivateurs n'en vendaient pas; les aubergistes en refusèrent. Enfin, après beaucoup de recherches, malgré les instances de Bouvard, et abjurant toute pudeur, il prit le parti « d'aller lui-même au crottin! »

C'est au milieu de cette occupation que Mme Bordin, un jour, l'accosta sur la grande route. Quand elle l'eut complimenté, elle s'informa de son ami. Les yeux noirs de cette personne, très brillants bien que petits, ses hautes couleurs, son aplomb (elle avait même un peu de moustache) intimidèrent Pécuchet. Il répondit brièvement et tourna le dos — impolitesse que blâma Bouvard.

Puis les mauvais jours survinrent, la neige, les grands froids. Ils s'installèrent dans la cuisine, et faisaient du treillage; ou bien parcouraient les chambres, causaient au coin du feu, regardaient la pluie tomber.

Dès la mi-carême, ils guettèrent le printemps, et répétaient chaque matin : « tout part. » Mais la saison fut tardive; et ils consolaient leur impatience, en disant : « tout va partir. »

Ils virent enfin lever les petits pois. Les asperges donnèrent beaucoup. La vigne promettait.

Puisqu'ils s'entendaient au jardinage, ils devaient réussir dans l'agriculture; — et l'ambition les prit de cultiver leur ferme. Avec du bon sens et de l'étude ils s'en tireraient, sans aucun doute.

D'abord, il fallait voir comment on opérait chez les autres; — et ils rédigèrent une lettre, où ils demandaient à M. de Faverges l'honneur de visiter son exploitation. Le Comte leur donna tout de suite un rendez-vous.

Après une heure de marche, ils arrivèrent sur le versant d'un coteau qui domine la vallée de l'Orne. La rivière coulait au fond, avec des sinuosités. Des blocs de grès rouge s'y dressaient de place en place, et des roches plus grandes formaient au loin comme une falaise surplombant la campagne, couverte de blés mûrs. En face, sur l'autre colline, la verdure était si abondante qu'elle cachait les maisons. Des arbres la divisaient en carrés inégaux, se marquant au milieu de l'herbe par des lignes plus sombres.

L'ensemble du domaine apparut tout à coup. Des toits de tuiles indiquaient la ferme. Le château à façade blanche se trouvait sur la droite avec un bois au delà, et une pelouse descendait jusqu'à la rivière où des platanes alignés reflétaient leur ombre.

Les deux amis entrèrent dans une luzerne qu'on fanait. Des femmes portant des chapeaux de paille, des marmottes d'indienne ou des visières de papier, soulevaient avec des râteaux le foin laissé par terre — et à l'autre bout de la plaine, auprès des meules, on jetait des bottes vivement dans une longue charrette, attelée de trois chevaux. M. le Comte s'avança suivi de son régisseur.

Il avait un costume de basin, la taille raide et les favoris en côtelette, l'air à la fois d'un magistrat et d'un dandy. Les traits de sa figure, même quand il parlait, ne remuaient pas.

Les premières politesses échangées, il exposa son système relativement aux fourrages; on retournait les andains sans les éparpiller, les meules devaient être coniques, et les bottes faites immédiatement sur place, puis entassées par dizaines. Quant au râfleur anglais, la prairie était trop inégale pour un pareil instrument.

Une petite fille les pieds nus dans des savates, et dont le corps se montrait par les déchirures de sa robe, donnait à boire aux femmes, en versant du cidre d'un broc, qu'elle appuyait contre sa hanche. Le comte demanda d'où venait cet enfant; on n'en savait rien. Les faneuses l'avaient recueillie pour les servir pendant la moisson. Il haussa les épaules, et tout en s'éloignant proféra quelques plaintes sur l'immoralité de nos campagnes.

Bouvard fit l'éloge de sa luzerne. Elle était assez bonne, en effet, malgré les ravages de la cuscute; les futurs agronomes ouvrirent les yeux au mot cuscute. Vu le nombre de ses bestiaux, il s'appliquait aux prairies artificielles; c'était d'ailleurs un bon précédent pour les autres récoltes, ce qui n'a pas toujours lieu avec les racines fourragères. — « Cela du moins me paraît incontestable. »

Bouvard et Pécuchet reprirent ensemble : « Oh! incontestable. »

Ils étaient sur la limite d'un champ tout plat, soigneusement ameubli. Un cheval que l'on conduisait à la main traînait un large coffre monté sur trois roues. Sept coutres, disposés en bas, ouvraient parallèlement des raies fines, dans lesquelles le grain tombait par des tuyaux descendant jusqu'au sol.

— « Ici » dit le comte « je sème des turneps. Le turnep est la base de ma culture quadriennale » et il entamait la démonstration du semoir. Mais un domestique vint le chercher. On avait besoin de lui, au château.

Son régisseur le remplaça, homme à figure chafouine et de façons obséquieuses.

Il conduisit « ces messieurs » vers un autre champ, où quatorze moissonneurs, la poitrine nue et les jambes écartées, fauchaient des seigles. Les fers sifflaient dans la paille qui se versait à droite. Chacun décrivait devant soi un large demi-cercle, et tous sur la même ligne, ils avançaient en même temps. Les deux Parisiens admirèrent leurs bras et se sentaient pris d'une vénération presque religieuse pour l'opulence de la terre.

Ils longèrent ensuite plusieurs pièces en labour. Le crépuscule tombait; des corneilles s'abattaient dans les sillons.

Puis ils rencontrèrent le troupeau. Les moutons, çà et là, pâturaient et on entendait leur continuel broutement. Le berger, assis sur un tronc d'arbre, tricotait un bas de laine, ayant son chien près de lui.

Le régisseur aida Bouvard et Pécuchet à franchir

un échalier, et ils traversèrent deux masures, où des vaches ruminaient sous les pommiers.

Tous les bâtiments de la ferme étaient contigus et occupaient les trois côtés de la cour. Le travail s'y faisait à la mécanique, au moyen d'une turbine, utilisant un ruisseau qu'on avait, exprès, détourné. Des bandelettes de cuir allaient d'un toit dans l'autre, et au milieu du fumier une pompe de fer manœuvrait.

Le régisseur fit observer dans les bergeries de petites ouvertures à ras du sol, et dans les cases aux cochons, des portes ingénieuses, pouvant d'elles-mêmes se fermer.

La grange était voûtée comme une cathédrale avec des arceaux de briques reposant sur des murs de pierre.

Pour divertir les messieurs, une servante jeta devant les poules des poignées d'avoine. L'arbre du pressoir leur parut gigantesque, et ils montèrent dans le pigeonnier. La laiterie spécialement les émerveilla. Des robinets dans les coins fournissaient assez d'eau pour inonder les dalles; et en entrant, une fraîcheur vous surprenait. Des jarres brunes, alignées sur des claires-voies étaient pleines de lait jusqu'aux bords. Des terrines moins profondes contenaient de la crème. Les pains de beurre se suivaient, pareils aux tronçons d'une colonne de cuivre, et de la mousse débordait les seaux de fer-blanc, qu'on venait de poser par terre.

Mais le bijou de la ferme c'était la bouverie. Des barreaux de bois scellés perpendiculairement dans toute sa longueur la divisaient en deux sections, la première pour le bétail, la seconde pour le service. On y voyait à peine, toutes les meurtrières étant closes. Les bœufs mangeaient attachés à des chaînettes et leurs corps exhalaient une chaleur, que le plafond bas rabattait. Mais quelqu'un donna du jour. Un filet d'eau, tout à coup se répandit dans la rigole qui bordait les râteliers. Des mugissements s'élevèrent. Les cornes faisaient comme un cliquetis de bâtons. Tous les bœufs avancèrent leurs mufles entre les barreaux et buvaient lentement.

Les grands attelages entrèrent dans la cour et des poulains hennirent. Au rez-de-chaussée, deux ou trois lanternes s'allumèrent, puis disparurent. Les gens de travail passaient en traînant leurs sabots sur les cailloux — et la cloche pour le souper tinta.

Les deux visiteurs s'en allèrent.

Tout ce qu'ils avaient vu les enchantait. Leur décision fut prise. Dès le soir, ils tirèrent de leur bibliothèque les quatre volumes de la *Maison Rustique,* se firent expédier le cours de Gasparin, et s'abonnèrent à un journal d'agriculture.

Pour se rendre aux foires plus commodément, ils achetèrent une carriole que Bouvard conduisait.

Habillés d'une blouse bleue, avec un chapeau à larges bords, des guêtres jusqu'aux genoux et un bâton de maquignon à la main, ils rôdaient autour des bestiaux, questionnaient les laboureurs, et ne manquaient pas d'assister à tous les comices agricoles.

Bientôt, ils fatiguèrent maître Gouy de leurs conseils, déplorant principalement son système de jachères. Mais le fermier tenait à sa routine. Il demanda la remise d'un terme sous prétexte de la grêle. Quant aux redevances, il n'en fournit aucune. Devant les réclamations les plus justes, sa femme poussait des cris. Enfin, Bouvard déclara son intention de ne pas renouveler le bail.

Dès lors maître Gouy épargna les fumures, laissa pousser les mauvaises herbes, ruina le fonds. Et il s'en alla d'un air farouche qui indiquait des plans de vengeance.

Bouvard avait pensé que vingt mille francs, c'est-à-dire plus de quatre fois le prix du fermage, suffirait au début. Son notaire de Paris les envoya.

Leur exploitation comprenait quinze hectares en cours et prairies, vingt-trois en terres arables, et cinq en friche situés sur un monticule couvert de cailloux et qu'on appelait la Butte.

Ils se procurèrent tous les instruments indispensables, quatre chevaux, douze vaches, six porcs, cent soixante moutons — et comme personnel, deux charretiers, deux femmes, un valet, un berger, de plus un gros chien.

Pour avoir tout de suite de l'argent ils vendirent leurs fourrages; — on les paya chez eux; l'or des napoléons comptés sur le coffre à l'avoine leur parut plus reluisant qu'un autre, extraordinaire et meilleur.

Au mois de novembre ils brassèrent du cidre. C'était Bouvard qui fouettait le cheval et Pécuchet monté dans l'auge retournait le marc avec une pelle. Ils haletaient en serrant la vis, puchaient dans la cuve, surveillaient les bondes, portaient de lourds sabots, s'amusaient énormément.

Partant de ce principe qu'on ne saurait avoir trop de blé, ils supprimèrent la moitié environ de leurs prairies artificielles, et comme ils n'avaient pas d'engrais ils se servirent de tourteaux qu'ils enterrèrent sans les concasser, — si bien que le rendement fut pitoyable.

L'année suivante, ils firent les semailles très dru. Des orages survinrent. Les épis versèrent.

Néanmoins, ils s'acharnaient au froment; et ils entreprirent d'épierrer la Butte; un banneau emportait les cailloux. Tout le long de l'année, du matin jusqu'au soir, par la pluie, par le soleil, on voyait l'éternel banneau avec le même homme et le même cheval, gravir, descendre et remonter la petite colline. Quelquefois Bouvard marchait derrière, faisant des haltes à mi-côte pour s'éponger le front.

Ne se fiant à personne, ils traitaient eux-mêmes les animaux, leur administraient des purgations, des clystères.

De graves désordres eurent lieu. La fille de basse-cour devint enceinte. Ils prirent des gens mariés; les enfants pullulèrent, les cousins, les cousines, les oncles, les belles-sœurs. Une horde vivait à leurs dépens; — et ils résolurent de coucher dans la ferme, à tour de rôle.

Mais le soir, ils étaient tristes. La malpropreté de la chambre les offusquait; — et Germaine qui apportait les repas, grommelait à chaque voyage. On les dupait de toutes les façons. Les batteurs en grange fourraient du blé dans leur cruche à boire. Pécuchet en surprit un, et s'écria, en le poussant dehors par les épaules :

— « Misérable! tu es la honte du village qui t'a vu naître! »

Sa personne n'inspirait aucun respect. — D'ailleurs, il avait des remords à l'encontre du jardin. Tout son temps ne serait pas de trop pour le tenir en bon état. — Bouvard s'occuperait de la ferme. Ils en délibérèrent; et cet arrangement fut décidé.

Le premier point était d'avoir de bonnes couches. Pécuchet en fit construire une, en briques. Il peignit lui-même les châssis, et redoutant les coups de soleil barbouilla de craie toutes les cloches.

Il eut la précaution pour les boutures d'enlever

les têtes avec les feuilles. Ensuite, il s'appliqua aux marcottages. Il essaya plusieurs sortes de greffes, greffes en flûte, en couronne, en écusson, greffe herbacée, greffe anglaise. Avec quel soin, il ajustait les deux libers ! comme il serrait les ligatures ! quel amas d'onguent pour les recouvrir !

Deux fois par jour, il prenait son arrosoir et le balançait sur les plantes, comme s'il les eût encensées. A mesure qu'elles verdissaient sous l'eau qui tombait en pluie fine, il lui semblait se désaltérer et renaître avec elles. Puis cédant à une ivresse il arrachait la pomme de l'arrosoir, et versait à plein goulot, copieusement.

Au bout de la charmille près de la dame en plâtre, s'élevait une manière de cahute faite en rondins. Pécuchet y enfermait ses instruments ; et il passait là des heures délicieuses à éplucher les graines, à écrire des étiquettes, à mettre en ordre ses petits pots. Pour se reposer, il s'asseyait devant la porte, sur une caisse, et alors projetait des embellissements.

Il avait créé au bas du perron deux corbeilles de géraniums ; entre les cyprès et les quenouilles, il planta des tournesols ; — et comme les plates-bandes étaient couvertes de boutons d'or, et toutes les allées de sable neuf, le jardin éblouissait par une abondance de couleurs jaunes.

Mais la couche fourmilla de larves ; — et malgré les réchauds de feuilles mortes, sous les châssis peints et sous les cloches barbouillées, il ne poussa que des végétations rachitiques. Les boutures ne reprirent pas ; les greffes se décollèrent ; la sève des marcottes s'arrêta, les arbres avaient le blanc dans leurs racines ; les semis furent une désolation. Le vent s'amusait à jeter bas les rames des haricots.

L'abondance de la gadoue nuisit aux fraisiers, le défaut de pinçage aux tomates.

Il manqua les brocolis, les aubergines, les navets — et du cresson de fontaine, qu'il avait voulu élever dans un baquet. Après le dégel, tous les artichauts étaient perdus.

Les choux le consolèrent. Un, surtout, lui donna des espérances. Il s'épanouissait, montait, finit par être prodigieux, et absolument incomestible. N'importe! Pécuchet fut content de posséder un monstre.

Alors il tenta ce qui lui semblait être le summum de l'art : l'élève du melon.

Il sema les graines de plusieurs variétés dans des assiettes remplies de terreau, qu'il enfouit dans sa couche. Puis, il dressa une autre couche; et quand elle eut jeté son feu repiqua les plants les plus beaux, avec des cloches par-dessus. Il fit toutes les tailles suivant les préceptes du bon jardinier, respecta les fleurs, laissa se nouer les fruits, en choisit un sur chaque bras, supprima les autres; et dès qu'ils eurent la grosseur d'une noix, il glissa sous leur écorce une planchette pour les empêcher de pourrir au contact du crottin. Il les bassinait, les aérait, enlevait avec son mouchoir la brume des cloches — et si des nuages paraissaient, il apportait vivement des paillassons. La nuit, il n'en dormait pas. Plusieurs fois même, il se releva; et pieds nus dans ses bottes, en chemise, grelottant, il traversait tout le jardin pour aller mettre sur les bâches la couverture de son lit.

Les cantaloups mûrirent.

Au premier, Bouvard fit la grimace. Le second ne fut pas meilleur, le troisième non plus; Pécuchet trouvait pour chacun une excuse nouvelle, jusqu'au dernier qu'il jeta par la fenêtre, déclarant n'y rien comprendre.

En effet, comme il avait cultivé les unes près des autres des espèces différentes, les sucrins s'étaient confondus avec les maraîchers, le gros Portugal avec le grand Mogol — et le voisinage des pommes d'amour complétant l'anarchie, il en était résulté d'abominables mulets qui avaient le goût de citrouilles.

Alors Pécuchet se tourna vers les fleurs. Il écrivit à Dumouchel pour avoir des arbustes avec des graines, acheta une provision de terre de bruyère et se mit à l'œuvre résolument.

Mais il planta des passiflores à l'ombre, des pensées au soleil, couvrit de fumier les jacinthes, arrosa les lys après leur floraison, détruisit les rhododendrons par des excès d'abattage, stimula les fuchsias avec de la colle-forte, et rôtit un grenadier, en l'exposant au feu dans la cuisine.

Aux approches du froid, il abrita les églantiers sous des dômes de papier fort enduits de chandelle; cela faisait comme des pains de sucre, tenus en l'air par des bâtons. Les tuteurs des dahlias étaient gigantesques; — et on apercevait, entre ces lignes droites les rameaux tortueux d'un sophora-japonica qui demeurait immuable, sans dépérir, ni sans pousser.

Cependant, puisque les arbres les plus rares prospèrent dans les jardins de la capitale, ils devaient réussir à Chavignolles? et Pécuchet se procura le lilas des Indes, la rose de Chine et l'Eucalyptus, alors dans la primeur de sa réputation. Toutes les expériences ratèrent. Il était chaque fois fort étonné.

Bouvard, comme lui, rencontrait des obstacles. Ils se consultaient mutuellement, ouvraient un livre, passaient à un autre, puis ne savaient que résoudre devant la divergence des opinions.

Ainsi, pour la marne, Puvis la recommande; le manuel Roret la combat.

Quant au plâtre, malgré l'exemple de Franklin, Rieffel et M. Rigaud n'en paraissent pas enthousiasmés.

Les jachères, selon Bouvard, étaient un préjugé gothique. Cependant, Leclerc note les cas où elles sont presque indispensables. Gasparin cite un Lyonnais qui pendant un demi-siècle a cultivé des céréales sur le même champ; cela renverse la théorie des assolements. Tull exalte les labours au préjudice des engrais; et voilà le major Beatson qui supprime les engrais, avec les labours!

Pour se connaître aux signes du temps, ils étudièrent les nuages d'après la classification de Luke-Howard. Ils contemplaient ceux qui s'allongent comme des crinières, ceux qui ressemblent à des îles, ceux qu'on prendrait pour des montagnes de neige — tâchant de distinguer les nimbus des cirrus, les stratus des cumulus; les formes changeaient avant qu'ils eussent trouvé les noms.

Le baromètre les trompa; le thermomètre n'apprenait rien; et ils recoururent à l'expédient imaginé sous Louis XV, par un prêtre de Touraine. Une sangsue dans un bocal devait monter en cas de pluie, se tenir au fond par beau fixe, s'agiter aux menaces de la tempête. Mais l'atmosphère presque toujours contredit la sangsue. Ils en mirent trois autres, avec celle-là. Toutes les quatre se comportèrent différemment.

Après force méditations, Bouvard reconnut qu'il s'était trompé. Son domaine exigeait la grande culture, le système intensif, et il aventura ce qui lui restait de capitaux disponibles : trente mille francs.

Excité par Pécuchet, il eut le délire de l'engrais. Dans la fosse aux composts furent entassés des branchages, du sang, des boyaux, des plumes, tout ce qu'il pouvait découvrir. Il employa la liqueur belge, le lizier suisse, la lessive *Da-Olmi*, des harengs saurs, du varech, des chiffons, fit venir du guano, tâcha d'en fabriquer — et poussant jusqu'au bout ses principes, ne tolérait pas qu'on perdît l'urine ; il supprima les lieux d'aisances. On apportait dans sa cour des cadavres d'animaux, dont il fumait ses terres. Leurs charognes dépecées parsemaient la campagne. Bouvard souriait au milieu de cette infection. Une pompe installée dans un tombereau crachait du purin sur les récoltes. A ceux qui avaient l'air dégoûté, il disait : « Mais c'est de l'or ! c'est de l'or. » — Et il regrettait de n'avoir pas encore plus de fumiers. Heureux les pays où l'on trouve des grottes naturelles pleines d'excréments d'oiseaux !

Le colza fut chétif, l'avoine médiocre ; et le blé se vendit fort mal, à cause de son odeur. Une chose étrange, c'est que la Butte enfin épierrée donnait moins qu'autrefois.

Il crut bon de renouveler son matériel. Il acheta un scarificateur Guillaume, un extirpateur Valcourt, un semoir anglais et la grande araire de Mathieu de Dombasle. Le charretier la dénigra.

— « Apprends à t'en servir ! »

— « Eh bien, montrez-moi ! »

Il essayait de montrer, se trompait, et les paysans ricanaient.

Jamais il ne put les astreindre au commandement de la cloche. Sans cesse, il criait derrière eux, courait d'un endroit à l'autre, notait ses observations sur un calepin, donnait des rendez-vous, n'y pensait plus — et sa tête bouillonnait d'idées industrielles. Il se promettait de cultiver le pavot en vue de l'opium, et surtout l'astragale qu'il vendrait sous le nom de « café des familles ».

Afin d'engraisser plus vite ses bœufs, il les saignait tous les quinze jours.

Il ne tua aucun de ses cochons et les gorgeait d'avoine salée. Bientôt la porcherie fut trop étroite. Ils embarrassaient la cour, défonçaient les clôtures, mordaient le monde.

Durant les grandes chaleurs, vingt-cinq moutons se mirent à tourner, et peu de temps après, crevèrent.

La même semaine, trois bœufs expiraient, conséquence des phlébotomies de Bouvard.

Il imagina pour détruire les mans d'enfermer des poules dans une cage à roulettes, que deux hommes poussaient derrière la charrue — ce qui ne manqua point de leur briser les pattes.

Il fabriqua de la bière avec des feuilles de petit-chêne, et la donna aux moissonneurs en guise de cidre. Des maux d'entrailles se déclarèrent. Les enfants pleuraient, les femmes geignaient, les hommes étaient furieux. Ils menaçaient tous de partir ; et Bouvard leur céda.

Cependant, pour les convaincre de l'innocuité de son breuvage, il en absorba devant eux plusieurs bouteilles, se sentit gêné, mais cacha ses douleurs, sous un air d'enjouement. Il fit même transporter la mixture chez lui. Il en buvait le soir avec Pécuchet, et tous deux s'efforçaient de la trouver bonne. D'ailleurs, il ne fallait pas qu'elle fût perdue.

Les coliques de Bouvard devenant trop fortes, Germaine alla chercher le docteur.

C'était un homme sérieux, à front convexe, et qui commença par effrayer son malade. La cholérine de Monsieur devait tenir à cette bière dont on parlait dans le pays. Il voulut en savoir la composition, et la blâma en termes scientifiques, avec des haussements d'épaule. Pécuchet qui avait fourni la recette fut mortifié.

En dépit des chaulages pernicieux, des binages épargnés et des échardonnages intempestifs, Bouvard, l'année suivante, avait devant lui une belle récolte de froment. Il imagina de le dessécher par la fermentation, genre hollandais, système Clap-Mayer, — c'est-à-dire qu'il le fit abattre d'un seul coup, et tasser en meules, qui seraient démolies dès que le gaz s'en échapperait, puis exposées au grand air ; — après quoi, Bouvard se retira sans la moindre inquiétude.

Le lendemain, pendant qu'ils dînaient, ils entendirent sous la hêtrée le battement d'un tambour. Germaine sortit pour voir ce qu'il y avait ; mais l'homme était déjà loin ; presque aussitôt la cloche de l'église tinta violemment.

Une angoisse saisit Bouvard et Pécuchet. Ils se levèrent, et impatients d'être renseignés, s'avancèrent tête nue, du côté de Chavignolles.

Une vieille femme passa. Elle ne savait rien. Ils arrêtèrent un petit garçon qui répondit : — « Je crois que c'est le feu ? » et le tambour continuait à battre, la cloche tintait plus fort. Enfin, ils atteignirent les premières maisons du village. L'épicier leur cria de loin : — « Le feu est chez vous ! »

Pécuchet prit le pas gymnastique ; et il disait à Bouvard courant du même train à son côté : — « Une, deux ; une, deux ; — en mesure ! comme les chasseurs de Vincennes. »

La route qu'ils suivaient montait toujours ; le terrain en pente leur cachait l'horizon. Ils arrivèrent en haut, près de la Butte ; — et, d'un seul coup d'œil, le désastre leur apparut.

Toutes les meules, çà et là, flambaient comme des volcans — au milieu de la plaine dénudée, dans le calme du soir.

Il y avait, autour de la plus grande, trois cents personnes peut-être; et sous les ordres de M. Foureau, le maire, en écharpe tricolore, des gars avec des perches et des crocs tiraient la paille du sommet, afin de préserver le reste.

Bouvard dans son empressement faillit renverser Mme Bordin qui se trouvait là. Puis, apercevant un de ses valets, il l'accabla d'injures pour ne l'avoir pas averti. Le valet au contraire, par excès de zèle avait d'abord couru à la maison, à l'église, puis chez Monsieur, et était revenu par l'autre route.

Bouvard perdait la tête. Ses domestiques l'entouraient parlant à la fois; — et il défendait d'abattre les meules, suppliait qu'on le secourût, exigeait de l'eau, réclamait des pompiers!

— « Est-ce que nous en avons! » s'écria le maire.

— « C'est de votre faute! » reprit Bouvard. Il s'emportait, proféra des choses inconvenantes; — et tous admirèrent la patience de M. Foureau qui était brutal cependant, comme l'indiquaient ses grosses lèvres et sa mâchoire de bouledogue.

La chaleur des meules devint si forte qu'on ne pouvait plus en approcher. Sous les flammes dévorantes la paille se tordait avec des crépitations, les grains de blé vous cinglaient la figure comme des grains de plomb. Puis, la meule s'écroulait par terre en un large brasier, d'où s'envolaient des étincelles; — et des moires ondulaient sur cette masse rouge, qui offrait dans les alternances de sa couleur, des parties roses comme du vermillon, et d'autres brunes comme du sang caillé. La nuit était venue; le vent soufflait; des tourbillons de fumée enveloppaient la foule; — une flammèche, de temps à autre, passait sur le ciel noir.

Bouvard contemplait l'incendie, en pleurant doucement. Ses yeux disparaissaient sous leurs paupières gonflées; — et il avait tout le visage comme élargi par la douleur. Mme Bordin, en jouant avec les franges de son châle vert l'appelait « pauvre Monsieur », tâchait de le consoler. Puisqu'on n'y pouvait rien, il devait « se faire une raison ».

Pécuchet ne pleurait pas. Très pâle ou plutôt livide, la bouche ouverte et les cheveux collés par la sueur froide, il se tenait à l'écart, dans ses réflexions. — Mais le curé, survenu tout à coup, murmura d'une voix câline : — « Ah! quel malheur, véritablement; c'est bien fâcheux! Soyez sûr que je participe!... »

Les autres n'affectaient aucune tristesse. Ils causaient en souriant, la main étendue devant les flammes. Un vieux ramassa des brins qui brûlaient pour allumer sa pipe. Des enfants se mirent à danser. Un polisson s'écria même que c'était bien amusant.

— « Oui! il est beau, l'amusement! » reprit Pécuchet qui venait de l'entendre.

Le feu diminua. Les tas s'abaissèrent; — et une heure après, il ne restait plus que des cendres, faisant sur la plaine des marques rondes et noires. Alors on se retira.

Mme Bordin et l'abbé Jeufroy reconduisirent Messieurs Bouvard et Pécuchet jusqu'à leur domicile.

Pendant la route, la veuve adressa à son voisin des reproches fort aimables sur sa sauvagerie — et l'ecclésiastique exprima toute sa surprise de n'avoir pu connaître jusqu'à présent un de ses paroissiens aussi distingué.

Seul à seul, ils cherchèrent la cause de l'incendie — et au lieu de reconnaître avec tout le monde que la paille humide s'était enflammée spontanément, ils soupçonnèrent une vengeance. Elle venait, sans doute, de maître Gouy, ou peut-être du taupier? Six mois auparavant Bouvard avait refusé ses services, et même soutenu dans un cercle d'auditeurs que son industrie étant funeste, le gouvernement la devait interdire. L'homme, depuis ce temps-là, rôdait aux environs. Il portait sa barbe entière, et leur semblait effrayant, surtout le soir quand il apparaissait au bord des cours, en secouant sa longue perche, garnie de taupes suspendues.

Le dommage était considérable, et pour se reconnaître dans leur situation, Pécuchet pendant huit jours travailla les registres de Bouvard qui lui parurent « un véritable labyrinthe ». Après avoir collationné le journal, la correspondance et le grand livre couvert de notes au crayon et de renvois, il découvrit la vérité : pas de marchandises à vendre, aucun effet à recevoir, et en caisse, zéro; le capital se marquait par un déficit de trente-trois mille francs.

Bouvard n'en voulut rien croire, et plus de vingt fois, ils recommencèrent les calculs. Ils arrivaient toujours à la même conclusion. Encore deux ans d'une agronomie pareille, leur fortune y passait!

Le seul remède était de vendre.

Au moins fallait-il consulter un notaire. La démarche était trop pénible; Pécuchet s'en chargea.

D'après l'opinion de M. Marescot, mieux valait ne point faire d'affiches. Il parlerait de la ferme à des clients sérieux et laisserait venir leurs propositions.

— « Très bien! » dit Bouvard « on a du temps

devant soi! » Il allait prendre un fermier; ensuite, on verrait. « Nous ne serons pas plus malheureux qu'autrefois! seulement nous voilà forcés à des économies! »

Elles contrariaient Pécuchet à cause du jardinage, et quelques jours après, il dit :

— « Nous devrions nous livrer exclusivement à l'arboriculture, non pour le plaisir, mais comme spéculation! — Une poire qui revient à trois sols est quelquefois vendue dans la capitale jusqu'à des cinq et six francs! Des jardiniers se font avec les abricots vingt-cinq mille livres de rentes! A Saint-Pétersbourg pendant l'hiver, on paie le raisin un napoléon la grappe! C'est une belle industrie, tu en conviendras! Et qu'est-ce que ça coûte? des soins, du fumier, et le repassage d'une serpette! »

Il monta tellement l'imagination de Bouvard, que tout de suite, ils cherchèrent dans leurs livres une nomenclature de plants à acheter; — et ayant choisi des noms qui leur paraissaient merveilleux, ils s'adressèrent à un pépiniériste de Falaise, lequel s'empressa de leur fournir trois cents tiges dont il ne trouvait pas le placement.

Ils avaient fait venir un serrurier pour les tuteurs, un quincaillier pour les raidisseurs, un charpentier pour les supports. Les formes des arbres étaient d'avance dessinées. Des morceaux de latte sur le mur figuraient des candélabres. Deux poteaux à chaque bout des plates-bandes guindaient horizontalement des fils de fer; — et dans le verger, des cerceaux indiquaient la structure des vases, des baguettes en cône celle des pyramides — si bien qu'en arrivant chez eux, on croyait voir les pièces de quelque machine inconnue, ou la carcasse d'un feu d'artifice.

Les trous étant creusés, ils coupèrent l'extrémité

de toutes les racines, bonnes ou mauvaises, et les enfouirent dans un compost. Six mois après, les plants étaient morts. Nouvelles commandes au pépiniériste, et plantations nouvelles, dans des trous encore plus profonds! Mais la pluie détrempant le sol, les greffes d'elles-mêmes s'enterrèrent et les arbres s'affranchirent.

Le printemps venu, Pécuchet se mit à la taille des poiriers. Il n'abattit pas les flèches, respecta les lambourdes; — et s'obstinant à vouloir coucher d'équerre les duchesses qui devaient former les cordons unilatéraux, il les cassait ou les arrachait, invariablement. Quant aux pêchers, il s'embrouilla dans les sur-mères, les sous-mères, et les deuxièmes sous-mères. Des vides et des pleins se présentaient toujours où il n'en fallait pas; — et impossible d'obtenir sur l'espalier un rectangle parfait, avec six branches à droite et six à gauche, — non compris les deux principales, le tout formant une belle arête de poisson.

Bouvard tâcha de conduire les abricotiers. Ils se révoltèrent. Il abattit leurs troncs à ras du sol; aucun ne repoussa. Les cerisiers, auxquels il avait fait des entailles, produisirent de la gomme.

D'abord ils taillèrent très long, ce qui éteignait les yeux de la base, puis trop court, ce qui amenait des gourmands : et souvent ils hésitaient ne sachant pas distinguer les boutons à bois des boutons à fleurs. Ils s'étaient réjouis d'avoir des fleurs : mais ayant reconnu leur faute, ils en arrachaient les trois quarts, pour fortifier le reste.

Incessamment, ils parlaient de la sève et du cambium, du palissage, du cassage, de l'éborgnage. Ils avaient au milieu de leur salle a manger, dans un cadre, la liste de leurs élèves, avec un numéro qui se répétait dans le jardin, sur un petit morceau de bois, au pied de l'arbre.

Levés dès l'aube, ils travaillaient jusqu'à la nuit, le porte-jonc à la ceinture. Par les froides matinées de printemps Bouvard gardait sa veste de tricot sous sa blouse, Pécuchet sa vieille redingote sous sa serpillière; — et les gens qui passaient le long de la claire-voie les entendaient tousser dans le brouillard.

Quelquefois Pécuchet tirait de sa poche son manuel; et il en étudiait un paragraphe, debout, avec sa bêche auprès de lui, dans la pose du jardinier qui décorait le frontispice du livre. Cette ressemblance le flatta même beaucoup. Il en conçut plus d'estime pour l'auteur.

Bouvard était continuellement juché sur une haute échelle devant les pyramides. Un jour, il fut pris d'un étourdissement — et n'osant plus descendre, cria pour que Pécuchet vînt à son secours.

Enfin des poires parurent; et le verger avait des prunes. Alors ils employèrent contre les oiseaux tous les artifices recommandés. Mais les fragments de glace miroitaient à éblouir, la cliquette du moulin à vent les réveillait pendant la nuit — et les moineaux perchaient sur le mannequin. Ils en firent un second, et même un troisième, dont ils varièrent le costume, inutilement.

Cependant, ils pouvaient espérer quelques fruits. Pécuchet venait d'en remettre la note à Bouvard quand tout à coup le tonnerre retentit et la pluie tomba, — une pluie lourde et violente. Le vent, par intervalles, secouait toute la surface de l'espalier. Les tuteurs s'abattaient l'un après l'autre — et les malheureuses quenouilles en se balançant entrechoquaient leurs poires.

Pécuchet surpris par l'averse s'était réfugié dans

la cahute. Bouvard se tenait dans la cuisine. Ils voyaient tourbillonner devant eux, des éclats de bois, des branches, des ardoises; — et les femmes de marin qui sur la côte, à dix lieues de là regardaient la mer, n'avaient pas l'œil plus tendu et le cœur plus serré. Puis tout à coup, les supports et les barres des contre-espaliers avec le treillage, s'abattirent sur les plates-bandes.

Quel tableau, quand ils firent leur inspection! Les cerises et les prunes couvraient l'herbe entre les grêlons qui fondaient. Les passe-colmar étaient perdus, comme le Bési-des-vétérans et les Triomphes-de-Jodoigne. A peine, s'il restait parmi les pommes quelques bons-papas. Et douze Tétons-de-Vénus, toute la récolte des pêches, roulaient dans les flaques d'eau, au bord des buis déracinés.

Après le dîner, où ils mangèrent fort peu, Pécuchet dit avec douceur :

— « Nous ferions bien de voir à la ferme, s'il n'est pas arrivé quelque chose? »

— « Bah! pour découvrir encore des sujets de tristesse! »

— « Peut-être? car nous ne sommes guère favorisés! » — et ils se plaignirent de la Providence et de la Nature.

Bouvard, le coude sur la table, poussait sa petite susurration — et, comme toutes les douleurs se tiennent, les anciens projets agricoles lui revinrent à la mémoire, particulièrement la féculerie et un nouveau genre de fromages.

Pécuchet respirait bruyamment; — et tout en se fourrant dans les narines des prises de tabac, il songeait que si le sort l'avait voulu, il ferait maintenant partie d'une société d'agriculture, brillerait aux expositions, serait cité dans les journaux.

Bouvard promena autour de lui des yeux chagrins.

— « Ma foi! j'ai envie de me débarrasser de tout cela, pour nous établir autre part! »

— « Comme tu voudras » dit Pécuchet; — et un moment après :

— « Les auteurs nous recommandent de supprimer tout canal direct. La sève, par là, se trouve contrariée, et l'arbre forcément en souffre. Pour se bien porter, il faudrait qu'il n'eût pas de fruits. Cependant, ceux qu'on ne taille et qu'on ne fume jamais en produisent — de moins gros, c'est vrai, mais de plus savoureux. J'exige qu'on m'en donne la raison! — et, non seulement, chaque espèce réclame des soins particuliers, mais encore chaque individu, suivant le climat, la température, un tas de choses! où est la règle, alors? et quel espoir avons-nous d'aucun succès ou bénéfice? »

Bouvard lui répondit :

— « Tu verras dans Gasparin que le bénéfice ne peut dépasser le dixième du capital. Donc on ferait mieux de placer ce capital dans une maison de banque; au bout de quinze ans, par l'accumulation des intérêts, on aurait le double sans s'être foulé le tempérament. »

Pécuchet baissa la tête.

— « L'arboriculture pourrait bien être une blague? »

— « Comme l'agronomie! » répliqua Bouvard.

Ensuite, ils s'accusèrent d'avoir été trop ambitieux — et ils résolurent de ménager désormais leur peine et leur argent. Un émondage de temps à autre suffirait au verger. Les contre-espaliers furent proscrits, et ils ne remplaceraient pas les arbres morts — mais il allait se présenter des intervalles fort vilains, à moins de détruire tous les autres qui restaient debout. Comment s'y prendre?

Pécuchet fit plusieurs épures, en se servant de sa boîte de mathématiques. Bouvard lui donnait des conseils. Ils n'arrivaient à rien de satisfaisant. Heureusement qu'ils trouvèrent dans leur bibliothèque l'ouvrage de Boitard, intitulé *L'Architecte des Jardins*.

L'auteur les divise en une infinité de genres. Il y a, d'abord, le genre mélancolique et romantique, qui se signale par des immortelles, des ruines, des tombeaux, et « un ex-voto à la Vierge, indiquant la place où un seigneur est tombé sous le fer d'un assassin »; on compose le genre terrible avec des rocs suspendus, des arbres fracassés, des cabanes incendiées, le genre exotique en plantant des cierges du Pérou « pour faire naître des souvenirs à un colon ou à un voyageur ». Le genre grave doit offrir, comme Ermenonville, un temple à la philosophie. Les obélisques et les arcs de triomphe caractérisent le genre majestueux, de la mousse et des grottes le genre mystérieux, un lac le genre rêveur. Il y a même le genre fantastique, dont le plus beau spécimen se voyait naguère dans un jardin wurtembergeois — car, on y rencontrait successivement, un sanglier, un ermite, plusieurs sépulcres, et une barque se détachant d'elle-même du rivage, pour vous conduire dans un boudoir, où des jets d'eau vous inondaient, quand on se posait sur le sopha.

Devant cet horizon de merveilles, Bouvard et Pécuchet eurent comme un éblouissement. Le genre fantastique leur parut réservé aux princes. Le temple à la philosophie serait encombrant. L'ex-voto à la madone n'aurait pas de signification, vu le manque d'assassins, et, tant pis pour les colons et les voyageurs, les plantes américaines coûtaient trop cher. Mais les rocs étaient possibles comme les arbres fracassés, les immortelles et la mousse, — et dans un enthousiasme progressif, après beaucoup de tâtonnements, avec l'aide d'un seul valet, et pour une somme minime, ils se fabriquèrent une résidence qui n'avait pas d'analogue dans tout le département.

La charmille ouverte çà et là donnait jour sur le bosquet, rempli d'allées sinueuses en façon de labyrinthe. Dans le mur de l'espalier, ils avaient voulu faire un arceau sous lequel on découvrirait la perspective. Comme le chaperon ne pouvait se tenir suspendu, il en était résulté une brèche énorme, avec des ruines par terre.

Ils avaient sacrifié les asperges pour bâtir à la place un tombeau étrusque c'est-à-dire un quadrilatère en plâtre noir, ayant six pieds de hauteur, et l'apparence d'une niche à chien. Quatre sapinettes aux angles flanquaient ce monument, qui serait surmonté par une urne et enrichi d'une inscription

Dans l'autre partie du potager une espèce de Rialto enjambait un bassin, offrant sur ses bords des coquilles de moules incrustées. La terre buvait l'eau, n'importe! Il se formerait un fond de glaise, qui la retiendrait.

La cahute avait été transformée en cabane rustique, grâce à des verres de couleur. Au sommet du vigneau six arbres équarris supportaient un chapeau de fer-blanc à pointes retroussées, et le tout signifiait une pagode chinoise.

Ils avaient été sur les rives de l'Orne, choisir des granits, les avaient cassés, numérotés, rapportés eux-mêmes dans une charrette, puis avaient joint les morceaux avec du ciment, en les accumulant les uns par-dessus les autres; et au milieu du gazon se dressait un rocher, pareil à une gigantesque pomme de terre.

Quelque chose manquait au delà pour compléter l'harmonie. Ils abattirent le plus gros tilleul de la charmille (aux trois quarts mort, du reste) et le couchèrent dans toute la longueur du jardin, de telle sorte qu'on pouvait le croire apporté par un torrent, ou renversé par la foudre.

La besogne finie, Bouvard qui était sur le perron, cria de loin :

— « Ici! on voit mieux! »

— « Voit mieux » fut répété dans l'air.

Pécuchet répondit :

— « J'y vais! »

— « Y vais! »

— « Tiens! un écho! »

— « Écho! »

Le tilleul, jusqu'alors l'avait empêché de se produire; — et il était favorisé par la pagode, faisant face à la grange, dont le pignon surmontait la charmille.

Pour essayer l'écho, ils s'amusèrent à lancer des mots plaisants. Bouvard en hurla d'obscènes.

Il avait été plusieurs fois à Falaise, sous prétexte d'argent à recevoir — et il en revenait toujours avec de petits paquets qu'il enfermait dans sa commode. Pécuchet partit un matin, pour se rendre à Bretteville, et rentra fort tard, avec un panier qu'il cacha sous son lit.

Le lendemain, à son réveil, Bouvard fut surpris. Les deux premiers ifs de la grand allée (qui la veille encore, étaient sphériques) avaient la forme de paons — et un cornet avec deux boutons de porcelaine figuraient le bec et les yeux. Pécuchet s'était levé dès l'aube; et tremblant d'être découvert, il avait taillé les deux arbres à la mesure des appendices expediés par Dumouchel. Depuis six mois, les autres derrière ceux-là imitaient, plus ou moins, des pyramides, des cubes, des cylindres, des cerfs ou des fauteuils. Mais rien n'égalait les paons. Bouvard le reconnut, avec de grands éloges.

Sous prétexte d'avoir oublié sa bêche, il entraîna son compagnon dans le labyrinthe. Car il avait profité de l'absence de Pécuchet, pour faire, lui aussi, quelque chose de sublime.

La porte des champs était recouverte d'une couche de plâtre, sur laquelle s'alignaient en bel ordre cinq cents fourneaux de pipes, représentant des Abd-el-Kader, des nègres, des turcos, des femmes nues, des pieds de cheval, et des têtes de mort!

— « Comprends-tu mon impatience! »

— « Je crois bien! »

Et dans leur émotion, ils s'embrassèrent.

Comme tous les artistes, ils eurent le besoin d'être applaudis — et Bouvard songea à offrir un grand dîner.

— « Prends garde! » dit Pécuchet « tu vas te lancer dans les réceptions. C'est un gouffre! »

La chose pourtant, fut décidée.

Depuis qu'ils habitaient le pays, ils se tenaient à l'écart. — Tout le monde, par désir de les connaître, accepta leur invitation, sauf le comte de Faverges, appelé dans la capitale pour affaires. Ils se rabattirent sur M. Hurel, son factotum.

Beljambe l'aubergiste, ancien chef à Lisieux devait cuisiner certains plats. Il fournissait un garçon. Germaine avait requis la fille de basse-cour. Marianne la servante de Mme Bordin viendrait aussi. Dès quatre heures la grille était grande ouverte, et les deux propriétaires, pleins d'impatience, attendaient leurs convives.

Hurel s'arrêta sous la hêtrée pour remettre sa redingote. Puis, le curé s'avança revêtu d'une soutane neuve, et un moment après M. Foureau, avec un gilet de velours. Le Docteur donnait le bras à sa femme qui marchait péniblement en s'abritant sous son ombrelle. Un flot de rubans roses s'agita derrière eux; c'était le bonnet de Mme Bordin, habillée d'une belle robe de soie gorge de pigeon. La chaîne d'or de sa montre lui battait sur la poitrine, et les bagues brillaient à ses deux mains, couvertes de mitaines noires. — Enfin parut le notaire, un panama sur la tête, un lorgnon dans l'œil, car l'officier ministériel n'étouffait pas en lui l'homme du monde.

Le salon était ciré à ne pouvoir s'y tenir debout. Les huit fauteuils d'Utrecht s'adossaient le long de la muraille, une table ronde dans le milieu supportait la cave à liqueurs, et on voyait au-dessus de la cheminée le portrait du père Bouvard. Les embus reparaissant à contre-jour faisaient grimacer la bouche, loucher les yeux, et un peu de moisissure aux pommettes ajoutait à l'illusion des favoris. Les invités lui trouvèrent une ressemblance avec son fils, et Mme Bordin ajouta, en regardant Bouvard, qu'il avait dû être un fort bel homme.

Après une heure d'attente, Pécuchet annonça qu'on pouvait passer dans la salle.

Les rideaux de calicot blanc à bordure rouge étaient, comme ceux du salon, complètement tirés devant les fenêtres; — et le soleil, traversant la toile, jetait une lumière blonde sur le lambris, qui avait pour tout ornement, un baromètre.

Bouvard plaça les deux dames auprès de lui, Pécuchet le maire à sa gauche, le curé à sa droite; — et l'on entama les huîtres. Elles sentaient la vase. Bouvard fut désolé, prodigua les excuses; et Pécuchet se leva pour aller dans la cuisine faire une scène à Beljambe.

Pendant tout le premier service, composé d'une barbue entre un vol-au-vent et des pigeons en compote, la conversation roula sur la manière de fabriquer le cidre. Après quoi on en vint aux mets digestes ou indigestes. Le Docteur, naturellement fut consulté. Il jugeait les choses avec scepticisme, comme un homme qui a vu le fond de la science, et cependant ne tolérait pas la moindre contradiction.

En même temps que l'aloyau, on servit du bourgogne. Il était trouble. Bouvard attribuant cet accident au rinçage de la bouteille, en fit goûter trois autres, sans plus de succès — puis versa du Saint-Julien, trop jeune, évidemment; et tous les convives se turent. Hurel souriait sans discontinuer; les pas lourds du garçon résonnaient sur les dalles.

M^me^ Vaucorbeil, courtaude et l'air bougon (elle était d'ailleurs vers la fin de sa grossesse), avait gardé un mutisme absolu. Bouvard ne sachant de quoi l'entretenir lui parla du théâtre de Caen.

— « Ma femme ne va jamais au spectacle » reprit le docteur.

M. Marescot, quand il habitait Paris, ne fréquentait que les Italiens.

— « Moi » dit Bouvard « je me payais quelquefois un parterre au Vaudeville, pour entendre des farces! »

Foureau demanda à M^me^ Bordin si elle aimait les farces?

— « Ça dépend de quelle espèce » répondit-elle.

Le maire la lutinait. Elle ripostait aux plaisanteries. Ensuite elle indiqua une recette pour les cornichons. Du reste, ses talents de ménagère étaient connus, et elle avait une petite ferme admirablement soignée.

Foureau interpella Bouvard : — « Est-ce que vous êtes dans l'intention de vendre la vôtre ? »

— « Mon Dieu, jusqu'à présent, je ne sais trop... »

— « Comment ! pas même la pièce des Écalles ? » reprit le notaire « ce serait à votre convenance, madame Bordin. »

La veuve répliqua, en minaudant : — « Les prétentions de M. Bouvard seraient trop fortes ! »

On pouvait, peut-être, l'attendrir.

— « Je n'essaierai pas ! »

— « Bah ! si vous l'embrassiez ? »

— « Essayons tout de même ! » dit Bouvard — et il la baisa sur les deux joues, aux applaudissements de la société.

Presque aussitôt on déboucha le champagne, dont les détonations amenèrent un redoublement de joie. Pécuchet fit un signe. Les rideaux s'ouvrirent, et le jardin apparut.

C'était dans le crépuscule, quelque chose d'effrayant. Le rocher comme une montagne occupait le gazon, le tombeau faisait un cube au milieu des épinards, le pont vénitien un accent circonflexe par-dessus les haricots — et la cabane, au delà, une grande tache noire ; car ils avaient incendié son toit pour la rendre plus poétique. Les ifs en forme de cerfs ou de fauteuils se suivaient, jusqu'à l'arbre foudroyé, qui s'étendait transversalement de la charmille à la tonnelle, où des pommes d'amour pendaient comme des stalactites. Un tournesol, çà et là, étalait son disque jaune. La pagode chinoise peinte en rouge semblait un phare sur le vigneau. Les becs des paons frappés par le soleil se renvoyaient des feux, et derrière la claire-voie, débarrassée de ses planches, la campagne toute plate terminait l'horizon.

Devant l'étonnement de leurs convives Bouvard et Pécuchet ressentirent une véritable jouissance.

Mme Bordin surtout admira les paons. Mais le tombeau ne fut pas compris, ni la cabane incendiée, ni le mur en ruines. Puis, chacun à tour de rôle, passa sur le pont. Pour emplir le bassin, Bouvard et Pécuchet avaient charrié de l'eau pendant toute la matinée. Elle avait fui entre les pierres du fond, mal jointes, et de la vase les recouvrait.

Tout en se promenant on se permit des critiques : — « A votre place j'aurais fait cela. — Les petits pois sont en retard. — Ce coin franchement n'est pas propre. — Avec une taille pareille, jamais vous n'obtiendrez de fruits. »

Bouvard fut obligé de répondre qu'il se moquait des fruits.

Comme on longeait la charmille, il dit d'un air finaud :

— « Ah! voilà une personne que nous dérangeons! mille excuses! »

La plaisanterie ne fut pas relevée. Tout le monde connaissait la dame en plâtre!

Après plusieurs détours dans le labyrinthe, on arriva devant la porte aux pipes. Des regards de stupéfaction s'échangèrent. Bouvard observait le visage de ses hôtes, — et impatient de connaître leur opinion :

— « Qu'en dites-vous? »

Mme Bordin éclata de rire. Tous firent comme elle. Le curé poussait une sorte de gloussement, Hurel toussait, le Docteur en pleurait, sa femme fut prise d'un spasme nerveux, — et Foureau, homme sans gêne, cassa un Abd-el-Kader qu'il mit dans sa poche, comme souvenir.

Quand on fut sorti de la charmille, Bouvard pour étonner son monde avec l'écho, cria de toutes ses forces :

— « Serviteur! Mesdames! »

Rien! pas d'écho. Cela tenait à des réparations faites à la grange, le pignon et la toiture étant démolis.

Le café fut servi sur le vigneau — et les Messieurs allaient commencer une partie de boules, quand ils virent en face derrière la claire-voie un homme qui les regardait.

Il était maigre et hâlé, avec un pantalon rouge en lambeaux, une veste bleue sans chemise, la barbe noire taillée en brosse; et il articula d'une voix rauque :

— « Donnez-moi un verre de vin! »

Le maire et l'abbé Jeufroy l'avaient tout de suite reconnu. C'était un ancien menuisier de Chavignolles.

— « Allons Gorgu! éloignez-vous » dit M. Foureau. « On ne demande pas l'aumône. »

— « Moi? l'aumône! » s'écria l'homme exaspéré. « J'ai fait sept ans la guerre en Afrique. Je relève de l'hôpital. Pas d'ouvrage! Faut-il que j'assassine? nom d'un nom! »

Sa colère d'elle-même tomba — et les deux poings sur les hanches, il considérait les bourgeois d'un air mélancolique et gouailleur. La fatigue des bivouacs, l'absinthe et les fièvres, toute une existence de misère et de crapule se révélait dans ses yeux troubles. Ses lèvres pâles tremblaient en lui découvrant les gencives. Le grand ciel empourpré l'enveloppait d'une lueur sanglante — et son obstination à rester là causait une sorte d'effroi.

Bouvard, pour en finir, alla chercher le fond d'une bouteille. Le vagabond l'absorba gloutonnement; puis disparut dans les avoines, en gesticulant.

Ensuite on blâma M. Bouvard. De telles complaisances favorisaient le désordre. Mais Bouvard irrité par l'insuccès de son jardin prit la défense du peuple; — tous parlèrent à la fois.

Foureau exaltait le gouvernement. Hurel ne voyait dans le monde que la propriété foncière. L'abbé Jeufroy se plaignit de ce qu'on ne protégeait pas la religion. Pécuchet attaqua les impôts. Mme Bordin criait par intervalle : — « Moi d'abord, je déteste la République » et le docteur se déclara pour le progrès. « Car enfin, monsieur, nous avons besoin de réformes. »

— « Possible! » répondit Foureau; « mais toutes ces idées-là nuisent aux affaires. »

— « Je me fiche des affaires! » s'écria Pécuchet.

Vaucorbeil poursuivit : — « Au moins, donnez-nous l'adjonction des capacités. » Bouvard n'allait pas jusque-là.

— « C'est votre opinion? » reprit le docteur. « Vous êtes toisé! Bonsoir! et je vous souhaite un déluge pour naviguer dans votre bassin! »

— « Moi aussi, je m'en vais » dit un moment après M. Foureau; et désignant sa poche où était l'Abd-el-Kader : « Si j'ai besoin d'un autre, je reviendrai. »

Le curé, avant de partir confia timidement à Pécuchet qu'il ne trouvait pas convenable ce simulacre de tombeau au milieu des légumes. Hurel, en se retirant salua très bas la compagnie. M. Marescot avait disparu après le dessert.

Mme Bordin recommença le détail de ses cornichons, promit une seconde recette pour les prunes à l'eau-de-vie — et fit encore trois tours dans la grande allée; — mais en passant près du tilleul le bas de sa robe s'accrocha; et ils l'entendirent qui murmurait : — « Mon Dieu! quelle bêtise que cet arbre! »

Jusqu'à minuit, les deux amphitryons, sous la tonnelle, exhalèrent leur ressentiment.

Sans doute, on pouvait reprendre dans le dîner deux ou trois petites choses par-ci, par-là; et cependant les convives s'étaient gorgés comme des ogres, preuve qu'il n'était pas si mauvais. Mais pour le jardin, tant de dénigrement provenait de la plus basse jalousie; et s'échauffant tous les deux :

— « Ah! l'eau manque dans le bassin! Patience, on y verra jusqu'à un cygne et des poissons! »

— « A peine s'ils ont remarqué la pagode! »

— « Prétendre que les ruines ne sont pas propres est une opinion d'imbécile! »

— « Et le tombeau une inconvenance! Pourquoi inconvenance? Est-ce qu'on n'a pas le droit d'en construire un dans son domaine? Je veux même m'y faire enterrer! »

— « Ne parle pas de ça! » dit Pécuchet.

Puis, ils passèrent en revue les convives.

— « Le médecin m'a l'air d'un joli poseur! »

— « As-tu observé le ricanement de Marescot devant le portrait? »

— « Quel goujat que M. le maire! Quand on dîne dans une maison, que diable! on respecte les curiosités. »

— « Mme Bordin » dit Bouvard.

— « Eh! c'est une intrigante! Laisse-moi tranquille. »

Dégoûtés du monde, ils résolurent de ne plus voir personne, de vivre exclusivement chez eux, pour eux seuls.

Et ils passaient des jours dans la cave à enlever le tartre des bouteilles, revernirent tous les meubles, encaustiquèrent les chambres. Chaque soir, en regardant le bois brûler, ils dissertaient sur le meilleur système de chauffage.

Ils tâchèrent par économie de fumer des jambons, de couler eux-mêmes la lessive. Germaine qu'ils incommodaient haussait les épaules. A l'époque des confitures, elle se fâcha, et ils s'établirent dans le fournil.

C'était une ancienne buanderie, où il y avait sous les fagots, une grande cuve maçonnée excellente pour leurs projets, l'ambition leur étant venue de fabriquer des conserves.

Quatorze bocaux furent emplis de tomates et de petits pois; ils en lutèrent les bouchons avec de la chaux vive et du fromage, appliquèrent sur les bords des bandelettes de toile, puis les plongèrent dans l'eau bouillante. Elle s'évaporait; ils en versèrent de la froide; la différence de température fit éclater les bocaux. Trois seulement furent sauvés.

Ensuite, ils se procurèrent de vieilles boîtes à sardines, y mirent des côtelettes de veau et les enfoncèrent dans le bain-marie. Elles sortirent rondes comme des ballons; le refroidissement les aplatirait. Pour continuer l'expérience, ils enfermèrent dans d'autres boîtes, des œufs, de la chicorée, du homard, une matelotte, un potage! — et ils s'applaudissaient, comme M. Appert « d'avoir fixé les saisons »; de pareilles découvertes, selon Pécuchet, l'emportaient sur les exploits des conquérants.

Ils perfectionnèrent les achars de Mme Bordin, en épiçant le vinaigre avec du poivre; et leurs prunes à l'eau-de-vie étaient bien supérieures! Ils obtinrent par la macération des ratafias de framboise et d'absinthe. Avec du miel et de l'angélique dans un tonneau de Bagnols, ils voulurent faire du vin de Malaga ; et ils entreprirent également la confection d'un champagne ! Les bouteilles de chablis, coupées de moût, éclatèrent d'elles-mêmes. Alors, ils ne doutèrent plus de la réussite.

Leurs études se développant, ils en vinrent à soupçonner des fraudes dans toutes les denrées alimentaires.

Ils chicanaient le boulanger sur la couleur de son pain. Ils se firent un ennemi de l'épicier, en lui soutenant qu'il adultérait ses chocolats. Ils se transportèrent à Falaise, pour demander du jujube ; — et sous les yeux même du pharmacien soumirent sa pâte à l'épreuve de l'eau. Elle prit l'apparence d'une couenne de lard, ce qui dénotait de la gélatine.

Après ce triomphe, leur orgueil s'exalta. Ils achetèrent le matériel d'un distillateur en faillite — et bientôt arrivèrent dans la maison, des tamis, des barils, des entonnoirs, des écumoires, des chausses et des balances, sans compter une sébile à boulet et un alambic tête-de-maure, lequel exigea un fourneau réflecteur, avec une hotte de cheminée.

Ils apprirent comment on clarifie le sucre, et les différentes sortes de cuite : le grand et le petit perlé, le soufflé, le boulé, la morve et le caramel. Mais il leur tardait d'employer l'alambic ; et ils abordèrent les liqueurs fines, en commençant par l'anisette. Le liquide presque toujours entraînait avec lui les substances, ou bien elles se collaient dans le fond ; d'autres fois, ils s'étaient trompés sur le dosage. Autour d'eux les grandes bassines de cuivre reluisaient, les matras avançaient leur bec pointu, les poêlons décoraient le mur. Souvent l'un triait des herbes sur la table, tandis que l'autre faisait osciller le boulet de canon dans la sébile suspendue. Ils mouvaient les cuillers; ils dégustaient les mélanges.

Bouvard, toujours en sueur, n'avait pour vêtement que sa chemise et son pantalon tiré jusqu'au creux de l'estomac par ses courtes bretelles; mais étourdi comme un oiseau, il oubliait le diaphragme de la cucurbite, ou exagérait le feu. Pécuchet marmottait des calculs, immobile dans sa longue blouse, une espèce de sarrau d'enfant avec des manches; et ils se considéraient comme des gens très sérieux, occupés de choses utiles.

Enfin ils rêvèrent *une crème,* qui devait enfoncer toutes les autres. Ils y mettraient de la coriandre comme dans le kummel, du kirsch comme dans le marasquin, de l'hysope comme dans la chartreuse, de l'ambrette comme dans le vespetro, du calamus aromaticus comme dans le krambambuli; — et elle serait colorée en rouge avec du bois de santal. Mais sous quel nom l'offrir au commerce? Car il fallait un nom facile à retenir, et pourtant bizarre. Ayant longtemps cherché, ils décidèrent qu'elle se nommerait « la Bouvarine »!

Vers la fin de l'automne, des taches parurent dans les trois bocaux de conserves. Les tomates et les petits pois étaient pourris. Cela devait dépendre du bouchage? Alors le problème du bouchage les tourmenta. Pour essayer les méthodes nouvelles ils manquaient d'argent. Leur ferme les rongeait.

Plusieurs fois, des tenanciers s'étaient offerts. Bouvard n'en avait pas voulu. Mais son premier garçon cultivait d'après ses ordres, avec une épargne dangereuse, si bien que les récoltes diminuaient, tout périclitait; et ils causaient de leur embarras, quand maître Gouy entra dans le laboratoire, escorté de sa femme qui se tenait en arrière, timidement.

Grâce à toutes les façons qu'elles avaient reçues, les terres s'étaient améliorées — et il venait pour reprendre la ferme. Il la déprécia. Malgré tous leurs travaux les bénéfices étaient chanceux, bref s'il la désirait c'était par amour du pays et regret d'aussi bons maîtres. On le congédia d'une manière froide. Il revint le soir même.

Pécuchet avait sermonné Bouvard; ils allaient fléchir; Gouy demanda une diminution de fermage; et comme les autres se récriaient, il se mit à beugler plutôt qu'à parler, attestant le Bon Dieu, énumérant ses peines, vantant ses mérites. Quand on le sommait de dire son prix, il baissait la tête au lieu de répondre. Alors sa femme, assise près de la porte avec un grand panier sur les genoux recommençait les mêmes protestations, en piaillant d'une voix aiguë comme une poule blessée.

Enfin le bail fut arrêté aux conditions de trois mille francs par an, un tiers de moins qu'autrefois.

Séance tenante, maître Gouy proposa d'acheter le matériel; — et les dialogues recommencèrent.

L'estimation des objets dura quinze jours. Bouvard s'en mourait de fatigue. Il lâcha tout pour une somme tellement dérisoire que Gouy, d'abord en écarquilla les yeux et s'écriant : — « Convenu », lui frappa dans la main.

Après quoi, les propriétaires suivant l'usage offrirent de casser une croûte à la maison; et Pécuchet ouvrit une des bouteilles de son malaga, moins par générosité que dans l'espoir d'en obtenir des éloges.

Mais le laboureur dit en rechignant : — « C'est comme du sirop de réglisse », et sa femme « pour se faire passer le goût » implora un verre d'eau-de-vie.

Une chose plus grave les occupait! Tous les éléments de la « Bouvarine » étaient enfin rassemblés.

Ils les entassèrent dans la cucurbite, avec de l'alcool, allumèrent le feu et attendirent. Cependant, Pécuchet tourmenté par la mésaventure du malaga prit dans l'armoire les boîtes de fer-blanc, fit sauter le couvercle de la première, puis de la seconde, de la troisième. Il les rejetait avec fureur, et appela Bouvard.

Bouvard ferma le robinet du serpentin pour se précipiter vers les conserves. La désillusion fut complète. Les tranches de veau ressemblaient à des semelles bouillies ; un liquide fangeux remplaçait le homard ; on ne reconnaissait plus la matelotte. Des champignons avaient poussé sur le potage — et une intolérable odeur empestait le laboratoire.

Tout à coup, avec un bruit d'obus, l'alambic éclata en vingt morceaux, qui bondirent jusqu'au plafond, crevant les marmites, aplatissant les écumoires, fracassant les verres ; le charbon s'éparpilla, le fourneau fut démoli — et le lendemain, Germaine retrouva une spatule dans la cour.

La force de la vapeur avait rompu l'instrument, d'autant que la cucurbite se trouvait boulonnée au chapiteau.

Pécuchet, tout de suite, s'était accroupi derrière la cuve, et Bouvard comme écroulé sur un tabouret. Pendant dix minutes, ils demeurèrent dans cette posture, n'osant se permettre un seul mouvement, pâles de terreur, au milieu des tessons. Quand ils purent recouvrer la parole, ils se demandèrent quelle était la cause de tant d'infortunes, de la dernière surtout ? — et ils n'y comprenaient rien, sinon qu'ils avaient manqué périr. Pécuchet termina par ces mots :

— « C'est que, peut-être, nous ne savons pas la chimie ! »

# III

Pour savoir la chimie, ils se procurèrent le cours de Regnault — et apprirent d'abord que « les corps simples sont peut-être composés ».

On les distingue en métalloïdes et en métaux, — différence qui n'a « rien d'absolu », dit l'auteur. De même pour les acides et les bases, « un corps pouvant se comporter à la manière des acides ou des bases, suivant les circonstances ».

La notation leur parut baroque. — Les Proportions multiples troublèrent Pécuchet.

— « Puisqu'une molécule de A, je suppose, se combine avec plusieurs parties de B, il me semble que cette molécule doit se diviser en autant de parties ; mais si elle se divise, elle cesse d'être l'unité, la molécule primordiale. Enfin, je ne comprends pas. »

— « Moi, non plus ! » disait Bouvard.

Et ils recoururent à un ouvrage moins difficile, celui de Girardin — où ils acquirent la certitude que dix litres d'air pèsent cent grammes, qu'il n'entre pas de plomb dans les crayons, que le diamant n'est que du carbone.

Ce qui les ébahit par-dessus tout, c'est que la terre comme élément n'existe pas.

Ils saisirent la manœuvre du chalumeau, l'or,

l'argent, la lessive du linge, l'étamage des casseroles; puis sans le moindre scrupule, Bouvard et Pécuchet se lancèrent dans la chimie organique.

Quelle merveille que de retrouver chez les êtres vivants les mêmes substances qui composent les minéraux. Néanmoins, ils éprouvaient une sorte d'humiliation à l'idée que leur individu contenait du phosphore comme les allumettes, de l'albumine comme les blancs d'œufs, du gaz hydrogène comme les réverbères.

Après les couleurs et les corps gras, ce fut le tour de la fermentation.

Elle les conduisit aux acides — et la loi des équivalents les embarrassa encore une fois. Ils tâchèrent de l'élucider avec la théorie des atomes, ce qui acheva de les perdre.

Pour entendre tout cela, selon Bouvard, il aurait fallu des instruments. La dépense était considérable; et ils en avaient trop fait.

Mais le docteur Vaucorbeil pouvait, sans doute, les éclairer.

Ils se présentèrent au moment de ses consultations.

— « Messieurs, je vous écoute! quel est votre mal? »

Pécuchet répliqua qu'ils n'étaient pas malades, et ayant exposé le but de leur visite :

— « Nous désirons connaître premièrement l'atomicité supérieure. »

Le médecin rougit beaucoup, puis les blâma de vouloir apprendre la chimie.

— « Je ne nie pas son importance, soyez-en sûrs! mais actuellement, on la fourre partout! Elle exerce sur la médecine une action déplorable. » Et l'autorité de sa parole se renforçait au spectacle des choses environnantes.

Du diachylum et des bandes traînaient sur la cheminée. La boîte chirurgicale posait au milieu du bureau. Des sondes emplissaient une cuvette dans un coin — et il y avait contre le mur, la représentation d'un écorché.

Pécuchet en fit compliment au Docteur.

— « Ce doit être une belle étude que l'Anatomie? »

M. Vaucorbeil s'étendit sur le charme qu'il éprouvait autrefois dans les dissections; — et Bouvard demanda quels sont les rapports entre l'intérieur de la femme et celui de l'homme.

Afin de le satisfaire, le médecin tira de sa bibliothèque un recueil de planches anatomiques.

— « Emportez-les! Vous les regarderez chez vous plus à votre aise! »

Le squelette les étonna par la proéminence de sa mâchoire, les trous de ses yeux, la longueur effrayante de ses mains. — Un ouvrage explicatif leur manquait; ils retournèrent chez M. Vaucorbeil, et grâce au manuel d'Alexandre Lauth ils apprirent les divisions de la charpente, en s'ébahissant de l'épine dorsale, seize fois plus forte, dit-on, que si le Créateur l'eût fait droite. — Pourquoi seize fois, précisément?

Les métacarpiens désolèrent Bouvard; — Pécuchet acharné sur le crâne, perdit courage devant le sphénoïde, bien qu'il ressemble à une « selle turque, ou turquesque ».

Quant aux articulations, trop de ligaments les cachaient — et ils attaquèrent les muscles.

Mais les insertions n'étaient pas commodes à découvrir — et parvenus aux gouttières vertébrales, ils y renoncèrent complètement.

Pécuchet dit, alors :

— « Si nous reprenions la chimie? — ne serait-ce que pour utiliser le laboratoire! »

Bouvard protesta; et il crut se rappeler que l'on fabriquait à l'usage des pays chauds des cadavres postiches.

Barberou, auquel il écrivit, lui donna là-dessus des renseignements. — Pour dix francs par mois, on pouvait avoir un des bonshommes de M. Auzoux — et la semaine suivante, le messager de Falaise déposa devant leur grille une caisse oblongue.

Ils la transportèrent dans le fournil, pleins d'émotion. Quand les planches furent déclouées, la paille tomba, les papiers de soie glissèrent, le mannequin apparut.

Il était couleur de brique, sans chevelure, sans peau, avec d'innombrables filets bleus, rouges et blancs le bariolant. Cela ne ressemblait point à un cadavre, mais à une espèce de joujou, fort vilain, très propre et qui sentait le vernis.

Puis ils enlevèrent le thorax; et ils aperçurent les deux poumons pareils à deux éponges, le cœur tel qu'un gros œuf, un peu de côté par derrière, le diaphragme, les reins, tout le paquet des entrailles.

— « A la besogne! » dit Pécuchet.

La journée et le soir y passèrent.

Ils avaient mis des blouses, comme font les carabins dans les amphithéâtres, et à la lueur de trois chandelles, ils travaillaient leurs morceaux de carton, quand un coup de poing heurta la porte. — « Ouvrez! »

C'était M. Foureau, suivi du garde champêtre.

Les maîtres de Germaine s'étaient plu à lui montrer le bonhomme. Elle avait couru de suite chez l'épicière, pour conter la chose; et tout le village croyait maintenant qu'ils recélaient dans leur maison un véritable mort. Foureau, cédant à la rumeur publique, venait s'assurer du fait. Des curieux se tenaient dans la cour.

Le mannequin, quand il entra, reposait sur le flanc; et les muscles de la face étant décrochés, l'œil faisait une saillie monstrueuse, avait quelque chose d'effrayant.

— « Qui vous amène? » dit Pécuchet.

Foureau balbutia : — « Rien! rien du tout! » et prenant une des pièces sur la table : — « Qu'est-ce que c'est? »

— « Le buccinateur! » répondit Bouvard.

Foureau se tut — mais souriait d'une façon narquoise, jaloux de ce qu'ils avaient un divertissement au-dessus de sa compétence.

Les deux anatomistes feignaient de poursuivre leurs investigations. Les gens qui s'ennuyaient sur le seuil avaient pénétré dans le fournil — et comme on se poussait un peu, la table trembla.

— « Ah! c'est trop fort! » s'écria Pécuchet. « Débarrassez-nous du public! »

Le garde champêtre fit partir les curieux.

— « Très bien! » dit Bouvard! « nous n'avons besoin de personne! »

Foureau comprit l'allusion; et lui demanda s'ils avaient le droit, n'étant pas médecins, de détenir un objet pareil? Il allait, du reste, en écrire au Préfet. — Quel pays! on n'était pas plus inepte, sauvage et rétrograde! La comparaison qu'ils firent d'eux-mêmes avec les autres les consola. — Ils ambitionnaient de souffrir pour la science.

Le Docteur aussi vint les voir. Il dénigra le mannequin comme trop éloigné de la nature; mais profita de la circonstance pour faire une leçon.

Bouvard et Pécuchet furent charmés; et sur leur désir, M. Vaucorbeil leur prêta plusieurs volumes de sa bibliothèque, affirmant toutefois qu'ils n'iraient pas jusqu'au bout.

Ils prirent en note dans le *Dictionnaire des Sciences médicales,* les exemples d'accouchement, de longévité, d'obésité et de constipation extraordinaires. Que n'avaient-ils connu le fameux Canadien de Beaumont, les polyphages Tarare et Bijoux, la femme hydropique du département de l'Eure, le Piémontais qui allait à la garde-robe tous les vingt jours, Simorre de Mirepoix mort ossifié, et cet ancien maire d'Angoulême, dont le nez pesait trois livres!

Le cerveau leur inspira des réflexions philosophiques. Ils distinguaient fort bien dans l'intérieur, le *septum lucidum* composé de deux lamelles et la glande pinéale, qui ressemble à un petit pois rouge. Mais il y avait des pédoncules et des ventricules, des arcs, des piliers, des étages, des ganglions, et des fibres de toutes les sortes, et le foramen de Pacchioni, et le corps de Pacini, bref un amas inextricable, de quoi user leur existence.

Quelquefois dans un vertige, ils démontaient complètement le cadavre, puis se trouvaient embarrassés pour remettre en place les morceaux.

Cette besogne était rude, après le déjeuner surtout! et ils ne tardaient pas à s'endormir, Bouvard le menton baissé, l'abdomen en avant, Pécuchet la tête dans les mains, avec ses deux coudes sur la table.

Souvent à ce moment-là, M. Vaucorbeil, qui terminait ses premières visites, entr'ouvrait la porte.

— « Eh bien, les confrères, comment va l'anatomie? »

— « Parfaitement! » répondaient-ils.

Alors il posait des questions pour le plaisir de les confondre.

Quand ils étaient las d'un organe, ils passaient à un autre — abordant ainsi et délaissant tour à tour le cœur, l'estomac, l'oreille, les intestins ; — car le bonhomme de carton les assommait, malgré leurs efforts pour s'y intéresser. Enfin le Docteur les surprit comme ils le reclouaient dans sa boîte.

— « Bravo ! Je m'y attendais. » On ne pouvait à leur âge entreprendre ces études ; — et le sourire accompagnant ses paroles les blessa profondément.

De quel droit les juger incapables ? est-ce que la science appartenait à ce monsieur ! Comme s'il était lui-même un personnage bien supérieur !

Donc acceptant son défi, ils allèrent jusqu'à Bayeux pour y acheter des livres. Ce qui leur manquait, c'était la physiologie ; — et un bouquiniste leur procura les traités de Richerand et d'Adelon, célèbres à l'époque.

Tous les lieux communs sur les âges, les sexes et les tempéraments leur semblèrent de la plus haute importance. Ils furent bien aises de savoir qu'il y a dans le tartre des dents trois espèces d'animalcules, que le siège du goût est sur la langue, et la sensation de la faim dans l'estomac.

Pour en saisir mieux les Fonctions, ils regrettaient de n'avoir pas la faculté de ruminer, comme l'avaient eue Montègre, M. Gosse, et le frère de Bérard ; — et ils mâchaient avec lenteur, trituraient, insalivaient, accompagnant de la pensée le bol alimentaire dans leurs entrailles, le suivaient même jusqu'à ses dernières conséquences, pleins d'un scrupule méthodique, d'une attention presque religieuse.

Afin de produire artificiellement des digestions, ils tassèrent de la viande dans une fiole, où était le suc gastrique d'un canard — et ils la portèrent sous leurs aisselles durant quinze jours, sans autre résultat que d'infecter leurs personnes.

On les vit courir le long de la grande route, revêtus d'habits mouillés et à l'ardeur du soleil. C'était pour vérifier si la soif s'apaise par l'application de l'eau sur l'épiderme. Ils rentrèrent haletants ; et tous les deux avec un rhume.

L'audition, la phonation, la vision furent expédiées lestement. Mais Bouvard s'étala sur la génération.

Les réserves de Pécuchet en cette matière l'avaient toujours surpris. Son ignorance lui parut si complète qu'il le pressa de s'expliquer — et Pécuchet en rougissant finit par faire un aveu.

Des farceurs, autrefois, l'avaient entraîné dans une mauvaise maison — d'où il s'était enfui, se gardant pour la femme qu'il aimerait plus tard ; — une circonstance heureuse n'était jamais venue ; si bien, que par fausse honte, gêne pécuniaire, crainte des maladies, entêtement, habitude, à cinquante-deux ans et malgré le séjour de la capitale, il possédait encore sa virginité.

Bouvard eut peine à le croire — puis il rit énormément, mais s'arrêta, en apercevant des larmes dans les yeux de Pécuchet.

Car les passions ne lui avaient pas manqué, s'étant tour à tour épris d'une danseuse de corde, de la belle-sœur d'un architecte, d'une demoiselle de comptoir — enfin d'une petite blanchisseuse ; — et le mariage allait même se conclure, quand il avait découvert qu'elle était enceinte d'un autre.

Bouvard lui dit :

— « Il y a moyen toujours de réparer le temps perdu ! Pas de tristesse, voyons ! je me charge si tu veux... »

Pécuchet répliqua, en soupirant, qu'il ne fallait

plus y songer. — Et ils continuèrent leur physiologie.

Est-il vrai que la surface de notre corps dégage perpétuellement une vapeur subtile? La preuve, c'est que le poids d'un homme décroît à chaque minute. Si chaque jour s'opère l'addition de ce qui manque et la soustraction de ce qui excède, la santé se maintiendra en parfait équilibre. Sanctorius, l'inventeur de cette loi, employa un demi-siècle à peser quotidiennement sa nourriture avec toutes ses excrétions, et se pesait lui-même, ne prenant de relâche que pour écrire ses calculs.

Ils essayèrent d'imiter Sanctorius. Mais comme leur balance ne pouvait les supporter tous les deux, ce fut Pécuchet qui commença.

Il retira ses habits, afin de ne pas gêner la perspiration — et il se tenait sur le plateau, complètement nu, laissant voir, malgré la pudeur, son torse très long pareil à un cylindre, avec des jambes courtes, les pieds plats et la peau brune. A ses côtés, sur une chaise, son ami lui faisait la lecture.

Des savants prétendent que la chaleur animale se développe par les contractions musculaires, et qu'il est possible en agitant le thorax et les membres pelviens de hausser la température d'un bain tiède.

Bouvard alla chercher leur baignoire — et quand tout fut prêt, il s'y plongea, muni d'un thermomètre.

Les ruines de la distillerie balayées vers le fond de l'appartement dessinaient dans l'ombre un vague monticule. On entendait par intervalles le grignotement des souris; une vieille odeur de plantes aromatiques s'exhalait — et se trouvant là fort bien ils causaient avec sérénité.

Cependant Bouvard sentait un peu de fraîcheur.

— « Agite tes membres! » dit Pécuchet.

Il les agita, sans rien changer au thermomètre; — « c'est froid, décidément. »

— « Je n'ai pas chaud, non plus » reprit Pécuchet, saisi lui-même par un frisson « mais agite tes membres pelviens! agite-les! »

Bouvard ouvrit les cuisses, se tordait les flancs, balançait son ventre, soufflait comme un cachalot; — puis regardait le thermomètre, qui baissait toujours. — « Je n'y comprends rien! Je me remue, pourtant! »

— « Pas assez! »

Et il reprenait sa gymnastique.

Elle avait duré trois heures, quand une fois encore il empoigna le tube.

— « Comment! douze degrés! — Ah! bonsoir! je me retire! »

Un chien entra, moitié dogue moitié braque, le poil jaune, galeux, la langue pendante.

Que faire? pas de sonnettes! et leur domestique était sourde. Ils grelottaient mais n'osaient bouger, dans la peur d'être mordus.

Pécuchet crut habile de lancer des menaces, en roulant des yeux.

Alors le chien aboya; — et il sautait autour de la balance, où Pécuchet se cramponnant aux cordes, et pliant les genoux, tâchait de s'élever le plus haut possible.

— « Tu t'y prends mal » dit Bouvard; et il se mit à faire des risettes au chien en proférant des douceurs.

Le chien sans doute les comprit. — Il s'efforçait de le caresser, lui collait ses pattes sur les épaules, les ériflait avec ses ongles.

— « Allons! maintenant! voilà qu'il a emporté ma culotte! »

Il se coucha dessus, et demeura tranquille.

Enfin, avec les plus grandes précautions, ils se hasardèrent l'un à descendre du plateau, l'autre à sortir de la baignoire; — et quand Pécuchet fut rhabillé, cette exclamation lui échappa :

— « Toi, mon bonhomme, tu serviras à nos expériences! »

Quelles expériences?

On pouvait lui injecter du phosphore, puis l'enfermer dans une cave pour voir s'il rendrait du feu par les naseaux. Mais comment injecter? et du reste, on ne leur vendrait pas de phosphore.

Ils songèrent à l'enfermer sous la machine pneumatique, à lui faire respirer des gaz, à lui donner pour breuvage des poisons. Tout cela peut-être ne serait pas drôle! Enfin ils choisirent l'aimantation de l'acier par le contact de la moelle épinière.

Bouvard, refoulant son émotion, tendait sur une assiette des aiguilles à Pécuchet, qui les plantait contre les vertèbres. Elles se cassaient, glissaient, tombaient par terre; il en prenait d'autres, et les enfonçait vivement, au hasard. Le chien rompit ses attaches, passa comme un boulet de canon par les carreaux, traversa la cour, le vestibule et se présenta dans la cuisine.

Germaine poussa des cris en le voyant tout ensanglanté, avec des ficelles autour des pattes.

Ses maîtres qui le poursuivaient entrèrent au même moment. Il fit un bond et disparut.

La vieille servante les apostropha.

— « C'est encore une de vos bêtises, j'en suis sûre! — Et ma cuisine, elle est propre! Ça le rendra peut-être enragé! On en fourre en prison qui ne vous valent pas! »

Ils regagnèrent le laboratoire, pour éprouver les aiguilles. Pas une n'attira la moindre limaille.

Puis, l'hypothèse de Germaine les inquiéta. Il pouvait avoir la rage, revenir à l'improviste, se précipiter sur eux.

Le lendemain, ils allèrent partout, aux informations — et pendant plusieurs années, ils se détournaient dans la campagne, sitôt qu'apparaissait un chien, ressemblant à celui-là.

Les autres expériences échouèrent. Contrairement aux auteurs, les pigeons qu'ils saignèrent l'estomac plein ou vide, moururent dans le même espace de temps. Des petits chats enfoncés sous l'eau périrent au bout de cinq minutes — et une oie, qu'ils avaient bourrée de garance, offrit des périostes d'une entière blancheur.

La nutrition les tourmentait.

Comment se fait-il que le même suc produise des os, du sang, de la lymphe et des matières excrémentielles? Mais on ne peut suivre les métamorphoses d'un aliment. L'homme qui n'use que d'un seul est, chimiquement, pareil à celui qui en absorbe plusieurs. Vauquelin ayant calculé toute la chaux contenue dans l'avoine d'une poule, en retrouva davantage dans les coquilles de ses œufs. Donc, il se fait une création de substance. De quelle manière? on n'en sait rien.

On ne sait même pas quelle est la force du cœur. Borelli admet celle qu'il faut pour soulever un poids de cent quatre-vingt mille livres, et Keill l'évalue à huit onces, environ. D'où ils conclurent que la Physiologie est (suivant un vieux mot) le roman de la médecine. N'ayant pu la comprendre, ils n'y croyaient pas.

Un mois se passa dans le désœuvrement. Puis ils songèrent à leur jardin.

L'arbre mort étalé dans le milieu était gênant. Ils l'équarrirent. Cet exercice les fatigua. — Bouvard avait, très souvent, besoin de faire arranger ses outils chez le forgeron.

Un jour qu'il s'y rendait, il fut accosté par un homme portant sur le dos un sac de toile, et qui lui proposa des almanachs, des livres pieux, des médailles bénites, enfin le *Manuel de la Santé,* par François Raspail.

Cette brochure lui plut tellement qu'il écrivit à Barberou de lui envoyer le grand ouvrage. Barberou l'expédia, et indiquait dans sa lettre, une pharmacie pour les médicaments.

La clarté de la doctrine les séduisit. Toutes les affections proviennent des vers. Ils gâtent les dents, creusent les poumons, dilatent le foie, ravagent les intestins, et y causent des bruits. Ce qu'il y a de mieux pour s'en délivrer c'est le camphre. Bouvard et Pécuchet l'adoptèrent. Ils en prisaient, ils en croquaient et distribuaient des cigarettes, des flacons d'eau sédative, et des pilules d'aloès. Ils entreprirent même la cure d'un bossu.

C'était un enfant qu'ils avaient rencontré un jour de foire. Sa mère, une mendiante, l'amenait chez eux tous les matins. Ils frictionnaient sa bosse avec de la graisse camphrée, y mettaient pendant vingt minutes un cataplasme de moutarde, puis la recouvraient de diachylum, et pour être sûrs qu'il reviendrait, lui donnaient à déjeuner.

Ayant l'esprit tendu vers les helminthes, Pécuchet observa sur la joue de Mme Bordin une tache bizarre. Le Docteur, depuis longtemps la traitait par les amers; ronde au début comme une pièce de vingt sols, cette tache avait grandi, et formait un cercle rose. Ils voulurent l'en guérir. Elle accepta; mais exigeait que ce fût Bouvard qui lui fît les onctions. Elle se posait devant la fenêtre, dégrafait le haut de son corsage et restait la joue tendue, en le regardant avec un œil, qui aurait été dangereux sans la présence de Pécuchet. Dans les doses permises et malgré l'effroi du mercure ils administrèrent du calomel. Un mois plus tard, Mme Bordin était sauvée.

Elle leur fit de la propagande; — et le percepteur des contributions, le secrétaire de la mairie, le maire lui-même, tout le monde dans Chavignolles suçait des tuyaux de plume.

Cependant le bossu ne se redressait pas. Le percepteur lâcha la cigarette, elle redoublait ses étouffements. Foureau se plaignit des pilules d'aloès qui lui occasionnaient des hémorroïdes, Bouvard eut des maux d'estomac et Pécuchet d'atroces migraines. Ils perdirent confiance dans le Raspail, mais eurent soin de n'en rien dire, craignant de diminuer leur considération.

Et ils montrèrent beaucoup de zèle pour la vaccine, apprirent à saigner sur des feuilles de chou, firent même l'acquisition d'une paire de lancettes.

Ils accompagnaient le médecin chez les pauvres, puis consultaient leurs livres.

Les symptômes notés par les auteurs n'étaient pas ceux qu'ils venaient de voir. Quant aux noms des maladies, du latin, du grec, du français, une bigarrure de toutes les langues.

On les compte par milliers, et la classification linnéenne est bien commode, avec ses genres et ses espèces; mais comment établir les espèces? Alors, ils s'égarèrent dans la philosophie de la médecine.

Ils rêvaient sur l'archée de Van Helmont, le vitalisme, le Brownisme, l'organicisme, demandaient au Docteur d'où vient le germe de la scrofule, vers quel endroit se porte le miasme contagieux, et le moyen dans tous les cas morbides de distinguer la cause de ses effets.

— « La cause et l'effet s'embrouillent », répondait Vaucorbeil.

Son manque de logique les dégoûta; — et ils visitèrent les malades tout seuls, pénétrant dans les maisons, sous prétexte de philanthropie.

Au fond des chambres sur de sales matelas, reposaient des gens dont la figure pendait d'un côté, d'autres l'avaient bouffie et d'un rouge écarlate, ou couleur de citron, ou bien violette, avec les narines pincées, la bouche tremblante; et des râles, des hoquets, des sueurs, des exhalaisons de cuir et de vieux fromage.

Ils lisaient les ordonnances de leurs médecins, et étaient fort surpris que les calmants soient parfois des excitants, les vomitifs des purgatifs, qu'un même remède convienne à des affections diverses, et qu'une maladie s'en aille sous des traitements opposés.

Néanmoins, ils donnaient des conseils, remontaient le moral, avaient l'audace d'ausculter.

Leur imagination travaillait. Ils écrivirent au Roi, pour qu'on établît dans le Calvados un institut de gardes-malades, dont ils seraient les professeurs.

Ils se transportèrent chez le pharmacien de Bayeux (celui de Falaise leur en voulait toujours à cause de son jujube) et ils l'engagèrent à fabriquer comme les Anciens des *pila purgatoria*, c'est-à-dire des boulettes de médicaments, qui à force d'être maniées, s'absorbent dans l'individu.

D'après ce raisonnement qu'en diminuant la chaleur on entrave les phlegmasies, ils suspendirent dans son fauteuil, aux poutrelles du plafond, une femme affectée de méningite, et ils la balançaient à tour de bras quand le mari survenant les flanqua dehors.

Enfin au grand scandale de M. le curé, ils avaient pris la mode nouvelle d'introduire des thermomètres dans les derrières.

Une fièvre typhoïde se répandit aux environs : Bouvard déclara qu'il ne s'en mêlerait pas. Mais la femme de Gouy leur fermier vint gémir chez eux. Son homme était malade depuis quinze jours ; et M. Vaucorbeil le négligeait.

Pécuchet se dévoua.

Taches lenticulaires sur la poitrine, douleurs aux articulations, ventre ballonné, langue rouge, c'étaient tous les signes de la dothiénentérie. Se rappelant le mot de Raspail qu'en ôtant la diète on supprime la fièvre, il ordonna des bouillons, un peu de viande. Tout à coup, le docteur parut.

Son malade était en train de manger, deux oreillers derrière le dos, entre la fermière et Pécuchet qui le reforçaient.

Il s'approcha du lit, et jeta l'assiette par la fenêtre, en s'écriant :

— « C'est un véritable meurtre ! »

— « Pourquoi ? »

— « Vous perforez l'intestin, puisque la fièvre typhoïde est une altération de sa membrane folliculaire. »

— « Pas toujours ! »

Et une dispute s'engagea sur la nature des fièvres. Pécuchet croyait à leur essence. Vaucorbeil les faisait dépendre des organes. — « Aussi j'éloigne tout ce qui peut surexciter ! »

— « Mais la diète affaiblit le principe vital ! »

— « Qu'est-ce que vous me chantez avec votre principe vital ! Comment est-il ? qui l'a vu ? »

Pécuchet s'embrouilla.

— « D'ailleurs » disait le médecin, « Gouy ne veut pas de nourriture. »

Le malade fit un geste d'assentiment sous son bonnet de coton.

— « N'importe! il en a besoin! »

— « Jamais! son pouls donne quatre-vingt-dix-huit pulsations. »

— « Qu'importe les pulsations! » Et Pécuchet nomma ses autorités.

— « Laissons les systèmes! » dit le Docteur.

Pécuchet croisa les bras.

— « Vous êtes un empirique, alors? »

— « Nullement! mais en observant. »

— « Et si on observe mal? »

Vaucorbeil prit cette parole pour une allusion à l'herpès de Mme Bordin, histoire clabaudée par la veuve, et dont le souvenir l'agaçait.

— « D'abord, il faut avoir fait de la pratique. »

— « Ceux qui ont révolutionné la science, n'en faisaient pas! Van Helmont, Boerhaave, Broussais, lui-même. »

Vaucorbeil, sans répondre, se pencha vers Gouy, et haussant la voix :

— « Lequel de nous deux choisissez-vous pour médecin? »

Le malade, somnolent, aperçut des visages en colère, et se mit à pleurer.

Sa femme non plus ne savait que répondre; car l'un était habile; mais l'autre avait peut-être un secret?

— « Très bien! » dit Vaucorbeil. « Puisque vous balancez entre un homme nanti d'un diplôme... » Pécuchet ricana. « Pourquoi riez-vous? »

— « C'est qu'un diplôme n'est pas toujours un argument! »

Le Docteur était attaqué dans son gagne-pain,

dans sa prérogative, dans son importance sociale. Sa colère éclata.

— « Nous le verrons quand vous irez devant les tribunaux pour exercice illégal de la médecine ! » Puis se tournant vers la fermière : « Faites-le tuer par monsieur tout à votre aise, et que je sois pendu si je reviens jamais dans votre maison. »

Et il s'enfonça sous la hêtrée, en gesticulant avec sa canne.

Bouvard, quand Pécuchet rentra, était lui-même dans une grande agitation.

Il venait de recevoir Foureau, exaspéré par ses hémorroïdes. Vainement avait-il soutenu qu'elles préservent de toutes les maladies, Foureau n'écoutant rien, l'avait menacé de dommages et intérêts. Il en perdait la tête.

Pécuchet lui conta l'autre histoire, qu'il jugeait plus sérieuse — et fut un peu choqué de son indifférence.

Gouy, le lendemain eut une douleur dans l'abdomen. Cela pouvait tenir à l'ingestion de la nourriture ? Peut-être que Vaucorbeil ne s'était pas trompé ? Un médecin après tout doit s'y connaître ! et des remords assaillirent Pécuchet. Il avait peur d'être homicide.

Par prudence, ils congédièrent le bossu. Mais à cause du déjeuner lui échappant, sa mère cria beaucoup. Ce n'était pas la peine de les avoir fait venir tous les jours de Barneval à Chavignolles !

Foureau se calma — et Gouy reprenait des forces. A présent, la guérison était certaine ; un tel succès enhardit Pécuchet.

— « Si nous travaillions les accouchements, avec un de ces mannequins... »

— « Assez de mannequins ! »

— « Ce sont des demi-corps en peau, inventés

pour les élèves sages-femmes. Il me semble que je retournerais le fœtus? »

Mais Bouvard était las de la médecine.

— Les ressorts de la vie nous sont cachés, les affections trop nombreuses, les remèdes problématiques — et on ne découvre dans les auteurs aucune définition raisonnable de la santé, de la maladie, de la diathèse, ni même du pus!

Cependant toutes ces lectures avaient ébranlé leur cervelle.

Bouvard, à l'occasion d'un rhume, se figura qu'il commençait une fluxion de poitrine. Des sangsues n'ayant pas affaibli le point de côté, il eut recours à un vésicatoire, dont l'action se porta sur les reins. Alors, il se crut attaqué de la pierre.

Pécuchet prit une courbature à l'élagage de la charmille, et vomit après son dîner, ce qui l'effraya beaucoup. Puis observant qu'il avait le teint un peu jaune, suspecta une maladie de foie, se demandait : « Ai-je des douleurs? » et finit par en avoir.

S'attristant mutuellement, ils regardaient leur langue, se tâtaient le pouls, changeaient d'eau minérale, se purgeaient; — et redoutaient le froid, la chaleur, le vent, la pluie, les mouches, principalement les courants d'air.

Pécuchet imagina que l'usage de la prise était funeste. D'ailleurs, un éternuement occasionne parfois la rupture d'un anévrisme — et il abandonna la tabatière. Par habitude, il y plongeait les doigts; puis, tout à coup, se rappelait son imprudence.

Comme le café noir secoue les nerfs Bouvard voulut renoncer à la demi-tasse; mais il dormait après ses repas, et avait peur en se réveillant; car le sommeil prolongé est une menace d'apoplexie.

Leur idéal était Cornaro, ce gentilhomme vénitien, qui à force de régime atteignit une extrême vieillesse. Sans l'imiter absolument, on peut avoir les mêmes précautions, et Pécuchet tira de sa bibliothèque un Manuel d'hygiène par le docteur Morin.

Comment avaient-ils fait pour vivre jusque-là? Les plats qu'ils aimaient s'y trouvent défendus. Germaine embarrassée ne savait plus que leur servir.

Toutes les viandes ont des inconvénients. Le boudin et la charcuterie, le hareng saur, le homard, et le gibier sont « réfractaires ». Plus un poisson est gros plus il contient de gélatine et par conséquent est lourd. Les légumes causent des aigreurs, le macaroni donne des rêves, les fromages « considérés généralement, sont d'une digestion difficile ». Un verre d'eau le matin est « dangereux »; chaque boisson ou comestible étant suivi d'un avertissement pareil, ou bien de ces mots : « mauvais! — gardez-vous de l'abus! — ne convient pas à tout le monde. » — Pourquoi mauvais? où est l'abus? comment savoir si telle chose vous convient?

Quel problème que celui du déjeuner! Ils quittèrent le café au lait, sur sa détestable réputation; et ensuite le chocolat, — car c'est « un amas de substances indigestes »; restait donc le thé. Mais « les personnes nerveuses doivent se l'interdire complètement ». Cependant, Decker au XVII^e siècle en prescrivait vingt décalitres par jour, afin de nettoyer les marais du pancréas.

Ce renseignement ébranla Morin dans leur estime, d'autant plus qu'il condamne toutes les coiffures, chapeaux, bonnets et casquettes, exigence qui révolta Pécuchet. Alors ils achetèrent le traité de Becquerel où ils virent que le porc est en soi-même « un bon aliment », le tabac d'une innocence parfaite, et le café « indispensable aux militaires ».

Jusqu'alors ils avaient cru à l'insalubrité des endroits humides. Pas du tout! Casper les déclare moins mortels que les autres. On ne se baigne pas dans la mer sans avoir rafraîchi sa peau. Bégin veut qu'on s'y jette en pleine transpiration. Le vin pur après la soupe passe pour excellent à l'estomac. Lévy l'accuse d'altérer les dents. Enfin, le gilet de flanelle, cette sauvegarde, ce tuteur de la santé, ce palladium chéri de Bouvard et inhérent à Pécuchet, sans ambages ni crainte de l'opinion, des auteurs le déconseillent aux hommes pléthoriques et sanguins.

Qu'est-ce donc que l'hygiène?

— « Vérité en deçà des Pyrénées, erreur au delà » affirme M. Lévy; et Becquerel ajoute qu'elle n'est pas une science.

Alors ils se commandèrent pour leur dîner des huîtres, un canard, du porc au choux, de la crème, un Pont-l'Évêque, et une bouteille de Bourgogne. Ce fut un affranchissement, presque une revanche; et ils se moquaient de Cornaro! Fallait-il être imbécile pour se tyranniser comme lui! Quelle bassesse que de penser toujours au prolongement de son existence! La vie n'est bonne qu'à la condition d'en jouir. — « Encore un morceau? » — « Je veux bien. » — « Moi de même! » — « A ta santé! » — « A la tienne! » — « Et fichons-nous du reste! » Ils s'exaltaient.

Bouvard annonça qu'il voulait trois tasses de café, bien qu'il ne fût pas un militaire. Pécuchet, la casquette sur les oreilles, prisait coup sur coup, éternuait sans peur, et sentant le besoin d'un peu de champagne, ils ordonnèrent à Germaine d'aller de suite au cabaret, leur en acheter une bouteille. Le village était trop loin. Elle refusa. Pécuchet fut indigné.

— « Je vous somme, entendez-vous! je vous somme d'y courir. »

Elle obéit, mais en bougonnant, résolue à lâcher bientôt ses maîtres, tant ils étaient incompréhensibles et fantasques.

Puis, comme autrefois, ils allèrent prendre le gloria sur le vigneau.

La moisson venait de finir — et des meules au milieu des champs dressaient leurs masses noires sur la couleur de la nuit, bleuâtre et douce. Les fermes étaient tranquilles. On n'entendait même plus les grillons. Toute la campagne dormait. Ils digéraient en humant la brise qui rafraîchissait leurs pommettes.

Le ciel très haut, était couvert d'étoiles; les unes brillant par groupes, d'autres à la file, ou bien seules à des intervalles éloignés. Une zone de poussière lumineuse, allant du septentrion au midi, se bifurquait au-dessus de leurs têtes. Il y avait entre ces clartés, de grands espaces vides; — et le firmament semblait une mer d'azur, avec des archipels et des îlots.

— « Quelle quantité! » s'écria Bouvard.

— « Nous ne voyons pas tout! » reprit Pécuchet. « Derrière la voie lactée, ce sont les nébuleuses; au delà des nébuleuses des étoiles encore! La plus voisine est séparée de nous par trois cents billions de myriamètres! » Il avait regardé souvent dans le télescope de la place Vendôme et se rappelait les chiffres. « Le Soleil est un million de fois plus gros que la Terre, Sirius a douze fois la grandeur du soleil, des comètes mesurent trente-quatre millions de lieues! »

— « C'est à rendre fou » dit Bouvard. Il déplora son ignorance et même regrettait de n'avoir pas été, dans sa jeunesse, à l'École Polytechnique.

Alors Pécuchet le tournant vers la Grande-Ourse, lui montra l'étoile polaire, puis Cassiopée dont la constellation forme un Y, Véga de la Lyre toute scintillante, et au bas de l'horizon, le rouge Aldebaran.

Bouvard, la tête renversée, suivait péniblement les triangles, quadrilatères et pentagones qu'il faut imaginer pour se reconnaître dans le ciel.

Pécuchet continua :

— « La vitesse de la lumière est de quatre-vingt mille lieues dans une seconde. Un rayon de la Voie lactée met six siècles à nous parvenir — si bien qu'une étoile, quand on l'observe, peut avoir disparu. Plusieurs sont intermittentes, d'autres ne reviennent jamais; — et elles changent de position; tout s'agite, tout passe. »

— « Cependant, le Soleil est immobile? »

— « On le croyait autrefois. Mais les savants aujourd'hui, annoncent qu'il se précipite vers la constellation d'Hercule! »

Cela dérangeait les idées de Bouvard — et après une minute de réflexion :

— « La science est faite, suivant les données fournies par un coin de l'étendue. Peut-être ne convient-elle pas à tout le reste qu'on ignore, qui est beaucoup plus grand, et qu'on ne peut découvrir. »

Ils parlaient ainsi, debout sur le vigneau, à la lueur des astres — et leurs discours étaient coupés par de longs silences.

Enfin ils se demandèrent s'il y avait des hommes dans les étoiles. Pourquoi pas? Et comme la création est harmonique, les habitants de Sirius devaient être démesurés, ceux de Mars d'une taille moyenne, ceux de Vénus très petits. A moins que ce ne soit partout la même chose? Il existe là-haut des commerçants, des gendarmes ; on y trafique, on s'y bat, on y détrône des rois !...

Quelques étoiles filantes glissèrent tout à coup, décrivant sur le ciel comme la parabole d'une monstrueuse fusée.

— « Tiens ! » dit Bouvard « voilà des mondes qui disparaissent. »

Pécuchet reprit :

— « Si le nôtre, à son tour, faisait la cabriole, les citoyens des étoiles ne seraient pas plus émus que nous ne le sommes maintenant ! De pareilles idées vous renfoncent l'orgueil. »

— « Quel est le but de tout cela ? »

— « Peut-être qu'il n'y a pas de but ? »

— « Cependant ! » et Pécuchet répéta deux ou trois fois « cependant » sans trouver rien de plus à dire. — « N'importe ! je voudrais bien savoir comment l'univers s'est fait ! »

— « Cela doit être dans Buffon ! » répondit Bouvard, dont les yeux se fermaient. « Je n'en peux plus ! je vais me coucher ! »

Les *Époques de la nature* leur apprirent qu'une comète, en heurtant le soleil, en avait détaché une portion, qui devint la Terre. D'abord les pôles s'étaient refroidis. Toutes les eaux avaient enveloppé le globe. Elles s'étaient retirées dans les cavernes ; puis les continents se divisèrent, les animaux et l'homme parurent.

La majesté de la création leur causa un ébahissement, infini comme elle. Leur tête s'élargissait. Ils étaient fiers de réfléchir sur de si grands objets.

Les minéraux ne tardèrent pas à les fatiguer ; — et ils recoururent comme distraction, aux *Harmonies* de Bernardin de Saint-Pierre.

Harmonies végétales et terrestres, aériennes, aquatiques, humaines, fraternelles et même conjugales, tout y passa — sans omettre les invocations à Vénus, aux Zéphyrs et aux Amours! Ils s'étonnaient que les poissons eussent des nageoires, les oiseaux des ailes, les semences une enveloppe — pleins de cette philosophie qui découvre dans la Nature des intentions vertueuses et la considère comme une espèce de saint Vincent de Paul, toujours occupé à répandre des bienfaits!

Ils admirèrent ensuite ses prodiges, les trombes, les volcans, les forêts vierges; — et ils achetèrent l'ouvrage de M. Depping sur les *Merveilles et beautés de la nature en France.* Le Cantal en possède trois, l'Hérault cinq, la Bourgogne deux — pas davantage — tandis que le Dauphiné compte à lui seul jusqu'à quinze merveilles! Mais bientôt, on n'en trouvera plus! Les grottes à stalactites se bouchent, les montagnes ardentes s'éteignent, les glacières naturelles s'échauffent; — et les vieux arbres dans lesquels on disait la messe tombent sous la cognée des niveleurs, ou sont en train de mourir.

Puis leur curiosité se tourna vers les bêtes.

Ils rouvrirent leur Buffon et s'extasièrent devant les goûts bizarres de certains animaux.

Mais tous les livres ne valant pas une observation personnelle, ils entraient dans les cours, et demandaient aux laboureurs s'ils avaient vu des taureaux se joindre à des juments, les cochons rechercher les vaches, et les mâles des perdrix commettre entre eux des turpitudes.

— « Jamais de la vie! » On trouvait même ces questions un peu drôles pour des messieurs de leur âge.

Ils voulurent tenter des alliances anormales.

La moins difficile est celle du bouc et de la brebis. Leur fermier ne possédait pas de bouc. Une voisine prêta le sien; et l'époque du rut étant venue, ils enfermèrent les deux bêtes dans le pressoir, en se cachant derrière les futailles, pour que l'événement pût s'accomplir en paix.

Chacune, d'abord, mangea son petit tas de foin. Puis, elles ruminèrent, la brebis se coucha; — et elle bêlait sans discontinuer, pendant que le bouc, d'aplomb sur ses jambes torses, avec sa grande barbe et ses oreilles pendantes, fixait sur eux ses prunelles, qui luisaient dans l'ombre.

Enfin, le soir du troisième jour, ils jugèrent convenable de faciliter la nature. Mais le bouc se retournant contre Pécuchet, lui flanqua un coup de cornes au bas du ventre. La brebis, saisie de peur, se mit à tourner dans le pressoir comme dans un manège. Bouvard courut après, se jeta dessus pour la retenir, et tomba par terre avec des poignées de laine dans les deux mains.

Ils renouvelèrent leurs tentatives sur des poules et un canard, sur un dogue et une truie, avec l'espoir qu'il en sortirait des monstres et ne comprenant rien à la question de l'espèce.

Ce mot désigne un groupe d'individus dont les descendants se reproduisent. Mais des animaux classés comme d'espèces différentes peuvent se reproduire, et d'autres compris dans la même en ont perdu la faculté.

Ils se flattèrent d'obtenir là-dessus des idées nettes, en étudiant le développement des germes; et Pécuchet écrivit à Dumouchel, pour avoir un microscope.

Tour à tour ils mirent sur la plaque de verre des cheveux, du tabac, des ongles, une patte de mouche. Mais ils avaient oublié la goutte d'eau, indispensable. C'était, d'autres fois, la petite lamelle; — et ils se poussaient, dérangeaient l'instrument; puis, n'apercevant que du brouillard accusaient l'opticien. Ils en arrivèrent à douter du microscope. Les découvertes qu'on lui attribue ne sont peut-être pas si positives.

Dumouchel, en leur adressant la facture, les pria de recueillir à son intention des ammonites et des oursins, curiosités dont il était toujours amateur, et fréquentes dans leur pays. Pour les exciter à la géologie, il leur envoyait les *Lettres* de Bertrand avec le *Discours* de Cuvier *sur les révolutions du globe.*

Après ces deux lectures, ils se figurèrent les choses suivantes.

D'abord une immense nappe d'eau, d'où émergeaient des promontoires, tachetés par des lichens; et pas un être vivant, pas un cri; c'était un monde silencieux, immobile et nu. — Puis de longues plantes se balançaient dans un brouillard qui ressemblait à la vapeur d'une étuve. Un soleil tout rouge surchauffait l'atmosphère humide. Alors des volcans éclatèrent, les roches ignées jaillissaient des montagnes; et la pâte des porphyres et des basaltes qui coulait, se figea. — Troisième tableau : dans des mers peu profondes, des îles de madrépores ont surgi; un bouquet de palmiers, de place en place, les domine. Il y a des coquillages pareils à des roues de chariot, des tortues qui ont trois mètres, des lézards de soixante pieds. Des amphibies allongent entre les roseaux leur col d'autruche à mâchoire de crocodile. Des serpents ailés s'envolent. — Enfin, sur les grands continents, de grands mammifères parurent, les membres difformes comme des pièces de bois mal équarries, le cuir plus épais que des plaques de bronze, ou bien velus, lippus, avec des crinières, et des défenses contournées. Des troupeaux de mammouths broutaient les plaines où fut depuis l'Atlantique; le paléothérium, moitié cheval moitié tapir, bouleversait de son groin les fourmilières de Montmartre, et le cervus giganteus tremblait sous les châtaigniers, à la voix de l'ours des cavernes, qui faisait japper dans sa tanière, le chien de Beaugency trois fois haut comme un loup.

Toutes ces époques avaient été séparées les unes des autres par des cataclysmes, dont le dernier est notre déluge. C'était comme une féerie en plusieurs actes, ayant l'homme pour apothéose.

Ils furent stupéfaits d'apprendre qu'il existait sur des pierres des empreintes de libellules, de pattes d'oiseaux, — et ayant feuilleté un des manuels Roret, ils cherchèrent des fossiles.

Un après-midi, comme ils retournaient des silex au milieu de la grande route, M. le curé passa, et les abordant d'une voix pateline :

— « Ces messieurs s'occupent de géologie? fort bien! »

Car il estimait cette science. Elle confirme l'autorité des Écritures, en prouvant le Déluge.

Bouvard parla des coprolithes, lesquels sont des excréments de bêtes, pétrifiés.

L'abbé Jeufroy parut surpris du fait; après tout, s'il avait lieu, c'était une raison de plus, d'admirer la Providence.

Pécuchet avoua que leurs enquêtes jusqu'alors n'avaient pas été fructueuses, — et cependant les environs de Falaise, comme tous les terrains jurassiques, devaient abonder en débris d'animaux.

— « J'ai entendu dire » répliqua l'abbé Jeufroy « qu'autrefois on avait trouvé à Villers la mâchoire d'un éléphant. » Du reste, un de ses amis, M. Larsonneur, avocat, membre du barreau de Lisieux et archéologue, leur fournirait peut-être des renseignements! Il avait fait une histoire de Port-en-

Bessin où était notée la découverte d'un crocodile.

Bouvard et Pécuchet échangèrent un coup d'œil; le même espoir leur était venu; — et malgré la chaleur, ils restèrent debout pendant longtemps, à interroger l'ecclésiastique qui s'abritait sous un parapluie de coton bleu. Il avait le bas du visage un peu lourd avec le nez pointu, souriait continuellement, ou penchait la tête en fermant les paupières.

La cloche de l'église tinta l'angelus.

— « Bien le bonsoir, messieurs! Vous permettez, n'est-ce pas? »

Recommandés par lui, ils attendirent durant trois semaines la réponse de Larsonneur. Enfin, elle arriva.

L'homme de Villers qui avait déterré la dent de mastodonte s'appelait Louis Bloche; les détails manquaient. Quant à son histoire, elle occupait un des volumes de l'Académie Lexovienne, et il ne prêtait point son exemplaire, dans la peur de dépareiller la collection. Pour ce qui était de l'alligator, on l'avait découvert au mois de novembre 1825, sous la falaise des Hachettes, à Sainte-Honorine, près de Port-en-Bessin, arrondissement de Bayeux. Suivaient des compliments.

L'obscurité enveloppant le mastodonte irrita le désir de Pécuchet. Il aurait voulu se rendre tout de suite à Villers.

Bouvard objecta que pour s'épargner un déplacement peut-être inutile, et à coup sûr dispendieux, il convenait de prendre des informations — et ils écrivirent au Maire de l'endroit une lettre, où ils lui demandaient ce qu'était devenu un certain Louis Bloche. Dans l'hypothèse de sa mort, ses descendants ou collatéraux pouvaient-ils les instruire sur sa précieuse découverte? Quand il la fit, à quelle place de la commune gisait ce document des âges primitifs ? Avait-on des chances d'en trouver d'analogues ? Quel était par jour le prix d'un homme et d'une charrette.

Et ils eurent beau s'adresser à l'Adjoint, puis au premier Conseiller Municipal, ils ne reçurent de Villers aucune nouvelle. Sans doute les habitants étaient jaloux de leurs fossiles ? A moins qu'ils ne les vendissent aux Anglais. Le voyage des Hachettes fut résolu.

Bouvard et Pécuchet prirent la diligence de Falaise pour Caen. Ensuite une carriole les transporta de Caen à Bayeux ; — et de Bayeux, ils allèrent à pied jusqu'à Port-en-Bessin.

On ne les avait pas trompés. La côte des Hachettes offrait des cailloux bizarres — et sur les indications de l'aubergiste, ils atteignirent la grève.

La marée étant basse, elle découvrait tous ses galets, avec une prairie de goémons jusqu'au bord des flots.

Des vallonnements herbeux découpaient la falaise, composée d'une terre molle et brune et qui se durcissant devenait dans ses strates inférieures, une muraille de pierre grise. Des filets d'eau en tombaient sans discontinuer, pendant que la mer au loin, grondait. Elle semblait parfois suspendre son battement ; — et on n'entendait plus que le petit bruit des sources.

Ils titubaient sur des herbes gluantes, ou bien ils avaient à sauter des trous. — Bouvard s'assit près du rivage, et contempla les vagues, ne pensant à rien, fasciné, inerte. Pécuchet le ramena vers la côte pour lui faire voir un ammonite, incrusté dans la roche, comme un diamant dans sa gangue. Leurs ongles s'y brisèrent, il aurait fallu des instruments, la nuit venait, d'ailleurs. — Le ciel était empourpré à l'occident, et toute la place couverte d'une ombre.

— Au milieu des varechs presque noirs, les flaques d'eau s'élargissaient. La mer montait vers eux; il était temps de rentrer.

Le lendemain dès l'aube, avec une pioche et un pic, ils attaquèrent leur fossile dont l'enveloppe éclata. C'était un « Ammonite nodosus », rongé par les bouts mais pesant bien seize livres, et Pécuchet, dans l'enthousiasme, s'écria : — « Nous ne pouvons faire moins que de l'offrir à Dumouchel! »

Puis ils rencontrèrent des éponges, des térébratules, des orques, et pas de crocodile! — à son défaut, ils espéraient une vertèbre d'hippopotame ou d'ichthyosaure, n'importe quel ossement contemporain du Déluge, quand ils distinguèrent à hauteur d'homme contre la falaise, des contours qui figuraient le galbe d'un poisson gigantesque.

Ils délibérèrent sur les moyens de l'obtenir.

Bouvard le dégagerait par le haut, tandis que Pécuchet en dessous, démolirait la roche pour le faire descendre, doucement, sans l'abîmer.

Comme ils reprenaient haleine, ils virent au-dessus de leur tête, dans la campagne un douanier en manteau, qui gesticulait d'un air de commandement.

— « Eh bien! quoi? fiche-nous la paix! » et ils continuèrent leur besogne, Bouvard sur la pointe des orteils, tapant avec sa pioche, Pécuchet les reins pliés, creusant avec son pic.

Mais le douanier reparut, plus bas, dans un vallon, en multipliant les signaux : ils s'en moquaient bien! Un corps ovale se bombait sous la terre amincie, et penchait, allait glisser.

Un autre individu, avec un sabre, se montra tout à coup.

— « Vos passeports! »

C'était le garde champêtre en tournée; — et au

même moment survint l'homme de la douane, accouru par une ravine.

— « Empoignez-les, père Morin! ou la falaise va s'écrouler! »

— « C'est dans un but scientifique » répondit Pécuchet.

Alors une masse tomba, en les frôlant de si près tous les quatre, qu'un peu plus ils étaient morts.

Quand la poussière fut dissipée, ils reconnurent un mât de navire qui s'émietta sous la botte du douanier.

Bouvard dit en soupirant : — « Nous ne faisions pas grand mal! »

— « On ne doit rien faire dans les limites du Génie! » reprit le garde champêtre. « D'abord qui êtes-vous? pour que je vous dresse procès! »

Pécuchet se rebiffa, criant à l'injustice.

— « Pas de raisons! suivez-moi! »

Dès qu'ils arrivèrent sur le port, une foule de gamins les escorta. Bouvard rouge comme un coquelicot, affectait un air digne. Pécuchet, très pâle, lançait des regards furieux; — et ces deux étrangers, portant des cailloux dans leurs mouchoirs n'avaient pas une bonne figure. Provisoirement, on les colloqua dans l'auberge, dont le maître sur le seuil, barrait l'entrée. Puis le maçon réclama ses outils; ils les payèrent; encore des frais! — et le garde champêtre ne revenait pas! pourquoi? Enfin un monsieur qui avait la croix d'honneur, les délivra; et ils s'en allèrent, ayant donné leurs noms, prénoms et domicile, avec l'engagement d'être à l'avenir plus circonspects.

Outre un passeport, il leur manquait bien des choses! et avant d'entreprendre des explorations nouvelles ils consultèrent le *Guide du voyageur géologue* par Boné.

Il faut avoir, premièrement, un bon havresac de soldat, puis une chaîne d'arpenteur, une lime, des pinces, une boussole, et trois marteaux, passés dans une ceinture qui se dissimule sous la redingote, et « vous préserve ainsi de cette apparence originale, que l'on doit éviter en voyage ». Comme bâton, Pécuchet adopta franchement le bâton de touriste, haut de six pieds, à longue pointe de fer. Bouvard préférait une canne-parapluie, ou parapluie-polybranches, dont le pommeau se retire, pour agrafer la soie contenue, à part, dans un petit sac. Ils n'oublièrent pas de forts souliers, avec des guêtres, chacun « deux paires de bretelles, à cause de la transpiration » et bien qu'on ne puisse « se présenter partout en casquette » ils reculèrent devant la dépense d' « un de ces chapeaux qui se plient, et qui portent le nom du chapelier Gibus, leur inventeur ». Le même ouvrage donne des préceptes de conduite : « Savoir la langue du pays que l'on visite », ils la savaient. « Garder une tenue modeste », c'était leur usage. « Ne pas avoir d'argent sur soi », rien de plus simple. Enfin, pour s'épargner toutes sortes d'embarras, il est bon de prendre « la qualité d'ingénieur ! »

— « Eh bien ! nous la prendrons ! »

Ainsi préparés, ils commencèrent leurs courses, étaient absents quelquefois pendant huit jours, passaient leur vie au grand air.

Tantôt sur les bords de l'Orne, ils apercevaient dans une déchirure, des pans de rocs dressant leurs lames obliques entre des peupliers et des bruyères ; — ou bien ils s'attristaient de ne rencontrer le long du chemin que des couches d'argile. Devant un paysage, ils n'admiraient ni la série des plans, ni la profondeur des lointains ni les ondulations de la verdure ; mais ce qu'on ne voyait pas, le dessous, la terre; — et toutes les collines étaient pour eux « encore une preuve du Déluge ».

A la manie du Déluge, succéda celle des blocs erratiques. Les grosses pierres seules dans les champs devaient provenir de glaciers disparus; — et ils cherchaient des moraines et des faluns.

Plusieurs fois, on les prit pour des porte-balles, vu leur accoutrement — et quand ils avaient répondu qu'ils étaient « des ingénieurs » une crainte leur venait; l'usurpation d'un titre pareil pouvait leur attirer des désagréments.

A la fin du jour, ils haletaient sous le poids de leurs échantillons, mais intrépides les rapportaient chez eux. Il y en avait le long des marches dans l'escalier, dans les chambres, dans la salle, dans la cuisine; et Germaine se lamentait sur la quantité de poussière.

Ce n'était pas une mince besogne avant de coller les étiquettes, que de savoir les noms des roches; la variété des couleurs et du grenu leur faisait confondre l'argile avec la marne, le granit et le gneiss, le quartz et le calcaire.

Et puis la nomenclature les irritait. Pourquoi devonien, cambrien, jurassique, comme si les terres désignées par ces mots n'étaient pas ailleurs qu'en Devonshire, près de Cambridge, et dans le Jura? Impossible de s'y reconnaître! ce qui est système pour l'un est pour l'autre un étage, pour un troisième une simple assise. Les feuillets des couches, s'entremêlent, s'embrouillent; mais Omalius d'Halloy vous prévient qu'il ne faut pas croire aux divisions géologiques.

Cette déclaration les soulagea — et quand ils eurent vu des calcaires à polypiers dans la plaine de Caen, des phillades à Balleroy, du kaolin à Saint-Blaise, de l'oolithe partout, et cherché de la houille à Cartigny, et du mercure à la Chapelle-en-Juger près Saint-Lô, ils décidèrent une excursion plus lointaine, un voyage au Havre pour étudier le quartz pyromaque et l'argile de Kimmeridge!

A peine descendus du paquebot, ils demandèrent le chemin qui conduit sous les phares. Des éboulements l'obstruaient; — il était dangereux de s'y hasarder.

Un loueur de voitures les accosta, et leur offrit des promenades aux environs, Ingouville, Octeville, Fécamp, Lillebonne, « Rome s'il le fallait ».

Ses prix étaient déraisonnables; mais le nom de Fécamp les avait frappés : en se détournant un peu sur la route, on pouvait voir Étretat — et ils prirent la gondole de Fécamp, pour se rendre au plus loin, d'abord.

Dans la gondole Bouvard et Pécuchet firent la conversation avec trois paysans, deux bonnes femmes, un séminariste, et n'hésitèrent pas à se qualifier d'ingénieurs.

On s'arrêta devant le bassin. Ils gagnèrent la falaise, et cinq minutes après, la frôlèrent, pour éviter une grande flaque d'eau avançant comme un golfe au milieu du rivage. Ensuite, ils virent une arcade qui s'ouvrait sur une grotte profonde. Elle était sonore, très claire, pareille à une église, avec des colonnes de haut en bas, et un tapis de varech tout le long de ses dalles.

Cet ouvrage de la nature les étonna; et ils s'élevèrent à des considérations sur l'origine du monde.

Bouvard penchait vers le neptunisme. Pécuchet au contraire était plutonien. Le feu central avait brisé la croûte du globe, soulevé les terrains, fait des crevasses. C'est comme une mer intérieure ayant son flux et reflux, ses tempêtes. Une mince pellicule nous en sépare. On ne dormirait pas si l'on songeait à tout ce qu'il y a sous nos talons. — Cependant le feu central diminue, et le soleil s'affaiblit, si bien que la Terre un jour périra de refroidissement. Elle deviendra stérile; tout le bois et toute la houille se seront convertis en acide carbonique — et aucun être ne pourra subsister.

— « Nous n'y sommes pas encore » dit Bouvard.

— « Espérons-le! » reprit Pécuchet.

N'importe! cette fin du monde, si lointaine qu'elle fût, les assombrit — et côte à côte, ils marchaient silencieusement sur les galets.

La falaise, perpendiculaire, toute blanche et rayée en noir, çà et là, par des lignes de silex, s'en allait vers l'horizon tel que la courbe d'un rempart ayant cinq lieues d'étendue. Un vent d'est, âpre et froid soufflait. Le ciel était gris, la mer verdâtre et comme enflée. Du sommet des roches, des oiseaux s'envolaient, tournoyaient, rentraient vite dans leurs trous. Quelquefois, une pierre se détachant, rebondissait de place en place, avant de descendre jusqu'à eux.

Pécuchet poursuivait à haute voix ses pensées :

— « A moins que la terre ne soit anéantie par un cataclysme? On ignore la longueur de notre période. Le feu central n'a qu'à déborder. »

— « Pourtant, il diminue? »

— « Cela n'empêche pas ses explosions d'avoir produit l'île Julia, le Monte-Nuovo, bien d'autres encore. »

Bouvard se rappelait avoir lu ces détails dans Bertrand. — « Mais de pareils faits n'arrivent pas en Europe? »

— « Mille excuses! témoin celui de Lisbonne! Quant à nos pays, les mines de houille et de pyrite martiale y sont nombreuses et peuvent très bien en se décomposant, former les bouches volcaniques. Les volcans, d'ailleurs, éclatent toujours près de la mer. »

Bouvard promena sa vue sur les flots, et crut distinguer au loin, une fumée qui montait vers le ciel.

— « Puisque l'île Julia » reprit Pécuchet, « a disparu, des terrains produits par la même cause, auront peut-être, le même sort ? Un îlot de l'Archipel est aussi important que la Normandie, et même que l'Europe. »

Bouvard se figura l'Europe engloutie dans un abîme.

— « Admets » dit Pécuchet « qu'un tremblement de terre ait lieu sous la Manche. Les eaux se ruent dans l'Atlantique. Les côtes de la France et de l'Angleterre en chancelant sur leur base, s'inclinent, se rejoignent, et v'lan ! tout l'entre-deux est écrasé. »

Au lieu de répondre, Bouvard se mit à marcher tellement vite qu'il fut bientôt à cent pas de Pécuchet. Étant seul, l'idée d'un cataclysme le troubla. Il n'avait pas mangé depuis le matin. Ses tempes bourdonnaient. Tout à coup le sol, lui parut tressaillir, — et la falaise au-dessus de sa tête pencher par le sommet. A ce moment, une pluie de graviers, déroula d'en haut.

Pécuchet l'aperçut qui détalait avec violence, comprit sa terreur, cria, de loin : — « Arrête ! arrête ! la période n'est pas accomplie. »

Et pour le rattraper, il faisait des sauts énormes avec son bâton de touriste, tout en vociférant : « La période n'est pas accomplie ! la période n'est pas accomplie ! »

Bouvard en démence, courait toujours. Le parapluie polybranches tomba, les pans de sa redingote s'envolaient, le havresac ballottait à son dos. C'était comme une tortue avec des ailes, qui aurait galopé parmi les roches ; une plus grosse le cacha.

Pécuchet y parvint hors d'haleine, ne vit personne ; puis retourna en arrière pour gagner les champs par une « valleuse » que Bouvard avait prise, sans doute.

Ce raidillon étroit était taillé à grandes marches dans la falaise, de la largeur de deux hommes, et luisant comme de l'albâtre poli. A cinquante pieds d'élévation, Pécuchet voulut descendre. La mer battait son plein. Il se remit à grimper.

Au second tournant, quand il aperçut le vide, la peur le glaça. A mesure qu'il approchait du troisième, ses jambes devenaient molles. Les couches de l'air vibraient autour de lui, une crampe le pinçait à l'épigastre ; il s'assit par terre les yeux fermés, n'ayant plus conscience que des battements de son cœur qui l'étouffaient. Puis, il jeta son bâton de touriste, et avec les genoux et les mains reprit son ascension. Mais les trois marteaux tenus à la ceinture lui entraient dans le ventre, les cailloux dont ses poches étaient bourrées tapaient ses flancs ; la visière de sa casquette l'aveuglait, le vent redoublait de force ; enfin il atteignit le plateau et y trouva Bouvard qui était monté plus loin, par une valleuse moins difficile.

Une charrette les recueillit. Ils oublièrent Étretat.

Le lendemain soir au Havre, en attendant le paquebot, ils virent au bas d'un journal, un feuilleton intitulé *De l'enseignement de la géologie*.

Cet article, plein de faits, exposait la question comme elle était comprise à l'époque.

Jamais il n'y eut un cataclysme complet du globe ; mais la même espèce n'a pas toujours la même durée, et s'éteint plus vite dans tel endroit que dans tel autre. Des terrains de même âge contiennent des fossiles différents comme des dépôts très éloignés en renferment de pareils. Les fougères d'autrefois sont identiques aux fougères d'à présent. Beaucoup de zoophytes contemporains se retrouvent dans les couches les plus anciennes. En résumé, les modifications actuelles expliquent les bouleversements antérieurs. Les mêmes causes agissent toujours, la Nature ne fait pas de sauts, et les périodes, affirme Brongniart, ne sont après tout que des abstractions.

Cuvier jusqu'à présent leur avait apparu dans l'éclat d'une auréole, au sommet d'une science indiscutable. Elle était sapée. La Création n'avait plus la même discipline; et leur respect pour ce grand homme diminua.

Par des biographies et des extraits, ils apprirent quelque chose des doctrines de Lamarck et de Geoffroy Saint-Hilaire.

Tout cela contrariait les idées reçues, l'autorité de l'Église.

Bouvard en éprouva comme l'allègement d'un joug brisé.

— « Je voudrais voir, maintenant, ce que le citoyen Jeufroy me répondrait sur le Déluge! »

Ils le trouvèrent dans son petit jardin où il attendait les membres du Conseil de fabrique, qui devaient se réunir tout à l'heure, pour l'acquisition d'une chasuble.

— « Ces messieurs souhaitent... ? »

— « Un éclaircissement, s'il vous plaît », et Bouvard commença.

Que signifiaient dans la Genèse, « l'abîme qui se rompit » et « les cataractes du ciel »? Car un abîme ne se rompt pas, et le ciel n'a point de cataractes!

L'abbé ferma les paupières, puis répondit qu'il

fallait distinguer toujours entre le sens et la lettre. Des choses qui d'abord nous choquent deviennent légitimes en les approfondissant.

— « Très bien! mais comment expliquer la pluie qui dépassait les plus hautes montagnes, lesquelles mesurent deux lieues! y pensez-vous, deux lieues! une épaisseur d'eau ayant deux lieues! »

Et le maire, survenant, ajouta : — « Saprelotte, quel bain! »

— « Convenez » dit Bouvard « que Moïse exagère diablement. »

Le curé avait lu Bonald, et répliqua : — « J'ignore ses motifs; c'était, sans doute, pour imprimer un effroi salutaire aux peuples qu'il dirigeait! »

— « Enfin, cette masse d'eau, d'où venait-elle? »

— « Que sais-je? L'air s'était changé en pluie, comme il arrive tous les jours. »

Par la porte du jardin, on vit entrer M. Girbal, directeur des Contributions, avec le capitaine Heurtaux, propriétaire; et Beljambe l'aubergiste donnait le bras à Langlois l'épicier, qui marchait péniblement à cause de son catarrhe.

Pécuchet, sans souci d'eux, prit la parole.

— « Pardon, monsieur Jeufroy. Le poids de l'atmosphère (la science nous le démontre) est égal à celui d'une masse d'eau qui ferait autour du globe une enveloppe de dix mètres. Par conséquent, si tout l'air condensé tombait dessus à l'état liquide, il augmenterait bien peu la masse des eaux existantes. »

Et les fabriciens ouvraient de grands yeux, écoutaient.

Le curé s'impatienta.

— « Nierez-vous qu'on ait trouvé des coquilles sur les montagnes? qui les y a mises, sinon le Déluge? Elles n'ont pas coutume, je crois, de pousser toutes seules dans la terre comme des carottes! » Et ce mot ayant fait rire l'assemblée, il ajouta en pinçant les lèvres : « A moins que ce ne soit encore une des découvertes de la science? »

Bouvard voulut répondre par le soulèvement des montagnes, la théorie d'Élie de Beaumont.

— « Connais pas! » répondit l'Abbé.

Foureau s'empressa de dire : — « Il est de Caen! Je l'ai vu une fois à la Préfecture! »

— « Mais si votre Déluge » repartit Bouvard « avait charrié des coquilles, on les trouverait brisées à la surface, et non à des profondeurs de trois cents mètres quelquefois. »

Le prêtre se rejeta sur la véracité des Écritures, la tradition du genre humain et les animaux découverts dans de la glace, en Sibérie.

Cela ne prouve pas que l'Homme ait vécu en même temps qu'eux! La Terre, selon Pécuchet, était considérablement plus vieille. — « Le Delta du Mississipi remonte à des dizaines de milliers d'années. L'époque actuelle en a cent mille, pour le moins. Les listes de Manéthon... »

Le comte de Faverges s'avança.

Tous firent silence à son approche.

— « Continuez, je vous prie! Que disiez-vous? »

— « Ces messieurs me querellaient » répondit l'abbé.

— « A propos de quoi? »

— « Sur la sainte Écriture, monsieur le Comte! »

Bouvard, de suite, allégua qu'ils avaient droit, comme géologues, à discuter religion.

— « Prenez garde » dit le comte. « Vous savez le mot, cher monsieur, un peu de science en éloigne, beaucoup y ramène. » Et d'un ton à la fois hautain et paternel : « Croyez-moi! vous y reviendrez! vous y reviendrez! »

Peut-être! — mais que penser d'un livre, où l'on prétend que la lumière a été créée avant le soleil, comme si le soleil n'était pas la seule cause de la lumière!

— « Vous oubliez celle qu'on appelle boréale » dit l'ecclésiastique.

Bouvard, sans répondre à l'objection, nia fortement qu'elle ait pu être d'un côté et les ténèbres de l'autre, qu'il y ait eu un soir et un matin quand les astres n'existaient pas, et que les animaux aient apparu tout à coup, au lieu de se former par cristallisation.

Comme les allées étaient trop petites, en gesticulant, on marchait dans les plates-bandes. Langlois fut pris d'une quinte de toux. Le capitaine criait : « Vous êtes des révolutionnaires! » Girbal : « La paix! la paix! » Le prêtre : « Quel matérialisme! » Foureau : « Occupons-nous plutôt de notre chasuble! »

— « Hou! Laissez-moi parler! » Et Bouvard s'échauffant, alla jusqu'à dire que l'Homme descendait du Singe!

Tous les fabriciens se regardèrent, fort ébahis, et comme pour s'assurer qu'ils n'étaient pas des singes.

Bouvard reprit : — « En comparant le fœtus d'une femme, d'une chienne, d'un oiseau... »

— « Assez! »

— « Moi, je vais plus loin! » s'écria Pécuchet. « L'homme descend des poissons! » Des rires éclatèrent. Mais sans se troubler : « le Telliamed! un livre arabe!... »

— « Allons, messieurs, en séance! »

Et on entra dans la sacristie.

Les deux compagnons n'avaient pas roulé l'abbé

Jeufroy, comme ils l'auraient cru — aussi Pécuchet lui trouva-t-il « le cachet du jésuitisme ».

Sa lumière boréale les inquiétait cependant; ils la cherchèrent dans le manuel de d'Orbigny.

C'est une hypothèse, pour expliquer comment les végétaux fossiles de la baie de Baffin ressemblent aux plantes équatoriales. On suppose, à la place du soleil, un grand foyer lumineux, maintenant disparu, et dont les aurores boréales ne sont peut-être que les vestiges.

Puis un doute leur vint sur la provenance de l'Homme; — et embarrassés, ils songèrent à Vaucorbeil.

Ses menaces n'avaient pas eu de suites. Comme autrefois, il passait le matin devant leur grille, en raclant avec sa canne tous les barreaux l'un après l'autre.

Bouvard l'épia — et l'ayant arrêté, dit qu'il voulait lui soumettre un point curieux d'anthropologie.

— « Croyez-vous que le genre humain descende des poissons? »

— « Quelle bêtise! »

— « Plutôt des singes, n'est-ce pas? »

— « Directement, c'est impossible! »

A qui se fier? Car enfin le Docteur n'était pas un catholique!

Ils continuèrent leurs études, mais sans passion, étant las de l'éocène et du miocène, du Mont-Jorullo, de l'île Julia, des mammouths de Sibérie et des fossiles invariablement comparés dans tous les auteurs à « des médailles qui sont des témoignages authentiques », si bien qu'un jour, Bouvard jeta son havresac par terre, en déclarant qu'il n'irait pas plus loin.

La géologie est trop défectueuse! A peine connaissons-nous quelques endroits de l'Europe. Quant au reste, avec le fond des Océans, on l'ignorera toujours.

Enfin, Pécuchet ayant prononcé le mot de règne minéral :

— « Je n'y crois pas, au règne minéral! puisque des matières organiques ont pris part à la formation du silex, de la craie, de l'or peut-être! Le diamant n'a-t-il pas été du charbon? la houille un assemblage de végétaux? — en la chauffant à je ne sais plus combien de degrés, on obtient de la sciure de bois, tellement que tout passe, tout coule. La création est faite d'une matière ondoyante et fugace. Mieux vaudrait nous occuper d'autre chose! »

Il se coucha sur le dos, et se mit à sommeiller, pendant que Pécuchet la tête basse et un genou dans les mains, se livrait à ses réflexions.

Une lisière de mousse bordait un chemin creux, ombragé par des frênes dont les cimes légères tremblaient. Des angéliques, des menthes, des lavandes exhalaient des senteurs chaudes, épicées; l'atmosphère était lourde; et Pécuchet, dans une sorte d'abrutissement, rêvait aux existences innombrables éparses autour de lui, aux insectes qui bourdonnaient, aux sources cachées sous le gazon, à la sève des plantes, aux oiseaux dans leurs nids, au vent, aux nuages, à toute la Nature, sans chercher à découvrir ses mystères, séduit par sa force, perdu dans sa grandeur.

— « J'ai soif! » dit Bouvard, en se réveillant.

— « Moi de même! Je boirais volontiers quelque chose! »

— « C'est facile » reprit un homme qui passait, en manches de chemise, avec une planche sur l'épaule.

Et ils reconnurent ce vagabond, à qui Bouvard autrefois avait donné un verre de vin. Il semblait de dix ans plus jeune, portait les cheveux en accroche-cœur, la moustache bien cirée, et dandinait sa taille d'une façon parisienne.

Après cent pas environ, il ouvrit la barrière d'une cour, jeta sa planche contre un mur, et les fit entrer dans une haute cuisine.

— « Mélie! es-tu là, Mélie? »

Une jeune fille parut; sur son commandement, alla « tirer de la boisson » et revint près de la table, servir ces messieurs.

Ses bandeaux, de la couleur des blés, dépassaient un béguin de toile grise. Tous ses pauvres vêtements descendaient le long de son corps sans un pli; — et le nez droit, les yeux bleus, elle avait quelque chose de délicat, de champêtre et d'ingénu.

— « Elle est gentille, hein? » dit le menuisier, pendant qu'elle apportait des verres. « Si on ne jurerait pas une demoiselle, costumée en paysanne! et rude à l'ouvrage, pourtant! — Pauvre petit cœur, va! quand je serai riche, je t'épouserai! »

— « Vous dites toujours des bêtises, monsieur Gorgu » répondit-elle d'une voix douce, sur un accent traînard.

Un valet d'écurie vint prendre de l'avoine dans un vieux coffre, et laissa retomber le couvercle si brutalement qu'un éclat de bois en jaillit.

Gorgu s'emporta contre la lourdeur de tous « ces gars de la campagne » puis, à genoux devant le meuble, il cherchait la place du morceau. Pécuchet en voulant l'aider, distingua sous la poussière, des figures de personnages.

C'était un bahut de la Renaissance, avec une torsade en bas, des pampres dans les coins, et les colonnettes divisaient sa devanture en cinq compartiments. On voyait au milieu, Vénus-Anadyomène debout sur une coquille, puis Hercule et Omphale, Samson et Dalila, Circé et ses pourceaux, les filles de Loth enivrant leur père; tout cela délabré, rongé de mites, et même le panneau de droite manquait. Gorgu prit une chandelle pour mieux faire voir à Pécuchet celui de gauche, qui présentait sous l'arbre du Paradis, Adam et Ève dans une posture fort indécente.

Bouvard également admira le bahut.

— « Si vous y tenez, on vous le céderait à bon compte. »

Ils hésitaient, vu les réparations.

Gorgu pouvait les faire, étant de son métier ébéniste. — « Allons! Venez! » et il entraîna Pécuchet vers la masure, où Mme Castillon, la maîtresse, étendait du linge.

Mélie quand elle eut lavé ses mains, prit sur le bord de la fenêtre, son métier à dentelles, s'assit en pleine lumière, et travailla.

Le linteau de la porte l'encadrait. Les fuseaux se débrouillaient sous ses doigts avec un claquement de castagnettes. Son profil restait penché.

Bouvard la questionna sur ses parents, son pays, les gages qu'on lui donnait.

Elle était de Ouistreham, n'avait plus de famille, gagnait une pistole par mois — enfin, elle lui plut tellement qu'il désira la prendre à son service pour aider la vieille Germaine.

Pécuchet reparut avec la fermière, et pendant qu'ils continuaient leur marchandage, Bouvard demanda tout bas à Gorgu, si la petite bonne consentirait à devenir sa servante.

— « Parbleu! »

— « Toutefois » dit Bouvard, « il faut que je consulte mon ami. »

— « Eh bien! je ferai en sorte. Mais n'en parlez pas! à cause de la bourgeoise. »

Le marché venait de se conclure, moyennant trente-cinq francs. Pour le raccommodage on s'entendrait.

A peine dans la cour Bouvard dit son intention relativement à Mélie.

Pécuchet s'arrêta, afin de mieux réfléchir, ouvrit sa tabatière, huma une prise, et s'étant mouché :

— « Au fait, c'est une idée! mon Dieu, oui! pourquoi pas? D'ailleurs, tu es le maître! »

Dix minutes après, Gorgu se montra sur le haut-bord d'un fossé — et les interpellant :

— « Quand faut-il que je vous apporte le meuble? »

— « Demain! »

— « Et pour l'autre question, êtes-vous décidés? »

— « Convenu! » répondit Pécuchet.

## IV

Six mois plus tard, ils étaient devenus des archéologues; — et leur maison ressemblait à un musée.

Une vieille poutre de bois se dressait dans le vestibule. Les spécimens de géologie encombraient l'escalier; — et une chaîne énorme s'étendait par terre tout le long du corridor.

Ils avaient décroché la porte entre les deux chambres où ils ne couchaient pas et condamné l'entrée extérieure de la seconde, pour ne faire de ces deux pièces qu'un même appartement.

Quand on avait franchi le seuil on se heurtait à une auge de pierre (un sarcophage gallo-romain) puis, les yeux étaient frappés par de la quincaillerie.

Contre le mur en face, une bassinoire dominait deux chenets et une plaque de foyer, qui représentait un moine caressant une bergère. Sur des planchettes tout autour, on voyait des flambeaux, des serrures, des boulons, des écrous. Le sol disparaissait sous des tessons de tuiles rouges. Une table au milieu exhibait les curiosités les plus rares : la carcasse d'un bonnet de Cauchoise, deux urnes d'argile, des médailles, une fiole de verre opalin. Un fauteuil en tapisserie avait sur son dossier un triangle de guipure. Un morceau de cotte de mailles ornait la cloison à droite; et en dessous, des pointes maintenaient horizontalement une hallebarde, pièce unique.

La seconde chambre, où l'on descendait par deux marches, renfermait les anciens livres apportés de Paris, et ceux qu'en arrivant ils avaient découverts dans une armoire. Les vantaux en étaient retirés. Ils l'appelaient la bibliothèque.

L'arbre généalogique de la famille Croixmare occupait seul tout le revers de la porte. Sur le lambris en retour, la figure au pastel d'une dame en costume Louis XV faisait pendant au portrait du père Bouvard. Le chambranle de la glace avait pour décoration un sombrero de feutre noir, et une monstrueuse galoche, pleine de feuilles, les restes d'un nid.

Deux noix de coco (appartenant à Pécuchet depuis sa jeunesse) flanquaient sur la cheminée un tonneau de faïence, que chevauchait un paysan. Auprès, dans une corbeille de paille, il y avait un décime, rendu par un canard.

Devant la bibliothèque, se carrait une commode en coquillages, avec des ornements de peluche. Son couvercle supportait un chat tenant une souris dans sa gueule, — pétrification de Saint-Allyre, — une boîte à ouvrage en coquilles mêmement; et sur cette boîte, une carafe d'eau-de-vie contenait une poire de bon-chrétien.

Mais le plus beau, c'était dans l'embrasure de la fenêtre, une statue de saint Pierre! Sa main droite couverte d'un gant serrait la clef du Paradis, de couleur vert pomme; sa chasuble que des fleurs de lis agrémentaient était bleu ciel, et sa tiare très jaune pointue comme une pagode. Il avait les joues fardées, de gros yeux ronds, la bouche béante, le nez de travers et en trompette. Au-dessus pendait un baldaquin fait d'un vieux tapis où l'on distinguait deux amours dans un cercle de roses — et à ses pieds comme une colonne se levait un pot à beurre, portant ces mots en lettres blanches sur fond chocolat : « Exécuté devant S. A. R. Monseigneur le duc d'Angoulême, à Noron, le 3 d'octobre 1817. »

Pécuchet, de son lit, apercevait tout cela en enfilade — et parfois même il allait jusque dans la chambre de Bouvard, pour allonger la perspective.

Une place demeurait vide en face de la cotte de mailles, celle du bahut renaissance.

Il n'était pas achevé. Gorgu y travaillait encore; varlopant les panneaux dans le fournil, et les ajustant, les démontant.

A onze heures, il déjeunait; causait ensuite avec Mélie, et souvent ne reparaissait plus de toute la journée.

Pour avoir des morceaux dans le genre du meuble Bouvard et Pécuchet s'étaient mis en campagne. Ce qu'ils rapportaient ne convenait pas. Mais ils avaient rencontré une foule de choses curieuses. Le goût des bibelots leur était venu, puis l'amour du moyen âge.

D'abord, ils visitèrent les cathédrales; — et les hautes nefs se mirant dans l'eau des bénitiers, les verreries éblouissantes comme des tentures de pierreries, les tombeaux au fond des chapelles, le jour incertain des cryptes, tout, jusqu'à la fraîcheur des murailles leur causa un frémissement de plaisir, une émotion religieuse.

Bientôt, ils furent capables de distinguer les époques — et dédaigneux des sacristains, ils disaient : — « Ah! une abside romane! Cela est du XIIe siècle! voilà que nous retombons dans le flamboyant! »

Ils tâchaient de comprendre les symboles sculptés sur les chapiteaux, comme les deux griffons de Marigny becquetant un arbre en fleurs. Pécuchet vit une satire dans les chantres à mâchoire grotesque qui terminent les cintres de Feuguerolles ; — et pour l'exubérance de l'homme obscène couvrant un des menaux d'Hérouville, cela prouvait, suivant Bouvard, que nos aïeux avaient chéri la gaudriole.

Ils arrivèrent à ne plus tolérer la moindre marque de décadence. Tout était de la décadence — et ils déploraient le vandalisme, tonnaient contre le badigeon.

Mais le style d'un monument ne s'accorde pas toujours avec la date qu'on lui suppose. Le plein cintre, au XIIIe siècle domine encore dans la Provence. L'ogive est peut-être fort ancienne ! et des auteurs contestent l'antériorité du roman sur le gothique. — Ce défaut de certitude les contrariait.

Après les églises ils étudièrent les châteaux forts, ceux de Domfront et de Falaise. Ils admiraient sous la porte les rainures de la herse, et parvenus au sommet, ils voyaient d'abord toute la campagne, puis les toits de la ville, les rues s'entrecroisant, des charrettes sur la place, des femmes au lavoir. Le mur dévalait à pic jusqu'aux broussailles des douves — et ils pâlissaient en songeant que des hommes avaient monté là, suspendus à des échelles. Ils se seraient risqués dans les souterrains, mais Bouvard avait pour obstacle son ventre, et Pécuchet la crainte des vipères.

Ils voulurent connaître les vieux manoirs, Curcy, Bully, Fontenay-le-Marmion, Argouges. Parfois, à l'angle des bâtiments, derrière le fumier se dresse une tour carlovingienne. La cuisine garnie de bancs en pierre fait songer à des ripailles féodales. D'autres ont un aspect exclusivement farouche, avec leurs trois enceintes encore visibles, des meurtrières sous l'escalier, de longues tourelles à pans aigus. Puis, on arrive dans un appartement, où une fenêtre du temps des Valois ciselée comme un ivoire laisse entrer le soleil qui chauffe sur le parquet des grains de colza, répandus. Des abbayes servent de grange. Les inscriptions des pierres tombales sont effacées. Au milieu des champs, un pignon reste debout — et du haut en bas est revêtu d'un lierre que le vent fait trembler.

Quantité de choses excitaient leurs convoitises, un pot d'étain, une boucle de strass, des indiennes à grands ramages. Le manque d'argent les retenait.

Par un hasard providentiel, ils déterrèrent à Balleroy, chez un étameur, un vitrail gothique, — qui fut assez grand pour couvrir près du fauteuil la partie droite de la croisée jusqu'au deuxième carreau. Le clocher de Chavignolles se montrait dans le lointain, produisant un effet splendide.

Avec un bas d'armoire, Gorgu fabriqua un prie-Dieu pour mettre sous le vitrail, car il flattait leur manie. Elle était si forte qu'ils regrettaient les monuments sur lesquels on ne sait rien du tout, — comme la maison de plaisance des évêques de Séez.

— « Bayeux », dit M. de Caumont, « devait avoir un théâtre. » Ils en cherchèrent la place inutilement.

Le village de Montrecy contient un pré célèbre, par des médailles d'empereurs qu'on y a découvertes autrefois. Ils comptaient y faire une belle récolte. Le gardien leur en refusa l'entrée.

Ils ne furent pas plus heureux sur la communication qui existait entre une citerne de Falaise et le faubourg de Caen. Des canards qu'on y avait introduits reparurent à Vaucelles, en grognant : — « Can can can » d'où est venu le nom de la ville.

Aucune démarche ne leur coûtait, aucun sacrifice.

A l'auberge de Mesnil-Villement, en 1816, M. Galeron eut un déjeuner pour la somme de quatre sols. — Ils y firent le même repas, et constatèrent avec surprise que les choses ne se passaient plus comme ça!

Quel est le fondateur de l'abbaye de Sainte-Anne? Existe-t-il une parenté entre Marin-Onfroy, qui importa au XII^e siècle une nouvelle espèce de pommes, et Onfroy gouverneur d'Hastings, à l'époque de la conquête? Comment se procurer *L'Astucieuse Pythonisse,* comédie en vers d'un certain Dutrésor, faite à Bayeux, et actuellement des plus rares? Sous Louis XVI, Hérambert Dupaty, ou Dupastis Hérambert, composa un ouvrage, qui n'a jamais paru, plein d'anecdotes sur Argentan. — Il s'agirait de retrouver ces anecdotes. Que sont devenus les mémoires autographes de M^me Dubois de la Pierre, consultés pour l'histoire inédite de Laigle, par Louis Dasprès, desservant de Saint-Martin? — Autant de problèmes, de points curieux à éclaircir.

Mais souvent un faible indice met sur la voie d'une découverte inappréciable.

Donc, ils revêtirent leurs blouses, afin de ne pas donner l'éveil; — et sous l'apparence de colporteurs, ils se présentaient dans les maisons, demandant à acheter de vieux papiers. On leur en vendit des tas. C'étaient des cahiers d'école, des factures, d'anciens journaux, rien d'utile.

Enfin, Bouvard et Pécuchet s'adressèrent à Larsonneur.

Il était perdu dans le celticisme, et répondant sommairement à leurs questions en fit d'autres.

Avaient-ils observé autour d'eux des traces de la

religion du chien comme on en voit à Montargis; et des détails spéciaux, sur les feux de la Saint-Jean, les mariages, les dictons populaires, etc.? Il les priait même de recueillir pour lui, quelques-unes de ces haches en silex, appelées alors des *celtæ*, et que les druides employaient dans « leurs criminels holocaustes ».

Par Gorgu, ils s'en procurèrent une douzaine, lui expédièrent la moins grande — les autres enrichirent le muséum.

Ils s'y promenaient avec amour, le balayaient eux-mêmes, en avaient parlé à toutes leurs connaissances.

Un après-midi, M^me^ Bordin, et M. Marescot se présentèrent pour le voir.

Bouvard les reçut, et commença la démonstration par le vestibule.

La poutre n'était rien moins que l'ancien gibet de Falaise, d'après le menuisier qui l'avait vendue — lequel tenait ce renseignement de son grand-père.

La grosse chaîne dans le corridor provenait des oubliettes du donjon de Torteval. Elle ressemblait suivant le notaire, aux chaînes des bornes devant les cours d'honneur. Bouvard était convaincu qu'elle servait autrefois à lier les captifs. Et il ouvrit la porte de la première chambre.

— « Pourquoi toutes ces tuiles? » s'écria M^me^ Bordin.

— « Pour chauffer les étuves! mais un peu d'ordre, s'il vous plaît! Ceci est un tombeau découvert dans une auberge où on l'employait comme abreuvoir. »

Ensuite, Bouvard prit les deux urnes pleines d'une terre, qui était de la cendre humaine, et il approcha de ses yeux la fiole, afin de montrer par quelle méthode les Romains y versaient des pleurs.

— « Mais on ne voit chez vous que des choses lugubres! »

Effectivement, c'était un peu sérieux pour une dame, et alors il tira d'un carton plusieurs monnaies de cuivre, avec un denier d'argent.

M^me^ Bordin demanda au notaire, quelle somme aujourd'hui cela pourrait valoir.

La cotte de mailles qu'il examinait, lui échappa des doigts; des anneaux se rompirent. Bouvard dissimula son mécontentement.

Il eut même l'obligeance de décrocher la hallebarde — et se courbant, levant les bras, battant du talon, il faisait mine de faucher les jarrets d'un cheval, de pointer comme à la baïonnette, d'assommer un ennemi. La veuve, intérieurement, le trouva un rude gaillard.

Elle fut enthousiasmée par la commode en coquillages. Le chat de Saint-Allyre l'étonna beaucoup, la poire dans la carafe un peu moins. Puis arrivant à la cheminée :

— « Ah! voilà un chapeau qui aurait besoin de raccommodage. »

Trois trous, des marques de balles, en perçaient les bords.

C'était celui d'un chef de voleurs sous le Directoire, David de La Bazoque, pris en trahison, et tué immédiatement.

— « Tant mieux, on a bien fait! » dit M^me^ Bordin.

Marescot souriait devant les objets d'une façon dédaigneuse. Il ne comprenait pas cette galoche qui avait été l'enseigne d'un marchand de chaussures, ni pourquoi le tonneau de faïence, un vulgaire pichet de cidre; — et le saint Pierre, franchement, était lamentable avec sa physionomie d'ivrogne.

Mme Bordin fit cette remarque : — « Il a dû vous coûter bon, tout de même? »

— « Oh pas trop! pas trop! »

Un couvreur d'ardoises l'avait donné pour quinze francs.

Ensuite, elle blâma, vu l'inconvenance, le décolletage de la dame en perruque poudrée.

— « Où est le mal? » reprit Bouvard, « quand on possède quelque chose de beau? » et il ajouta plus bas : « Comme vous, je suis sûr? »

Le notaire leur tournait le dos, étudiant les branches de la famille Croixmare. Elle ne répondit rien, mais se mit à jouer avec sa longue chaîne de montre. Ses seins bombaient le taffetas noir de son corsage; et les cils un peu rapprochés, elle baissait le menton, comme une tourterelle qui se rengorge. Puis d'un air ingénu :

— « Comment s'appelait cette dame? »

— « On l'ignore! c'est une maîtresse du Régent, — vous savez — celui qui a fait tant de farces! »

— « Je crois bien! les mémoires du temps!... » et le notaire, sans finir sa phrase déplora cet exemple d'un prince, entraîné par ses passions.

— « Mais vous êtes tous comme ça! »

Les deux hommes se récrièrent; et un dialogue s'en suivit sur les femmes, sur l'amour. Marescot affirma qu'il existe beaucoup d'unions heureuses. — Parfois même, sans qu'on s'en doute, on a près de soi, ce qu'il faudrait pour son bonheur. L'allusion était directe. Les joues de la veuve s'empourprèrent; mais se remettant presque aussitôt :

— « Nous n'avons plus l'âge des folies! n'est-ce pas monsieur Bouvard? »

— « Eh! eh! moi, je ne dis pas ça! » et il offrit son bras pour revenir dans l'autre chambre. « Faites attention aux marches. Très bien! Maintenant, observez le vitrail. »

On y distinguait un manteau d'écarlate et les deux ailes d'un ange — tout le reste se perdant sous les plombs qui tenaient en équilibre les nombreuses cassures du verre. Le jour diminuait; des ombres s'allongeaient; Mme Bordin était devenue sérieuse.

Bouvard s'éloigna, et reparut, affublé d'une couverture de laine, puis s'agenouilla devant le prie-Dieu, les coudes en dehors, la face dans les mains, la lueur du soleil tombant sur sa calvitie; — et il avait conscience de cet effet, car il dit : — « Est-ce que je n'ai pas l'air d'un moine du moyen âge? » Ensuite, il leva le front obliquement, les yeux noyés, faisant prendre à sa figure une expression mystique.

On entendit dans le corridor la voix grave de Pécuchet :

— « N'aie pas peur! c'est moi! »

Et il entra, la tête complètement recouverte d'un casque — un pot de fer à oreillons pointus.

Bouvard ne quitta pas le prie-Dieu. Les deux autres restaient debout. Une minute se passa dans l'ébahissement.

Mme Bordin parut un peu froide à Pécuchet. Cependant, il voulut savoir si on lui avait tout montré.

— « Il me semble? » et désignant la muraille : « Ah! pardon! nous aurons ici un objet que l'on restaure en ce moment. »

La veuve et Marescot se retirèrent.

Les deux amis avaient imaginé de feindre une concurrence. Ils allaient en courses l'un sans l'autre, le second faisant des offres supérieures à celles du premier. Pécuchet ainsi venait d'obtenir le casque.

Bouvard l'en félicita et reçut des éloges à propos de la couverture.

Mélie avec des cordons, l'arrangea en manière de froc. Ils la mettaient à tour de rôle, pour recevoir les visites.

Ils eurent celles de Girbal, de Foureau, du capitaine Heurtaux, puis de personnes inférieures, Langlois, Beljambe, leurs fermiers, jusqu'aux servantes des voisins; — et chaque fois, ils recommençaient leurs explications, montraient la place où serait le bahut, affectaient de la modestie, réclamaient de l'indulgence pour l'encombrement.

Pécuchet, ces jours-là, portait le bonnet de zouave qu'il avait autrefois à Paris, l'estimant plus en rapport avec le milieu artistique. A un certain moment, il se coiffait du casque, et le penchait sur la nuque, afin de dégager son visage. Bouvard n'oubliait pas la manœuvre de la hallebarde; enfin, d'un coup d'œil ils se demandaient si le visiteur méritait que l'on fît « le moine du moyen âge ».

Quelle émotion quand s'arrêta devant leur grille, la voiture de M. de Faverges! Il n'avait qu'un mot à dire. Voici la chose.

Hurel, son homme d'affaires, lui avait appris que cherchant partout des documents ils avaient acheté de vieux papiers à la ferme de la Aubrye.

Rien de plus vrai.

N'y avaient-ils pas découvert, des lettres du baron de Gonneval, ancien aide de camp du duc d'Angoulême, et qui avait séjourné à la Aubrye? On désirait cette correspondance, pour des intérêts de famille.

Elle n'était pas chez eux. Mais ils détenaient une chose qui l'intéressait s'il daignait les suivre, jusqu'à leur bibliothèque.

Jamais pareilles bottes vernies n'avaient craque

dans le corridor. Elles se heurtèrent contre le sarcophage. Il faillit même écraser plusieurs tuiles, tourna le fauteuil, descendit deux marches — et parvenus dans la seconde chambre, ils lui firent voir sous le baldaquin, devant le saint Pierre, le pot à beurre, exécuté à Noron.

Bouvard et Pécuchet avaient cru que la date, quelquefois, pouvait servir.

Le gentilhomme par politesse inspecta leur musée. — Il répétait : « Charmant, très bien! » tout en se donnant sur la bouche de petits coups avec le pommeau de sa badine, — pour sa part, il les remerciait d'avoir sauvé ces débris du moyen âge, époque de foi religieuse et de dévouements chevaleresques. Il aimait le progrès, — et se fût livré, comme eux, à ces études intéressantes. — Mais la Politique, le conseil général, l'Agriculture, un véritable tourbillon l'en détournait!

— « Après vous, toutefois, on n'aurait que des glanes; car bientôt, vous aurez pris toutes les curiosités du département. »

— « Sans amour-propre, nous le pensons » dit Pécuchet.

Et cependant, on pouvait en découvrir encore à Chavignolles, par exemple, il y avait contre le mur du cimetière dans la ruelle, un bénitier, enfoui sous les herbes, depuis un temps immémorial.

Ils furent heureux du renseignement, puis échangèrent un regard signifiant « est-ce la peine? » mais déjà le Comte ouvrait la porte.

Mélie, qui se trouvait derrière, s'enfuit brusquement.

Comme il passait dans la cour, il remarqua Gorgu, en train de fumer sa pipe, les bras croisés.

— « Vous employez ce garçon! Hum! un jour

d'émeute je ne m'y fierais pas. » Et M. de Faverges remonta dans son tilbury.

Pourquoi leur bonne semblait-elle en avoir peur?

Ils la questionnèrent; et elle conta qu'elle avait servi dans sa ferme. C'était cette petite fille qui versait à boire aux moissonneuses quand ils étaient venus. Deux ans plus tard, on l'avait prise comme aide, au château — et renvoyée « par suite de faux rapports ».

Pour Gorgu, que lui reprocher? Il était fort habile, et leur marquait infiniment de considération.

Le lendemain, dès l'aube, ils se rendirent au cimetière.

Bouvard, avec sa canne, tâta à la place indiquée. Un corps dur sonna. Ils arrachèrent quelques orties, et découvrirent une cuvette en grès, un font baptismal où des plantes poussaient.

On n'a pas coutume cependant d'enfouir les fonts baptismaux hors des églises.

Pécuchet en fit un dessin, Bouvard la description; et ils envoyèrent le tout à Larsonneur.

Sa réponse fut immédiate.

— « Victoire, mes chers confrères! Incontestablement, c'est une cuve druidique! »

Toutefois qu'ils y prissent garde! La hache était douteuse. — Et autant pour lui que pour eux-mêmes il leur indiquait une série d'ouvrages à consulter.

Larsonneur confessait en post-scriptum, son envie de connaître cette cuve — ce qui aurait lieu, à quelque jour, quand il ferait le voyage de la Bretagne.

Alors Bouvard et Pécuchet se plongèrent dans l'archéologie celtique. D'après cette science, les anciens Gaulois, nos aïeux, adoraient Kirk et Kron,

Taranis, Ésus, Nétalemnia, le Ciel et la Terre, le Vent, les Eaux, — et par-dessus tout, le grand Teutatès, qui est le Saturne des Païens. — Car Saturne, quand il régnait en Phénicie épousa une nymphe nommée Anobret, dont il eut un enfant appelé Jeüd — et Anobret a les traits de Sara, Jeüd fut sacrifié (ou près de l'être) comme Isaac; — donc, Saturne est Abraham, d'où il faut conclure que la religion des Gaulois avait les mêmes principes que celle des Juifs.

Leur société était fort bien organisée. La première classe de personnes comprenait le peuple, la noblesse et le roi, la deuxième les jurisconsultes, — et dans la troisième, la plus haute, se rangeaient, suivant Taillepied, « les diverses manières de philosophes » c'est-à-dire les Druides ou Saronides, eux-mêmes divisés en Eubages, Bardes et Vates.

Les uns prophétisaient, les autres chantaient, d'autres enseignaient la Botanique, la Médecine, l'Histoire et la Littérature, bref « tous les arts de leur époque ». Pythagore et Platon furent leurs élèves. Ils apprirent la métaphysique aux Grecs, la sorcellerie aux Persans, l'aruspicine aux Étrusques — et aux Romains, l'étamage du cuivre et le commerce des jambons.

Mais de ce peuple, qui dominait l'ancien monde, il ne reste que des pierres, soit toutes seules, ou par groupes de trois, ou disposées en galeries, ou formant des enceintes.

Bouvard et Pécuchet, pleins d'ardeur, étudièrent successivement la Pierre-du-Post à Ussy, la Pierre-Couplée au Guest, la Pierre du Jarier, près de Laigle — d'autres encore!

Tous ces blocs, d'une égale insignifiance, les ennuyèrent promptement; — et un jour qu'ils venaient de voir le menhir du Passais, ils allaient s'en retourner, quand leur guide les mena dans un bois de hêtres, encombré par des masses de granit pareilles à des piédestaux, ou à de monstrueuses tortues.

La plus considérable est creusée comme un bassin. Un des bords se relève — et du fond partent deux entailles qui descendent jusqu'à terre; c'était pour l'écoulement du sang; impossible d'en douter! Le hasard ne fait pas de ces choses.

Les racines des arbres s'entremêlaient à ces rocs abrupts. Un peu de pluie tombait; au loin, les flocons de brume montaient, comme de grands fantômes. Il était facile d'imaginer sous les feuillages, les prêtres en tiare d'or et en robe blanche, avec leurs victimes humaines les bras attachés dans le dos — et sur le bord de la cuve la druidesse, observant le ruisseau rouge, pendant qu'autour d'elle, la foule hurlait, au tapage des cymbales et des buccins faits d'une corne d'auroch.

Tout de suite, leur plan fut arrêté.

Et une nuit, par un clair de lune, ils prirent le chemin du cimetière, marchant comme des voleurs, dans l'ombre des maisons. Les persiennes étaient closes, et les masures tranquilles; pas un chien n'aboya. Gorgu les accompagnait, ils se mirent à l'ouvrage. On n'entendait que le bruit des cailloux heurtés par la bêche, qui creusait le gazon. Le voisinage des morts leur était désagréable; l'horloge de l'église poussait un râle continu, et la rosace de son tympan avait l'air d'un œil épiant les sacrilèges. Enfin, ils emportèrent la cuve.

Le lendemain, ils revinrent au cimetière pour voir les traces de l'opération.

L'abbé, qui prenait le frais sur sa porte, les pria de lui faire l'honneur d'une visite; et les ayant introduits dans sa petite salle, il les regarda singulièrement.

Au milieu du dressoir, entre les assiettes, il y avait une soupière décorée de bouquets jaunes.

Pécuchet la vanta, ne sachant que dire.

— « C'est un vieux Rouen » reprit le curé, « un meuble de famille. Les amateurs le considèrent, M. Marescot, surtout. » Pour lui, grâce à Dieu il n'avait pas l'amour des curiosités ; — et comme ils semblaient ne pas comprendre, il déclara les avoir aperçus lui-même dérobant le font baptismal.

Les deux archéologues furent très penauds, balbutièrent. L'objet en question n'était plus d'usage.

N'importe ! ils devaient le rendre.

Sans doute ! Mais au moins qu'on leur permît de faire venir un peintre pour le dessiner.

— « Soit, messieurs. »

— « Entre nous, n'est-ce pas ? » dit Bouvard « sous le sceau de la confession ! »

L'ecclésiastique, en souriant les rassura d'un geste.

Ce n'était pas lui, qu'ils craignaient, mais plutôt Larsonneur. Quand il passerait par Chavignolles, il aurait envie de la cuve — et ses bavardages iraient jusqu'aux oreilles du gouvernement. Par prudence, ils la cachèrent dans le fournil, puis dans la tonnelle, dans la cahute, dans une armoire. Gorgu était las de la trimbaler.

La possession d'un tel morceau les attachait au celticisme de la Normandie.

Ses origines sont égyptiennes. Séez, dans le département de l'Orne s'écrit parfois Saïs comme la ville du Delta. Les Gaulois juraient par le taureau, importation du bœuf Apis. Le nom latin de Bellocastes qui était celui des gens de Bayeux vient de Beli Casa, demeure, sanctuaire de Bélus. Bélus et Osiris même divinité. « Rien ne s'oppose » dit Mangon de la Lande « à ce qu'il y ait eu, près de Bayeux, des monuments druidiques. » — « Ce pays » ajoute M. Roussel « ressemble au pays où les Égyptiens bâtirent le temple de Jupiter-Ammon. » Donc, il y avait un temple et qui enfermait des richesses. Tous les monuments celtiques en renferment.

En 1715, relate dom Martin, un sieur Héribel exhuma aux environs de Bayeux, plusieurs vases d'argile, pleins d'ossements — et conclut (d'après la tradition et des autorités évanouies) que cet endroit, une nécropole, était le mont Faunus, où l'on a enterré le Veau d'or.

Cependant le Veau d'or fut brûlé et avalé! — à moins que la Bible ne se trompe?

Premièrement, où est le mont Faunus? Les auteurs ne l'indiquent pas. Les indigènes n'en savent rien. Il aurait fallu se livrer à des fouilles; — et dans ce but, ils envoyèrent à M. le préfet, une pétition, qui n'eut pas de réponse.

Peut-être que le mont Faunus a disparu, et que ce n'était pas une colline mais un tumulus? Que signifiaient les tumulus?

Plusieurs contiennent des squelettes, ayant la position du fœtus dans le sein de sa mère. Cela veut dire que le tombeau était pour eux comme une seconde gestation les préparant à une autre vie. Donc, le tumulus symbolise l'organe femelle, comme la pierre levée est l'organe mâle.

En effet, où il y a des menhirs, un culte obscène a persisté. Témoin ce qui se faisait à Guérande, à Chichebouche, au Croisic, à Livarot. Anciennement, les tours, les pyramides, les cierges, les bornes des routes et même les arbres avaient la signification de phallus — et pour Bouvard et Pécuchet tout devint phallus. Ils recueillirent des palonniers de voiture, des jambes de fauteuil, des verrous de cave, des pilons de pharmacien. Quand on venait les voir, ils demandaient : « A qui trouvez-vous que cela ressemble? » puis, confiaient le mystère — et si l'on se récriait, ils levaient, de pitié, les épaules.

Un soir, qu'ils rêvaient aux dogmes des druides, l'abbé se présenta, discrètement.

Tout de suite, ils montrèrent le musée, en commençant par le vitrail, mais il leur tardait d'arriver à un compartiment nouveau, celui des Phallus. L'ecclésiastique les arrêta, jugeant l'exhibition indécente. Il venait réclamer son font baptismal.

Bouvard et Pécuchet implorèrent quinze jours encore, le temps d'en prendre un moulage.

— « Le plus tôt sera le mieux » dit l'abbé. Puis il causa de choses indifférentes.

Pécuchet qui s'était absenté une minute, lui glissa dans la main un napoléon.

Le prêtre fit un mouvement en arrière.

— « Ah! pour vos pauvres! »

Et M. Jeufroy, en rougissant fourra la pièce d'or dans sa soutane.

Rendre la cuve, la cuve aux sacrifices? Jamais de la vie! Ils voulaient même apprendre l'hébreu, qui est la langue mère du celtique, à moins qu'elle n'en dérive? — et ils allaient faire le voyage de la Bretagne, — en commençant par Rennes où ils avaient un rendez-vous avec Larsonneur, pour étudier cette urne mentionnée dans les mémoires de l'Académie celtique et qui paraît avoir contenu les cendres de la reine Artémise — quand le maire entra, le chapeau sur la tête, sans façon, en homme grossier qu'il était.

— « Ce n'est pas tout ça, mes petits pères! Il faut le rendre! »

— « Quoi donc? »

— « Farceurs! je sais bien que vous *le* cachez! »

On les avait trahis.

Ils répliquèrent qu'ils le détenaient avec la permission de monsieur le curé.

— « Nous allons voir. »

Et Foureau s'éloigna.

Il revint, une heure après.

— « Le curé dit que non! Venez vous expliquer. »

Ils s'obstinèrent.

D'abord on n'avait pas besoin de ce bénitier, — qui n'était pas un bénitier. Ils le prouveraient par une foule de raisons scientifiques. Puis, ils offrirent de reconnaître, dans leur testament, qu'il appartenait à la commune.

Ils proposèrent même de l'acheter.

— « Et d'ailleurs, c'est mon bien! » répétait Pécuchet. Les vingt francs, acceptés par M. Jeufroy, étaient une preuve du contrat — et s'il fallait comparaître devant le juge de paix, tant pis, il ferait un faux serment!

Pendant ces débats, il avait revu la soupière, plusieurs fois; et dans son âme s'était développé le désir, la soif, le prurit de cette faïence. Si on voulait la lui donner, il remettrait la cuve. Autrement, non.

Par fatigue ou peur du scandale, M. Jeufroy la céda.

Elle fut mise dans leur collection, près du bonnet de Cauchoise. La cuve décora le porche de l'église; et ils se consolèrent de ne plus l'avoir par cette idée que les gens de Chavignolles en ignoraient la valeur.

Mais la soupière leur inspira le goût des faïences — nouveau sujet d'études et d'explorations dans la campagne.

C'était l'époque où les gens distingués recherchaient les vieux plats de Rouen. Le notaire en possédait quelques-uns, et tirait de là comme une réputation d'artiste, préjudiciable à son métier, mais qu'il rachetait par des côtés sérieux.

Quand il sut que Bouvard et Pécuchet avaient acquis la soupière, il vint leur proposer un échange.

Pécuchet s'y refusa.

— « N'en parlons plus! » et Marescot examina leur céramique.

Toutes les pièces accrochées le long des murs étaient bleues sur un fond d'une blancheur malpropre; — et quelques-unes étalaient leur corne d'abondance aux tons verts et rougeâtres, plats à barbe, assiettes et soucoupes, objets longtemps poursuivis et rapportés sur le cœur, dans le sinus de la redingote.

Marescot en fit l'éloge, parla des autres faïences, de l'hispano-arabe, de la hollandaise, de l'anglaise, de l'italienne; — et les ayant éblouis par son érudition : — « Si je revoyais votre soupière? »

Il la fit sonner d'un coup de doigt, puis contempla les deux *S* peints sous le couvercle.

— « La marque de Rouen! » dit Pécuchet.

— « Oh! oh! Rouen, à proprement parler, n'avait pas de marque. Quand on ignorait Moustiers toutes les faïences françaises étaient de Nevers. De même pour Rouen, aujourd'hui! D'ailleurs on l'imite dans la perfection à Elbeuf! »

— « Pas possible! »

— « On imite bien les majoliques! Votre pièce

n'a aucune valeur — et j'allais faire, moi, une belle sottise! »

Quand le notaire eut disparu, Pécuchet s'affaissa dans le fauteuil, prostré!

— « Il ne fallait pas rendre la cuve » dit Bouvard « mais tu t'exaltes! tu t'emportes toujours. »

— « Oui! je m'emporte » et Pécuchet empoignant la soupière, la jeta loin de lui, contre le sarcophage.

Bouvard plus calme, ramassa les morceaux, un à un; — et, quelque temps après, eut cette idée :

— « Marescot par jalousie, pourrait bien s'être moqué de nous? »

— « Comment? »

— « Rien ne m'assure que la soupière ne soit pas authentique? tandis que les autres pièces, qu'il a fait semblant d'admirer, sont fausses peut-être? »

Et la fin du jour se passa dans les incertitudes, les regrets.

Ce n'était pas une raison pour abandonner le voyage de la Bretagne. Ils comptaient même emmener Gorgu, qui les aiderait dans leurs fouilles.

Depuis quelque temps, il couchait à la maison, afin de terminer plus vite le raccommodage du meuble. La perspective d'un déplacement le contraria et comme ils parlaient des menhirs et des tumulus qu'ils comptaient voir : — « Je connais mieux » leur dit-il; « en Algérie, dans le Sud, près des sources de Bou-Mursoug, on en rencontre des quantités. » Il fit même la description d'un tombeau, ouvert devant lui, par hasard; — et qui contenait un squelette, accroupi comme un singe, les deux bras autour des jambes.

Larsonneur, qu'ils instruisirent du fait, n'en voulut rien croire.

Bouvard approfondit la matière, et le relança.

Comment se fait-il que les monuments des Gaulois soient informes, tandis que ces mêmes Gaulois étaient civilisés au temps de Jules César? Sans doute, ils proviennent d'un peuple plus ancien?

Une telle hypothèse, selon Larsonneur, manquait de patriotisme.

N'importe! rien ne dit que ces monuments soient l'œuvre des Gaulois. — « Montrez-nous un texte! »

L'académicien se fâcha, ne répondit plus; — et ils en furent bien aises, tant les Druides les ennuyaient.

S'ils ne savaient à quoi s'en tenir sur la céramique et sur le celticisme c'est qu'ils ignoraient l'histoire, particulièrement l'histoire de France.

L'ouvrage d'Anquetil se trouvait dans leur bibliothèque; mais la suite des rois fainéants les amusa fort peu, la scélératesse des maires du Palais ne les indigna point; — et ils lâchèrent Anquetil, rebutés par l'ineptie de ses réflexions.

Alors ils demandèrent à Dumouchel « quelle est la meilleure histoire de France ».

Dumouchel prit en leur nom, un abonnement à un cabinet de lecture et leur expédia les lettres d'Augustin Thierry, avec deux volumes de M. de Genoude.

D'après cet écrivain, la royauté, la religion, et les assemblées nationales, voilà « les principes » de la nation française, lesquels remontent aux Mérovingiens. Les Carlovingiens y ont dérogé. Les Capétiens, d'accord avec le peuple s'efforcèrent de les maintenir. Sous Louis XIII, le pouvoir absolu fut établi, pour vaincre le Protestantisme, dernier effort de la Féodalité — et 89 est un retour vers la constitution de nos aïeux.

Pécuchet admira ces idées.

Elles faisaient pitié à Bouvard, qui avait lu Augustin Thierry, d'abord.

— « Qu'est-ce que tu me chantes, avec ta nation française! puisqu'il n'existait pas de France, ni d'assemblées nationales! et les Carlovingiens n'ont rien usurpé, du tout! et les Rois n'ont pas affranchi les communes! Lis, toi-même! »

Pécuchet se soumit à l'évidence, et bientôt le dépassa en rigueur scientifique! Il se serait cru déshonoré s'il avait dit : Charlemagne et non Karl le Grand, Clovis au lieu de Clodowig.

Néanmoins, il était séduit par Genoude, trouvant habile de faire se rejoindre les deux bouts de l'histoire de France, si bien que le milieu est du remplissage; — et pour en avoir le cœur net, ils prirent la collection de Buchez et Roux.

Mais le pathos des préfaces, cet amalgame de socialisme et de catholicisme les écœura; les détails trop nombreux empêchaient de voir l'ensemble.

Ils recoururent à M. Thiers.

C'était pendant l'été de 1845, dans le jardin, sous la tonnelle. Pécuchet, un petit banc sous les pieds, lisait tout haut de sa voix caverneuse, sans fatigue, ne s'arrêtant que pour plonger les doigts dans sa tabatière. Bouvard l'écoutait la pipe à la bouche, les jambes ouvertes, le haut du pantalon déboutonné.

Des vieillards leur avaient parlé de 93; — et des souvenirs presque personnels animaient les plates descriptions de l'auteur. Dans ce temps-là, les grandes routes étaient couvertes de soldats qui chantaient la *Marseillaise*. Sur le seuil des portes, des femmes assises cousaient de la toile, pour faire des tentes. Quelquefois, arrivait un flot d'hommes en bonnet rouge, inclinant au bout d'une pique une tête décolorée, dont les cheveux pendaient. La haute tribune de la Convention dominait un nuage de poussière, où des visages furieux hurlaient des cris de mort. Quand on passait au milieu du jour près du bassin des Tuileries, on entendait le heurt de la guillotine, pareil à des coups de mouton.

Et la brise remuait les pampres de la tonnelle, les orges mûres se balançaient par intervalles, un merle sifflait. En portant des regards autour d'eux, ils savouraient cette tranquillité.

Quel dommage que dès le commencement, on n'ait pu s'entendre — car si les royalistes avaient pensé comme les patriotes, si la Cour y avait mis plus de franchise, et ses adversaires moins de violence, bien des malheurs ne seraient pas arrivés.

A force de bavarder là-dessus, ils se passionnèrent. Bouvard, esprit libéral et cœur sensible, fut constitutionnel, girondin, thermidorien. Pécuchet, bilieux et de tendances autoritaires, se déclara sans-culotte et même robespierriste.

Il approuvait la condamnation du roi, les décrets les plus violents, le culte de l'Être Suprême. Bouvard préférait celui de la nature. Il aurait salué avec plaisir l'image d'une grosse femme, versant de ses mamelles à ses adorateurs, non pas de l'eau, mais du chambertin.

Pour avoir plus de faits à l'appui de leurs arguments, ils se procurèrent d'autres ouvrages, Montgaillard, Prudhomme, Gallois, Lacretelle, etc.; et les contradictions de ces livres ne les embarrassaient nullement. Chacun y prenait ce qui pouvait défendre sa cause.

Ainsi Bouvard ne doutait pas que Danton eût accepté cent mille écus pour faire des motions qui perdraient la République; — et selon Pécuchet Vergniaud aurait demandé six mille francs par mois.

— « Jamais de là vie! Explique-moi plutôt,

pourquoi la sœur de Robespierre avait une pension de Louis XVIII ? »

— « Pas du tout ! c'était de Bonaparte ; et puisque tu le prends comme ça, quel est le personnage qui peu de temps avant la mort d'Égalité eut avec lui une conférence secrète ? Je veux qu'on réimprime dans les mémoires de la Campan les paragraphes supprimés ! Le décès du Dauphin me paraît louche. La poudrière de Grenelle en sautant tua deux mille personnes ! Cause inconnue, dit-on, quelle bêtise ! » car Pécuchet n'était pas loin de la connaître, et rejetait tous les crimes sur les manœuvres des aristocrates, l'or de l'étranger.

Dans l'esprit de Bouvard, montez-au-ciel-fils-de-saint-Louis, les vierges de Verdun et les culottes en peau humaine étaient indiscutables. Il acceptait les listes de Prudhomme, un million de victimes tout juste.

Mais la Loire rouge de sang depuis Saumur jusqu'à Nantes, dans une longueur de dix-huit lieues, le fit songer. Pécuchet également conçut des doutes, et ils prirent en méfiance les historiens.

La Révolution est pour les uns, un événement satanique. D'autres la proclament une exception sublime. Les vaincus de chaque côté, naturellement sont des martyrs.

Thierry démontre, à propos des Barbares, combien il est sot de rechercher si tel prince fut bon ou fut mauvais. Pourquoi ne pas suivre cette méthode dans l'examen des époques plus récentes ? Mais l'Histoire doit venger la morale ; on est reconnaissant à Tacite d'avoir déchiré Tibère. Après tout, que la Reine ait eu des amants, que Dumouriez dès Valmy se proposât de trahir, en prairial que ce soit la Montagne ou la Gironde qui ait commencé, et en thermidor les Jacobins ou la Plaine, qu'importe au développement de la Révolution, dont les origines sont profondes et les résultats incalculables! Donc, elle devait s'accomplir, être ce qu'elle fut; mais supposez la fuite du Roi sans entrave, Robespierre s'échappant ou Bonaparte assassiné — hasards qui dépendaient d'un aubergiste moins scrupuleux, d'une porte ouverte, d'une sentinelle endormie, et le train du monde changeait.

Ils n'avaient plus sur les hommes et les faits de cette époque, une seule idée d'aplomb.

Pour la juger impartialement, il faudrait avoir lu toutes les histoires, tous les mémoires, tous les journaux et toutes les pièces manuscrites, car de la moindre omission une erreur peut dépendre qui en amènera d'autres à l'infini. Ils y renoncèrent.

Mais le goût de l'Histoire leur était venu, le besoin de la vérité pour elle-même.

Peut-être, est-elle plus facile à découvrir dans les époques anciennes? Les auteurs, étant loin des choses, doivent en parler sans passion. Et ils commencèrent le bon Rollin.

— « Quel tas de balivernes! » s'écria Bouvard, dès le premier chapitre.

— « Attends un peu » dit Pécuchet, en fouillant dans le bas de leur bibliothèque, où s'entassaient les livres du dernier propriétaire, un vieux jurisconsulte, maniaque et bel esprit; — et ayant déplacé beaucoup de romans et de pièces de théâtre, avec un Montesquieu et des traductions d'Horace, il atteignit ce qu'il cherchait : l'ouvrage de Beaufort sur l'Histoire romaine.

Tite-Live attribue la fondation de Rome à Romulus. Salluste en fait honneur aux Troyens d'Énée. Coriolan mourut en exil selon Fabius Pictor, par les stratagèmes d'Attius Tullus, si l'on en croit Denys ; Sénèque affirme qu'Horatius Coclès s'en retourna victorieux, Dion qu'il fut blessé à la jambe. Et La Mothe le Vayer émet des doutes pareils, relativement aux autres peuples.

On n'est pas d'accord sur l'antiquité des Chaldéens, le siècle d'Homère, l'existence de Zoroastre, les deux empires d'Assyrie. Quinte-Curce a fait des contes. Plutarque dément Hérodote. Nous aurions de César une autre idée, si le Vercingétorix avait écrit ses commentaires.

L'Histoire ancienne est obscure par le défaut de documents. Ils abondent dans la moderne ; — et Bouvard et Pécuchet revinrent à la France, entamèrent Sismondi.

La succession de tant d'hommes leur donnait envie de les connaître plus profondément, de s'y mêler. Ils voulaient parcourir les originaux, Grégoire de Tours, Monstrelet, Commines, tous ceux dont les noms étaient bizarres ou agréables.

Mais les événements s'embrouillèrent faute de savoir les dates.

Heureusement qu'ils possédaient la mnémotechnie de Dumouchel, un in-12 cartonné avec cette épigraphe : « Instruire en amusant. »

Elle combinait les trois systèmes d'Allévy, de Pâris, et de Feinaigle.

Allévy transforme les chiffres en figures, le nombre 1 s'exprimant par une tour, 2 par un oiseau, 3 par un chameau, ainsi du reste. Pâris frappe l'imagination au moyen de rébus ; un fauteuil garni de clous à vis donnera : Clou, vis = Clovis ; et comme le bruit de la friture fait « ric, ric » des merlans dans une poêle rappelleront Chilpéric. Feinaigle divise l'univers en maisons, qui contiennent des chambres, ayant chacune quatre parois à neuf panneaux, chaque panneau portant un emblème. Donc, le premier roi de la première dynastie occupera dans la première chambre le premier panneau. Un phare sur un mont dira comment il s'appelait « Phar à mond » système Pâris — et d'après le conseil d'Allévy, en plaçant au-dessus un miroir qui signifie 4, un oiseau 2, et un cerceau 0, on obtiendra 420, date de l'avènement de ce prince.

Pour plus de clarté, ils prirent comme base mnémotechnique leur propre maison, leur domicile, attachant à chacune de ses parties un fait distinct ; — et la cour, le jardin, les environs, tout le pays, n'avait plus d'autre sens que de faciliter la mémoire. Les bornages dans la campagne limitaient certaines époques, les pommiers étaient des arbres généalogiques, les buissons des batailles, le monde devenait symbole. Ils cherchaient sur les murs, des quantités de choses absentes, finissaient par les voir, mais ne savaient plus les dates qu'elles représentaient.

D'ailleurs, les dates ne sont pas toujours authentiques. Ils apprirent dans un manuel pour les collèges, que la naissance de Jésus doit être reportée cinq ans plus tôt qu'on ne la met ordinairement, qu'il y avait chez les Grecs trois manières de compter les Olympiades, et huit chez les Latins de faire commencer l'année. — Autant d'occasions pour les méprises, outre celles qui résultent des zodiaques, des ères, et des calendriers différents.

Et de l'insouciance des dates, ils passèrent au dédain des faits.

Ce qu'il y a d'important, c'est la philosophie de l'Histoire !

Bouvard ne put achever le célèbre discours de Bossuet.

— « L'aigle de Meaux est un farceur ! Il oublie la

Chine, les Indes et l'Amérique! mais a soin de nous apprendre que Théodose était « la joie de l'univers », qu'Abraham « traitait d'égal avec les rois » et que la philosophie des Grecs descend des Hébreux. Sa préoccupation des Hébreux m'agace! »

Pécuchet partagea cette opinion, et voulut lui faire lire Vico.

— « Comment admettre » objectait Bouvard, « que des fables soient plus vraies que les vérités des historiens? »

Pécuchet tâcha d'expliquer les mythes, se perdait dans la *Scienza Nuova.*

— « Nieras-tu le plan de la Providence? »

— « Je ne le connais pas! » dit Bouvard.

Et ils décidèrent de s'en rapporter à Dumouchel.

Le Professeur avoua qu'il était maintenant dérouté en fait d'histoire.

— « Elle change tous les jours. On conteste les rois de Rome et les voyages de Pythagore! On attaque Bélisaire, Guillaume Tell, et jusqu'au Cid, devenu, grâce aux dernières découvertes, un simple bandit. C'est à souhaiter qu'on ne fasse plus de découvertes, et même l'Institut devrait établir une sorte de canon, prescrivant ce qu'il faut croire! »

Il envoyait en post-scriptum des règles de critique, prises dans le cours de Daunou :

— « Citer comme preuve le témoignage des foules, mauvaise preuve; elles ne sont pas là pour répondre.

— Rejetez les choses impossibles. On fit voir à Pausanias la pierre avalée par Saturne.

— L'architecture peut mentir, exemple : l'Arc du Forum, où Titus est appelé le premier vainqueur de Jérusalem, conquise avant lui par Pompée.

— Les médailles trompent, quelquefois. Sous

Charles IX, on battit des monnaies avec le coin de Henri II.

— Tenez en compte l'adresse des faussaires, l'intérêt des apologistes et des calomniateurs. »

Peu d'historiens ont travaillé d'après ces règles — mais tous en vue d'une cause spéciale, d'une religion, d'une nation, d'un parti, d'un système, ou pour gourmander les rois, conseiller le peuple, offrir des exemples moraux.

Les autres, qui prétendent narrer seulement, ne valent pas mieux. Car on ne peut tout dire. Il faut un choix. Mais dans le choix des documents, un certain esprit dominera; — et comme il varie, suivant les conditions de l'écrivain, jamais l'histoire ne sera fixée.

« C'est triste », pensaient-ils.

Cependant on pourrait prendre un sujet, épuiser les sources, en faire bien l'analyse — puis le condenser dans une narration, qui serait comme un raccourci des choses, reflétant la vérité tout entière. Une telle œuvre semblait exécutable à Pécuchet.

— « Veux-tu que nous essayions de composer une histoire? »

— « Je ne demande pas mieux! Mais laquelle? »

— « Effectivement, laquelle? »

Bouvard s'était assis. Pécuchet marchait de long en large dans le musée; quand le pot à beurre frappa ses yeux, et s'arrêtant tout à coup :

— « Si nous écrivions la vie du duc d'Angoulême? »

— « Mais c'était un imbécile! » répliqua Bouvard.

— « Qu'importe! Les personnages du second plan ont parfois une influence énorme — et celui-là, peut-être, tenait le rouage des affaires. »

Les livres leur donneraient des renseignements

— et M. de Faverges en possédait sans doute, par lui-même, ou par de vieux gentilshommes de ses amis.

Ils méditèrent ce projet, le débattirent, et résolurent enfin, de passer quinze jours à la Bibliothèque municipale de Caen, pour y faire des recherches.

Le Bibliothécaire mit à leur disposition des histoires générales et des brochures, avec une lithographie coloriée, représentant, de trois quarts, Monseigneur le duc d'Angoulême.

Le drap bleu de son habit d'uniforme disparaissait sous les épaulettes, les crachats, et le grand cordon rouge de la Légion d'honneur. Un collet extrêmement haut enfermait son long cou. Sa tête piriforme était encadrée par les frisons de sa chevelure et de ses minces favoris; — et de lourdes paupières, un nez très fort et de grosses lèvres donnaient à sa figure une expression de bonté insignifiante.

Quand ils eurent pris des notes, ils rédigèrent un programme.

Naissance et enfance, peu curieuses. Un de ses gouverneurs est l'abbé Guénée, l'ennemi de Voltaire. A Turin, on lui fait fondre un canon, et il étudie les campagnes de Charles VIII. Aussi, est-il nommé, malgré sa jeunesse, colonel d'un régiment de gardes-nobles.

97. Son mariage.

1814. Les Anglais s'emparent de Bordeaux. Il accourt derrière eux — et montre sa personne aux habitants. Description de la personne du Prince.

1815. Bonaparte le surprend. Tout de suite, il appelle le roi d'Espagne, et Toulon, sans Masséna, était livré à l'Angleterre.

Opérations dans le Midi. Il est battu, mais

relâché sous la promesse de rendre les diamants de la couronne, emportés au grand galop par le Roi, son oncle.

Après les Cent-Jours, il revient avec ses parents, et vit tranquille. Plusieurs années s'écoulent.

Guerre d'Espagne. — Dès qu'il a franchi les Pyrénées, la Victoire suit partout le petit-fils de Henri IV. Il enlève le Trocadéro, atteint les colonnes d'Hercule, écrase les factions, embrasse Ferdinand, et s'en retourne.

Arcs de triomphe, fleurs que présentent les jeunes filles, dîners dans les préfectures, *Te Deum* dans les cathédrales. Les Parisiens sont au comble de l'ivresse. La ville lui offre un banquet. On chante sur les théâtres des allusions au Héros.

L'enthousiasme diminue. Car en 1827 à Cherbourg un bal organisé par souscription rate.

Comme il est grand-amiral de France, il inspecte la flotte, qui va partir pour Alger.

Juillet 1830. Marmont lui apprend l'état des affaires. Alors il entre dans une telle fureur qu'il se blesse la main à l'épée du général.

Le roi lui confie le commandement de toutes les forces.

Il rencontre, au bois de Boulogne, des détachements de la ligne — et ne trouve pas un seul mot à leur dire.

De Saint-Cloud il vole au pont de Sèvres. Froideur des troupes. Ça ne l'ébranle pas. La famille royale quitte Trianon. Il s'assoit au pied d'un chêne, déploie une carte, médite, remonte à cheval, passe devant Saint-Cyr, et envoie aux élèves des paroles d'espérance.

A Rambouillet, les gardes du corps font leurs adieux.

Il s'embarque, et pendant toute la traversée est malade. Fin de sa carrière.

On doit y relever l'importance qu'eurent les ponts. D'abord il s'expose inutilement sur le pont de l'Inn, il enlève le Pont-Saint-Esprit et le pont de Lauriol ; à Lyon, les deux ponts lui sont funestes — et sa fortune expire devant le pont de Sèvres.

Tableau de ses vertus. Inutile de vanter son courage, auquel il joignait une grande politique. Car il offrit soixante francs à chaque soldat, pour abandonner l'Empereur — et en Espagne, il tâcha de corrompre à prix d'argent les Constitutionnels.

Sa réserve était si profonde qu'il consentit au mariage projeté entre son père et la reine d'Étrurie, à la formation d'un cabinet nouveau après les ordonnances, à l'abdication en faveur de Chambord, à tout ce que l'on voulait.

La fermeté pourtant ne lui manquait pas. A Angers, il cassa l'infanterie de la garde nationale, qui jalouse de la cavalerie, et au moyen d'une manœuvre, était parvenue à lui faire escorte — tellement, que Son Altesse se trouva prise dans les fantassins à en avoir les genoux comprimés. Mais il blâma la cavalerie, cause du désordre, et pardonna à l'infanterie, véritable jugement de Salomon.

Sa piété se signala par de nombreuses dévotions, et sa clémence en obtenant la grâce du général Debelle, qui avait porté les armes contre lui.

Détails intimes — traits du Prince :

Au château de Beauregard, dans son enfance, il prit plaisir avec son frère à creuser une pièce d'eau que l'on voit encore. Une fois il visita la caserne des chasseurs, demanda un verre de vin, et le but à la santé du Roi.

Tout en se promenant, pour marquer le pas, il se

répétait, à lui-même : « Une, deux; une, deux; une, deux! »

On a conservé quelques-uns de ses mots :

A une députation de Bordelais : — « Ce qui me console de n'être pas à Bordeaux c'est de me trouver au milieu de vous! »

Aux protestants de Nîmes : — « Je suis bon catholique; mais je n'oublierai jamais que le plus illustre de mes ancêtres fut protestant. »

Aux élèves de Saint-Cyr, quand tout est perdu : — « Bien, mes amis! Les nouvelles sont bonnes! Ça va bien! très bien. »

Après l'abdication de Charles X : « Puisqu'ils ne veulent pas de moi, qu'ils s'arrangent! »

Et en 1814, à tout propos, dans le moindre village : — « Plus de guerre, plus de conscription, plus de droits réunis. »

Son style valait sa parole. Ses proclamations dépassent tout.

La première du comte d'Artois débutait ainsi : — « Français, le frère de votre roi est arrivé. »

Celle du prince : — « J'arrive! Je suis le fils de vos rois! Vous êtes Français. »

Ordre du jour, daté de Bayonne : — « Soldats, j'arrive! »

Une autre, en pleine défection : — « Continuez à soutenir avec la vigueur qui convient au soldat français, la lutte que vous avez commencée. La France l'attend de vous! »

Dernière à Rambouillet. — « Le roi est entré en arrangement avec le gouvernement établi à Paris; et tout porte à croire que cet arrangement est sur le point d'être conclu. » Tout porte à croire était sublime.

— « Une chose me chiffonne » dit Bouvard

« c'est qu'on ne mentionne pas ses affaires de cœur? »

Et ils notèrent en marge : « Chercher les amours du Prince! »

Au moment de partir, le bibliothécaire se ravisant, leur fit voir un autre portrait du duc d'Angoulême.

Sur celui-là, il était en colonel de cuirassiers, de profil, l'œil encore plus petit, la bouche ouverte, avec des cheveux plats, voltigeant.

Comment concilier les deux portraits? Avait-il les cheveux plats, ou bien crépus, à moins qu'il ne poussât la coquetterie jusqu'à se faire friser?

Question grave, suivant Pécuchet; car la chevelure donne le tempérament, le tempérament l'individu.

Bouvard pensait qu'on ne sait rien d'un homme tant qu'on ignore ses passions; — et pour éclaircir ces deux points ils se présentèrent au château de Faverges. Le comte n'y était pas, cela retardait leur ouvrage. Ils rentrèrent chez eux, vexés.

La porte de la maison était grande ouverte. Personne dans la cuisine. Ils montèrent l'escalier; et que virent-ils au milieu de la chambre de Bouvard? M^me^ Bordin qui regardait de droite et de gauche.

— « Excusez-moi » dit-elle en s'efforçant de rire. « Depuis une heure je cherche votre cuisinière, dont j'aurais besoin, pour mes confitures. »

Ils la trouvèrent dans le bûcher sur une chaise, et dormant profondément. On la secoua. Elle ouvrit les yeux.

— « Qu'est-ce encore? Vous êtes toujours à me diguer avec vos questions! »

Il était clair qu'en leur absence, M^me^ Bordin lui en faisait.

Germaine sortit de sa torpeur, et déclara une indigestion.

— « Je reste pour vous soigner » dit la veuve.

Alors ils aperçurent dans la cour, un grand bonnet, dont les barbes s'agitaient. C'était Mme Castillon la fermière. Elle cria : « Gorgu! Gorgu! »

Et du grenier, la voix de leur petite bonne répondit hautement :

— « Il n'est pas là! »

Elle descendit au bout de cinq minutes, les pommettes rouges, en émoi. — Bouvard et Pécuchet lui reprochèrent sa lenteur. Elle déboucla leurs guêtres sans murmurer.

Ensuite, ils allèrent voir le bahut.

Ses morceaux épars jonchaient le fournil; les sculptures étaient endommagées, les battants rompus.

A ce spectacle, devant cette déception nouvelle, Bouvard retint ses pleurs et Pécuchet en avait un tremblement.

Gorgu se montrant presque aussitôt, exposa le fait : il venait de mettre le bahut dehors pour le vernir quand une vache errante l'avait jeté par terre.

— « A qui la vache? » dit Pécuchet.

— « Je ne sais pas. »

— « Eh! vous aviez laissé la porte ouverte comme tout à l'heure! C'est de votre faute! »

Ils y renonçaient du reste : depuis trop longtemps, il les lanternait — et ne voulaient plus de sa personne ni de son travail.

Ces messieurs avaient tort. Le dommage n'était pas si grand. Avant trois semaines tout serait fini; — et Gorgu les accompagna jusque dans la cuisine où Germaine en se traînant, arrivait, pour faire le dîner.

Ils remarquèrent sur la table, une bouteille de calvados, aux trois quarts vidée.

— « Sans doute par vous? » dit Pécuchet à Gorgu.

— « Moi? jamais. »

Bouvard objecta : — «Vous étiez le seul homme dans la maison. »

— « Eh bien, et les femmes? » reprit l'ouvrier, avec un clin d'œil oblique.

Germaine le surprit : — « Dites plutôt que c'est moi! »

— « Certainement c'est vous! »

— « Et c'est moi, peut-être qui ai démoli l'armoire! »

Gorgu fit une pirouette. — « Vous ne voyez donc pas qu'elle est saoule! »

Alors, ils se chamaillèrent violemment, lui pâle, gouailleur, elle empourprée, et arrachant ses touffes de cheveux gris sous son bonnet de coton. Mme Bordin parlait pour Germaine, Mélie pour Gorgu.

La vieille éclata.

— « Si ce n'est pas une abomination! que vous passiez des journées ensemble dans le bosquet, sans compter la nuit! espèce de Parisien, mangeur de bourgeoises! qui vient chez nos maîtres, pour leur faire accroire des farces. »

Les prunelles de Bouvard s'écarquillèrent. — « Quelles farces? »

— « Je dis qu'on se fiche de vous! »

— « On ne se fiche pas de moi! » s'écria Pécuchet, et indigné de son insolence, exaspéré par les déboires, il la chassa; qu'elle eût à déguerpir. Bouvard ne s'opposa point à cette décision — et ils se retirèrent, laissant Germaine pousser des sanglots sur son malheur, tandis que Mme Bordin tâchait de la consoler.

Le soir, quand ils furent calmes, ils reprirent ces événements, se demandèrent qui avait bu le calvados, comment le meuble s'était brisé, que réclamait Mme Castillon en appelant Gorgu, — et s'il avait déshonoré Mélie ?

— « Nous ne savons pas » dit Bouvard, « ce qui se passe dans notre ménage, et nous prétendons découvrir quels étaient les cheveux et les amours du duc d'Angoulême ! »

Pécuchet ajouta : — « Combien de questions autrement considérables, et encore plus difficiles ! »

D'où ils conclurent que les faits extérieurs ne sont pas tout. Il faut les compléter par la psychologie. Sans l'imagination, l'Histoire est défectueuse. — « Faisons venir quelques romans historiques ! »

## V

Ils lurent d'abord Walter Scott.

Ce fut comme la surprise d'un monde nouveau.

Les hommes du passé qui n'étaient pour eux que des fantômes ou des noms devinrent des êtres vivants, rois, princes, sorciers, valets, gardes-chasse, moines, bohémiens, marchands et soldats, qui délibèrent, combattent, voyagent, trafiquent, mangent et boivent, chantent et prient, dans la salle d'armes des châteaux, sur le banc noir des auberges, par les rues tortueuses des villes, sous l'auvent des échoppes, dans le cloître des monastères. Des paysages artistement composés, entourent les scènes comme un décor de théâtre. On suit des yeux un cavalier qui galope le long des grèves. On aspire au milieu des genêts la fraîcheur du vent, la lune éclaire des lacs où glisse un bateau, le soleil fait reluire les cuirasses, la pluie tombe sur les huttes de feuillage. Sans connaître les modèles, ils trouvaient ces peintures ressemblantes, et l'illusion était complète. L'hiver s'y passa.

Leur déjeuner fini, ils s'installaient dans la petite salle, aux deux bouts de la cheminée; — et en face l'un de l'autre, avec un livre à la main, ils lisaient silencieusement. Quand le jour baissait, ils allaient se promener sur la grande route, dînaient en hâte, et continuaient leur lecture dans la nuit. Pour se garantir de la lampe Bouvard avait des conserves bleues, Pécuchet portait la visière de sa casquette inclinée sur le front.

Germaine n'était pas partie, et Gorgu, de temps à autre, venait fouir au jardin, car ils avaient cédé par indifférence, oubli des choses matérielles.

Après Walter Scott, Alexandre Dumas les divertit à la manière d'une lanterne magique. Ses personnages, alertes comme des singes, forts comme des bœufs, gais comme des pinsons, entrent et partent brusquement, sautent des toits sur le pavé, reçoivent d'affreuses blessures dont ils guérissent, sont crus morts et reparaissent. Il y a des trappes sous les planchers, des antidotes, des déguisements — et tout se mêle, court et se débrouille, sans une minute pour la réflexion. L'amour conserve de la décence, le fanatisme est gai, les massacres font sourire.

Rendus difficiles par ces deux maîtres, ils ne purent tolérer le fatras de Bélisaire, la niaiserie de Numa Pompilius, Marchangy ni d'Arlincourt.

La couleur de Frédéric Soulié, comme celle du bibliophile Jacob leur parut insuffisante — et M. Villemain les scandalisa en montrant page 85 de son *Lascaris,* un Espagnol qui fume une pipe « une longue pipe arabe » au milieu du XV^e^ siècle.

Pécuchet consultait la biographie universelle — et il entreprit de réviser Dumas au point de vue de la science.

L'auteur, dans *Les Deux Diane* se trompe de dates. Le mariage du Dauphin François eut lieu le 14 octobre 1548, et non le 20 mars 1549. Comment sait-il (voir *Le Page du Duc de Savoie*) que Catherine de Médicis, après la mort de son époux voulait recommencer la guerre? Il est peu probable qu'on ait couronné le duc d'Anjou, la nuit, dans une église, épisode qui agrémente *La Dame de Montsoreau. La Reine Margot,* principalement, fourmille d'erreurs. Le duc de Nevers n'était pas absent. Il opina au conseil avant la Saint-Barthélemy. Et Henri de Navarre ne suivit pas la procession quatre jours après. Et Henri III ne revint pas de Pologne aussi vite. D'ailleurs, combien de rengaines, le miracle de l'aubépine, le balcon de Charles IX, les gants empoisonnés de Jeanne d'Albret. Pécuchet n'eut plus confiance en Dumas.

Il perdit même tout respect pour Walter Scott, à cause des bévues de son *Quentin Durward.* Le meurtre de l'évêque de Liège est avancé de quinze ans. La femme de Robert de Lamarck était Jeanne d'Arschel et non Hameline de Croy. Loin d'être tué par un soldat, il fut mis à mort par Maximilien, et la figure du Téméraire, quand on trouva son cadavre, n'exprimait aucune menace, puisque les loups l'avaient à demi dévorée.

Bouvard n'en continua pas moins Walter Scott, mais finit par s'ennuyer de la répétition des mêmes effets. L'héroïne, ordinairement, vit à la campagne avec son père, et l'amoureux, un enfant volé, est rétabli dans ses droits et triomphe de ses rivaux. Il y a toujours un mendiant philosophe, un châtelain bourru, des jeunes filles pures, des valets facétieux et d'interminables dialogues, une pruderie bête, manque complet de profondeur.

En haine du bric-à-brac, Bouvard prit George Sand.

Il s'enthousiasma pour les belles adultères et les nobles amants, aurait voulu être Jacques, Simon, Bénédict, Lélio, et habiter Venise! Il poussait des soupirs, ne savait pas ce qu'il avait, se trouvait lui-même changé.

Pécuchet, travaillant la littérature historique, étudiait les pièces de théâtre. Il avala deux Pharamond, trois Clovis, quatre Charlemagne, plusieurs Philippe-Auguste, une foule de Jeanne d'Arc, et bien des marquises de Pompadour, et des conspirations de Cellamare!

Presque toutes lui parurent encore plus bêtes que les romans. Car il existe pour le théâtre une histoire convenue, que rien ne peut détruire. Louis XI ne manquera pas de s'agenouiller devant les figurines de son chapeau; Henri IV sera constamment jovial; Marie Stuart pleureuse, Richelieu cruel — enfin, tous les caractères se montrent d'un seul bloc, par amour des idées simples et respect de l'ignorance — si bien que le dramaturge, loin d'élever abaisse, au lieu d'instruire abrutit.

Comme Bouvard lui avait vanté George Sand, Pécuchet se mit à lire *Consuelo, Horace, Mauprat*, fut séduit par la défense des opprimés, le côté social, et républicain, les thèses.

Suivant Bouvard, elles gâtaient la fiction et il demanda au cabinet de lecture des romans d'amour.

A haute voix et l'un après l'autre, ils parcoururent *La Nouvelle Héloïse, Delphine, Adolphe, Ourika*. Mais les bâillements de celui qui écoutait gagnaient son compagnon, dont les mains bientôt laissaient tomber le livre par terre. Ils reprochaient à tous ceux-là de ne rien dire sur le milieu, l'époque, le costume des personnages. Le cœur seul est traité; toujours du sentiment! comme si le monde ne contenait pas autre chose!

Ensuite, ils tâtèrent des romans humoristiques; tels que *Le Voyage autour de ma chambre*, par

Xavier de Maistre, *Sous les Tilleuls,* d'Alphonse Karr. Dans ce genre de livres, on doit interrompre la narration pour parler de son chien, de ses pantoufles, ou de sa maîtresse. Un tel sans-gêne, d'abord les charma, puis leur parut stupide; — car l'auteur efface son œuvre en y étalant sa personne.

Par besoin de dramatique, ils se plongèrent dans les romans d'aventures, l'intrigue les intéressait d'autant plus qu'elle était enchevêtrée, extraordinaire et impossible. Ils s'évertuaient à prévoir les dénouements, devinrent là dessus très forts, et se lassèrent d'une amusette, indigne d'esprits sérieux.

L'œuvre de Balzac les émerveilla, tout à la fois comme une Babylone, et comme des grains de poussière sous le microscope. Dans les choses les plus banales, des aspects nouveaux surgirent. Ils n'avaient pas soupçonné la vie moderne aussi profonde.

— « Quel observateur ! » s'écriait Bouvard.

— « Moi je le trouve chimérique » finit par dire Pécuchet. « Il croit aux sciences occultes, à la monarchie, à la noblesse, est ébloui par les coquins, vous remue les millions comme des centimes, et ses bourgeois ne sont pas des bourgeois, mais des colosses. Pourquoi gonfler ce qui est plat, et décrire tant de sottises ? Il a fait un roman sur la chimie, un autre sur la Banque, un autre sur les machines à imprimer. Comme un certain Ricard avait fait « le cocher de fiacre », « le porteur d'eau », « le marchand de coco ». Nous en aurons sur tous les métiers et sur toutes les provinces, puis sur toutes les villes et les étages de chaque maison et chaque individu, ce qui ne sera plus de la littérature, mais de la statistique ou de l'ethnographie. »

Peu importait à Bouvard le procédé. Il voulait s'instruire, descendre plus avant dans la connaissance des mœurs. Il relut Paul de Kock, feuilleta de vieux ermites de la Chaussée d'Antin.

— « Comment perdre son temps à des inepties pareilles? » disait Pécuchet.

— « Mais par la suite, ce sera fort curieux, comme documents. »

— « Va te promener avec tes documents! Je demande quelque chose qui m'exalte, qui m'enlève aux misères de ce monde! »

Et Pécuchet, porté à l'idéal tourna Bouvard, insensiblement vers la Tragédie.

Le lointain où elle se passe, les intérêts qu'on y débat et la condition de ses personnages leur imposaient comme un sentiment de grandeur.

Un jour, Bouvard prit *Athalie*, et débita le songe tellement bien, que Pécuchet voulut à son tour l'essayer. — Dès la première phrase, sa voix se perdit dans une espèce de bourdonnement. Elle était monotone, et bien que forte, indistincte.

Bouvard, plein d'expérience lui conseilla, pour l'assouplir, de la déployer depuis le ton le plus bas jusqu'au plus haut, et de la replier, — émettant deux gammes, l'une montante, l'autre descendante; — et lui-même se livrait à cet exercice, le matin dans son lit, couché sur le dos, selon le précepte des Grecs. Pécuchet, pendant ce temps-là, travaillait de la même façon; leur porte était close — et ils braillaient séparément.

Ce qui leur plaisait de la Tragédie, c'était l'emphase, les discours sur la Politique, les maximes de perversité.

Ils apprirent par cœur les dialogues les plus fameux de Racine et de Voltaire et ils les déclamaient dans le corridor. Bouvard, comme au Théâtre-Français, marchait la main sur l'épaule de Pécuchet en s'arrêtant par intervalles, et roulait ses yeux, ouvrait les bras, accusait les destins. Il avait de beaux cris de douleur dans le *Philoctète* de La Harpe, un joli hoquet dans *Gabrielle de Vergy* — et quand il faisait Denys tyran de Syracuse une manière de considérer son fils en l'appelant « Monstre, digne de moi! » qui était vraiment terrible. Pécuchet en oubliait son rôle. Les moyens lui manquaient, non la bonne volonté.

Une fois dans la *Cléopâtre* de Marmontel, il imagina de reproduire le sifflement de l'aspic, tel qu'avait dû le faire l'automate inventé exprès par Vaucanson. Cet effet manqué les fit rire jusqu'au soir. La Tragédie tomba dans leur estime.

Bouvard en fut las le premier, et y mettant de la franchise démontra combien elle est artificielle et podagre : la niaiserie de ses moyens, l'absurdité des confidents.

Ils abordèrent la Comédie — qui est l'école des nuances. Il faut disloquer la phrase, souligner les mots, peser les syllabes. Pécuchet n'en put venir à bout — et échoua complètement dans Célimène.

Du reste, il trouvait les amoureux bien froids, les raisonneurs assommants, les valets intolérables, Clitandre et Sganarelle aussi faux qu'Égisthe et qu'Agamemnon.

Restait la Comédie sérieuse, ou tragédie bourgeoise, celle où l'on voit des pères de famille désolés, des domestiques sauvant leurs maîtres, des richards offrant leur fortune, des couturières innocentes et d'infâmes suborneurs, genre qui se prolonge de Diderot jusqu'à Pixérécourt. Toutes ces pièces prêchant la vertu les choquèrent comme triviales.

Le drame de 1830 les enchanta par son mouvement, sa couleur, sa jeunesse. Ils ne faisaient guère de différence entre Victor Hugo, Dumas, ou

Bouchardy; — et la diction ne devait plus être pompeuse ou fine, — mais lyrique, désordonnée.

Un jour que Bouvard tâchait de faire comprendre à Pécuchet le jeu de Frédéric Lemaître, Mme Bordin se montra tout à coup avec son châle vert, et un volume de Pigault-Lebrun qu'elle rapportait, ces messieurs ayant l'obligeance de lui prêter des romans, quelquefois.

— « Mais continuez ! » car elle était là depuis une minute, et avait plaisir à les entendre.

Ils s'excusèrent. Elle insistait.

— « Mon Dieu ! » dit Bouvard « rien ne nous empêche !... »

Pécuchet allégua, par fausse honte, qu'ils ne pouvaient jouer à l'improviste, sans costume.

— « Effectivement ! nous aurions besoin de nous déguiser. » Et Bouvard chercha un objet quelconque, ne trouva que le bonnet grec, et le prit.

Comme le corridor manquait de largeur, ils descendirent dans le salon.

Des araignées couraient le long des murs — et les spécimens géologiques encombrant le sol avaient blanchi de leur poussière le velours des fauteuils. On étala sur le moins malpropre un torchon pour que Mme Bordin pût s'asseoir.

Il fallait lui servir quelque chose de bien. Bouvard était partisan de *La Tour de Nesle*. Mais Pécuchet avait peur des rôles qui demandent trop d'action.

— « Elle aimera mieux du classique ! *Phèdre* par exemple ? »

— « Soit. »

Bouvard conta le sujet. — « C'est une reine, dont le mari, a, d'une autre femme, un fils. Elle est devenue folle du jeune homme — y sommes-nous ? En route ! »

*Oui, Prince, je languis, je brûle pour Thésée,*
*Je l'aime!*

Et parlant au profil de Pécuchet, il admirait son port, son visage, « cette tête charmante », se désolait de ne l'avoir pas rencontré sur la flotte des Grecs, aurait voulu se perdre avec lui dans le labyrinthe.

La mèche du bonnet rouge s'inclinait amoureusement; — et sa voix tremblante, et sa figure bonne conjuraient le cruel de prendre en pitié sa flamme. Pécuchet, en se détournant, haletait pour marquer de l'émotion.

M^me^ Bordin immobile écarquillait les yeux, comme devant les faiseurs de tours. Mélie écoutait derrière la porte. Gorgu, en manches de chemise, les regardait par la fenêtre.

Bouvard entama la seconde tirade. Son jeu exprimait le délire des sens, le remords, le désespoir, et il se rua sur le glaive idéal de Pécuchet avec tant de violence que trébuchant dans les cailloux, il faillit tomber par terre.

— « Ne faites pas attention! Puis, Thésée arrive, et elle s'empoisonne! »

— « Pauvre femme! » dit M^me^ Bordin.

Ensuite ils la prièrent de leur désigner un morceau.

Le choix l'embarrassait. Elle n'avait vu que trois pièces : *Robert le Diable* dans la capitale, *le Jeune Mari* à Rouen — et une autre à Falaise qui était bien amusante et qu'on appelait *La Brouette du Vinaigrier.*

Enfin Bouvard lui proposa la grande scène de *Tartuffe,* au troisième acte.

Pécuchet crut une explication nécessaire :

« Il faut savoir que Tartuffe... »

M^me Bordin l'interrompit. « On sait ce que c'est qu'un Tartuffe! »

Bouvard eût désiré, pour un certain passage, une robe.

— « Je ne vois que la robe de moine » dit Pécuchet.

— « N'importe! mets-la! »

Il reparut avec elle, et un Molière.

Le commencement fut médiocre. Mais Tartuffe venant à caresser les genoux d'Elmire, Pécuchet prit un ton de gendarme.

— « *Que fait là votre main?* »

Bouvard bien vite répliqua d'une voix sucrée :

— « *Je tâte votre habit, l'étoffe en est moelleuse.* »

Et il dardait ses prunelles, tendait la bouche, reniflait, avait un air extrêmement lubrique, finit même par s'adresser à M^me Bordin.

Les regards de cet homme la gênaient — et quand il s'arrêta, humble et palpitant, elle cherchait presque une réponse.

Pécuchet eut recours au livre : — « *La déclaration est tout à fait galante.* »

— « Ah! oui », s'écria-t-elle, « c'est un fier enjôleur. »

— « N'est-ce pas? » reprit fièrement Bouvard. « Mais en voilà une autre, d'un chic plus moderne », et ayant défait sa redingote, il s'accroupit sur un moellon et déclama la tête renversée.

*Des flammes de tes yeux inonde ma paupière.*
*Chante-moi quelque chant, comme parfois, le soir,*
*Tu m'en chantais, avec des pleurs dans ton œil noir.*

— « Ça me ressemble » pensa-t-elle.

*Soyons heureux! buvons! car la coupe est remplie,*
*Car cette heure est à nous, et le reste est folie.*

— « Comme vous êtes drôle! »

Et elle riait d'un petit rire, qui lui remontait la gorge et découvrait ses dents.

*N'est-ce pas qu'il est doux*
*D'aimer, et de savoir qu'on vous aime à genoux?*

Il s'agenouilla.

— « Finissez donc! »

*Oh! laisse-moi dormir et rêver sur ton sein,*
*Doña Sol! ma beauté! mon amour!*

— « Ici on entend les cloches, un montagnard les dérange. »

— « Heureusement! car sans cela...! » Et Mme Bordin sourit, au lieu de terminer sa phrase. Le jour baissait. Elle se leva.

Il avait plu tout à l'heure — et le chemin par la hêtrée n'étant pas facile, mieux valait s'en retourner par les champs. Bouvard l'accompagna dans le jardin, pour lui ouvrir la porte.

D'abord, ils marchèrent le long des quenouilles, sans parler. Il était encore ému de sa déclamation; — et elle éprouvait au fond de l'âme comme une surprise, un charme qui venait de la Littérature. L'Art, en de certaines occasions, ébranle les esprits médiocres; — et des mondes peuvent être révélés par ses interprètes les plus lourds.

Le soleil avait reparu, faisait luire les feuilles, jetait des taches lumineuses dans les fourrés, çà et là. Trois moineaux avec de petits cris sautillaient sur le tronc d'un vieux tilleul abattu. Une épine en fleurs étalait sa gerbe rose, des lilas alourdis se penchaient.

— « Ah! cela fait bien! » dit Bouvard, en humant l'air à pleins poumons.

— « Aussi, vous vous donnez un mal! »

— « Ce n'est pas que j'aie du talent, mais pour du feu, j'en possède. »

— « On voit » reprit-elle — et mettant un espace entre les mots « que vous avez... aimé... autrefois. »

— « Autrefois, seulement — vous croyez! »

Elle s'arrêta.

— « Je n'en sais rien. »

— « Que veut-elle dire? » Et Bouvard sentait battre son cœur.

Une flaque au milieu du sable obligeant à un détour, les fit monter sous la charmille.

Alors ils causèrent de la représentation.

— « Comment s'appelle votre dernier morceau? »

— « C'est tiré de *Hernani*, un drame. »

— « Ah! » puis lentement, et se parlant à elle-même « ce doit être bien agréable, un monsieur qui vous dit des choses pareilles, — pour tout de bon. »

— « Je suis à vos ordres » répondit Bouvard.

— « Vous? »

— « Oui! moi! »

— « Quelle plaisanterie! »

— « Pas le moins du monde! »

Et ayant jeté un regard autour d'eux, il la prit à la ceinture, par derrière, et la baisa sur la nuque, fortement.

Elle devint très pâle comme si elle allait s'évanouir — et s'appuya d'une main contre un arbre; puis, ouvrit les paupières, et secoua la tête.

— « C'est passé. »

Il la regardait, avec ébahissement.

La grille ouverte, elle monta sur le seuil de la petite porte. Une rigole coulait de l'autre côté. Elle ramassa tous les plis de sa jupe, et se tenait au bord, indécise.

— « Voulez-vous mon aide? »

— « Inutile! »

— « Pourquoi? »

— « Ah! vous êtes trop dangereux! »

Et, dans le saut qu'elle fit, son bas blanc parut.

Bouvard se blâma d'avoir raté l'occasion. Bah! elle se retrouverait; — et puis les femmes ne sont pas toutes les mêmes. Il faut brusquer les unes, l'audace vous perd avec les autres. En somme, il était content de lui; — et s'il ne confia pas son espoir à Pécuchet, ce fut dans la peur des observations, et nullement par délicatesse.

A partir de ce jour-là, ils déclamèrent souvent devant Mélie et Gorgu tout en regrettant de n'avoir pas un théâtre de société.

La petite bonne s'amusait sans y rien comprendre, ébahie du langage, fascinée par le ronron des vers. Gorgu applaudissait les tirades philosophiques des tragédies et tout ce qui était pour le peuple dans les mélodrames; — si bien que charmés de son goût ils pensèrent à lui donner des leçons, pour en faire plus tard un acteur. Cette perspective éblouissait l'ouvrier.

Le bruit de leurs travaux s'était répandu. Vaucorbeil leur en parla d'une façon narquoise. Généralement on les méprisait.

Ils s'en estimaient davantage. Ils se sacrèrent artistes. Pécuchet porta des moustaches, et Bouvard ne trouva rien de mieux, avec sa mine ronde et sa calvitie, que de se faire « une tête à la Béranger! »

Enfin, ils résolurent de composer une pièce.

Le difficile c'était le sujet.

Ils le cherchaient en déjeunant, et buvaient du café, liqueur indispensable au cerveau, puis deux ou trois petits verres. Ensuite, ils allaient dormir sur leur lit; après quoi, ils descendaient dans le verger, s'y promenaient, enfin sortaient pour trouver dehors l'inspiration, cheminaient côte à côte, et rentraient exténués.

Ou bien, ils s'enfermaient à double tour, Bouvard nettoyait la table, mettait du papier devant lui, trempait sa plume et restait les yeux au plafond, pendant que Pécuchet dans le fauteuil, méditait les jambes droites et la tête basse.

Parfois, ils sentaient un frisson et comme le vent d'une idée; au moment de la saisir, elle avait disparu.

Mais il existe des méthodes pour découvrir des sujets. On prend un titre, au hasard, et un fait en découle; on développe un proverbe, on combine des aventures en une seule. Pas un de ces moyens n'aboutit. Ils feuilletèrent vainement des recueils d'anecdotes, plusieurs volumes des causes célèbres, un tas d'histoires.

Et ils rêvaient d'être joués à l'Odéon, pensaient aux spectacles, regrettaient Paris.

— « J'étais fait pour être auteur, et ne pas m'enterrer à la campagne! » disait Bouvard.

— « Moi de même » répondait Pécuchet.

Une illumination lui vint : s'ils avaient tant de mal, c'est qu'ils ne savaient pas les règles.

Ils les étudièrent, dans *La Pratique du Théâtre* par d'Aubignac, et dans quelques ouvrages moins démodés.

On y débat des questions importantes : Si la comédie peut s'écrire en vers, — si la tragédie n'excède point les bornes en tirant sa fable de l'histoire moderne, — si les héros doivent être vertueux, — quel genre de scélérats elle comporte, — jusqu'à quel point les horreurs y sont permises? Que les détails concourent à un seul but, que l'intérêt grandisse, que la fin réponde au commencement, sans doute!

*Inventez des ressorts qui puissent m'attacher*, dit Boileau.

Par quel moyen inventer des ressorts?

*Que dans tous vos discours la passion émue*
*Aille chercher le cœur, l'échauffe et le remue.*

Comment chauffer le cœur?

Donc les règles ne suffisent pas. Il faut, de plus, le génie.

Et le génie ne suffit pas. Corneille, suivant l'Académie française, n'entend rien au théâtre. Geoffroy dénigra Voltaire. Racine fut bafoué par Subligny. La Harpe rugissait au nom de Shakespeare.

La vieille critique les dégoûtant, ils voulurent connaître la nouvelle, et firent venir les comptes rendus de pièces, dans les journaux.

Quel aplomb! Quel entêtement! Quelle improbité! Des outrages à des chefs-d'œuvre, des révérences faites à des platitudes — et les âneries de ceux qui passent pour savants et la bêtise des autres que l'on proclame spirituels!

C'est peut-être au Public qu'il faut s'en rapporter?

Mais des œuvres applaudies parfois leur déplaisaient, et dans les sifflées quelque chose leur agréait.

Ainsi, l'opinion des gens de goût est trompeuse et le jugement de la foule inconcevable.

Bouvard posa le dilemme à Barberou. Pécuchet, de son côté, écrivit à Dumouchel.

L'ancien commis-voyageur s'étonna du ramollissement causé par la province, son vieux Bouvard tournait à la bedolle, bref « n'y était plus du tout ».

Le théâtre est un objet de consommation comme un autre. Cela rentre dans l'article-Paris. On va au spectacle pour se divertir. Ce qui est bien, c'est ce qui amuse.

— « Mais imbécile » s'écria Pécuchet « ce qui t'amuse n'est pas ce qui m'amuse — et les autres et toi-même s'en fatigueront plus tard. Si les pièces sont absolument écrites pour être jouées, comment se fait-il que les meilleures soient toujours lues ? » Et il attendit la réponse de Dumouchel.

Suivant le professeur, le sort immédiat d'une pièce ne prouvait rien. *Le Misanthrope* et *Athalie* tombèrent. *Zaïre* n'est plus comprise. Qui parle aujourd'hui de Ducange et de Picard ? — Et il rappelait tous les grands succès contemporains, depuis *Fanchon la Vielleuse* jusqu'à *Gaspardo le Pêcheur*, déplorait la décadence de notre scène. Elle a pour cause le mépris de la Littérature — ou plutôt du style.

Alors, ils se demandèrent en quoi consiste précisément le style ? — et grâce à des auteurs indiqués par Dumouchel, ils apprirent le secret de tous ses genres.

Comment on obtient le majestueux, le tempéré, le naïf, les tournures qui sont nobles, les mots qui sont bas. *Chiens* se relève par *dévorants*. *Vomir* ne s'emploie qu'au figuré. *Fièvre* s'applique aux passions. *Vaillance* est beau en vers.

— « Si nous faisions des vers ? » dit Pécuchet.

— « Plus tard! Occupons-nous de la prose, d'abord. »

On recommande formellement de choisir un classique pour se mouler sur lui mais tous ont leurs dangers — et non seulement ils ont péché par le style — mais encore par la langue.

Une telle assertion déconcerta Bouvard et Pécuchet et ils se mirent à étudier la grammaire.

Avons-nous dans notre idiome des articles définis et indéfinis comme en latin? Les uns pensent que oui, les autres que non. Ils n'osèrent se décider.

Le sujet s'accorde toujours avec le verbe, sauf les occasions où le sujet ne s'accorde pas.

Nulle distinction autrefois entre l'adjectif verbal et le participe présent, mais l'Académie en pose une peu commode à saisir.

Ils furent bien aises d'apprendre que *leur*, pronom, s'emploie pour les personnes mais aussi pour les choses, tandis que *où* et *en* s'emploient pour les choses et quelquefois pour les personnes.

Doit-on dire « cette femme a l'air bon » ou « l'air bonne »? — « une bûche de bois sec » ou « de bois sèche » — « ne pas laisser de » ou « que de » — « une troupe de voleurs survint », ou « survinrent »?

Autres difficultés : « Autour » et « à l'entour » dont Racine et Boileau ne voyaient pas la différence — « imposer » ou « en imposer » synonymes chez Massillon et chez Voltaire; « croasser » et « coasser » confondus par La Fontaine, qui pourtant savait reconnaître un corbeau d'une grenouille.

Les grammairiens, il est vrai, sont en désaccord; ceux-ci voyant une beauté, où ceux-là découvrent une faute. Ils admettent des principes dont ils repoussent les conséquences, proclament les conséquences dont ils refusent les principes, s'appuient sur la tradition, rejettent les maîtres, et ont des raffinements bizarres. Ménage au lieu de *lentilles* et *cassonade* préconise *nentilles* et *castonade*. Bouhours *jérarchie* et non pas *hiérarchie*, et M. Chapsal les *œils de la soupe*.

Pécuchet surtout fut ébahi par Génin. Comment? des *z'annetons* vaudrait mieux que des *hannetons*, des *z'aricots* que des *haricots* — et sous Louis XIV, on prononçait *Roume* et M. de *Lioune* pour *Rome* et M. de *Lionne!*

Littré leur porta le coup de grâce en affirmant que jamais il n'y eut d'orthographe positive, et qu'il ne saurait y en avoir.

Ils en conclurent que la syntaxe est une fantaisie et la grammaire une illusion.

En ce temps-là, d'ailleurs, une rhétorique nouvelle annonçait qu'il faut écrire comme on parle et que tout sera bien pourvu qu'on ait senti, observé.

Comme ils avaient senti et croyaient avoir observé, ils se jugèrent capables d'écrire. Une pièce est gênante par l'étroitesse du cadre; mais le roman a plus de libertés. Pour en faire un, ils cherchèrent dans leurs souvenirs.

Pécuchet se rappela un de ses chefs de bureau, un très vilain monsieur, et il ambitionnait de s'en venger par un livre.

Bouvard avait connu à l'estaminet, un vieux maître d'écriture ivrogne et misérable. Rien ne serait drôle comme ce personnage.

Au bout de la semaine, ils imaginèrent de fondre ces deux sujets, en un seul — en demeuraient là, passèrent aux suivants : — une femme qui cause le malheur d'une famille — une femme, son mari et son amant — une femme qui serait vertueuse par défaut de conformation, un ambitieux, un mauvais prêtre.

Ils tâchaient de relier à ces conceptions incertaines des choses fournies par leur mémoire, retranchaient, ajoutaient. Pécuchet était pour le sentiment et l'idée, Bouvard pour l'image et la couleur — et ils commençaient à ne plus s'entendre, chacun s'étonnant que l'autre fût si borné.

La science qu'on nomme esthétique, trancherait peut-être leurs différends. Un ami de Dumouchel, professeur de philosophie, leur envoya une liste d'ouvrages sur la matière. Ils travaillaient à part, et se communiquaient leurs réflexions.

D'abord qu'est-ce que le Beau ?

Pour Schelling c'est l'infini s'exprimant par le fini, pour Reid une qualité occulte, pour Jouffroy un trait indécomposable, pour De Maistre ce qui plaît à la vertu ; pour le P. André, ce qui convient à la Raison.

Et il existe plusieurs sortes de Beau : un beau dans les sciences, la géométrie est belle, un beau dans les mœurs, on ne peut nier que la mort de Socrate ne soit belle. Un beau dans le règne animal. La Beauté du chien consiste dans son odorat. Un cochon ne saurait être beau, vu ses habitudes immondes ; un serpent non plus, car il éveille en nous des idées de bassesse. Les fleurs, les papillons, les oiseaux peuvent être beaux. Enfin la condition première du Beau, c'est l'unité dans la variété, voilà le principe.

— « Cependant » dit Bouvard « deux yeux louches sont plus variés que deux yeux droits et produisent moins bon effet, — ordinairement. »

Ils abordèrent la question du sublime.

Certains objets, sont d'eux-mêmes sublimes, le fracas d'un torrent, des ténèbres profondes, un arbre battu par la tempête. Un caractère est beau quand il triomphe, et sublime quand il lutte.

— « Je comprends » dit Bouvard « le Beau est le Beau, et le Sublime le très Beau. »

Comment les distinguer?

— « Au moyen du tact » répondit Pécuchet.

— « Et le tact, d'où vient-il? »

— « Du goût! »

— « Qu'est-ce que le goût? »

On le définit un discernement spécial, un jugement rapide, l'avantage de distinguer certains rapports.

— « Enfin le goût c'est le goût, — et tout cela ne dit pas la manière d'en avoir. »

Il faut observer les bienséances; mais les bienséances varient; — et si parfaite que soit une œuvre, elle ne sera pas toujours irréprochable. — Il y a, pourtant, un Beau indestructible, et dont nous ignorons les lois, car sa genèse est mystérieuse.

Puisqu'une idée ne peut se traduire par toutes les formes, nous devons reconnaître des limites entre les Arts, et dans chacun des Arts plusieurs genres. Mais des combinaisons surgissent où le style de l'un entrera dans l'autre sous peine de dévier du but, de ne pas être vrai.

L'application trop exacte du Vrai nuit à la Beauté, et la préoccupation de la Beauté empêche le Vrai. Cependant, sans idéal pas de Vrai; — c'est pourquoi les types sont d'une réalité plus continue que les portraits. L'Art, d'ailleurs, ne traite que la vraisemblance — mais la vraisemblance dépend de qui l'observe, est une chose relative, passagère.

Ils se perdaient ainsi dans les raisonnements. Bouvard, de moins en moins, croyait à l'esthétique.

— « Si elle n'est pas une blague, sa rigueur se démontrera par des exemples. Or, écoute. » Et il lut une note, qui lui avait demandé bien des recherches.

« Bouhours accuse Tacite de n'avoir pas la simplicité que réclame l'Histoire. M. Droz, un professeur, blâme Shakespeare pour son mélange du sérieux et du bouffon, Nisard, autre professeur, trouve qu'André Chénier est comme poète au-dessous du XVIIe siècle, Blair, Anglais, déplore dans Virgile le tableau des harpies. Marmontel gémit sur les licences d'Homère. Lamotte n'admet point l'immoralité de ses héros, Vida s'indigne de ses comparaisons. Enfin, tous les faiseurs de rhétoriques, de poétiques et d'esthétiques me paraissent des imbéciles ! »

— « Tu exagères ! » dit Pécuchet.

Des doutes l'agitaient — car si les esprits médiocres (comme observe Longin) sont incapables de fautes, les fautes appartiennent aux maîtres, et on devra les admirer ? C'est trop fort ! Cependant les maîtres sont les maîtres ! Il aurait voulu faire s'accorder les doctrines avec les œuvres, les critiques et les poètes, saisir l'essence du Beau ; — et ces questions le travaillèrent tellement que sa bile en fut remuée. Il y gagna une jaunisse.

Elle était à son plus haut période, quand Marianne la cuisinière de Mme Bordin vint demander à Bouvard un rendez-vous pour sa maîtresse.

La veuve n'avait pas reparu depuis la séance dramatique. Était-ce une avance ? Mais pourquoi l'intermédiaire de Marianne ? — Et pendant toute la nuit, l'imagination de Bouvard s'égara.

Le lendemain, vers deux heures, il se promenait dans le corridor et regardait de temps à autre par la fenêtre ; un coup de sonnette retentit. C'était le notaire.

Il traversa la cour, monta l'escalier, se mit dans le fauteuil — et les premières politesses échangées, dit que las d'attendre Mme Bordin, il avait pris les devants. Elle désirait lui acheter les Écalles.

Bouvard sentit comme un refroidissement et passa dans la chambre de Pécuchet.

Pécuchet ne sut que répondre. Il était soucieux; — M. Vaucorbeil devant venir tout à l'heure.

Enfin, elle arriva. Son retard s'expliquait par l'importance de sa toilette : un cachemire, un chapeau, des gants glacés, la tenue qui sied aux occasions sérieuses.

Après beaucoup d'ambages, elle demanda si mille écus ne seraient pas suffisants?

— « Un acre! Mille écus? jamais! »

Elle cligna ses paupières : — « Ah! pour moi! »

Et tous les trois restaient silencieux. M. de Faverges entra.

Il tenait sous le bras, comme un avoué, une serviette de maroquin — et en la posant sur la table :

— « Ce sont des brochures! Elles ont trait à la Réforme — question brûlante; — mais voici une chose qui vous appartient sans doute? » Et il tendit à Bouvard le second volume des *Mémoires du Diable*.

Mélie, tout à l'heure, le lisait dans la cuisine; et comme on doit surveiller les mœurs de ces gens-là, il avait cru bien faire en confisquant le livre.

Bouvard l'avait prêté à sa servante. On causa des romans.

Mme Bordin les aimait, quand ils n'étaient pas lugubres.

— « Les écrivains » dit M. de Faverges « nous peignent la vie sous des couleurs flatteuses! »

— « Il faut peindre! » objecta Bouvard.

— « Alors, on n'a plus qu'à suivre l'exemple!... »

— « Il ne s'agit pas d'exemple! »

— « Au moins, conviendrez-vous qu'ils peuvent tomber entre les mains d'une jeune fille. Moi, j'en ai une. »

— « Charmante! » dit le notaire, en prenant la figure qu'il avait les jours de contrat de mariage.

— « Eh bien, à cause d'elle, ou plutôt des personnes qui l'entourent, je les prohibe dans ma maison, car le Peuple, cher monsieur!... »

— « Qu'a-t-il fait, le Peuple? » dit Vaucorbeil, paraissant tout à coup sur le seuil.

Pécuchet, qui avait reconnu sa voix, vint se mêler à la compagnie.

— « Je soutiens » reprit le comte « qu'il faut écarter de lui certaines lectures. »

Vaucorbeil répliqua : — « Vous n'êtes donc pas pour l'instruction? »

— « Si fait! Permettez? »

— « Quand tous les jours » dit Marescot « on attaque le gouvernement! »

— « Où est le mal? »

Et le gentilhomme et le médecin se mirent à dénigrer Louis-Philippe, rappelant l'affaire Pritchard, les lois de septembre contre la liberté de la presse.

— « Et celle du théâtre! » ajouta Pécuchet.

Marescot n'y tenait plus. — « Il va trop loin, votre théâtre! »

— « Pour cela, je vous l'accorde! » dit le comte; « des pièces qui exaltent le suicide! »

— « Le suicide est beau! — témoin Caton », objecta Pécuchet.

Sans répondre à l'argument, M. de Faverges stigmatisa ces œuvres, où l'on bafoue les choses les plus saintes, la famille, la propriété, le mariage!

— « Eh bien, et Molière? » dit Bouvard.

Marescot, homme de goût, riposta que Molière

ne passerait plus — et d'ailleurs était un peu surfait.

— « Enfin » dit le comte « Victor Hugo a été sans pitié — oui sans pitié, pour Marie-Antoinette, en traînant sur la claie, le type de la Reine dans le personnage de Marie Tudor! »

— « Comment! » s'écria Bouvard « moi — auteur — je n'ai pas le droit... »

— « Non, monsieur, vous n'avez pas le droit de nous montrer le crime sans mettre à côté un correctif, sans nous offrir une leçon. »

Vaucorbeil trouvait aussi que l'Art devait avoir un but : viser à l'amélioration des masses! « Chantez-nous la science, nos découvertes, le patriotisme » et il admirait Casimir Delavigne.

Mme Bordin vanta le marquis de Foudras.

Le notaire reprit : — « Mais la langue, y pensez-vous? »

— « La langue? comment? »

— « On vous parle du style! » cria Pécuchet. « Trouvez-vous ses ouvrages bien écrits? »

— « Sans doute, fort intéressants! »

Il leva les épaules — et elle rougit sous l'impertinence.

Plusieurs fois, Mme Bordin avait tâché de revenir à son affaire. Il était trop tard pour la conclure. Elle sortit au bras de Marescot.

Le comte distribua ses pamphlets, en recommandant de les propager.

Vaucorbeil allait partir, quand Pécuchet l'arrêta.

— « Vous m'oubliez, Docteur! »

Sa mine jaune était lamentable, avec ses moustaches, et ses cheveux noirs qui pendaient sous un foulard mal attaché.

— « Purgez-vous » dit le médecin; et lui donnant deux petites claques comme à un enfant : « Trop de nerfs, trop artiste! »

Cette familiarité lui fit plaisir. Elle le rassurait; — et dès qu'ils furent seuls :

— « Tu crois que ce n'est pas sérieux? »

— « Non! bien sûr! »

Ils résumèrent ce qu'ils venaient d'entendre. La moralité de l'Art se renferme pour chacun dans le côté qui flatte ses intérêts. On n'aime pas la Littérature.

Ensuite ils feuilletèrent les imprimés du Comte. Tous réclamaient le suffrage universel.

— « Il me semble » dit Pécuchet « que nous aurons bientôt du grabuge? » Car il voyait tout en noir, peut-être à cause de sa jaunisse.

## VI

Dans la matinée du 25 février 1848, on apprit à Chavignolles, par un individu venant de Falaise, que Paris était couvert de barricades — et le lendemain, la proclamation de la République fut affichée sur la mairie.

Ce grand événement stupéfia les bourgeois.

Mais quand on sut que la Cour de cassation, la Cour d'appel, la Cour des Comptes, le Tribunal de commerce, la Chambre des notaires, l'Ordre des avocats, le Conseil d'État, l'Université, les généraux et M. de la Rochejacquelein lui-même donnaient leur adhésion au Gouvernement Provisoire, les poitrines se desserrèrent; — et comme à Paris on plantait des arbres de la liberté, le Conseil municipal décida qu'il en fallait à Chavignolles.

Bouvard en offrit un, réjoui dans son patriotisme par le triomphe du Peuple — quant à Pécuchet, la chute de la Royauté confirmait trop ses prévisions pour qu'il ne fût pas content.

Gorgu, leur obéissant avec zèle, déplanta un des peupliers qui bordaient la prairie au-dessous de la Butte, et le transporta jusqu'au « Pas de la Vaque », à l'entrée du bourg, endroit désigné.

Avant l'heure de la cérémonie, tous les trois attendaient le cortège.

Un tambour retentit, une croix d'argent se montra; ensuite, parurent deux flambeaux que tenaient des chantres, et M. le curé avec l'étole, le surplis, la chape et la barrette. Quatre enfants de chœur l'escortaient, un cinquième portait le seau pour l'eau bénite, et le sacristain le suivait.

Il monta sur le rebord de la fosse où se dressait le peuplier, garni de bandelettes tricolores. On voyait en face le maire et ses deux adjoints Beljambe et Marescot, puis les notables, M. de Faverges, Vaucorbeil, Coulon le juge de paix, bonhomme à figure somnolente; Heurtaux s'était coiffé d'un bonnet de police — et Alexandre Petit le nouvel instituteur, avait mis sa redingote, une pauvre redingote verte, celle des dimanches. Les pompiers, que commandait Girbal sabre au poing, formaient un seul rang; de l'autre côté brillaient les plaques blanches de quelques vieux shakos du temps de La Fayette — cinq ou six, pas plus, la garde nationale étant tombée en désuétude à Chavignolles. Des paysans et leurs femmes, des ouvriers des fabriques voisines, des gamins, se tassaient par derrière; — et Placquevent, le garde champêtre, haut de cinq pieds huit pouces, les contenait du regard, en se promenant les bras croisés.

L'allocution du curé fut comme celle des autres prêtres dans la même circonstance. Après avoir tonné contre les Rois, il glorifia la République. Ne dit-on pas la République des Lettres, la République chrétienne? Quoi de plus innocent que l'une, de plus beau que l'autre? Jésus-Christ formula notre sublime devise; l'arbre du peuple c'était l'arbre de la Croix. Pour que la Religion donne ses fruits, elle a besoin de la charité — et au nom de la charité, l'ecclésiastique conjura ses frères de ne commettre aucun désordre, de rentrer chez eux, paisiblement.

Puis, il aspergea l'arbuste, en implorant la bénédiction de Dieu. « Qu'il se développe et qu'il nous rappelle l'affranchissement de toute servitude, et cette fraternité plus bienfaisante que l'ombrage de ses rameaux! — *Amen!* »

Des voix répétèrent *Amen* — et après un battement de tambour, le clergé, poussant un *Te Deum,* reprit le chemin de l'église.

Son intervention avait produit un excellent effet. Les simples y voyaient une promesse de bonheur, les patriotes une déférence, un hommage rendu à leurs principes.

Bouvard et Pécuchet trouvaient qu'on aurait dû les remercier pour leur cadeau, y faire une allusion, tout au moins; — et ils s'en ouvrirent à Faverges et au docteur.

Qu'importaient de pareilles misères! Vaucorbeil était charmé de la Révolution, le Comte aussi. Il exécrait les d'Orléans. On ne les reverrait plus; bon voyage! Tout pour le peuple, désormais! — et suivi de Hurel, son factotum, il alla rejoindre M. le curé.

Foureau marchait la tête basse, entre le notaire et l'aubergiste, vexé par la cérémonie, ayant peur d'une émeute; — et instinctivement il se retournait vers le garde champêtre, qui déplorait avec le Capitaine, l'insuffisance de Girbal, et la mauvaise tenue de ses hommes.

Des ouvriers passèrent sur la route, en chantant la *Marseillaise.* Gorgu, au milieu d'eux, brandissait une canne; Petit les escortait, l'œil animé.

— « Je n'aime pas cela! » dit Marescot, « on vocifère, on s'exalte! »

— « Eh bon Dieu! » reprit Coulon, « il faut que jeunesse s'amuse! »

Foureau soupira. « Drôle d'amusement! et puis

la guillotine, au bout! » Il avait des visions d'échafaud, s'attendait à des horreurs.

Chavignolles reçut le contrecoup des agitations de Paris. Les bourgeois s'abonnèrent à des journaux. Le matin, on s'encombrait au bureau de la poste, et la directrice ne s'en fût pas tirée sans le Capitaine, qui l'aidait, quelquefois. Ensuite, on restait sur la Place, à causer.

La première discussion violente eut pour objet la Pologne.

Heurtaux et Bouvard demandaient qu'on la délivrât.

M. de Faverges pensait autrement.

— « De quel droit irions-nous là-bas? C'était déchaîner l'Europe contre nous. Pas d'imprudence! » Et tout le monde l'approuvant, les deux Polonais se turent.

Une autre fois, Vaucorbeil défendit les circulaires de Ledru-Rollin.

Foureau riposta par les 45 centimes.

Mais le gouvernement, dit Pécuchet, avait supprimé l'esclavage.

— « Qu'est-ce que ça me fait, l'esclavage! »

— « Eh bien, et l'abolition de la peine de mort, en matière politique? »

— « Parbleu! » reprit Foureau; « on voudrait tout abolir. Cependant qui sait? Les locataires déjà, se montrent d'une exigence! »

— « Tant mieux! » les propriétaires selon Pécuchet étaient favorisés. « Celui qui possède un immeuble... »

Foureau et Marescot l'interrompirent, criant qu'il était un communiste.

— « Moi? communiste! »

Et tous parlaient à la fois, quand Pécuchet proposa de fonder un club! Foureau eut la hardiesse de répondre que jamais on n'en verrait à Chavignolles.

Ensuite, Gorgu réclama des fusils pour la garde nationale — l'opinion l'ayant désigné comme instructeur.

Les seuls fusils qu'il y eût étaient ceux des pompiers. Girbal y tenait. Foureau ne se souciait pas d'en délivrer.

Gorgu le regarda. — « On trouve, pourtant, que je sais m'en servir » car il joignait à toutes ses industries celle du braconnage — et souvent M. le maire et l'aubergiste lui achetaient un lièvre ou un lapin.

— « Ma foi! prenez-les! » dit Foureau.

Le soir même, on commença les exercices.

C'était sur la pelouse, devant l'église. Gorgu en bourgeron bleu, une cravate autour des reins, exécutait les mouvements d'une façon automatique. Sa voix, quand il commandait, était brutale. — « Rentrez les ventres! » Et tout de suite, Bouvard s'empêchant de respirer, creusait son abdomen, tendait la croupe. — « On ne vous dit pas de faire un arc, nom de Dieu! » Pécuchet confondait les files et les rangs, demi-tour à droite, demi-tour à gauche; mais le plus lamentable était l'instituteur : débile et de taille exiguë, avec un collier de barbe blonde, il chancelait sous le poids de son fusil, dont la baïonnette incommodait ses voisins.

On portait des pantalons de toutes les couleurs, des baudriers crasseux, de vieux habits d'uniforme trop courts, laissant voir la chemise sur les flancs; — et chacun prétendait « n'avoir pas le moyen de faire autrement ». Une souscription fut ouverte pour habiller les plus pauvres. Foureau lésina, tandis que des femmes se signalèrent. M^me^ Bordin offrit cinq francs, malgré sa haine de la République.

M. de Faverges équipa douze hommes; et ne manquait pas à la manœuvre. Puis il s'installait chez l'épicier et payait des petits verres au premier venu.

Les puissants alors flagornaient la basse classe. Tout passait après les ouvriers. On briguait l'avantage de leur appartenir. Ils devenaient des nobles.

Ceux du canton, pour la plupart, étaient tisserands. D'autres travaillaient dans les manufactures d'indiennes, ou à une fabrique de papiers, nouvellement établie.

Gorgu les fascinait par son bagout, leur apprenait la savate, menait boire les intimes chez Mme Castillon.

Mais les paysans étaient plus nombreux; et les jours de marché, M. de Faverges se promenant sur la Place, s'informait de leurs besoins, tâchait de les convertir à ses idées. Ils écoutaient sans répondre, comme le père Gouy, prêt à accepter tout gouvernement, pourvu qu'on diminuât les impôts.

A force de bavarder, Gorgu se fit un nom. Peut-être qu'on le porterait à l'Assemblée.

M. de Faverges y pensait comme lui, — tout en cherchant à ne pas se compromettre. Les conservateurs balançaient entre Foureau et Marescot. Mais le notaire tenant à son étude, Foureau fut choisi — un rustre, un crétin. Le docteur s'en indigna.

Fruit sec des concours, il regrettait Paris — et c'était la conscience de sa vie manquée qui lui donnait un air morose. Une carrière plus vaste allait se développer — quelle revanche! Il rédigea une profession de foi et vint la lire à messieurs Bouvard et Pécuchet.

Ils l'en félicitèrent; leurs doctrines étaient les mêmes.

Cependant, ils écrivaient mieux, connaissaient

l'histoire, pouvaient aussi bien que lui figurer à la Chambre. Pourquoi pas ? Mais lequel devait se presenter ? Et une lutte de délicatesse s'engagea. Pecuchet préférait à lui-même, son ami. « Non ! non, ça te revient ! tu as plus de prestance ! » — « Peut-être » repondait Bouvard « mais toi plus de toupet ! » Et sans résoudre la difficulté, ils dressèrent des plans de conduite.

Ce vertige de la députation en avait gagné d'autres. Le Capitaine y rêvait sous son bonnet de police, tout en fumant sa bouffarde ; et l'instituteur aussi, dans son école, et le curé aussi entre deux prieres — tellement que parfois il se surprenait les yeux au ciel, en train de dire : « Faites, ô mon Dieu ! que je sois député ! »

Le Docteur, ayant reçu des encouragements, se rendit chez Heurtaux, et lui exposa les chances qu'il avait.

Le capitaine n'y mit pas de façons. Vaucorbeil était connu sans doute ; mais peu chéri de ses confrères, et spécialement des pharmaciens. Tous clabauderaient contre lui ; le peuple ne voulait pas d'un Monsieur ; ses meilleurs malades le quitteraient ; — et ayant pesé ces arguments, le médecin regretta sa faiblesse.

Dès qu'il fut parti, Heurtaux alla voir Placquevent. Entre vieux militaires on s'oblige ! Mais le garde champêtre, tout dévoué à Foureau, refusa net de le servir.

Le curé démontra à M. de Faverges que l'heure n'était pas venue. Il fallait donner à la République le temps de s'user.

Bouvard et Pécuchet représentèrent à Gorgu qu'il ne serait jamais assez fort pour vaincre la coalition des paysans et des bourgeois, l'emplirent d'incertitudes, lui ôtèrent toute confiance.

Petit, par orgueil, avait laissé voir son désir. Beljambe le prévint que s'il échouait, sa destitution était certaine.

Enfin, Monseigneur ordonna au curé de se tenir tranquille.

Donc, il ne restait que Foureau.

Bouvard et Pécuchet le combattirent, rappelant sa mauvaise volonté pour les fusils, son opposition au club, ses idées rétrogrades, son avarice; — et même persuadèrent à Gouy qu'il voulait rétablir l'ancien régime.

Si vague que fût cette chose-là pour le paysan, il l'exécrait d'une haine accumulée dans l'âme de ses aïeux, pendant dix siècles — et il tourna contre Foureau tous ses parents et ceux de sa femme, beaux-frères, cousins, arrière-neveux, une horde.

Gorgu, Vaucorbeil et Petit continuaient la démolition de M. le maire; et le terrain ainsi déblayé, Bouvard et Pécuchet, sans que personne s'en doutât, pouvaient réussir.

Ils tirèrent au sort pour savoir qui se présenterait. Le sort ne trancha rien — et ils allèrent consulter là-dessus, le docteur.

Il leur apprit une nouvelle. Flacardoux, rédacteur du *Calvados*, avait déclaré sa candidature. La déception des deux amis fut grande; chacun, outre la sienne, ressentait celle de l'autre. Mais la Politique les échauffait. Le jour des élections, ils surveillèrent les urnes. Flacardoux l'emporta.

M. le comte s'était rejeté sur la garde nationale, sans obtenir l'épaulette de commandant. Les Chavignollais imaginèrent de nommer Beljambe.

Cette faveur du public, bizarre et imprévue, consterna Heurtaux. Il avait négligé ses devoirs, se bornant à inspecter parfois les manœuvres, et émettre des observations. N'importe! Il trouvait monstrueux qu'on préférât un aubergiste à un ancien Capitaine de l'Empire — et il dit, après l'envahissement de la Chambre au 15 mai : « Si les grades militaires se donnent comme ça dans la capitale, je ne m'étonne plus de ce qui arrive ! »

La Réaction commençait.

On croyait aux purées d'ananas de Louis Blanc, au lit d'or de Flocon, aux orgies royales de Ledru-Rollin — et comme la province prétend connaître tout ce qui se passe à Paris, les bourgeois de Chavignolles ne doutaient pas de ces inventions, et admettaient les rumeurs les plus absurdes.

M. de Faverges, un soir, vint trouver le curé pour lui apprendre l'arrivée en Normandie du Comte de Chambord.

Joinville, d'après Foureau, se disposait avec ses marins, à vous réduire les socialistes. Heurtaux affirmait que prochainement Louis Bonaparte serait consul.

Les fabriques chômaient. Des pauvres, par bandes nombreuses, erraient dans la campagne.

Un dimanche (c'était dans les premiers jours de juin) un gendarme, tout à coup, partit vers Falaise. Les ouvriers d'Acqueville, Liffard, Pierre-Pont et Saint-Rémy marchaient sur Chavignolles.

Les auvents se fermèrent, le Conseil municipal s'assembla ; — et résolut, pour prévenir des malheurs, qu'on ne ferait aucune résistance. La gendarmerie fut même consignée, avec l'injonction de ne pas se montrer.

Bientôt on entendit comme un grondement d'orage. Puis le chant des Girondins ébranla les carreaux ; — et des hommes, bras dessus bras dessous, débouchèrent par la route de Caen, poudreux, en sueur, dépenaillés. Ils emplissaient la Place. Un grand brouhaha s'élevait.

Gorgu et deux compagnons entrèrent dans la salle. L'un était maigre et à figure chafouine avec un gilet de tricot, dont les rosettes pendaient. L'autre noir de charbon — un mécanicien sans doute — avait les cheveux en brosse, de gros sourcils, et des savates de lisière. Gorgu, comme un hussard, portait sa veste sur l'épaule.

Tous les trois restaient debout — et les Conseillers, siégeant autour de la table couverte d'un tapis bleu, les regardaient, blêmes d'angoisse.

— « Citoyens! » dit Gorgu « il nous faut de l'ouvrage! »

Le maire tremblait; la voix lui manqua.

Marescot répondit à sa place, que le Conseil aviserait immédiatement; — et les compagnons étant sortis, on discuta plusieurs idées.

La première fut de tirer du caillou.

Pour utiliser les cailloux, Girbal proposa un chemin d'Angleville à Tournebu.

Celui de Bayeux rendait absolument le même service.

On pouvait curer la mare? ce n'était pas un travail suffisant! ou bien creuser une seconde mare! mais à quelle place?

Langlois était d'avis de faire un remblai le long des Mortins, en cas d'inondation — mieux valait, selon Beljambe, défricher les bruyères. Impossible de rien conclure! — Pour calmer la foule, Coulon descendit sur le péristyle, et annonça qu'ils préparaient des ateliers de charité.

— « La charité? Merci! » s'écria Gorgu. « A bas les aristos! Nous voulons le droit au travail! »

C'était la question de l'époque. Il s'en faisait un moyen de gloire. On applaudit.

En se retournant, il coudoya Bouvard, que Pécuchet avait entraîné jusque-là — et ils engagèrent une conversation. Rien ne pressait; la mairie était cernée. Le Conseil n'échapperait pas.

— « Où trouver de l'argent? » disait Bouvard.

— « Chez les riches! D'ailleurs, le gouvernement ordonnera des travaux. »

— « Et si on n'a pas besoin de travaux? »

— « On en fera, par avance! »

— « Mais les salaires baisseront! » riposta Pécuchet. « Quand l'ouvrage vient à manquer, c'est qu'il y a trop de produits! — et vous réclamez pour qu'on les augmente! »

Gorgu se mordait la moustache. — « Cependant... avec l'organisation du travail... »

— « Alors le gouvernement sera le maître? »

Quelques-uns, autour d'eux, murmurèrent : — « Non! non! plus de maîtres! »

Gorgu s'irrita. — « N'importe! on doit fournir aux travailleurs un capital — ou bien instituer le crédit! »

— « De quelle manière? »

— « Ah! je ne sais pas! mais on doit instituer le crédit! »

— « En voilà assez » dit le mécanicien; « ils nous embêtent, ces farceurs-là! »

Et il gravit le perron, déclarant qu'il enfoncerait la porte.

Placquevent l'y reçut, le jarret droit fléchi, les poings serrés. — « Avance un peu! »

Le mécanicien recula.

Une huée de la foule parvint dans la salle; tous se levèrent, ayant envie de s'enfuir. Le secours de Falaise n'arrivait pas! On déplorait l'absence de M. le Comte. Marescot tortillait une plume. Le père Coulon gémissait. Heurtaux s'emporta pour qu'on fît donner les gendarmes.

— « Commandez-les! » dit Foureau.

— « Je n'ai pas d'ordre. »

Le bruit redoublait, cependant. La Place était couverte de monde; — et tous observaient le premier étage de la mairie, quand à la croisée du milieu, sous l'horloge, on vit paraître Pécuchet.

Il avait pris adroitement l'escalier de service; — et voulant faire comme Lamartine, il se mit à haranguer le peuple :

— « Citoyens! »

Mais sa casquette, son nez, sa redingote, tout son individu manquait de prestige.

L'homme au tricot l'interpella :

— « Est-ce que vous êtes ouvrier? »

— « Non. »

— « Patron, alors? »

— « Pas davantage! »

— « Eh bien, retirez-vous! »

— « Pourquoi? » reprit fièrement Pécuchet.

Et aussitôt, il disparut dans l'embrasure, empoigné par le mécanicien. Gorgu vint à son aide.

— « Laisse-le! c'est un brave! » Ils se colletaient.

La porte s'ouvrit, et Marescot sur le seuil, proclama la décision municipale. Hurel l'avait suggérée.

Le chemin de Tournebu aurait un embranchement sur Angleville, et qui mènerait au château de Faverges.

C'était un sacrifice que s'imposait la commune dans l'intérêt des travailleurs. Ils se dispersèrent.

En rentrant chez eux, Bouvard et Pécuchet eurent les oreilles frappées par des voix de femmes. Les servantes et Mme Bordin poussaient des exclamations, la veuve criait plus fort, — et à leur aspect :

— « Ah! c'est bien heureux! depuis trois heures que je vous attends! mon pauvre jardin! plus une seule tulipe! des cochonneries partout, sur le gazon! Pas moyen de le faire démarrer. »

— « Qui cela? »

— « Le père Gouy! »

Il était venu avec une charrette de fumier — et l'avait jetée tout à vrac au milieu de l'herbe. « Il laboure maintenant! Dépêchez-vous pour qu'il finisse! »

— « Je vous accompagne! » dit Bouvard.

Au bas des marches, en dehors, un cheval dans les brancards d'un tombereau mordait une touffe de lauriers-roses. Les roues, en frôlant les plates-bandes, avaient pilé les buis, cassé un rhododendron, abattu les dahlias — et des mottes de fumier noir, comme des taupinières, bosselaient le gazon. Gouy le bêchait avec ardeur.

Un jour, M^me^ Bordin avait dit négligemment qu'elle voulait le retourner. Il s'était mis à la besogne, et malgré sa défense continuait. C'est de cette manière qu'il entendait le droit au travail, le discours de Gorgu lui ayant tourné la cervelle.

Il ne partit que sur les menaces violentes de Bouvard.

M^me^ Bordin, comme dédommagement, ne paya pas sa main-d'œuvre et garda le fumier. Elle était judicieuse, l'épouse du médecin — et même celle du notaire, bien que d'un rang supérieur, la considéraient.

Les ateliers de charité durèrent une semaine. Aucun trouble n'advint. Gorgu avait quitté le pays.

Cependant la garde nationale était toujours sur pied; le dimanche une revue, promenades militaires, quelquefois — et chaque nuit des rondes. Elles inquiétaient le village.

On tirait les sonnettes des maisons, par facétie; on pénétrait dans les chambres où des époux ronflaient sur le même traversin; alors on disait des gaudrioles; et le mari se levant allait vous chercher des petits verres. Puis on revenait au corps de garde, jouer un cent de dominos; on y buvait du cidre, on y mangeait du fromage, et le factionnaire qui s'ennuyait à la porte l'entrebâillait à chaque minute. L'indiscipline régnait, grâce à la mollesse de Beljambe.

Quand éclatèrent les journées de Juin, tout le monde fut d'accord pour « voler au secours de Paris », mais Foureau ne pouvait quitter la mairie, Marescot son étude, le Docteur sa clientèle, Girbal ses pompiers. M. de Faverges était à Cherbourg. Beljambe s'alita. Le capitaine grommelait : « On n'a pas voulu de moi, tant pis! » et Bouvard eut la sagesse de retenir Pécuchet.

Les rondes dans la campagne furent étendues plus loin.

Des paniques survenaient, causées par l'ombre d'une meule, ou les formes des branches; une fois, tous les gardes nationaux s'enfuirent. Sous le clair de la lune, ils avaient aperçu dans un pommier, un homme avec un fusil — et qui les tenait en joue.

Une autre fois, par une nuit obscure, la patrouille faisant halte sous la hêtrée entendit quelqu'un devant elle.

— « Qui vive? »

Pas de réponse!

On laissa l'individu continuer sa route, en le suivant à distance, car il pouvait avoir un pistolet ou un casse-tête — mais quand on fut dans le village, à portée des secours, les douze hommes du peloton, tous à la fois se précipitèrent sur lui, en criant : « Vos papiers! » Ils le houspillaient, l'accablaient d'injures. Ceux du corps de garde étaient sortis. On l'y traîna ; — et à la lueur de la chandelle brûlant sur le poêle, on reconnut enfin Gorgu.

Un méchant patelot de lasting craquait à ses épaules. Ses orteils se montraient par les trous de ses bottes. Des éraflures et des contusions faisaient saigner son visage. Il était amaigri prodigieusement, et roulait des yeux, comme un loup.

Foureau, accouru bien vite, lui demanda comment il se trouvait sous la hêtrée, ce qu'il revenait faire à Chavignolles, l'emploi de son temps, depuis six semaines.

Ça ne les regardait pas. Il était libre.

Placquevent le fouilla pour découvrir des cartouches. On allait provisoirement le coffrer.

Bouvard s'interposa.

— « Inutile ! » reprit le maire « on connaît vos opinions. »

— « Cependant ?... »

— « Ah ! prenez garde, je vous en avertis ! Prenez garde. »

Bouvard n'insista plus.

Gorgu alors, se tourna vers Pécuchet : — « Et vous, patron, vous ne dites rien ? »

Pécuchet baissa la tête, comme s'il eût douté de son innocence.

Le pauvre diable eut un sourire d'amertume. — « Je vous ai défendu, pourtant ! »

Au petit jour, deux gendarmes l'emmenèrent à Falaise.

Il ne fut pas traduit devant un conseil de guerre, mais condamné par la correctionnelle à trois mois de prison, pour délit de paroles tendant au bouleversement de la société.

De Falaise, il écrivit à ses anciens maîtres de lui envoyer prochainement un certificat de bonne vie et mœurs — et leur signature devant être légalisée par le maire ou par l'adjoint, ils préférèrent demander ce petit service à Marescot.

On les introduisit dans une salle à manger, que décoraient des plats de vieille faïence. Une horloge de Boulle occupait le panneau le plus étroit. Sur la table d'acajou, sans nappe, il y avait deux serviettes, une théière, des bols. Mme Marescot traversa l'appartement dans un peignoir de cachemire bleu. C'était une Parisienne qui s'ennuyait à la campagne. Puis le notaire entra, une toque à la main, un journal de l'autre; — et tout de suite, d'un air aimable, il apposa son cachet — bien que leur protégé fût un homme dangereux.

— « Vraiment » dit Bouvard, « pour quelques paroles!... »

— « Quand la parole amène des crimes, cher monsieur, permettez! »

— « Cependant » reprit Pécuchet, « quelle démarcation établir entre les phrases innocentes et les coupables? Telle chose défendue maintenant sera par la suite applaudie. » Et il blâma la manière féroce dont on traitait les insurgés.

Marescot allégua naturellement la défense de la Société, le Salut Public, loi suprême.

— « Pardon! » dit Pécuchet, « le droit d'un seul est aussi respectable que celui de tous — et vous n'avez rien à lui objecter que la force — s'il retourne contre vous l'axiome. »

Marescot, au lieu de répondre, leva les sourcils dédaigneusement. Pourvu qu'il continuât à faire des actes, et à vivre au milieu de ses assiettes, dans son petit intérieur confortable, toutes les injustices pouvaient se présenter sans l'émouvoir. Les affaires le réclamaient. Il s'excusa.

Sa doctrine du salut public les avait indignés.

Les conservateurs parlaient maintenant comme Robespierre.

Autre sujet d'étonnement : Cavaignac baissait. La garde mobile devint suspecte. Ledru-Rollin s'était perdu, même dans l'esprit de Vaucorbeil. Les débats sur la Constitution n'intéressèrent personne; — et au 10 décembre, tous les Chavignollais votèrent pour Bonaparte.

Les six millions de voix refroidirent Pécuchet à l'encontre du peuple; — et Bouvard et lui étudièrent la question du suffrage universel.

Appartenant à tout le monde, il ne peut avoir d'intelligence. Un ambitieux le mènera toujours, les autres obéiront comme un troupeau, les électeurs n'étant pas même contraints de savoir lire; — c'est pourquoi, suivant Pécuchet, il y avait eu tant de fraudes dans l'élection présidentielle.

— « Aucune », reprit Bouvard, « je crois plutôt à la sottise du peuple. Pense à tous ceux qui achètent la Revalescière, la pommade Dupuytren, l'eau des châtelaines, etc. ! Ces nigauds forment la masse électorale, et nous subissons leur volonté. Pourquoi ne peut-on se faire avec des lapins trois mille livres de rentes ? C'est qu'une agglomération trop nombreuse est une cause de mort. — De même, par le fait seul de la foule, les germes de bêtise qu'elle contient se développent et il en résulte des effets incalculables. »

— « Ton scepticisme m'épouvante ! » dit Pécuchet.

Plus tard, au printemps, ils rencontrèrent M. de Faverges, qui leur apprit l'expédition de Rome. On n'attaquerait pas les Italiens. Mais il nous fallait des garanties. Autrement, notre influence était ruinée. Rien de plus légitime que cette intervention.

Bouvard écarquilla les yeux. — « A propos de la Pologne, vous souteniez le contraire ? »

— « Ce n'est plus la même chose ! » Maintenant, il s'agissait du Pape.

Et M. de Faverges en disant : « Nous voulons, nous ferons, nous comptons bien » représentait un groupe.

Bouvard et Pécuchet furent dégoûtés du petit nombre comme du grand. La plèbe en somme, valait l'aristocratie.

Le droit d'intervention leur semblait louche. Ils en cherchèrent les principes dans Calvo, Martens, Vattel ; — et Bouvard conclut :

— « On intervient pour remettre un prince sur le trône, pour affranchir un peuple — ou par précaution, en vue d'un danger. Dans les deux cas, c'est un attentat au droit d'autrui, un abus de la force, une violence hypocrite ! »

— « Cependant », dit Pécuchet, « les peuples comme les hommes sont solidaires. »

— « Peut-être ! » Et Bouvard se mit à rêver.

Bientôt commença l'expédition de Rome à l'intérieur.

En haine des idées subversives, l'élite des bourgeois parisiens, saccagea deux imprimeries. Le grand parti de l'ordre se formait.

Il avait pour chefs dans l'arrondissement, M. le comte, Foureau, Marescot et le curé. Tous les jours, vers quatre heures, ils se promenaient d'un bout à l'autre de la Place, et causaient des événements. L'affaire principale était la distribution des brochures. Les titres ne manquaient pas de saveur : *Dieu le voudra — les Partageux — Sortons du gâchis — Où allons-nous ?* Ce qu'il y avait de plus beau, c'était les dialogues en style villageois, avec des jurons et des fautes de français, pour élever le moral des paysans. Par une loi nouvelle, le colportage se trouvait aux mains des préfets — et on venait de fourrer Proudhon à Sainte-Pélagie — immense victoire.

Les arbres de la liberté furent abattus généralement. Chavignolles obéit à la consigne. Bouvard vit de ses yeux les morceaux de son peuplier sur une brouette. Ils servirent à chauffer les gendarmes ; — et on offrit la souche à M. le Curé — qui l'avait béni, pourtant ! quelle dérision !

L'instituteur ne cacha pas sa manière de penser. Bouvard et Pécuchet l'en félicitèrent un jour qu'ils passaient devant sa porte.

Le lendemain, il se présenta chez eux. A la fin de la semaine, ils lui rendirent sa visite.

Le jour tombait ; les gamins venaient de partir, et le maître d'école en bouts de manche, balayait la cour. Sa femme coiffée d'un madras allaitait un enfant. Une petite fille se cacha derrière sa jupe ; un mioche hideux jouait par terre, à ses pieds ; l'eau du savonnage qu'elle faisait dans la cuisine coulait au bas de la maison.

— « Vous voyez » dit l'instituteur « comme le gouvernement nous traite ! » Et tout de suite, il s'en prit à l'infâme capital. Il fallait le démocratiser, affranchir la matière !

— « Je ne demande pas mieux ! » dit Pécuchet.

Au moins, on aurait dû reconnaître le droit à l'assistance.

— « Encore un droit ! » dit Bouvard.

N'importe ! le Provisoire avait été mollasse, en n'ordonnant pas la Fraternité.

— « Tâchez donc de l'établir ! »

Comme il ne faisait plus clair, Petit commanda brutalement à sa femme de monter un flambeau dans son cabinet.

Des épingles fixaient aux murs de plâtre les portraits lithographiés des orateurs de la gauche. Un casier avec des livres dominait un bureau de sapin. On avait pour s'asseoir une chaise, un tabouret et une vieille caisse à savon; il affectait d'en rire. Mais la misère plaquait ses joues, et ses tempes étroites dénotaient un entêtement de bélier, un intraitable orgueil. Jamais il ne calerait.

— « Voilà d'ailleurs ce qui me soutient! »

C'était un amas de journaux, sur une planche — et il exposa en paroles fiévreuses les articles de sa foi : désarmement des troupes, abolition de la magistrature, égalité des salaires, niveau — moyens par lesquels on obtiendrait l'âge d'or, sous la forme de la République — avec un dictateur à la tête, un gaillard pour vous mener ça, rondement!

Puis, il atteignit une bouteille d'anisette, et trois verres, afin de porter un toast au Héros, à l'immortelle victime, au grand Maximilien!

Sur le seuil, la robe noire du curé parut.

Ayant salué vivement la compagnie, il aborda l'instituteur, et lui dit presque à voix basse :

— « Notre affaire de Saint-Joseph, où en est-elle? »

— « Ils n'ont rien donné! » reprit le maître d'école.

— « C'est de votre faute! »

— « J'ai fait ce que j'ai pu! »

— « Ah! — vraiment? »

Bouvard et Pécuchet se levèrent par discrétion. Petit les fit se rasseoir; et s'adressant au curé :
— « Est-ce tout? »

L'abbé Jeufroy hésita; — puis, avec un sourire qui tempérait sa réprimande :

— « On trouve que vous négligez un peu l'histoire sainte. »

— « Oh! l'histoire sainte! » reprit Bouvard.

— « Que lui reprochez-vous, monsieur? »

— « Moi? rien! Seulement il y a peut-être des choses plus utiles que l'anecdote de Jonas et les rois d'Israël! »

— « Libre à vous! » répliqua sèchement le prêtre — et sans souci des étrangers, ou à cause d'eux : « L'heure du catéchisme est trop courte! »

Petit leva les épaules.

— « Faites attention. Vous perdrez vos pensionnaires! »

Les dix francs par mois de ces élèves étaient le meilleur de sa place. Mais la soutane l'exaspérait.

— « Tant pis, vengez-vous! »

— « Un homme de mon caractère ne se venge pas! » dit le prêtre, sans s'émouvoir. « Seulement, — je vous rappelle que la loi du 15 mars nous attribue la surveillance de l'instruction primaire. »

— « Eh! je le sais bien! » s'écria l'instituteur. « Elle appartient même aux colonels de gendarmerie! Pourquoi pas au garde-champêtre! ce serait complet! »

Et il s'affaissa sur l'escabeau, mordant son poing, retenant sa colère, suffoqué par le sentiment de son impuissance.

L'ecclésiastique le toucha légèrement sur l'épaule.

— « Je n'ai pas voulu vous affliger, mon ami! Calmez-vous! Un peu de raison! Voilà Pâques bientôt; j'espère que vous donnerez l'exemple, — en communiant avec les autres. »

— « Ah c'est trop fort! moi! moi! me soumettre à de pareilles bêtises! »

Devant ce blasphème le curé pâlit. Ses prunelles

fulguraient. Sa mâchoire tremblait. — « Taisez-vous, malheureux! taisez-vous!

Et c'est sa femme qui soigne les linges de l'église! »

— « Eh bien? quoi? Qu'a-t-elle fait? »

— « Elle manque toujours la messe! — Comme vous, d'ailleurs! »

— « Eh! on ne renvoie pas un maître d'école, pour ça! »

— « On peut le déplacer! »

Le prêtre ne parla plus. Il était au fond de la pièce, dans l'ombre. Petit, la tête sur la poitrine, songeait.

Ils arriveraient à l'autre bout de la France, leur dernier sou mangé par le voyage; — et il retrouverait là-bas sous des noms différents, le même curé, le même recteur, le même préfet! — tous, jusqu'au ministre, étaient comme les anneaux de sa chaîne accablante! Il avait reçu déjà un avertissement, d'autres viendraient. Ensuite? — et dans une sorte d'hallucination, il se vit marchant sur une grande route, un sac au dos, ceux qu'il aimait près de lui, la main tendue vers une chaise de poste!

A ce moment-là, sa femme dans la cuisine fut prise d'une quinte de toux, le nouveau-né se mit à vagir; et le marmot pleurait.

— « Pauvres enfants! » dit le prêtre d'une voix douce.

Le père alors éclata en sanglots. — « Oui! oui! tout ce qu'on voudra! »

— « J'y compte » reprit le curé; — et ayant fait la révérence : — « Messieurs, bien le bonsoir! »

Le maître d'école restait la figure dans les mains. — Il repoussa Bouvard.

— « Non! laissez-moi! j'ai envie de crever! je suis un misérable! »

Les deux amis regagnèrent leur domicile, en se félicitant de leur indépendance. Le pouvoir du clergé les effrayait.

On l'appliquait maintenant à raffermir l'ordre social. La République allait bientôt disparaître.

Trois millions d'électeurs se trouvèrent exclus du suffrage universel. Le cautionnement des journaux fut élevé, la censure rétablie. On en voulait aux romans-feuilletons ; la philosophie classique était réputée dangereuse ; les bourgeois prêchaient le dogme des intérêts matériels — et le Peuple semblait content.

Celui des campagnes revenait à ses anciens maîtres.

M. de Faverges, qui avait des propriétés dans l'Eure, fut porté à la Législative, et sa réélection au Conseil général du Calvados était d'avance certaine.

Il jugea bon d'offrir un déjeuner aux notables du pays.

Le vestibule où trois domestiques les attendaient pour prendre leurs paletots, le billard et les deux salons en enfilade, les plantes dans les vases de la Chine, les bronzes sur les cheminées, les baguettes d'or aux lambris, les rideaux épais, les larges fauteuils, ce luxe immédiatement les flatta comme une politesse qu'on leur faisait ; — et en entrant dans la salle à manger, au spectacle de la table couverte de viandes sur les plats d'argent, avec la rangée des verres devant chaque assiette, les hors-d'œuvre çà et là, et un saumon au milieu, tous les visages s'épanouirent.

Ils étaient dix-sept, y compris deux forts cultivateurs, le sous-préfet de Bayeux, et un individu de Cherbourg. M. de Faverges pria ses hôtes d'excuser la comtesse, empêchée par une migraine ; — et après des compliments sur les poires et les raisins qui emplissaient quatre corbeilles aux angles, il fut question de la grande nouvelle : le projet d'une descente en Angleterre par Changarnier.

Heurtaux la désirait comme soldat, le curé en haine des protestants, Foureau dans l'intérêt du commerce.

— « Vous exprimez » dit Pécuchet « des sentiments du moyen âge ! »

— « Le moyen âge avait du bon ! » reprit Marescot. « Ainsi, nos cathédrales !... »

— « Cependant, monsieur, les abus !... »

— « N'importe, la Révolution ne serait pas arrivée !... »

— « Ah ! la Révolution, voilà le malheur ! » dit l'ecclésiastique, en soupirant.

— « Mais tout le monde y a contribué ! et — (excusez-moi, monsieur le comte), les nobles eux-mêmes par leur alliance avec les philosophes ! »

— « Que voulez-vous ! Louis XVIII a légalisé la spoliation ! Depuis ce temps-là, le régime parlementaire vous sape les bases !... »

Un roastbeef parut — et durant quelques minutes on n'entendit que le bruit des fourchettes et des mâchoires, avec le pas des servants sur le parquet et ces deux mots répétés : « Madère ! Sauterne ! »

La conversation fut reprise par le monsieur de Cherbourg. Comment s'arrêter sur le penchant de l'abîme ?

— « Chez les Athéniens » dit Marescot « chez les Athéniens, avec lesquels nous avons des rapports, Solon mata les démocrates, en élevant le cens électoral. »

— « Mieux vaudrait » dit Hurel « supprimer la Chambre ; tout le désordre vient de Paris. »

— « Décentralisons ! » dit le notaire.

— « Largement ! » reprit le Comte.

D'après Foureau, la commune devait être maîtresse absolue, jusqu'à interdire ses routes aux voyageurs, si elle le jugeait convenable.

Et pendant que les plats se succédaient, poule au jus, écrevisses, champignons, légumes en salade, rôtis d'alouettes, bien des sujets furent traités : le meilleur système d'impôts, les avantages de la grande culture, l'abolition de la peine de mort — le sous-préfet n'oublia pas de citer ce mot charmant d'un homme d'esprit : — « Que MM. les assassins commencent ! »

Bouvard était surpris par le contraste des choses qui l'entouraient avec celles que l'on disait — car il semble toujours que les paroles doivent correspondre aux milieux, et que les hauts plafonds soient faits pour les grandes pensées. Néanmoins, il était rouge au dessert, et entrevoyait les compotiers dans un brouillard.

On avait pris des vins de Bordeaux, de Bourgogne et de Malaga... M. de Faverges qui connaissait son monde fit déboucher du champagne. Les convives, en trinquant burent au succès de l'élection — et il était plus de trois heures, quand ils passèrent dans le fumoir, pour prendre le café.

Une caricature du *Charivari* traînait sur une console, entre des numéros de *l'Univers;* cela représentait un citoyen, dont les basques de la redingote laissaient voir une queue, se terminant par un œil. Marescot en donna l'explication. On rit beaucoup.

Ils absorbaient des liqueurs — et la cendre des cigares tombait dans les capitons des meubles. L'abbé voulant convaincre Girbal attaqua Voltaire. Coulon s'endormit. M. de Faverges déclara son dévouement pour Chambord. — « Les abeilles prouvent la monarchie. »

— « Mais les fourmilières la République! » Du reste, le médecin n'y tenait plus.

— « Vous avez raison! » dit le sous-préfet. « La forme du gouvernement importe peu! »

— « Avec la liberté! » objecta Pécuchet.

— « Un honnête homme n'en a pas besoin » répliqua Foureau. « Je ne fais pas de discours, moi! Je ne suis pas journaliste! et je vous soutiens que la France veut être gouvernée par un bras de fer! »

Tous réclamaient un Sauveur.

Et en sortant, Bouvard et Pécuchet entendirent M. de Faverges qui disait à l'abbé Jeufroy :

— « Il faut rétablir l'obéissance. L'autorité se meurt, si on la discute! Le droit divin, il n'y a que ça! »

— « Parfaitement, monsieur le comte! »

Les pâles rayons d'un soleil d'octobre s'allongeaient derrière les bois; un vent humide soufflait; — et en marchant sur les feuilles mortes, ils respiraient comme délivrés.

Tout ce qu'ils n'avaient pu dire s'échappa en exclamations :

— « Quels idiots! quelle bassesse! Comment imaginer tant d'entêtement? D'abord, que signifie le droit divin? »

L'ami de Dumouchel, ce professeur qui les avait éclairés sur l'esthétique, répondit à leur question dans une lettre savante.

« La théorie du droit divin a été formulée sous Charles II par l'Anglais Filmer.

« La voici :

« Le Créateur donna au premier homme la souveraineté du monde. Elle fut transmise à ses descendants; et la puissance du Roi émane de Dieu.

« Il est son image » écrit Bossuet. L'empire paternel accoutume à la domination d'un seul. On a fait les rois d'après le modèle des pères.

« Locke réfuta cette doctrine. Le pouvoir paternel se distingue du monarchique, tout sujet ayant le même droit sur ses enfants que le monarque sur les siens. La royauté n'existe que par le choix populaire — et même l'élection était rappelée dans la cérémonie du sacre, où deux évêques, en montrant le Roi, demandaient aux nobles et aux manants, s'ils l'acceptaient pour tel.

« Donc le Pouvoir vient du Peuple. Il a le droit « de faire tout ce qu'il veut », dit Helvétius, « de changer sa constitution », dit Vattel, « de se révolter contre l'injustice », prétendent Glafey, Hotman, Mably, etc. ! — et saint Thomas d'Aquin l'autorise à se délivrer d'un tyran. Il est même, dit Jurieu, dispensé d'avoir raison. »

Étonnés de l'axiome, ils prirent *le Contrat social* de Rousseau.

Pécuchet alla jusqu'au bout — puis fermant les yeux, et se renversant la tête, il en fit l'analyse.

— « On suppose une convention, par laquelle l'individu aliéna sa liberté. Le Peuple, en même temps, s'engageait à le défendre contre les inégalités de la Nature et le rendait propriétaire des choses qu'il détient. »

— « Où est la preuve du contrat ? »

— « Nulle part ! et la communauté n'offre pas de garantie. Les citoyens s'occuperont exclusivement de politique. Mais comme il faut des métiers, Rousseau conseille l'esclavage. Les sciences ont perdu le genre humain. Le théâtre est corrupteur, l'argent funeste ; et l'État doit imposer une religion, sous peine de mort. »

Comment, se dirent-ils, voilà le dieu de 93, le pontife de la démocratie!

Tous les réformateurs l'ont copié; — et ils se procurèrent l'*Examen du socialisme*, par Morant.

Le chapitre premier expose la doctrine saint-simonienne.

Au sommet le *Père*, à la fois pape et empereur. Abolition des héritages, tous les biens meubles et immeubles composant un fonds social, qui sera exploité hiérarchiquement. Les industriels gouverneront la fortune publique. Mais rien à craindre! on aura pour chef « celui qui aime le plus ».

Il manque une chose, la Femme. De l'arrivée de la Femme dépend le salut du monde.

— « Je ne comprends pas. »

— « Ni moi! »

Et ils abordèrent le Fouriérisme.

Tous les malheurs viennent de la contrainte. Que l'Attraction soit libre, et l'Harmonie s'établira.

Notre âme enferme douze passions principales, cinq égoïstes, quatre animiques, trois distributives. Elles tendent, les premières à l'individu, les suivantes aux groupes, les dernières aux groupes de groupes, ou séries, dont l'ensemble est la Phalange, société de dix-huit cents personnes, habitant un palais. Chaque matin, des voitures emmènent les travailleurs dans la campagne, et les ramènent le soir. On porte des étendards, on donne des fêtes, on mange des gâteaux. Toute femme, si elle y tient, possède trois hommes, le mari, l'amant et le géniteur. Pour les célibataires, le Bayadérisme est institué.

— « Ça me va! » dit Bouvard; et il se perdit dans les rêves du monde harmonien.

Par la restauration des climatures la terre deviendra plus belle, par le croisement des races la vie humaine plus longue. On dirigera les nuages comme on fait maintenant de la foudre, il pleuvra la nuit sur les villes pour les nettoyer. Des navires traverseront les mers polaires dégelées sous les aurores boréales — car tout se produit par la conjonction des deux fluides mâle et femelle, jaillissant des pôles — et les aurores boréales sont un symptôme du rut de la planète, une émission prolifique.

— « Cela me passe » dit Pécuchet.

Après Saint-Simon et Fourier, le problème se réduit à des questions de salaire.

Louis Blanc, dans l'intérêt des ouvriers veut qu'on abolisse le commerce extérieur, La Farelle qu'on impose les machines, un autre qu'on dégrève les boissons, ou qu'on refasse les jurandes, ou qu'on distribue des soupes. Proudhon imagine un tarif uniforme, et réclame pour l'État le monopole du sucre.

— « Tes socialistes » disait Bouvard, « demandent toujours la tyrannie. »

— « Mais non! »

— « Si fait! »

— « Tu es absurde! »

— « Toi, tu me révoltes! »

Ils firent venir les ouvrages dont ils ne connaissaient que les résumés. Bouvard nota plusieurs endroits, et les montrant :

— « Lis, toi-même! Ils nous proposent comme exemple, les Esséniens, les Frères Moraves, les Jésuites du Paraguay, et jusqu'au régime des prisons.

« Chez les Icariens, le déjeuner se fait en vingt minutes, les femmes accouchent à l'hôpital. Quant aux livres, défense d'en imprimer sans l'autorisation de la République. »

— « Mais Cabet est un idiot. »

— « Maintenant voilà du Saint-Simon : les publicistes soumettront leurs travaux à un comité d'industriels.

« Et du Pierre Leroux : la loi forcera les citoyens à entendre un orateur.

« Et de l'Auguste Comte : les prêtres éduqueront la jeunesse, dirigeront toutes les œuvres de l'esprit, et engageront le Pouvoir à régler la procréation. »

Ces documents affligèrent Pécuchet. Le soir, au dîner, il répliqua.

— « Qu'il y ait chez les utopistes, des choses ridicules, j'en conviens. Cependant, ils méritent notre amour. La hideur du monde les désolait, et pour le rendre plus beau, ils ont tout souffert. Rappelle-toi Morus décapité, Campanella mis sept fois à la torture, Buonarroti avec une chaîne autour du cou, Saint-Simon crevant de misère, bien d'autres. Ils auraient pu vivre tranquilles! mais non! ils ont marché dans leur voie, la tête au ciel, comme des héros. »

— « Crois-tu que le monde » reprit Bouvard, « changera grâce aux théories d'un monsieur? »

— « Qu'importe! » dit Pécuchet, « il est temps de ne plus croupir dans l'égoïsme! Cherchons le meilleur système! »

— « Alors, tu comptes le trouver? »

— « Certainement! »

— « Toi? »

Et dans le rire dont Bouvard fut pris, ses épaules et son ventre sautaient d'accord. Plus rouge que les confitures, avec sa serviette sous l'aisselle, il répétait : « Ah! ah! ah! » d'une façon irritante.

Pécuchet sortit de l'appartement, en faisant claquer la porte.

Germaine le héla par toute la maison; — et on le découvrit au fond de sa chambre dans une bergère, sans feu ni chandelle et la casquette sur les sourcils. Il n'était pas malade; mais se livrait à ses réflexions.

La brouille étant passée, ils reconnurent qu'une base manquait à leurs études : l'économie politique.

Ils s'enquirent de l'offre et de la demande, du capital et du loyer, de l'importation, de la prohibition.

Une nuit, Pécuchet fut réveillé par le craquement d'une botte dans le corridor. La veille comme d'habitude, il avait tiré lui-même tous les verrous — et il appela Bouvard qui dormait profondément.

Ils restèrent immobiles sous leurs couvertures. Le bruit ne recommença pas.

Les servantes interrogées n'avaient rien entendu.

Mais en se promenant dans leur jardin, ils remarquèrent au milieu d'une plate-bande, près de la claire-voie l'empreinte d'une semelle — et deux bâtons du treillage étaient rompus. — On l'avait escaladé, évidemment.

Il fallait prévenir le garde champêtre.

Comme il n'était pas à la mairie, Pécuchet se rendit chez l'épicier.

Que vit-il dans l'arrière-boutique, à côté de Placquevent, parmi les buveurs? Gorgu! — Gorgu nippé comme un bourgeois, — et régalant la compagnie.

Cette rencontre était insignifiante. Bientôt, ils arrivèrent à la question du Progrès.

Bouvard n'en doutait pas dans le domaine scientifique. Mais en littérature, il est moins clair — et si le bien-être augmente, la splendeur de la vie a disparu.

Pécuchet, pour le convaincre, prit un morceau de papier.

— « Je trace obliquement une ligne ondulée. Ceux qui pourraient la parcourir, toutes les fois qu'elle s'abaisse, ne verraient plus l'horizon. Elle se relève pourtant, et malgré ses détours, ils atteindront le sommet. Telle est l'image du Progrès. »

Mme Bordin entra.

C'était le 3 décembre 1851. Elle apportait le journal.

Ils lurent bien vite et côte à côte, l'Appel au peuple, la dissolution de la Chambre, l'emprisonnement des députés.

Pécuchet devint blême. Bouvard considérait la veuve.

— « Comment ? vous ne dites rien ! »

— « Que voulez-vous que j'y fasse ? » Ils oubliaient de lui offrir un siège. « Moi qui suis venue, croyant vous faire plaisir. Ah ! vous n'êtes guère aimables aujourd'hui » et elle sortit, choquée de leur impolitesse.

La surprise les avait rendus muets. Puis, ils allèrent dans le village, épandre leur indignation.

Marescot, qui les reçut au milieu des contrats, pensait différemment. Le bavardage de la Chambre était fini, grâce au ciel. On aurait désormais une politique d'affaires.

Beljambe ignorait les événements, et s'en moquait d'ailleurs.

Sous les Halles, ils arrêtèrent Vaucorbeil.

Le médecin était revenu de tout ça. — « Vous avez bien tort de vous tourmenter. »

Foureau passa près d'eux, en disant d'un air narquois : — « Enfoncés les démocrates ! » — Et le capitaine au bras de Girbal, cria de loin : « Vive l'Empereur ! »

Mais Petit devait les comprendre — et Bouvard ayant frappé au carreau, le maître d'école quitta sa classe.

Il trouvait extrêmement drôle que Thiers fût en

prison. Cela vengeait le Peuple. — « Ah! ah! messieurs les Députés, à votre tour! »

La fusillade sur les boulevards eut l'approbation de Chavignolles. Pas de grâce aux vaincus, pas de pitié pour les victimes! Dès qu'on se révolte on est un scélérat.

— « Remercions la Providence! » disait le curé — « et après elle Louis Bonaparte. Il s'entoure des hommes les plus distingués! Le comte de Faverges deviendra sénateur. »

Le lendemain, ils eurent la visite de Placquevent.

Ces messieurs avaient beaucoup parlé. Il les engageait à se taire.

— « Veux-tu savoir mon opinion? » dit Pécuchet.

« Puisque les bourgeois sont féroces, les ouvriers jaloux, les prêtres serviles — et que le Peuple enfin, accepte tous les tyrans, pourvu qu'on lui laisse le museau dans sa gamelle, Napoléon a bien fait! — qu'il le bâillonne, le foule et l'extermine! ce ne sera jamais trop, pour sa haine du droit, sa lâcheté, son ineptie, son aveuglement! »

Bouvard songeait : — « Hein, le Progrès, quelle blague! » Il ajouta : — « Et la Politique, une belle saleté! »

— « Ce n'est pas une science » reprit Pécuchet. « L'art militaire vaut mieux, on prévoit ce qui arrive. Nous devrions nous y mettre? »

— « Ah! merci! » répliqua Bouvard. « Tout me dégoûte. Vendons plutôt notre baraque — et allons au tonnerre de Dieu, chez les sauvages! »

— « Comme tu voudras! »

Mélie dans la cour, tirait de l'eau.

La pompe en bois avait un long levier. Pour le faire descendre, elle courbait les reins — et on voyait alors ses bas bleus jusqu'à la hauteur de son mollet. Puis, d'un geste rapide, elle levait son bras droit, tandis qu'elle tournait un peu la tête — et Pécuchet en la regardant, sentait quelque chose de tout nouveau, un charme, un plaisir infini.

## VII

Des jours tristes commencèrent.

Ils n'étudiaient plus dans la peur de déceptions; les habitants de Chavignolles s'écartaient d'eux; les journaux tolérés n'apprenaient rien — et leur solitude était profonde, leur désœuvrement complet.

Quelquefois, ils ouvraient un livre, et le refermaient; à quoi bon? En d'autres jours, ils avaient l'idée de nettoyer le jardin, au bout d'un quart d'heure une fatigue les prenait; ou de voir leur ferme, ils en revenaient écœurés; ou de s'occuper de leur ménage, Germaine poussait des lamentations; ils y renoncèrent.

Bouvard voulut dresser le catalogue du muséum, et déclara ces bibelots stupides. Pécuchet emprunta la canardière de Langlois pour tirer des alouettes; l'arme éclatant du premier coup faillit le tuer.

Donc ils vivaient dans cet ennui de la campagne, si lourd quand le ciel blanc écrase de sa monotonie un cœur sans espoir. On écoute le pas d'un homme en sabots qui longe le mur, ou les gouttes de la pluie tomber du toit par terre. De temps à autre, une feuille morte vient frôler la vitre, puis tournoie, s'en va. Des glas indistincts sont apportés par le vent. Au fond de l'étable, une vache mugit.

Ils bâillaient l'un devant l'autre, consultaient le calendrier, regardaient la pendule, attendaient les repas; — et l'horizon était toujours le même! des champs en face, à droite l'église, à gauche un rideau de peupliers; leurs cimes se balançaient dans la brume, perpétuellement, d'un air lamentable!

Des habitudes qu'ils avaient tolérées les faisaient souffrir. Pécuchet devenait incommode avec sa manie de poser sur la nappe son mouchoir. Bouvard ne quittait plus la pipe, et causait en se dandinant. Des contestations s'élevaient, à propos des plats ou de la qualité du beurre. Dans leur tête-à-tête ils pensaient à des choses différentes.

Un événement avait bouleversé Pécuchet.

Deux jours après l'émeute de Chavignolles, comme il promenait son déboire politique, il arriva dans un chemin, couvert par des ormes touffus; et il entendit derrière son dos une voix crier : — « Arrête! »

C'était Mme Castillon. Elle courait de l'autre côté, sans l'apercevoir. Un homme, qui marchait devant elle, se retourna. C'était Gorgu; — et ils s'abordèrent à une toise de Pécuchet, la rangée des arbres les séparant de lui.

— « Est-ce vrai? » dit-elle « tu vas te battre? »

Pécuchet se coula dans le fossé, pour entendre :

— « Eh bien! oui », répliqua Gorgu « je vais me battre! Qu'est-ce que ça te fait? »

— « Il le demande! » s'écria-t-elle, en se tordant les bras. « Mais si tu es tué, mon amour? Oh reste! » — Et ses yeux bleus, plus encore que ses paroles, le suppliaient.

— « Laisse-moi tranquille! je dois partir! »

Elle eut un ricanement de colère. — « L'autre l'a permis, hein? »

— « N'en parle pas! » Il leva son poing fermé.

— « Non! mon ami, non! je me tais, je ne dis rien. » Et de grosses larmes descendaient le long de ses joues dans les ruches de sa collerette.

Il était midi. Le soleil brillait sur la campagne, couverte de blés jaunes. Tout au loin, la bâche d'une voiture glissait lentement. Une torpeur s'étalait dans l'air — pas un cri d'oiseau, pas un bourdonnement d'insecte. Gorgu s'était coupé une badine, et en raclait l'écorce. Mme Castillon ne relevait pas la tête.

Elle songeait, la pauvre femme, à la vanité de ses sacrifices, les dettes qu'elle avait soldées, ses engagements d'avenir, sa réputation perdue. Au lieu de se plaindre elle lui rappela les premiers temps de leur amour, quand elle allait, toutes les nuits, le rejoindre dans la grange; — si bien qu'une fois son mari croyant à un voleur, avait lâché par la fenêtre un coup de pistolet. La balle était encore dans le mur. — « Du moment que je t'ai connu, tu m'as semblé beau comme un prince. J'aime tes yeux, ta voix, ta démarche, ton odeur! » Elle ajouta plus bas : — « Je suis en folie de ta personne! »

Il souriait, flatté dans son orgueil.

Elle le prit à deux mains par les flancs, — et la tête renversée, comme en adoration.

— « Mon cher cœur! mon cher amour! mon âme! ma vie! voyons! parle! que veux-tu? — est-ce de l'argent? on en trouvera. J'ai eu tort! je t'ennuyais! pardon! et commande-toi des habits chez le tailleur, bois du champagne, fais la noce! je te permets tout, — tout! » — Elle murmura dans un effort suprême : « jusqu'à elle!... pourvu que tu reviennes à moi! »

Il se pencha sur sa bouche, un bras autour de ses reins, pour l'empêcher de tomber; — et elle balbutiait : — « Cher cœur ! cher amour ! comme tu es beau ! mon Dieu, que tu es beau ! »

Pécuchet immobile, et la terre du fossé à la hauteur de son menton, les regardait, en haletant.

— « Pas de faiblesse ! » dit Gorgu. « Je n'aurais qu'à manquer la diligence ! on prépare un fameux coup de chien ; j'en suis ! — Donne-moi dix sous, pour que je paye un gloria au conducteur. »

Elle tira cinq francs de sa bourse. — « Tu me les rendras bientôt. Aie un peu de patience ! Depuis le temps qu'il est paralysé ! songe donc ! — Et si tu voulais nous irions à la chapelle de la Croix-Janval — et là, mon amour, je jurerais devant la sainte Vierge, de t'épouser, dès qu'il sera mort ! »

— « Eh ! il ne meurt jamais, ton mari ! »

Gorgu avait tourné les talons. Elle le rattrapa ; — et se cramponnant à ses épaules :

— « Laisse-moi partir avec toi ! je serai ta domestique ! Tu as besoin de quelqu'un. Mais ne t'en va pas ! ne me quitte pas ! La mort plutôt ! Tue-moi ! »

Elle se traînait à ses genoux, tâchant de saisir ses mains pour les baiser ; son bonnet tomba, son peigne ensuite, et ses cheveux courts s'éparpillèrent. Ils étaient blancs sous les oreilles — et comme elle le regardait de bas en haut, toute sanglotante, avec ses paupières rouges et ses lèvres tuméfiées, une exaspération le prit, il la repoussa.

— « Arrière la vieille ! Bonsoir ! »

Quand elle se fut relevée, elle arracha la croix d'or, qui pendait à son cou — et la jetant vers lui :

— « Tiens ! canaille ! »

Gorgu s'éloignait, — en tapant avec sa badine les feuilles des arbres.

Mme Castillon ne pleurait pas. La mâchoire ouverte et les prunelles éteintes elle resta sans faire un mouvement, — pétrifiée dans son désespoir, — n'étant plus un être, — mais une chose en ruines.

Ce qu'il venait de surprendre fut pour Pécuchet comme la découverte d'un monde — tout un monde! — qui avait des lueurs éblouissantes, des floraisons désordonnées, des océans, des tempêtes, des trésors — et des abîmes d'une profondeur infinie; — un effroi s'en dégageait; qu'importe! il rêva l'amour, ambitionnait de le sentir comme elle, de l'inspirer comme lui.

Pourtant, il exécrait Gorgu — et, au corps de garde, avait eu peine à ne pas le trahir.

L'amant de Mme Castillon l'humiliait par sa taille mince, ses accroche-cœurs égaux, sa barbe floconneuse, un air de conquérant; — tandis que sa chevelure — à lui — se collait sur son crâne comme une perruque mouillée, son torse dans sa houppelande ressemblait à un traversin, deux canines manquaient, et sa physionomie était sévère. Il trouvait le ciel injuste, se sentait comme déshérité, et son ami ne l'aimait plus. Bouvard l'abandonnait tous les soirs.

Après la mort de sa femme, rien ne l'eût empêché d'en prendre une autre — et qui maintenant le dorloterait, soignerait sa maison. Il était trop vieux pour y songer!

Mais Bouvard se considéra dans la glace. Ses pommettes gardaient leurs couleurs, ses cheveux frisaient comme autrefois; pas une dent n'avait bougé; — et à l'idée qu'il pouvait plaire, il eut un retour de jeunesse; Mme Bordin surgit dans sa mémoire. — Elle lui avait fait des avances, la première fois lors de l'incendie des meules, la seconde à leur dîner, puis dans le muséum, pendant la déclamation, et dernièrement, elle était venue sans rancune, trois dimanches de suite. Il alla donc chez elle, et y retourna, se promettant de la séduire.

Depuis le jour où Pécuchet avait observé la petite bonne tirant de l'eau il lui parlait plus souvent ; — et soit qu'elle balayât le corridor, ou qu'elle étendît du linge, ou qu'elle tournât les casseroles, il ne pouvait se rassasier du bonheur de la voir, — surpris lui-même de ses émotions, comme dans l'adolescence. Il en avait les fièvres et les langueurs, — et était persécuté par le souvenir de Mme Castillon, étreignant Gorgu.

Il questionna Bouvard sur la manière dont les libertins s'y prennent pour avoir des femmes.

— « On leur fait des cadeaux ! on les régale au restaurant. »

— « Très bien ! Mais ensuite ? »

— « Il y en a qui feignent de s'évanouir, pour qu'on les porte sur un canapé, d'autres laissent tomber par terre leur mouchoir. Les meilleures vous donnent un rendez-vous, franchement. » Et Bouvard se répandit en descriptions, qui incendièrent l'imagination de Pécuchet, comme des gravures obscènes. « La première règle, c'est de ne pas croire à ce qu'elles disent. J'en ai connu, qui sous l'apparence de Saintes, étaient de véritables Messalines ! Avant tout, il faut être hardi ! »

Mais la hardiesse ne se commande pas. Pécuchet, quotidiennement ajournait sa décision, était d'ailleurs intimidé par la présence de Germaine.

Espérant qu'elle demanderait son compte, il en exigea un surcroît de besogne, notait les fois qu'elle était grise, remarquait tout haut, sa malpropreté, sa paresse, et fit si bien qu'on la renvoya.

Alors Pécuchet fut libre !

Avec quelle impatience, il attendait la sortie de Bouvard ! Quel battement de cœur, dès que la porte était refermée !

Mélie travaillait sur un guéridon, près de la fenêtre, à la clarté d'une chandelle. De temps à autre, elle cassait son fil avec ses dents, puis clignait les yeux, pour l'ajuster dans la fente de l'aiguille.

D'abord, il voulut savoir quels hommes lui plaisaient. Étaient-ce, par exemple, ceux du genre de Bouvard ? Pas du tout ; elle préférait les maigres. Il osa lui demander si elle avait eu des amoureux ? — « Jamais ! »

Puis, se rapprochant, il contemplait son nez fin, sa bouche étroite, le tour de sa figure. Il lui adressa des compliments et l'exhortait à la sagesse.

En se penchant sur elle, il apercevait dans son corsage des formes blanches d'où émanait une tiède senteur, qui lui chauffait la joue. Un soir, il toucha des lèvres les cheveux follets de sa nuque, et il en ressentit un ébranlement jusqu'à la moelle des os. Une autre fois, il la baisa sous le menton, en se retenant de ne pas mordre sa chair, tant elle était savoureuse. Elle lui rendit son baiser. L'appartement tourna. Il n'y voyait plus.

Il lui fit cadeau d'une paire de bottines, et la régalait souvent d'un verre d'anisette.

Pour lui éviter du mal, il se levait de bonne heure, cassait le bois, allumait le feu, poussait l'attention jusqu'à nettoyer les chaussures de Bouvard.

Mélie ne s'évanouit pas, ne laissa pas tomber son mouchoir et Pécuchet ne savait à quoi se résoudre, son désir augmentant par la peur de le satisfaire.

Bouvard faisait assidûment la cour à Mme Bordin.

Elle le recevait, un peu sanglée dans sa robe de soie gorge-pigeon qui craquait comme le harnais d'un cheval, tout en maniant par contenance sa longue chaîne d'or.

Leurs dialogues roulaient sur les gens de Chavignolles, ou « défunt son mari », autrefois huissier à Livarot.

Puis, elle s'informa du passé de Bouvard, curieuse de connaître « ses farces de jeune homme », sa fortune incidemment, par quels intérêts il était lié à Pécuchet ?

Il admirait la tenue de sa maison, et quand il dînait chez elle, la netteté du service, l'excellence de la table. Une suite de plats, d'une saveur profonde, que coupait à intervalles égaux un vieux pommard, les menait jusqu'au dessert où ils étaient fort longtemps à prendre le café ; — et Mme Bordin, en dilatant les narines, trempait dans la soucoupe sa lèvre charnue, ombrée légèrement d'un duvet noir.

Un jour, elle apparut décolletée. Ses épaules fascinèrent Bouvard. Comme il était sur une petite chaise devant elle, il se mit à lui passer les deux mains le long des bras. La veuve se fâcha. Il ne recommença plus mais il se figurait des rondeurs d'une amplitude et d'une consistance merveilleuses.

Un soir, que la cuisine de Mélie l'avait dégoûté, il eut une joie en entrant dans le salon de Mme Bordin. C'est là qu'il aurait fallu vivre !

Le globe de la lampe, couvert d'un papier rose, épandait une lumière tranquille. Elle était assise auprès du feu ; et son pied passait le bord de sa robe. Dès les premiers mots, l'entretien tomba.

Cependant, elle le regardait, les cils à demi fermés, d'une manière langoureuse, avec obstination.

Bouvard n'y tint plus ! — et s'agenouillant sur le parquet, il bredouilla : — « Je vous aime ! Marions-nous ! »

M^me^ Bordin respira fortement; puis, d'un air ingénu, dit qu'il plaisantait, sans doute, on allait se moquer, ce n'était pas raisonnable. Cette déclaration l'étourdissait.

Bouvard objecta qu'ils n'avaient besoin du consentement de personne. « Qui vous arrête? est-ce le trousseau? Notre linge a une marque pareille, un *B!* nous unirons nos majuscules. »

L'argument lui plut. Mais une affaire majeure l'empêchait de se décider avant la fin du mois. Et Bouvard gémit.

Elle eut la délicatesse de le reconduire, — escortée de Marianne, qui portait un falot.

Les deux amis s'étaient caché leur passion.

Pécuchet comptait voiler toujours son intrigue avec la bonne. Si Bouvard s'y opposait il l'emmènerait vers d'autres lieux, fût-ce en Algérie, où l'existence n'est pas chère! Mais rarement il formait de ces hypothèses, plein de son amour, sans penser aux conséquences.

Bouvard projetait de faire du muséum la chambre conjugale, à moins que Pécuchet ne s'y refusât; alors il habiterait le domicile de son épouse.

Un après-midi de la semaine suivante, — c'était chez elle dans son jardin; les bourgeons commençaient à s'ouvrir; et il y avait, entre les nuées, de grands espaces bleus, — elle se baissa pour cueillir des violettes, et dit, en les présentant :

— « Saluez M^me^ Bouvard! »

— « Comment! Est-ce vrai? »

— « Parfaitement vrai. »

Il voulut la saisir dans ses bras, elle le repoussa. « Quel homme! » — puis devenue sérieuse, l'avertit que bientôt, elle lui demanderait une faveur.

— « Je vous l'accorde! »

Ils fixèrent la signature de leur contrat à jeudi prochain.

Personne jusqu'au dernier moment n'en devait rien savoir.

— « Convenu! »

Et il sortit les yeux au ciel, léger comme un chevreuil.

Pécuchet le matin du même jour s'était promis de mourir, s'il n'obtenait pas les faveurs de sa bonne — et il l'avait accompagnée dans la cave, espérant que les ténèbres lui donneraient de l'audace.

Plusieurs fois, elle avait voulu s'en aller; mais il la retenait pour compter les bouteilles, choisir des lattes, ou voir le fond des tonneaux; cela durait depuis longtemps.

Elle se trouvait en face de lui, sous la lumière du soupirail, droite, les paupières basses, le coin de la bouche un peu relevé.

— « M'aimes-tu? » dit brusquement Pécuchet.

— « Oui! je vous aime. »

— « Eh bien, alors, prouve-le-moi! »

Et l'enveloppant du bras gauche, il commença, de l'autre main, à dégrafer son corset.

— « Vous allez me faire du mal? »

— « Non! mon petit ange! N'aie pas peur! »

— « Si M. Bouvard... »

— « Je ne lui dirai rien! Sois tranquille! »

Un tas de fagots se trouvait derrière. Elle s'y laissa tomber, les seins hors de la chemise, la tête renversée; — puis se cacha la figure sous un bras — et un autre eût compris qu'elle ne manquait pas d'expérience.

Bouvard, bientôt, arriva pour dîner.

Le repas se fit en silence, chacun ayant peur de

se trahir. Mélie les servait impassible, comme d'habitude. Pécuchet tournait les yeux, pour éviter les siens, tandis que Bouvard considérant les murs, songeait à des améliorations.

Huit jours après, le jeudi, il rentra furieux.

— « La sacrée garce ! »

— « Qui donc ? »

— « Mme Bordin. »

Et il conta qu'il avait poussé la démence jusqu'à vouloir en faire sa femme. Mais tout était fini, depuis un quart d'heure, chez Marescot.

Elle avait prétendu recevoir en dot les Écalles, dont il ne pouvait disposer — l'ayant comme la ferme, soldée en partie avec l'argent d'un autre.

— « Effectivement ! » dit Pécuchet.

— « Et moi ! qui ai eu la bêtise de lui promettre une faveur, à son choix ! C'était celle-là ! j'y ai mis de l'entêtement ; si elle m'aimait, elle m'eût cédé ! » La veuve, au contraire s'était emportée en injures, avait dénigré son physique, sa bedaine. « Ma bedaine ! je te demande un peu. »

Pécuchet cependant était sorti plusieurs fois, marchait les jambes écartées.

— « Tu souffres ? » dit Bouvard.

— « Oh ! — oui ! je souffre ! »

Et ayant fermé la porte, Pécuchet après beaucoup d'hésitations, confessa qu'il venait de se découvrir une maladie secrète.

— « Toi ? »

— « Moi-même ! »

— « Ah ! mon pauvre garçon ! qui te l'a donnée ? »

Il devint encore plus rouge, et dit d'une voix encore plus basse :

— « Ce ne peut être que Mélie ! »

Bouvard en demeura stupéfait.

La première chose était de renvoyer la jeune personne.

Elle protesta d'un air candide.

Le cas de Pécuchet était grave, pourtant; mais honteux de sa turpitude, il n'osait voir le médecin.

Bouvard imagina de recourir à Barberou.

Ils lui adressèrent le détail de la maladie, pour le montrer à un docteur qui la soignerait par correspondance. Barberou y mit du zèle, persuadé qu'elle concernait Bouvard, et l'appela vieux roquentin, tout en le félicitant.

— « A mon âge! » disait Pécuchet « n'est-ce pas lugubre! Mais pourquoi m'a-t-elle fait ça! »

— « Tu lui plaisais. »

— « Elle aurait dû me prévenir. »

— « Est-ce que la passion raisonne! » Et Bouvard se plaignait de Mme Bordin.

Souvent, il l'avait surprise arrêtée devant les Écalles, dans la compagnie de Marescot, en conférence avec Germaine, — tant de manœuvres pour un peu de terre!

— « Elle est avare! Voilà l'explication! »

Ils ruminaient ainsi leur mécompte, dans la petite salle, au coin du feu, Pécuchet, tout en avalant ses remèdes, Bouvard en fumant des pipes — et ils dissertaient sur les femmes.

— Étrange besoin, est-ce un besoin? — Elles poussent au crime, à l'héroïsme, et à l'abrutissement! L'enfer sous un jupon, le paradis dans un baiser — ramage de tourterelle, ondulations de serpent, griffe de chat; — perfidie de la mer, variété de la lune — ils dirent tous les lieux communs qu'elles ont fait répandre.

C'était le désir d'en avoir qui avait suspendu leur amitié. Un remords les prit. — Plus de femmes, n'est-ce pas ? Vivons sans elles ! — Et ils s'embrassèrent avec attendrissement.

Il fallait réagir ! — et Bouvard, après la guérison de Pécuchet, estima que l'hydrothérapie leur serait avantageuse.

Germaine, revenue dès le départ de l'autre, charriait tous les matins, la baignoire dans le corridor.

Les deux bonshommes, nus comme des sauvages, se lançaient de grands seaux d'eau ; — puis ils couraient pour rejoindre leurs chambres. — On les vit par la claire-voie ; — et des personnes furent scandalisées.

# VIII

Satisfaits de leur régime, ils voulurent s'améliorer le tempérament par de la gymnastique.

Et ayant pris le manuel d'Amoros, ils en parcoururent l'atlas.

Tous ces jeunes garçons, accroupis, renversés, debout, pliant les jambes, écartant les bras, montrant le poing, soulevant des fardeaux, chevauchant des poutres, grimpant à des échelles, cabriolant sur des trapèzes, un tel déploiement de force et d'agilité excita leur envie.

Cependant, ils étaient contristés par les splendeurs du gymnase, décrites dans la préface. Car jamais ils ne pourraient se procurer un vestibule pour les équipages, un hippodrome pour les courses, un bassin pour la natation, ni une « montagne de gloire », colline artificielle, ayant trente-deux mètres de hauteur.

Un cheval de voltige en bois avec le rembourrage eût été dispendieux, ils y renoncèrent ; le tilleul abattu dans le jardin leur servit de mât horizontal ; et quand ils furent habiles à le parcourir d'un bout à l'autre, pour en avoir un vertical, ils replantèrent une poutrelle des contre-espaliers. Pécuchet gravit jusqu'en haut. Bouvard glissait, retombait toujours, finalement, y renonça.

Les « bâtons orthosomatiques » lui plurent davantage, c'est-à-dire deux manches à balai reliés par deux cordes dont la première se passe sous les aisselles, la seconde sur les poignets — et pendant des heures il gardait cet appareil, le menton levé, la poitrine en avant, les coudes le long du corps.

A défaut d'haltères, le charron leur tourna quatre morceaux de frêne qui ressemblaient à des pains de sucre, se terminant en goulot de bouteille. On doit porter ces massues à droite, à gauche, par devant, par derrière; mais trop lourdes, elles échappaient de leurs doigts, au risque de leur broyer les jambes. N'importe, ils s'acharnèrent aux « mils persanes » et même craignant qu'elles n'éclatassent, tous les soirs, ils les frottaient avec de la cire et un morceau de drap.

Ensuite, ils recherchèrent des fossés. Quand ils en avaient trouvé un à leur convenance, ils appuyaient au milieu une longue perche, s'élançaient du pied gauche, atteignaient l'autre bord, puis recommençaient. La campagne étant plate, on les apercevait au loin; — et les villageois se demandaient quelles étaient ces deux choses extraordinaires, bondissant à l'horizon.

L'automne venu, ils se mirent à la gymnastique de chambre; elle les ennuya. Que n'avaient-ils le trémoussoir ou fauteuil de poste imaginé sous Louis XIV par l'abbé de Saint-Pierre! Comment était-ce construit? où se renseigner? Dumouchel ne daigna pas même leur répondre!

Alors, ils établirent dans le fournil une bascule brachiale. Sur deux poulies vissées au plafond passait une corde, tenant une traverse à chaque bout. Sitôt qu'ils l'avaient prise, l'un poussait la terre de ses orteils, l'autre baissait les bras jusqu'au niveau du sol; le premier, par sa pesanteur, attirait le second, qui lâchant un peu la cordelette, montait à son tour; en moins de cinq minutes leurs membres dégouttelaient de sueur.

Pour suivre les prescriptions du manuel, ils tâchèrent de devenir ambidextres, jusqu'à se priver de la main droite, temporairement. Ils firent plus : Amoros indique les pièces de vers qu'il faut chanter dans les manœuvres — et Bouvard et Pécuchet, en marchant, répétaient l'hymne nº 9, « *Un roi, un roi juste est un bien sur la terre.* » Quand ils se battaient les pectoraux : « *Amis, la couronne et la gloire* », etc. Au pas de course :

*A nous l'animal timide!*
*Atteignons le cerf rapide!*
*Oui! nous vaincrons!*
*Courons! courons! courons!*

Et plus haletants que des chiens, ils s'animaient au bruit de leurs voix.

Un côté de la gymnastique les exaltait : son emploi comme moyen de sauvetage.

Mais il aurait fallu des enfants, pour apprendre à les porter dans des sacs; — et ils prièrent le maître d'école de leur en fournir quelques-uns. Petit objecta que les familles se fâcheraient. Ils se rabattirent sur les secours aux blessés. L'un feignait d'être évanoui; et l'autre le charriait dans une brouette, avec toutes sortes de précautions.

Quant aux escalades militaires, l'auteur préconise l'échelle de Bois-Rosé, ainsi nommée du capitaine qui surprit Fécamp autrefois, en montant par la falaise.

D'après la gravure du livre, ils garnirent de bâtonnets un câble, et l'attachèrent sous le hangar

Dès qu'on a enfourché le premier bâton, et saisi

le troisième, on jette ses jambes en dehors, pour que le deuxième qui était tout à l'heure contre la poitrine se trouve juste sous les cuisses. On se redresse, on empoigne le quatrième et l'on continue. — Malgré de prodigieux déhanchements, il leur fut impossible d'atteindre le deuxième échelon.

Peut-être a-t-on moins de mal en s'accrochant aux pierres avec les mains, comme firent les soldats de Bonaparte à l'attaque du Fort-Chambray? — et pour vous rendre capable d'une telle action, Amoros possède une tour dans son établissement.

Le mur en ruines pouvait la remplacer. Ils en tentèrent l'assaut.

Mais Bouvard, ayant retiré trop vite son pied d'un trou, eut peur et fut pris d'étourdissement.

Pécuchet en accusa leur méthode : ils avaient négligé ce qui concerne les phalanges — si bien qu'ils devaient se remettre aux principes.

Ses exhortations furent vaines; — et dans sa présomption, il aborda les échasses.

La nature semblait l'y avoir destiné; car il employa tout de suite le grand modèle, ayant des palettes à quatre pieds du sol; — et tranquille là-dessus, il arpentait le jardin, pareil à une gigantesque cigogne qui se fût promenée.

Bouvard à la fenêtre le vit tituber — puis s'abattre d'un bloc sur les haricots, dont les rames en se fracassant amortirent sa chute. On le ramassa couvert de terreau, les narines saignantes, livide — et il croyait s'être donné un effort.

Décidément la gymnastique ne convenait point à des hommes de leur âge; ils l'abandonnèrent, n'osaient plus se mouvoir par crainte des accidents, et restaient tout le long du jour assis dans le muséum, à rêver d'autres occupations.

Ce changement d'habitudes influa sur la santé de

Bouvard. Il devint très lourd, soufflait après ses repas comme un cachalot, voulut se faire maigrir, mangea moins, et s'affaiblit.

Pécuchet également, se sentait « miné », avait des démangeaisons à la peau et des plaques dans la gorge. « Ça ne va pas », disaient-ils, « ça ne va pas. »

Bouvard imagina d'aller choisir à l'auberge quelques bouteilles de vin d'Espagne, afin de se remonter la machine.

Comme il en sortait, le clerc de Marescot et trois hommes apportaient à Beljambe une grande table de noyer; « Monsieur » l'en remerciait beaucoup. Elle s'était parfaitement conduite.

Bouvard connut ainsi la mode nouvelle des tables tournantes. Il en plaisanta le clerc.

Cependant par toute l'Europe, en Amérique, en Australie et dans les Indes, des millions de mortels passaient leur vie à faire tourner des tables; — et on découvrait la manière de rendre les serins prophètes, de donner des concerts sans instruments, de correspondre aux moyens des escargots. La Presse offrant avec sérieux ces bourdes au public, le renforçait dans sa crédulité.

Les Esprits-frappeurs avaient débarqué au château de Faverges, de là s'étaient répandus dans le village — et le notaire principalement, les questionnait.

Choqué du scepticisme de Bouvard, il convia les deux amis à une soirée de tables tournantes.

Était-ce un piège? Mme Bordin se trouverait là. Pécuchet, seul, s'y rendit.

Il y avait, comme assistants, le maire, le percepteur, le capitaine, d'autres bourgeois et leurs épouses, Mme Vaucorbeil, Mme Bordin effectivement, de plus, une ancienne sous-maîtresse de Mme Marescot, Mlle Laverrière, personne un peu louche avec des cheveux gris tombant en spirales sur les épaules, à la façon de 1830. Dans un fauteuil se tenait un cousin de Paris, costumé d'un habit bleu et l'air impertinent.

Les deux lampes de bronze, l'étagère de curiosités, des romances à vignette sur le piano, et des aquarelles minuscules dans des cadres exorbitants faisaient toujours l'étonnement de Chavignolles. Mais ce soir-là les yeux se portaient vers la table d'acajou. On l'éprouverait tout à l'heure, et elle avait l'importance des choses qui contiennent un mystère.

Douze invités prirent place autour d'elle, les mains étendues, les petits doigts se touchant. On n'entendait que le battement de la pendule. Les visages dénotaient une attention profonde.

Au bout de dix minutes, plusieurs se plaignirent de fourmillements dans les bras. Pécuchet était incommodé.

— « Vous poussez ! » dit le capitaine à Foureau.

— « Pas du tout ! »

— « Si fait ! »

— « Ah ! monsieur ! »

Le notaire les calma.

A force de tendre l'oreille, on crut distinguer des craquements de bois. — Illusion ! — Rien ne bougeait.

L'autre jour, quand les familles Aubert et Lormeau étaient venues de Lisieux et qu'on avait emprunté exprès la table de Beljambe, tout avait si bien marché ! Mais celle-là aujourd'hui montrait un entêtement !... Pourquoi ?

Le tapis sans doute la contrariait ; — et on passa dans la salle à manger.

Le meuble choisi fut un large guéridon, où

s'installèrent Pécuchet, Girbal, Mme Marescot et son cousin M. Alfred.

Le guéridon, qui avait des roulettes, glissa vers la droite; les opérateurs sans déranger leurs doigts suivirent son mouvement, et de lui-même il fit encore deux tours. On fut stupéfait.

Alors M. Alfred articula d'une voix haute :

— « Esprit, comment trouves-tu ma cousine? »

Le guéridon en oscillant avec lenteur frappa neuf coups. D'après une pancarte, où le nombre des coups se traduisait par des lettres, cela signifiait — « charmante ». Des bravos éclatèrent.

Puis Marescot, taquinant Mme Bordin, somma l'esprit de déclarer l'âge exact qu'elle avait.

Le pied du guéridon retomba cinq fois.

— « Comment? cinq ans! » s'écria Girbal.

— « Les dizaines ne comptent pas » reprit Foureau.

La veuve sourit, intérieurement vexée.

Les réponses aux autres questions manquèrent, tant l'alphabet était compliqué. Mieux valait la Planchette, moyen expéditif et dont Mlle Laverrière s'était servie pour noter sur un album les communications directes de Louis XII, Clémence Isaure, Franklin, Jean-Jacques Rousseau, etc. Ces mécaniques se vendaient rue d'Aumale; M. Alfred en promit une, puis s'adressant à la sous-maîtresse :

— « Mais pour le quart d'heure, un peu de piano, n'est-ce pas? une mazurke! »

Deux accords plaqués vibrèrent. Il prit sa cousine à la taille, disparut avec elle, revint. On était rafraîchi par le vent de la robe qui frôlait les portes en passant. Elle se renversait la tête, il arrondissait son bras. On admirait la grâce de l'une, l'air fringant de l'autre; et sans attendre les petits fours, Pécuchet se retira, ébahi de la soirée.

Il eut beau répéter : — « Mais j'ai vu ! » Bouvard niait les faits et néanmoins consentit à expérimenter, lui-même.

Pendant quinze jours, ils passèrent leurs après-midi en face l'un de l'autre les mains sur une table, puis sur un chapeau, sur une corbeille, sur des assiettes. Tous ces objets demeurèrent immobiles.

Le phénomène des tables tournantes n'en est pas moins certain. Le vulgaire l'attribue à des Esprits, Faraday au prolongement de l'action nerveuse, Chevreul à l'inconscience des efforts, ou peut-être, comme admet Ségouin, se dégage-t-il de l'assemblage des personnes une impulsion, un courant magnétique ?

Cette hypothèse fit rêver Pécuchet. Il prit dans sa bibliothèque le *Guide du magnétiseur* par Montacabère, le relut attentivement, et initia Bouvard à la théorie.

Tous les corps animés reçoivent et communiquent l'influence des astres, propriété analogue à la vertu de l'aimant. En dirigeant cette force on peut guérir les malades, voilà le principe. La science, depuis Mesmer, s'est développée ; — mais il importe toujours de verser le fluide et de faire des passes qui, premièrement, doivent endormir.

— « Eh bien, endors-moi » dit Bouvard.

— « Impossible » répliqua Pécuchet « pour subir l'action magnétique et pour la transmettre la foi est indispensable. » Puis considérant Bouvard : — « Ah ! quel dommage ! »

— « Comment ? »

— « Oui, si tu voulais, avec un peu de pratique, il n'y aurait pas de magnétiseur comme toi ! »

Car il possédait tout ce qu'il faut : l'abord prévenant, une constitution robuste — et un moral solide.

Cette faculté qu'on venait de lui découvrir flatta Bouvard. Il se plongea sournoisement dans Montacabère.

Puis comme Germaine avait des bourdonnements d'oreilles, qui l'assourdissaient, il dit un soir d'un ton négligé : « Si on essayait du magnétisme ? » Elle ne s'y refusa pas. Il s'assit devant elle, lui prit les deux pouces dans ses mains, — et la regarda fixement, comme s'il n'eût fait autre chose de toute sa vie.

La bonne femme, une chaufferette sous les talons, commença par fléchir le cou ; ses yeux se fermèrent, et tout doucement, elle se mit à ronfler. Au bout d'une heure qu'ils la contemplaient Pécuchet dit à voix basse : « Que sentez-vous ? »

Elle se réveilla.

Plus tard sans doute la lucidité viendrait.

Ce succès les enhardit ; — et reprenant avec aplomb l'exercice de la médecine ils soignèrent Chamberlan, le bedeau, pour ses douleurs intercostales, Migraine, le maçon, affecté d'une névrose de l'estomac, la mère Varin, dont l'encéphaloïde sous la clavicule exigeait pour se nourrir des emplâtres de viande, un goutteux, le père Lemoine, qui se traînait au bord des cabarets, un phtisique, un hémiplégique, bien d'autres. Ils traitèrent aussi des coryzas et des engelures.

Après l'exploration de la maladie, ils s'interrogeaient du regard pour savoir quelles passes employer, si elles devaient être à grands ou à petits courants, ascendantes ou descendantes, longitudinales, transversales, biditiges, triditiges ou même quinditiges. Quand l'un en avait trop, l'autre le remplaçait. Puis revenus chez eux, ils notaient les observations, sur le journal du traitement.

Leurs manières onctueuses captèrent le monde.

Cependant on préférait Bouvard; et sa réputation parvint jusqu'à Falaise quand il eut guéri « la Barbée », la fille du père Barbey, un ancien capitaine au long cours.

Elle sentait comme un clou à l'occiput, parlait d'une voix rauque, restait souvent plusieurs jours sans manger, puis dévorait du plâtre ou du charbon. Ses crises nerveuses débutant par des sanglots se terminaient dans un flux de larmes; et on avait pratiqué tous les remèdes, depuis les tisanes jusqu'aux moxas — si bien que par lassitude, elle accepta les offres de Bouvard.

Quand il eut congédié la servante et poussé les verrous, il se mit à frictionner son abdomen en appuyant sur la place des ovaires — un bien-être se manifesta par des soupirs et des bâillements. Il lui posa un doigt entre les sourcils au haut du nez — tout à coup elle devint inerte. Si on levait ses bras, ils retombaient; sa tête garda les attitudes qu'il voulut — et les paupières à demi closes, en vibrant d'un mouvement spasmodique, laissaient apercevoir les globes des yeux, qui roulaient avec lenteur; ils se fixèrent dans les angles, convulsés.

Bouvard lui demanda si elle souffrait; elle répondit que non; ce qu'elle éprouvait maintenant? elle distinguait l'intérieur de son corps.

— « Qu'y voyez-vous? »

— « Un ver! »

— « Que faut-il pour le tuer? »

Son front se plissa : — « Je cherche, — je ne peux pas; je ne peux pas. »

A la deuxième séance, elle se prescrivit un bouillon d'orties, à la troisième de l'herbe au chat. Les crises s'atténuèrent, disparurent. C'était vraiment comme un miracle.

L'addigitation nasale ne réussit point avec les

autres; et pour amener le somnambulisme ils projetèrent de construire un baquet mesmérien. — Déjà même Pécuchet avait recueilli de la limaille et nettoyé une vingtaine de bouteilles, quand un scrupule l'arrêta. Parmi les malades, il viendrait des personnes du sexe. — « Et que ferons-nous s'il leur prend des accès d'érotisme furieux? »

Cela n'eût pas arrêté Bouvard; mais à cause des potins et du chantage peut-être, mieux valait s'abstenir. Ils se contentèrent d'un harmonica et le portaient avec eux dans les maisons, ce qui réjouissait les enfants.

Un jour, que Migraine était plus mal, ils y recoururent. Les sons cristallins l'exaspérèrent; mais Deleuze ordonne de ne pas s'effrayer des plaintes, la musique continua. « Assez! assez! » criait-il. — « Un peu de patience » répétait Bouvard. Pécuchet tapotait plus vite sur les lames de verre, et l'instrument vibrait, et le pauvre homme hurlait, quand le médecin parut attiré par le vacarme.

— « Comment! encore vous! » s'écria-t-il, furieux de les retrouver toujours chez ses clients. Ils expliquèrent leur moyen magnétique. Alors il tonna contre le magnétisme, un tas de jongleries, et dont les effets proviennent de l'imagination.

Cependant on magnétise des animaux. Montacabère l'affirme et M. Lafontaine est parvenu à magnétiser une lionne. Ils n'avaient pas de lionne. Le hasard leur offrit une autre bête.

Car le lendemain à six heures un valet de charrue vint leur dire qu'on les réclamait à la ferme, pour une vache désespérée.

Ils y coururent.

Les pommiers étaient en fleurs, et l'herbe dans la cour fumait sous le soleil levant. Au bord de la mare, à demi couverte d'un drap, une vache beuglait, grelottante des seaux d'eau qu'on lui jetait sur le corps; — et démesurément gonflée, elle ressemblait à un hippopotame.

Sans doute, elle avait pris du « venin » en pâturant dans les trèfles. Le père et la mère Gouy se désolaient — car le vétérinaire ne pouvait venir, et un charron qui savait des mots contre l'enflure ne voulait pas se déranger, mais ces messieurs dont la bibliothèque était célèbre devaient connaître un secret.

Ayant retroussé leurs manches, ils se placèrent, l'un devant les cornes, l'autre à la croupe — et avec de grands efforts intérieurs et une gesticulation frénétique ils écartaient les doigts, pour épandre sur l'animal des ruisseaux de fluide tandis que le fermier, son épouse, leur garçon et des voisins les regardaient presque effrayés.

Les gargouillements que l'on entendait dans le ventre de la vache provoquèrent des borborygmes au fond de leurs entrailles. Elle émit un vent. Pécuchet dit alors :

— « C'est une porte ouverte à l'espérance! un débouché, peut-être? »

Le débouché s'opéra; l'espérance jaillit dans un paquet de matières jaunes éclatant avec la force d'un obus. Les cœurs se desserrèrent, la vache dégonfla. Une heure après, il n'y paraissait plus.

Ce n'était pas l'effet de l'imagination, certainement. Donc, le fluide contient une vertu particulière. Elle se laisse enfermer dans des objets, où on ira la prendre sans qu'elle se trouve affaiblie. Un tel moyen épargne les déplacements. Ils l'adoptèrent; — et ils envoyaient à leurs pratiques, des jetons magnétisés, des mouchoirs magnétisés, de l'eau magnétisée, du pain magnétisé.

Puis continuant leurs études, ils abandonnèrent les passes pour le système de Puységur, qui remplace le magnétiseur par un vieil arbre, au tronc duquel une corde s'enroule.

Un poirier dans leur masure semblait fait tout exprès. Ils le préparèrent en l'embrassant fortement à plusieurs reprises. Un banc fut établi en dessous. Leurs habitués s'y rangeaient ; et ils obtinrent des résultats si merveilleux que pour enfoncer Vaucorbeil ils le convièrent à une séance, avec les notables du pays.

Pas un n'y manqua.

Germaine les reçut dans la petite salle, en priant « de faire excuse », ses maîtres allaient venir.

De temps à autre, on entendait un coup de sonnette. C'était les malades qu'elle introduisait ailleurs. Les invités se montraient du coude les fenêtres poussiéreuses, les taches sur les lambris, la peinture s'éraillant ; — et le jardin était lamentable ! Du bois mort partout ! — Deux bâtons, devant la brèche du mur, barraient le verger.

Pécuchet se présenta. — « A vos ordres, messieurs ! » et l'on vit au fond sous le poirier d'Édouïn, plusieurs personnes assises.

Chamberlan, sans barbe, comme un prêtre, et en soutanelle de lasting avec une calotte de cuir, s'abandonnait à des frissons occasionnés par sa douleur intercostale ; Migraine, souffrant toujours de l'estomac, grimaçait près de lui. La mère Varin, pour cacher sa tumeur portait un châle à plusieurs tours. Le père Lemoine, pieds nus dans des savates, avait ses béquilles sous les jarrets — et la Barbée en costume des dimanches était pâle, extraordinairement.

De l'autre côté de l'arbre, on trouva d'autres personnes : une femme à figure d'albinos épongeait les glandes suppurantes de son cou. Le visage d'une petite fille disparaissait à moitié sous des lunettes bleues. Un vieillard dont une contracture déformait l'échine heurtait de ses mouvements involontaires Marcel, une espèce d'idiot, couvert d'une blouse en loques et d'un pantalon rapiécé. Son bec-de-lièvre mal recousu laissait voir ses incisives — et des linges embobelinaient sa joue, tuméfiée par une énorme fluxion.

Tous tenaient à la main une ficelle descendant de l'arbre ; — et des oiseaux chantaient, l'odeur du gazon attiédi se roulait dans l'air. Le soleil passait entre les branches. On marchait sur de la mousse.

Cependant les sujets, au lieu de dormir, écarquillaient leurs paupières.

— « Jusqu'à présent, ce n'est pas drôle » dit Foureau. — « Commencez, je m'éloigne une minute. » Et il revint, en fumant dans un Abd-el-kader, reste dernier de la porte aux pipes.

Pécuchet se rappela un excellent moyen de magnétisation. Il mit dans sa bouche tous les nez des malades et aspira leur haleine pour tirer à lui l'électricité — et en même temps, Bouvard étreignait l'arbre, dans le but d'accroître le fluide.

Le maçon interrompit ses hoquets, le bedeau fut moins agité, l'homme à la contracture ne bougea plus. — On pouvait maintenant s'approcher d'eux, leur faire subir toutes les épreuves.

Le médecin, avec sa lancette, piqua sous l'oreille Chamberlan, qui tressaillit un peu. La sensibilité chez les autres fut évidente. Le goutteux poussa un cri. Quant à la Barbée, elle souriait comme dans un rêve, et un filet de sang lui coulait sous la mâchoire. Foureau, pour l'éprouver lui-même, voulut saisir la lancette, et le Docteur l'ayant refusée, il pinça la malade fortement. Le Capitaine lui chatouilla les narines avec une plume, le Percepteur allait lui enfoncer une épingle sous la peau.

— « Laissez-la donc » dit Vaucorbeil « rien d'étonnant, après tout! une hystérique! le diable y perdrait son latin! »

— « Celle-là » dit Pécuchet, en désignant Victoire la femme scrofuleuse « est un médecin! elle reconnaît les affections et indique les remèdes. »

Langlois brûlait de la consulter sur son catarrhe; il n'osa; — mais Coulon, plus brave, demanda quelque chose pour ses rhumatismes.

Pécuchet lui mit la main droite dans la main gauche de Victoire — et les cils toujours clos, les pommettes un peu rouges, les lèvres frémissantes, la somnambule, après avoir divagué, ordonna du « Valum Becum ».

Elle avait servi à Bayeux chez un apothicaire. Vaucorbeil en inféra qu'elle voulait dire de l' « album græcum » mot entrevu, peut-être, dans la pharmacie.

Puis il aborda le père Lemoine qui selon Bouvard percevait à travers les corps opaques.

C'était un ancien maître d'école tombé dans la crapule. Des cheveux blancs s'éparpillaient autour de sa figure; — et adossé contre l'arbre, les paumes ouvertes, il dormait, en plein soleil, d'une façon majestueuse.

Le médecin attacha sur ses paupières une double cravate; — et Bouvard lui présentant un journal dit impérieusement : — « Lisez. »

Il baissa le front, remua les muscles de sa face; puis se renversa la tête, et finit par épeler : « Constitu-tionnel ».

Mais avec de l'adresse on fait glisser tous les bandeaux!

Ces dénégations du médecin révoltaient Pécuchet. Il s'aventura jusqu'à prétendre que la Barbée pourrait décrire ce qui se passait actuellement dans sa propre maison.

— « Soit » répondit le docteur ; et ayant tiré sa montre : « A quoi ma femme s'occupe-t-elle ? »

La Barbée hésita longtemps — puis, d'un air maussade : — « Hein ? quoi ? Ah ! j'y suis. Elle coud des rubans à un chapeau de paille. »

Vaucorbeil arracha une feuille de son calepin, et écrivit un billet, que le clerc de Marescot s'empressa de porter.

La séance était finie. Les malades s'en allèrent.

Bouvard et Pécuchet en somme, n'avaient pas réussi. Cela tenait-il à la température, ou à l'odeur du tabac, ou au parapluie de l'abbé Jeufroy, qui avait une garniture de cuivre — métal contraire à l'émission fluidique ?

Vaucorbeil haussa les épaules.

Cependant, il ne pouvait contester la bonne foi de MM. Deleuze, Bertrand, Morin, Jules Cloquet. Or, ces maîtres affirment que des somnambules ont prédit des événements, subi, sans douleur, des opérations cruelles.

L'abbé rapporta des histoires plus étonnantes. Un missionnaire a vu des brahmanes parcourir une voûte la tête en bas, le Grand-Lama au Thibet se fend les boyaux, pour rendre des oracles.

— « Plaisantez-vous ? » dit le médecin.

— « Nullement. »

— « Allons donc ! Quelle farce ! »

Et la question se détournant chacun produisit des anecdotes.

— « Moi » dit l'épicier « j'ai eu un chien qui était toujours malade quand le mois commençait par un vendredi. »

— « Nous étions quatorze enfants » reprit le juge

de paix. « Je suis né un 14, mon mariage eut lieu un 14 — et le jour de ma fête tombe un 14! Expliquez-moi ça. »

Beljambe avait rêvé, bien des fois, le nombre de voyageurs qu'il aurait le lendemain à son auberge. Et Petit conta le souper de Cazotte.

Le curé, alors, fit cette réflexion : — « Pourquoi ne pas voir là dedans, tout simplement... »

— « Les démons, n'est-ce pas? » dit Vaucorbeil.

L'abbé, au lieu de répondre, eut un signe de tête.

Marescot parla de la Pythie de Delphes. — « Sans aucun doute, des miasmes... »

— « Ah! les miasmes, maintenant! »

— « Moi, j'admets un fluide » reprit Bouvard.

— « Nervoso-sidéral » ajouta Pécuchet.

— « Mais prouvez-le! montrez-le! votre fluide! D'ailleurs les fluides sont démodés; écoutez-moi. »

Vaucorbeil alla plus loin, se mettre à l'ombre. Les bourgeois le suivirent. « Si vous dites à un enfant : « Je suis un loup, je vais te manger », il se figure que vous êtes un loup et il a peur; c'est donc un rêve commandé par des paroles. De même le somnambule accepte les fantaisies que l'on voudra. Il se souvient et n'imagine pas, n'a que les sensations quand il croit penser. De cette manière des crimes sont suggérés et des gens vertueux, pourront se voir bêtes féroces, et devenir anthropophages. »

On regarda Bouvard et Pécuchet. Leur science avait des périls pour la société.

Le clerc de Marescot reparut dans le jardin, en brandissant une lettre de Mme Vaucorbeil.

Le Docteur la décacheta, — pâlit — et enfin lut ces mots :

— « Je couds des rubans à un chapeau de paille! »

La stupéfaction empêcha de rire.

— « Une coïncidence, parbleu! Ça ne prouve rien. » Et comme les deux magnétiseurs avaient un air de triomphe, il se retourna sous la porte pour leur dire :

— « Ne continuez plus! ce sont des amusements dangereux! »

Le curé, en emmenant son bedeau, le tança vertement.

— « Êtes-vous fou? sans ma permission! des manœuvres défendues par l'Église! »

Tout le monde venait de partir; Bouvard et Pécuchet causaient sur le vigneau avec l'instituteur quand Marcel débusqua du verger, la mentonnière défaite, et il bredouillait :

— « Guéri! guéri! Bons messieurs! »

— « Bien! assez! laisse-nous tranquilles! »

— « Ah bons messieurs! je vous aime! serviteur! »

Petit, homme de progrès, avait trouvé l'explication du médecin terre à terre, bourgeoise. La Science est un monopole aux mains des Riches. Elle exclut le Peuple. A la vieille analyse du moyen âge, il est temps que succède une synthèse large et primesautière! La Vérité doit s'obtenir par le Cœur — et se déclarant spiritiste, il indiqua plusieurs ouvrages, défectueux sans doute, mais qui étaient le signe d'une aurore.

Ils se les firent envoyer.

Le spiritisme pose en dogme l'amélioration fatale de notre espèce. La terre un jour deviendra le ciel; et c'est pourquoi cette doctrine charmait l'instituteur. Sans être catholique, elle se réclame de saint Augustin et de saint Louis. Allan-Kardec publie même des fragments dictés par eux et qui sont au niveau des opinions contemporaines. Elle est pratique, bienfaisante, et nous révèle, comme le télescope, les mondes supérieurs.

Les Esprits, après la mort et dans l'Extase, y sont transportés. Mais quelquefois ils descendent sur notre globe, où ils font craquer les meubles, se mêlent à nos divertissements, goûtent les beautés de la Nature et les plaisirs des Arts.

Cependant, plusieurs d'entre nous possèdent une trompe aromale, c'est-à-dire derrière le crâne un long tuyau qui monte depuis les cheveux jusqu'aux planètes et nous permet de converser avec les esprits de Saturne; — les choses intangibles n'en sont pas moins réelles, et de la terre aux astres, des astres à la terre, c'est un va-et-vient, une transmission, un échange continu.

Alors le cœur de Pécuchet se gonfla d'aspirations désordonnées — et quand la nuit était venue, Bouvard le surprenait à sa fenêtre contemplant ces espaces lumineux, qui sont peuplés d'esprits.

Swedenborg y a fait de grands voyages. Car en moins d'un an il a exploré Vénus, Mars, Saturne et vingt-trois fois Jupiter. De plus, il a vu à Londres Jésus-Christ, il a vu saint Paul, il a vu saint Jean, il a vu Moïse, et en 1736, il a même vu le Jugement dernier.

Aussi nous donne-t-il des descriptions du ciel.

On y trouve des fleurs, des palais, des marchés et des églises absolument comme chez nous.

Les anges, hommes autrefois, couchent leurs pensées sur des feuillets, devisent des choses du ménage, ou bien de matières spirituelles; et les emplois ecclésiastiques appartiennent à ceux, qui dans leur vie terrestre, ont cultivé l'Écriture sainte.

Quant à l'enfer, il est plein d'une odeur nauséabonde, avec des cahutes, des tas d'immondices, des personnes mal habillées.

Et Pécuchet s'abîmait l'intellect pour comprendre ce qu'il y a de beau dans ces révélations. Elles parurent à Bouvard le délire d'un imbécile. Tout cela dépasse les bornes de la Nature! Qui les connaît, cependant? Et ils se livrèrent aux réflexions suivantes.

Des bateleurs peuvent illusionner une foule; un homme ayant des passions violentes en remuera d'autres; mais comment la seule volonté agirait-elle sur de la matière inerte? Un Bavarois, dit-on, mûrit les raisins; M. Gervais a ranimé un héliotrope; un plus fort à Toulouse écarte les nuages.

Faut-il admettre une substance intermédiaire entre le monde et nous? L'od, un nouvel impondérable, une sorte d'électricité, n'est pas autre chose, peut-être? Ses émissions expliquent la lueur que les magnétisés croient voir, les feux errants des cimetières, la forme des fantômes.

Ces images ne seraient donc pas une illusion, et les dons extraordinaires des Possédés pareils à ceux des somnambules, auraient une cause physique?

Quelle qu'en soit l'origine, il y a une essence, un agent secret et universel. Si nous pouvions le tenir, on n'aurait pas besoin de la force de la durée. Ce qui demande des siècles se développerait en une minute; tout miracle serait praticable et l'univers à notre disposition.

La magie provenait de cette convoitise éternelle de l'esprit humain. On a, sans doute, exagéré sa valeur; mais elle n'est pas un mensonge. Des Orientaux qui la connaissent exécutent des prodiges; tous les voyageurs le déclarent; et au Palais-Royal M. Dupotet trouble avec son doigt, l'aiguille aimantée.

Comment devenir magicien? Cette idée leur

parut folle d'abord, mais elle revint, les tourmenta, et ils y cédèrent, tout en affectant d'en rire.

Un régime préparatoire est indispensable.

Afin de mieux s'exalter, ils vivaient la nuit, jeûnaient, et voulant faire de Germaine un médium plus délicat rationnèrent sa nourriture. Elle se dédommageait sur la boisson, et but tant d'eau-de-vie, qu'elle acheva de s'alcooliser. Leurs promenades dans le corridor la réveillaient. Elle confondait le bruit de leurs pas avec ses bourdonnements d'oreilles et les voix imaginaires qu'elle entendait sortir des murs. Un jour qu'elle avait mis le matin un carrelet dans la cave, elle eut peur en le voyant tout couvert de feu, se trouva désormais plus mal; et finit par croire qu'ils lui avaient jeté un sort.

Espérant gagner des visions, ils se comprimèrent la nuque, réciproquement, ils se firent des sachets de belladone, enfin ils adoptèrent la boîte magique; une petite boîte, d'où s'élève un champignon hérissé de clous et que l'on garde sur le cœur par le moyen d'un ruban attaché à la poitrine. Tout rata. Mais ils pouvaient employer le cercle de Dupotet.

Pécuchet avec du charbon barbouilla sur le sol une rondelle noire, « afin d'y enclore les esprits animaux que devaient aider les esprits ambiants » — et heureux de dominer Bouvard, il lui dit d'un air pontifical : « Je te défie de le franchir! »

Bouvard considéra cette place ronde. Bientôt son cœur battit, ses yeux se troublaient. « Ah! finissons! » Et il sauta par-dessus pour fuir un malaise inexprimable.

Pécuchet, dont l'exaltation allait croissant, voulut faire apparaître un mort.

Sous le Directoire, un homme rue de l'Échiquier montrait les victimes de la Terreur. Les exemples de Revenants sont innombrables. Que ce soit une apparence, qu'importe! il s'agit de la produire.

Plus le défunt nous touche de près, mieux il accourt à notre appel; mais il n'avait aucune relique de sa famille, ni bague ni miniature, pas un cheveu, tandis que Bouvard était dans les conditions à évoquer son père — et comme il témoignait de la répugnance Pécuchet lui demanda: — « Que crains-tu? »

— « Moi? Oh! rien du tout! Fais ce que tu voudras! »

Ils soudoyèrent Chamberlan qui leur fournit en cachette une vieille tête de mort. Un couturier leur tailla deux houppelandes noires, avec un capuchon comme à la robe de moine. La voiture de Falaise leur apporta un long rouleau dans une enveloppe. Puis ils se mirent à l'œuvre, l'un curieux de l'exécuter, l'autre ayant peur d'y croire.

Le muséum était tendu comme un catafalque. Trois flambeaux brûlaient au bord de la table poussée contre le mur sous le portrait du père Bouvard, que dominait la tête de mort. Ils avaient même fourré une chandelle dans l'intérieur du crâne; — et des rayons se projetaient par les deux orbites.

Au milieu, sur une chaufferette, de l'encens fumait. Bouvard se tenait derrière — et Pécuchet, lui tournant le dos, jetait dans l'âtre des poignées de soufre.

Avant d'appeler un mort, il faut le consentement des démons. Or, ce jour-là étant un vendredi — jour qui appartient à Béchet, on devait s'occuper de Béchet premièrement. Bouvard ayant salué de droite et de gauche, fléchi le menton, et levé les bras, commença.

— « Par Éthaniel, Amazin, Ischyros » il avait

oublié le reste. — Pécuchet bien vite souffla les mots, notés sur un carton.

— « Ischyros, Athanatos, Adonaï, Sadaï, Éloy, Messias » la kyrielle était longue « je te conjure, je t'obsècre, je t'ordonne, ô Béchet » puis baissant la voix : « Où es-tu Béchet? Béchet! Béchet! Béchet! »

Bouvard s'affaissa dans le fauteuil; et il était bien aise de ne pas voir Béchet — un instinct lui reprochant sa tentative comme un sacrilège. Où était l'âme de son père? Pouvait-elle l'entendre? Si tout à coup, elle allait venir?

Les rideaux se remuaient avec lenteur sous le vent qui entrait par un carreau fêlé; — et les cierges balançaient des ombres sur le crâne de mort et sur la figure peinte. Une couleur terreuse les brunissait également. De la moisissure dévorait les pommettes, les yeux n'avaient plus de lumière. Mais une flamme brillait au-dessus, dans les trous de la tête vide. Elle semblait quelquefois prendre la place de l'autre, poser sur le collet de la redingote, avoir ses favoris; — et la toile, à demi déclouée, oscillait, palpitait.

Peu à peu, ils sentirent comme l'effleurement d'une haleine, l'approche d'un être impalpable. Des gouttes de sueur mouillaient le front de Pécuchet — et voilà que Bouvard se mit à claquer des dents, une crampe lui serrait l'épigastre, le plancher comme une onde fuyait sous ses talons, le soufre qui brûlait dans la cheminée se rabattit à grosses volutes, des chauves-souris en même temps tournoyaient, un cri s'éleva; — qui était-ce?

Et ils avaient sous leurs capuchons, des figures tellement décomposées, que leur effroi en redoublait — n'osant faire un geste, ni même parler — quand derrière la porte ils entendirent des gémissements, comme ceux d'une âme en peine.

Enfin, ils se hasardèrent.

C'était leur vieille bonne — qui les espionnant par une fente de la cloison, avait cru voir le Diable; — et à genoux dans le corridor, elle multipliait les signes de croix.

Tout raisonnement fut inutile. Elle les quitta le soir même — ne voulant plus servir des gens pareils.

Germaine bavarda. Chamberlan perdit sa place; — et il se forma contre eux une sourde coalition, entretenue par l'abbé Jeufroy, Mme Bordin, et Foureau.

Leur manière de vivre — qui n'était pas celle des autres — déplaisait. Ils devinrent suspects; et même inspiraient une vague terreur.

Ce qui les ruina surtout dans l'opinion, ce fut le choix de leur domestique. A défaut d'un autre, ils avaient pris Marcel.

Son bec-de-lièvre, sa hideur et son baragouin écartaient de sa personne. Enfant abandonné, il avait grandi au hasard dans les champs et conservait de sa longue misère une faim irrassasiable. Les bêtes mortes de maladie, du lard en pourriture, un chien écrasé, tout lui convenait, pourvu que le morceau fût gros; — et il était doux comme un mouton; mais entièrement stupide.

La reconnaissance l'avait poussé à s'offrir comme serviteur chez Messieurs Bouvard et Pécuchet; — et puis, les croyant sorciers, il espérait des gains extraordinaires.

Dès les premiers jours, il leur confia un secret. Sur la bruyère de Poligny, autrefois, un homme avait trouvé un lingot d'or. L'anecdote est rapportée dans les historiens de Falaise; ils ignoraient la suite : douze frères avant de partir pour un voyage avaient caché douze lingots pareils, tout le long de la route, depuis Chavignolles jusqu'à Bretteville; — et Marcel supplia ses maîtres de commencer les recherches. Ces lingots, se dirent-ils, avaient peut-être été enfouis au moment de l'émigration.

C'était le cas d'employer la baguette divinatoire. Les vertus en sont douteuses. Ils étudièrent la question, cependant; — et apprirent qu'un certain Pierre Garnier donne pour les défendre des raisons scientifiques : les sources et les métaux projetteraient des corpuscules en affinité avec le bois.

Cela n'est guère probable. Qui sait, pourtant? Essayons!

Ils se taillèrent une fourchette de coudrier — et un matin partirent à la découverte du trésor.

— « Il faudra le rendre » dit Bouvard.

— « Ah! non! par exemple! »

Après trois heures de marche, une réflexion les arrêta : « La route de Chavignolles à Bretteville! — était-ce l'ancienne, ou la nouvelle? Ce devait être l'ancienne? »

Ils rebroussèrent chemin — et parcoururent les alentours, au hasard, le tracé de la vieille route n'étant pas facile à reconnaître.

Marcel courait de droite et de gauche, comme un épagneul en chasse; toutes les cinq minutes, Bouvard était contraint de le rappeler; Pécuchet avançait pas à pas, tenant la baguette par les deux branches, la pointe en haut. Souvent il lui semblait qu'une force, et comme un crampon, la tirait vers le sol; — et Marcel bien vite faisait une entaille aux arbres voisins pour retrouver la place plus tard.

Pécuchet cependant se ralentissait. Sa bouche s'ouvrit, ses prunelles se convulsèrent. Bouvard l'interpella, le secoua par les épaules; il ne remua pas, et demeurait inerte, absolument comme la Barbée.

Puis il conta qu'il avait senti autour du cœur une sorte de déchirement, état bizarre, provenant de la baguette, sans doute; — et il ne voulait plus y toucher.

Le lendemain, ils revinrent devant les marques faites aux arbres. Marcel avec une bêche creusait des trous; jamais la fouille n'amenait rien; — et ils étaient chaque fois extrêmement penauds. Pécuchet s'assit au bord d'un fossé; et comme il rêvait la tête levée, s'efforçant d'entendre la voix des Esprits par sa trompe aromale, se demandant même s'il en avait une, il fixa ses regards sur la visière de sa casquette; l'extase de la veille le reprit. Elle dura longtemps, devenait effrayante.

Au-dessus des avoines, dans un sentier, un chapeau de feutre parut; c'était M. Vaucorbeil trottinant sur sa jument. Bouvard et Marcel le hélèrent.

La crise allait finir quand arriva le médecin. Pour mieux examiner Pécuchet, il lui souleva sa casquette — et apercevant un front couvert de plaques cuivrées :

— « Ah! ah! *fructus belli!* — ce sont des syphilides, mon bonhomme! soignez-vous! diable! ne badinons pas avec l'amour. »

Pécuchet, honteux, remit sa casquette, une sorte de béret, bouffant sur une visière en forme de demi-lune, et dont il avait pris le modèle dans l'atlas d'Amoros.

Les paroles du Docteur le stupéfiaient. Il y songeait, les yeux en l'air — et tout à coup fut ressaisi.

Vaucorbeil l'observait, puis d'une chiquenaude, il fit tomber sa casquette.

Pécuchet recouvra ses facultés.

— « Je m'en doutais » dit le médecin « la visière

vernie vous hypnotise comme un miroir; et ce phénomène n'est pas rare chez les personnes qui considèrent un corps brillant avec trop d'attention. »

Il indiqua comment pratiquer l'expérience sur des poules, enfourcha son bidet, et disparut lentement.

Une demi-lieue plus loin, ils remarquèrent un objet pyramidal, dressé à l'horizon, dans une cour de ferme — on aurait dit une grappe de raisin noir monstrueuse, piquée de points rouges çà et là. C'était suivant l'usage normand, un long mât garni de traverses où juchaient des dindes se rengorgeant au soleil.

— « Entrons » et Pécuchet aborda le fermier qui consentit à leur demande.

Avec du blanc d'Espagne, ils tracèrent une ligne au milieu du pressoir, lièrent les pattes d'un dindon, puis l'étendirent à plat ventre, le bec posé sur la raie. La bête ferma les yeux, et bientôt sembla morte. Il en fut de même des autres. Bouvard les repassait vivement à Pécuchet, qui les rangeait de côté dès qu'elles étaient engourdies. Les gens de la ferme témoignèrent des inquiétudes. La maîtresse cria; une petite fille pleurait.

Bouvard détacha toutes les volailles. Elles se ranimaient, progressivement; mais on ne savait pas les conséquences. A une objection un peu rêche de Pécuchet le fermier empoigna sa fourche.

— « Filez, nom de Dieu! ou je vous crève la paillasse! »

Ils détalèrent.

N'importe! le problème était résolu; l'extase dépend d'une cause matérielle.

Qu'est donc la matière? Qu'est-ce que l'Esprit?

D'où vient l'influence de l'une sur l'autre, et réciproquement ?

Pour s'en rendre compte, ils firent des recherches dans Voltaire, dans Bossuet, dans Fénelon — et même ils reprirent un abonnement à un cabinet de lecture.

Les maîtres anciens étaient inaccessibles par la longueur des œuvres ou la difficulté de l'idiome; mais Jouffroy et Damiron les initièrent à la philosophie moderne; — et ils avaient des auteurs touchant celle du siècle passé.

Bouvard tirait ses arguments de La Mettrie, de Locke, d'Helvétius; Pécuchet de M. Cousin, Thomas Reid et Gérando. Le premier s'attachait à l'expérience, l'idéal était tout pour le second. Il y avait de l'Aristote dans celui-ci, du Platon dans celui-là — et ils discutaient.

— « L'âme est immatérielle » disait l'un.

— « Nullement ! » disait l'autre; « la folie, le chloroforme, une saignée la bouleversent et puisqu'elle ne pense pas toujours, elle n'est point une substance ne faisant que penser. »

— « Cependant » objecta Pécuchet « j'ai, en moi-même, quelque chose de supérieur à mon corps, et qui parfois le contredit. »

— « Un être dans l'être ? l'*homo duplex !* allons donc ! Des tendances différentes révèlent des motifs opposés. Voilà tout. »

— « Mais ce quelque chose, cette âme, demeure identique sous les changements du dehors. Donc, elle est simple, indivisible et partant spirituelle ! »

— « Si l'âme était simple » répliqua Bouvard, « le nouveau-né se rappellerait, imaginerait comme l'adulte ! La Pensée, au contraire, suit le développement du cerveau. Quant à être indivisible, le parfum d'une rose, ou l'appétit d'un loup, pas plus qu'une volition ou une affirmation ne se coupent en deux. »

— « Ça n'y fait rien! » dit Pécuchet; « l'âme est exempte des qualités de la matière! »

— « Admets-tu la pesanteur? » reprit Bouvard. « Or si la matière peut tomber, elle peut de même penser. Ayant eu un commencement, notre âme doit finir, et dépendante des organes, disparaître avec eux. »

— « Moi, je la prétends immortelle! Dieu ne peut vouloir... »

— « Mais si Dieu n'existe pas? »

— « Comment? » Et Pécuchet débita les trois preuves cartésiennes; « primo, Dieu est compris dans l'idée que nous en avons; secundo, l'existence lui est possible; tertio, être fini, comment aurais-je une idée de l'infini? — et puisque nous avons cette idée, elle nous vient de Dieu, donc Dieu existe! »

Il passa au témoignage de la conscience, à la tradition des peuples, au besoin d'un créateur. « Quand je vois une horloge... »

— « Oui! oui! connu! mais où est le père de l'horloger? »

— « Il faut une cause, pourtant! »

Bouvard doutait des causes. — « De ce qu'un phénomène succède à un phénomène on conclut qu'il en dérive. Prouvez-le! »

— « Mais le spectacle de l'univers dénote une intention, un plan! »

— « Pourquoi? Le mal est organisé aussi parfaitement que le Bien. Le ver qui pousse dans la tête du mouton et le fait mourir équivaut comme anatomie au mouton lui-même. Les monstruosités surpassent les fonctions normales. Le corps humain pouvait être mieux bâti. Les trois quarts du globe sont stériles. La Lune, ce lampadaire, ne se montre pas toujours ! Crois-tu l'Océan destiné aux navires, et le bois des arbres au chauffage de nos maisons ? »

Pécuchet répondit :

— « Cependant, l'estomac est fait pour digérer, la jambe pour marcher, l'œil pour voir, bien qu'on ait des dyspepsies, des fractures et des cataractes. Pas d'arrangement sans but ! Les effets surviennent actuellement, ou plus tard. Tout dépend de lois. Donc, il y a des causes finales. »

Bouvard imagina que Spinosa peut-être, lui fournirait des arguments, et il écrivit à Dumouchel, pour avoir la traduction de Saisset.

Dumouchel lui envoya un exemplaire, appartenant à son ami le professeur Varlot, exilé au Deux décembre.

*L'Éthique* les effraya avec ses axiomes, ses corollaires. Ils lurent seulement les endroits marqués d'un coup de crayon, et comprirent ceci :

La substance est ce qui est de soi, par soi, sans cause, sans origine. Cette substance est Dieu.

Il est seul l'Étendue — et l'Étendue n'a pas de bornes. Avec quoi la borner ?

Mais bien qu'elle soit infinie, elle n'est pas l'infini absolu ; car elle ne contient qu'un genre de perfection ; et l'Absolu les contient tous.

Souvent ils s'arrêtaient, pour mieux réfléchir. Pécuchet absorbait des prises de tabac et Bouvard était rouge d'attention.

— « Est-ce que cela t'amuse ? »

— « Oui ! sans doute ! va toujours ! »

Dieu se développe en une infinité d'attributs, qui expriment chacun à sa manière, l'infinité de son être. Nous n'en connaissons que deux : l'Étendue et la Pensée.

De la Pensée et de l'Étendue, découlent des

modes innombrables, lesquels en contiennent d'autres.

Celui qui embrasserait, à la fois, toute l'Étendue et toute la Pensée n'y verrait aucune contingence, rien d'accidentel — mais une suite géométrique de termes, liés entre eux par des lois nécessaires.

— « Ah! ce serait beau! » dit Pécuchet.

Donc, il n'y a pas de liberté chez l'homme, ni chez Dieu.

— « Tu l'entends! » s'écria Bouvard.

Si Dieu avait une volonté, un but, s'il agissait pour une cause, c'est qu'il aurait un besoin, c'est qu'il manquerait d'une perfection. Il ne serait pas Dieu.

Ainsi notre monde n'est qu'un point dans l'ensemble des choses — et l'univers impénétrable à notre connaissance, une portion d'une infinité d'univers émettant près du nôtre des modifications infinies. L'Étendue enveloppe notre univers, mais est enveloppée par Dieu, qui contient dans sa pensée tous les univers possibles, et sa pensée elle-même est enveloppée dans sa substance.

Il leur semblait être en ballon, la nuit, par un froid glacial, emportés d'une course sans fin, vers un abîme sans fond, — et sans rien autour d'eux que l'insaisissable, l'immobile, l'Éternel. C'était trop fort. Ils y renoncèrent.

Et désirant quelque chose de moins rude, ils achetèrent le *Cours de philosophie, à l'usage des classes*, par Monsieur Guesnier.

L'auteur se demande quelle sera la bonne méthode, l'ontologique ou la psychologique?

La première convenait à l'enfance des sociétés, quand l'homme portait son attention vers le monde extérieur. Mais à présent qu'il la replie sur lui-même « nous croyons la seconde plus scientifique » et Bouvard et Pécuchet se décidèrent pour elle.

Le but de la psychologie est d'étudier les faits qui se passent « au sein du moi »; on les découvre en observant.

— « Observons! » Et pendant quinze jours, après le déjeuner habituellement, ils cherchaient dans leur conscience, au hasard — espérant y faire de grandes découvertes, et n'en firent aucune — ce qui les étonna beaucoup.

Un phénomène occupe le *moi,* à savoir l'idée. De quelle nature est-elle? On a supposé que les objets se mirent dans le cerveau; et le cerveau envoie ces images à notre esprit, qui nous en donne la connaissance.

Mais si l'idée est spirituelle, comment représenter la matière? De là scepticisme quant aux perceptions externes. Si elle est matérielle, les objets spirituels ne seraient pas représentés? De là scepticisme en fait de notions internes. « D'ailleurs qu'on y prenne garde! cette hypothèse nous mènerait à l'athéisme! » car une image étant une chose finie, il lui est impossible de représenter l'infini.

— « Cependant » objecta Bouvard « quand je songe à une forêt, à une personne, à un chien, je vois cette forêt, cette personne, ce chien. Donc les idées les représentent. »

Et ils abordèrent l'origine des idées.

D'après Locke, il y en a deux, la sensation, la réflexion — Condillac réduit tout à la sensation.

Mais alors, la réflexion manquera de base. Elle a besoin d'un sujet, d'un être sentant; et elle est impuissante à nous fournir les grandes vérités fondamentales : Dieu, le mérite et le démérite, le juste, le beau, etc., notions qu'on nomme *innées,* c'est-à-dire antérieures à l'Expérience et universelles.

— « Si elles étaient universelles, nous les aurions dès notre naissance. »

— « On veut dire, par ce mot, des dispositions à les avoir, et Descartes... »

— « Ton Descartes patauge! car il soutient que le fœtus les possède et il avoue dans un autre endroit que c'est d'une façon implicite. »

Pécuchet fut étonné.

— « Où cela se trouve-t-il? »

— « Dans Gérando! » Et Bouvard lui donna une claque sur le ventre.

— Finis donc! » dit Pécuchet. Puis venant à Condillac : « Nos pensées ne sont pas des métamorphoses de la sensation! Elle les occasionne, les met en jeu. Pour les mettre en jeu, il faut un moteur. Car la matière de soi-même ne peut produire le mouvement; — et j'ai trouvé cela dans ton Voltaire! » ajouta Pécuchet, en lui faisant une salutation profonde.

Ils rabâchaient ainsi les mêmes arguments, — chacun méprisant l'opinion de l'autre, sans le convaincre de la sienne.

Mais la Philosophie les grandissait dans leur estime. Ils se rappelaient avec pitié leurs préoccupations d'agriculture, de Littérature, de Politique.

A présent le muséum les dégoûtait. Ils n'auraient pas mieux demandé que d'en vendre les bibelots; — et ils passèrent au chapitre deuxième : des facultés de l'âme.

On en compte trois, pas davantage! Celle de sentir, celle de connaître, celle de vouloir.

Dans la faculté de sentir distinguons la sensibilité physique de la sensibilité morale.

Les sensations physiques se classent naturellement en cinq espèces, étant amenées par les organes des sens.

Les faits de la sensibilité morale, au contraire, ne doivent rien au corps. — « Qu'y a-t-il de commun entre le plaisir d'Archimède trouvant les lois de la pesanteur et la volupté immonde d'Apicius dévorant une hure de sanglier ! »

Cette sensibilité morale a quatre genres ; — et son deuxième genre « désirs moraux » se divise en cinq espèces, et les phénomènes du quatrième genre « affections » se subdivisent en deux autres espèces, parmi lesquelles l'amour de soi « penchant légitime, sans doute, mais qui devenu exagéré prend le nom d'égoïsme ».

Dans la faculté de connaître, se trouve l'aperception rationnelle, où l'on trouve deux mouvements principaux et quatre degrés.

L'Abstraction peut offrir des écueils aux intelligences bizarres.

La mémoire fait correspondre avec le passé comme la prévoyance avec l'avenir.

L'imagination est plutôt une faculté particulière, *sui generis*.

Tant d'embarras pour démontrer des platitudes, le ton pédantesque de l'auteur, la monotonie des tournures « Nous sommes prêts à le reconnaître — Loin de nous la pensée — Interrogeons notre conscience » l'éloge sempiternel de Dugalt-Stewart, enfin tout ce verbiage, les écœura tellement, que sautant par dessus la faculté de vouloir, ils entrèrent dans la Logique.

Elle leur apprit ce qu'est l'Analyse, la Synthèse, l'Induction, la Déduction et les causes principales de nos erreurs.

Presque toutes viennent du mauvais emploi des mots.

— « Le soleil se couche, le temps se rembrunit, l'hiver approche » locutions vicieuses et qui feraient croire à des entités personnelles quand il ne s'agit que d'événements bien simples! — « Je me souviens de tel objet, de tel axiome, de telle vérité » illusion! ce sont les idées, et pas du tout les choses, qui restent dans le moi, et la rigueur du langage exige « Je me souviens de tel acte de mon esprit par lequel j'ai perçu cet objet, par lequel j'ai déduit cet axiome, par lequel j'ai admis cette vérité. »

Comme le terme qui désigne un accident ne l'embrasse pas dans tous ses modes, ils tâchèrent de n'employer que des mots abstraits — si bien qu'au lieu de dire : « Faisons un tour, — il est temps de dîner, — j'ai la colique » ils émettaient ces phrases : « Une promenade serait salutaire, — voici l'heure d'absorber des aliments, — j'éprouve un besoin d'exonération. »

Une fois maîtres de l'instrument logique, ils passèrent en revue les différents critériums, d'abord celui du sens commun.

Si l'individu ne peut rien savoir, pourquoi tous les individus en sauraient-ils davantage? Une erreur, fût-elle vieille de cent mille ans, par cela même qu'elle est vieille ne constitue pas la vérité. La Foule invariablement suit la routine; c'est, au contraire, le petit nombre qui mène le Progrès.

Vaut-il mieux se fier au témoignage des sens? Ils trompent parfois, et ne renseignent jamais que sur l'apparence. Le fond leur échappe.

La Raison offre plus de garanties, étant immuable et impersonnelle — mais pour se manifester, il lui faut s'incarner. Alors, la Raison devient ma raison. Une règle importe peu, si elle est fausse. Rien ne prouve que celle-là soit juste.

On recommande de la contrôler avec les sens;

mais ils peuvent épaissir leurs ténèbres. D'une sensation confuse, une loi défectueuse sera induite, et qui plus tard empêchera la vue nette des choses.

Reste la morale. C'est faire descendre Dieu au niveau de l'utile, comme si nos besoins étaient la mesure de l'Absolu!

Quant à l'Évidence, niée par l'un, affirmée par l'autre, elle est à elle-même son critérium. M. Cousin l'a démontré.

— « Je ne vois plus que la Révélation » dit Bouvard. « Mais pour y croire il faut admettre deux connaissances préalables, celle du corps qui a senti, celle de l'intelligence qui a perçu, admettre le Sens et la Raison, témoignages humains, et par conséquent suspects. »

Pécuchet réfléchit, se croisa les bras. — « Mais nous allons tomber dans l'abîme effrayant du scepticisme. »

Il n'effrayait, selon Bouvard, que les pauvres cervelles.

— « Merci du compliment! » répliqua Pécuchet. « Cependant il y a des faits indiscutables. On peut atteindre la vérité dans une certaine limite. »

— « Laquelle? Deux et deux font-ils quatre toujours? Le contenu est-il, en quelque sorte, moindre que le contenant? Que veut dire un à-peu-près du vrai, une fraction de Dieu, la partie d'une chose indivisible? »

— « Ah! tu n'es qu'un sophiste! » Et Pécuchet, vexé, bouda pendant trois jours.

Ils les employèrent à parcourir les tables de plusieurs volumes. Bouvard souriait de temps à autre — et renouant la conversation :

— « C'est qu'il est difficile de ne pas douter! Ainsi, pour Dieu, les preuves de Descartes, de Kant et de Leibniz ne sont pas les mêmes, et mutuellement se ruinent. La création du monde par les atomes, ou par un esprit, demeure inconcevable.

Je me sens à la fois matière et pensée tout en ignorant ce qu'est l'une et l'autre. L'impénétrabilité, la solidité, la pesanteur me paraissent des mystères aussi bien que mon âme — à plus forte raison l'union de l'âme et du corps.

Pour en rendre compte, Leibniz a imaginé son harmonie, Malebranche la prémotion, Cudworth un médiateur, et Bonnet y voit un miracle perpétuel « qui est une bêtise, un miracle perpétuel ne serait plus un miracle ».

— « Effectivement ! » dit Pécuchet.

Et tous deux s'avouèrent qu'ils étaient las des philosophes. Tant de systèmes vous embrouille. La métaphysique ne sert à rien. On peut vivre sans elle.

D'ailleurs leur gêne pécuniaire augmentait. Ils devaient trois barriques de vin à Beljambe, douze kilogrammes de sucre à Langlois, cent vingt francs au tailleur, soixante au cordonnier. La dépense allait toujours ; et maître Gouy ne payait pas.

Ils se rendirent chez Marescot, pour qu'il leur trouvât de l'argent, soit par la vente des Écalles, ou par une hypothèque sur leur ferme, ou en aliénant leur maison, qui serait payée en rentes viagères et dont ils garderaient l'usufruit — moyen impraticable, dit Marescot, mais une affaire meilleure se combinait et ils seraient prévenus.

Ensuite, ils pensèrent à leur pauvre jardin. Bouvard entreprit l'émondage de la charmille. Pécuchet la taille de l'espalier — Marcel devait fouir les plates-bandes.

Au bout d'un quart d'heure, ils s'arrêtaient, l'un fermait sa serpette, l'autre déposait ses ciseaux, et ils commençaient doucement à se promener, —

Bouvard à l'ombre des tilleuls, sans gilet, la poitrine en avant, les bras nus, Pécuchet tout le long du mur, la tête basse, les mains dans le dos, la visière de sa casquette tournée sur le cou par précaution; et ils marchaient ainsi parallèlement, sans même voir Marcel, qui se reposant au bord de la cahute mangeait une chiffe de pain.

Dans cette méditation, des pensées avaient surgi; ils s'abordaient, craignant de les perdre; et la métaphysique revenait.

Elle revenait à propos de la pluie ou du soleil, d'un gravier dans leur soulier, d'une fleur sur le gazon, à propos de tout.

En regardant brûler la chandelle, ils se demandaient si la lumière est dans l'objet ou dans notre œil. Puisque des étoiles peuvent avoir disparu quand leur éclat nous arrive, nous admirons, peut-être, des choses qui n'existent pas.

Ayant retrouvé au fond d'un gilet une cigarette Raspail, ils l'émiettèrent sur de l'eau et le camphre tourna.

Voilà donc le mouvement dans la matière! un degré supérieur du mouvement amènerait la vie.

Mais si la matière en mouvement suffisait à créer les êtres, ils ne seraient pas si variés. Car il n'existait à l'origine, ni terres, ni eaux, ni hommes, ni plantes. Qu'est donc cette matière primordiale, qu'on n'a jamais vue, qui n'est rien des choses du monde, et qui les a toutes produites?

Quelquefois ils avaient besoin d'un livre. Dumouchel, fatigué de les servir, ne leur répondait plus, et ils s'acharnaient à la question, principalement Pécuchet.

Son besoin de vérité devenait une soif ardente.

Ému des discours de Bouvard, il lâchait le spiritualisme, le reprenait bientôt pour le quitter, et s'écriait la tête dans les mains : « Oh! le doute! le doute! j'aimerais mieux le néant! »

Bouvard apercevait l'insuffisance du matérialisme, et tâchait de s'y retenir, déclarant, du reste, qu'il en perdait la boule.

Ils commençaient des raisonnements sur une base solide. Elle croulait; — et tout à coup plus d'idée, — comme une mouche s'envole, dès qu'on veut la saisir.

Pendant les soirs d'hiver, ils causaient dans le muséum, au coin du feu, en regardant les charbons. Le vent qui sifflait dans le corridor faisait trembler les carreaux, les masses noires des arbres se balançaient, et la tristesse de la nuit augmentait le sérieux de leurs pensées.

Bouvard, de temps à autre, allait jusqu'au bout de l'appartement, puis revenait. Les flambeaux et les bassines contre les murs posaient sur le sol des ombres obliques; et le saint Pierre, vu de profil, étalait au plafond, la silhouette de son nez, pareille à un monstrueux cor de chasse.

On avait peine à circuler entre les objets, et souvent Bouvard, n'y prenant garde, se cognait à la statue. Avec ses gros yeux, sa lippe tombante et son air d'ivrogne, elle gênait aussi Pécuchet. Depuis longtemps, ils voulaient s'en défaire; mais par négligence, remettaient cela, de jour en jour.

Un soir au milieu d'une dispute sur la monade, Bouvard se frappa l'orteil au pouce de saint Pierre — et tournant contre lui son irritation :

— « Il m'embête, ce coco-là, flanquons-le dehors! »

C'était difficile par l'escalier. Ils ouvrirent la fenêtre, et l'inclinèrent sur le bord doucement. Pécuchet à genoux tâcha de soulever ses talons, pendant que Bouvard pesait sur ses épaules. Le bonhomme de pierre ne branlait pas; ils durent recourir à la hallebarde, comme levier — et arrivèrent enfin à l'étendre tout droit. Alors, ayant basculé, il piqua dans le vide, la tiare en avant — un bruit mat retentit; — et le lendemain, ils le trouvèrent cassé en douze morceaux, dans l'ancien trou aux composts.

Une heure après, le notaire entra, leur apportant une bonne nouvelle. Une personne de la localité avancerait mille écus, moyennant une hypothèque sur leur ferme; et comme ils se réjouissaient : « Pardon! elle y met une clause! c'est que vous lui vendrez les Écalles pour quinze cents francs. Le prêt sera soldé aujourd'hui même. L'argent est chez moi dans mon étude. »

Ils avaient envie de céder l'un et l'autre. Bouvard finit par répondre : — « Mon Dieu... soit! »

— « Convenu! » dit Marescot; et il leur apprit le nom de la personne, qui était M^me^ Bordin.

— « Je m'en doutais! » s'écria Pécuchet.

Bouvard, humilié, se tut.

Elle ou un autre, qu'importait! le principal étant de sortir d'embarras.

L'argent touché (celui des Écalles le serait plus tard) ils payèrent immédiatement toutes les notes, et regagnaient leur domicile, quand au détour des Halles, le père Gouy les arrêta.

Il allait chez eux, pour leur faire part d'un malheur. Le vent, la nuit dernière, avait jeté bas vingt pommiers dans les cours, abattu la bouillerie, enlevé le toit de la grange. Ils passèrent le reste de l'après-midi à constater les dégâts, et le lendemain, avec le charpentier, le maçon, et le couvreur. Les réparations monteraient à dix-huit cents francs, pour le moins.

Puis le soir, Gouy se présenta. Marianne, elle-même, lui avait conté tout à l'heure la vente des Écalles. Une pièce d'un rendement magnifique, à sa convenance, qui n'avait presque pas besoin de culture, le meilleur morceau de toute la ferme! — et il demandait une diminution.

Ces messieurs la refusèrent. On soumit le cas au juge de paix, et il conclut pour le fermier. La perte des Écalles, l'acre estimé deux mille francs, lui faisait un tort annuel de soixante-dix francs, — et devant les tribunaux il gagnerait certainement.

Leur fortune se trouvait diminuée. Que faire? Comment vivre bientôt?

Ils se mirent tous les deux à table, pleins de découragement. Marcel n'entendait rien à la cuisine; son dîner cette fois dépassa les autres. La soupe ressemblait à de l'eau de vaisselle, le lapin sentait mauvais, les haricots étaient incuits, les assiettes crasseuses, et au dessert, Bouvard éclata, menaçant de lui casser tout sur la tête.

— « Soyons philosophes » dit Pécuchet; « un peu moins d'argent, les intrigues d'une femme, la maladresse d'un domestique, qu'est-ce que tout cela? Tu es trop plongé dans la matière! »

— « Mais quand elle me gêne », dit Bouvard.

— « Moi, je ne l'admets pas! » repartit Pécuchet.

Il avait lu dernièrement une analyse de Berkeley, et ajouta : « Je nie l'étendue, le temps, l'espace, voire la substance! car la vraie substance c'est l'esprit percevant les qualités. »

— « Parfait » dit Bouvard « mais le monde supprimé, les preuves manqueront pour l'existence de Dieu. »

Pécuchet se récria, et longuement, bien qu'il eût un rhume de cerveau, causé par l'iodure de potassium; — et une fièvre permanente contribuait à son exaltation. Bouvard, s'en inquiétant, fit venir le medecin.

Vaucorbeil ordonna du sirop d'orange avec l'iodure, et pour plus tard des bains de cinabre.

— « A quoi bon? » reprit Pécuchet. « Un jour ou l'autre, la forme s'en ira. L'essence ne périt pas! »

— « Sans doute » dit le médecin « la matière est indestructible! Cependant... »

— « Mais non! mais non! L'indestructible, c'est l'être. Ce corps qui est là devant moi, le vôtre, docteur, m'empêche de connaître votre personne, n'est pour ainsi dire qu'un vêtement, ou plutôt un masque. »

Vaucorbeil le crut fou. — « Bonsoir! Soignez votre masque! »

Pécuchet n'enraya pas. Il se procura une introduction à la philosophie hégélienne, et voulut l'expliquer à Bouvard.

— « Tout ce qui est rationnel est réel. Il n'y a même de réel que l'idée. Les lois de l'Esprit sont les lois de l'univers; la raison de l'homme est identique à celle de Dieu. »

Bouvard feignait de comprendre.

— « Donc, l'Absolu c'est à la fois le sujet et l'objet, l'unité où viennent se rejoindre toutes les différences. Ainsi les contradictoires sont résolus. L'ombre permet la lumière, le froid mêlé au chaud produit la température, l'organisme ne se maintient que par la destruction de l'organisme; partout un principe qui divise, un principe qui enchaîne. »

Ils étaient sur le vigneau; et le curé passa le long de la claire-voie, son bréviaire à la main.

Pécuchet le pria d'entrer, pour finir devant lui l'exposition d'Hegel et voir un peu ce qu'il en dirait.

L'homme à la soutane s'assit près d'eux; — et Pécuchet aborda le christianisme.

— « Aucune religion n'a établi aussi bien cette vérité : « La Nature n'est qu'un moment de l'idée! »

— « Un moment de l'idée? » murmura le prêtre, stupéfait.

— « Mais oui! Dieu, en prenant une enveloppe visible, a montré son union consubstantielle avec elle. »

— « Avec la Nature? oh! oh! »

— « Par son décès, il a rendu témoignage à l'essence de la mort; donc, la mort était en lui, faisait, fait partie de Dieu. »

L'ecclésiastique se renfrogna. « Pas de blasphèmes! c'était pour le salut du genre humain qu'il a enduré les souffrances... »

— « Erreur! On considère la mort dans l'individu, où elle est un mal sans doute, mais relativement aux choses, c'est différent. Ne séparez pas l'esprit de la matière! »

— « Cependant, monsieur, avant la création... »

— « Il n'y a pas eu de création. Elle a toujours existé. Autrement ce serait un être nouveau s'ajoutant à la pensée divine; ce qui est absurde. »

Le prêtre se leva; des affaires l'appelaient ailleurs.

« Je me flatte de l'avoir crossé! » dit Pécuchet. « Encore un mot! Puisque l'existence du monde n'est qu'un passage continuel de la vie à la mort, et de la mort à la vie, loin que tout soit, rien n'est. Mais tout devient; comprends-tu? »

— « Oui! je comprends, ou plutôt non! » L'idéalisme à la fin exaspérait Bouvard. « Je n'en veux plus! le fameux *cogito* m'embête. On prend les idées des choses pour les choses elles-mêmes. On explique ce qu'on entend fort peu, au moyen de mots qu'on n'entend pas du tout! Substance, étendue, force, matière et âme, autant d'abstractions, d'imaginations. Quant à Dieu, impossible de savoir comment il est, ni même s'il est! Autrefois, il causait le vent, la foudre, les révolutions. A présent, il diminue. D'ailleurs, je n'en vois pas l'utilité. »

— « Et la morale, dans tout cela? »

— « Ah! tant pis! »

« Elle manque de base, effectivement » se dit Pécuchet.

Et il demeura silencieux, acculé dans une impasse, conséquence des prémisses qu'il avait lui-même posées. Ce fut une surprise, un écrasement.

Bouvard ne croyait même plus à la matière.

La certitude que rien n'existe (si déplorable qu'elle soit) n'en est pas moins une certitude. Peu de gens sont capables de l'avoir. Cette transcendance leur inspira de l'orgueil; et ils auraient voulu l'étaler. Une occasion s'offrit.

Un matin, en allant acheter du tabac, ils virent un attroupement devant la porte de Langlois. On entourait la gondole de Falaise, et il était question de Touache, un galérien qui vagabondait dans le pays. Le conducteur l'avait rencontré à la Croix-Verte entre deux gendarmes et les Chavignollais exhalèrent un soupir de délivrance.

Girbal et le capitaine restèrent sur la Place; puis, arriva le juge de paix curieux d'avoir des renseignements, et M. Marescot en toque de velours et pantoufles de basane.

Langlois les invita à honorer sa boutique de leur présence. Ils seraient là plus à leur aise; et malgré les chalands, et le bruit de la sonnette, ces messieurs continuèrent à discuter les forfaits de Touache.

— « Mon Dieu » dit Bouvard « il avait de mauvais instincts, voilà tout! »

— « On en triomphe par la vertu » répliqua le notaire.

— « Mais si on n'a pas de vertu? » Et Bouvard nia positivement le libre arbitre.

— « Cependant » dit le capitaine « je peux faire ce que je veux! je suis libre, par exemple... de remuer la jambe. »

— « Non! monsieur, car vous avez un motif pour la remuer! »

Le capitaine chercha une réponse, n'en trouva pas — mais Girbal décocha ce trait :

— « Un républicain qui parle contre la liberté! c'est drôle! »

— « Histoire de rire! » dit Langlois.

Bouvard l'interpella :

— « D'où vient que vous ne donnez pas votre fortune aux pauvres? »

L'épicier, d'un regard inquiet, parcourut toute sa boutique.

— « Tiens! pas si bête! je la garde pour moi! »

— « Si vous étiez saint Vincent de Paul, vous agiriez différemment, puisque vous auriez son caractère. Vous obéissez au vôtre. Donc vous n'êtes pas libre! »

— « C'est une chicane » répondit en chœur l'assemblée.

Bouvard ne broncha pas; — et désignant la balance sur le comptoir :

— « Elle se tiendra inerte, tant qu'un des plateaux sera vide. De même, la volonté; — et l'oscillation de la balance entre deux poids qui semblent égaux, figure le travail de notre esprit, quand il délibère sur les motifs, jusqu'au moment où le plus fort l'emporte, le détermine. »

— « Tout cela » dit Girbal « ne fait rien pour Touache, et ne l'empêche pas d'être un gaillard joliment vicieux. »

Pécuchet prit la parole :

— « Les vices sont des propriétés de la Nature, comme les inondations, les tempêtes. »

Le notaire l'arrêta; et se haussant à chaque mot sur la pointe des orteils :

— « Je trouve votre système d'une immoralité complète. Il donne carrière à tous les débordements, excuse les crimes, innocente les coupables. »

— « Parfaitement » dit Bouvard. « Le malheureux qui suit ses appétits est dans son droit, comme l'honnête homme qui écoute la Raison. »

— « Ne défendez pas les monstres! »

— « Pourquoi monstres? Quand il naît un aveugle, un idiot, un homicide, cela nous paraît du désordre, comme si l'ordre nous était connu, comme si la nature agissait pour une fin! »

— « Alors vous contestez la Providence? »

— « Oui! je la conteste! »

— « Voyez plutôt l'Histoire! » s'écria Pécuchet « rappelez-vous les assassinats de rois, les massacres de peuples, les dissensions dans les familles, le chagrin des particuliers. »

— « Et en même temps » ajouta Bouvard, car ils s'excitaient l'un l'autre « cette Providence soigne les petits oiseaux, et fait repousser les pattes des écrevisses. Ah! si vous entendez par Providence, une loi qui règle tout, je veux bien, et encore! »

— « Cependant, monsieur » dit le notaire « il y a des principes! »

— « Qu'est-ce que vous me chantez! Une science, d'après Condillac, est d'autant meilleure qu'elle n'en a pas besoin! Ils ne font que résumer des connaissances acquises, et nous reportent vers ces notions, qui précisément sont discutables. »

— « Avez-vous comme nous » poursuivit Pécuchet, « scruté, fouillé les arcanes de la métaphysique? »

— « Il est vrai, messieurs, il est vrai! »

Et la société se dispersa.

Mais Coulon les tirant à l'écart, leur dit d'un ton paterne, qu'il n'était pas dévot certainement et même il détestait les jésuites. Cependant il n'allait pas si loin qu'eux! Oh non! bien sûr; — et au coin de la place, ils passèrent devant le capitaine, qui rallumait sa pipe en grommelant : « Je fais pourtant ce que je veux, nom de Dieu! »

Bouvard et Pécuchet proférèrent en d'autres occasions leurs abominables paradoxes. Ils mettaient en doute, la probité des hommes, la chasteté des femmes, l'intelligence du gouvernement, le bon sens du peuple, enfin sapaient les bases.

Foureau s'en émut, et les menaça de la prison, s'ils continuaient de tels discours.

L'évidence de leur supériorité blessait. Comme ils soutenaient des thèses immorales, ils devaient être immoraux; des calomnies furent inventées.

Alors une faculté pitoyable se développa dans leur esprit, celle de voir la bêtise et de ne plus la tolérer.

Des choses insignifiantes les attristaient : les réclames des journaux, le profil d'un bourgeois, une sotte réflexion entendue par hasard.

En songeant à ce qu'on disait dans leur village, et qu'il y avait jusqu'aux antipodes d'autres Coulon, d'autres Marescot, d'autres Foureau, ils sentaient peser sur eux comme la lourdeur de toute la terre.

Ils ne sortaient plus, ne recevaient personne.

Un après-midi, un dialogue s'éleva dans la cour,

entre Marcel et un monsieur ayant un chapeau à larges bords avec des conserves noires. C'était l'académicien Larsonneur. Il ne fut pas sans observer un rideau entrouvert, des portes qu'on fermait. Sa démarche était une tentative de raccommodement et il s'en alla furieux, chargeant le domestique de dire à ses maîtres qu'il les regardait comme des goujats.

Bouvard et Pécuchet ne s'en soucièrent. Le monde diminuait d'importance — ils l'apercevaient comme dans un nuage, descendu de leur cerveau sur leurs prunelles.

N'est-ce pas, d'ailleurs, une illusion, un mauvais rêve? Peut-être, qu'en somme, les prospérités et les malheurs s'équilibrent? Mais le bien de l'espèce ne console pas l'individu. — « Et que m'importent les autres! » disait Pécuchet.

Son désespoir affligeait Bouvard. C'était lui qui l'avait poussé jusque-là; et le délabrement de leur domicile avivait leur chagrin par des irritations quotidiennes.

Pour se remonter, ils se faisaient des raisonnements, se prescrivaient des travaux, et retombaient vite dans une paresse plus forte, dans un découragement profond.

A la fin des repas, ils restaient les coudes sur la table, à gémir d'un air lugubre — Marcel en écarquillait les yeux, puis retournait dans sa cuisine où il s'empiffrait solitairement.

Au milieu de l'été, ils reçurent un billet de faire-part annonçant le mariage de Dumouchel avec Mme veuve Olympe-Zulma Poulet.

Que Dieu le bénisse! et ils se rappelèrent le temps où ils étaient heureux. Pourquoi ne suivaient-ils plus les moissonneurs? Où étaient les jours qu'ils entraient dans les fermes cherchant partout des antiquités? Rien maintenant n'occasionnerait ces heures si douces qu'emplissaient la distillerie ou la Littérature. Un abîme les en séparait. Quelque chose d'irrévocable était venu.

Ils voulurent faire comme autrefois une promenade dans les champs, allèrent très loin, se perdirent. — De petits nuages moutonnaient dans le ciel, le vent balançait les clochettes des avoines, le long d'un pré un ruisseau murmurait, quand tout à coup une odeur infecte les arrêta; et ils virent sur des cailloux, entre des joncs, la charogne d'un chien.

Les quatre membres étaient desséchés. Le rictus de la gueule découvrait sous des babines bleuâtres des crocs d'ivoire; à la place du ventre, c'était un amas de couleur terreuse, et qui semblait palpiter tant grouillait dessus la vermine. Elle s'agitait, frappée par le soleil, sous le bourdonnement des mouches, dans cette intolérable odeur, une odeur féroce et comme dévorante.

Cependant Bouvard plissait le front; et des larmes mouillèrent ses yeux. — Pécuchet dit stoïquement : « Nous serons un jour comme ça! »

L'idée de la mort les avait saisis. Ils en causèrent, en revenant.

Après tout, elle n'existe pas. On s'en va dans la rosée, dans la brise, dans les étoiles. On devient quelque chose de la sève des arbres, de l'éclat des pierres fines, du plumage des oiseaux. On redonne à la Nature ce qu'elle vous a prêté et le Néant qui est devant nous n'a rien de plus affreux que le néant qui se trouve derrière.

Ils tâchaient de l'imaginer sous la forme d'une nuit intense, d'un trou sans fond, d'un évanouissement continu. N'importe quoi valait mieux que cette existence monotone, absurde, et sans espoir.

Ils récapitulèrent leurs besoins inassouvis. Bouvard avait toujours désiré des chevaux, des équipages, les grands crus de Bourgogne, et de belles femmes complaisantes dans une habitation splendide. L'ambition de Pécuchet était le savoir philosophique. Or, le plus vaste des problèmes, celui qui contient les autres, peut se résoudre en une minute. Quand donc arriverait-elle?

— « Autant tout de suite, en finir. »

— « Comme tu voudras » dit Bouvard.

Et ils examinèrent la question du suicide.

Où est le mal de rejeter un fardeau qui vous écrase? et de commettre une action ne nuisant à personne? Si elle offensait Dieu, aurions-nous ce pouvoir? Ce n'est pas une lâcheté, bien qu'on dise; — et l'insolence est belle, de bafouer même à son détriment, ce que les hommes estiment le plus.

Ils délibérèrent sur le genre de mort.

Le poison fait souffrir. Pour s'égorger, il faut trop de courage. Avec l'asphyxie, on se rate souvent.

Enfin, Pécuchet monta dans le grenier deux câbles de la gymnastique. Puis, les ayant liés à la même traverse du toit, laissa pendre un nœud coulant et avança dessous deux chaises, pour atteindre aux cordes.

Ce moyen fut résolu.

Ils se demandaient quelle impression cela causerait dans l'arrondissement, où iraient ensuite leur bibliothèque, leurs paperasses, leurs collections. La pensée de la mort les faisait s'attendrir sur eux-mêmes. Cependant, ils ne lâchaient point leur projet, et à force d'en parler, s'y accoutumèrent.

Le soir du 25 décembre, entre dix et onze heures, ils réfléchissaient dans le muséum, habillés différemment. Bouvard portait une blouse sur son gilet de tricot — et Pécuchet, depuis trois mois, ne quittait plus la robe de moine, par économie.

Comme ils avaient grand faim (car Marcel sorti dès l'aube n'avait pas reparu) Bouvard crut hygiénique de boire un carafon d'eau-de-vie et Pécuchet de prendre du thé.

En soulevant la bouilloire, il répandit de l'eau sur le parquet.

— « Maladroit ! » s'écria Bouvard.

Puis trouvant l'infusion médiocre, il voulut la renforcer par deux cuillerées de plus.

— « Ce sera exécrable » dit Pécuchet.

— « Pas du tout ! »

Et chacun tirant à soi la boîte, le plateau tomba ; une des tasses fut brisée, la dernière du beau service en porcelaine.

Bouvard pâlit. — « Continue ! saccage ! ne te gêne pas ! »

— « Grand malheur, vraiment ! »

— « Oui ! un malheur ! Je la tenais de mon père ! »

— « Naturel » ajouta Pécuchet, en ricanant.

— « Ah ! tu m'insultes ! »

— « Non, mais je te fatigue ! avoue-le ! »

Et Pécuchet fut pris de colère, ou plutôt de démence. Bouvard aussi. Ils criaient à la fois tous les deux, l'un irrité par la faim, l'autre par l'alcool. La gorge de Pécuchet n'émettait plus qu'un râle.

— « C'est infernal, une vie pareille ; j'aime mieux la mort. Adieu. »

Il prit le flambeau, tourna les talons, claqua la porte.

Bouvard, au milieu des ténèbres, eut peine à l'ouvrir, courut derrière lui, arriva dans le grenier.

La chandelle était par terre — et Pécuchet

debout sur une des chaises avec le câble dans sa main.

L'esprit d'imitation emporta Bouvard : — « Attends-moi ! » Et il montait sur l'autre chaise quand s'arrêtant tout à coup :

— « Mais... nous n'avons pas fait notre testament ? »

— « Tiens ! c'est juste ! »

Des sanglots gonflaient leur poitrine. Ils se mirent à la lucarne pour respirer.

L'air était froid ; et des astres nombreux brillaient dans le ciel, noir comme de l'encre. La blancheur de la neige, qui couvrait la terre, se perdait dans les brumes de l'horizon.

Ils aperçurent de petites lumières à ras du sol ; et grandissant, se rapprochant, toutes allaient du côté de l'église.

Une curiosité les y poussa.

C'était la messe de minuit. Ces lumières provenaient des lanternes des bergers. Quelques-uns, sous le porche, secouaient leurs manteaux.

Le serpent ronflait, l'encens fumait. Des verres, suspendus, dans la longueur de la nef, dessinaient trois couronnes de feux multicolores — et au bout de la perspective des deux côtés du tabernacle, les cierges géants dressaient des flammes rouges. Par dessus les têtes de la foule et les capelines des femmes, au delà des chantres, on distinguait le prêtre dans sa chasuble d'or ; à sa voix aiguë répondaient les voix fortes des hommes emplissant le jubé, et la voûte de bois tremblait, sur ses arceaux de pierre. Des images représentant le chemin de la croix décoraient les murs. Au milieu du chœur, devant l'autel, un agneau était couché, les pattes sous le ventre, les oreilles toutes droites.

La tiède température, leur procura un singulier

bien-être ; et leurs pensées, orageuses tout à l'heure, se faisaient douces, comme des vagues qui s'apaisent.

Ils écoutèrent l'Évangile et le *Credo*, observaient les mouvements du prêtre. Cependant les vieux, les jeunes, les pauvresses en guenille, les fermières en haut bonnet, les robustes gars à blonds favoris, tous priaient, absorbés dans la même joie profonde ; — et voyaient sur la paille d'une étable, rayonner comme un soleil, le corps de l'enfant-Dieu. Cette foi des autres touchait Bouvard en dépit de sa raison, et Pécuchet malgré la dureté de son cœur.

Il y eut un silence ; tous les dos se courbèrent — et au tintement d'une clochette, le petit agneau bêla.

L'hostie fut montrée par le prêtre, au bout de ses deux bras, le plus haut possible. Alors éclata un chant d'allégresse, qui conviait le monde aux pieds du Roi des Anges. Bouvard et Pécuchet involontairement s'y mêlèrent ; et ils sentaient comme une aurore se lever dans leur âme.

# IX

Marcel reparut le lendemain à trois heures, la face verte, les yeux rouges, une bigne au front, le pantalon déchiré, empestant l'eau-de-vie, immonde.

Il avait été, selon sa coutume annuelle, à six lieues de là, près d'Iqueuville faire le réveillon chez un ami; — et bégayant plus que jamais, pleurant, voulant se battre, il implorait sa grâce comme s'il eût commis un crime. Ses maîtres l'octroyèrent. Un calme singulier les portait à l'indulgence.

La neige avait fondu tout à coup — et ils se promenaient dans leur jardin, humant l'air tiède, heureux de vivre.

Était-ce le hasard seulement, qui les avait détournés de la mort? Bouvard se sentait attendri. Pécuchet se rappela sa première communion; et pleins de reconnaissance pour la Force, la Cause dont ils dépendaient, l'idée leur vint de faire des lectures pieuses.

L'Évangile dilata leur âme, les éblouit comme un soleil. Ils apercevaient Jésus, debout sur la montagne, un bras levé, la foule en dessous l'écoutant — ou bien au bord du Lac, parmi les Apôtres qui tirent des filets — puis sur l'ânesse, dans la clameur des alleluias, la chevelure éventée par les palmes frémissantes — enfin au haut de la croix, inclinant sa tête, d'où tombe éternellement une rosée sur le monde. Ce qui les gagna, ce qui les délectait, c'est la tendresse pour les humbles, la défense des pauvres, l'exaltation des opprimés. — Et dans ce livre où le ciel se déploie, rien de théologal ; au milieu de tant de préceptes, pas un dogme ; nulle exigence que la pureté du cœur.

Quant aux miracles, leur raison n'en fut pas surprise ; dès l'enfance, ils les connaissaient. La hauteur de saint Jean ravit Pécuchet — et le disposa à mieux comprendre l'*Imitation.*

Ici plus de paraboles, de fleurs, d'oiseaux — mais des plaintes, un resserrement de l'âme sur elle-même. Bouvard s'attrista en feuilletant ces pages, qui semblent écrites par un temps de brume, au fond d'un cloître, entre un clocher et un tombeau. Notre vie mortelle y apparaît si lamentable qu'il faut, l'oubliant, se retourner vers Dieu ; — et les deux bonshommes, après toutes leurs déceptions, éprouvaient le besoin d'être simples, d'aimer quelque chose, de se reposer l'esprit.

Ils abordèrent l'Ecclésiaste, Isaïe, Jérémie.

Mais la Bible les effrayait avec ses prophètes à voix de lion, le fracas du tonnerre dans les nues, tous les sanglots de la Gehenne, et son Dieu dispersant les empires, comme le vent fait des nuages.

Ils lisaient cela le dimanche, à l'heure des vêpres, pendant que la cloche tintait.

Un jour, ils se rendirent à la messe, puis y retournèrent. C'était une distraction au bout de la semaine. Le comte et la comtesse de Faverges les saluèrent de loin, ce qui fut remarqué. Le juge de paix leur dit, en clignant de l'œil : — « Parfait ! je vous approuve. » Toutes les bourgeoises, maintenant leur envoyaient le pain bénit.

L'abbé Jeufroy leur fit une visite; ils la rendirent, on se fréquenta; et le prêtre ne parlait pas de religion.

Ils furent étonnés de cette réserve; si bien que Pécuchet, d'un air indifférent lui demanda comment s'y prendre pour obtenir la Foi.

— « Pratiquez, d'abord. »

Ils se mirent à pratiquer, l'un avec espoir, l'autre par défi, Bouvard étant convaincu qu'il ne serait jamais un dévot. Un mois durant, il suivit régulièrement tous les offices, mais, à l'encontre de Pécuchet, ne voulut pas s'astreindre au maigre.

Était-ce une mesure d'hygiène? on sait ce que vaut l'Hygiène! une affaire de convenance? à bas les convenances! une marque de soumission envers l'Église? il s'en fichait également! bref, déclarait cette règle absurde, pharisaïque, et contraire à l'esprit de l'Évangile.

Le vendredi-saint des autres années, ils mangeaient ce que Germaine leur servait.

Mais Bouvard cette fois, s'était commandé un beefsteak. Il s'assit, coupa la viande; — et Marcel le regardait scandalisé, tandis que Pécuchet dépiautait gravement sa tranche de morue.

Bouvard restait la fourchette d'une main, le couteau de l'autre. Enfin se décidant, il monta une bouchée à ses lèvres. Tout à coup ses mains tremblèrent, sa grosse mine pâlit, sa tête se renversait.

— « Tu te trouves mal? »

— « Non!... Mais... » et il fit un aveu. Par suite de son éducation (c'était plus fort que lui) il ne pouvait manger du gras ce jour-là, dans la crainte de mourir.

Pécuchet, sans abuser de sa victoire, en profita pour vivre à sa guise.

Un soir, il rentra la figure empreinte d'une joie sérieuse, et lâchant le mot, dit qu'il venait de se confesser.

Alors ils discutèrent l'importance de la confession.

Bouvard admettait celle des premiers chrétiens qui se faisait en public : la moderne est trop facile. Cependant il ne niait pas que cette enquête sur nous-mêmes ne fût un élément de progrès, un levain de moralité.

Pécuchet, désireux de la perfection, chercha ses vices. Les bouffées d'orgueil depuis longtemps étaient parties. Son goût du travail l'exemptait de la paresse. Quant à la gourmandise, personne de plus sobre. Quelquefois des colères l'emportaient. Il se jura de n'en plus avoir.

Ensuite, il faudrait acquérir les vertus, premièrement l'Humilité ; — c'est-à-dire se croire incapable de tout mérite, indigne de la moindre récompense, immoler son esprit, et se mettre tellement bas que l'on vous foule aux pieds comme la boue des chemins. Il était loin encore de ces dispositions.

Une autre vertu lui manquait : la chasteté — car intérieurement, il regrettait Mélie, et le pastel de la dame en robe Louis XV, le gênait avec son décolletage.

Il l'enferma dans une armoire, redoubla de pudeur jusques à craindre de porter ses regards sur lui-même, et couchait avec un caleçon.

Tant de soins autour de la Luxure la développèrent. Le matin principalement il avait à subir de grands combats — comme en eurent saint Paul, saint Benoît et saint Jérôme, dans un âge fort avancé. De suite, ils recouraient à des pénitences furieuses. La douleur est une expiation, un remède et un moyen, un hommage à Jésus-Christ. Tout amour veut des sacrifices — et quel plus pénible que celui de notre corps!

Afin de se mortifier, Pécuchet supprima le petit verre après les repas, se réduisit à quatre prises dans la journée, par les froids extrêmes ne mettait plus de casquette.

Un jour, Bouvard qui rattachait la vigne, posa une échelle contre le mur de la terrasse près de la maison — et sans le vouloir, se trouva plonger dans la chambre de Pécuchet.

Son ami, nu jusqu'au ventre, avec le martinet aux habits, se frappait les épaules doucement, puis s'animant, retira sa culotte, cingla ses fesses, et tomba sur une chaise, hors d'haleine.

Bouvard fut troublé comme à la découverte d'un mystère, qu'on ne doit pas surprendre.

Depuis quelque temps, il remarquait plus de netteté sur les carreaux, moins de trous aux serviettes, une nourriture meilleure — changements qui étaient dus à l'intervention de Reine, la servante de M. le curé.

Mêlant les choses de l'église à celles de sa cuisine, forte comme un valet de charrue et dévouée bien qu'irrespectueuse, elle s'introduisait dans les ménages, donnait des conseils, y devenait maîtresse. Pécuchet se fiait absolument à son expérience.

Une fois, elle lui amena un individu replet, ayant de petits yeux à la chinoise, un nez en bec de vautour. C'était M. Goutman, négociant en articles de piété; — il en déballa quelques-uns, enfermés dans des boîtes, sous le hangar : croix, médailles et chapelets de toutes les dimensions, candélabres pour oratoires, autels portatifs, bouquets de clinquant — et des sacrés-cœurs en carton bleu, des saint Joseph à barbe rouge, des calvaires de porcelaine. Pécuchet les convoita. Le prix seul l'arrêtait.

Goutman ne demandait pas d'argent. Il préférait les échanges, et monté dans le muséum, il offrit, contre les vieux fers et tous les plombs, un stock de ses marchandises.

Elles parurent hideuses à Bouvard. Mais l'œil de Pécuchet, les instances de Reine et le bagout du brocanteur finirent par le convaincre. Quand il le vit si coulant Goutman voulut, en outre, la hallebarde; Bouvard, las d'en avoir démontré la manœuvre, l'abandonna. L'estimation totale étant faite, ces messieurs devaient encore cent francs. On s'arrangea, moyennant quatre billets à trois mois d'échéance — et ils s'applaudirent du bon marché.

Leurs acquisitions furent distribuées dans tous les appartements. Une crèche remplie de foin et une cathédrale de liège décorèrent le muséum. Il y eut sur la cheminée de Pécuchet, un saint Jean-Baptiste en cire, le long du corridor les portraits des gloires épiscopales, et au bas de l'escalier, sous une lampe à chaînettes, une sainte Vierge en manteau d'azur et couronnée d'étoiles — Marcel nettoyait ces splendeurs, n'imaginant au paradis rien de plus beau.

Quel dommage que le saint Pierre fût brisé, et comme il aurait fait bien dans le vestibule! Pécuchet s'arrêtait parfois devant l'ancienne fosse aux composts, où l'on reconnaissait la tiare, une sandale, un bout d'oreille, lâchait des soupirs, puis continuait à jardiner; — car maintenant, il joignait les travaux manuels aux exercices religieux — et bêchait la terre, vêtu de la robe de moine, en se comparant à saint Bruno. Ce déguisement pouvait être un sacrilège; il y renonça.

Mais il prenait le genre ecclésiastique, sans doute par la fréquentation du curé. Il en avait le sourire, la voix, et d'un air frileux glissait comme lui dans ses manches ses deux mains jusqu'aux poignets. Un jour vint où le chant du coq l'importuna; les roses l'ennuyaient; il ne sortait plus, ou jetait sur la campagne des regards farouches.

Bouvard se laissa conduire au mois de Marie. Les enfants qui chantaient des hymnes, les gerbes de lilas, les festons de verdure, lui avaient donné comme le sentiment d'une jeunesse impérissable. Dieu se manifestait à son cœur par la forme des nids, la clarté des sources, la bienfaisance du soleil; — et la dévotion de son ami lui semblait extravagante, fastidieuse.

— « Pourquoi gémis-tu pendant le repas? »

— « Nous devons manger en gémissant » répondit Pécuchet; « car l'Homme par cette voie, a perdu son innocence » phrase qu'il avait lue dans le *Manuel du séminariste,* deux volumes in-12 empruntés à M. Jeufroy. Et il buvait de l'eau de la Salette, se livrait portes closes à des oraisons jaculatoires, espérait entrer dans la confrérie de Saint-François.

Pour obtenir le don de persévérance, il résolut de faire un pèlerinage à la sainte Vierge.

Le choix des localités l'embarrassa. Serait-ce à Notre-Dame de Fourvières, de Chartres, d'Embrun, de Marseille ou d'Auray? Celle de la Délivrande, plus proche, convenait aussi bien. — « Tu m'accompagneras! »

— « J'aurais l'air d'un cornichon » dit Bouvard.

Après tout, il pouvait en revenir croyant, ne refusait pas de l'être, et céda par complaisance.

Les pèlerinages doivent s'accomplir à pied. Mais quarante-trois kilomètres seraient durs ; — et les gondoles n'étant pas congruentes à la méditation ils louèrent un vieux cabriolet, qui après douze heures de route les déposa devant l'auberge.

Ils eurent une pièce à deux lits, avec deux commodes, supportant deux pots à l'eau dans des petites cuvettes ovales, et l'hôtelier leur apprit que c'était « la chambre des capucins ». Sous la Terreur on y avait caché la dame de la Délivrande avec tant de précaution que les bons Pères y disaient la messe clandestinement.

Cela fit plaisir à Pécuchet, et il lut tout haut une notice sur la chapelle, prise en bas dans la cuisine.

Elle a été fondée au commencement du IIe siècle par saint Régnobert premier évêque de Lisieux, ou par saint Ragnebert qui vivait au VIIe, ou par Robert le Magnifique au milieu du XIe.

Les Danois, les Normands et surtout les Protestants l'ont incendiée et ravagée à différentes époques.

Vers 1112, la statue primitive fut découverte par un mouton, qui en frappant du pied dans un herbage, indiqua l'endroit où elle était — sur cette place le comte Baudouin érigea un sanctuaire.

Ses miracles sont innombrables : — un marchand de Bayeux captif chez les Sarrasins l'invoque, ses fers tombent et il s'échappe. — Un avare découvre dans son grenier un troupeau de rats, l'appelle à son secours et les rats s'éloignent. — Le contact d'une médaille ayant effleuré son effigie fit se repentir au lit de mort un vieux matérialiste de Versailles. — Elle rendit la parole au sieur Adeline qui l'avait perdue pour avoir blasphémé ; et par sa protection, M. et Mme de Becqueville eurent assez de force pour vivre chastement en état de mariage.

On cite parmi ceux qu'elle a guéris d'affections irrémédiables Mlle de Palfresne, Anne Lorieux, Marie Duchemin, François Dufai, et Mme de Jumillac, née d'Osseville.

Des personnages considérables l'ont visitée : Louis XI, Louis XIII, deux filles de Gaston d'Orléans, le cardinal Wiseman, Samirrhi, patriarche d'Antioche, Mgr Véroles, vicaire apostolique de la Mandchourie ; — et l'archevêque de Quélen vint lui rendre grâce pour la conversion du prince de Talleyrand.

— « Elle pourra » dit Pécuchet « te convertir aussi ! »

Bouvard déjà couché, eut une sorte de grognement, et s'endormit tout à fait.

Le lendemain à six heures, ils entraient dans la chapelle.

On en construisait une autre ; — des toiles et des planches embarrassaient la nef et le monument, de style rococo, déplut à Bouvard, surtout l'autel de marbre rouge, avec ses pilastres corinthiens.

La statue miraculeuse dans une niche à gauche du chœur est enveloppée d'une robe à paillettes. Le bedeau survint, ayant pour chacun d'eux un cierge. Il le planta sur une manière de herse dominant la balustrade, demanda trois francs, fit une révérence, et disparut.

Ensuite ils regardèrent les ex-voto.

Des inscriptions sur plaques témoignent de la reconnaissance des fidèles. On admire deux épées en sautoir offertes par un ancien élève de l'École polytechnique, des bouquets de mariée, des médailles militaires, des cœurs d'argent, et dans l'angle au niveau du sol, une forêt de béquilles.

De la sacristie déboucha un prêtre portant le saint-ciboire.

Quand il fut resté quelques minutes au bas de l'autel, il monta les trois marches, dit l'*Oremus*, l'*Introït* et le *Kyrie*, que l'enfant de chœur à genoux récita tout d'une haleine.

Les assistants étaient rares, douze ou quinze vieilles femmes. On entendait le froissement de leurs chapelets, et le bruit d'un marteau cognant des pierres. Pécuchet incliné sur son prie-Dieu répondait aux *Amen*. Pendant l'élévation il supplia Notre-Dame de lui envoyer une foi constante et indestructible.

Bouvard dans un fauteuil, à ses côtés, lui prit son Eucologe, et s'arrêta aux litanies de la Vierge.

— « Très pure, très chaste, vénérable, aimable — puissante, clémente — tour d'ivoire, maison d'or, porte du matin » ces mots d'adoration, ces hyperboles l'emportèrent vers celle qui est célébrée par tant d'hommages.

Il la rêva comme on la figure dans les tableaux d'église, sur un amoncellement de nuages, des chérubins à ses pieds, l'Enfant-Dieu à sa poitrine — mère des tendresses que réclament toutes les afflictions de la terre, — idéal de la Femme transportée dans le ciel; car sorti de ses entrailles l'Homme exalte son amour et n'aspire qu'à reposer sur son cœur.

La messe étant finie, ils longèrent les boutiques qui s'adossent contre le mur du côté de la Place. On y voit des images, des bénitiers, des urnes à filets d'or, des Jésus-Christ en noix de coco, des chapelets d'ivoire; — et le soleil, frappant les verres des cadres, éblouissait les yeux, faisait ressortir la brutalité des peintures, la hideur des dessins. Bouvard, qui chez lui trouvait ces choses abominables, fut indulgent pour elles. Il acheta une petite

Vierge en pâte bleue. Pécuchet comme souvenir se contenta d'un rosaire.

Les marchands criaient : — « Allons ! allons ! pour cinq francs, pour trois francs, pour soixante centimes, pour deux sols ! ne refusez pas Notre-Dame ! »

Les deux pèlerins flânaient sans rien choisir. Des remarques désobligeantes s'élevèrent.

— « Qu'est-ce qu'ils veulent ces oiseaux-là ? »

— « Ils sont peut-être des Turcs ! »

— « Des protestants, plutôt ! »

Une grande fille tira Pécuchet par la redingote ; un vieux en lunettes lui posa la main sur l'épaule ; tous braillaient à la fois ; puis quittant leurs baraques, ils vinrent les entourer, redoublaient de sollicitations et d'injures.

Bouvard n'y tint plus. — « Laissez-nous tranquilles, nom de Dieu ! » La tourbe s'écarta.

Mais une grosse femme les suivit quelque temps sur la Place, et cria qu'ils s'en repentiraient.

En rentrant à l'auberge, ils trouvèrent dans le café Goutman. Son négoce l'appelait en ces parages — et il causait avec un individu examinant des bordereaux, sur la table, devant eux.

Cet individu avait une casquette de cuir, un pantalon très large, le teint rouge et la taille fine, malgré ses cheveux blancs, l'air à la fois d'un officier en retraite, et d'un vieux cabotin.

De temps à autre, il lâchait un juron puis, sur un mot de Goutman dit plus bas, se calmait de suite, et passait à un autre papier.

Bouvard qui l'observait, au bout d'un quart d'heure s'approcha de lui.

— « Barberou, je crois ? »

— « Bouvard ! » s'écria l'homme à la casquette, et ils s'embrassèrent.

Barberou depuis vingt ans avait enduré toutes sortes de fortunes. Gérant d'un journal, commis d'assurances, directeur d'un parc aux huîtres; « je vous conterai cela »; enfin revenu à son premier métier, il voyageait pour une maison de Bordeaux, et Goutman qui « faisait le diocèse » lui plaçait des vins chez les ecclésiastiques — « mais permettez; dans une minute, je suis à vous! »

Il avait repris ses comptes, quand bondissant sur la banquette : — « Comment, deux mille? »

— « Sans doute! »

— « Ah! elle est forte, celle-là! »

— « Vous dites? »

— « Je dis que j'ai vu Hérambert moi-même », répliqua Barberou furieux. « La facture porte quatre mille; pas de blagues! »

Le brocanteur ne perdit point contenance — « Eh bien; elle vous libère! après? »

Barberou se leva, et à sa figure blême d'abord, puis violette, Bouvard et Pécuchet croyaient qu'il allait étrangler Goutman.

Il se rassit, croisa les bras. « Vous êtes une rude canaille, convenez-en! »

— « Pas d'injures, monsieur Barberou; il y a des témoins; prenez garde! »

— « Je vous flanquerai un procès! »

— « Ta! ta! ta! » Puis ayant bouclé son portefeuille, Goutman souleva le bord de son chapeau : — « A l'avantage! » et il sortit.

Barberou exposa les faits : pour une créance de mille francs doublée par suite de manœuvres usuraires, il avait livré à Goutman trois mille francs de vins; ce qui payerait sa dette avec mille francs de bénéfice; mais au contraire, il en devait trois mille. Ses patrons le renverraient, on le poursuivrait! — « Crapule! brigand! sale juif! — et ça dîne dans les presbytères! D'ailleurs, tout ce qui touche à la calotte!... » Il déblatéra contre les prêtres, et tapait sur la table avec tant de violence que la statuette faillit tomber.

— « Doucement! » dit Bouvard.

— « Tiens! Qu'est-ce que ça? » et Barberou ayant défait l'enveloppe de la petite vierge : « un bibelot du pèlerinage! A vous? »

Bouvard, au lieu de répondre, sourit d'une manière ambiguë.

— « C'est à moi! » dit Pécuchet.

— « Vous m'affligez » reprit Barberou; « mais je vous éduquerai là-dessus, — n'ayez pas peur! » Et comme on doit être philosophe, et que la tristesse ne sert à rien, il leur offrit à déjeuner.

Tous les trois s'attablèrent.

Barberou fut aimable, rappela le vieux temps, prit la taille de la bonne, voulut toiser le ventre de Bouvard. Il irait chez eux bientôt, et leur apporterait un livre farce.

L'idée de sa visite les réjouissait médiocrement. Ils en causèrent dans la voiture, pendant une heure, au trot du cheval. Ensuite Pécuchet ferma les paupières. Bouvard se taisait aussi. Intérieurement, il penchait vers la Religion.

M. Marescot s'était présenté la veille pour leur faire une communication importante. — Marcel n'en savait pas davantage.

Le notaire ne put les recevoir que trois jours après; — et de suite exposa la chose. Pour une rente de sept mille cinq cents francs, Mme Bordin proposait à M. Bouvard de lui acheter leur ferme.

Elle la reluquait depuis sa jeunesse, en connaissait les tenants et aboutissants, défauts et avantages — et ce désir était comme un cancer qui la minait. Car la bonne dame en vraie Normande, chérissait par-dessus tout *le bien* moins pour la sécurité du capital que pour le bonheur de fouler un sol vous appartenant. Dans l'espoir de celui-là, elle avait pratiqué des enquêtes, une surveillance journalière, de longues économies, et elle attendait avec impatience, la réponse de Bouvard.

Il fut embarrassé, ne voulant pas que Pécuchet un jour se trouvât sans fortune ; mais il fallait saisir l'occasion, — qui était l'effet du pèlerinage. — La Providence pour la seconde fois se manifestait en leur faveur.

Ils offrirent les conditions suivantes : la rente non pas de sept mille cinq cents francs mais de six mille serait dévolue au dernier survivant. Marescot fit valoir que l'un était faible de santé. Le tempérament de l'autre le disposait à l'apoplexie, et Mme Bordin signa le contrat, emportée par la passion.

Bouvard en resta mélancolique. Quelqu'un désirait sa mort ; et cette réflexion lui inspira des pensées graves, des idées de Dieu, et d'éternité.

Trois jours après M. Jeufroy les invita au repas de cérémonie qu'il donnait une fois par an à des collègues.

Le dîner commença vers deux heures de l'après-midi, pour finir à onze du soir. On y but du poiré, on y débita des calembours. L'abbé Pruneau composa séance tenante un acrostiche, M. Bougon fit des tours de cartes, et Cerpet, jeune vicaire, chanta une petite romance qui frisait la galanterie. Un pareil milieu divertit Bouvard. Il fut moins sombre le lendemain.

Le curé vint le voir fréquemment. Il présentait la Religion sous des couleurs gracieuses. Que risque-t-on, du reste ? — et Bouvard consentit bientôt à s'approcher de la sainte table. Pécuchet, en même temps que lui, participerait au sacrement.

Le grand jour arriva.

L'église, à cause des premières communions était pleine de monde. Les bourgeois et les bourgeoises encombraient leurs bancs, et le menu peuple se tenait debout par derrière, ou dans le jubé, au-dessus de la porte.

Ce qui allait se passer tout à l'heure était inexplicable, songeait Bouvard; mais la Raison ne suffit pas à comprendre certaines choses. De très grands hommes ont admis celle-là. Autant faire comme eux. Et dans une sorte d'engourdissement, il contemplait l'autel, l'encensoir, les flambeaux, la tête un peu vide car il n'avait rien mangé — et éprouvait une singulière faiblesse.

Pécuchet en méditant la Passion de Jésus-Christ s'excitait à des élans d'amour. Il aurait voulu lui offrir son âme, celle des autres — et les ravissements, les transports, les illuminations des saints, tous les êtres, l'univers entier. Bien qu'il priât avec ferveur, les différentes parties de la messe lui semblèrent un peu longues.

Enfin, les petits garçons s'agenouillèrent sur la première marche de l'autel, formant avec leurs habits, une bande noire, que surmontaient inégalement des chevelures blondes ou brunes. Les petites filles les remplacèrent, ayant sous leurs couronnes, des voiles qui tombaient; de loin, on aurait dit un alignement de nuées blanches au fond du chœur.

Puis ce fut le tour des grandes personnes.

La première du côté de l'Évangile était Pécuchet; mais trop ému, sans doute, il oscillait la tête de droite et de gauche. Le curé eut peine à lui mettre l'hostie dans la bouche, et il la reçut en tournant les prunelles.

Bouvard, au contraire, ouvrit si largement les mâchoires que sa langue lui pendait sur la lèvre comme un drapeau. En se relevant, il coudoya Mme Bordin. Leurs yeux se rencontrèrent. Elle souriait; sans savoir pourquoi, il rougit.

Après Mme Bordin communièrent ensemble Mlle de Faverges, la Comtesse, leur dame de compagnie, — et un monsieur que l'on ne connaissait pas à Chavignolles.

Les deux derniers furent Placquevent, et Petit l'instituteur; — quand tout à coup on vit paraître Gorgu.

Il n'avait plus de barbiche; — et il regagna sa place, les bras en croix sur la poitrine, d'une manière fort édifiante.

Le curé harangua les petits garçons. Qu'ils aient soin plus tard de ne point faire comme Judas qui trahit son Dieu, et de conserver toujours leur robe d'innocence. Pécuchet regretta la sienne. Mais on remuait des chaises; les mères avaient hâte d'embrasser leurs enfants.

Les paroissiens à la sortie, échangèrent des félicitations. Quelques-uns pleuraient. Mme de Faverges en attendant sa voiture se tourna vers Bouvard et Pécuchet, et présenta son futur gendre : — « M. le baron de Mahurot, ingénieur. » Le comte se plaignait de ne pas les voir. Il serait revenu la semaine prochaine. « Notez-le! je vous prie. » La calèche était arrivée; les dames du château partirent. Et la foule se dispersa.

Ils trouvèrent dans leur cour un paquet au milieu de l'herbe. Le facteur, comme la maison était close, l'avait jeté par-dessus le mur. C'était l'ouvrage que Barberou avait promis, — *Examen du Christianisme* par Louis Hervieu, ancien élève de l'École normale.

Pécuchet le repoussa. Bouvard ne désirait pas le connaître.

On lui avait répété que le sacrement le transformerait : durant plusieurs jours, il guetta des floraisons dans sa conscience. Il était toujours le même; et un étonnement douloureux le saisit.

Comment! la chair de Dieu se mêle à notre chair — et elle n'y cause rien! La pensée qui gouverne les mondes n'éclaire pas notre esprit. Le suprême pouvoir nous abandonne à l'impuissance.

M. Jeufroy, en le rassurant, lui ordonna le *Catéchisme* de l'abbé Gaume.

Au contraire, la dévotion de Pécuchet s'était développée. Il aurait voulu communier sous les deux espèces, chantait des psaumes, en se promenant dans le corridor, arrêtait les Chavignollais pour discuter, et les convertir. Vaucorbeil lui rit au nez, Girbal haussa les épaules, et le capitaine l'appela Tartuffe. On trouvait maintenant qu'ils allaient trop loin.

Une excellente habitude c'est d'envisager les choses comme autant de symboles. Si le tonnerre gronde, figurez-vous le jugement dernier; devant un ciel sans nuages, pensez au séjour des bienheureux; dites-vous dans vos promenades que chaque pas vous rapproche de la mort. Pécuchet observa cette méthode. Quand il prenait ses habits il songeait à l'enveloppe charnelle dont la seconde personne de la Trinité s'est revêtue. Le tic-tac de l'horloge lui rappelait les battements de son cœur, une piqûre d'épingle les clous de la croix. Mais il eut beau se tenir à genoux pendant des heures, et multiplier les jeûnes, et se pressurer l'imagination, le détachement de soi-même ne se faisait pas; impossible d'atteindre à la contemplation parfaite!

Il recourut à des auteurs mystiques : sainte

Thérèse, Jean de la Croix, Louis de Grenade, Scupoli, — et de plus modernes, Monseigneur Chaillot. Au lieu des sublimités qu'il attendait, il ne rencontra que des platitudes, un style très lâche, de froides images, et force comparaisons tirées de la boutique des lapidaires.

Il apprit cependant qu'il y a une purgation active et une purgation passive, une vision interne et une vision externe, quatre espèces d'oraisons, neuf excellences dans l'amour, six degrés dans l'humilité, et que la blessure de l'âme ne diffère pas beaucoup du vol spirituel.

Des points l'embarrassaient.

— Puisque la chair est maudite, comment se fait-il que l'on doive remercier Dieu pour le bienfait de l'existence? Quelle mesure garder entre la crainte indispensable au salut, et l'espérance qui ne l'est pas moins? Où est le signe de la grâce? etc.!

Les réponses de M. Jeufroy étaient simples : — « Ne vous tourmentez pas! A vouloir tout approfondir, on court sur une pente dangereuse. »

Le *Catéchisme de Persévérance* par Gaume avait tellement dégoûté Bouvard qu'il prit le volume de Louis Hervieu — c'était un sommaire de l'exégèse moderne défendu par le gouvernement. Barberou, comme républicain l'avait acheté.

Il éveilla des doutes dans l'esprit de Bouvard — et d'abord sur le péché originel. — « Si Dieu a créé l'Homme peccable, il ne devait pas le punir; et le mal est antérieur à la chute, puisqu'il y avait déjà, des volcans, des bêtes féroces! Enfin ce dogme bouleverse mes notions de justice! »

— « Que voulez-vous » disait le curé « c'est une de ces vérités dont tout le monde est d'accord sans qu'on puisse en fournir de preuves; — et nous-mêmes nous faisons rejaillir sur les enfants les crimes de leurs pères. Ainsi les mœurs et les lois justifient ce décret de la Providence, que l'on retrouve dans la Nature. »

Bouvard hocha la tête. Il doutait aussi de l'enfer.

— « Car tout châtiment doit viser à l'amélioration du coupable — ce qui devient impossible avec une peine éternelle! — et combien l'endurent! Songez donc : tous les Anciens, les juifs, les musulmans, les idolâtres, les hérétiques et les enfants morts sans baptême, ces enfants créés par Dieu! et dans quel but? pour les punir d'une faute, qu'ils n'ont pas commise! »

— « Telle est l'opinion de saint Augustin » ajouta le curé « et saint Fulgence enveloppe dans la damnation jusqu'aux fœtus. L'Église, il est vrai, n'a rien décidé à cet égard. Une remarque pourtant : ce n'est pas Dieu, mais le pécheur qui se damne lui-même; et l'offense étant infinie, puisque Dieu est infini, la punition doit être infinie. Est-ce tout, monsieur? »

— « Expliquez-moi la Trinité » dit Bouvard.

— « Avec plaisir! — Prenons une comparaison : les trois côtés du triangle, ou plutôt notre âme, qui contient : être, connaître et vouloir; ce qu'on appelle faculté chez l'Homme est personne en Dieu. Voilà le mystère. »

— « Mais les trois côtés du triangle ne sont pas chacun le triangle. Ces trois facultés de l'âme ne font pas trois âmes. Et vos personnes de la Trinité sont trois Dieux. »

— « Blasphème! »

— « Alors il n'y a qu'une personne, un Dieu, une substance affectée de trois manières! »

— « Adorons sans comprendre » dit le curé.

— « Soit! » dit Bouvard.

Il avait peur de passer pour un impie, d'être mal vu au château.

Maintenant ils y venaient trois fois la semaine — vers cinq heures — en hiver — et la tasse de thé les réchauffait. M. le comte par ses allures « rappelait le chic de l'ancienne cour », la Comtesse placide et grasse, montrait sur toutes choses un grand discernement. Mlle Yolande leur fille, était « le type de la jeune personne », l'Ange des keepsakes — et Mme de Noaris leur dame de compagnie ressemblait à Pécuchet, ayant son nez pointu.

La première fois qu'ils entrèrent dans le salon, elle défendait quelqu'un.

— « Je vous assure qu'il est changé! Son cadeau le prouve. »

Ce quelqu'un était Gorgu. Il venait d'offrir aux futurs époux un prie-Dieu gothique. On l'apporta. Les armes des deux maisons s'y étalaient en reliefs de couleur. M. de Mahurot en parut content; et Mme de Noaris lui dit :

— « Vous vous souviendrez de mon protégé! »

Ensuite, elle amena deux enfants, un gamin d'une douzaine d'années et sa sœur, qui en avait dix peut-être. Par les trous de leurs guenilles, on voyait leurs membres rouges de froid. L'un était chaussé de vieilles pantoufles, l'autre n'avait plus qu'un sabot. Leurs fronts disparaissaient sous leurs chevelures et ils regardaient autour d'eux avec des prunelles ardentes comme de jeunes loups effarés.

Mme de Noaris conta qu'elle les avait rencontrés le matin sur la grande route. Placquevent ne pouvait fournir aucun détail.

On leur demanda leur nom. « Victor — Victorine. » — « Où était leur père? » — « En prison. » — « Et avant, que faisait-il? » — « Rien. » — « Leur pays. » — « Saint-Pierre. » — « Mais quel Saint-Pierre? »

Les deux petits pour toute réponse disaient en reniflant : — « Sais pas, sais pas. » Leur mère était morte et ils mendiaient.

Mme de Noaris exposa combien il serait dangereux de les abandonner ; elle attendrit la Comtesse, piqua d'honneur le Comte, fut soutenue par Mademoiselle, s'obstina, réussit. La femme du garde-chasse en prendrait soin. On leur trouverait de l'ouvrage plus tard ; — et comme ils ne savaient ni lire ni écrire, Mme de Noaris leur donnerait elle-même des leçons afin de les préparer au catéchisme.

Quand M. Jeufroy venait au château, on allait quérir les deux mioches, il les interrogeait puis faisait une conférence, où il mettait de la prétention, à cause de l'auditoire.

Une fois, qu'il avait discouru sur les Patriarches, Bouvard en s'en retournant avec lui et Pécuchet, les dénigra fortement.

Jacob s'est distingué par des filouteries, David par les meurtres, Salomon par ses débauches.

L'abbé lui répondit qu'il fallait voir plus loin. Le sacrifice d'Abraham est la figure de la Passion. Jacob une autre figure du Messie, comme Joseph, comme le serpent d'airain, comme Moïse.

— « Croyez-vous » dit Bouvard, « qu'il ait composé le Pentateuque ? »

— « Oui ! sans doute ! »

— « Cependant on y raconte sa mort ! même observation pour Josué — et quant aux Juges, l'auteur nous prévient qu'à l'époque dont il fait l'histoire, Israël n'avait pas encore de Rois. L'ouvrage fut donc écrit sous les Rois. Les Prophètes aussi m'étonnent. »

— « Il va nier les Prophètes, maintenant ! »

— « Pas du tout ! mais leur esprit échauffé percevait Jéhovah sous des formes diverses, celle d'un feu, d'une broussaille, d'un vieillard, d'une colombe; et ils n'étaient pas certains de la Révélation puisqu'ils demandent toujours un signe. »

— « Ah! — et vous avez découvert ces belles choses?... »

— « Dans Spinoza! » A ce mot, le curé bondit.

— « L'avez-vous lu? »

— « Dieu m'en garde! »

— « Pourtant, monsieur, la Science!... »

— « Monsieur, on n'est pas savant, si l'on n'est chrétien. »

La Science lui inspirait des sarcasmes. — « Fera-t-elle pousser un épi de grain, votre Science! Que savons-nous? » disait-il.

Mais il savait que le monde a été créé pour nous; il savait que les Archanges sont au-dessus des Anges; — il savait que le corps humain ressuscitera tel qu'il était vers la trentaine.

Son aplomb sacerdotal agaçait Bouvard, qui par méfiance de Louis Hervieu écrivit à Varlot. Et Pécuchet mieux informé, demanda à M. Jeufroy des explications sur l'Écriture.

Les six jours de la Genèse veulent dire six grandes époques. Le rapt des vases précieux fait par les juifs aux Égyptiens doit s'entendre des richesses intellectuelles, les Arts, dont ils avaient dérobé le secret. Isaïe ne se dépouilla pas complètement — *Nudus* en latin signifiant nu jusqu'aux hanches; ainsi Virgile conseille de se mettre nu, pour labourer, et cet écrivain n'eût pas donné un précepte contraire à la pudeur! Ézéchiel dévorant un livre n'a rien d'extraordinaire; ne dit-on pas dévorer une brochure, un journal?

Mais si l'on voit partout des métaphores que deviendront les faits? L'abbé, soutenait cependant qu'ils étaient réels.

Cette manière de les entendre parut déloyale à Pécuchet. Il poussa plus loin ses recherches et apporta une note sur les contradictions de la Bible.

L'Exode nous apprend que pendant quarante ans on fit des sacrifices dans le désert; on n'en fit aucun suivant Amos et Jérémie. Les Paralipomènes et Esdras ne sont point d'accord sur le dénombrement du Peuple. Dans le Deutéronome, Moïse voit le Seigneur face à face; d'après l'Exode, jamais il ne put le voir. Où est, alors, l'inspiration?

— « Motif de plus pour l'admettre » répliquait en souriant M. Jeufroy. « Les imposteurs ont besoin de connivence, les sincères n'y prennent garde Dans l'embarras recourons à l'Église. Elle est toujours infaillible. »

De qui relève l'infaillibilité?

Les conciles de Bâle et de Constance l'attribuent aux conciles. Mais souvent les conciles diffèrent, témoin ce qui se passa pour Athanase et pour Arius. Ceux de Florence et de Latran la décernent au pape. Mais Adrien VI déclare que le Pape, comme un autre, peut se tromper.

Chicanes! Tout cela ne fait rien à la permanence du dogme.

L'ouvrage de Louis Hervieu en signale les variations : le baptême autrefois était réservé pour les adultes. L'extrême-onction ne fut un sacrement qu'au IXe siècle; la Présence réelle a été décrétée au VIIIe, le Purgatoire, reconnu au XVe, l'Immaculée Conception est d'hier.

Et Pécuchet en arriva à ne plus savoir que penser de Jésus. Trois évangiles en font un homme. Dans un passage de saint Jean il paraît s'égaler à Dieu; dans un autre du même se reconnaître son inférieur.

L'abbé ripostait par la lettre du roi Abgar, les

Actes de Pilate et le témoignage des Sibylles « dont le fond est véritable ». Il retrouvait la Vierge dans les Gaules, l'annonce d'un Rédempteur en Chine, la Trinité partout, la Croix sur le bonnet du grand lama, en Égypte au poing des dieux; — et même il fit voir une gravure, représentant un nilomètre, lequel était un phallus suivant Pécuchet.

M. Jeufroy consultait secrètement son ami Pruneau, qui lui cherchait des preuves dans les auteurs. Une lutte d'érudition s'engagea; et fouetté par l'amour-propre Pécuchet devint transcendant, mythologue.

Il comparait la Vierge à Isis, l'eucharistie au Homa des Perses, Bacchus à Moïse, l'arche de Noé au vaisseau de Xisuthros, ces ressemblances pour lui démontraient l'identité des religions.

Mais il ne peut y avoir plusieurs religions, puisqu'il n'y a qu'un Dieu — et quand il était à bout d'arguments, l'homme à la soutane s'écriait : — « C'est un mystère! »

Que signifie ce mot? Défaut de savoir; très bien. Mais s'il désigne une chose dont le seul énoncé implique contradiction, c'est une sottise; — et Pécuchet ne quittait plus M. Jeufroy. Il le surprenait dans son jardin, l'attendait au confessionnal, le relançait dans la sacristie.

Le prêtre imaginait des ruses pour le fuir.

Un jour, qu'il était parti à Sassetot administrer quelqu'un, Pécuchet se porta au-devant de lui sur la route, manière de rendre la conversation inévitable.

C'était le soir, vers la fin d'août. Le ciel écarlate se rembrunit, et un gros nuage s'y forma, régulier dans le bas, avec des volutes au sommet.

Pécuchet d'abord, parla de choses indifférentes, puis ayant glissé le mot martyr :

— « Combien pensez-vous qu'il y en ait eu? »

— « Une vingtaine de millions, pour le moins. »

— « Leur nombre n'est pas si grand, dit Origène. »

— « Origène, vous savez, est suspect! »

Un large coup de vent passa, inclinant l'herbe des fossés, et les deux rangs d'ormeaux jusqu'au bout de l'horizon.

Pécuchet reprit : — « On classe dans les martyrs, beaucoup d'évêques gaulois, tués en résistant aux Barbares, ce qui n'est plus la question. »

— « Allez-vous défendre les Empereurs! »

Suivant Pécuchet, on les avait calomniés. — « L'histoire de la Légion thébaine est une fable. Je conteste également Symphorose et ses sept fils, Félicité et ses sept filles, et les sept vierges d'Ancyre, condamnées au viol, bien que septuagénaires, et les onze mille vierges de sainte Ursule, dont une compagne s'appelait *Undecemilla,* un nom pris pour un chiffre, — encore plus les dix martyrs d'Alexandrie! »

— « Cependant!... Cependant, ils se trouvent dans des auteurs dignes de créance. »

Des gouttes d'eau tombèrent. Le curé déploya son parapluie; — et Pécuchet, quand il fut dessous, osa prétendre que les catholiques avaient fait plus de martyrs chez les juifs, les musulmans, les protestants, et les libres penseurs que tous les Romains autrefois.

L'ecclésiastique se récria : — « Mais on compte dix persécutions depuis Néron jusqu'au César Galère! »

— « Eh bien, et les massacres des Albigeois! et la Saint-Barthélemy! et la Révocation de l'édit de Nantes! »

— « Excès déplorables sans doute mais vous

n'allez pas comparer ces gens-là à saint Étienne, saint Laurent, Cyprien, Polycarpe, une foule de missionnaires. »

— « Pardon! je vous rappellerai Hypatie, Jérôme de Prague, Jean Huss, Bruno, Vanini, Anne Dubourg! »

La pluie augmentait, et ses rayons dardaient si fort, qu'ils rebondissaient du sol, comme de petites fusées blanches. Pécuchet et M. Jeufroy marchaient avec lenteur serrés l'un contre l'autre, et le curé disait :

— « Après des supplices abominables, on les jetait dans des chaudières! »

— « L'Inquisition employait de même la torture, et elle vous brûlait très bien. »

— « On exposait les dames illustres dans les lupanars! »

— « Croyez-vous que les dragons de Louis XIV fussent décents? »

— « Et notez que les chrétiens n'avaient rien fait contre l'État! »

— « Les Huguenots pas davantage! »

Le vent chassait, balayait la pluie dans l'air. Elle claquait sur les feuilles, ruisselait au bord du chemin, et le ciel couleur de boue se confondait avec les champs dénudés, la moisson étant finie. Pas un toit. Au loin seulement, la cabane d'un berger.

Le maigre paletot de Pécuchet n'avait plus un fil de sec. L'eau coulait le long de son échine, entrait dans ses bottes, dans ses oreilles, dans ses yeux, malgré la visière de la casquette Amoros. Le curé, en portant d'un bras la queue de sa soutane, se découvrait les jambes, et les pointes de son tricorne crachaient l'eau sur ses épaules comme des gargouilles de cathédrale.

Il fallut s'arrêter, et tournant leur dos à la tempête, ils restèrent face à face, ventre contre ventre, en tenant à quatre mains le parapluie qui oscillait.

M. Jeufroy n'avait pas interrompu la défense des catholiques.

— « Ont-ils crucifié vos protestants, comme le fut saint Siméon, ou fait dévorer un homme par deux tigres comme il advint à saint Ignace? »

— « Mais comptez-vous pour quelque chose, tant de femmes séparées de leurs maris, d'enfants arrachés à leurs mères! Et les exils des pauvres, à travers la neige, au milieu des précipices! On les entassait dans les prisons; à peine morts on les traînait sur la claie. »

L'abbé ricana : — « Vous me permettrez de n'en rien croire! Et nos martyrs à nous sont moins douteux. Sainte Blandine a été livrée dans un filet à une vache furieuse. Sainte Julitte périt assommée de coups. Saint Taraque, saint Probus et saint Andronic, on leur a brisé les dents avec un marteau, déchiré les côtes avec des peignes de fer, traversé les mains avec des clous rougis, enlevé la peau du crâne! »

— « Vous exagérez » dit Pécuchet. « La mort des martyrs était dans ce temps-là une amplification de rhétorique! »

— « Comment de la rhétorique? »

— « Mais oui! tandis que moi, monsieur, je vous raconte de l'histoire. Les catholiques en Irlande éventrèrent des femmes enceintes pour prendre leurs enfants! »

— « Jamais. »

— « Et les donner aux pourceaux! »

— « Allons donc! »

— « En Belgique, ils les enterraient toutes vives. »

— « Quelle plaisanterie. »

— « On a leurs noms ! »

— « Et quand même » objecta le Prêtre, en secouant de colère son parapluie « on ne peut les appeler des martyrs. Il n'y en a pas en dehors de l'Église. »

— « Un mot. Si la valeur du martyr dépend de la doctrine, comment servirait-il à en démontrer l'excellence ? »

La pluie se calmait ; jusqu'au village ils ne parlèrent plus.

Mais, sur le seuil du presbytère, l'Abbé dit :

— « Je vous plains ! véritablement, je vous plains ! »

Pécuchet conta de suite à Bouvard son altercation. Elle lui avait causé une malveillance antireligieuse ; — et une heure après, assis devant un feu de broussailles, il lisait le *Curé Meslier*.

Ces négations lourdes le choquèrent ; puis se reprochant d'avoir méconnu, peut-être, des héros, il feuilleta dans la *Biographie*, l'histoire des martyrs les plus illustres.

Quelles clameurs du Peuple, quand ils entraient dans l'arène ! — et si les lions et les jaguars étaient trop doux, du geste et de la voix ils les excitaient à s'avancer. On les voyait tout couverts de sang, sourire debout le regard au ciel ; — sainte Perpétue renoua ses cheveux pour ne point paraître affligée. — Pécuchet se mit à réfléchir — La fenêtre était ouverte, la nuit tranquille, beaucoup d'étoiles brillaient — Il devait se passer dans leur âme des choses dont nous n'avons plus l'idée, une joie, un spasme divin ? — Et Pécuchet à force d'y rêver dit qu'il comprenait cela, aurait fait comme eux.

— « Toi? »

— « Certainement. »

— « Pas de blagues! Crois-tu oui, ou non? »

— « Je ne sais. »

Il alluma une chandelle — puis ses yeux tombant sur le crucifix dans l'alcôve : — « Combien de misérables ont recouru à celui-là! » et après un silence : « On l'a dénaturé! c'est la faute de Rome : la politique du Vatican! »

Mais Bouvard admirait l'Église pour sa magnificence, et aurait souhaité au moyen âge être un cardinal. — « J'aurais eu bonne mine sous la pourpre, conviens-en! »

La casquette de Pécuchet posée devant les charbons n'était pas sèche encore. Tout en l'étirant, il sentit quelque chose dans la doublure, et une médaille de saint Joseph tomba. Ils furent troublés, le fait leur paraissant inexplicable.

Mme de Noaris voulut savoir de Pécuchet s'il n'avait pas éprouvé comme un changement, un bonheur, et se trahit par ses questions. Une fois, pendant qu'il jouait au billard, elle lui avait cousu la médaille dans sa casquette.

Évidemment, elle l'aimait; ils auraient pu se marier : elle était veuve; et il ne soupçonna pas cet amour, qui peut-être eût fait le bonheur de sa vie.

Bien qu'il se montrât plus religieux que M. Bouvard, elle l'avait dédié à saint Joseph, dont le secours est excellent pour les conversions.

Personne, comme elle, ne connaissait tous les chapelets et les indulgences qu'ils procurent, l'effet des reliques, les privilèges des eaux saintes. Sa montre était retenue par une chaînette qui avait touché aux liens de saint Pierre. Parmi ses breloques luisait une perle d'or, à l'imitation de celle qui contient dans l'église d'Allouagne une larme de

Notre-Seigneur. Un anneau à son petit doigt enfermait des cheveux du curé d'Ars ; — et comme elle cueillait des simples pour les malades, sa chambre ressemblait à une sacristie et à une officine d'apothicaire.

Son temps se passait à écrire des lettres, à visiter les pauvres, à dissoudre des concubinages, à répandre des photographies du Sacré-Cœur. Un monsieur devait lui envoyer de la « Pâte des martyrs » : mélange de cire pascale et de poussière humaine prise aux catacombes, et qui s'emploie dans les cas désespérés en mouches ou en pilules. Elle en promit à Pécuchet.

Il parut choqué d'un tel matérialisme.

Le soir, un valet du château lui apporta une hottée d'opuscules, relatant des paroles pieuses du grand Napoléon, des bons mots de curé dans les auberges, des morts effrayantes advenues à des impies. Mme de Noaris savait tout cela par cœur, avec une infinité de miracles.

Elle en contait de stupides — des miracles sans but, comme si Dieu les eût faits pour ébahir le monde. Sa grand'mère, à elle-même, avait serré dans une armoire des pruneaux couverts d'un linge, et quand on ouvrit l'armoire un an plus tard, on en vit treize sur la nappe, formant la croix. — « Expliquez-moi cela. » C'était son mot après ses histoires, qu'elle soutenait avec un entêtement de bourrique, bonne femme d'ailleurs, et d'humeur enjouée.

Une fois pourtant, « elle sortit de son caractère ». Bouvard lui contestait le miracle de Pezilla : un compotier où l'on avait caché des hosties pendant la Révolution se dora de lui-même — tout seul.

Peut-être y avait-il, au fond, un peu de couleur jaune provenant de l'humidité ?

— « Mais non! je vous répète que non! La dorure a pour cause le contact de l'Eucharistie » et elle donna en preuve l'attestation des évêques. « C'est, disent-ils, comme un bouclier, un... un palladium sur le diocèse de Perpignan. Demandez plutôt à M. Jeufroy! »

Bouvard n'y tint plus; et ayant repassé son Louis Hervieu, emmena Pécuchet.

L'ecclésiastique finissait de dîner. Reine offrit des sièges, et sur un geste, alla prendre deux petits verres qu'elle emplit de rosolio.

Après quoi, Bouvard exposa ce qui l'amenait.

L'abbé ne répondit pas franchement. Tout est possible à Dieu — et les miracles sont une preuve de la Religion.

— « Cependant, il y a des lois. »

— « Cela n'y fait rien. Il les dérange pour instruire, corriger. »

— « Que savez-vous s'il les dérange? » répliqua Bouvard. « Tant que la Nature suit sa routine, on n'y pense pas; mais dans un phénomène extraordinaire, nous voyons la main de Dieu. »

— « Elle peut y être » dit l'ecclésiastique « et quand un événement se trouve certifié par des témoins... »

— « Les témoins gobent tout, car il y a de faux miracles! »

Le prêtre devint rouge. — « Sans doute... quelquefois. »

— « Comment les distinguer des vrais? Et si les vrais donnés en preuves ont eux-mêmes besoin de preuves, pourquoi en faire? »

Reine intervint, et prêchant comme son maître, dit qu'il fallait obéir.

— « La vie est un passage, mais la mort est éternelle! »

— « Bref » ajouta Bouvard, en lampant le rosolio, « les miracles d'autrefois ne sont pas mieux démontrés que les miracles d'aujourd'hui; des raisons analogues défendent ceux des chrétiens et des païens. »

Le curé jeta sa fourchette sur la table. — « Ceux-là étaient faux, encore un coup! — Pas de miracles en dehors de l'Église! »

— « Tiens » se dit Pécuchet « même argument que pour les martyrs : la doctrine s'appuie sur les faits et les faits sur la doctrine. »

M. Jeufroy, ayant bu un verre d'eau, reprit :

— « Tout en les niant, vous y croyez. Le monde, que convertissent douze pêcheurs, voilà, il me semble, un beau miracle? »

— « Pas du tout! » Pécuchet en rendait compte d'une autre manière. « Le monothéisme vient des Hébreux, la Trinité des Indiens. Le Logos est à Platon, la vierge-mère à l'Asie. »

N'importe! M. Jeufroy tenait au surnaturel, ne voulait que le christianisme pût avoir humainement la moindre raison d'être, bien qu'il en vît chez tous les peuples, des prodromes ou des déformations. L'impiété railleuse du XVIIIe siècle, il l'eût tolérée; mais la critique moderne avec sa politesse, l'exaspérait.

— « J'aime mieux l'athée qui blasphème que le sceptique qui ergote! »

Puis il les regarda d'un air de bravade, comme pour les congédier.

Pécuchet s'en retourna mélancolique. Il avait espéré l'accord de la Foi et de la Raison.

Bouvard lui fit lire ce passage de Louis Hervieu :

« Pour connaître l'abîme qui les sépare, opposez leurs axiomes :

« La Raison vous dit : Le tout enferme la partie;

et la Foi vous répond par la substantiation. Jésus communiant avec ses apôtres, avait son corps dans sa main, et sa tête dans sa bouche.

« La Raison vous dit : On n'est pas responsable du crime des autres — et la Foi vous répond par le Péché originel.

« La Raison vous dit : Trois c'est trois — et la Foi déclare que : Trois c'est un. »

Et ils ne fréquentèrent plus l'abbé.

C'était l'époque de la guerre d'Italie. Les honnêtes gens tremblaient pour le Pape. On tonnait contre Emmanuel. M^me^ de Noaris allait jusqu'à lui souhaiter la mort.

Bouvard et Pécuchet ne protestaient que timidement. Quand la porte du salon tournait devant eux et qu'ils se miraient en passant dans les hautes glaces, tandis que par les fenêtres on apercevait les allées, où tranchait sur la verdure le gilet rouge d'un domestique, ils éprouvaient un plaisir; et le luxe du milieu les faisait indulgents aux paroles qui s'y débitaient.

Le comte leur prêta tous les ouvrages de M. de Maistre. Il en développait les principes, devant un cercle d'intimes : Hurel, le curé, le juge de paix, le notaire et le baron son futur gendre, qui venait de temps à autre pour vingt-quatre heures au château.

— « Ce qu'il y a d'abominable » disait le comte « c'est l'esprit de 89! D'abord on conteste Dieu, ensuite, on discute le gouvernement, puis arrive la liberté; liberté d'injures, de révolte, de jouissances, ou plutôt de pillage. Si bien que la Religion et le Pouvoir doivent proscrire les indépendants, les hérétiques. On criera sans doute, à la Persécution! comme si les bourreaux persécutaient les criminels. Je me résume. Point d'État sans Dieu! la Loi ne pouvant être respectée que si elle vient d'en haut;

et actuellement il ne s'agit pas des Italiens mais de savoir qui l'emportera de la Révolution ou du Pape, de Satan ou de Jésus-Christ! »

M. Jeufroy approuvait par des monosyllabes, Hurel avec un sourire, le juge de paix en dodelinant la tête. Bouvard et Pécuchet regardaient le plafond, Mme de Noaris, la comtesse et Yolande travaillaient pour les pauvres — et M. de Mahurot près de sa fiancée, parcourait les feuilles.

Puis, il y avait des silences, où chacun semblait plongé dans la recherche d'un problème. Napoléon III n'était plus un Sauveur, et même il donnait un exemple déplorable, en laissant aux Tuileries, les maçons travailler le dimanche.

— « On ne devrait pas permettre » était la phrase ordinaire de M. le Comte. Économie sociale, beaux-arts, littérature, histoire, doctrines scientifiques, il décidait de tout, en sa qualité de chrétien et de père de famille; — et plût à Dieu que le gouvernement à cet égard eût la même rigueur qu'il déployait dans sa maison. Le Pouvoir seul est juge des dangers de la science; répandue trop largement elle inspire au peuple des ambitions funestes. Il était plus heureux, ce pauvre peuple, quand les seigneurs et les évêques tempéraient l'absolutisme du roi. Les industriels maintenant l'exploitent. Il va tomber en esclavage!

Et tous regrettaient l'ancien régime, Hurel par bassesse, Coulon par ignorance, Marescot, comme artiste.

Bouvard une fois chez lui, se retrempait avec La Mettrie, d'Holbach, etc. — et Pécuchet s'éloigna d'une religion, devenue un moyen de gouvernement. M. de Mahurot avait communié pour séduire mieux « ces dames » et s'il pratiquait, c'était à cause des domestiques.

Mathématicien et dilettante, jouant des valses sur le piano, et admirateur de Tœppfer, il se distinguait par un scepticisme de bon goût ; ce qu'on rapporte des abus féodaux, de l'Inquisition ou des Jésuites, préjugés, et il vantait le Progrès, bien qu'il méprisât tout ce qui n'était pas gentilhomme ou sorti de l'École Polytechnique.

M. Jeufroy, de même, leur déplaisait. Il croyait aux sortilèges, faisait des plaisanteries sur les idoles, affirmait que tous les idiomes sont dérivés de l'hébreu ; sa rhétorique manquait d'imprévu ; invariablement, c'était le cerf aux abois, le miel et l'absinthe, l'or et le plomb, des parfums, des urnes — et l'âme chrétienne, comparée au soldat qui doit dire en face du Péché : « Tu ne passes pas ! »

Pour éviter ses conférences, ils arrivaient au château le plus tard possible.

Un jour pourtant, ils l'y trouvèrent.

Depuis une heure, il attendait ses deux élèves. Tout à coup M$^{me}$ de Noaris entra.

— « La petite a disparu. J'amène Victor. Ah ! le malheureux. »

Elle avait saisi dans sa poche, un dé d'argent perdu depuis trois jours, puis suffoquée par les sanglots : — « Ce n'est pas tout ! ce n'est pas tout ! Pendant que je le grondais, il m'a montré son derrière ! » Et avant que le Comte et la Comtesse aient rien dit : « Du reste, c'est de ma faute, pardonnez-moi ! »

Elle leur avait caché que les deux orphelins étaient les enfants de Touache, maintenant au bagne.

Que faire ?

Si le Comte les renvoyait, ils étaient perdus — et son acte de charité passerait pour un caprice.

M. Jeufroy ne fut pas surpris. L'homme étant

corrompu naturellement il fallait le châtier pour l'améliorer.

Bouvard protesta. La douceur valait mieux.

Mais le Comte, encore une fois s'étendit sur le bras de fer, indispensable aux enfants, comme pour les peuples. Ces deux-là étaient pleins de vices, la petite fille menteuse, le gamin brutal. Ce vol, après tout on l'excuserait, l'insolence jamais, l'éducation devant être l'école du respect.

Donc Sorel, le garde-chasse, administrerait au jeune homme une bonne fessée immédiatement.

M. de Mahurot, qui avait à lui dire quelque chose, se chargea de la commission. Il prit un fusil dans l'antichambre et appela Victor, resté au milieu de la cour, la tête basse :

— « Suis-moi » dit le Baron.

Comme la route pour aller chez le garde, détournait peu de Chavignolles, M. Jeufroy, Bouvard et Pécuchet l'accompagnèrent.

A cent pas du château, il les pria de ne plus parler, tant qu'il longerait le bois.

Le terrain dévalait jusqu'au bord de la rivière, où se dressaient de grands quartiers de roches. Elle faisait des plaques d'or sous le soleil couchant. En face les verdures des collines se couvraient d'ombre. Un air vif soufflait.

Des lapins sortirent de leurs terriers, et broutaient le gazon.

Un coup de feu partit, un deuxième, un autre, — et les lapins sautaient, déboulaient. Victor se jetait dessus pour les saisir, et haletait trempé de sueur.

— « Tu arranges bien tes nippes » dit le baron. — Sa blouse en loques avait du sang.

La vue du sang répugnait à Bouvard. Il n'admettait pas qu'on en pût verser.

M. Jeufroy reprit : — « Les circonstances quelquefois l'exigent. Si ce n'est pas le coupable qui donne le sien, il faut celui d'un autre, — vérité que nous enseigne la Rédemption. »

Suivant Bouvard, elle n'avait guère servi, presque tous les hommes étant damnés, malgré le sacrifice de Notre-Seigneur.

— « Mais quotidiennement, il le renouvelle dans l'Eucharistie. »

— « Et le miracle » dit Pécuchet « se fait avec des mots, quelle que soit l'indignité du Prêtre! »

— « Là est le mystère, monsieur! »

Cependant Victor clouait ses yeux sur le fusil, tâchait même d'y toucher.

— « A bas les pattes! » Et M. de Mahurot prit un sentier sous bois.

L'ecclésiastique avait Pécuchet d'un côté, Bouvard de l'autre — et il lui dit : — « Attention, vous savez : *Debetur pueris.* »

Bouvard l'assura qu'il s'humiliait devant le Créateur, mais était indigné qu'on en fît un homme. On redoute sa vengeance, on travaille pour sa gloire; il a toutes les vertus, un bras, un œil, une politique, une habitation. « Notre Père qui êtes aux cieux, qu'est-ce que cela veut dire? »

Et Pécuchet ajouta :

— « Le monde s'est élargi; la terre n'en fait plus le centre. Elle roule dans la multitude infinie de ses pareils. Beaucoup la dépassent en grandeur, et ce rapetissement de notre globe procure de Dieu un idéal plus sublime. » Donc la Religion devait changer. Le Paradis est quelque chose d'enfantin avec ses bienheureux toujours contemplant, toujours chantant — et qui regardent d'en haut les tortures des damnés. Quand on songe que le christianisme a pour base une pomme!

Le curé se fâcha. — « Niez la Révélation, ce sera plus simple. »

— « Comment voulez-vous que Dieu ait parlé? » dit Bouvard.

— « Prouvez qu'il n'a pas parlé! » disait Jeufroy.

— « Encore une fois, qui vous l'affirme? »

— « L'Église! »

— « Beau témoignage! »

Cette discussion ennuyait M. de Mahurot; — et tout en marchant :

— « Écoutez donc le curé! il en sait plus que vous! »

Bouvard et Pécuchet se firent des signes pour prendre un autre chemin, puis à la Croix-Verte : — « Bien le bonsoir. »

— « Serviteur » dit le baron.

Tout cela serait conté à M. de Faverges; et peut-être qu'une rupture s'en suivrait? tant pis! Ils se sentaient méprisés par ces nobles; on ne les invitait jamais à dîner; et ils étaient las de Mme de Noaris avec ses continuelles remontrances.

Ils ne pouvaient cependant garder le De Maistre; — et une quinzaine après ils retournèrent au château, croyant n'être pas reçus.

Ils le furent.

Toute la famille se trouvait dans le boudoir, Hurel y compris, et par extraordinaire Foureau.

La correction n'avait point corrigé Victor. Il refusait d'apprendre son catéchisme; et Victorine proférait des mots sales. Bref le garçon irait aux « Jeunes Détenus », la petite fille dans un couvent. Foureau s'était chargé des démarches, et il s'en allait quand la Comtesse le rappela.

On attendait M. Jeufroy, pour fixer ensemble la date du mariage qui aurait lieu à la mairie, bien avant de se faire à l'église, afin de montrer que l'on honnissait le mariage civil.

Foureau tâcha de le défendre. Le Comte et Hurel l'attaquèrent. Qu'était une fonction municipale près d'un sacerdoce! — et le Baron ne se fût pas cru marié s'il l'eût été, seulement devant une écharpe tricolore.

— « Bravo! » dit M. Jeufroy, qui entrait. « Le mariage étant établi par Jésus... »

Pécuchet l'arrêta. — « Dans quel évangile? Aux temps apostoliques on le considérait si peu, que Tertullien le compare à l'adultère. »

— « Ah! par exemple! »

— « Mais oui! et ce n'est pas un sacrement! Il faut au sacrement un signe. Montrez-moi le signe, dans le mariage! » Le curé eut beau répondre qu'il figurait l'alliance de Dieu avec l'Église. « Vous ne comprenez plus le christianisme! et la Loi... »

— « Elle en garde l'empreinte » dit M. de Faverges; « sans lui, elle autoriserait la Polygamie! »

Une voix répliqua : « Où serait le mal? »

C'était Bouvard, à demi caché par un rideau. « On peut avoir plusieurs épouses, comme les patriarches, les mormons, les musulmans et néanmoins être honnête homme! »

— « Jamais » s'écria le Prêtre! « l'honnêteté consiste à rendre ce qui est dû. Nous devons hommage à Dieu. Or qui n'est pas chrétien, n'est pas honnête! »

— « Autant que d'autres » dit Bouvard.

Le comte croyant voir dans cette repartie une atteinte à la Religion l'exalta. Elle avait affranchi les esclaves.

Bouvard fit des citations, prouvant le contraire :

— Saint Paul leur recommande d'obéir aux

maîtres comme à Jésus. — Saint Ambroise nomme la servitude un don de Dieu. — Le Lévitique, l'Exode et les Conciles l'ont sanctionnée. — Bossuet la classe parmi le droit des gens. — Et Mgr Bouvier l'approuve.

Le comte objecta que le christianisme, pas moins, avait développé la civilisation.

— « Et la paresse, en faisant de la Pauvreté, une vertu! »

— « Cependant, monsieur, la morale de l'Évangile? »

— « Eh! eh! pas si morale! Les ouvriers de la dernière heure sont autant payés que ceux de la première. On donne à celui qui possède, et on retire à celui qui n'a pas. Quant au précepte de recevoir des soufflets sans les rendre et de se laisser voler, il encourage les audacieux, les poltrons et les coquins. »

Le scandale redoubla, quand Pécuchet eut déclaré qu'il aimait autant le Bouddhisme.

Le prêtre éclata de rire. — « Ah! ah! ah! le Bouddhisme. »

Mme de Noaris leva les bras. — « Le Bouddhisme! »

— « Comment, — le Bouddhisme? » répétait le comte.

— « Le connaissez-vous? » dit Pécuchet à M. Jeufroy, qui s'embrouilla.

— « Eh bien, sachez-le! mieux que le christianisme, et avant lui, il a reconnu le néant des choses terrestres. Ses pratiques sont austères, ses fidèles plus nombreux que tous les chrétiens, et pour l'incarnation, Vischnou n'en a pas une, mais neuf! Ainsi, jugez! »

— « Des mensonges de voyageurs » dit Mme de Noaris.

— « Soutenus par les francs-maçons » ajouta le curé.

Et tous parlant à la fois : — « Allez donc — Continuez! — Fort joli! — Moi, je le trouve drôle — Pas possible » si bien que Pécuchet exaspéré, déclara qu'il se ferait bouddhiste!

— « Vous insultez des chrétiennes! » dit le Baron. Mme de Noaris s'affaissa dans un fauteuil. La Comtesse et Yolande se taisaient. Le comte roulait des yeux; Hurel attendait des ordres. L'abbé, pour se contenir, lisait son bréviaire.

Cet exemple apaisa M. de Faverges; et considérant les deux bonshommes : — « Avant de blâmer l'Évangile, et quand on a des taches dans sa vie, il est certaines réparations... »

— « Des réparations? »

— « Des taches? »

— « Assez, messieurs! vous devez me comprendre! » Puis s'adressant à Foureau : « Sorel est prévenu! Allez-y! » Et Bouvard et Pécuchet se retirèrent sans saluer.

Au bout de l'avenue, ils exhalèrent tous les trois, leur ressentiment. « On me traite en domestique » grommelait Foureau; — et les autres l'approuvant, malgré le souvenir des hémorroïdes, il avait pour eux comme de la sympathie.

Des cantonniers travaillaient dans la campagne. L'homme qui les commandait se rapprocha; c'était Gorgu. On se mit à causer. Il surveillait le cailloutage de la route votée en 1848, et devait cette place à M. de Mahurot, l'ingénieur, « celui qui doit épouser Mlle de Faverges! Vous sortez de là-bas, sans doute? »

— « Pour la dernière fois! » dit brutalement Pécuchet.

Gorgu prit un air naïf. — « Une brouille? tiens, tiens! »

Et s'ils avaient pu voir sa mine, quand ils eurent tourné les talons, ils auraient compris qu'il en flairait la cause.

Un peu plus loin, ils s'arrêtèrent devant un enclos de treillage, qui contenait des loges à chien, et une maisonnette en tuiles rouges.

Victorine était sur le seuil. Des aboiements retentirent. La femme du garde parut.

Sachant pourquoi le maire venait, elle héla Victor.

Tout d'avance, était prêt, et leur trousseau dans deux mouchoirs, que fermaient des épingles. « Bon voyage » leur dit-elle, « heureuse de n'avoir plus cette vermine! »

Était-ce leur faute, s'ils étaient nés d'un père forçat! Au contraire ils semblaient très doux, ne s'inquiétaient pas même de l'endroit où on les menait.

Bouvard et Pécuchet les regardaient marcher devant eux.

Victorine chantonnait des paroles indistinctes, son foulard au bras, comme une modiste qui porte un carton. Elle se retournait quelquefois; et Pécuchet, devant ses frisettes blondes et sa gentille tournure, regrettait de n'avoir pas une enfant pareille. Élevée en d'autres conditions, elle serait charmante plus tard : quel bonheur que de la voir grandir, d'entendre tous les jours son ramage d'oiseau, quand il le voudrait de l'embrasser; — et un attendrissement, lui montant du cœur aux lèvres, humecta ses paupières, l'oppressait un peu.

Victor comme un soldat, s'était mis son bagage sur le dos. Il sifflait — jetait des pierres aux corneilles dans les sillons, allait sous les arbres, pour se couper des badines — Foureau le rappela ; et Bouvard, en le retenant par la main jouissait de sentir dans la sienne ces doigts d'enfant robustes et vigoureux. Le pauvre petit diable ne demandait qu'à se développer librement, comme une fleur en plein air ! et il pourrirait entre des murs avec des leçons, des punitions, un tas de bêtises ! Bouvard fut saisi par une révolte de la pitié, une indignation contre le sort, une de ces rages où l'on veut détruire le gouvernement.

— « Galope ! » dit-il. « Amuse-toi ! jouis de ton reste ! »

Le gamin s'échappa.

Sa sœur et lui coucheraient à l'auberge — et dès l'aube, le messager de Falaise prendrait Victor pour le descendre au pénitencier de Beaubourg — une religieuse de l'orphelinat de Grand-Camp emmènerait Victorine.

Foureau, ayant donné ces détails, se replongea dans ses pensées. Mais Bouvard voulut savoir combien pouvait coûter l'entretien des deux mioches.

— « Bah !... L'affaire, peut-être, de trois cents francs ! Le comte m'en a remis vingt-cinq pour les premiers débours ! Quel pingre ! »

Et gardant sur le cœur, le mépris de son écharpe, Foureau hâtait le pas, silencieusement.

Bouvard murmura : — « Ils me font de la peine. Je m'en chargerais bien ! »

— « Moi aussi » dit Pécuchet, la même idée leur étant venue.

Il existait sans doute des empêchements ?

— « Aucun ! » répliqua Foureau. D'ailleurs il avait le droit comme maire de confier à qui bon lui semblait les enfants abandonnés. — Et après une longue hésitation : — « Eh bien oui! prenez-les! ça le fera bisquer. »

Bouvard et Pécuchet les emmenèrent.

En rentrant chez eux, ils trouvèrent au bas de l'escalier, sous la madone, Marcel à genoux, et qui priait avec ferveur. La tête renversée, les yeux demi clos, et dilatant son bec-de-lièvre, il avait l'air d'un fakir en extase.

— « Quelle brute! » dit Bouvard.

— « Pourquoi? Il assiste peut-être à des choses que tu lui jalouserais, si tu pouvais les voir. N'y a-t-il pas deux mondes, tout à fait distincts? L'objet d'un raisonnement a moins de valeur que la manière de raisonner. Qu'importe la croyance! Le principal est de croire. »

Telles furent à la remarque de Bouvard les objections de Pécuchet.

# X

Ils se procurèrent plusieurs ouvrages touchant l'Éducation — et leur système fut résolu. Il fallait bannir toute idée métaphysique, — et d'après la méthode expérimentale suivre le développement de la Nature. Rien ne pressait, les deux élèves devant oublier ce qu'ils avaient appris.

Bien qu'ils eussent un tempérament solide, Pécuchet voulait comme un Spartiate les endurcir encore, les accoutumer à la faim, à la soif, aux intempéries, et même qu'ils portassent des chaussures trouées afin de prévenir les rhumes. Bouvard s'y opposa.

Le cabinet noir au fond du corridor devint leur chambre à coucher. Elle avait pour meubles deux lits de sangle, deux cuvettes, un broc. L'œil-de-bœuf s'ouvrait au-dessus de leur tête; et des araignées couraient le long du plâtre.

Souvent, ils se rappelaient l'intérieur d'une cabane où l'on se disputait. Une nuit, leur père était rentré avec du sang aux mains. Quelque temps après les gendarmes étaient venus. Ensuite ils avaient logé dans un bois. Des hommes qui faisaient des sabots embrassaient leur mère. Elle était morte; une charrette les avait emmenés; on les battait beaucoup; ils s'étaient perdus. Puis ils revoyaient le garde champêtre, Mme de Noaris, Sorel, et sans se demander pourquoi cette autre maison, ils s'y trouvaient heureux. Aussi leur étonnement fut pénible quand au bout de huit mois les leçons recommencèrent.

Bouvard se chargea de la petite. Pécuchet du gamin.

Victor distinguait ses lettres, mais n'arrivait pas à former les syllabes. Il en bredouillait, s'arrêtait tout à coup, et avait l'air idiot. Victorine posait des questions. D'où vient que *ch* dans orchestre a le son d'un *q* et celui d'un *k* dans archéologie ? On doit par moments joindre deux voyelles, d'autres fois les détacher. Tout cela n'est pas juste. Elle s'indignait.

Les maîtres professaient à la même heure, dans leurs chambres respectives — et la cloison étant mince, ces quatre voix, une flûtée, une profonde et deux aiguës composaient un charivari abominable. Pour en finir et stimuler les mioches par l'émulation, ils eurent l'idée de les faire travailler ensemble dans le muséum ; et on aborda l'écriture.

Les deux élèves à chaque bout de la table copiaient un exemple. Mais la position du corps était mauvaise. Il les fallait redresser ; leurs pages tombaient, les plumes se fendaient, l'encre se renversait.

Victorine en de certains jours, allait bien pendant cinq minutes puis traçait des griffonnages ; et prise de découragement restait les yeux au plafond. Victor ne tardait pas à s'endormir, vautré au milieu du bureau.

Peut-être souffraient-ils ? Une tension trop forte nuit aux jeunes cervelles. — « Arrêtons-nous » dit Bouvard.

Rien n'est stupide comme de faire apprendre par cœur ; mais si on n'exerce pas la mémoire, elle s'atrophiera; — et ils leur serinèrent les premières fables de La Fontaine. Les enfants approuvaient la fourmi qui thésaurise, le loup qui mange l'agneau, le lion qui prend toutes les parts.

Devenus plus hardis, ils dévastaient le jardin. Mais quel amusement leur donner?

Jean-Jacques, dans *Émile* conseille au gouverneur de faire faire à l'élève ses jouets lui-même en l'aidant un peu, sans qu'il s'en doute. Bouvard ne put réussir à fabriquer un cerceau, Pécuchet à coudre une balle.

Ils passèrent aux jeux instructifs, tels que des découpures, un verre ardent. Pécuchet leur montra son microscope; — et la chandelle étant allumée, Bouvard dessinait avec l'ombre de ses doigts un lièvre ou un cochon sur la muraille. Le public s'en fatigua.

Des auteurs exaltent comme plaisir, un déjeuner champêtre, une partie de bateau; était-ce praticable, franchement? Fénelon recommande de temps à autre « une conversation innocente ». Impossible d'en imaginer une seule!

Ils revinrent aux leçons; et les boules à facettes, les rayures, le bureau typographique, tout avait échoué, quand ils avisèrent un stratagème.

Comme Victor était enclin à la gourmandise, on lui présentait le nom d'un plat: bientôt il lut couramment dans le *Cuisinier français*. Victorine étant coquette, une robe lui serait donnée, si pour l'avoir, elle écrivait à la couturière: en moins de trois semaines elle accomplit ce prodige. C'était courtiser leurs défauts, moyen pernicieux mais qui avait réussi.

Maintenant qu'ils savaient écrire et lire, que leur apprendre? Autre embarras. Les filles n'ont pas besoin d'être savantes comme les garçons. N'importe! on les élève ordinairement en véritables brutes, tout leur bagage se bornant à des sottises mystiques.

Convient-il de leur enseigner les langues? « L'espagnol et l'italien » prétend le Cygne de Cambrai « ne servent qu'à lire des ouvrages dangereux. » Un tel motif leur parut bête. Cependant Victorine n'aurait que faire de ces idiomes; tandis que l'anglais est d'un usage plus commun. Pécuchet en étudia les règles, et il démontrait, avec sérieux, la façon d'émettre le *th* « comme cela, tiens — the, the, the! »

Mais avant d'instruire un enfant, il faudrait connaître ses aptitudes. On les devine par la Phrénologie. Ils s'y plongèrent. Puis voulurent en vérifier les assertions sur leurs personnes. Bouvard présentait la bosse de la bienveillance, de l'imagination, de la vénération et celle de l'énergie amoureuse; *vulgo* : érotisme.

On sentait sur les temporaux de Pécuchet la philosophie et l'enthousiasme, joints à l'esprit de ruse.

Tels étaient leurs caractères.

Ce qui les surprit davantage, ce fut de reconnaître chez l'un comme l'autre le penchant à l'amitié, — et charmés de la découverte, ils s'embrassèrent avec attendrissement.

Leur examen, ensuite, porta sur Marcel.

Son plus grand défaut et qu'ils n'ignoraient pas, était un extrême appétit. Néanmoins, Bouvard et Pécuchet furent effrayés en constatant au-dessus du pavillon de l'oreille, à la hauteur de l'œil, l'organe de l'alimentivité. Avec l'âge leur domestique deviendrait peut-être comme cette femme de la Salpêtrière, qui mangeait quotidiennement huit livres de pain, engloutit une fois douze potages —

et une autre, soixante bols de café. Ils ne pourraient y suffire.

Les têtes de leurs élèves n'avaient rien de curieux. Ils s'y prenaient mal sans doute? Un moyen très simple développa leur expérience. Les jours de marché ils se faufilaient au milieu des paysans sur la Place, entre les sacs d'avoine, les paniers de fromages, les veaux, les chevaux, insensibles aux bousculades — et quand ils trouvaient un jeune garçon, avec son père, ils demandaient à lui palper le crâne dans un but scientifique.

Le plus grand nombre ne répondait même pas. D'autres croyant qu'il s'agissait d'une pommade pour la teigne refusaient vexés — quelques-uns par indifférence se laissaient emmener sous le porche de l'église, où l'on serait tranquille.

Un matin que Bouvard et Pécuchet commençaient leur manœuvre le curé, tout à coup, parut; et voyant ce qu'ils faisaient accusa la phrénologie de pousser au matérialisme et au fatalisme. Le voleur, l'assassin, l'adultère, n'ont plus qu'à rejeter leurs crimes sur la faute de leurs bosses.

Bouvard objecta que l'organe prédispose à l'action, sans pourtant vous y contraindre. De ce qu'un homme a le germe d'un vice, rien ne prouve qu'il sera vicieux. « Du reste, j'admire les orthodoxes; ils soutiennent les idées innées, et repoussent les penchants. Quelle contradiction! »

Mais la Phrénologie, suivant M. Jeufroy, niait l'omnipotence divine, et il était malséant de la pratiquer à l'ombre du saint-lieu, en face même de l'autel. « Retirez-vous! non! retirez-vous. »

Ils s'établirent chez Ganot, le coiffeur. Pour vaincre toute hésitation Bouvard et Pécuchet allaient jusqu'à régaler les parents d'une barbe ou d'une frisure.

Le docteur, un après-midi vint s'y faire couper les cheveux. En s'asseyant dans le fauteuil, il aperçut reflétés par la glace, les deux phrénologues, qui promenaient leurs doigts sur des caboches d'enfant.

— « Vous en êtes à ces bêtises-là? » dit-il.

— « Pourquoi, bêtises? »

Vaucorbeil eut un sourire méprisant; puis affirma qu'il n'y avait point dans le cerveau plusieurs organes. Ainsi, tel homme digère un aliment que ne digère pas tel autre. Faut-il supposer dans l'estomac autant d'estomacs qu'il s'y trouve de goûts?

Cependant, un travail délasse d'un autre, un effort intellectuel ne tend pas à la fois, toutes les facultés. Chacune a donc un siège distinct.

— « Les anatomistes ne l'ont pas rencontré » dit Vaucorbeil.

— « C'est qu'ils ont mal disséqué » reprit Pécuchet.

— « Comment? »

— « Eh! oui! Ils coupent des tranches, sans égard à la connexion des parties », phrase d'un livre — qu'il se rappelait. « Voilà une balourdise! » s'écria le médecin. « Le crâne ne se moule pas sur le cerveau, l'extérieur sur l'intérieur. Gall se trompe et je vous défie de légitimer sa doctrine, en prenant au hasard, trois personnes dans la boutique. »

La première était une paysanne, avec de gros yeux bleus.

Pécuchet, dit en l'observant : « Elle a beaucoup de mémoire. »

Son mari attesta le fait, et s'offrit lui-même à l'exploration.

— « Oh! vous mon brave, on vous conduit difficilement. »

D'après les autres il n'y avait point dans le monde un pareil têtu.

La troisième épreuve se fit sur un gamin escorté de sa grand-mère.

Pécuchet déclara qu'il devait chérir la musique.

— « Je crois bien! » dit la bonne femme « montre à ces messieurs pour voir! »

Il tira de sa blouse une guimbarde — et se mit à souffler dedans. Un fracas s'éleva. C'était la porte, claquée violemment par le docteur qui s'en allait.

Ils ne doutèrent plus d'eux-mêmes, et appelant les deux élèves recommencèrent l'analyse de leur boîte osseuse.

Celle de Victorine était généralement unie, marque de pondération — mais son frère avait un crâne déplorable! une éminence très forte dans l'angle mastoïdien des pariétaux indiquait l'organe de la destruction, du meurtre; — et plus bas, un renflement était le signe de la convoitise, du vol. Bouvard et Pécuchet en furent attristés pendant huit jours.

Il faudrait comprendre le sens des mots; ce qu'on appelle la combativité implique le dédain de la mort. S'il fait des homicides, il peut de même produire des sauvetages. L'acquisivité englobe le tact des filous et l'ardeur des commerçants. L'irrévérence est parallèle à l'esprit de critique, la ruse à la circonspection. Toujours un instinct se dédouble en deux parties, une mauvaise, une bonne; on détruira la seconde en cultivant la première; et par cette méthode, un enfant audacieux, loin d'être un bandit deviendra un général. Le lâche n'aura seulement que de la prudence, l'avare de l'économie, le prodigue de la générosité.

Un rêve magnifique les occupa; s'ils menaient à bien l'éducation de leurs élèves, ils fonderaient un établissement ayant pour but de redresser l'intelligence, dompter les caractères, ennoblir le cœur. Déjà ils parlaient des souscriptions et de la bâtisse.

Leur triomphe chez Ganot les avait rendus célèbres — et des gens les venaient consulter, afin qu'on leur dise leurs chances de fortune.

Il en défila de toutes les espèces : crânes en boule, en poire, en pains de sucre, de carrés, d'élevés, de resserrés, d'aplatis, avec des mâchoires de bœuf, des figures d'oiseau, des yeux de cochon — Tant de monde gênait le perruquier dans son travail. Les coudes frôlaient l'armoire à vitres contenant la parfumerie, on dérangeait les peignes, le lavabo fut brisé ; — et il flanqua dehors tous les amateurs, en priant Bouvard et Pécuchet de les suivre, ultimatum qu'ils acceptèrent sans murmurer, étant un peu fatigués de la cranioscopie.

Le lendemain, comme ils passaient devant le jardinet du capitaine, ils aperçurent causant avec lui Girbal, Coulon, le garde champêtre, et son fils cadet Zéphyrin, habillé en enfant de chœur. Sa robe était toute neuve, il se promenait dessous avant de la remettre dans la sacristie — et on le complimentait.

Placquevent pria ces Messieurs de palper son jeune homme, curieux de savoir ce qu'ils penseraient.

La peau du front avait l'air comme tendue ; un nez mince, très cartilagineux du bout, tombait obliquement sur des lèvres pincées ; le menton était pointu, le regard fuyant, l'épaule droite trop haute.

— « Retire ta calotte » lui dit son père.

Bouvard glissa les mains dans sa chevelure couleur de paille ; puis ce fut le tour de Pécuchet ; et ils se communiquaient à voix basse leurs observations :

— « *Biophilie* manifeste. Ah! ah! *l'approbativité! Consciencíosité* absente! *Amativité* nulle! »

— « Eh bien? » dit le garde champêtre.

Pécuchet ouvrit sa tabatière, et huma une prise.

— « Rien de bon! hein? »

— « Ma foi » répliqua Bouvard « ce n'est guère fameux. »

Placquevent rougit d'humiliation. — « Il fera, tout de même, ma volonté. »

— « Oh! oh! »

— « Mais je suis son père, nom de Dieu, et j'ai bien le droit!... »

— « Dans une certaine mesure » reprit Pécuchet.

Girbal s'en mêla : — « L'autorité paternelle est incontestable. »

— « Mais si le père est un idiot? »

— « N'importe » dit le Capitaine « son pouvoir n'en est pas moins absolu. »

— « Dans l'intérêt des enfants » ajouta Coulon.

D'après Bouvard et Pécuchet, ils ne devaient rien aux auteurs de leurs jours, et les parents, au contraire, leur doivent la nourriture, l'instruction, des prévenances, enfin tout!

Les bourgeois se récrièrent devant cette opinion immorale. Placquevent en était blessé comme d'une injure.

— « Avec cela, ils sont jolis, ceux que vous ramassez sur les grandes routes! ils iront loin! Prenez garde. »

— « Garde à quoi? » dit aigrement Pécuchet.

— « Oh! je n'ai pas peur de vous! »

— « Ni moi, non plus. »

Coulon intervint, modéra le garde champêtre, et le fit s'éloigner.

Pendant quelques minutes on resta silencieux. Puis il fut question des dahlias du capitaine qui ne lâcha point son monde, sans les avoir exhibés l'un après l'autre.

Bouvard et Pécuchet rejoignaient leur domicile, quand à cent pas devant eux, ils distinguèrent Placquevent, et Zéphyrin près de lui, levait le coude en manière de bouclier pour se garantir des gifles.

Ce qu'ils venaient d'entendre exprimait sous d'autres formes les idées de M. le comte; mais l'exemple de leurs élèves témoignerait combien la liberté l'emporte sur la contrainte. Un peu de Discipline était cependant nécessaire.

Pécuchet cloua dans le muséum un tableau pour les démonstrations; on tiendrait un journal où les actions de l'enfant notées le soir seraient relues le lendemain. Tout s'accomplirait au son de la cloche. Comme Dupont de Nemours, ils useraient de l'injonction paternelle d'abord, puis de l'injonction militaire et le tutoiement fut interdit.

Bouvard tâcha d'apprendre le calcul à Victorine. Quelquefois, il se trompait; ils en riaient l'un et l'autre; puis le baisant sur le cou, à la place qui n'a pas de barbe, elle demandait à s'en aller; il la laissait partir.

Pécuchet aux heures des leçons avait beau tirer la cloche, et crier par la fenêtre l'injonction militaire, le gamin n'arrivait pas. Ses chaussettes lui pendaient toujours sur les chevilles; à table même, il se fourrait les doigts dans le nez, et ne retenait point ses gaz. Broussais là-dessus défend les réprimandes; car « il faut obéir aux sollicitations d'un instinct conservateur ».

Victorine et lui, employaient un affreux langage, disant *mé itou* pour « moi aussi », *bère* pour « boire », *al* pour « elle », un *deventiau*, de *l'iau;* mais comme la grammaire ne peut être comprise des enfants, — et qu'ils la sauront s'ils entendent parler correctement, les deux bonshommes surveillaient leurs discours jusqu'à en être incommodés.

Ils différaient d'opinions quant à la géographie. Bouvard pensait qu'il est plus logique de débuter par la commune. Pécuchet par l'ensemble du monde.

Avec un arrosoir et du sable il voulut démontrer ce qu'était un fleuve, une île, un golfe; et même sacrifia trois plates-bandes pour les trois continents; mais les points cardinaux n'entraient pas dans la tête de Victor.

Par une nuit de janvier, Pécuchet l'emmena en rase campagne. Tout en marchant, il préconisait l'astronomie; les navigateurs l'utilisent dans leurs voyages; Christophe Colomb sans elle n'eût pas fait sa découverte. Nous devons de la reconnaissance à Copernic, Galilée, Newton.

Il gelait très fort et sur le bleu noir du ciel, une infinité de lumières scintillaient.

Pécuchet leva les yeux. Comment? pas de grande ourse; la dernière fois qu'il l'avait vue, elle était tournée d'un autre côté; enfin il la reconnut puis montra l'étoile polaire, toujours au Nord, et sur laquelle on s'oriente.

Le lendemain, il posa au milieu du salon un fauteuil et se mit à valser autour.

— « Imagine que ce fauteuil est le soleil, et que moi je suis la terre! Elle se meut ainsi. »

Victor le considérait plein d'étonnement.

Il prit ensuite une orange, y passa une baguette signifiant les pôles puis l'encercla d'un trait au charbon pour marquer l'équateur. Après quoi, il promena l'orange à l'entour d'une bougie, en faisant observer que tous les points de la surface n'étaient pas éclairés simultanément, ce qui produit la différence des climats, et pour celle des saisons, il pencha l'orange, car la terre ne se tient pas droite ce qui amène les équinoxes et les solstices.

Victor n'y avait rien compris. Il croyait que la terre pivote sur une longue aiguille et que l'équateur est un anneau, étreignant sa circonférence.

Au moyen d'un atlas, Pécuchet lui exposa l'Europe; mais ébloui par tant de lignes et de couleurs, il ne retrouvait plus les noms. Les bassins et les montagnes ne s'accordaient pas avec les royaumes, l'ordre politique embrouillait l'ordre physique.

Tout cela, peut-être, s'éclaircirait en étudiant l'Histoire.

Il eût été plus pratique de commencer par le village, ensuite l'arrondissement, le département, la province. Mais Chavignolles n'ayant point d'annales, il fallait bien s'en tenir à l'Histoire universelle.

Tant de matières l'embarrassent qu'on doit seulement en prendre les Beautés.

Il y a pour la grecque : « Nous combattrons à l'ombre », l'envieux qui bannit Aristide et la confiance d'Alexandre en son médecin; pour la romaine : les oies du Capitole, le trépied de Scévola, le tonneau de Régulus. Le lit de roses de Guatimozin est considérable pour l'Amérique; quant à la France, elle comporte le vase de Soissons, le chêne de saint Louis, la mort de Jeanne d'Arc, la poule au pot du Béarnais, — on n'a que l'embarras du choix. Sans compter « A moi d'Auvergne », et le naufrage du *Vengeur !*

Victor confondait les hommes, les siècles et les pays.

Cependant, Pécuchet n'allait pas le jeter dans des

considérations subtiles et la masse des faits est un vrai labyrinthe.

Il se rabattit sur la nomenclature des rois de France. Victor les oubliait, faute de connaître les dates. Mais si la mnémotechnie de Dumouchel avait été insuffisante pour eux, que serait-ce pour lui! Conclusion : l'Histoire ne peut s'apprendre que par beaucoup de lectures. Ils les feraient.

Le dessin est utile dans une foule de circonstances; or Pécuchet eut l'audace de l'enseigner lui-même, d'après nature! en abordant tout de suite le paysage. Un libraire de Bayeux lui envoya du papier, du caoutchouc, deux cartons, des crayons, et du fixatif pour leurs œuvres — qui sous verre et dans des cadres orneraient le muséum.

Levés dès l'aurore, ils se mettaient en route, avec un morceau de pain dans la poche; — et beaucoup de temps était perdu à chercher un site. Pécuchet voulait à la fois reproduire ce qui se trouvait sous ses pieds, l'extrême horizon et les nuages. Mais les lointains dominaient toujours les premiers plans; la rivière dégringolait du ciel, le berger marchait sur le troupeau — un chien endormi avait l'air de courir. Pour sa part il y renonça.

Se rappelant avoir lu cette définition : « Le dessin se compose de trois choses : la ligne, le grain, le grainé fin, de plus le trait de force — mais le trait de force, il n'y a que le maître seul qui le donne » il rectifiait la ligne, collaborait au grain, surveillait le grainé fin, et attendait l'occasion de donner le trait de force. Elle ne venait jamais tant le paysage de l'élève était incompréhensible.

Sa sœur, paresseuse comme lui, bâillait devant la table de Pythagore. M^lle^ Reine lui montrait à coudre — et quand elle marquait du linge, elle levait les doigts si gentiment que Bouvard ensuite, n'avait pas le cœur de la tourmenter avec sa leçon de calcul. Un de ces jours, ils s'y remettraient.

Sans doute, l'arithmétique et la couture sont nécessaires dans un ménage. Mais il est cruel, objecta Pécuchet, d'élever les filles en vue exclusivement du mari qu'elles auront. Toutes ne sont pas destinées à l'hymen, et si on veut que plus tard elles se passent des hommes il faut leur apprendre bien des choses.

On peut inculquer les sciences, à propos des objets les plus vulgaires; — dire par exemple, en quoi consiste le vin; et l'explication fournie Victor et Victorine devaient la répéter. Il en fut de même des épices, des meubles, de l'éclairage; mais la lumière, c'était pour eux la lampe, et elle n'avait rien de commun avec l'étincelle d'un caillou, la flamme d'une bougie, la clarté de la lune.

Un jour, Victorine demanda d'où vient que le bois brûle; ses maîtres se regardèrent embarrassés, la théorie de la combustion les dépassant.

Une autre fois, Bouvard depuis le potage jusqu'au fromage, parla des éléments nourriciers, et ahurit les deux petits sous la fibrine, la caséine, la graisse et le gluten.

Ensuite, Pécuchet voulut leur expliquer comment le sang se renouvelle, et il pataugea dans la circulation.

Le dilemme n'est point commode; si l'on part des faits, le plus simple exige des raisons trop compliquées, et en posant d'abord les principes, on commence par l'Absolu, la Foi.

Que résoudre? combiner les deux enseignements, le rationnel et l'empirique; mais un double moyen vers un seul but est l'inverse de la méthode? Ah! tant pis!

Pour les initier à l'histoire naturelle, ils tentèrent quelques promenades scientifiques.

— « Tu vois », disaient-ils en montrant un âne, un cheval, un bœuf, « les bêtes à quatre pieds, ce sont des quadrupèdes. Les oiseaux présentent des plumes, les reptiles des écailles, et les papillons appartiennent à la classe des insectes. » Ils avaient un filet pour en prendre — et Pécuchet tenant la bestiole avec délicatesse, leur faisait observer les quatre ailes, les six pattes, les deux antennes et la trompe osseuse qui aspire le nectar des fleurs.

Il cueillait des simples au revers des fossés, disait leurs noms ou en inventait, afin de garder son prestige. D'ailleurs, la nomenclature est le moins important de la Botanique.

Il écrivit cet axiome sur le tableau : « Toute plante a des feuilles, un calice, et une corolle enfermant un ovaire ou péricarpe qui contient la graine. »

Puis il ordonna à ses élèves d'herboriser au hasard dans la campagne.

Victor en rapporta des boutons d'or, sorte de renoncule dont la fleur est jaune. Victorine une touffe de graminées; il y chercha vainement un péricarpe.

Bouvard qui se méfiait de son savoir fouilla toute la bibliothèque et découvrit dans le *Redouté des Dames*, le dessin d'une rose; l'ovaire n'était pas situé dans la corolle, mais au-dessous des pétales.

— « C'est une exception », dit Pécuchet.

Ils trouvèrent X, rubiacée qui n'a pas de calice.

Ainsi le principe posé par Pécuchet était faux.

Il y avait dans leur jardin des tubéreuses, toutes sans calice. — « Une étourderie! La plupart des Liliacées en manquent. »

Mais un hasard fit qu'ils virent une shérarde (description de la plante) — et elle avait un calice.

Allons, bon! si les exceptions elles-mêmes ne sont pas vraies, à qui se fier?

Un jour dans une de ces promenades, ils entendirent crier des paons, jetèrent les yeux par-dessus le mur, et au premier moment, ils ne reconnaissaient pas leur ferme. La grange avait un toit d'ardoises, les barrières étaient neuves, les chemins empierrés. Le père Gouy parut : « Pas possible! est-ce vous? » Que d'histoires depuis trois ans, la mort de sa femme entre autres. Quant à lui il se portait toujours comme un chêne.

— « Entrez donc une minute. »

On était au commencement d'avril — et les pommiers en fleurs alignaient dans les trois masures leurs touffes blanches et roses; le ciel couleur de satin bleu, n'avait pas un nuage; des nappes, des draps et des serviettes pendaient verticalement, attachés par des fiches de bois à des cordes tendues. Le père Gouy les soulevait pour passer quand tout à coup, ils rencontrèrent Mme Bordin, nu-tête, en camisole, — et Marianne lui offrait à pleins bras, des paquets de linge.

— « Votre servante, messieurs! Faites comme chez vous! moi, je vais m'asseoir, je suis rompue. »

Le fermier proposa à toute la compagnie un verre de boisson.

— « Pas maintenant » dit-elle « j'ai trop chaud! »

Pécuchet accepta, et disparut vers le cellier avec le père Gouy, Marianne et Victor.

Bouvard s'assit par terre, à côté de Mme Bordin. Il recevait ponctuellement sa rente, n'avait pas à s'en plaindre, ne lui en voulait plus.

La grande lumière éclairait son profil, un de ses bandeaux noirs descendait trop bas, et les frisons de sa nuque se collaient à sa peau ambrée, moite de sueur. Chaque fois qu'elle respirait, ses deux seins montaient. Le parfum du gazon se mêlait à la bonne odeur de sa chair solide; et Bouvard eut un revif de tempérament, qui le combla de joie. Alors il lui fit des compliments sur sa propriété.

Elle en fut ravie, et parla de ses projets. Pour agrandir les cours, elle abattrait le haut-bord.

Victorine, à ce moment-là, en grimpait lc talus et cueillait des primevères, des hyacinthes et des violettes, sans avoir peur d'un vieux cheval, qui broutait l'herbe, au pied.

— « N'est-ce pas qu'elle est gentille? » dit Bouvard.

— « Oui! c'est gentil, une petite fille! » et la veuve poussa un soupir, qui semblait exprimer le long chagrin de toute une vie.

— « Vous auriez pu en avoir. »

Elle baissa la tête.

— « Il n'a tenu qu'à vous! »

— « Comment? »

Il eut un tel regard, qu'elle s'empourpra, comme à la sensation d'une caresse brutale — mais de suite, en s'éventant avec son mouchoir :

— « Vous avez manqué le coche, mon cher! »

— « Je ne comprends pas » et sans se lever, il se rapprochait.

Elle le considéra de haut en bas, longtemps, — puis, souriante et les prunelles humides : — « C'est de votre faute! »

Les draps, autour d'eux, les enfermaient comme les rideaux d'un lit.

Il se pencha sur le coude, lui frôlant les genoux de sa figure.

— « Pourquoi? hein? pourquoi? » et comme elle se taisait, et qu'il était dans un état où les serments ne coûtent rien, il tâcha de se justifier, s'accusa de folie, d'orgueil : — « Pardon ! ce sera comme autrefois !... voulez-vous ?... » et il avait pris sa main, qu'elle laissait dans la sienne.

Un coup de vent brusque fit se relever les draps — et ils virent deux paons, un mâle et une femelle. La femelle se tenait immobile, les jarrets pliés, la croupe en l'air. Le mâle se promenant autour d'elle arrondissait sa queue en éventail, se rengorgeait, gloussait, puis sauta dessus, en rabattant ses plumes, qui la couvrirent comme un berceau ; — et les deux grands oiseaux tremblèrent, d'un seul frémissement.

Bouvard le sentit dans la paume de Mme Bordin. Elle se dégagea, bien vite. Il y avait devant eux, béant, et comme pétrifié le jeune Victor qui regardait ; un peu plus loin, Victorine étalée sur le dos en plein soleil, aspirait toutes les fleurs qu'elle s'était cueillies.

Le vieux cheval, effrayé par les paons, cassa sous une ruade une des cordes, s'y empêtra les jambes, et galopant dans les trois cours, traînait la lessive après lui.

Aux cris furieux de Mme Bordin Marianne accourut. Le père Gouy injuriait son cheval : « Bougre de rosse ! carcan ! voleur », lui donnait des coups de pied dans le ventre, des coups sur les oreilles avec le manche d'un fouet.

Bouvard fut indigné de voir battre un animal.

Le paysan répondit : — « J'en ai le droit ! il m'appartient. »

Ce n'était pas une raison.

Et Pécuchet survenant, ajouta que les animaux avaient aussi leurs droits, car ils ont une âme, comme nous, — si toutefois la nôtre existe ?

— « Vous êtes un impie » s'écria Mme Bordin.

Trois choses l'exaspéraient : la lessive à recommencer, ses croyances qu'on outrageait, et la crainte d'avoir été entrevue tout à l'heure dans une pose suspecte.

— « Je vous croyais plus forte » dit Bouvard.

Elle répliqua magistralement : — « Je n'aime pas les polissons. » Et Gouy s'en prit à eux d'avoir abîmé son cheval, dont les naseaux saignaient. Il grommelait tout bas : « Sacrés gens de malheur! j'allais l'entiérer, quand ils sont venus. »

Les deux bonshommes se retirèrent en haussant les épaules.

Victor leur demanda pourquoi ils s'étaient fâchés contre Gouy.

— « Il abuse de sa force, ce qui est mal. »

— « Pourquoi est-ce mal? »

Les enfants n'auraient-ils aucune notion du juste? Peut-être.

Et le soir, Pécuchet ayant Bouvard à sa droite, sous la main quelques notes, et en face de lui les deux élèves, commença un cours de morale.

Cette science nous apprend à diriger nos actions.

Elles ont deux motifs, le plaisir, l'intérêt — et un troisième plus impérieux : le devoir.

Les devoirs se divisent en deux classes : *Primo* devoirs envers nous-mêmes, lesquels consistent à soigner notre corps, nous garantir de toute injure. Ils entendaient cela parfaitement. *Secundo* devoirs envers les autres, c'est-à-dire être toujours loyal, débonnaire, et même fraternel, le genre humain n'étant qu'une seule famille. Souvent une chose nous agrée qui nuit à nos semblables; l'intérêt diffère du Bien, car le Bien est de soi-même irréductible. Les enfants ne comprenaient pas. Il remit à la fois prochaine, la sanction des devoirs.

Dans tout cela suivant Bouvard, il n'avait pas défini le Bien.

— « Comment veux-tu le définir? On le sent. »

Alors les leçons de morale ne conviendraient qu'aux gens moraux; et le cours de Pécuchet s'arrêta.

Ils firent lire à leurs élèves des historiettes tendant à inspirer l'amour de la vertu. Elles assommèrent Victor.

Pour frapper son imagination, Pécuchet suspendit aux murs de sa chambre des images, exposant la vie du Bon Sujet, et celle du Mauvais Sujet. Le premier, Adolphe, embrassait sa mère, étudiait l'allemand, secourait un aveugle, et était reçu à l'École Polytechnique. Le mauvais, Eugène, commençait par désobéir à son père, avait une querelle dans un café, battait son épouse, tombait ivre-mort, fracturait une armoire — et un dernier tableau le représentait au bagne, où un monsieur accompagné d'un jeune garçon disait, en le montrant : « Tu vois, mon fils, les dangers de l'inconduite. »

Mais pour les enfants l'avenir n'existe pas. On avait beau prêcher, les saturer de cette maxime : le travail est honorable et les riches parfois sont malheureux, ils avaient connu des travailleurs nullement honorés, et se rappelaient le château où la vie semblait bonne. Les supplices du remords leur étaient dépeints avec tant d'exagération qu'ils flairaient la blague et se méfiaient du reste.

On essaya de les conduire par le point d'honneur, l'idée de l'opinion publique et le sentiment de la gloire, en leur vantant les grands hommes, surtout les hommes utiles, tels que Belzunce, Franklin, Jacquard! Victor ne témoignait aucune envie de leur ressembler.

Un jour qu'il avait fait une addition sans faute,

Bouvard cousit à sa veste un ruban qui signifiait la croix. Il se pavana dessous. Mais ayant oublié la mort de Henri IV, Pécuchet le coiffa d'un bonnet d'âne. Victor se mit à braire avec tant de violence et pendant si longtemps, qu'il fallut enlever ses oreilles de carton.

Sa sœur comme lui, se montrait flattée des éloges et indifférente aux blâmes.

Afin de les rendre plus sensibles, on leur donna un chat noir, qu'ils durent soigner; — et on leur confiait deux ou trois sols pour qu'ils fissent l'aumône. Ils trouvèrent la prétention odieuse; cet argent leur appartenait.

Se conformant à un désir des pédagogues, ils appelaient Bouvard « mon oncle » et Pécuchet « bon ami » mais ils les tutoyaient, et la moitié des leçons, ordinairement, se passait en disputes.

Victorine abusait de Marcel, montait sur son dos, le tirait par les cheveux; pour se moquer de son bec-de-lièvre, parlait du nez comme lui, — et le pauvre homme n'osait se plaindre, tant il aimait la petite fille. Un soir, sa voix rauque s'éleva extraordinairement. Bouvard et Pécuchet descendirent dans la cuisine. Les deux élèves observaient la cheminée — et Marcel joignant les mains s'écriait : « Retirez-le! c'est trop! c'est trop! »

Le couvercle de la marmite sauta, comme un obus éclate. Une masse grisâtre bondit jusqu'au plafond, puis tourna sur elle-même frénétiquement, en poussant d'abominables cris.

On reconnut le chat, tout efflanqué, sans poil, la queue pareille à un cordon. Des yeux énormes lui sortaient de la tête. Ils étaient couleur de lait, comme vidés et pourtant regardaient.

La bête hideuse hurlait toujours, se jeta dans

l'âtre, disparut, puis retomba au milieu des cendres, inerte.

C'était Victor qui avait commis cette atrocité; — et les deux bonshommes se reculèrent — pâles de stupéfaction et d'horreur. Aux reproches qu'on lui adressa, il répondit comme le garde champêtre pour son fils, et comme le fermier pour son cheval : — « Eh bien? puisqu'il est à moi! » sans gêne, naïvement, dans la placidité d'un instinct assouvi.

L'eau bouillante de la marmite était répandue par terre, des casseroles, les pincettes, et des flambeaux jonchaient les dalles. Marcel fut quelque temps à nettoyer la cuisine — et ses maîtres enterrèrent le pauvre chat dans le jardin, sous la pagode.

Ensuite Bouvard et Pécuchet causèrent longuement de Victor. Le sang paternel se manifestait. Que faire? Le rendre à M. de Faverges ou le confier à d'autres serait un aveu d'impuissance. Il s'amenderait peut-être un peu.

N'importe! L'espoir était douteux, la tendresse n'existait plus! Quel plaisir que d'avoir près de soi un adolescent curieux de vos idées, dont on observe les progrès, qui devient un frère plus tard; mais Victor manquait d'esprit, de cœur encore plus! et Pécuchet soupira, le genou plié dans ses mains jointes.

— « La sœur ne vaut pas mieux » dit Bouvard.

Il imaginait une fille, de quinze ans à peu près, l'âme délicate, l'humeur enjouée, ornant la maison des élégances de sa jeunesse; et comme s'il eût été son père et qu'elle vînt de mourir, le bonhomme en pleura.

Puis cherchant à excuser Victor, il allégua l'opinion de Rousseau : L'enfant n'a pas de responsabilité, ne peut être moral ou immoral.

Ceux-là, suivant Pécuchet avaient l'âge du discernement et ils étudièrent les moyens de les corriger.

Pour qu'une punition soit bonne, dit Bentham, elle doit être proportionnée à la faute, sa conséquence naturelle. L'enfant a brisé un carreau, on n'en remettra pas, qu'il souffre du froid. Si, n'ayant plus faim, il redemande d'un plat, cédez-lui ; une indigestion le fera vite se repentir. Il est paresseux ; qu'il reste sans travail ; l'ennui de soi-même l'y ramènera.

Mais Victor ne souffrirait pas du froid, son tempérament pouvait endurer des excès, et la fainéantise lui conviendrait.

Ils adoptèrent le système inverse, la punition médicinale. Des pensums lui furent donnés ; il devint plus paresseux. On le privait de confiture ; sa gourmandise en redoubla.

L'ironie aurait peut-être du succès ? Une fois qu'il était venu déjeuner les mains sales, Bouvard le railla, l'appelant joli cœur, muscadin, gants-jaunes. Victor écoutait le front bas, blêmit tout à coup, et jeta son assiette à la tête de Bouvard — puis furieux de l'avoir manqué, se précipita vers lui. Ce n'était pas trop que trois hommes pour le contenir. Il se roulait par terre, tâchait de mordre. — Pécuchet l'arrosa de loin avec une carafe ; de suite il fut calmé ; — mais enroué, pendant trois jours. Le moyen n'était pas bon.

Ils en prirent un autre ; au moindre symptôme de colère, le traitant comme un malade, ils le couchaient dans son lit. Victor s'y trouvait bien, et chantait.

Un jour, il dénicha dans la bibliothèque une vieille noix de coco ; — et commençait à la fendre, quand Pécuchet survint.

— « Mon coco! »

C'était un souvenir de Dumouchel! Il l'avait apporté de Paris à Chavignolles, en leva les bras d'indignation. — Victor se mit à rire. « Bon ami » n'y tint plus — et d'une large calotte l'envoya bouler au fond de l'appartement; — puis tremblant d'émotion, alla se plaindre à Bouvard.

Bouvard lui fit des reproches. — « Es-tu bête avec ton coco! Les coups abrutissent, la terreur énerve. Tu te dégrades toi-même! »

Pécuchet objecta que les châtiments corporels sont quelquefois indispensables. Pestalozzi les employait; et le célèbre Mélanchthon avoue que sans eux il n'eût rien appris.

Mais des punitions cruelles ont poussé des enfants au suicide; on en relate des exemples.

Victor s'était barricadé dans sa chambre. Bouvard parlementa derrière la porte; et pour la faire ouvrir, lui promit une tarte aux prunes. Dès lors il empira.

Restait un moyen, préconisé par Dupanloup : « le regard sévère ». Ils tâchaient d'imprimer à leurs visages un aspect effrayant et ne produisaient aucun effet.

« Nous n'avons plus qu'à essayer de la Religion » dit Bouvard.

Pécuchet se récria. Ils l'avaient bannie de leur programme.

Mais le raisonnement ne satisfait pas tous les besoins. Le cœur et l'imagination veulent autre chose. Le surnaturel pour bien des âmes est indispensable, et ils résolurent d'envoyer les enfants au catéchisme.

Reine proposa de les y conduire. Elle revenait dans la maison et savait se faire aimer par des manières caressantes. Victorine changea tout à coup, fut plus réservée, mielleuse, s'agenouillait devant la Madone, admirait le sacrifice d'Abraham, ricanait avec dédain au nom seul de protestant.

Elle déclara qu'on lui avait prescrit le jeûne. Ils s'en informèrent; ce n'était pas vrai. Le jour de la Fête-Dieu, les juliennes disparurent d'une plate-bande pour décorer le reposoir; elle nia effrontément les avoir coupées. Une autre fois elle prit à Bouvard vingt sols qu'elle mit dans le plat du sacristain.

Ils en conclurent que la morale se distingue de la Religion; — quand elle n'a point d'autre base, son importance est secondaire.

Un soir, pendant qu'ils dînaient M. Marescot entra — Victor s'enfuit immédiatement.

Le notaire ayant refusé de s'asseoir, conta ce qui l'amenait. Le jeune Touache avait battu, presque tué son fils.

Comme on savait les origines de Victor et qu'il était désagréable, les autres gamins l'appelaient Forçat; et tout à l'heure il avait flanqué à M. Arnold Marescot une violente raclée. Le cher Arnold en portait des traces sur la figure. « Sa mère est au désespoir, son costume en lambeaux, sa santé compromise, où allons-nous? »

Le notaire exigeait un châtiment rigoureux; et que Victor ne fréquentât plus le catéchisme, afin de prévenir des collisions nouvelles.

Bouvard et Pécuchet, bien que blessés par son ton rogue, promirent tout ce qu'il voulut, calèrent.

Victor avait-il obéi au sentiment de l'honneur, ou de la vengeance? En tout cas, ce n'était point un lâche.

Mais sa brutalité les effrayait. La musique adoucissant les mœurs, Pécuchet imagina de lui apprendre le solfège.

Victor eut beaucoup de peine à lire couramment les notes, et à ne pas confondre les termes *adagio, presto, sforzando.* Son maître s'évertua à lui expliquer la gamme, l'accord parfait, le diatonique, le chromatique et les deux espèces d'intervalles, appelés majeur et mineur.

Il le fit se mettre tout droit, la poitrine en avant, la bouche grande ouverte, et pour l'instruire par l'exemple, poussa des intonations d'une voix fausse; celle de Victor lui sortait du larynx péniblement tant il le contractait — quand un soupir commençait la mesure, il partait tout de suite, ou trop tard.

Pécuchet néanmoins, aborda le chant en partie double. Il prit une baguette pour tenir lieu d'archet, et faisait aller son bras magistralement, comme s'il avait eu un orchestre derrière lui; mais occupé par deux besognes, il se trompait de temps; — son erreur en amenait d'autres chez l'élève, et les yeux sur la portée, fronçant les sourcils, tendant les muscles de leur cou, ils continuaient au hasard, jusqu'au bas de la page.

Enfin Pécuchet dit à Victor : — « Tu n'es pas près de briller aux orphéons » et il abandonna l'enseignement de la musique. « Locke d'ailleurs a peut-être raison : Elle engage dans des compagnies tellement dissolues qu'il vaut mieux s'occuper à autre chose. »

Sans vouloir en faire un écrivain il serait commode pour Victor de savoir au moins trousser une lettre. Une réflexion les arrêta. Le style épistolaire ne peut s'apprendre; car il appartient exclusivement aux femmes.

Ils songèrent ensuite à fourrer dans sa mémoire quelques morceaux de littérature; et embarrassés du choix, consultèrent l'ouvrage de M^me^ Campan.

Elle recommande la scène d'Éliacin, les chœurs d'*Esther*, Jean-Baptiste Rousseau, tout entier.

C'est un peu vieux. Quant aux romans, elle les prohibe, comme peignant le monde sous des couleurs trop favorables.

Cependant, elle permet *Clarisse Harlowe* et *le Père de famille* par miss Opie. — Qui est-ce miss Opie?

Ils ne découvrirent pas son nom dans la *Biographie Michaud.* Restait les contes de Fées. « Ils vont espérer des palais de diamants » dit Pécuchet. La littérature développe l'esprit mais exalte les passions.

Victorine fut renvoyée du catéchisme, à cause des siennes.

On l'avait surprise, embrassant le fils du notaire; et Reine ne plaisantait pas! sa figure était sérieuse sous son bonnet à gros tuyaux. Après un scandale pareil, comment garder une jeune fille si corrompue?

Bouvard et Pécuchet qualifièrent le curé de vieille bête. Sa bonne le défendit. Ils ripostèrent, et elle s'en alla en roulant des yeux terribles, en grommelant : « On vous connaît! on vous connaît! »

Victorine effectivement, s'était prise de tendresse pour Arnold, tant elle le trouvait joli avec son col brodé, sa veste de velours, ses cheveux sentant bon; — et elle lui apportait des bouquets, jusqu'au moment où elle fut dénoncée par Zéphyrin.

Quelle niaiserie que cette aventure! Les deux enfants étaient d'une innocence parfaite.

Fallait-il leur apprendre le mystère de la génération? « Je n'y verrais pas de mal » dit Bouvard. Le philosophe Basedow l'exposait à ses élèves, ne détaillant toutefois que la grossesse et la naissance.

Pécuchet pensa différemment, Victor commençait à l'inquiéter.

Il le soupçonnait d'avoir une mauvaise habitude. Pourquoi pas? des hommes graves la conservent toute leur vie, et on prétend que le Duc d'Angoulême s'y livrait. Il interrogea son disciple d'une telle façon qu'il lui ouvrit les idées, et peu de temps après n'eut aucun doute.

Alors il l'appela criminel, et voulait comme traitement lui faire lire Tissot. Ce chef-d'œuvre, selon Bouvard, était plus pernicieux qu'utile.

Mieux vaudrait lui inspirer un sentiment poétique. Aimé Martin rapporte qu'une mère, en pareil cas, prêta *La Nouvelle Héloïse* à son fils; « et pour se rendre digne de l'amour, le jeune homme se précipita dans le chemin de la Vertu. »

Mais Victor n'était pas capable de rêver un Ange.

— « Si plutôt nous le menions chez les dames? »

Pécuchet exprima son horreur des filles publiques.

Bouvard la jugeait idiote; et même parla de faire exprès un voyage au Havre.

— « Y penses-tu? on nous verrait entrer! »

— « Eh bien achète-lui un appareil! »

— « Mais le bandagiste croirait peut-être que c'est pour moi » dit Pécuchet.

Il lui aurait fallu un plaisir émouvant comme la chasse; elle amènerait la dépense d'un fusil, d'un chien. Ils préférèrent le fatiguer par l'exercice, et entreprirent des courses dans la campagne.

Le gamin leur échappait. Bien qu'ils se relayassent ils n'en pouvaient plus et le soir, n'avaient pas la force de tenir le journal.

Pendant qu'ils attendaient Victor ils causaient avec les passants — et par besoin de pédagogie, tâchaient de leur apprendre l'hygiène, déploraient la perte des eaux, le gaspillage des fumiers.

Ils en vinrent à inspecter les nourrices, et s'indignaient contre le régime de leurs poupons. Les unes les abreuvent de gruau, ce qui les fait périr de faiblesse. D'autres les bourrent de viande avant six mois — et ils crèvent d'indigestion. Plusieurs les nettoient avec leur propre salive; toutes les manient brutalement.

Quand ils apercevaient sur une porte un hibou crucifié, ils entraient dans la ferme et disaient :

— « Vous avez tort; — ces animaux vivent de rats, de champagnols; on a trouvé dans l'estomac d'une chouette jusqu'à cinquante larves de chenilles. »

Les villageois les connaissaient pour les avoir vus, premièrement comme médecins, puis en quête de vieux meubles, puis à la recherche des cailloux, et ils répondaient :

— « Allez donc, farceurs! n'essayez pas de nous en remontrer! »

Leur conviction s'ébranla. Car les moineaux purgent les potagers, mais gobent les cerises. Les hiboux dévorent les insectes, et en même temps, les chauves-souris, qui sont utiles — et si les taupes mangent les limaces, elles bouleversent le sol. Une chose dont ils étaient certains c'est qu'il faut détruire tout le gibier, funeste à l'Agriculture.

Un soir qu'ils passaient dans le bois de Faverges, ils arrivèrent devant la maison du garde. Sorel au bord de la route gesticulait entre trois individus.

Le premier était un certain Dauphin savetier, petit, maigre, et à figure sournoise. Le second le père Aubain, commissionnaire dans les villages, portait une vieille redingote jaune avec un pantalon de coutil bleu.

Le troisième Eugène, domestique chez M. Marescot, se distinguait par sa barbe, taillée comme celle des magistrats.

Sorel leur montrait un nœud coulant, en fil de cuivre — qui s'attachait à un fil de soie retenu par une brique, ce qu'on nomme un collet; et il avait découvert le savetier, en train de l'établir.

— « Vous êtes témoin, n'est-ce pas? »

Eugène baissa le menton d'une manière approbative — et le père Aubain répliqua : — « Du moment que vous le dites. »

Ce qui enrageait Sorel, c'était le toupet d'avoir dressé un piège aux abords de son logement, le gredin se figurant qu'on n'aurait pas l'idée d'en soupçonner dans cet endroit.

Dauphin prit le genre pleurard. — « Je marchais dessus, je tâchais même de le casser. » On l'accusait toujours; il était bien malheureux!

Sorel, sans lui répondre, avait tiré de sa poche, un calepin, une plume et de l'encre pour écrire un procès-verbal.

— « Oh non? » dit Pécuchet.

Bouvard ajouta : « Relâchez-le, c'est un brave homme! »

— « Lui! un braconnier! »

— « Eh bien, quand cela serait! » Ils se mirent à défendre le braconnage. On sait d'abord, que les lapins rongent les jeunes pousses; les lièvres abîment les céréales, sauf la bécasse peut-être...

— « Laissez-moi donc tranquille. » Et le garde écrivait, les dents serrées.

— « Quel entêtement » murmura Bouvard.

— « Un mot de plus, je fais venir les gendarmes. »

— « Vous êtes un grossier personnage! » dit Pécuchet.

— « Vous, des pas grand'chose », reprit Sorel.

Bouvard s'oubliant, le traita de butor, d'estafier! — et Eugène répétait : « La paix, la paix » tandis que le père Aubain gémissait à trois pas d'eux sur un mètre de cailloux.

Troublés par ces voix, tous les chiens de la meute sortirent de leurs cabanes; on voyait à travers le grillage, leurs prunelles ardentes, leurs mufles noirs, et courant çà et là, ils aboyaient effroyablement.

— « Ne m'embêtez plus » s'écria leur maître « ou bien, je les lance sur vos culottes! »

Les deux amis s'éloignèrent, contents d'avoir soutenu le Progrès, la Civilisation.

Dès le lendemain, on leur envoya une citation à comparaître devant le tribunal de simple police, pour injures envers le garde — et s'y entendre condamner à cent francs de dommages et intérêts « sauf le recours du ministère public, vu les contraventions par eux commises. Coût six francs, soixante-quinze centimes. Tiercelin, huissier ».

Pourquoi un ministère public? La tête leur en tourna. Puis se calmant, ils préparèrent leur défense.

Le jour désigné, Bouvard et Pécuchet se rendirent à la Mairie, une heure trop tôt. Personne — des chaises et trois fauteuils entouraient une table couverte d'un tapis; une niche était creusée dans la muraille pour recevoir un poêle, et le buste de l'Empereur occupant un piédouche dominait l'ensemble.

Il flânèrent jusqu'au grenier, où il y avait une pompe à incendie, plusieurs drapeaux, — et dans un coin par terre d'autres bustes en plâtre : Napoléon sans diadème, Louis XVIII, avec des épaulettes sur un frac, Charles X, reconnaissable à sa lèvre tombante, Louis-Philippe, les sourcils arqués, la chevelure en pyramide. L'inclinaison du toit lui frôlait la nuque et tous étaient salis par les mouches et la poussière. Ce spectacle démoralisa Bouvard et Pécuchet. Les gouvernements leur faisaient pitié quand ils revinrent dans la grande salle.

Ils y trouvèrent Sorel et le garde champêtre, l'un ayant sa plaque au bras, l'autre un képi.

Une douzaine de personnes causaient, incriminées, pour défaut de balayage, chiens errants, manque de lanterne ou avoir tenu pendant la messe un cabaret ouvert.

Enfin Coulon se présenta, affublé d'une robe en serge noire et d'une toque ronde avec du velours dans le bas. Son greffier se mit à sa gauche. Le Maire en écharpe, à droite. — Et on appela, de suite, l'affaire Sorel contre Bouvard et Pécuchet.

Louis-Martial-Eugène Lenepveur, valet de chambre à Chavignolles (Calvados), profita de sa position de témoin, pour épandre tout ce qu'il savait sur une foule de choses étrangères au débat.

Nicolas-Juste Aubain, manouvrier, craignait de déplaire à Sorel et de nuire à ces messieurs, il avait entendu de gros mots, en doutait cependant, allégua sa surdité.

Le juge de paix le fit se rasseoir, puis s'adressant au garde : « Persistez-vous dans vos déclarations ? »

— « Certainement. »

Coulon ensuite demanda aux deux prévenus, ce qu'ils avaient à dire.

Bouvard soutenait n'avoir pas injurié Sorel, mais en défendant Dauphin avoir défendu l'intérêt de nos campagnes. Il rappela les abus féodaux, les chasses ruineuses des grands seigneurs.

— « N'importe ! la contravention... »

— « Je vous arrête ! » s'écria Pécuchet. « Les mots contravention, crime et délit ne valent rien. — Prendre la peine, pour classer les faits punissables, c'est prendre une base arbitraire. Autant dire aux citoyens : « Ne vous inquiétez pas de la valeur de vos actions. Elle n'est déterminée que par le châtiment du Pouvoir » ; du reste, le Code pénal me paraît une œuvre irrationnelle, sans principes. »

— « Cela se peut », répondit Coulon. Et il allait prononcer son jugement : « Attendu... »

Mais Foureau qui était ministère public se leva. On avait outragé le garde dans l'exercice de ses fonctions. Si on ne respecte pas les propriétés, tout est perdu. Bref, plaise à M. le juge de paix d'appliquer le maximum de la peine.

Elle fut de dix francs, sous forme de dommages et intérêts envers Sorel.

— « Très bien » prononça Bouvard.

Coulon n'avait pas fini : — « Les condamne à cinq francs d'amende comme coupables de la contravention relevée par le ministère public. »

Pécuchet se tourna vers l'auditoire : « L'amende est une bagatelle pour le riche mais un désastre pour le pauvre. Moi, ça ne me fait rien ! » Et il avait l'air de narguer le tribunal.

— « Je m'étonne », dit Coulon, « que des Messieurs d'esprit... »

— « La loi vous dispense d'en avoir » répliqua Pécuchet. « Le juge de paix siège indéfiniment, tandis que le juge de la cour suprême est réputé capable jusqu'à soixante-quinze ans, — et celui de première instance ne l'est plus à soixante-dix. »

Mais sur un geste de Foureau, Placquevent s'avança. Ils protestèrent.

— « Ah ! si vous étiez nommés au concours ! »

— « Ou par le conseil général. »

— « Ou un comité de prud'hommes ! »

— « D'après un titre sérieux. »

Placquevent les poussait ; — et ils sortirent, hués des autres prévenus croyant se faire bien voir par cette marque de bassesse.

Pour épancher leur indignation, ils allèrent le soir chez Beljambe.

Son café était vide, les notables ayant coutume d'en partir vers dix heures. On avait baissé le quinquet ; les murs et le comptoir s'apercevaient dans un brouillard.

Une femme survint.

C'était Mélie.

Elle ne parut pas troublée, — et en souriant, leur versa deux bocks. Pécuchet mal à son aise, quitta vite l'établissement.

Bouvard y retourna seul, divertit quelques bourgeois par des sarcasmes contre le maire, et dès lors fréquenta l'estaminet.

Dauphin, six semaines après fut acquitté, faute de preuves. Quelle honte ! On suspectait ces mêmes témoins, que l'on avait crus déposant contre eux.

Et leur colère n'eut plus de bornes, quand l'Enregistrement les avertit d'avoir à payer l'amende. Bouvard attaqua l'Enregistrement comme nuisible à la propriété.

— « Vous vous trompez ! » dit le Percepteur.

— « Allons donc ! Elle endure le tiers de la charge publique ! Je voudrais des procédés d'impôts, moins vexatoires, un cadastre meilleur, des changements au Régime hypothécaire, et qu'on supprimât la Banque de France, qui a le privilège de l'usure. »

Girbal n'était pas de force, dégringola dans l'opinion, et ne reparut plus.

Cependant Bouvard plaisait à l'aubergiste ; il

attirait du monde; et en attendant les habitués, causait familièrement avec la bonne.

Il émit des idées drôles sur l'instruction primaire. On aurait dû, en sortant de l'école, pouvoir soigner les malades, comprendre les découvertes scientifiques, s'intéresser aux Arts! — Les exigences de son programme le fâchèrent avec Petit; et il blessa le Capitaine en prétendant que les soldats au lieu de perdre leur temps à la manœuvre feraient mieux de cultiver des légumes

Quand vint la question du libre échange, il ramena Pécuchet; — et pendant tout l'hiver, il y eut dans le café, des regards furieux, des attitudes méprisantes, des injures et des vociférations, avec des coups de poing sur les tables qui faisaient sauter les canettes.

Langlois et les autres marchands, défendaient le commerce national; Voisin filateur, Oudot gérant d'un laminoir et Mathieu orfèvre l'industrie nationale, les propriétaires et les fermiers l'agriculture nationale, chacun réclamant pour soi des privilèges, au détriment du plus grand nombre. — Les discours de Bouvard et de Pécuchet alarmaient.

Comme on les accusait de méconnaître la Pratique, de tendre au nivellement et à l'immoralité, ils développèrent ces trois conceptions.

Remplacer le nom de famille par un numéro matricule.

Hiérarchiser les Français, — et pour conserver son grade, il faudrait de temps à autre, subir un examen.

Plus de châtiments, plus de récompenses, mais dans tous les villages une chronique individuelle qui passerait à la Postérité.

On dédaigna leur système.

Ils en firent un article pour le journal de Bayeux,

une note au Préfet, une pétition aux Chambres, un mémoire à l'Empereur.

Le journal n'inséra pas leur article; le Préfet ne daigna répondre; les Chambres furent muettes, et ils attendirent longtemps un pli du Château. De quoi s'occupait l'Empereur? de femmes sans doute!

Foureau leur conseilla plus de réserve de la part du Sous-Préfet.

Ils se moquaient du Sous-Préfet, du Préfet, et des Conseils de Préfecture, voire du Conseil d'État, la Justice administrative étant une monstruosité, car l'administration par des faveurs et des menaces gouverne injustement ses fonctionnaires. Bref ils devenaient incommodes; — et les notables enjoignirent à Beljambe de ne plus recevoir ces deux particuliers.

Alors Bouvard et Pécuchet voulurent se signaler par une œuvre qui forçant les respects, éblouirait leurs concitoyens — et ils ne trouvèrent pas autre chose que des projets d'embellissement pour Chavignolles.

Les trois quarts des maisons seraient démolies; on ferait au milieu du bourg une place monumentale, un hospice du côté de Falaise, des abattoirs sur la route de Caen et au pas de la Vaque, une église romane et polychrome.

Pécuchet composa un lavis à l'encre de Chine, n'oubliant pas de teinter les bois en jaune, les prés en vert, les bâtiments en rouge; les tableaux d'un Chavignolles idéal, le poursuivaient dans ses rêves! Il se retournait sur son matelas. Bouvard, une nuit, en fut réveillé!

— « Souffres-tu? »

Pécuchet balbutia : — « Haussmann m'empêche de dormir. »

Vers cette époque, il reçut une lettre de Dumouchel pour savoir le prix des bains de mer de la côte normande.

— « Qu'il aille se promener avec ses bains! Est-ce que nous avons le temps d'écrire? » Et quand ils se furent procuré une chaîne d'arpenteur, un graphomètre, un niveau d'eau et une boussole, d'autres études commencèrent.

Ils envahissaient les demeures; souvent les bourgeois étaient surpris d'y voir ces deux hommes plantant des jalons dans les cours. Bouvard et Pécuchet annonçaient d'un air tranquille ce qui en adviendrait. Le Public s'inquiéta car enfin, l'autorité se rangerait peut-être à leur avis?

Quelquefois, on les renvoyait brutalement. Victor escaladait les murs et montait dans les combles pour y appendre un signal, témoignait de la bonne volonté et même une certaine ardeur.

Ils étaient aussi plus contents de Victorine.

Quand elle repassait le linge elle poussait son fer sur la planche, en chantonnant d'une voix douce, s'intéressait au ménage, fit une calotte pour Bouvard, et ses points de piqué lui valurent les compliments de Romiche.

C'était un de ces tailleurs qui vont dans les fermes, raccommoder les habits. On l'eut quinze jours à la maison.

Bossu, avec des yeux rouges, il rachetait ses défauts corporels par une humeur bouffonne. Pendant que les maîtres étaient dehors il amusait Marcel et Victorine, en leur contant des farces, tirait sa langue jusqu'au menton, imitait le coucou, faisait le ventriloque, et le soir s'épargnant les frais d'auberge, allait coucher dans le fournil.

Or un matin, de très bonne heure, Bouvard sentant une envie de travail vint y prendre des copeaux, pour allumer son feu.

Un spectacle le pétrifia.

Derrière les débris du bahut, sur une paillasse Romiche et Victorine dormaient ensemble.

Il lui avait passé le bras sous la taille — et son autre main, longue comme celle d'un singe, la tenait par un genou, les paupières entre-closes, le visage encore convulsé dans un spasme de plaisir. Elle souriait, étendue sur le dos. Le bâillement de sa camisole laissait à découvert sa gorge enfantine marbrée de plaques rouges par les caresses du bossu. Ses cheveux blonds traînaient, et la clarté de l'aube jetait sur tous les deux une lumière blafarde.

Bouvard, au premier moment avait ressenti comme un heurt en pleine poitrine. Puis une pudeur l'empêcha de faire un pas, un geste. Des réflexions douloureuses l'assaillaient.

— « Si jeune! perdue! perdue! »

Ensuite il alla réveiller Pécuchet, d'un mot lui apprit tout.

— « Ah! le misérable! »

— « Nous n'y pouvons rien! Calme-toi! »

Et ils furent longtemps à soupirer l'un devant l'autre. Bouvard, sans redingote les bras croisés, Pécuchet au bord de sa couche, pieds nus, et en bonnet de coton.

Romiche devait partir ce jour-là, ayant terminé son ouvrage. Ils le payèrent d'une façon hautaine, silencieusement.

Mais la Providence leur en voulait.

Marcel les conduisit à pas de loup dans la chambre de Victor; — et leur montra au fond de sa commode une pièce de vingt francs. Le gamin l'avait prié de lui en fournir la monnaie.

D'où provenait-elle? d'un vol, bien sûr! et commis durant leurs tournées d'ingénieurs.

Si on la réclamait ils auraient l'air complices.

Enfin ayant appelé Victor ils lui commandèrent d'ouvrir son tiroir; la pièce n'y était plus.

Tantôt, pourtant, ils l'avaient maniée et Marcel était incapable de mentir. Cette histoire le révolutionnait tellement que depuis le matin, il gardait dans sa poche une lettre pour Bouvard.

« Monsieur,

« Craignant que M. Pécuchet ne soit malade, j'ai recours à votre obligeance. » De qui donc la signature? « Olympe Dumouchel, née Charpeau. »

Elle et son époux demandaient dans quelle localité balnéaire, Courseulles, Langrune ou Ouistreham, se trouvait la compagnie la moins bruyante? tous les moyens de transport, le prix du blanchissage, mille choses.

Cette importunité les mit en colère contre Dumouchel, puis la fatigue les plongea dans un découragement plus lourd.

Ils récapitulèrent tout le mal qu'ils s'étaient donné, tant de leçons, de précautions, de tourments.

— « Et songer » disaient-ils « que nous voulions autrefois, faire d'elle une sous-maîtresse! et de lui dernièrement un piqueur de travaux! »

— « Si elle est vicieuse ce n'est pas la faute de ses lectures. »

— « Moi, pour le rendre honnête, je lui avais appris la biographie de Cartouche. »

— « Peut-être ont-ils manqué d'une famille, des soins d'une mère. »

— « J'en étais une! » objecta Bouvard.

— « Hélas » reprit Pécuchet. « Mais il y a des natures dénuées de sens moral; — et l'éducation n'y peut rien. »

— « Ah! oui! c'est beau, l'éducation. »

Comme les orphelins ne savaient aucun métier,

on leur chercherait deux places de domestiques, — et puis à la grâce de Dieu! ils ne s'en mêleraient plus! — Et désormais *Mon oncle* et *Bon ami* les firent manger à la cuisine.

Mais bientôt ils s'ennuyèrent, leur esprit ayant besoin d'un travail, leur existence d'un but!

D'ailleurs que prouve un insuccès? Ce qui avait échoué sur des enfants, pouvait être moins difficile avec des hommes? Et ils imaginèrent d'établir un cours d'adultes.

Il aurait fallu une conférence pour exposer leurs idées. La grande salle de l'auberge conviendrait à cela, parfaitement.

Beljambe, comme adjoint, eut peur de se compromettre, refusa d'abord, puis changea d'opinion, le fit dire par la servante. Bouvard dans l'excès de sa joie, la baisa sur les deux joues.

Le maire était absent, l'autre adjoint Marescot pris tout entier par son étude, ainsi la conférence aurait lieu et le tambour l'annonça, pour le dimanche suivant à trois heures.

La veille seulement, ils pensèrent à leur costume.

Pécuchet, grâce au ciel, avait conservé un vieil habit de cérémonie à collet de velours, deux cravates blanches, et des gants noirs. Bouvard mit sa redingote bleue, un gilet de nankin, des souliers de castor, et ils étaient fort émus en traversant le village.

*Ici s'arrête le manuscrit de Gustave Flaubert.*

*Nous publions un extrait du plan, trouvé dans ses papiers, et qui indique la conclusion de l'ouvrage.*

## Conférence.

L'auberge. Deux galeries de bois latérales au premier avec balcon saillant — corps de logis au fond — café au rez-de-chaussée, salle à manger, billard — les portes et les fenêtres sont ouvertes.

Foule, notables, gens du peuple.

*Bouvard :* Il s'agit d'abord de démontrer l'utilité de notre projet ; nos études nous donnent le droit de parler.

*Discours de Pécuchet* pédantesque.

Sottises du gouvernement et de l'administration. Trop d'impôts, deux économies à faire : suppression du budget de l'armée et de celui des cultes.

On l'accuse d'impiété.

Au contraire mais il faut une rénovation religieuse.

Foureau survient et veut dissoudre l'assemblée.

Bouvard fait rire aux dépens du Maire avec ses primes imbéciles pour les hiboux. Objection : « S'il faut détruire les animaux nuisibles aux plantes, il faudrait aussi détruire le bétail qui mange de l'herbe. »

Foureau se retire.

*Discours de Bouvard* familier.

Préjugés : célibat des prêtres — futilité de l'adultère — émancipation de la femme. Ses boucles d'oreille sont le signe de son ancienne servitude. — Haras d'hommes.

On leur reproche l'inconduite de leurs élèves. Aussi pourquoi avoir adopté les enfants d'un forçat.

Théorie de la réhabilitation. Ils dîneraient avec Touache.

Foureau, revenu, lit pour se venger de Bouvard, une pétition de lui au conseil municipal où il demande l'établissement d'un bordel à Chavignolles — raisons de Robin.

La séance est levée dans le plus grand tumulte.

En s'en retournant chez eux, ils aperçoivent le domestique de Foureau, galopant sur la route de Falaise, à flanque étrier.

Ils se couchent très fatigués, sans se douter de toutes les haines qui fermentent contre eux — motifs qu'ont de leur en vouloir le curé, le médecin, le maire, Marescot, le peuple, tout le monde.

—

Le lendemain, au déjeuner, ils reparlent de la conférence.

*Pécuchet* voit l'avenir de l'Humanité en noir :

L'homme moderne est amoindri et devenu une machine.

Anarchie finale du genre humain (Buchner, I. II).

Impossibilité de la Paix (id.).

Barbarie par l'excès de l'individualisme, et le délire de la Science.

Trois hypothèses. Le radicalisme panthéiste rompra tout lien avec le passé, et un despotisme inhumain s'en suivra; 2° si l'absolutisme théiste triomphe, le libéralisme dont l'humanité s'est pénétrée depuis la Réforme, succombe, tout est renversé; 3° si les convulsions qui existent depuis 89 continuent, — sans fin entre deux issues, ces oscillations nous emporteront par leurs propres forces.

Il n'y aura plus d'idéal, de religion, de moralité.

L'Amérique aura conquis la terre.

Avenir de la Littérature.

Pignouflisme universel. Tout ne sera plus qu'une vaste ribote d'ouvriers.

Fin du monde par la cessation du calorique.

*Bouvard* voit l'avenir de l'Humanité en beau. L'Homme moderne est en progrès.

L'Europe sera régénérée par l'Asie, la loi historique étant que la civilisation aille d'Orient en Occident — rôle de la Chine, — les deux humanités enfin seront fondues.

Inventions futures : manières de voyager. Ballon. Bateau sous-marin avec vitres, par un calme constant, l'agitation de la mer n'étant qu'à la surface — On verra passer les poissons et les paysages au fond de l'Océan — animaux domptés. Toutes les cultures.

Avenir de la Littérature (contre-partie de la littérature industrielle). Sciences futures. Régler la force magnétique.

Paris un jardin d'hiver; espaliers à fruits sur le boulevard. La Seine filtrée et chaude — abondance de pierres précieuses factices. — prodigalité de la dorure; éclairage des maisons : on emmagasinera la lumière, car il y a des corps qui ont cette propriété, comme le sucre, la chair de certains mollusques et le phosphore de Bologne. On sera tenu de faire badigeonner ses maisons avec la substance phosphorescente; et leur radiation éclairera les rues.

Disparition du mal par la disparition du besoin. La Philosophie sera une religion.

Communion de tous les peuples, fêtes publiques.

On ira dans les astres — et quand la terre sera usée l'Humanité déménagera vers les étoiles.

A peine a-t-il fini que : entrée des gendarmes.

—

A leur vue effroi des enfants — par l'effet de leurs vagues souvenirs.

Désolation de Marcel.

Émoi de Bouvard et Pécuchet. — Vient-on arrêter Victor?

Les gendarmes exhibent un mandat d'amener.

C'est la conférence qui en est cause. On les accuse d'avoir attenté à la Religion, à l'ordre, excité à la Révolte, etc.

Arrivée soudaine de M. et Mme Dumouchel, avec leurs bagages; ils viennent prendre les bains de mer. Dumouchel n'est pas changé; Madame porte des lunettes, et compose des fables. — Leur ahurissement.

Le maire sachant que les gendarmes sont chez Bouvard et Pécuchet arrive, encouragé par leur présence.

Gorgu, voyant que l'autorité et l'opinion publique sont contre eux a voulu en profiter, et escorte Foureau. Supposant Bouvard le plus riche des deux, il l'accuse d'avoir autrefois débauché Mélie.

— « Moi, jamais! » Et Pécuchet tremble. « Et même de lui avoir donné du mal. » Bouvard se récrie. Au moins qu'il lui fasse une pension pour l'enfant qui va naître; car elle est enceinte. Cette seconde accusation est basée sur la privauté de Bouvard au café.

Le public envahit peu à peu la maison.

Barberou, appelé dans le pays par une affaire de son commerce, — tout à l'heure a appris à l'auberge ce qui se passe et survient.

Il croit Bouvard coupable, le prend à l'écart, et l'engage à céder, à faire une pension.

Arrivent le médecin, le Comte, Reine, Mme Bordin, Mme Marescot sous son ombrelle; autres notables. Les gamins du village, en dehors à la grille, jettent des pierres dans leur jardin. Il est maintenant bien tenu et la population en est jalouse.

Foureau veut traîner Bouvard et Pécuchet en prison.

Barberou s'interpose, et comme lui s'interposent Marescot, le médecin et le Comte avec une pitié insultante.

Expliquer le mandat d'amener : le Sous-Préfet au reçu de la lettre de Foureau, leur a expédié un mandat d'amener pour leur faire peur avec une lettre à Marescot et à Faverges, disant de les laisser tranquilles s'ils témoignaient du repentir.

Tout s'apaise. Bouvard fera une pension à Mélie.

Mais on ne peut leur laisser la direction des enfants. Ils se rebiffent; mais ils n'ont pas adopté légalement les orphelins.

Le maire les reprend.

Ils montrent une insensibilité révoltante.

Bouvard et Pécuchet en pleurent.

M. Mme Dumouchel s'en vont.

—

Ainsi tout leur a craqué dans les mains.

Ils n'ont plus aucun intérêt dans la vie.

Bonne idée nourrie en secret par chacun d'eux. Ils se la dissimulent — De temps à autre, ils sourient, quand elle leur vient; — puis se la communiquent simultanément : copier.

Confection du bureau à double pupitre. — (s'adressent pour cela à un menuisier Gorgu qui a entendu parler de leur invention leur propose de le faire. Rappeler le bahut).

Achat de registres - et d'ustensiles, sandaraque, grattoirs, etc

Ils s'y mettent

—

*Au bas de la dernière page du plan figure la note suivante :*

Vaucorbeil (attiré par le bruit) parle pour eux « c'est plutôt dans une maison de fous qu'il faudrait les mener ».

—

Ceci pour expliquer à la fin du 2e volume sa lettre au Préfet, — car le Préfet a eu vent de ce mot — et lui demande son avis « faut-il les enfermer ».

# DOSSIER

# VIE DE FLAUBERT

## 1821-1880

1821. *12 décembre.* Naissance de Gustave Flaubert à Rouen, où son père, chirurgien, dirige l'Hôtel-Dieu.

1824. Naissance de sa sœur Caroline.

1832. *En février* il entre dans la classe de huitième au Collège royal de Rouen, où il poursuivra des études normales.

1834-1837. Travaux de rédaction scolaires et extrascolaires où plus tard, et rétrospectivement, on pourra voir des débuts littéraires précoces.

1836. *Été.* Rencontre à Trouville de Mme Schlésinger, qui ne sera jamais (semble-t-il) sa maîtresse, et restera le grand amour de toute sa vie.

1837. Premières publications, dans un journal littéraire de Rouen.

1838-1839. Rédaction des *Mémoires d'un fou,* de *Smarh,* etc.

1840. *Été.* Reçu bachelier à l'issue de sa classe de philosophie, il voyage dans les Pyrénées et en Corse.

1841-1843. Il vit à Rouen et Paris, étudie le droit à Paris avec peu de goût et d'assiduité, écrit *Novembre* (achevé le 25 octobre 1842), entreprend la première *Éducation sentimentale* (février 1843), se lie avec le ménage Schlésinger, rencontre Maxime Du Camp.

1844. *Janvier.* Près de Pont-l'Évêque, il est victime d'une crise nerveuse, médicalement mal définie, qui met fin à ses études ainsi qu'à sa vie parisienne, l'amène à se retirer dans la propriété que son père achète à Croisset, au bord de la Seine, dans la banlieue aval de Rouen, et l'engage ou le confirme ainsi dans son caractère de solitaire. Croisset restera pour lui le point fixe d'une existence qui d'ailleurs comportera des vagabondages, des voyages prolongés et de grands séjours à Paris.

1845. *7 janvier*. Il achève la première *Éducation sentimentale*, qui ne paraîtra que trente ans après sa mort.
*Avril-juin*. Voyage en Provence, en Italie du Nord et en Suisse.

1846. Mort du père de Flaubert. Sa sœur meurt peu après avoir mis au monde une fille, également prénommée Caroline, qui restera pour lui une pupille tendrement chérie. Elle épousera Ernest Commanville en 1864, puis, devenue veuve, le docteur Franklin-Grout. La ruine des Commanville pèsera lourdement sur les dernières années de Flaubert; et la dispersion de ses papiers gardés, après sa mort, par Caroline donnera lieu à de fâcheux commentaires.
*Printemps*. Excursion avec Maxime Du Camp à Caudebec-en-Caux, où ils voient, dans l'église, une statuette de saint Julien.
*Juillet*. Début de sa liaison avec Louise Colet, rencontrée le mois précédent. Interrompue en 1848, cette liaison reprendra trois ans plus tard pour cesser en 1854; elle sera sensuelle et décevante, chaleureuse et orageuse.

1847. *Mai-août*. Voyage avec Maxime Du Camp en Anjou, en Bretagne et en Normandie : les deux compagnons le relateront dans *Par les champs et par les grèves*, qu'ils laisseront inédit.

1848. *Février*. Flaubert assiste à Paris à la révolution.
*24 mai*. Il entreprend *La Tentation de saint Antoine* (première version), qu'il achèvera le 12 septembre 1849.

1849-1851. Voyage en Orient avec Maxime Du Camp. Départ de Paris le 29 octobre 1849 : Égypte, Palestine, Syrie, Liban, Asie Mineure, Constantinople, Grèce, Italie. La rencontre à Esneh avec Kuchouk-Hanem date du 6 mars 1850; Flaubert en rapportera des souvenirs éblouis et un souvenir cuisant. Retour en juin 1851; raccommodement avec Louise Colet.

1851. *19 septembre*. Il entreprend *Madame Bovary*. Voyage à Londres. Il est présent à Paris lors du coup d'État du 2 décembre.

1852. Refroidissement de son amitié avec Maxime Du Camp, trop soucieux de la belle carrière qu'il va faire, et qui désormais se montrera envers lui un peu sot et un peu jaloux.

1854. Rupture, cette fois définitive, avec Louise Colet. Diverses autres liaisons tinrent moins de place dans sa vie.

1856. *30 avril.* Achèvement de *Madame Bovary,* qui va paraître du 1er octobre au 15 décembre dans la *Revue de Paris* que dirige Maxime Du Camp, lequel y opère des coupures mal tolérées par le romancier.
*Mai-octobre.* Rédaction de *La Tentation de saint Antoine* (deuxième version), dont des fragments vont paraître dans *L'Artiste* en décembre, janvier et février. Au début de cette période, et simultanément, il commence à prendre des notes pour un *Saint Julien* qu'il abandonne bientôt et ne reprendra que dix-huit et dix-neuf ans plus tard.

1857. *Janvier-février.* Procès correctionnel de *Madame Bovary* pour outrage à la morale publique et religieuse et aux bonnes mœurs, malgré les prudentes coupures. Après l'acquittement, le roman paraît en librairie au mois d'avril.
*1er septembre.* Flaubert, qui a renoncé à publier son deuxième *Saint Antoine,* entreprend *Salammbô.*

1858. *Avril-juin.* Voyage en Tunisie et en Algérie, pour le roman en cours.

1862-1863. *Avril.* Achèvement de *Salammbô,* qui va paraître en librairie le *24 novembre 1862.* Bien que discuté, le roman est vite célèbre, et Flaubert cesse de s'obstiner dans sa vie écartée : désormais on le verra souvent à Paris, il est reçu chez la princesse Mathilde, il participe aux « dîners Magny » fondés par Gavarni, les Goncourt, Sainte-Beuve, etc.
Tandis qu'il songe déjà à *L'Éducation sentimentale* et à *Bouvard et Pécuchet,* il entreprend en collaboration le *Château des cœurs ;* cette « féerie », achevée en *décembre 1863,* ne sera jamais jouée, malgré ses interventions répétées jusqu'à la fin de sa vie.

1864. *1er septembre.* Il commence à rédiger *L'Éducation sentimentale,* dont il a préalablement amassé la documentation et arrêté le plan.
*Novembre.* Il est invité à Compiègne chez l'empereur.

1865. *Juillet.* Voyage à Baden-Baden.

1866. *Juillet.* Voyage en Angleterre.
*15 août.* Il est nommé chevalier de la Légion d'honneur.

1869. *16 mai.* Achèvement de *L'Éducation sentimentale,* qui va paraître en librairie le *17 novembre;* le succès est maigre. Entre-temps, Bouilhet puis Sainte-Beuve sont morts; dans les années qui vont suivre, Flaubert s'épuisera à essayer de sauver de l'oubli le souvenir et l'œuvre de Bouilhet.

1870. Mort de Jules Duplan, de Jules de Goncourt. Flaubert travaille à la troisième version de *La Tentation de saint Antoine.* La guerre : il est infirmier, lieutenant de la garde nationale; les Prussiens occupent Croisset.

1871. *Mars.* Fidèle, il visite la princesse Mathilde à Bruxelles, puis voyage en Angleterre.

1872. *6 avril.* Mort de sa mère.
*20 juin.* Il achève la troisième version de *La Tentation de saint Antoine.*
*Août.* Il entreprend *Bouvard et Pécuchet;* il y songeait depuis vingt ans au moins.
*Octobre.* Mort de Théophile Gautier.

1873. Mort d'Ernest Feydeau.
*Juillet-novembre.* Composition du *Candidat,* comédie en quatre actes, qui n'aura que quelques représentations au Vaudeville en *mars 1874,* et paraîtra en librairie aussitôt après.

1874. *Avril.* Publication en librairie de *La Tentation de saint Antoine.*
*Juillet.* Voyage de cure en Suisse, à Kaltbad, au pied du Righi. Comme il s'ennuie, il se documente en vue du *Saint Julien* auquel il songe toujours.

1875. *Janvier-septembre.* La situation financière d'Ernest Commanville, mari de Caroline, devient alarmante. En vendant des biens-fonds, en réduisant son train de vie, en faisant appel à ses propres amis, en intervenant auprès de diverses personnes, Flaubert parvient à le sauver de la faillite. De justesse on évite de vendre aussi Croisset, dont il n'a d'ailleurs que la jouissance, le domaine appartenant en propre à Caroline; une telle opération eût sans doute tué, sinon l'homme, du moins l'écrivain. Il sort de l'affaire très déprimé, et ses ressources sont fort diminuées.
*Septembre-novembre.* Pour se remettre, il va passer plusieurs semaines à Concarneau auprès de son ami le naturaliste Pouchet. Reprenant ses notes, il commence à écrire *La Légende de saint Julien l'Hospitalier.* Des amis s'entremettent pour lui

procurer une « place » rétribuée; mais il ne veut rien aliéner de son indépendance, et ce n'est qu'en 1879 qu'il se résignera à une telle solution.

1876. *Janvier-février.* Il termine *Saint Julien* et entreprend *Un cœur simple.*
*Mars.* Mort de Louise Colet.
*Avril.* Il commence à rêver d'*Hérodias* et, pour *Un cœur simple,* va revoir Pont-l'Évêque, Trouville, Honfleur.
*Juin.* Mort de George Sand, avec qui il était lié d'une amitié très vive.
*Août.* Achèvement d'*Un cœur simple.* Il se met aussitôt à préparer *Hérodias,* qu'il commencera à écrire en novembre.

1877. *Février.* Achèvement d'*Hérodias.*
*Avril.* Les trois récits sont publiés dans des quotidiens, puis, sous le titre de *Trois Contes,* réunis en un volume mis en vente le 24 avril.
*Juin.* Il reprend *Bouvard et Pécuchet,* abandonné depuis la crise de 1875, et poursuit des songeries, pour plus tard, sur d'autres projets, sur la bataille des Thermopyles ou sur le Second Empire : toujours l'alternance des thèmes antiques et contemporains.

1879. Mauvaise santé. Une fracture du péroné le tient trois mois alité. Ennuis d'argent croissants ; il s'occupe à contrecœur d'obtenir une place, c'est-à-dire une sinécure qui lui tiendrait lieu de pension ; l'idée de se trouver sous l'autorité théorique d'un chef lui fait horreur. On lui trouve un emploi de trois mille francs par an à la Bibliothèque Mazarine.

1880. *8 mai.* Il meurt à Croisset d'une hémorragie cérébrale. On l'enterre le 11 à Rouen.
*15 décembre.* Début de la publication de *Bouvard et Pécuchet* dans la *Nouvelle Revue.*

1881. *Mars.* Publication en librairie de *Bouvard et Pécuchet* *.

* Cette *Vie de Flaubert* est reprise de l'édition de *Salammbô,* Gallimard, « Folio », 1974.

# NOTICE

Les manuscrits et dossiers de *Bouvard et Pécuchet,* conservés à la Bibliothèque municipale de Rouen, se répartissent comme suit :

— *Manuscrit autographe* (ms g 224), un volume de 300 feuilles. Les neuf premiers chapitres sont mis au net, le dixième est à l'état de brouillon. La nièce de Flaubert, Caroline Franklin-Grout, a joint au texte, inachevé, un plan de la fin du « premier volume », et une copie du dixième chapitre, faite de sa main et destinée à l'imprimeur.

— *Brouillons* (ms g $225^{1-3}$), trois volumes, 1 203 feuilles.

— *Recueils de documents divers recueillis par Flaubert pour la préparation de « Bouvard et Pécuchet »* (ms g $226^{1-8}$), huit volumes, 2 215 feuilles au total. On y trouve des résumés d'ouvrages dépouillés par Flaubert pour la première partie du roman, des matériaux amassés pour la seconde partie, mais aussi des dossiers qui ne paraissent pas avoir grand rapport avec *Bouvard : Mémoires de Madame Ludovica* (exploités dans *Madame Bovary*), important dossier sur les événements de 1848 (qui a dû servir principalement pour *L'Éducation sentimentale*), nombreux textes dramatiques ou scénarios de pièces.

— *Dictionnaire des idées reçues* (mss g 227 et g 228), deux volumes de 59 et 26 feuilles (on en trouvera la description détaillée dans la notice particulière que nous consacrons à ce document).

— *Scénarios, esquisses et plans* (ms gg 10), un volume de 72 feuilles.

— En outre, le *carnet de lectures n$^{o}$ 19* conservé à la Bibliothèque historique de la Ville de Paris comporte certaines esquisses intéressant *Bouvard et Pécuchet.*

*Le texte de la partie rédigée*

Flaubert avait recopié, à mesure qu'il les achevait, les neuf premiers chapitres de son roman. Ceux-ci se présentent donc sous une forme que l'on peut considérer comme à peu près définitive (on verra plus loin les raisons de cette restriction). Quant à la partie rédigée du dixième chapitre, elle n'a pas été recopiée ; mais, à l'exception d'un petit passage (les leçons de botanique pour lesquelles il cherchait encore un renseignement ; cf. *Correspondance,* t. VIII, pp. 16-33 et *Les Amis de Flaubert* nº 48, mai 1976, pp. 33-35), le texte en est achevé, cohérent, prêt à être mis au net. Caroline Franklin-Grout en a fait elle-même une copie pour l'imprimeur ; mais pour mieux servir la mémoire de son oncle, elle a cru devoir modifier de nombreux passages, ajouter ici, retrancher là ; corrections pour la plupart injustifiées. De plus, elle n'a pas toujours bien déchiffré l'écriture de Flaubert ; l'imprimeur non plus, pour les neuf premiers chapitres. Si bien que la préoriginale, l'originale et toutes les éditions qui ont suivi sont fort peu satisfaisantes, comme le démontre clairement Alberto Cento, auquel on se reportera pour la description de ces éditions (*Bouvard et Pécuchet,* pp. LXVII-LXXVI).

Pour l'établissement du texte, le travail de Cento constitue une étape décisive. Il est retourné au manuscrit, l'a déchiffré avec soin et méthodiquement retranscrit. Son édition peut être estimée définitive, à quelques erreurs près, et pour autant qu'une édition de *Bouvard* puisse l'être.

En effet, comme les manuscrits autographes des autres romans de Flaubert, celui-ci laisse subsister certaines marques d'hésitation et d'inachèvement. Mais pour les autres romans, les cas litigieux sont tranchés dans le manuscrit du copiste ou dans l'édition originale, que l'auteur a revus, et donc cautionnés. Pour *Bouvard,* au contraire, l'éditeur est bien obligé de prendre lui-même la décision lorsque, par exemple, deux variantes entrent en concurrence. C'est pourquoi nous n'avons pas cru inutile de repartir une nouvelle fois du manuscrit, et d'en donner notre lecture personnelle. L'édition de Cento nous a été naturellement d'un précieux secours, confirmant, infirmant ou provoquant notre propre interprétation. En décrivant ci-dessous les règles que nous avons adoptées pour l'établissement du texte, nous indiquerons la mesure dans laquelle elles s'écartent des siennes, du moins sur les points importants.

Tout d'abord, nous n'avons pas tenu compte des nombreux crochets à l'encre ou au crayon encadrant un passage du texte, et qui indiquent que ce passage pourrait éventuellement être supprimé. En l'absence d'une décision ferme de l'auteur, nous avons maintenu le texte primitif, comme le fait Cento, et comme l'avait fait, en général, Caroline Franklin-Grout.

Dans le même esprit, nous maintenons le texte primitif quand une variante vient le doubler sans qu'il soit raturé[1]. Ici, Cento adopte la politique inverse; Caroline Franklin-Grout l'avait adoptée également dans la plupart des cas. Mais cette décision ne nous paraît pas s'accorder logiquement avec celle qu'ils avaient prise touchant le problème précédent. Là est l'origine de la plupart des différences que l'on peut observer entre le texte de Cento et le nôtre.

Dans le cas inverse — et rare — où le texte primitif et la variante sont tous deux raturés, nous avons considéré que le texte primitif avait probablement cédé la place à la variante avant que celle-ci ne soit abandonnée à son tour. C'est pourquoi, faute d'une troisième version, nous donnons alors le texte de la variante.

L'emploi de l'alinéa nous a paru mériter un examen attentif. Flaubert ne respecte pas toujours la règle qui veut qu'on commence un alinéa par une ligne rentrée. Aussi est-il souvent difficile de juger de la disposition du texte par lui adoptée, particulièrement lorsqu'il commence une nouvelle page. Dans tous les cas douteux, nous avons eu recours aux brouillons, qui nous ont presque toujours permis de voir clair dans ses intentions.

1. Nous n'avons préféré la variante que dans un seul cas, où elle corrige une erreur du texte primitif. Dans l'expérience de magnétisme, le texte primitif déclare que le père Lemoine perçoit les objets « à distance ». Or l'expérimentation consiste à le faire lire avec un bandeau sur les yeux. La variante affirmant qu'il voit « à travers les corps opaques » doit donc être retenue; c'est la Barbée qui verra « à distance ».

La ponctuation pose un problème plus épineux. D'une part, elle n'a pas été définitivement arrêtée : en fin de ligne, le signe de ponctuation exigé par le sens manque très souvent; et, dans beaucoup de cas, le point est suivi d'une minuscule, ce qui semblerait indiquer qu'il joue un rôle de point-virgule (mais le point-virgule existe également). D'autre part, la ponctuation de Flaubert n'a rien de classique. Ses deux caractéristiques principales nous paraissent être, d'abord, qu'elle fait un usage anormalement fréquent du tiret, ensuite et surtout qu'elle est essentiellement rythmique — jusqu'à découper la phrase, contre toute coutume, en intercalant une virgule entre le sujet et le verbe, entre le verbe et le complément d'objet : « Ils mettaient en doute, la probité des hommes... » Nous avons respecté dans toute la mesure du possible cette disposition qui met l'accent sur l'aspect plastique du texte, sur sa modulation. Nous n'avons modifié la ponctuation que lorsqu'il nous a semblé qu'elle installait une incohérence logique gênante pour le lecteur (rétablissant, notamment, la virgule au sein des énumérations). Pour le point suivi d'une minuscule, nous l'avons généralement transformé en point-virgule, sauf quand le sens ou le contexte rendent le point préférable; mais il faut avouer qu'ici, la part d'arbitraire est grande. Nous avons rétabli au mieux les signes omis en fin de ligne, et tous les signes traditionnels introduisant et clôturant les répliques en style direct : double point, tiret, guillemets.

L'emploi de la majuscule offre d'autres difficultés. Flaubert la prodigue à l'intérieur des phrases. Quand il écrit « la Politique », « la Luxure », « le Peuple », « la Femme », la majuscule a une valeur emphatique indéniable. Mais son emploi est tellement fréquent que l'effet s'amenuise, et que l'on peut se demander s'il ne s'agit pas, souvent, d'un simple tic d'écriture : « Ils ne reconnaissaient pas leur Ferme. » D'autre part, dans ce domaine aussi des incohérences se manifestent. « Elles ont deux motifs, le Plaisir, l'intérêt — et un troisième plus impérieux : le devoir » : pourquoi une majuscule à « Plaisir », mais non à « intérêt » et à « devoir »? Et si la majuscule au mot « Docteur » peut signaler le respect des paysans, ou l'importance que se donne Vaucorbeil (et au-delà, l'ambiguïté des rapports de Flaubert avec ses médecins de père et de frère), on remarque que la minuscule s'emploie également, dans des contextes analogues, et que la même hésitation se retrouve pour les mots « capitaine », « abbé », « comte », etc. Nous avons pris le parti de respecter les indications du texte, sauf dans quelques cas où la majuscule paraît indéfendable (« leur ferme »), et dans quelques autres où nous avons unifié — toutes majuscules, ou toutes minuscules — la présentation de substantifs jouant un rôle équivalent dans un même passage (« le plaisir, l'intérêt... »). Là encore, la décision comporte une part d'arbitraire.

Pour ce qui concerne l'orthographe, nous l'avons corrigée et modernisée. Ceci vaut également pour les noms propres — dans la mesure, du moins, où ils nous sont connus (ici également, les recherches d'Alberto Cento sont précieuses). Pour les noms des personnages du récit, nous avons, comme Cento, adopté la forme correcte *Noaris* (les éditions antérieures, et celle du Club de l'Honnête Homme, donnent : *Noares*) et choisi, dans les cas où le texte hésite entre deux orthographes, la plus fréquente. Enfin, nous avons corrigé en Gorgu la forme Gorju, que donnent toutes les éditions y compris celle de Cento; si le *g* de Flaubert se distingue souvent mal du *j*, un certain nombre d'occurrences de ce nom comportent incontestablement le *g*, avec sa boucle bien formée, et nous n'en avons trouvé aucune où un point sur le *j* attesterait la variante *Gorju*.

Nous avons supprimé l'italique dans « la Butte » et « les Écalles », lieux-dits dont le nom est parfois souligné; la majuscule nous a paru suffire. Par contre nous avons, selon l'usage, employé l'italique dans les titres d'ouvrages.

Enfin, pour le passage sur la botanique resté inachevé dans le chapitre X (pp. 384-385), nous donnons le texte tel quel, nous bornant à mettre les verbes aux temps qui conviennent (ils sont au présent dans le dernier brouillon).

### *Les scénarios*

D.-L. Demorest a été le premier à explorer les plans et scénarios de *Bouvard et Pécuchet* rassemblés dans le ms gg 10; il en a publié en 1931 de larges extraits (*A travers les plans, manuscrits et dossiers de « Bouvard et Pécuchet »*). En 1950, Mme Marie-Jeanne Durry révélait et publiait (*Flaubert et ses projets inédits*) une autre série de notes et scénarios, antérieurs à ceux du ms gg 10 : celle qui figure dans le *carnet de lectures* n° 19.

La totalité du ms gg 10 a été publiée par Alberto Cento en 1964 (*Bouvard et Pécuchet*, édition critique). Cento y a joint un certain nombre de plans et d'esquisses qu'il avait retrouvés dans les brouillons (ms g 225) et les dossiers (ms g 226) de *Bouvard*. Enfin, l'édition du Club de l'Honnête Homme (1972) présente, outre les scénarios publiés par Cento, ceux qu'avait publiés Mme Durry, et quelques extraits nouveaux des brouillons et dossiers.

Il ne pouvait être question de reprendre, dans le cadre de la présente édition, l'intégralité des scénarios. Nous avons choisi de publier : 1° le tout premier scénario connu du roman (celui du carnet 19); 2° les scénarios de la partie non rédigée. Pour la fin du chapitre X, le plan publié à la suite du texte depuis l'édition originale étant le plus récent et le plus détaillé, nous avons jugé inutile d'en reproduire d'autres; nous nous bornons donc aux scénarios du « second volume » ou de la « copie ». Lorsque plusieurs documents se répètent, nous avons choisi le plus récent, nous réservant de signaler en note les variantes importantes des scénarios antérieurs; 3° enfin, les notes de *méthode* les plus intéressantes. On trouvera successivement des remarques sur la façon d'exposer et d'exploiter les lectures des deux bonshommes, deux scénarios concernant les personnages secondaires et leurs possibilités d'insertion dans le récit, un scénario sur les différents décors ou *milieux*, et une note sur la liaison des chapitres ou des expériences successives.

Nous avons adopté un système typographique aussi simple que possible :

— en romain : le texte primitif. Lorsqu'une phrase a été corrigée, nous la donnons dans sa dernière version;

— *en italique* : les additions;

— entre ⟨ ⟩ : les additions de second degré (addition à une addition);

— **en caractères gras** : le texte souligné par Flaubert.

De plus, nous avons conservé la disposition du manuscrit quand elle nous a paru éclairer les intentions de l'auteur. Par contre, nous n'avons pas cru devoir respecter scrupuleusement sa ponctuation, ses abréviations et ses majuscules, souvent arbitraires. Pour une reproduction diplomatique du texte, on se reportera aux éditions de Mme Durry et d'Alberto Cento, dont nous avons pu mesurer le soin (certaines erreurs de lecture chez Cento ont été corrigées par l'édition du Club de l'Honnête Homme).

### *Le « second volume » ou la « copie » de Bouvard et de Pécuchet*

Des 2215 feuilles du ms g 226, une partie seulement, rappelons-le, représente la phase préparatoire du « second volume », c'est-à-dire de la copie des deux bonshommes.

Pendant longtemps, on n'a connu que quelques fragments de ces matériaux, que la critique a pris l'habitude de désigner du nom un peu trop restrictif de « sottisier ». Guy de Maupassant, dans son *Étude sur Gustave Flaubert,* en avait publié soixante extraits, les rangeant sous des rubriques qui ne recoupent que partiellement les titres actuels des dossiers. L'édition Conard reprenait ensuite certains de ces extraits, y ajoutant dix-neuf autres citations, qui proviennent toutes de ce qu'on appelait alors l'*Album* (voir ci-dessous la notice de *L'Album de la Marquise*), partie du dossier de Rouen écrite de la main de Duplan (éd. Conard, p. 450). Dans l'édition des Belles-Lettres, Dumesnil apportait vingt-trois citations nouvelles, tirées de dossiers trouvés chez Laporte (éd. des Belles-Lettres, t. II, p. 206); notons, vérification faite, que ces citations se retrouvent toutes dans le ms g 226. Il faut ajouter, avec Alberto Cento (son édition, p. XLIX-L), que Dumesnil avait publié en 1936 une étude du sottisier qui se fonde également sur les dossiers de Laporte, et présente quelques citations supplémentaires.

En 1966, M^lle^ Geneviève Bollème a fait paraître de larges extraits du sottisier (*Le Second Volume de « Bouvard et Pécuchet »*). Enfin, l'édition du Club de l'Honnête Homme le présente *in extenso,* ou presque — reculant parfois devant des coupures de presse trop longues, des florilèges trop copieux.

La place nous manque pour donner autre chose qu'un choix de ces documents, dont il est d'ailleurs permis de croire, avec Maupassant (*Lettres de Gustave Flaubert à George Sand,* p. XXVIII), que Flaubert ne les eût pas tous repris dans son « second volume ».

Pour l'établissement de nos rubriques, nous nous sommes

fondée sur les indications des scénarios, estimant qu'elles ont plus de chance de représenter les intentions de Flaubert que n'en ont les titres et sous-titres d'un dossier amassé au fil des ans. Particulièrement, sur le scénario du ms gg 10, f° 67, dernière esquisse d'ensemble de la « copie », qui nous fournit les subdivisions suivantes :

1. *Notes des auteurs précédemment lus.* Nous relevons sous cette rubrique, à titre d'exemples, quelques citations du ms g 226 qui sont extraites d'ouvrages explicitement désignés, dans la partie rédigée, comme lectures des deux bonshommes.

2. *Vieux papiers achetés au poids à la manufacture.* Le scénario du ms gg 10, f° 32, précise : *Vieux journaux, lettres perdues, affiches.*

Bouvard et Pécuchet devaient ensuite « éprouv[er] le besoin de faire un classement » (f° 67), ce qui nous fournit des ensembles de « perles » plus ou moins ordonnés :

3. *Spécimens de tous les styles.* Un dossier de 67 feuilles correspondant à cet intitulé figure dans le ms g 226[3], f°s 117 à 183. Nous donnerons des extraits de ce dossier en en suivant les subdivisions.

4. *Parallèles : crimes des peuples, des rois ; bienfaits de la religion, crimes de la religion.* Dans le scénario du carnet 19, f° 42 r, il est aussi question de « mettre à la suite l'un de l'autre en parallèle des cruautés prises aux relations de voyageurs en Afrique — et des cruautés modernes ».

Aucune partie du ms g 226 ne correspondant à cette rubrique des *parallèles,* nous avons rassemblé quelques exemples de crimes de révolutionnaires et de têtes couronnées, et, pour répondre au vœu du carnet 19, deux relations de supplices, l'un occidental, l'autre chinois — les cruautés africaines manquant au dossier.

5. *Beautés :* « faire l'histoire universelle en beautés ». A défaut d'une « histoire universelle », le ms g 226[1] comporte un dossier *Beautés* de 56 feuilles (f°s 166 à 221), dont nous reproduirons les subdivisions.

Laissons provisoirement de côté la suite du ms gg 10, f° 67, qui concerne des documents de type différent (créations de Flaubert, et non citations). Les scénarios du ms g 226 indiquent en effet — quoique moins clairement — l'intention d'exploiter d'autres parties encore du « sottisier ». Ainsi, le f° 321 v du ms g 226[7] mentionne des « jugements contradictoires sur l'histoire contemporaine ». Si le ms g 226 ne comporte pas de dossier de ce titre, les opinions contradictoires y abondent, sur les sujets les plus divers. Quant à l'histoire, elle se voit consacrer un dossier important, intitulé par Flaubert : « Histoire et idées scientifiques » (ms g 226[4], f[os] 1 à 62); et comme notre scénario s'intéresse aussi à la « philosophie médicale », nous exploiterons également la seconde partie de ce dossier. Nous ouvrirons ainsi les trois rubriques suivantes :

6. *Affirmations et jugements contradictoires.*
7. *Histoire.*
8. *Idées scientifiques.*

Le f[o] 31 du ms g 226[8] propose, quant à lui, de « prendre une œuvre très célèbre » pour « en montrer toutes les critiques différentes selon l'époque », et de relever des parallèles littéraires « ineptes ». Si le premier de ces projets n'a pas été réalisé, le ms g 226[3], f[os] 10 à 86, est partiellement consacré à la littérature. Il alimentera donc la rubrique :

9. *Critique littéraire,* où l'on trouvera notamment un de ces « parallèles ineptes » que visait Flaubert.

Le même scénario fait état d'un « jugement » prophétique téméraire. Les dossiers de Rouen en contiennent un certain nombre; nous en extrayons trois pour la rubrique :

10. *Jugements. Prophéties.*

Au verso de ce scénario, Flaubert se réfère, entre autres, à un texte qu'il présente comme « philosophique » : un mandement de l'évêque de Besançon. Il ouvre ainsi une perspective sur d'importants ensembles du dossier de Rouen, dont on trouvera quelques extraits dans :

11. *Philosophie. Religion. Morale.*

Enfin, la citation de J.-J. Rousseau qui figure dans l'ébauche du *Catalogue des idées chic* (voir ci-dessous) révèle l'importance, pour l'écrivain, d'une autre rubrique encore du sottisier :

12. *Exaltation du bas.*

La « copie » de Bouvard et de Pécuchet devait aussi contenir autre chose que des citations authentiques d'hommes de lettres, d'hommes de science et de textes de journaux. Revenons au scénario du ms gg 10, f[o] 67. Nous y trouvons mentionnés :

13. *Le manuscrit du clerc de Marescot.* Pour ce manuscrit dont il comptait attribuer la paternité à un personnage secondaire du roman, Flaubert a énuméré, et parfois développé, quelques sujets

« poétiques » dans le ms gg 10, f° 68 (voir nos scénarios). Nous donnerons ici le canevas d'un poème en prose que la mention « Après le Rêve de l'amour » nous paraît destiner à ce recueil.

Dans le même ordre d'idées, le scénario du f° 68 annonce aussi l'intention d'insérer dans la copie une série de « pastiches », parmi lesquels aurait pu prendre place, nous semble-t-il,

14. *L'Album de la Marquise.*

Enfin, les scénarios font figurer dans le second volume :

15. *Le Dictionnaire des idées reçues.*

16. *Le Catalogue des Idées chic.* Sur ces trois derniers documents, on consultera les notices ci-dessous.

## *L'Album de la Marquise*

Un des premiers projets de la copie des deux bonshommes mentionne, à côté du *Dictionnaire des idées reçues, L'Album de la Marquise* (carnet 19, f° 29 r). Chose curieuse, alors que ce document se trouve, et sous son titre, dans les dossiers de Rouen (ms g 226[5], f^os^ 142 à 147, écriture de Duplan), ni Maupassant, ni Conard, ni Ferrère ne le citent dans leurs inventaires de ces dossiers. Ferrère décrit bien un « Album » dont l'aspect correspond assez à celui de *L'Album de la Marquise,* mais il aurait comporté 24 feuillets doubles, tandis que le document qui nous occupe n'en comporte que 2, et 2 feuilles simples ; le même chiffre est donné par Conard, et par D.-L. Demorest (*op. cit.,* p. 127-128). De cet « Album » de 24 feuillets, que Demorest a vu après le dépôt des manuscrits à la Bibliothèque municipale de Rouen (ce qui exclut, semble-t-il, la possibilité que la pièce se soit ensuite égarée), on ne trouve nulle trace dans les dossiers — aussi Cento n'a-t-il pas hésité à le qualifier de « mythique » (*op. cit.,* p. XXIX). Petit mystère non encore éclairci.

Par contre, on peut être assuré désormais que *L'Album de la Marquise* figurait bien, à la mort de Flaubert, dans le dossier de *Bouvard et Pécuchet.* Nous avons retrouvé en effet un inventaire de ce dossier par Caroline Franklin-Grout, inventaire qui semble avoir échappé jusqu'ici à l'attention des chercheurs (ni Cento, ni l'édition du Club de l'Honnête Homme n'y font allusion), et où figure la mention suivante : « de l'écriture de Duplan [...]

L'Album de la Marquise » (nous espérons avoir bientôt l'occasion d'étudier, dans son ensemble, ce document).

La découverte de *L'Album de la Marquise* dans le ms g 226 est due à Alberto Cento, qui en a publié la préface, la conclusion et quelques extraits, annonçant son intention de le reproduire *in extenso* dans le second volume de son édition. Il a été devancé par M^lle^ Geneviève Bollème, qui a publié l'*Album* dans *Le Second Volume de « Bouvard et Pécuchet »*. L'éditeur du Club de l'Honnête Homme en a ensuite recopié le texte sur M^lle^ Bollème, mais en se trompant sur son origine.

Il écrit en effet : « Un manuscrit de l'*Album de la Marquise* se trouve dans le recueil g 226[5], fol. 143 à 155. Mais ce manuscrit, de la main de Duplan, ne paraît pas mis au point. L'ordre et le choix définitif des textes sont beaucoup moins bons que ceux qui ont été adoptés par René Dumesnil (éd. de la Société des Belles Lettres) et par M^lle^ Bollème [...]. Pour cette raison, nous avons préféré le texte déjà imprimé par René Dumesnil et M^lle^ Bollème » (*Bouvard et Pécuchet*, p. 521, note 1).

En réalité, l'édition de Dumesnil ne comporte pas *L'Album de la Marquise* (découvert vingt ans plus tard par Cento), et le texte publié par M^lle^ Bollème est exactement conforme au manuscrit de Rouen. Ce qui a pu induire en erreur l'éditeur du Club de l'Honnête Homme, c'est, d'abord, sa façon de découper l'*Album* dans l'ensemble du ms g 226[5] : refusant toute considération de forme ou de contenu, il a assigné pour limites à cet *Album* d'une part son propre titre (f^o^ 143 r), d'autre part le titre qui suit dans le dossier (« Rocaille-théâtre », f^o^ 156 r). Or, Cento l'avait déjà signalé, le document a été mal relié à Rouen : le feuillet double 142-143 a été plié à l'envers, si bien que le titre n'apparaît qu'à la troisième page (143 r) et que le 142, quoique précédant ce titre, fait bel et bien partie de l'*Album;* d'autre part, comme l'a bien vu M^lle^ Bollème, *L'Album de la Marquise* s'arrête au f^o^ 147, même si le sottisier de Duplan continue (Cento lui-même paraît s'être trompé en joignant à l'*Album* le f^o^ 150, d'une facture assez différente).

Si l'éditeur du Club de l'Honnête Homme n'a pas reconnu le document du ms g 226[5] dans le texte publié par M^lle^ Bollème, c'est aussi pour une seconde raison. M^lle^ Bollème a rétabli l'ordre probable de l'*Album :* page de titre, préface, chiffres romains se suivent, chez elle, logiquement; de plus, elle a tenu compte d'annotations au crayon, à demi effacées, indiquant l'intention de transporter ailleurs telle ou telle citation.

Ce qu'elle a publié est donc bien *L'Album de la Marquise* du ms g 226[5], dans son dernier état. Point n'est besoin de supposer un manuscrit inconnu. Le texte que nous présentons sera donc identique au sien, à l'exception de quelques corrections de détail.

### *Le Dictionnaire des idées reçues*

Si les manuscrits du *Dictionnaire des idées reçues* ont été reliés séparément, c'est sans nul doute parce que l'œuvre a paru, à l'archiviste de la Bibliothèque de Rouen, assez importante et originale pour mériter un traitement particulier. En effet, ces manuscrits faisaient partie à l'origine de la masse de dossiers qui constituent actuellement le ms g 226.

L'un d'entre eux, celui qui occupe les f^os^ 20 à 59 du ms g 227, se trouvait dans le « carton spécial » décrit par Conard (son édition, p. 406) et plus spécialement consacré, semble-t-il, au dossier de la copie. Ce manuscrit est de la main de Flaubert, à l'exception des additions dues à Edmond Laporte, le dernier collaborateur de l'écrivain. Il est rédigé sur des feuilles écrites au recto seulement, dont chacune — sauf la dernière — est consacrée à une seule lettre de l'alphabet (plusieurs feuilles pouvant se répartir la même lettre). L'ordre alphabétique n'y est que très partiellement respecté, pour de courtes séries de mots.

L'inventaire de l'édition Conard signalait en outre « une liasse de petites fiches (300 au moins), représentant la première copie du *Dictionnaire des idées reçues* » (p. 404). C'est le ms g 228, qui comporte en réalité plus de 500 fiches, de format variable (ce qui indique qu'elles ont été découpées après rédaction des articles, et à la taille de ceux-ci). Ces fiches sont collées dans l'ordre alphabétique sur 26 feuilles de grand format, au recto et au verso. La plupart de ces fiches sont de la main de Laporte (avec, parfois, des corrections dues à Flaubert); quelques-unes, sur papier différent, sont de la main de Flaubert.

Enfin, on a relié avec le manuscrit autographe (g 227, f^os^ 3-19) une série de petits feuillets écrits au crayon, alternativement par Flaubert et par Laporte, et qui constituent une troisième version du *Dictionnaire*, en ordre alphabétique.

Nous désignerons ces trois manuscrits selon les sigles adoptés par Mme Lea Caminiti : *a* pour le manuscrit autographe, *b* pour les petits feuillets qui y sont joints, *c* pour le manuscrit sur fiches.

E.-L. Ferrère a publié, en 1913, le ms *a*. C'est son édition qui est reprise par Conard, puis par Dumesnil (Belles-Lettres)[2]. En 1951, Jean Aubier retourne aux manuscrits, collationne les trois versions du *Dictionnaire* et, tout en gardant pour base le ms *a*, publie un texte considérablement enrichi, auquel les éditions ultérieures n'apporteront que peu d'améliorations. En 1966 enfin, Mme Lea Caminiti établit une édition diplomatique des trois manuscrits, restituant, grâce à un système typographique complexe, la plupart des indications fournies par les documents eux-mêmes (écriture de Flaubert ou de Laporte, encre ou crayon, ratures, additions, etc.).

Un examen superficiel des trois manuscrits du *Dictionnaire* suffit à révéler qu'il ne s'agit pas de trois versions successives d'un même texte. Chacun d'entre eux comporte en effet une liste de mots qui lui appartient en propre; les autres mots sont communs aux trois manuscrits, ou à deux d'entre eux seulement. En outre, le contenu d'un même article peut être identique dans deux manuscrits, ou différer totalement.

Nous venons de voir que, pour Louis Conard (et cette opinion est également celle de D.-L. Demorest, *A travers les plans...*, p. 130, note 1), le ms *c* est plus ancien que *a*. Nous croyons au contraire, avec Mme Caminiti (*Dictionnaire des idées reçues*, p. 23), que le ms *a* est le premier. En effet, les mss *b* et *c* sont en grande partie de la main de Laporte, qui ne devint l'ami intime de Flaubert qu'en 1872. Or l'écrivain pensait et travaillait au *Dictionnaire* depuis 1850 en tout cas (*Correspondance* II, pp. 237 et 256) : il est infiniment probable que le ms *a*, qui est de sa main, et qui est le seul à ne pas respecter l'ordre alphabétique, a été rédigé, ou tout au moins mis en train, bien avant les deux autres.

Un fait vient renforcer cette hypothèse. Sur les 86 rubriques de

2. L'éditeur du Club de l'Honnête Homme affirme que la description du *Dictionnaire* par Dumesnil ne correspond « ni au dossier g 227 ni au dossier g 228 de la Bibliothèque de Rouen » (p. 281, note 1). En réalité, cette description correspond parfaitement au manuscrit autographe (2e partie du g 227). Il est d'ailleurs évident que Dumesnil a recopié, comme il le signale, l'édition de Ferrère, dont il reproduit les erreurs, et dont il utilise (en les interprétant parfois de travers) les signes typographiques.

*a* qui ne se retrouveront ni dans *b* ni dans *c,* nous avons constaté, en effet, que 82 se présentent sous la forme d'additions marginales ou — plus souvent — interlinéaires. Autrement dit, le manuscrit autographe dans son état primitif (avant additions) se retrouve entièrement dans *b* et *c,* qui s'en répartissent les articles (certains d'entre eux étant repris à la fois dans *b* et dans *c*); pendant — ou après — la rédaction de *b* et de *c,* Flaubert retravaille le ms *a,* et l'enrichit de nombreux articles qui ne se retrouveront pas ailleurs.

Reste à s'interroger sur la succession chronologique de *b* et de *c.* Ces deux manuscrits sont de facture très différente. Le ms *b,* au crayon, contient beaucoup de rubriques vides, et lorsqu'il donne des définitions, il reprend volontiers celles de *a,* souvent en abrégé; il apparaît en fait comme une sorte d'aide-mémoire. Les définitions du ms *c,* au contraire, sont d'une rédaction très soignée (sauf en ce qui concerne les fiches et additions de Flaubert); de plus, ces définitions s'écartent souvent de celles que donnent *a* et *b.*

Il semblerait dès lors qu'il faille imaginer l'histoire du *Dictionnaire* à peu près comme ceci. Flaubert, d'abord, a travaillé seul (*a*). Puis il demande à Laporte sa contribution, et lui donne une série de mots à revoir : « tâchez de mettre cela au point, tâchez de faire mieux. » Laporte se met à l'ouvrage, tantôt recopiant *a,* tantôt découvrant de nouvelles « idées reçues » pour améliorer les articles désignés. Flaubert revoit ensuite les fiches de Laporte, revient souvent à la version de *a* que Laporte avait écartée, ajoute lui-même quelques fiches. En même temps, il dresse avec Laporte une liste des mots de *a* qui ne sont pas repris dans *c,* soit que les articles lui aient paru suffisants tels quels (dans ce cas, la liste — le ms *b* — est peut-être antérieure à *c*), soit que, après avoir choisi pour *c* une série d'articles de *a,* il se soit dit que le reste valait aussi d'être retenu.

Lorsqu'une comparaison de *b* et de *c* est possible (même mot, définitions similaires), *b* paraît antérieur à *c.* Un exemple particulièrement clair : pour le mot *fabrique,* l'idée reçue est en *a* « voisinage dangereux », en *b* « voisinage malsain », en *c* « voisinage malsain et dangereux ». Mais ceci ne prouve pas que tout le ms *b* soit antérieur à *c.* Il est sûr, par contre, que *a* et *c* ont été travaillés concurremment, Flaubert et Laporte ajoutant des articles au ms *a,* Flaubert revoyant le ms *c.*

Devant ces trois textes qui ne se recoupent que partiellement, et dont aucun ne semble avoir été abandonné par l'auteur, quel parti prendre? On ne peut songer, nous semble-t-il, à en choisir un seul, ce qui ferait tomber un nombre important de rubriques que Flaubert, peut-être, aurait retenues. Nous allons donc, comme on le fait depuis l'édition de Jean Aubier, nous livrer à une compilation, peu scientifique mais inévitable, des trois manuscrits.

Nous innoverons sur un point. Alors que toutes les éditions antérieures (à notre connaissance) prennent pour base le ms *a*, le complétant par des articles ou passages d'articles de *b* et de *c*, nous partirons du ms *c*, comme le suggérait d'ailleurs Alberto Cento (*De Madame Geneviève Bollème*, Naples, Liguori, 1966, p. 13). C'est en effet, en grande partie, le manuscrit le plus récent. Nous pensons que si Flaubert a fait remanier le *Dictionnaire* par Laporte, ce n'était pas pour retourner ensuite aux leçons de *a* — sauf, bien sûr, dans les cas où il a lui-même, finalement, retouché *c*. Quant aux additions de *a* dont nous avons dit que nous les croyons postérieures à *c*, elles ne posent aucun problème : ces rubriques se retrouvent nécessairement dans notre édition sous leur forme — unique — de *a*.

Nous publions donc l'ensemble des rubriques des trois manuscrits, à l'exception de celles qui sont restées sans texte. Quand un même mot figure dans deux ou trois manuscrits, nous donnons le texte de *c*, en le complétant, le cas échéant, par des extraits de *b*, puis de *a*.

Nous n'avons pas cru opportun de distinguer le texte de Flaubert de celui de Laporte, étant donné que les mêmes phrases se retrouvent ici sous la plume du premier, là sous celle du second.

Nous n'avons pas non plus tenu compte des ratures, barres, croix, qui paraissent à première vue annuler de nombreux passages des manuscrits. En effet, comme l'avait déjà compris Ferrère à la seule lecture du ms *a*, ces ratures peuvent « marquer seulement que l'article devait être reporté à un autre endroit [...], ou remanié, ou plus considérablement développé » (son édition, p. 14).

Nous présentons les textes dans leur dernière version, après corrections (style, ordre des phrases). La ponctuation a été régularisée, l'orthographe modernisée. Flaubert n'ayant pas adopté de règle précise quant à l'emploi du singulier ou du pluriel dans les titres d'articles, nous avons mis le singulier chaque fois que le choix nous était offert (seules exceptions : *blondes* et *négresses*, pour l'harmonie avec *brunes* et *rousses*).

Il reste que, ces principes posés, toutes les difficultés ne sont pas résolues. Quand deux manuscrits présentent de la même « idée reçue » deux versions presque semblables, nous publions la version de *c*; mais il arrive que les deux versions s'écartent au point qu'on peut douter qu'il s'agisse encore de la même idée reçue. Nous avons dû trancher un certain nombre de cas de ce genre, décidant ici de garder une seule version, là d'en juxtaposer deux, tout en nous rendant compte que la frontière était bien difficile à tracer. D'autre part, la succession *c, b, a,* n'a pu être respectée dans quelques articles, pour des raisons d'ordre et de logique. Enfin, dans un assez grand nombre de cas, nous avons préféré la version de *a* à celle de *b*, et parfois même à celle de *c*, essentiellement parce que la formulation y était plus complète et plus compréhensible.

« La seule édition scientifique possible, en l'absence d'un manuscrit définitif, était l'édition diplomatique, et elle est faite » (Alberto Cento, *De Madame Geneviève Bollème*, p. 13). Nous avons essayé de présenter du *Dictionnaire des idées reçues* une édition aussi complète et méthodique que possible, mais nous savons qu'elle n'échappe pas — qu'elle ne pouvait échapper — à l'arbitraire.

### *Le Catalogue des idées chic*

La page de titre du *Dictionnaire des idées reçues* (ms g 227, f° 1 r) porte également, en retrait, un second titre : *Le catalogue des opinions chic.* C'est sur une ébauche de ce *Catalogue*, explicitement destiné à *Bouvard*, que s'ouvre le manuscrit (f° 2 r). A une liste de « paradoxes à la mode » ou « idées chic » proprement dites, Flaubert a ajouté une liste d' « enthousiasmes populaires ».

Ces deux textes sont repris et développés ailleurs. Le premier, au f° 59 r du même manuscrit; une citation de Rousseau qui figurait sur un papier découpé (cf. *Bouvard et Pécuchet*, édition Conard, p. 445), avec la mention « idées chic », a été collée au bas de la page. Le second se retrouve deux fois dans le ms g 226[1] : de la main de Flaubert au f° 274 r; de la main de Laporte au f° 277 r. Ici, la liste est beaucoup plus longue que dans les deux autres versions, mais le propos en est plus général, comme l'indique le titre : « *Choses qui m'ont embêté,* alias : *Scies.* » Aux « enthousiasmes populaires » se mêlent des phrases historiques, des admirations littéraires mal placées, etc., qui figureraient mieux parmi les « idées chic ».

Aussi publierons-nous plutôt les listes du ms g 227 : pour les « idées chic », celle du f° 59 r; pour les « enthousiasmes populaires », celle du f° 2 r.

# SCÉNARIOS

*Carnet 19, f° 41 r*

Histoire de deux cloportes
Les deux commis

*Ils s'appelaient*
Dumolard[1] et Pécuchet —
Portrait.

*Pécuchet nez pointu (le père Verdiguier), et son gazon brun a l'air réel.*

*Dumolard gras (père Couillère[2]) et ses cheveux blonds frisés ont l'air d'une perruque. — contraste et pourtant ils se res semblaient.*

Leur rencontre *sur un banc du boulevard Bourdon.*

Leur vie habituelle.

Idées de campagnes. lectures pour savoir quel pays. — délibérations. disputes.

Long rêve. aspiration. *poursuivis par les démolitions de Paris. Le siècle change autour d'eux.*

*Achètent des instruments de jardinage.*

Ils partent — *Joie du premier réveil.*

II S'établissent. — le jardin a une claire-voie sur la grande route. — *dame en plâtre qui pisse sous la charmille.*

Essais. infructueux. jardinage vignot. — chasses. pêches. agriculture etc.

1. Un *b* surcharge le *m* de « Dumolard ».

2. Ce personnage doit être identifié, sans doute, avec le « père Couillère » dont il est question dans la *Correspondance* (I, 141).

Ennui... se cachent l'un de l'autre pour voir passer la diligence.

Sous un prétexte quelconque voyage de l'un d'eux à Paris — il rôde autour de son ancien comptoir — retour sur le passé. heureux dans ce temps-là...

Tristesse navrante.

Retour.

Ennui atroce.

III Bonne idée.

Lyrisme de la fin.

---

*« C'est un beau nom » — plus tard quand arrive l'affaire Dumolard atterré. Ça lui porte un coup*[3].

---

*Dans les copies tableaux parallèles antithétiques — crimes des rois et des peuples — bienfaits. sont quelquefois embarrassés — cas de conscience*[4].

---

*S'abonnent à la Revue des Deux-Mondes. Essayent de la métaphysique. veulent lire Spinoza. puis la religion. phil.*

1. *Jardinage. agriculture — le monde. Dandysme.*
   *⟨Politique.⟩*
2. *Littérature*

3[5]. *Histoire — ⟨socialisme⟩*
*Métaphysique*
*Religion*
*Science*[6]

*essayent d'adopter un enfant — éducation — deux enfants. espérant les marier plus tard*[6].

*Carnet 19, f° 16 r*

Les deux cloportes

---

Courses en vélocipèdes

---

3. Addition dans le coin supérieur gauche de la feuille.
4. Addition dans la marge de gauche, au bas de la feuille, à hauteur de « Tristesse navrante » et de la suite.
5. Les chiffres 2 et 3 sont barrés, Flaubert ayant intercalé « Politique » entre le 1 et le 2.
6. Additions sur le côté droit, au bas de la feuille, à hauteur de « Tristesse navrante » et de la suite.

Intercaler dans la 3e partie
le dictionnaire des idées reçues
l'histoire de l'art officiel
par fragments typiques.

*Carnet 19, f° 29 r (extrait)*

Ils écrivent **des Salons** ou plutôt copient toutes les rengaines des critiques d'art en laissant les noms propres en blancs La 1re fois qu'ils iront à Paris, ils iront à l'Exposition et mettront des noms propres idoines aux articles faits d'avance.

Insérer dans leur copie — Le Dictionnaire des Idées reçues
L'album de la Marquise

*Carnet 19, f° 40 v (extrait)*

Ils copient tout ce qui leur tombe sous la main (ne pouvant faute d'argent avoir les livres) cornets de papier. à tabac *etc.*

On peut insérer là tout ce que l'on veut comme contrastes *de faits,* pastiches de style.

Mettre des morceaux vrais et des morceaux typiques.

Des extraits de critique idiots dans tous les genres.

*Carnet 19, f° 42 r*[7]

Les deux cloportes. Citations.

Mettre à la suite l'un de l'autre en parallèle des cruautés prises aux relations de voyageurs en Afrique — et des cruautes modernes — guerre d'Amérique, 48. scènes du choléra — Du Chaillu fort utile.

— Nuits passées à boire avec des femmes Rulhière, t. 4, anecdotes sur la Russie. Pierre III

Et les intérieurs des Tuileries et de la préfecture de police en 48.

l'homme à jambe de bois.

7. Tout le texte est barré en diagonale.

*Ms gg 10, f° 41 r (extrait)*[8]

En parallèle avec le dictionnaire des **idées reçues** — dictionnaire des **idées chic** ou théories du Farceur (= copies).

*Ms gg 10, f° 67 r*[9]

XI = Leur copie

Ils copièrent... tout ce qui leur tomba sous la main,... longue énumération[10].. les notes des auteurs précédemment lus, — *vieux* papiers achetés au poids à la manufacture de papier voisine.

Mais ils éprouvent le besoin de faire un classement... alors ils recopient sur un grand registre de commerce[11]. Plaisir qu'il y a dans l'acte matériel de recopier.

Spécimen de tous les styles. agricole, médical, théologique, classique, romantique, périphrases.

Parallèles : crimes des peuples — des rois — bienfaits de la religion, crimes de la religion.

Beautés. Faire l'histoire universelle en Beautés[12].

Dictionnaire des idées reçues. Catalogue des idées chic[13].

Le **ms** du clerc de Marescot. – morceaux poétiques.

Annotations au bas des copies.

Mais souvent ils sont embarrassés pour ranger le fait à sa place,

8. Passage barré.

9. Dernier scénario connu de la fin du roman. Nous donnons en note, ci-dessous, les passages des trois scénarios antérieurs que celui-ci ne reprend pas, ou n'explicite pas suffisamment.

10. F° 32 r : « Ils copient au hasard tous les **ms** et papiers imprimés qu'ils trouvent, cornets de tabac, vieux journaux, lettres perdues, affiches, etc. croyant que la chose est importante et à conserver. »

11. F° 32 r : « *Souvent deux textes de la même classe qu'ils ont copiés séparément se contrarient, ils les recopient l'un au bout de l'autre sur le même registre.* »

12. F° 32 r : « *Beautés de X — de X — de X. Arrivent à Beautés des contraires, de l'assassinat, et de tous les Péchés capitaux* » (le mot « contraires » est d'une lecture douteuse).

13. Au f° 19 r, Flaubert écrit : « *Font le Dictionnaire des idées reçues* ⟨*et le catalogue des opinions chic*⟩ », puis se ravise et rature « font ». Mais au f° 32 r, le verbe réapparaît : « Ils font le Dictionnaire des idées reçues et le catalogue des idées chic. »

et ont des cas de conscience. Les difficultés augmentent à mesure qu'ils avancent dans leur travail. — ils le continuent, cependant.

— Marescot a quitté Chavignolles, pour Le Havre, *a* fait des spéculations et est notaire à Paris.

— Mélie entrée comme servante chez Beljambe, l'a épousé — Beljambe mort elle se remarie à Gorgu et trône à l'auberge.

Etc.

XII – conclusion.

Un jour, ils trouvent (dans les vieux papiers de la manufacture) le brouillon d'une lettre de Vaucorbeil à M. le Préfet.

Le Préfet lui avait demandé si Bouvard et Pécuchet n'étaient pas des fous dangereux. La lettre du docteur est un rapport confidentiel expliquant que ce sont deux imbéciles inoffensifs. En résumant toutes leurs actions et pensées, elle doit pour le lecteur, être la critique du roman[14].

— « Qu'allons-nous en faire? » — Pas de réflexion! copions! Il faut que la page s'emplisse, que « le monument » se complète. — égalité de tout, du bien et du mal, du Beau et du laid, de l'insignifiant et du caractéristique[15]. Il n'y a de vrai que les phénomènes. —

Finir sur la vue des deux bonshommes penchés sur leur pupitre, et copiant[16].

*Carnet 19, fos 14 r, 13 v, 14 v*

**L'art officiel** (histoire de) comprendrait une histoire des définitions de l'Art. — opinions différentes que l'on a eues sur son but. histoire de la moralité dans l'Art. — *théorie de l'utile* — et de ce qu'elle peut et doit être[17].

un Précis de l'Art tel que l'entendent la majorité des Français — *comme preuve* critique

14. Fo 19 r : « *Cette lettre résume et juge **B et P** et doit rappeler au lecteur tout le livre.* »

15. Le fo 5 r ajoute ici : « Exaltation de la statistique. »

16. Fo 5 r : « *Donner comme vraies des indications bibliographiques fausses.* »

17. Un appel de note indique que tout ce passage, depuis « une histoire des définitions de l'Art », doit être intercalé ici. Il se trouvait à l'origine après « l'art socialiste — prêcheur ».

des grands succès *puis* 1° histoire et exposition de l'art gouvernemental 2° l'art religieux 3° l'art populaire 4° l'art des gens du Monde.

Une histoire de l'art jésuitique y rentrerait — celle de l'Académie, — de la censure — les discours politiques. les enthousiasmes du Moniteur (tableaux chronologiques). Revues des principaux critiques sur le même homme et les mêmes œuvres. — l'art socialiste — prêcheur.

Bien montrer partout la bêtise de l'**impulsion** (soit populaire soit gouvernementale) comme contraire au génie des Créateurs et au sens même de l'art qui est l'objectivité, la Représentation.

Insister sur la Peinture. les tableaux de souverains. les Bourbons — la duchesse d'Orléans, Marie Amélie (femme de LP) née à Palerme avec ses chapeaux à oiseau de paradis — M. et Mme la duchesse de Bordeaux (Bretagne) — un tableau à Bordeaux représentant l'entrée de la duchesse d'Angoulême à Bordeaux — **le genre restauration.**

Une histoire de l'Amour des Souverains. — notre bon roi — la Maîtresse du roi respectée. Isis et Osiris.

— plaques commémoratives. MM. les préfets.

Manière dont on entend les honneurs rendus aux grands hommes.

*Statistique des statues — généraux de l'Empire* prix de certains livres et de certains tableaux — ironie de toutes les lois sur la propriété littéraire —

« S. A. le Prince président demande la différence qu'il y a entre les Beaux-Arts et les Arts industriels » à une députation d'*ornementistes* conduite par Séchan, vers 1852 ou 1853 (voyez les journaux de l'époque).

———

— comme appendice (ou plutôt **dessous**) [18] bien montrer tout le mal que l'Action gouvernementale a produit dans les Sciences et l'industrie.

Lâcheté envers les inventeurs — effroi de l'Originalité de l'initiative.

———

18. Lecture douteuse.

Littérature du Barreau. Style des Procureurs du roi. « un monstre **vomi** des enfers ».

— Style militaire.

---

**Quand la Religion s'en va, l'officiel arrive.**

---

Partout que l'on sente les protestations des Droits de l'Individu contre la Masse et contre le gendarme.

*Ms gg 10, f° 68 r*

Morceaux. — Pastiches.

Pastiches :
— article ultra radical.
— article ultra conservateur *à propos des enterrements civils.*
— article genre Vie Parisienne, chic.
— article, genre Quinet : Prométhée sortant du Caucase rencontre J.-C. descendant du Golgotha. Socialisme chrétien, progressif, humanitaire —

Conseils littéraires :
— *Lettre* d'un grand homme de Paris — au clerc ? *à propos de la Littérature et des gens de lettres.*

**Morceaux poétiques,** trouvés dans les papiers du clerc.
— Souvenir d'un automne à la campagne — au bord de la mer. Coucher de soleil, deux cavaliers côte à côte.
— Un Rêve — sur la mousse, en calèche — il est près d'elle sans savoir comment, — il lui rappelle le temps de sa pauvreté, quand il courait le soir dans la boue au milieu des rues, pour voir la lanterne de sa voiture — ivresse. Puis ils sont transportés sous une véranda japonaise. Clair de lune — au bord de la mer.
— Imprécation. Haine du bourgeois.
— Plan d'un livre : Thémis blessée.

---

Avant la Copie, après l'introduction, mettre en italique, ou en note :

« On a retrouvé par hasard leur copie, l'Éditeur la donne afin de grossir le présent ouvrage. »

*Ms g 226$^{7}$, f° 321 v*[19]

Jugements contradictoires sur les choses et les hommes de l'histoire contemporaine.

— critique sur **Hugo** selon l'époque.
— Hugo sur **Badinguet** et sur la Commune.

**Littérature officielle.**

Professions de foi des candidats.

Proclamations des préfets.

Discours du trône.

*Du style des savants. 1° Défaut radical de méthode. 2° Longueur intolérable.*

**Philosophie médicale.**

Articles de Virey, de Pariset *et de modernes spiritualistes.*

**Critiques d'art :** les salons.

**Plaisanteries des journaux sur les choses sérieuses. Leur sérieux sur les choses plaisantes.**

Indulgence pour le médiocre. Sévérité pour le sublime. **Gluck, Orphée. Crémieux Orphée** aux enfers.

**Conscience littéraire :**

Article de Saint-Victor sur le Faust de Dennery.

Du style de M$^{r}$ Mocquard dans le Constitutionnel et fragments de Jessie.

**Une histoire de France d'après les idées de la Porte-Saint-Martin.** *chercher dans le Magazine théâtral toutes les pièces historiques.*

Les Massacres de Syrie (Séjour). « idoles des musulmans. »

**Modèles de charabia** (papiers de Duplan).

---

*Littérature royaliste — napoléonienne*[20].

*Ms g 226$^{8}$, f° 31 r*[21]

Critique littéraire. Prendre une œuvre très célèbre et en montrer toutes les critiques différentes selon l'époque — autant que possible par le même homme.

19. Page barrée, morceau par morceau.
20. Addition marginale, à hauteur de « **Critiques d'art :** les salons ».
21. Page barrée, morceau par morceau, et globalement.

Théorie du succès. Comment l'obtenir.

Qu'est-ce que l'élément **amusant?** Le plus insaisissable de tous.

**Propriété littéraire :** discussion sur.

*Copie : haine des grands hommes.*

*Copier*[22] *:*

**Parallèles ineptes** qui ont été admis depuis longtemps : Béranger et lord Byron, Homère et Delille!

**Jugements contradictoires** sur les événements les plus importants de l'époque contemporaine.

*Critiques sur Hugo. Changement d'Hugo sur Badinguet et la Commune.*

**Critique littéraire** ***moderne.*** Sainte-Beuve, Taine. S'occuper des alentours d'une œuvre et de son auteur; mais pas de l'œuvre.

Jugements : « Quels noms dans plusieurs siècles que ceux de Lambert et Bruno! » (Père Enfantin).

Conscience artistique (Le Gaulois du 12 au 18 janvier 1872).

Entrefilet sur **Le Roi Carotte**[23]. Le rondo a été fait le matin, appris l'après-midi, répété au piano pendant le 1er acte et joué enfin au dernier acte!

L'histoire au théâtre. **Des gens du XVIIIe siècle** blaguent les Romains de ce qu'ils ne connaissent pas les chemins de fer! (Le Roi Carotte!)

Les idoles des musulmans. Massacres de Syrie de Séjour. [« On nous a][24] pris deux provinces, mais nous gardons Offenbach! » Courrier des théâtres, Figaro ou Gaulois, d'août 1871.

*Mss g 226⁸, fᵒ 31 v et g 226¹, fᵒ 178 v*[25]

Copies.

Philosophie. Le mandement de **l'évêque de Besançon** sur les **chemins de fer** où les hôteliers sont punis pour la violation du dimanche.

22. Un trait vertical indique ce qui doit être copié : les alinéas « parallèles ineptes », « jugements contradictoires » et « jugements ».
23. En marge, à hauteur de cet alinéa : « littérature ».
24. Texte manquant, le feuillet ayant été amputé de sa partie inférieure.
25. Feuillet découpé. Le Club de l'Honnête Homme a publié séparément ces deux fragments, en reconstituant de part et d'autre, de façon conjecturale, les phrases amputées par le coup de ciseaux.

Littérature. *Critique moderne*[26]. Chercher tous les feuilletons sur le **Galilée** de Ponsard. MM. les journalistes blâmaient Galilée. On était tellement lâche que cette histoire-là **gênait,** était désagréable.

— Article de **Saint-Victor** sur le Faust de Dennery. *Veuillot sur Henri Heine, Barbey d'Aurevilly*[27].

— Du style de M. Mocquard. Granier de Cassagnac? avec fragments de Jessie.

Dans les drames historiques : Massacres de Syrie (Séjour). « Idoles des musulmans. »

*Littérature napoléonienne — royaliste*[28]. Jugements historiques. Napoléon 1er Mettre en parallèle les passages du P. Loriquet et des radicaux modernes sur lui.

Littérature des souverains.

Napoléon III. Son roman de M. Benoit. Papiers secrets des Tuileries.

Passages des éloges donnés à son style dans les journaux.

Résumé de tous les discours et proclamations de Napoléon III. Faire valoir la banalité.

Jessie et Du style de M. Mocquard (Constitutionnel).

Résumé des discours du trône de Louis-Philippe.

— Un poème du roi Louis-Napoléon de Hollande.

— Littérature des souverains.

— Circulaire des préfets.

— Théorie de la littérature officielle et exemples :

mandements,
circulaires,
professions de foi,
discours académiques[29].

---

**Beaux-Arts.** Badinguet demande quelle est la différence des Beaux-Arts et des Arts (1852) à une commission dont faisait partie Séchan le décorateur[30].

26. Addition marginale.
27. *Id.*
28. *Id.*
29. La suite manque.
30. A hauteur des remarques sur Napoléon III.

*Ms gg 10, fº 46 r (extrait)*

Méthodes pour leurs lectures.

Pour les ouvrages dont l'analyse serait peu importante. Ils ne lisent que les barres verticales, que les phrases soulignées dans ces livres du cabinet de lecture — quelquefois des réflexions sont écrites en marge [31].

[Pour les ouvrages] dont il est impossible de faire l'analyse en dialogue — sans sortir du ton des personnages. B. esprit plus net en écrit le **résumé** — et c'est là-dessus que la discussion s'établit.

Moyen d'en faire l'analyse [32]. Quelquefois un seul lit l'ouvrage et en rend compte, de vive voix à son ami — ou bien ils lisent tout haut ensemble et interrompent le texte par des remarques, des cris d'indignation — ou un mot d'assentiment.

Après une étude, comme conclusion, pour se rendre compte à eux-mêmes ils formulent leurs idées par des axiomes qu'ils écrivent [33], principes de style, de Politique, etc. [34].

**Dans la période médicale,** ils appliquent des mots de science à tout propos — decubitus — excreta — gesta etc., et éprouvent le besoin de montrer leur savoir. Ils amènent la conversation sur des sujets où ils sont forts — ce qui humilie le public, lequel plus tard s'en venge.

Jusqu'à la phase métaphysique, quand une question philosophique se présente, ils la repoussent comme étrangère au sujet, mais arrivés à la métaphysique ils puisent dans leurs études antérieures.

Chaque étude différente leur donne un chic différent :
pendant la médecine, graves, pédants.
———— littérature, genre artiste.

Opinions en littérature B est classique gaulois.
en médecine —— matérialiste.
en politique —— réactionnaire.

31. Ms gg 10, fº 42 r : « Des réflexions de lecteurs sont écrites, les unes sur les autres, contradictoirement, à propos de ces passages. »
32. *Ibid.* : « ... moyen pour moi d'en faire l'analyse. »
33. *Ibid.* : « Ils peuvent, après une étude, formuler leur opinion (= la mienne) par des desiderata sous forme **d'axiomes.** »
34. Le texte est barré à partir de cet alinéa.

en religion P est mystique.
politique —— toujours gobe-mouches, d'abord un peu légitimiste.

*Ms gg 10 f° 33 r (extrait)*

Dans le voyage qu'ils font — ou qu'un des deux (Bouvard) fait pour voir la maison de campagne, poser quelques-uns des personnages secondaires utiles pour la suite.

*Ms gg 10 f° 20 r (extrait)*

Ce dîner[35] doit être un commencement d'action pour les personnages secondaires. *On y parle (pour poser les caractères des personnages secondaires source d'action) de jardinage, curiosités, religion, médecine, politique, littérature, et enfin socialisme à propos du vagabond.*

*Ms gg 10, f° 48 r*

Méthode. Plan général.

Rattacher au personnage secondaire de chaque chapitre, des personnages tertiaires[36].

I Agriculture. **Le Fermier.**
**Les notables du pays** seulement montrés, ou nommés au commencement du chapitre — puis décrits au dîner.

II Sciences. **Le Médecin.**
La querelle médicale a lieu chez **le Fermier.** B. et P. sachant qu'il leur

35. Il s'agit du dîner offert aux notables par Bouvard et Pécuchet.

36. Ms gg 10, f° 47 r : « A partir du chapitre III, Sciences, **rattacher au personnage secondaire qui paraît, dans chaque chapitre les personnages tertiaires,** déjà indiqués, pour que chaque chapitre n'ait pas son personnage d'action, à l'exclusion des autres.

Et le nombre des personnages tertiaires doit aller en augmentant à mesure qu'on approche de la fin. »

en veut pour se réconcilier avec lui le soignent.

III Archéologie. — **Le Notaire.**

**Le curé** laisse prendre le bénitier, *le réclame, excité par* ***le notaire,*** *puis leur* donne les assiettes *en compensation.* ***Le menuisier-démosoc*** *⟨travaillant au bahut⟩.* ***Mélie.*** *Le lecteur ne doit avoir que des soupçons.*

IV Littérature. — **Le gentilhomme.** Défend la morale. (Le curé trouve que **Mélie** chez ces Messieurs néglige ses devoirs religieux.) **Le médecin** leur a prêté des livres de médecine. Ils lui en prêtent de littérature, des romans, que le médecin débine. Il trouve leurs occupations frivoles.

? Finir le chapitre par un dialogue à quatre personnages (B et P, le gentilhomme et le médecin) sur la Littérature.

V Politique. — **Le Maire.**

**Le gentilhomme, le démosoc, la Veuve Bordin.** — le Fermier, le curé *à l'arrière-plan.*

VI Sentiment amour. — **Mélie. Mme Bordin.**

**Le notaire** pour le mariage de B.

**Le médecin** pour la vérole de P.

VII Mysticisme. Philosophie.

VIII — Le curé.

IX Socialisme. — Tous les personnages reviennent.

---

*Montrer comment et pourquoi chacun des personnages secondaires exècre la Science, le Vrai, le Beau, le juste, — 1o par instinct 2o par intérêt.*

*Ms gg 10, f° 47 v (extrait)*

Tous sont leurs ennemis, car
ils ont humilié
——— blessé dans ses idées et ses intérêts
scandalisé dans sa religion
dupé
trompé l'espoir du
empêché l'élection du
semblent dangereux et immoraux au
contrarié la fantaisie artistique du
inquiété le gouvernement
gêné les idées de tout le monde
——— embêté fortement les deux enfants.

**le médecin**
**le fermier**
**le curé**
**la Veuve Bordin**
**Démosoc**
**maire**
**gentilhomme**
**notaire**

*Ms gg 10, f° 45 r*

**Plan.**
Ensemble.
**Milieux.**

I

1. **Rencontre sur le banc du boulevard Bourdon.** *Conversation* — et dîner au restaurant — leurs deux logements.
2. **Leurs bureaux.**
Flâneries dans Paris, bras dessus, bras dessous.
3. Acquisition d'objets pour la campagne.

II

1. *Jardinage, agriculture.*
Aménagement.
**Jardin** — piochant, greffant, — B a un foulard noué en turban. P grande casquette.
2. **La ferme grande, belle et propre.**
**Leur petite ferme.** Bâtiments en mauvais état — fumiers répandus etc. — contrariétés — déceptions graves.
3. **Travaux d'embellissement dans le jardin.**
**Dîner** aux notabilités.

4. Soins domestiques, fabrication de conserves, **dans la cuisine.** *Sciences.*
Le **fournil** changé en LABORATOIRE. — chimie, *bocaux*, anatomie, **mannequin. Médecine** — pratique [37].

*Ms gg 10, f° 46 v (extrait)* [38]

*Méthode.*

N. B. avoir soin que chaque chapitre ne fasse pas un Ensemble isolé, un tout en soi; il doit se trouver au milieu de deux autres idées. Autrement le lecteur s'attendra régulièrement à leur nouvelle déception.

Multiplier les attaches et les suspensions.

37. La suite manque, le feuillet ayant été coupé.
38. Texte barré.

# LA COPIE DE BOUVARD ET PÉCUCHET

## EXTRAITS DU « SOTTISIER »

### I NOTES DES AUTEURS PRÉCÉDEMMENT LUS.

Je comparerais volontiers le cultivateur au moment de la moisson à un général d'armée au moment d'une bataille *(grande pensée)* [39].

A. de Roville, *La Maison rustique*, t. I, p. 300.

Durée de la destruction complète des cadavres. Selon Gosselin : 30 à 40 ans — Franck : 24 à 25 ans — Walker : 7 ans — Pyler : 14 ans — Morte : 3 ans — Orfila : 15 à 18 mois. En France la moyenne admise est de 5 ans.

A. Becquerel, *Traité élémentaire d'hygiène publique et privée*, 1867, t. II, p. 261.

Avec sa sagesse accoutumée, la nature n'a placé dans le corps humain du tissu adipeux que là où la graisse était utile, et au contraire, il manque aux parties où il aurait été nuisible.

Adelon, *Physiologie de l'homme*, 1823, t. III, p. 576.

39. Nous donnons en italique et entre parenthèses, à la suite des citations, le commentaire éventuel inscrit en marge par Flaubert.

Le beau dans tous les genres imaginables est ce qui plaît à la vertu éclairée

De Maistre, *Examen de la philosophie de Bacon*[40]

Nul doute que les hommes extraordinaires, en quelque genre que ce soit, ne doivent une partie de leur succès aux qualités supérieures dont leur organisation est douée (*imbéciles*).

Damiron, *Cours de philosophie*, 1873, t. II, p. 35.

L'esprit philosophique ou scientifique est contraire à l'esprit du peintre et du poète.

Jouffroy, *Cours d'esthétique*, 1843.

L'auteur de cet article a donné ses soins à une dame de soixante-dix ans, accablée d'une énorme obésité, fatiguée par une exomphale irréductible, et qui était obsédée par la plus dégoûtante fureur utérine. Sage et modeste jusqu'à l'âge de soixante-huit ans, elle devint tout à coup d'une horrible impudicité. L'offre de sa fortune était l'un des moyens de séduction les moins ridicules qu'elle employait. Les plus obscènes pratiques lui étaient familières pour apaiser la férocité de ses besoins.

*Dictionnaire des Sciences médicales*, art. *Rêves.*

Un officier de marine, M. G., porta pendant plus de vingt ans sa constipation sur les mers lointaines, sur divers continents et dans les îles. On n'apprendra pas sans une surprise extrême que, embarqué sur un vaisseau destiné pour Gorée et qui se trouvait alors dans la rade de l'île d'Aix, le malade ayant pris un purgatif

40. C'est le passage même que retiennent Bouvard et Pécuchet

avant qu'on mît à la voile ne le rendit que lorsque le bâtiment fut arrivé dans la rade du Sénégal.

*Dictionnaire des Sciences médicales*, art. *Constipation*[41].

II VIEUX PAPIERS ACHETÉS AU POIDS À LA MANUFACTURE DE PAPIER VOISINE (VIEUX JOURNAUX, LETTRES PERDUES, AFFICHES).

... M. Bastide, traduit en cour d'assises, pour une satire intitulée AU ROI ! [...] Après le réquisitoire, le prévenu se lève et d'une voix sonore :

*Malheur à ces valets tout cousus de bassesses !*

Le Président l'arrête : « Que signifie? » Bastide déclare qu'il entend plaider « en vers ». Les magistrats se regardent. Le cas est neuf. Laissera-t-on s'établir un pareil précédent? Bref, discussion. Les avocats s'en mêlent. On pèse le pour et le contre. Puis la cour se retire pour en délibérer, et quand elle rentre, le président prononce l'arrêt suivant :

« La Cour, considérant que si les parties peuvent être admises à présenter leurs moyens de défense, c'est à la condition que leur langage sera simple, grave et sincère, comme celui des avocats eux-mêmes;

Que les plaidoiries en vers ne peuvent avoir le caractère de gravité, de décence et de simplicité qui conviennent... »

Coupure de presse.

Depuis la Révolution de Juillet on calcule que 81 729 victimes ont été attachées à la croix... d'honneur.

*La Bridoison*, 1832.

Les cabinets étrangers font leurs orges, le cabinet français fait ses foins, et le peuple est sur la paille.

*La Bridoison*, 1832.

41. Bouvard et Pécuchet « prirent en note dans le *Dictionnaire des Sciences médicales*, les exemples d'accouchement, de longévité, d'obésité et de constipation extraordinaires ».

Le *Constitutionnel* signale l'existence d'un nouveau *banc d'huîtres.* Il veut sans doute parler d'une banquette qui vient d'être ajoutée au centre de l'enceinte législative au Palais-Bourbon.

Coupure de presse[42].

Monsieur, Je vous donne avis que ci le escandal ocasionné par vos femme ce Renouvel javiseres autemp quils me sera possible par la voix du comisaire de Police; on abusse pas impunément, dune Maison habiter par d'honette perssonne pour venir a des heurs indue ou des bruit infernal troublé le repos de tous le monde vous savez qu'ils existe des maison especial pour ce genre damusement cela me va pa dutou che moi ce nest pas un attelier de modelle votre tres heuble serviteur.

Merauvy, Propriétaire de la maison rue Choloneille n° 7.

Je vous invitte aussi a faire reparer une persiene que par défaut de soingt en ne laretan pas ait tombë et aurais pue tuer une personne.

Lettre manuscrite[43].

Madame Cora Chardon, née Cora-Desgranges, est heureusement accouchée d'un Chien et de trois Chiennes.
La mère et les enfants se portent bien.
Monsieur Dick Chardon, a l'honneur de vous en faire part.

Paris, jeudi 28 oct. 1863.
Carton de faire-part, imprimé.

On lit dans l'*Univers :* « On sait qu'il est des questions délicates que le prêtre, que le religieux, que le médecin même, ne peuvent point toujours adresser; cependant un renseignement permettrait d'obvier à bien des maux et d'arrêter dans leur développement des maladies que le silence aggrave et rend quelquefois incu-

42. Scénario du ms g 226', f° 321 v : « plaisanteries des journaux sur les choses sérieuses. Leur sérieux sur les choses plaisantes. »
43. Le mot « laretan » est d'une lecture douteuse.

rables. N'est-il pas bon alors d'avoir un livre clair, mais honnête, chaste et chrétien, dont on puisse recommander la lecture? Le livre intitulé *La Santé des Femmes* est un modèle de cette réserve chrétienne qui n'empêche pas la science, mais qui lui ôte tout danger. »

Coupure de presse.

Vinaigre de toilette de L'Immaculée Conception
Vente : rue du Havre.
A l'Exposition
Au Kiosque près la porte François Ier.

Nota. A chaque flacon est attachée une médaille d'argent à l'effigie de l'Immaculée Conception telle que la fit frapper le Saint-Père, et qu'il offrit aux Cardinaux et Évêques venus de tous les coins du monde et présents à l'auguste cérémonie de la promulgation du décret, le 8 décembre 1854, jour à jamais immémorable.

Chaque personne qui achète un flacon a également droit à une brochure donnant l'historique du dogme. Prix du flacon : 1 Fr. 50.

Réclame imprimée.

## III SPÉCIMENS DE TOUS LES STYLES.

### PÉRIPHRASES

Des yeux usés par les veilles et aidés par le cristal (*lunettes*).

Lamartine.

Dans les entractes [des repas] un grossier expédient familier aux mœurs romaines sert d'intermède, et prépare l'acte suivant (*périphrase pour dire : « se faire vomir »*).

Champagny, *Rome et la Judée*, t. I, p. 326.

Ses bienfaisantes mains prévenaient la nature
Et déposant au sein d'une heureuse blessure
Du poison éprouvé le germe moins fatal
Transmettaient à la fois le remède et le mal.

Par le fer délicat dont il arme ses doigts
Le bras du jeune enfant est effleuré trois fois,
Des utiles poisons d'une mamelle impure
Il infecte avec art cette triple piqûre
(*Inoculation. Vaccine*).

Casimir Delavigne, *La Découverte de la Vaccine.*

D'une vierge par lui [le fléau, la petite vérole] j'ai vu le doux visage,
Horrible désormais, nous présenter l'image
De ce meuble vulgaire en mille endroits percé
Dont se sert la matrone en son zèle empressé,
Quand au bord onctueux de l'argile écumante
Frémit le suc des chairs en mousse bouillonnante
(*Écumoire*).

*Ibid.*

AGRICOLE

Le groseillier a d'enormes qualités mais d'énormes défauts. C'est un vrai gamin de Paris qui s'est permis de faire un geste fort indécent (*Jolie comparaison*).

Gressent, *L'arboriculture fruitière*, 4e éd., p. 647.

Le guano est devenu la pierre fondamentale sur laquelle repose tout l'édifice social du Pérou.

H. Landrin, *Manuel des engrais*, p. 138[44]

MÉDICAL

Son habitation bien orientée est dans de bonnes conditions hygiéniques et son moral excellent, c'est le soleil pour l'oiseau en

44 Les mots « la pierre fondamentale » ont eté soulignés au crayon

cage et 98 chances de gain sur 100 pour un malade, au tirage de la loterie médico-nationale de la guérison.

Lettre d'un médecin du *Service des épidémies* de Jumièges au Préfet de la Seine-Inférieure, 5 janvier 1879[45].

L'acte génital est, nous le répétons, de la plus haute importance ; nous ne saurions trop recommander aux époux dans leur propre intérêt et dans celui de leur progéniture d'y apporter une sérieuse attention.

Debay, *Vénus féconde et callipédique*, p. 87.

Les mamelles de la femme peuvent être regardées à la fois comme objet d'agrément et d'utilité.

Murat et Patissier.

ECCLÉSIASTIQUE

Mesdames, dans la marche de la Société chrétienne, sur le railway du monde, la femme c'est la goutte d'eau dont l'influence magnétique, vivifiée et purifiée par le feu de l'Esprit-Saint, communique aussi le mouvement au convoi social sous son impulsion bienfaisante ; il court sur la voie du progrès, et s'avance vers les destinées éternelles.

Mais si au lieu de fournir la goutte d'eau de la bénédiction divine, la femme apporte la pierre du déraillement, il se produit d'affreuses catastrophes.

Mgr Mermillod, *De la vie surnaturelle dans les âmes.*

45. Lettre trouvée, à sa mort, sur la table de travail de Flaubert. Le passage que nous en extrayons concerne un malade atteint de fièvre typhoïde ; il est marqué d'un trait vertical au crayon.

L'enseignement philosophique fait boire à la jeunesse du fiel de dragon dans le calice de Babylone.

Pie IX, *Manifeste*, 1847.

RÉVOLUTIONNAIRE

Je viens de faire tomber deux cents têtes à Lyon : je me promets d'en faire tomber autant tous les jours ; les larmes de la joie et de la vertu inondent mes paupières sous l'effort d'une sainte sensibilité.

Fouché, depuis duc d'Otrante, dans Du Camp, *La Commune*, t. IV, p. 467.

Je manque de plomb, j'ai proposé au représentant Lacoste de prendre celui qui est sur les ci-devant châteaux, et il y en a en abondance, de prendre les cercueils qui sont dans les ci-devant églises, les canaux des jets d'eau, les commodités à l'anglaise des hommes voluptueux, et autres objets de caprice des ci-devant.

Lettre du citoyen Dièche, 4 avril 1794, au Comité de salut public [46].

ROMANTIQUE

De quel philtre les Parisiennes se servent-elles pour être toutes jolies au mois d'avril, même celles qui ne le sont pas ? Est-ce un don qu'elles tiennent du serpent qui les a tant aimées depuis le jardin d'Éden ?

Amédée Achard, *L'Illustration,* 15 avril 1865.

46. Flaubert a souligné « les commodités à l'anglaise des hommes voluptueux ».

Et il mordait ses chaînes à les couvrir de sang et à y incruster ses dents broyées!

Francisque Michel,
*Mœurs du moyen-âge : Job ou les pastoureaux,*
1832, p. 147.

RÉALISTE, POPULAIRE

Je ne connais que les grisettes pour savoir mélanger la tristesse et la danse... pour vous faire une reprise quand vous déchirez votre culotte, pour vous faire chauffer votre déjeuner le matin et vous allumer votre lampe le soir. Mais allez prier une belle dame, une élégante comme j'en ai vu ce soir, de vous recoudre un bouton ou de vous raccommoder votre bretelle, on serait bien reçu, hein? vivent les grisettes! Je ne sors pas de là.

P. de Kock, *La Maison blanche.*

DRAMATIQUE

Jeanne chante :
« Oui! Tu me dois cette victoire,
Dieu! tu fais naître chaque jour
Assez de femmes pour l'amour!
Qu'il en naisse une pour la gloire! »

Dieulafoy et Garsin,
*Jeanne d'Arc ou Le Siège d'Orléans,* 1812.

Le roi, à Miron :
« Ah, cher docteur, combien vous affligez mon âme!
Dans le fond, Médicis est une bonne femme! »

Lucien Arnault,
*Catherine de Médicis aux États de Blois,*
1829.

OFFICIEL. SOUVERAINS

Napoléon III : « La richesse d'un pays dépend de la prospérité générale. »

Louis Napoléon, cité dans *La Rive gauche*, 12 mars 1865.

Jupiter épousa Junon sa sœur, qu'il rendit mère de Vulcain, d'Hébé et Lucine — et dont le caractère altier lui causa bien des ennuis (*style des universitaires*).

Bouillet, *Dictionnaire*, art. *Jupiter*.

Rois ! vous n'êtes sur la terre que pour maintenir votre autorité. Maintenez-la. Nous nous serrerons autour de vous. Sauvez la France ! Sauvez l'Europe !

De Vaublanc, ancien ministre de l'Intérieur, 1821.

Froshdorff, 23 juillet.

La fille de Bonchamps n'est plus, madame la comtesse, et du lit de mort de l'admirable femme, votre belle-mère, dont un siècle presque entier a connu la force d'âme, les épreuves et les vertus, votre première pensée s'est tournée vers moi. Je vous remercie d'avoir tenu à ce que je fusse instruit avant tous les autres du nouveau sacrifice que Dieu vous demandait. Fille de Bonchamps, mère de Fernand de Bouillé, c'est-à-dire fille, mère et aïeule de héros chrétiens : quelle destinée et quels souvenirs !

Coupure de presse lettre du comte de Chambord, extrait.

IV PARALLÈLES : CRIMES DES PEUPLES, DES ROIS ; BIENFAITS DE LA RELIGION, CRIMES DE LA RELIGION.

Carrier, voulant donner un exemple de l'austérité des mœurs républicaines, fit enfermer 300 filles publiques de la ville et les malheureuses créatures furent noyées.

*Mémoires de Mme de la Rochejaquelein*, p. 294.

Un membre affirme avoir entendu dire à Marat que pour avoir la tranquillité, il fallait qu'on fît tomber 270 000 têtes. « Eh bien! oui, dit Marat, c'est mon opinion », et l'assemblée entière se soulevant, il ajoute : « Il est atroce que ces gens-là parlent de liberté d'opinion et ne veulent pas me laisser les miennes. »

Louis Blanc, *Révolution française*, t. II.

Le sire de Lesparre, qui avait rompu son ban, fut décapité à Poitiers et coupé en six morceaux qui furent exposés en différents lieux.

Augustin Thierry, *Histoire de la conquête de l'Angleterre*, p. 180.

Jean, fils de Henri II, fit pendre un jour 28 otages, tous en bas âge, avant de se mettre à table.

*Ibid.*, p. 186.

L'homme attaché à la croix, et que l'on allait découper vivant, pouvait avoir quarante ans [...]. Son affreux supplice dura cinq minutes. Au moyen d'un petit couteau à lame très courte, on lui enleva successivement la peau du front, de la poitrine et des extrémités; après quoi le même soldat lui coupa la tête, et, détaché de sa croix, il fut rejeté sur les autres cadavres, sans que ce spectacle parût émouvoir le moins du monde les assistants.

Extrait d'une coupure de presse [47].

47. Relation d'un supplice chinois.

Tantôt il [l'abbé Du Chayla] leur arrachait avec des pincettes les poils de la barbe et des sourcils. Tantôt avec les mêmes pincettes il leur mettait des charbons ardents dans les mains, qu'il fermait et pressait avec violence jusqu'à ce que les charbons fussent éteints; souvent il leur revêtait tous les doigts des deux mains avec du coton imbibé d'huile ou de graisse qu'il allumait ensuite et faisait brûler jusqu'à ce que les doigts fussent ouverts ou rougis par la flamme jusqu'aux os.

*Courte histoire des troubles des Cévennes,* dans Figuier, *Histoire du merveilleux,* t. II, p. 99.

V BEAUTÉS.

BEAUTÉS DES GENS DE LETTRES

Les ouvrages communs vivent quelques années,
Ce que Malherbe écrit dure éternellement.

Malherbe à Henri IV

Paracelse disait qu'un de ses cheveux est plus savant que toutes les universités.

Cité dans Legendre, *Traité de l'opinion,* 1731.

Mes merveilles arrachent des signes de croix dans la ville, car elles sont sans rivales.

Rutebeuf[48].

Prie Dieu que j'aie un libraire. C'est peut-être le salut de la patrie.

Proudhon, lettre à Bergmann, 22 février 1840.

48. Ces trois citations figurent, avec d'autres, sur une feuille intitulée : *Modestie des auteurs.* La citation qui suit (Proudhon) se trouve dans un autre volume, mais une note indique qu'il faut la joindre à celles-ci.

L'académie interdit à tous ses membres dans les mémoires qu'elle publie, ainsi que dans ses séances toute discussion qui pourrait blesser la Religion et le gouvernement. Ces deux points exceptés, chaque membre peut émettre, etc. (*indépendance des Académies*).

*Mémoires de l'académie celtique*, 1809.

BEAUTÉS DU PARTI DE L'ORDRE

M. Degouzée, député, en juin 1848 demande la déportation en masse de tous les journalistes.

M. Du Camp, *Convulsions de Paris*, t. IV, p. 229.

Le meilleur des gouvernements est celui à l'ombre duquel on vit

Molé, *Essais de morale et de politique*.

La cour de cassation se retira des Tuileries sans jeter de l'eau bénite sur le corps [Louis XVIII], parce que le Préfet de la Seine et le Préfet de police en avaient jeté avant eux.

Legrand d'Aussy, *Des sépultures nationales*, et Roquefort, *Funérailles des rois*, 1824.

BEAUTÉS DU PEUPLE

Quelques habitants de la campagne, même dans les environs de Paris, ont poussé la folie jusqu'à croire que le vaccin pouvait leur faire prendre la forme de l'animal qui le fournit.

C. Delavigne, note de *La Découverte de la vaccine*.

A propos des *Noceurs*, quelques ouvriers ciseleurs ont écrit à l'administration du théâtre de la Gaîté qu'on ridiculisait leur profession dans cette pièce, en donnant aux ciseleurs un langage et des costumes qui ne peuvent convenir qu'à des maçons ou des couvreurs !

*L'Atelier*, 1842.

BEAUTÉS DE LA RELIGION

Pie II approuve un office où il était dit que Catherine de Sienne portait les stigmates.

Sixte IV défend sous les peines ecclésiastiques de la représenter avec ces stigmates.

*Biographie Michaud*, art. : *Catherine de Sienne.*

Quoi de plus admirable que de voir cette femme [Catherine de Sienne] vivre pendant trente ans sur une montagne sans boire, ni manger, s'élever sept fois le jour portée par les mains des Anges, afin d'entendre leurs concerts et leurs mélodies, et redescendre ensuite au même endroit, de la même manière ! N'y a-t-il pas là de quoi nous plonger dans la stupéfaction ?

*Traité de la perfection de l'amour de Dieu*, par le vénérable Louis de Gonzague, nouvelle traduction par l'abbé Couissinier approuvé par Mgr l'évêque de Marseille, 1869, p. 327.

La Sainte Vierge est égale à Jésus-Christ, non d'une égalité mathématique, mais d'une égalité de proportion.

*Cité mystique* de Marie d'Agreda, dans Lenglet-Dufresnoy, *Traité historique et dogmatique sur les apparitions.*

BEAUTÉS DES SOUVERAINS

Les princes dans tous les conseils doivent avoir pour première vue d'examiner ce qui peut leur donner ou leur ôter l'applaudissement du public.

Louis XIV, *Instructions au dauphin.*

L'art de saler les harengs fut trouvé par Guillaume Beuckelst, et cent cinquante ans après sa mort Charles-Quint, pour honorer sa mémoire, mangea un hareng sur sa tombe.

Rozet, *les Animaux célèbres*, t. II, p. 48.

La duchesse d'Angoulême était si bonne que la nuit, aux Tuileries, elle menait pisser dehors une petite chienne, pour ne réveiller personne.

Comte de Bassanville, *La Chronique de Paris*, 1840, p. 359.

## VI AFFIRMATIONS ET JUGEMENTS CONTRADICTOIRES.

Le Saint-Esprit ordonne aux esclaves de demeurer en leur état, et n'oblige point leurs maîtres à les affranchir.

Bossuet, *Avertissements aux protestants*, 5e avertissement, § 50.

Le trafic des esclaves n'est opposé ni à l'humanité, ni à la religion, ni à l'équité naturelle.

Mgr Bouvier, évêque du Mans, *Institutions théologiques*, t. VI, ch. II, art. I, § 3.

Bonaparte rétablit l'esclavage et la traite par un décret du 30 Floréal an X (19 mai 1802) — vingt-quatre jours après le rétablissement du culte catholique.

Boutteville, p. 330.

Un des plus magnifiques résultats du christianisme, c'est d'avoir aboli l'esclavage.

Baguenault de Puchesse, *Le Catholicisme présenté dans l'ensemble de ses preuves*, p. 210.

Il est certain que personne n'a élevé la voix avec autant de courage et de force en faveur des esclaves, des petits et des pauvres, que les écrivains ecclésiastiques.

Chateaubriand, *Génie du christianisme*, t. IV, p. 60[49].

Races humaines. Il y en a 2 (Virey), 3 (Jacquinot), 4 (Kant), 5 (Blumenbach), 6 (Buffon), 7 (Hunter), 8 (Agassis), 11 (Pickering), 15 (Bory Saint-Vincent), 16 (Desmoulins), 22 (Morton), 60 (Crawford), 63 (Burke).

(sans référence)

La digitale est appelée par Bouillaud « l'opium du cœur », mais c'est un stimulant du cœur, et Beau l'appelle « le quinquina du cœur ».

Deboué, Thèse, 1875.

Dans la saignée, le pouls devient plus fréquent et la température s'élève, selon le docteur Peter ; elle s'abaisse selon Marshall-Hall.

Redard, *Études de thermométrie chimique*, 1874, p. 46.

49. « Voyez les textes contraires, Boutteville » (note de Flaubert)

VII HISTOIRE.

L'enseignement de l'histoire peut avoir, selon moi, des inconvénients et des périls pour le professeur. Il en a aussi pour les élèves!

Dupanloup.

J'ai oui plusieurs fois déplorer l'aveuglement du conseil de François I^er^ qui rebuta Christophe Colomb qui lui proposait les Indes (*François I^er^ né en 1494, Christophe Colomb mort en 1506*).

Montesquieu, *Esprit des Lois*, livre XXI, ch. XXII.

Henri réclame ses lettres à cor et à cri; on le renvoie de Ponce à Pilate.

F. Sarcey, *Opinion nationale*, 24 octobre 1859.

La comédie de Molière nous instruit-elle des grands événements du siècle de Louis XIV? Nous dit-elle un mot des erreurs, des faiblesses ou des fautes du grand roi? Nous parle-t-elle de la Révocation de l'Édit de Nantes? (*Molière mort en 1673. Révocation de l'Édit de Nantes en 1685*).

Scribe, *Discours de réception à l'Académie*, 1836.

Le *tabulisme* (tables tournantes) est, suivant M. Madrolle, le plus grand événement dans l'histoire de l'humanité, sans excepter la Rédemption.

Morin, *Du magnétisme et des sciences occultes*, t. II.

VIII IDÉES SCIENTIFIQUES.

Les femmes en Égypte se prostituaient publiquement aux crocodiles.

Proudhon, *De la célébration du dimanche*, 1850.

La maladie des pommes de terre a pour cause le désastre de Monville, le météore a plus agi dans les vallées, il a soustrait la calorique, c'est l'effet d'un refroidissement subit.

Raspail, *Histoire de la santé et de la maladie*, p. 246-247

Le Paradis devait être dans le Caucase, plus chaud qu'aujourd'hui avant le déplacement de l'axe. Les idées des Druides sur la fin du monde confirment cette opinion.

Frédéric Klee, *Le Déluge*, p. 277

Il est une langue européenne qui a beaucoup d'analogie avec la langue écrite des Chinois, c'est la langue anglaise.

Buchez, *Traité complet de philosophie au point de vue du Catholicisme et du Progrès*, t. I, p. 284.

Les langues des sauvages ne peuvent être que des débris de langues antiques, ruinées, s'il est permis de s'exprimer ainsi, et dégradées comme les hommes qui les parlent.

De Maistre, *Les Soirées de Saint-Pétersbourg*.

Van Helmont croyait la langue hébraïque, la langue naturelle de l'homme.

Gérando, *Histoire comparée des systèmes de philosophie*.

Les pharmaciens américains fournissent des spécifiques pour faire parler hébreu, grec et latin.

Rogers, *Philosophy of mysterious agents*, dans le P. Xavier Pailloux, *Le magnétisme, le Spiritisme et la Possession*, p. 383.

IX CRITIQUE LITTÉRAIRE.

Les lettres ne sont pas faites pour les femmes, cela gâte leur esprit, le rend léger, frivole, dissipé, volage.

Le Père Debreyne, p. 185.

Shakespeare lui-même, tout grossier qu'il était, n'était pas sans lecture et sans connaissance.

La Harpe, *Introduction au cours de littérature.*

C'est dommage que Molière ne sache pas écrire.

Fénelon.

Voltaire est nul comme philosophe, sans autorité comme critique et historien, arriéré comme savant, percé à jour dans sa vie privée et déconsidéré par l'orgueil, la méchanceté et les petitesses de son âme et de son caractère.

Dupanloup, *Haute Éducation intellectuelle.*

Décidément, mon pauvre M. de Balzac, votre muse est réellement fille de mémoire. Vous n'inventez que ce que vous vous rappelez (*Balzac n'a pas d'imagination*).

A. Karr, *Guêpes*, 1843.

[A propos de la *Phèdre* de Racine] Qu'est-ce que tout cela nous fait à nous, chrétiens ou athées du XIXe siècle ? Rien n'est plus étranger à nos mœurs, à notre croyance, à notre philosophie même.

De Maistre, *Examen de la philosophie de Bacon*, t. II, p. 298

Les Académies, les corporations, Sages par acte du Parlement et spirituelles de par le Roi, se contentent de leurs Delille, de leurs La Harpe : mais le monde de l'intelligence, de la passion, demande ses Béranger, ses Byron.

Lady Morgan, *La France en 1829-30*[50]

X JUGEMENTS. PROPHÉTIES

Polichinelle est le héros d'une des plus jolies fables du recueil de M. Arnault, recueil apprécié par tous les gens de goût et dont la réputation ne peut aller qu'en augmentant

Béranger, note de la pièce intitulée *A Antoine Arnault*

Dans un temps peu éloigné le magnétisme aura renouvelé la face du monde.

Segouin, *Les Mystères de la magie*, p. 100

Un concile œcuménique est devenu une chimère Pour convoquer seulement tous les évêques et pour faire constater légalement cette convocation cinq ou six ans ne suffiraient pas

De Maistre, *Du Pape*

50. Scénario du ms g 226[8], f[o] 31 r° : « parallèles ineptes Béranger et Lord Byron. »

XI PHILOSOPHIE RELIGION MORALE.

Les puces se jettent partout où elles sont sur les couleurs blanches. Cet instinct leur a été donné afin que nous puissions les attraper plus aisément.

Bernardin de Saint-Pierre, *Harmonies de la nature*.

Le melon a été divisé en tranches par la nature, afin d'être mangé en famille, la citrouille, étant plus grosse, peut être mangée avec les voisins.

Bernardin de Saint-Pierre, *Études de la Nature*, XI.

L'eau est faite « pour soutenir ces prodigieux édifices flottants que l'on appelle des vaisseaux ».

Fénelon.

Sainte Brigitte avait dit que la Sainte Vierge conserva le prépuce de Jésus-Christ et l'avait légué en mourant à saint Jean l'Évangéliste. Marie d'Agréda ajoute que la Sainte Vierge et saint Joseph en Égypte le portaient alternativement. Quand la Vierge portait Jésus, elle donnait le prépuce à saint Joseph et Joseph le lui rendait quand il prenait Jésus dans ses bras.

Lenglet-Dufresnoy, *Traité historique et dogmatique sur les apparitions*, t. II, p. 56.

Les souverains seuls ont le droit de changer quelque chose aux mœurs.

Descartes, *Discours de la méthode*, part. 6.

## XII EXALTATION DU BAS

...Le docteur inconnu [le bourreau] dont la potion non patentée l'avait guéri en une seule nuit quand toutes les drogues de maître Ambroise Paré le tuaient lentement (*le bourreau de Paris plus fort qu'Ambroise Paré*).

Alexandre Dumas, *La Reine Margot*, p. 201.

MM. les académiciens, enfantez des milliers de dissertations sur Carnac, nous ne cesserons de vous le redire, les bons habitants du voisinage, qui de temps à autre voient probablement, encore, les mêmes choses avec la même horreur, en sauront toujours plus que vous! (*Les villageois plus malins que les académiciens*).

Mirville, *Pneumatologie*, p. 225.

Les médecins de villages et de hameaux, ce ne sont jamais ceux-là qui observent à la légère. La Faculté de Paris n'en fournit pas du tout dans ce sens (*médecins de village plus forts que ceux de Paris*).

Raspail, *Histoire naturelle de la santé et de la maladie...*, 1846, introd. p. LXII

Plus de génie pour être batelier du Rhône que pour faire *Les Orientales*.

Proudhon.

## XIII LE MANUSCRIT DU CLERC DE MARESCOT

Morceaux inventés
Poèmes en prose (après le Rêve de l'amour)

un Préhistorique
Ciel atroce — loups. — cabanes sur pilotis — grotte.

portrait de l'Homme — ours.

Il viole une femme

Il tue un homme pour la violer

Mange l'homme, — et comme la femme en veut un morceau, il la tue, mange et s'endort tranquille.

C'est ton aïeul, ô Parisien du XIXe siècle [51].

51 La phrase « il viole une femme » est raturée.

## L'ALBUM DE LA MARQUISE

*Il est très difficile de se faire des idées nettes sur Dieu et sur la nature, il est peut-être aussi difficile de se faire un bon style.*

VOLTAIRE.

### Souvenir rétrospectif

#### I

Tout le Paris littéraire a connu l'adorable Marquise de S.,

— cette élégie navrée qui trouvait le secret de sourire.

— Elle était l'espérance du poète et la fortune de sa poésie!

Son salon a réuni pendant vingt ans l'élite de la littérature et des arts.

— Tous les hommes qui marchent sous le soleil de la célébrité ont jeté sur l'album de la Marquise les charmantes improvisations de leur plume.

Chère Marquise si gracieuse et si bonne, on ne pouvait la voir sans l'aimer.

Les plus illustres génies, les esprits les plus distingués et les plus humbles ont ressenti pour elle une même piété, une même adoration — si j'ose m'exprimer ainsi.

« Il y avait dans cette fleur un arôme tellement intime, des effluves si insaisissables de délicatesse!... » a dit de sa voix profonde un maître habile à fouiller les arcanes du cœur.

Laissons parler les amis fidèles qui ont entouré la Marquise pendant sa vie, ils diront mieux que nous les charmes, les vertus et les malheurs de cette femme adorée.

*Portrait*

Victor de Saint-Paul, notre grand peintre au coloris paradisial, a conservé l'image de la Marquise sur une petite toile rayée de l'ongle du lion.

C'est ravissant de peinture comme mélancolie.

Figurez-vous — l'innocence tissant un piège avec les fils de la vierge.

— Sur un doux clair-obscur un reflet de sérénité lumineuse.

*Courte préface*

L'album de la Marquise ne renferme pas moins de douze cents pièces originales.

Par une faveur rare il nous est permis de reproduire quelques-unes de ces merveilles inédites.

Nous ne choisissons pas.

Dans ce grand et beau recueil, véritable livre d'or de la littérature contemporaine, tout ruisselle d'inouïsme.

Nous enregistrons sans ordre et sans dessein, à pièces décousues, avec la joie effarée d'Adam le premier jour de l'Éden.

Émotion inexprimable, ô lecteur tu vas toucher à la virginité de ces aurores!

Que l'extase descende dans ton âme comme la rosée au sein des fleurs!

II

*M. Ernest Legouvé.* Quand j'ai des vers touchants à faire, il me faut le portrait de cet ange devant les yeux, je le regarde et je sens en le regardant mille expressions pleines de larmes et de douceurs exquises qui coulent dans mes vers et les embaument.

*M. Sainte-Beuve.* Je la voyais sans la regarder : ainsi l'on fait pour une jeune mère qui allaite son enfant devant vous. C'était comme une chaste image interdite sur laquelle ma vue répandait un nuage en entrant, et au départ je tirais le rideau sur mes souvenirs.

*M^me^ Louise Valory.* Elle avait des rayons d'août dans les yeux, des parfums de tubéreuse dans le cœur, des ondoiements de blé mûr dans toute elle.

*M. Auguste Desplaces.* Des cheveux d'un blond fauve éperdument retroussés vers les tempes, des blancheurs de cygne avec une rose effeuillée sur chaque joue.

*M. Alexandre Dumas fils.* De fins sourcils nets et réguliers comme l'arche d'un pont. (*Grangette*, p. 200, volume de *Diane de Lys*.)

*M. Octave Feuillet.* Des dents d'ivoire et des lèvres pourprées dont la cerise ne demandait qu'à être cueillie.

*Éliacim Jourdain.* Des lèvres si pures et si vermeilles qu'on eût dit des feuilles de rose agitées par une brise de mai... *oh! les suaves baisers qui devaient être cueillis sur cette bouche purpurine!* (*Auguste et Marie*, p. 57.)

*Champfleury.* Sa bouche entrouverte montrait un évanouissement sans douleur, et laissait passer un souffle aussi pur qu'un petit vent qui aurait traversé un rosier. (*Molinchart*, portrait de Louise, p. 32.)

*M^me^ Louise Colet.* Une taille svelte, des bras qu'on serait tenté d'imiter pour compléter la Vénus de Milo. Les bras de Stéphanie de Rostang.

*Edmond et Jules de Goncourt.* Une taille à tenir dans une jarretière et que faisaient plus fine encore à l'œil le ressaut des hanches et le rebondissement des rondeurs ballonnant la robe, une taille impossible, ridicule de minceur, adorable comme tout ce qui, chez la femme, a la monstruosité de la petitesse. (*Germinie Lacerteux*, p. 53.)

*Comtesse d'Orsay.* Ses doigts de fée aux ongles roses et polis comme des coquillages nouvellement ramassés sur la rive et encore humides des eaux de la mer semblaient avoir été faits tout exprès pour attraper des papillons, ou cueillir des fleurs. (*L'Ombre du bonheur*, t. I, p. 274.)

*M. Paul de Molènes.* Sa voix était un véritable luth.

*M. Barbey d'Aurevilly.* J'ai bu à longs traits dans la coupe d'opale de ses épaules la cruelle ivresse des bonheurs non partagés.

*Ernest Feydeau.* Puissance du ciel! j'entendais alors dans mes rêves le lacet de ses bottines qui fouettait son cou-de-pied lorsqu'elle se déchaussait. J'entendais les bottines mollement pressées tomber à terre, l'une après l'autre, et je me torturais en vain l'esprit pour trouver le moyen de les lui voler. (*Daniel,* t. I, p. 192.)

L'adorant comme une étoile, je me sentais enchaîné loin d'elle, à la terre, tristement résigné à l'adorer sans espoir. (*Ibid.,* t. I, p.312.)

*M. H. de Pène.* La dernière fois que je l'ai rencontrée, c'était au dernier vendredi de Mme la princesse de Z — nous nous croisâmes dans le premier salon, elle arrivait, nous partions! Hélas! a present c'est elle qui est partie pour ne plus revenir jamais figurer dans le grand mouvement d'ici-bas, envolée pour de plus belles demeures et les réceptions des anges, au son des orchestres surhumains. (*Époque,* 13 avril 1865.)

*Ponson du Terrail.* C'était en l'année 185. octobre tirait à sa fin, une amazone montée sur un beau cheval noir de race irlandaise galopait sur la route abrupte du manoir d'Elberstein.

Cette amazone c'était la marquise.

Derrière elle, a quelques pas de distance, conduisant un élégant cabriolet a pompe d'Erhler, attelé d'un magnifique cheval, suivait un tout jeune homme, d'une rare distinction de manières.

Ce jeune homme, c'était le vicomte...

Oh! dit-il en allumant son cigare à un éclair jailli de ses yeux.. lui mettre un baiser au front, dussé-je recevoir une balle dans le sternum (arrangé, voir Ponson à *Matériaux.*)

*Leo Lespes.* N'attendez pas de moi que je compte goutte à goutte les larmes tombées de ses regards d'azur. (*Grand Journal,* 22 avril 1865.)

*Lottin de Laval.* Ô Marquise! quand vous passâtes au Luxembourg dans votre calèche rapide, éclatante et belle comme une magnifique fleur et que votre sourire s'abaissa sur moi, vous emportâtes mon cœur

Qui n'eût été éperdument épris en voyant l'admirable beauté de cette femme? Eh bien, cette enchanteresse s'étiolait sous les baisers d'un octogénaire! (*Andalousie*, p. 133.)

*Louis Ulbach.* Elle comprenait avec une pénétration enchanteresse mes rêves, mes projets, mes angoisses; elle daignait me suivre dans ces régions de l'idée pure qui échappent aux sens! si vous saviez quelle flamme dans ce transparent d'albâtre! quelle tendresse dans cette naïveté! quel dévouement dans cette innocence! Ô Pichat, sois jaloux de moi! je te jure que j'ai été le roi de la terre et du ciel, que j'ai eu du soleil plein les yeux et des nuages sous les pieds. (*Suzanne Duchemin*, p. 176.)

*Méry.* Un jour de fête au paradis, Dieu a pris la marquise, il lui a donné cette couronne de cheveux, ce front découpé sur un modèle de séraphin, ces yeux dont les rayons semblent purifier la terre, cette grâce de visage, cette exquise ciselure d'épaules et de bras, cet ensemble idéal que l'artiste rêve et que la réalité lui montre un jour. Ce chef-d'œuvre de l'atelier divin est perdu pour nous!!! (*La Croix de Berny*, p. 26.)

*H. de Balzac.* Elle montait à des hauteurs où les ailes diaprées de l'amour ne peuvent nous porter; pour arriver près d'elle, un homme devait avoir conquis les ailes blanches d'un séraphin. (*La Peau de chagrin*, p. 27.)

Son vaste et lumineux cœur ressemblait tant au ciel, que je m'y trompais comme les moucherons qui viennent se brûler aux bougies d'une fête. (*Ibid.*, p. 51.)

J'aurais pu ne pas sentir un charbon ardent au creux de ma main pendant qu'elle aurait passé dans ma chevelure ses doigts chatouilleux. (*Ibid.*, p. 26.)

C'était le bengali transporté dans la froide Europe, tristement posé sur son bâton, muet et mourant dans sa cage où le garde un naturaliste. C'était l'oiseau chantant des poèmes orientaux dans son bocage des bords du Cange, et comme une pierrerie vivante, volant de branche en branche parmi les roses d'un immense volkaméria toujours fleuri. (*Le Lys dans la vallée*, éd. illustrée, p. 4.)

*Michelet.* Ô soleil! ô mer! ô rose! Le cercle de l'existence s'accomplit et se ferme en toi. (*L'Amour*, p. 64.)

Frapper la femme! Grand Dieu! La femme notre reine d'amour, et une reine si soumise, qui chaque soir donne pouvoir illimité à l'homme, pouvoir de la rendre enceinte. C'est presque le droit de vie et de mort! un être doux, faible, livré à ce point, le briser, le désoler par un châtiment servile! oh! bassesse et lâcheté. (*Ibid.*, p. 279.)

*Les amis de la Marquise*

*Michel Masson.* Mon Dieu, vos mystères sont impénétrables, vos volontés terribles!.. mon Dieu! je ne veux pas blasphémer, mais pourquoi cet époux à la Marquise? pourquoi la donner à ce vieillard? n'était-ce pas assez de m'accabler, moi!... Vous auriez dû avoir pitié d'elle au moins. (*Marthe et Marie*, 1851, scène II, acte IV, Ambigu.)

*A. de Lamartine.* Quelle démarche! Quelles palpitations dans le sein! Quelles mélodies sur les lèvres! Et quelles larmes transparentes sur le globe des yeux! (*Nouvelles Confidences*, p. 192.)

*Timothée Trimm.* Elle brise son cœur sous l'étreinte de fer de son blason. (*Le Figaro*, 26 février 1865.)

*Siméon Pécontal.*
Fleur de vertu, fleur odorante,
Elle n'avait rien à cacher;
Sa belle âme était transparente
Comme l'eau qui sort du rocher.
(*Légendes et ballades*, p. 20.)

*Amédée Achard.* L'ange des suaves pensées semblait se balancer sur son front d'ivoire. (*La Traite des blondes*, t. II, p. 61.)

*Champfleury.* Le comte de Vorges — une petite moustache qui ressemblait à un peu de fumée qui sort de la cabane d'un pauvre contribuait sans doute à le faire paraître plus jeune qu'il n'était réellement. (*Molinchart*, portrait de Louise, p. 40.)

Le sourire de cette femme distinguée faisait mal et portait à la tristesse; sous ses yeux flottaient deux grandes paupières vides qui semblaient de grands sacs où s'étaient accumulées bien des larmes. (*Les Amoureux de Sainte Périne*, p. 54.)

*Gustave Aymard.* Lorsqu'il m'était permis de la voir, la peau dont mon cœur est couvert s'enlevait subitement et les paroles que soufflait ma poitrine étaient inspirées par le Wacondah.

*Victor Cousin.* Elle donnait un tour heureux aux moindres choses, elle récitait admirablement les vers, savait jouer de la guitare, chantait bien, et écrivait des lettres fort jolies. (p. 66.)

Elle était faite pour figurer à la suite de Mme de Longueville dans ce paradis de beauté qui s'appelle la cour de Louis XIII et de la régente, elle en eût été une des étoiles les plus brillantes et certainement la plus pure. (*Mme d'Hautefort*, p. 83.)

*Louis Veuillot.* Heureux! heureux! disaient les jeunes gens, celui que la Marquise voudra choisir. (*Çà et là*, t. I, p. 37.)

*M. Hippolyte Lucas.* On triomphait d'attirer sur soi ses regards si timides et si doux.

*M. Louis Énault.* Si on eût osé, on l'aurait applaudie pour la remercier d'être aussi belle.

*Alfred Assolant.* Sa beauté était le moindre de ses charmes, elle avait le chant du rossignol avec la souplesse du boa constrictor. (*Petit Journal*, Fantaisie américaine, 23 octobre 1864.)

*M. Armand Baschet.* Femme très agréable, tranchons le mot et disons : charmante.

*M. Henri Murger.* Je me suis trouvé en face de cet ange et malgré moi j'ai dû baisser les yeux devant l'éclat de nimbe d'or qui couronnait son front.

*M. Louis Lurine.* Elle donnait à tous quelques miettes de la manne céleste qui tombait de ses lèvres prodigues.

*M. Auguste Vacquerie.* C'était ce qu'il y a de plus touchant sous le ciel, la bonté dans la tristesse.

*Mme George Sand.* Amour suave, sensibilité expansive, tendresse de sœur et de mère.

*M. Arsène Houssaye.* La fête rayonnante de ma jeunesse. Elle manquait un peu de violon. Pauvre marquise! elle avait égrené le rosaire des souffrances.

*M. Alexandre Dumas.* Blanche colombe brisée jusque dans l'âme, elle cachait son front sous son aile pour pleurer.

*M. Yvelin.* Un héroïque débris de nos vieilles phalanges l'avait attachée à son sort par des nœuds mal assortis ; elle ne tira que des fruits amers de cette union.

*Philoxène Boyer.* Voilà la source de ces larmes qui ont commencé à couler pour ne plus s'arrêter jamais.

*M. Bernard Derosne.* Le Marquis de S. était un vieillard blême, ravagé, dévasté par les batailles et par les années, semblable à un champ de cannes aux Indes Orientales sur lequel a passé un ouragan.

*M. Adolphe Dennery.* Ah ! comme elle a souffert ! Le Marquis lui avait tordu le cœur à cette pauvre femme !

*M. Émile Barrault.* Ses poignets portaient l'empreinte de la vigoureuse étreinte maritale. Ses mains sont des tenailles, disait-elle.

*M. Jules Sandeau.* Elle a filé comme une étoile, mais on peut voir encore le sillon lumineux qu'a laissé son passage.

*M. Mario Uchard.* Morte ! — je vais au couvent de la Trappe où j'attendrai le repos de la tombe en labourant la terre pour y faire germer le pain des pauvres... et en priant pour Elle !

## III

Ô misère ! Elle est morte et ensevelie cette créature savoureuse et veloutée !

*Nascentes morimur.*

Au prochain automne il y aura deux ans qu'elle rendit son âme à Dieu.

A l'heure où les ânesses matinales apportant leur lait aux malades font tinter grelots et clochettes, elle s'éteignit en murmurant : « N'est-ce pas l'angélus qui sonne aux Camaldules ? »

# LE DICTIONNAIRE DES IDÉES REÇUES

*Vox populi, vox Dei.*
Sagesse
des Nations.

*Il y a à parier que toute idée publique, toute convention reçue, est une sottise, car elle a convenu au plus grand nombre.*
Chamfort,
*Maximes.*

## A

ABÉLARD — Inutile d'avoir la moindre idée de sa philosophie et même de connaître le titre de ses ouvrages.
Faire une allusion discrète à la mutilation opérée par Fulbert.
Tombeau d'Héloïse et d'Abélard. Si on vous prouve qu'il est faux, s'écrier : « Vous m'ôtez mes illusions ! »

ABRICOTS — Nous n'en aurons pas encore cette année.

ABSALON — S'il eût porté perruque Joab n'aurait pu le tuer.
Nom facétieux à donner à un ami chauve.

ABSINTHE — Poison extra-violent — un verre et vous êtes morts.
Les journalistes en boivent pendant qu'ils écrivent leurs articles.
L'armée française périra par elle.
A tué plus de soldats que les Bédouins!

ACADÉMIE FRANÇAISE — La dénigrer mais tâcher d'en faire partie, si l'on peut.

ACCIDENT — Toujours « déplorable » ou « fâcheux »; comme si on devait jamais trouver un malheur une chose réjouissante.

ACCOUCHEMENT — Mot à éviter; remplacer par « événement » : « Pour quelle époque attendez-vous l'événement? »

ACHILLE — Ajouter « aux pieds légers »; cela donne à croire qu'on a lu Homère.

ACTRICE — La perte des fils de famille.
Sont d'une lubricité fantastique. Elles dorment le jour, font des orgies la nuit, mangent des millions et finissent à l'hôpital.
— « Pardon! il y en a qui sont bonnes mères de famille. »

ADIEUX — Mettre des larmes dans sa voix en parlant des Adieux de Fontainebleau.

ADOLESCENT — Ne jamais commencer un discours de distribution de prix autrement que par : « Jeunes adolescents », ce qui est un pléonasme.

AFFAIRES (les) — Passent avant tout. Une femme doit éviter de parler des siennes.
Sont dans la vie ce qu'il y a de plus important.
« Tout est là! »

AGENT — Terme lubrique.

AGRICULTURE — Une des mamelles de l'État (L'État est du genre masculin, mais ça ne fait rien).

Manque de bras. On devrait l'encourager
Sujet très chic.

AIL — Tue les vers intestinaux et dispose aux combats de l'amour.
On en frotta les lèvres d'Henri IV au moment où il vint au monde.

AIR — Il faut toujours se méfier des courants d'air.
Invariablement, le fond de l'air est en contradiction avec la température il est froid si elle est chaude, et l'inverse.

AIRAIN — Proverbe : les injures s'écrivent [dessus].
Métal de l'antiquité.

ALBÂTRE — Employé poétiquement pour décrire les plus belles parties du corps des personnes.

ALBION — Toujours précédé de « blanche, perfide, positive ».
Il s'en est fallu de bien peu que Napoléon en fît la conquête.
Pour en faire l'éloge « la libre Angleterre ».

ALCIBIADE — Célèbre par la queue de son chien.
Type de débauché, fréquentait Aspasie

ALCOOLISME — Cause de toutes les maladies (voir *absinthe* et *tabac*).

ALLEMAGNE — Toujours précédée de « blonde », « rêveuse », mais quelle organisation militaire!

ALLEMANDS — Ce n'est pas étonnant qu'ils nous aient battus, nous n'étions pas prêts!
Peuple de rêveurs (vieux).

ALOÈS — Coup de canon.

AMBITIEUX — En province, tout homme qui fait parler de lui.
« Je ne suis pas ambitieux, moi! » veut dire « égoïste ou incapable »

AMBITION — Toujours précédé de « folle », quand elle n'est pas « noble ».

AMÉRIQUE — Bel exemple d'injustice : c'est Colomb qui la découvrit, et elle tient son nom d'Améric Vespuce.

Sans la découverte de l'Amérique nous n'aurions pas la syphilis et le phylloxera.

L'exalter quand même surtout quand on n'y a pas été.

Tirade sur le « self-government ».

AMIRAL — Toujours brave.

Ne jure que par « mille sabords! »

ANDROCLÈS — Citer le lion d'Androclès à propos de dompteurs.

ANGE — Fait bien en Amour, et en Littérature.

ANGLAIS — Tous riches...

ANGLAISE — S'étonner de ce qu'elles ont de si jolis enfants.

Les vieilles anglaises sont toujours laides.

ANTÉCHRIST — Voltaire.

Renan.

ANTIQUITÉ — — et tout ce qui s'y rapporte :

Est poncif, embêtant! etc.

ANTIQUITÉS — Sont toujours de fabrication moderne.

APLOMB — Toujours suivi de « infernal », ou précédé de « rude ».

APPARTEMENT — Dans un appartement de garçon tout doit être sale, poussiéreux, en désordre ; des images obscènes couvrent les murs, des colifichets de femme traînent sur les meubles ; ça sent le tabac et le lit est constamment défait.

On doit y trouver des choses extraordinaires.

APPÉTIT — Ce qui le donne.

ARBALÈTE — Belle occasion pour raconter l'histoire de Guillaume Tell.

ARCHIMÈDE — « Eureka ».

« Donnez-moi un point d'appui et je soulève le monde. »

Il y a encore « la vis d'Archimède ».
On n'est pas obligé d'en savoir davantage.

ARCHITECTES — Tous imbéciles. Oublient toujours l'escalier des maisons.

ARCHITECTURE — Il n'y a que quatre ordres d'architecture. Bien entendu qu'on ne compte pas l'égyptien, le cyclopéen, l'assyrien, l'indien, le chinois, gothique, roman, etc.

ARGENT — Le dieu du jour (ne pas confondre avec Apollon).
Les ministres le nomment : traitement. Les notaires : émoluments. Les médecins : honoraires. Les employés : appointements. Les ouvriers : salaire. Les domestiques : gages.
L'argent ne fait pas le bonheur.
Source du mal; idées économiques à développer.
*Auri sacra fames.*

ARMÉE — Le rempart de la Société.

ARSENIC — Il y en a partout!
Citer Madame Lafarge.
Il y a pourtant des peuples qui en mangent.

ART — Ça mène à l'hôpital.
A quoi ça sert? puisqu'on le remplace par des mécaniques qui font « mieux et plus vite ».
Beaux-Arts.
Anecdote du Prince-Président; commission dont Séchan était le Président.
Beaux-arts, arts industriels.

ARTISTES — Il faut rire de tout ce qu'ils disent.
Tous farceurs. Vanter leur désintéressement.
S'étonner de ce qu'ils sont habillés comme tout le monde (vieux).
La femme-artiste ne peut être qu'une catin. Bas-bleu.

Gagnent des sommes folles, mais les jettent par les fenêtres.
Ce qu'ils font ne peut s'appeler « travailler ».
Souvent invités à dîner en ville.

ASPIC — Animal connu par le panier de figues de Cléopâtre.

ASSAINISSEMENT — Chlorure, acide phénique.

ASSASSIN — Toujours « lâche », même quand il a été intrépide et audacieux.
Moins coupable qu'un incendiaire.

ASTRONOMIE — Belle science. Utile pour la marine. Rire de l'Astrologie.
Toujours dire : « Quelle belle science! elle permet de prédire l'avenir et le temps qu'il fera dans un an. »

ATHÉE — Un peuple d'athées ne saurait subsister.

AUTEUR — On doit connaître ses auteurs, mais on serait bien embarrassé de citer même leurs noms.
Mots d'auteurs.
Manière dont ils vivent.

AUTRUCHE — Digère les pierres.

AVOCAT — Il y a trop d'avocats à la Chambre.
Ont le jugement faussé, parce qu'ils plaident le pour et le contre.
Sont consultés sur toutes choses, même sur celles qu'ils ne connaissent pas.
D'un avocat qui parle mal, dire : « mais il est fort en Droit. »

## B

BACCALAURÉAT — Tonner contre.

BADAUD — Tous les Parisiens sont des badauds — quoique sur dix habitants de Paris, il y ait neuf provinciaux.
A Paris, on ne travaille pas.

BADIGEON — Tonnez contre le badigeon dans les églises. Cette colère artistique est extrêmement bien portée.

BAGNOLET — Pays célèbre par ses aveugles.

BAGUE — Il est très distingué de la porter au doigt indicateur.
La mettre au pouce est trop oriental.
Porter des bagues déforme les doigts.

BÂILLEMENT — Dites : « excusez-moi, ça ne vient pas d'ennui, mais de l'estomac. »

BAISER — Dire embrasser — plus décent.
Doux larcin.
Le baiser se « dépose » sur
Le front d'une jeune fille,
La joue d'une maman,
La main d'une jolie femme,
Le cou d'un enfant,
Les lèvres d'une maîtresse.

BALLON — Avec les ballons on finira par aller dans la lune.
On n'est pas près de les diriger.

BANDIT — Les bandits sont toujours « féroces ».

BANQUET — Banquet de métiers. La plus franche cordialité ne cesse d'y régner ; on en emporte toujours le meilleur souvenir et l'on ne se sépare jamais sans se donner rendez-vous pour l'année suivante.
Banquet démocratique. Toujours veau et salade.
Diverses sortes de banquets, à développer :
militaire
académique
d'anciens élèves
d'anniversaires.
« Au banquet de la vie, infortuné convive »...

BANQUIERS — Tous riches.
Arabes. Loups-cerviers.

BARAGOUIN — Manière de parler des étrangers.
Toujours rire de l'étranger qui parle mal le français.

BARBE — Signe de force.
Trop de barbe fait tomber les cheveux.
Utile pour protéger les cravates.
Coupes diverses.

BARBIER — Aller chez « le Frater ».
Figaro.
Le barbier de Louis XI.
Autrefois saignaient.
— de village.

BAS-BLEU — Terme de mépris dont on doit qualifier toute femme qui s'intéresse aux choses d'art.
Citer Molière à l'appui : « quand la capacité de son esprit se hausse » etc.

BASE — Les bases de la Société :
Propriété, famille, religion, respect des Autorités.
En parler avec colère si on les attaque.

BASILIQUE — Synonyme pompeux d'église.

BASQUE — Le peuple qui court le mieux.

BATAILLE — Toujours « sanglante ».
Il y a toujours deux vainqueurs : le battant et le battu.

BÂTON — Plus redoutable que l'épée.

BAUDRUCHE — Ne sert pas qu'à faire des ballons.

BAYADÈRE — Toutes les femmes de l'Orient sont des bayadères.
Mot qui entraîne l'imagination.

BEETHOVEN — Ne prononcez pas « Bitovan ».
Se pâmer quand même lorsqu'on exécute une de ses œuvres.
Des ouvertures de Bêtes aux veines (vieux).
— « Quel ensemble ».
— « C'est cet art de lier! »

BELGE — Il faut appeler les Belges : des Français contrefaits ; ça fait toujours rire. « Savez-vous ».

BERGER — Les bergers sont tous sorciers.
Ont la spécialité de causer avec la Sainte Vierge.

BÊTE — Ah ! si les bêtes pouvaient parler !
Il y en a qui sont plus intelligentes que des hommes.

BIBLE — Le plus ancien livre du monde.

BIBLIOTHÈQUE — Toujours en avoir une chez soi, principalement quand on habite à la campagne.

BIÈRE — Il ne faut pas en boire, *ça enrhume.*

BILLARD — Noble jeu. Indispensable à la campagne.

BLONDES — Plus chaudes que les brunes (voyez *brunes*).
Le bleu sied bien aux blondes.

BOHÉMIEN — Les bohémiens sont tous nés en Bohême.

BOIS — Les grands bois font rêver.
Propre à faire des vers (voyez *sites*).
A l'automne, dire : « de la dépouille de nos bois... »

BONNE — Les bonnes sont toutes mauvaises.
Il n'y a plus de domestiques !

BONNET GREC — Indispensable à l'homme de cabinet — donne de la majesté au visage.

BOSSU — Ont tous beaucoup d'esprit.
Sont très recherchés des femmes lascives.
Chevaliers des prostituées.
Dites : « un homme gibbeux » : c'est plus poli.
Toucher sa bosse porte bonheur.

BOTTE — Par les grandes chaleurs ne jamais oublier les allusions sur les bottes des gendarmes ou les souliers des facteurs (n'est permis qu'à la campagne, au grand air).
On n'est bien chaussé qu'avec des bottes.

BOUCHER — Terribles en temps de révolution.

Les bouchers sont tous gras.
Tous brutaux, ils écrasent les enfants dans les rues.

BOUDIN — Signe de gaieté.
Indispensables le jour de Noël.

BOUDDHISME — « Fausse religion de l'Inde » (définition du dict. Bouillet, 1re édition).

BOUILLI — C'est sain.
Va après la soupe : la soupe et le bouilli.
Un bon bouilli est une bonne chose.

BOULET — Le vent du boulet asphyxie.
Rend aveugle.

BOURREAU — Toujours de père en fils.

BOURSE (la) — Thermomètre de l'opinion publique.

BOURSIERS — Tous voleurs.

BOUTON — Il ne faut pas faire passer les boutons, c'est un signe de santé et de force du sang.

BRACONNIER — Sont tous forçats libérés. Il faut les accuser de tous les crimes commis dans les campagnes. Doivent exciter une colère frénétique : pas de pitié, monsieur ! pas de pitié ! Cependant c'est à eux qu'on s'adresse quand on veut un chien de chasse.

BRAS — Pour gouverner la France, il faut un bras de fer.

BRETONS — Tous braves gens, mais entêtés.

BROCHE — Doit toujours encadrer une mèche de cheveux ou une photographie.

BRUNES — Plus chaudes que les blondes (voyez *blondes*).

BUDGET — Jamais en équilibre.

BUFFON — Mettait des manchettes pour écrire.

## C

CACHET — Toujours suivi de « tout particulier ».
Ex : « Le soleil imprimait à ce paysage un cachet tout particulier »; cette métaphore devrait être exclusivement réservée aux employés de la Poste chargés du timbrage des lettres.
Ça ne manque pas de cachet.

CACHOT — La paille y est toujours humide.
Toujours « affreux »; on n'en a pas encore rencontré de délicieux.

CADEAU — Ce n'est pas la valeur qui en fait le prix, ou bien : ce n'est pas le prix qui en fait la valeur.
« Le cadeau n'est rien, c'est l'intention. »

CAFÉ — N'est bon que venant du Havre.
Le meilleur c'est le mélange Martinique et Bourbon.
Donne de l'esprit.
Dans un grand dîner, il doit se prendre debout.
L'avaler sans sucre : très chic, et donne l'air d'avoir vécu en Orient.

CALVITIE — Est toujours « précoce ».
Et causée par les excès de jeunesse, ou la conception de grandes pensées.

CAMARILLA — S'indigner quand on prononce ce mot.

CAMPAGNE — Tout y est permis.
Il faut toujours se mettre à son aise.
Pas de toilette — on retire ses habits.
Gaieté bruyante — faire des farces.
S'asseoir par terre — fumer la pipe.
Les gens de la campagne meilleurs que ceux de la ville. Envier leur sort.

CANARD — Tous viennent de Rouen.
N'est bon qu'avec des navets.

CANDEUR — Toujours « adorable ».
On en est rempli, ou on n'en a pas du tout.

CANONNADE — Change le temps.
Mettre son oreille à terre pour l'entendre, quand elle est éloignée.

CARABIN — Dîne et dort près des cadavres.
Il y en a qui en mangent.

CARÊME — Au fond, n'est qu'une mesure hygiénique.

CATAPLASME — Doit toujours être mis en attendant l'arrivée du médecin.

CATHOLICISME — Son influence favorable sur les Arts.
Donner des témoignages à faux.

CAUCHEMAR — Vient de l'estomac.

CAVALERIE — Plus noble que l'infanterie.

CAVERNE — Habitation ordinaire aux voleurs.
Sont toujours remplies de serpents.

CÈDRE — Le cèdre du Jardin des Plantes a été rapporté dans un chapeau.

CÉLÉBRITÉ — Dénigrer quand même les célébrités, en signalant leurs défauts privés.
Musset se saoulait.
Balzac était criblé de dettes.
Hugo est avare.
...

CÉLIBATAIRE — Les célibataires sont égoïstes, débauchés, couchent avec leurs bonnes.
Tonner contre eux. On devrait les imposer.
Quelle triste vie ils se préparent!

CENSURE — Utile! on a beau dire.

CERCLE — On doit toujours faire partie d'un —.

CERTIFICAT — Sécurité des familles, tranquillité des parents.
Un certificat est toujours favorable.

CÉRUMEN — « Cire humaine »; se garder de l'ôter parce qu'elle empêche les insectes d'entrer dans les oreilles.

CHACAL — Singulier de shakos (vieux, mais fait toujours rire).

CHALEUR — Toujours « insupportable ».
« On ne respire pas! »
Il ne faut pas boire quand il fait chaud.

CHAMBRE A COUCHER — Dans un vieux château, Henri IV y a toujours passé une nuit.

CHAMEAU — Le chameau a deux bosses et le dromadaire une seule; ou bien : le chameau a une bosse et le dromadaire deux. On s'y embrouille.
Être sobre comme un chameau.

CHAMPAGNE — Caractérise le dîner de cérémonie.
Provoque l'enthousiasme chez les petites gens.
Le délire doit s'emparer des convives au moment où sautent les bouchons; on ne se connaît plus.
Les amoureux malins n'en boivent jamais.
Faire semblant de le détester, en disant : « ce n'est pas un vin ».
La Russie en consomme plus que la France; c'est par lui que les idées françaises se sont répandues dans ce pays.
Sous la Régence, on ne faisait pas autre chose que d'en boire.
Mais on ne le boit pas, on le « sable ».

CHAMPIGNON — Ne manger que ceux qui viennent du marché.

CHANTEUR — Les chanteurs avalent tous les matins un œuf frais pour s'éclaircir la voix.
Le ténor a toujours une voix « charmante » et « tendre », le baryton un organe « sympathique » et « bien timbré », et la basse une émission « puissante ».

CHAPEAU — Protester contre la forme des —.

CHARCUTIER — Toutes les charcutières sont jolies.
Anecdote des pâtés humains.

Ne pas oublier le voisinage du barbier.
Leur demander si leurs pâtés ne sont pas faits avec de la chair humaine.

CHARTREUX — Passent leur vie à creuser leur tombeau, à faire de la Chartreuse et à dire : « Frères, il faut mourir. »

CHASSE — Exercice cynégétique.
Excellent pour la santé.
Il faut toujours feindre une grande passion pour la chasse.
Indispensable aux Souverains.
Sujet de délire pour la magistrature.

CHASSEUR — Tous les chasseurs sont des blagueurs.
Les appeler « Nemrod », ça les flatte toujours, sans savoir pourquoi ; ou bien : « Grand chasseur devant l'Éternel ».
L'attirail du chasseur. On se lève matin...
La chaussure, d'autant plus lourde et épaisse qu'on a beaucoup à marcher.
Affecte des airs rustiques.

CHAT — Il faut leur couper la queue pour éviter le vertigo. C'est de là que vient le verbe : châtrer.
Les appeler : tigres de salon (chic).
Sont traîtres.

CHÂTAIGNE — Femelle du marron.

CHATEAUBRIAND — Connu surtout par le beefsteak qui porte son nom.

CHÂTEAU FORT — A toujours subi un siège, sous Philippe-Auguste.

CHEMIN DE FER — Si Napoléon avait eu les chemins de fer il aurait été invincible.
S'extasier sur l'invention et dire : « Moi, Monsieur, qui vous parle, j'étais ce matin à X, je suis parti par le train de X, là-bas j'ai fait mes affaires, etc., et à X heures, j'étais revenu ! »

CHEMINÉE — Fume toujours.
Sujet de discussion, à propos du chauffage.

CHEVAL — Ne connaît pas sa force : s'il la connaissait il ne se laisserait pas conduire.
« A cheval, Messieurs ! » (dans tous les drames).
La plus noble conquête...
Mépriser le cheval de course. — A quoi sert-il ?
Anecdotes : le cheval de fiacre devenu célèbre, un bidet qui a coûté 50 fr, etc.
Viande de — : beau sujet d'article pour un homme qui désire se poser comme personnage sérieux.

CHEVEU — Chevelure.

CHEVILLE — Versification.

CHIEN — Spécialement créé pour sauver la vie à son maître.
Mettre du soufre dans leur eau pour les empêcher de devenir enragés.
Collier de bouchons pour faire passer le lait des chiennes.
L'idéal de « l'ami de l'homme ».

CHIRURGIEN — Les chirurgiens ont le cœur dur.
Les appeler « bouchers ».

CHOLÉRA — Le melon donne le choléra.
On s'en guérit en prenant beaucoup de thé avec du rhum.

CHRISTIANISME — A affranchi les esclaves.

CIDRE — Gâte les dents.

CIGARE — Les cigares de la Régie sont toujours « infects » ; il n'y a de bons que ceux qui viennent par contrebande.

CIRAGE — N'est bon que lorsqu'on le fait soi-même.

CLAIR-OBSCUR — On ne sait pas ce que c'est.

CLARINETTE — En jouer rend aveugle.
Ex : tous les aveugles jouent de la clarinette.

CLASSIQUES (les) — On est censé les connaître.

CLOCHER DE VILLAGE Sert à faire battre le cœur.

CLOU Les clous sont des signes de santé, il ne faut pas les faire passer (voyez *boutons*).

CLOWN Disloqué dès l'enfance.

CLUB Sujet d'exaspération pour les conservateurs. Embarras et discussion sur la prononciation du mot.

COCHON L'intérieur de son corps étant « tout pareil » à celui de l'homme, on devrait s'en servir dans les hôpitaux pour étudier l'anatomie.

COCU Toute femme doit faire son mari cocu.

COFFRES-FORTS Leurs complications sont très faciles à déjouer.

COGNAC Un verre de cognac ne fait jamais de mal. Pris à jeun, il tue le ver de l'estomac. Très funeste. Excellent pour plusieurs maladies.

COLÈRE Fouette le sang; hygiénique de s'y mettre de temps en temps.

COLLÈGE-LYCÉE Plus noble qu'une pension.

COLONIES (nos) S'attrister quand on en parle.

COMÉDIE Castigat ridendo mores. — en vers ne convient plus à notre époque. Cependant respecter la haute Comédie.

COMÈTE Rire des gens qui en avaient peur.

COMMERCE Discussion pour savoir lequel est le plus noble, du commerce ou de l'industrie. Libre-échange, etc.

COMMUNION La première communion : le plus beau jour de la vie.

COMPAS On voit juste quand on l'a dans l'œil.

COMPILATION Facile à faire.

CONCERT Passe-temps comme il faut.

CONCESSION N'en jamais faire, elles ont perdu Louis XVI.

CONCILIATION — La prêcher toujours, — même quand les contraires sont absolus.
Donner des exemples.

CONCUPISCENCE — Mot de curé pour exprimer les désirs charnels.

CONCURRENCE — L'âme du commerce.

CONFISEUR — Tous les Rouennais sont confiseurs.

CONFORTABLE — Précieuse découverte moderne.

CONGRÉGANISTE — Chevalier d'Onan.

CONJURÉ — Les conjurés ont toujours la manie de s'inscrire sur une liste.

CONSERVATOIRE — Il est indispensable d'être abonné au Conservatoire.

CONSERVATEUR — Homme politique à gros ventre.
— « Conservateur borné ! »
— « Oui, Monsieur, les bornes servent de garde-fou. »

CONSTIPATION — Tous les gens de lettres sont constipés.
Son influence sur les convictions politiques.

CONTRALTO — On ne sait pas ce que c'est.

CONVERSATION — La politique et la religion doivent en être exclues.

COPAHU — On doit feindre d'ignorer ce que c'est

COPULATION - COÏT — Mots à éviter.
Dire : « ils avaient des rapports... »

COQ — Un homme maigre doit toujours dire qu'un bon coq n'est jamais gras.

COR AUX PIEDS — Indique les changements de temps mieux qu'un baromètre.
Très dangereux quand il est mal coupé.
Citer des exemples d'accidents terribles.
Il faut éviter de monter les escaliers, ça donne des cors.
Les plus prudents ne se les font jamais couper ; on les arrache avec les ongles, on s'applique un morceau de viande macéré dans du vinaigre.

COR DE CHASSE — Fait bon effet dans les bois, et le soir sur l'eau.
« Allons, chasseur, vite en campagne,
Du cor n'entends-tu pas le son?
Tonton, tontaine, tonton. »

CORDE — On ne connaît pas la force d'une corde. Plus forte que du fer.

CORDONNIER — *Ne sutor ultra crepidam.*

CORPS — Si nous savions comment notre corps est fait, nous n'oserions pas faire un mouvement.

CORSET — Empêche d'avoir des enfants.

COSAQUE — Mange des chandelles.

COTON — Est surtout utile pour les oreilles.
Une des bases de la société dans la Seine-Inférieure.

COURTISANE — Les appeler : créatures — hétaïres — impures — femmes vulgivagues.
Est un mal nécessaire.
Sauvegarde de nos filles et de nos sœurs, tant qu'il y aura des célibataires.
Ou bien devraient être chassées impitoyablement. — On ne peut plus sortir avec sa femme, à cause de leur présence sur les Boulevards.
Sont toujours des filles du peuple débauchées par des bourgeois.

COUSIN — Conseiller aux maris de se méfier du « petit cousin ».

COUTEAU — Un couteau est catalan quand la lame est longue.
S'appelle « poignard » quand il a servi à commettre un crime.

CRAMPE — Noyade.

CRAPAUD — Mâle de la grenouille.
Habite à l'*intérieur* d'une pierre.
A un venin fort dangereux.

CRÉOLE — Vit dans un hamac.

CRIMINEL — Toujours « odieux ».

CRITIQUE — Toujours « éminent ».
Est censé tout savoir, tout connaître, avoir tout lu, avoir tout vu.
Quand il vous déplaît, l'appeler un Aristarque, ou eunuque.

CROCODILE — Ne pas prononcer : cocodrile.
Imite le cri des enfants pour attirer l'homme.
Sa peau est excellente pour faire des gants.
Pleurs de crocodile.

CROISADE — Utiles seulement pour le commerce de Venise.

CRUCIFIX — Fait bien dans une alcôve — et à la guillotine.

CUIR — Tous les cuirs viennent de Russie.

CUISINE — Cuisine de restaurant, toujours « échauffante ».
— bourgeoise, toujours « saine ».
— [du] Midi, « trop épicée » ou « toute à l'huile ».
Le pot-au-feu n'est bon que chez soi.

CUJAS — Inséparable de « Barthole ».
On ne sait pas ce qu'ils ont fait; n'importe! dites à tout homme de cabinet : « Vous êtes enfoncé dans Cujas et Barthole. »

CURAÇAO — Le meilleur est de Hollande, parce qu'il se fabrique à Curaçao, une des Antilles.

CURIOSITÉS ANTIQUES — Sont toujours de fabrication moderne.

CYGNE — « Blanc comme un cygne », attendu qu'il y en a des noirs.
« Chant du cygne », parce qu'il ne chante pas.
Avec son aile peut casser la cuisse d'un homme.
Le cygne de Cambrai n'était pas un oiseau mais un homme nommé Fénelon.

— de Mantoue : Virgile.
— de Pesaro : Rossini.

CYMBALE — Toujours « retentissante ».

CYPRÈS — Ne pousse que dans les cimetières.

CZAR — Prononcer : tzar, et de temps en temps « autocrate ».

## D

DAGUERRÉOTYPE — Remplacera la peinture.

DAMAS — Seul endroit où on sait faire les lames.

DAME — Tout pour les dames.
Honneur aux dames.
Ne jamais dire : « Ces dames sont au salon. »

DANSES — On ne danse plus, on marche.

DANTON — « De l'audace, encore de l'audace, toujours de l'audace ! »

DANUBE — Le Rubicon de la Turquie.

DARTRE — Signe de santé.

DARWIN — Celui qui dit que nous descendons du singe.

DAUPHIN — Porte les enfants sur son dos.

DÉBAUCHE — Cause de toutes les maladies des célibataires.

DÉCHAÎNER — On déchaîne les chiens et les mauvaises passions.

DÉCOR DE THÉÂTRE — N'est pas de la peinture. Il suffit de jeter à vrac sur la toile un seau de couleurs ; puis on l'étend avec un balai ; et l'éloignement et la lumière font l'illusion.

DÉCORATION — De la légion d'honneur — la blaguer mais la convoiter ; et quand on l'obtient toujours dire qu'on ne l'a pas demandée.

DÉCORUM — L'officiel, le genre préfet.

Tient lieu de prestige.
Frappe l'imagination des masses — Il en faut! il en faut!

DÉFAITE On n'éprouve pas une défaite, on l' « essuie ».
C'est se replier en bon ordre.
Tellement complète qu'il ne reste personne pour en porter la nouvelle.

DÉFILÉ Toujours citer les Thermopyles.
« Les défilés des Vosges sont les Thermopyles de la France »
(s'est beaucoup dit en 1870).

DÉICIDE S'indigner contre, bien que le crime ne soit pas commun.

DÉJEUNER DE GARÇONS Exige des huîtres, du vin blanc et des gaudrioles.

DÉLIRE En poésie : locutions qui l'expriment.

DÉMÊLOIR Fait tomber les cheveux.

DÉMOSTHÈNE Ne prononçait pas de discours sans avoir un caillou dans la bouche.

DENT Le cidre, le tabac gâtent les dents — Manger des dragées, du sucre, de la glace, dormir la bouche ouverte, boire de suite après le potage, etc.
*Dent œillère* : dangereux de l'arracher parce qu'elle correspond à l'œil.
— de sagesse.
L'arrachement d'une dent ne fait pas « jouir ».

DENTISTE Les dentistes sont tous menteurs.
Se servent du baume d'acier.
On les croit aussi pédicures.
Se disent « chirurgiens », comme les opticiens se disent « ingénieurs ».

DÉPURATIF Se prend en cachette.

DÉPUTÉ L'être! comble de la gloire.
Tonner contre la Chambre — pas de tenue.
Tous bavards.
Ne font rien.

DÉRATÉ   Courir comme un « dératé ».
(Inutile de savoir que l'extirpation de la rate n'a jamais été pratiquée sur l'homme.)

DERBY   Mot de courses. Très chic.
Copier la définition de l'Académie.

DESCARTES   *Cogito, ergo sum!*

DESCRIPTIONS   Il y en a toujours trop dans les romans.

DÉSERT   Image de l'infini — où on ne peut pas vivre.
Produit les dattes.
Le chameau en est [le] vaisseau.

DESSERT   Gaieté! la joie la plus vive.
Regretter qu'on n'y chante plus.
Les gens vertueux le méprisent.
— « Non! non! pas de pâtisserie, jamais de dessert! »

DESSIN (l'art du)   Se compose de trois choses : « la ligne, le grain et le grainé fin. De plus, le trait de force. — Mais le trait de force! il n'y a que le Maître seul qui le donne » (Christophe).

DEVOIRS   Les autres en ont envers vous, mais on n'en a pas envers les autres.

DÉVOUEMENT   Se plaindre de ce que les autres en manquent.
Nous sommes bien inférieurs au chien, sous ce rapport.

DIABLE   Ne s'emploie que dans l'expression : « il fait un froid de tous les diables. »

DIAMANT   « Il y en a qui disent que c'est du charbon. »
On finira par en faire.
Si vous en trouviez un dans son état naturel, vous ne le ramasseriez pas.

DIANE   Déesse de la chasse-tete.

DICTIONNAIRE   En rire — n'est fait que pour les ignorants.

DICTIONNAIRE DES RIMES — S'en servir? Honteux!

DIDEROT — Toujours suivi de « d'Alembert ».

DIEU — Voltaire lui-même l'a dit : « Si Dieu n'existait pas, il faudrait l'inventer. »

DILETTANTE — Homme très riche, abonné à l'Opéra.

DILIGENCE — On regrette le temps des diligences.

DIMANCHE — Les bœufs ne pouvaient se déshabituer du dimanche.

DÎNER — Autrefois on dînait à midi; aujourd'hui on dîne à des heures « impossibles ».
Le dîner de nos pères était notre déjeuner, et notre dîner est leur souper.
C'est « dîner en ville » que d'aller à la campagne pour assister à un repas.
Plats convenant au dîner, pas au déjeuner.
Dîner de cérémonie.
Dîner, si tard que ça, ne s'appelle pas dîner, mais souper!

DIOGÈNE — « Je cherche un homme. »
« Retire-toi de mon soleil. »

DIPLOMATIE — Belle carrière, mais hérissée de difficultés.
Pleine de mystère.
Un diplomate est toujours un homme fin et pénétrant.
On ne sait pas au juste ce qu'ils font.
Métier vague mais au-dessus du commun.
Ne convient qu'aux gens nobles.

DIPLÔME — Signe de science.
Ne prouve rien.

DIRECTOIRE — Les hontes du — !
« Dans ce temps-là, l'honneur s'était réfugié aux Armées. »
Les femmes se promenaient toutes nues.

DISSECTION — Outrage à la majesté de la mort.

DIVA — Toutes les cantatrices doivent être appelées . divas.

DIVORCE — Si Napoléon n'avait pas divorcé avec Joséphine, il serait encore sur le trône.

DIX (Conseil des) — On ne sait pas ce que c'était, mais c'était formidable.
Délibéraient masqués.
En trembler encore!

DJINN — Nom d'une danse orientale.

DOCTEUR — Toujours précédé de « bon », et dans la conversation familière de « Foutre! » — « ah! foutre, docteur! »
Est un aigle quand il a votre confiance, n'est plus qu'un âne dès que vous êtes brouillés.
Tous matérialistes. « C'est qu'on ne trouve pas la Foi au bout d'un scalpel. »

DOCTRINAIRES — Les mépriser; mais pourquoi? on n'en sait rien.

DOCUMENT — Les documents sont toujours de la « plus haute importance ».
Il n'y a pas de conspirateurs arrêtés qui ne soient porteurs de documents des plus compromettants.

DOGE — Épousait la mer.
On n'en connaît qu'un : Marino Faliero.

DOIGT — Le doigt de Dieu se fourre partout.

DOLMEN — On ne sait pas ce que c'est; rapport aux anciens Français.
Pierre qui servait aux sacrifices des druides.
Il n'y en a qu'en Bretagne.

DÔME — Tour de force architectural.
Comment ça se tient-il?
En citer deux, celui des Invalides, et celui de Saint-Pierre de Rome.

DOMESTIQUES — Tous voleurs.

DOMICILE — Toujours « inviolable », cependant la Justice, la Police y pénètrent quand elles veulent.

« Je regagne mes pénates. »
« Je *rentre* dans mes lares. »

DOMINOS — Se joue d'autant mieux lorsqu'on est gris.

DOMMAGES ET INTÉRÊTS — En demander toujours.

DOMPTEURS DE BÊTES FÉROCES — Emploient des pratiques obscènes.

DONJON — Éveille des idées lugubres.

DORMIR (trop) — Épaissit le sang.

DORTOIR — Les dortoirs sont toujours « spacieux » et « bien aérés ».
A préférer aux chambres pour la moralité des élèves.

DOS — Une tape dans le dos peut rendre poitrinaire.

DOUANE — On doit se révolter contre — et la frauder.

DOULEUR — A toujours un résultat favorable.
La véritable — est toujours contenue.

DOUTE — Pire que la négation.

DRAP — Tous les draps viennent d'Elbeuf.

DRAPEAU NATIONAL — Sa vue doit faire battre le cœur.

DROIT (JUS) — On ne sait pas ce que c'est.

DRÔLE — Doit s'employer à tout propos.
— « C'est drôle ! »

DUEL — Prestige de l'homme qui a eu un duel.
En cas d'égratignure, porter le plus longtemps possible le bras en écharpe.
Tonner contre.
N'est pas une preuve de courage.

DUPE — Mieux vaut être fripon que dupe.

DUPUYTREN — Célèbre par sa pommade et son Musée.

DUR — Ajouter invariablement : « comme du fer ».
Il y a bien « dur comme la pierre », mais c'est moins énergique.

## E

EAU — L'eau de Paris donne des coliques.
L'eau de mer soutient mieux pour nager.
L'eau de Cologne sent bon, celle de Paris sent mauvais.

ÉBÉNISTE — Ouvrier qui travaille surtout l'acajou.

ÉCHAFAUD — S'arranger quand on y monte, pour prononcer quelques paroles éloquentes avant de mourir.

ÉCHARPE — Poétique.

ÉCHECS (jeu des) — Image de la tactique militaire.
Tous les grands capitaines y étaient très forts.
« Trop sérieux pour un jeu, trop futile pour une Science. »

ÉCHO — Citer ceux du Panthéon et du pont de Neuilly.

ÉCLECTISME — Peur de se compromettre.
Être éclectique, dispense de donner son opinion sur les choses de ce monde.
Tonner contre l'éclectisme — comme étant une philosophie immorale — et contre Cousin.

ÉCOLE — École polytechnique, le but suprême vers lequel tout bourgeois pousse son fils.
« Rêve de toutes les mères » (vieux).
Dire simplement « l'École » fait accroire qu'on y a été.
Prononciation du mot.
Terreur du bourgeois dans les émeutes quand il apprend que l'École polytechnique sympathise avec les ouvriers! (vieux).
St Cyr, composée surtout de nobles.
École de Médecine, tous exaltés.
École de Droit, jeunes gens de bonne famille.

ÉCONOMIE Toujours précédé de « ordre ».
L'ordre et l'économie mènent à la fortune.
Citer l'anecdote de Lafitte ramassant une épingle dans la cour du banquier Perregaux.

ÉCONOMIE POLITIQUE Science sans entrailles.

ÉCREVISSE Les écrevisses marchent à reculons.
Toujours appeler les réactionnaires « des écrevisses ».

ÉCRIRE Tout ce qu'il faut pour écrire.
Écrire *currente calamo,* c'est l'excuse pour les fautes de style ou d'orthographe.

ÉCRIT « Bien écrit », mot de portier en parlant des romans-feuilletons, et des cahiers d'écoliers.

ÉCRITURE Une belle écriture mène à tout.
Quand elle est indéchiffrable, c'est signe de science.
Ex : les ordonnances de médecin.

ÉCUME L'écume de mer se trouve dans la terre; on en fait des pipes.

ÉDILES Tonner contre à propos du pavage des rues — A quoi songent nos édiles?

ÉGOÏSME Se plaindre de celui des autres et ne pas s'apercevoir du sien.

ÉLÉPHANTS Se distinguent par leur mémoire, et adorent le soleil.

ÉMAIL Le secret en est perdu.

EMBONPOINT Signe de richesse et de fainéantise.
Dormir après dîner. Bière.

ÉMIGRÉS Gagnaient leur vie à donner des leçons de guitare et à faire la salade.

ÉMIR Ne se dit qu'en parlant d'Abd-el-Kader.

ÉMOTION Toujours inséparable d'un premier début (sic).

EMPIRE L'Empire c'est la paix! (Napoléon III)

ENCEINTE — Faire entrer ce mot dans tout discours solennel : « Dans cette enceinte ».

ENCRIER — Se donne toujours en cadeau à un médecin.

ENCYCLOPÉDIE (l') — Tonner contre.
En rire de pitié, comme étant un ouvrage rococo.

ENFANTS — Affecter pour eux une tendresse lyrique — quand il y a du monde.

ENGELURE — Signe de santé. Vient de s'être chauffé, quand on avait froid.

ENTERREMENT — S'appelle « obsèques » quand il s'agit d'un général et « enfouissement » quand c'est celui d'un philosophe.
— « Et dire que nous avons dîné ensemble il y a huit jours. Qui est-ce qui aurait dit ça ! » (derrière le corbillard).

ENTHOUSIASME — Toujours « impossible à décrire »; et pendant deux colonnes le journal ne parle que de ça.
Ne peut être provoqué que par le retour des cendres de l'Empereur.

ENTRACTE — Toujours trop long.

ENVERGURE — Se disputer sur la manière de le prononcer.

ÉPACTE. NOMBRE D'OR — Lettre dominicale sur les calendriers. On ne sait pas ce que c'est.

ÉPARGNE (Caisse d') — Occasion de vol pour les domestiques.

ÉPÉE — « Brave comme son épée », quelquefois elle n'a jamais servi.
« Loyale épée », celle du Bayard des temps modernes.
Regretter qu'on n'en porte plus.
On ne connaît que celle de Damoclès.

ÉPERON — Fait bien à une paire de bottes.

ÉPICURE — Mépris pour —.

ÉPINARDS — Les épinards sont le balai de l'estomac. Ne jamais rater la phrase célèbre de Prudhomme : « Je ne les aime pas, j'en suis bien aise, car si je les aimais j'en mangerais, et je ne puis pas les souffrir » (il y en a qui trouveront cela parfaitement logique et qui ne riront pas).

ÉPOQUE — La nôtre.
Tonner contre elle. — Se plaindre de ce qu'elle n'est pas poétique.
L'appeler « époque de transition — de décadence! »

ÉPUISEMENT — Toujours « prématuré ».
Conseils aux hommes affaiblis.

ÉQUITATION — Bon exercice pour faire maigrir. Ex : « tous les soldats de cavalerie sont maigres. »
Bon exercice pour engraisser. Ex : « tous les officiers de cavalerie ont un gros ventre. »
« Il monte à cheval comme un vrai centaure. »

ÈRE — « Ère des révolutions ». Toujours ouverte, puisque chaque nouveau gouvernement promet de la fermer.

ÉRECTION — Ne se dit qu'en parlant des monuments.
« L'érection de l'Obélisque ».
« L'érection de l'Hercule Farnèse a eu lieu hier aux Tuileries : beaucoup de dames y assistaient » (Journal Officiel).

ÉRUDITION — La mépriser comme étant la marque d'un esprit étroit.

ESCRIME — Sert à apprendre des bottes secrètes.

ESCROC — Est toujours du grand monde.

ESPION — Toujours du grand monde.

ESPLANADE — Ne se voit qu'aux Invalides.

ESPRIT — Toujours suivi d' « étincelant ».
Court les rues.
Les beaux-esprits se rencontrent.
Bel esprit — femme bel-esprit.

ESTOMAC — Toutes les maladies viennent de —.

ÉTAGÈRE — Indispensable chez une jolie femme.

ÉTALON — Toujours « vigoureux ».
(Sans cela on ne le garderait pas comme étalon).
Une femme doit ignorer la différence qu'il y a entre un étalon et un cheval.
Pour les petites filles : cheval plus gros qu'un autre.

ÉTÉ — Un été est toujours « exceptionnel », qu'il soit chaud ou froid, sec ou humide.

ÉTERNUEMENT — Après qu'on a dit « Dieu vous bénisse », engager une discussion sur l'origine historique de cet usage.

ÉTERNUER — C'est une raillerie spirituelle de dire : « Le russe et le polonais ne se parlent pas, ça s'éternue. »
Chaque fois qu'on éternue il faut toujours s'écrier : « Tiens! je m'enrhume. »

ÉTOILE — Chacun a la sienne comme l'Empereur.

ÉTRANGER — Faire toujours précéder de « noble ».
Engouement pour tout ce qui vient de l'étranger : preuve d'esprit large et libéral. Dénigrement de tout ce qui n'est pas français : preuve de patriotisme.

ÉTRENNES — S'indigner contre.

ÉTRUSQUE — Tous les vases anciens sont des vases étrusques.

ÉTUDIANT — Portent tous des bérets rouges, des pantalons à la hussarde, fument la pipe dans la rue et n'étudient pas.

ÉTYMOLOGIE — Rien de plus facile à trouver avec le latin et un peu de réflexion.

EUNUQUE — N'a jamais d'enfants.
Fulminer contre les castrats de la Chapelle Sixtine.

ÉVACUATION — Les évacuations sont souvent « copieuses » et toujours « de mauvaise nature ».
Selles. Garde-robe.

ÉVANGILE Livre divin, sublime, moral, etc...

ÉVIDENCE Vous aveugle, quand elle ne crève pas les yeux.

EXAGÉRATION Les gens raisonnables.

EXASPÉRATION Est constamment « à son comble ».

EXÉCUTIONS CAPITALES Se plaindre des femmes qui vont les voir.

EXCEPTION Dites qu'elle « confirme la règle »; ne vous risquez pas à expliquer comment.

EXERCICE Entretient la santé. En faire beaucoup. Préserve de toutes les maladies.

EXPOSITION Sujet de délire du XIX^e siècle.

EXTINCTION Ne s'emploie qu'avec « paupérisme » ou bien « chaleur naturelle ».

EXTIRPER Ce verbe est spécialement réservé pour les cors aux pieds, et les hérésies.

## F

FABRIQUE Voisinage malsain et dangereux.

FACTURE Toujours trop élevée.

FAÏENCE Plus chic que la porcelaine.

FAISAN Tout ce qu'il y a de plus chic dans un dîner.

FAISCEAU — à former, est le comble de la difficulté dans la garde nationale.

FANFARE Toujours « joyeuse ».

FARCE Il faut en faire lorsqu'on est en partie de campagne avec des dames.

FARD Abîme la peau.

FATALITÉ Mot exclusivement romantique.
« Homme fatal » se dit de celui qui a le mauvais œil. « Offenbach est un homme fatal. »

FAUBOURG Terrible en révolution.

FAUTE — « C'est pire qu'un crime, c'est une faute » (Talleyrand).
« Il ne vous reste plus de fautes à commettre » (Thiers).
Ces deux phrases doivent être articulées avec profondeur.

FAUX-MONNAYEUR — Les faux-monnayeurs travaillent toujours dans des souterrains.

FAUX RATELIER — Troisième dentition.
Dangereux, on peut l'avaler.

FÉLICITATIONS — Sont toujours « sincères » — « empressées » — « cordiales ».

FÉLICITÉ — Est toujours « parfaite ».
— « Votre bonne se nomme Félicité, alors elle est parfaite. »

FEMELLE — A n'employer qu'en parlant des animaux.
Contrairement à ce qui existe dans l'espèce humaine, les femelles des animaux sont moins belles que les mâles. Citer des exemples : faisan, coq, lion, etc.

FEMME — Personne du sexe.
Ce qui convient à une femme.
Importance actuelle de la femme.
Ne dites pas « ma femme », mais « mon épouse », ou mieux encore « ma moitié ».
Une des côtes d'Adam.

FEMME DE CHAMBRE — Trahissent toutes leurs maîtresses.
Connaissent leurs secrets.
Sont souvent plus jolies qu'elles.
Toujours déshonorées par le fils de la maison.

FÉODALITÉ — N'en avoir aucune idée précise mais tonner contre.

FERME — Toujours suivi de « comme un roc ».
Être ferme dans ses principes.

FERME — Lorsqu'on visite une ferme on ne doit y manger que du pain bis et ne boire que du lait. Si on ajoute des œufs, s'écrier :

« Dieu! comme ils sont frais! il n'y a pas de danger qu'on en trouve comme ça à la ville! »

FERMÉ — Toujours précédé de « hermétiquement ».

FERMIER — En s'adressant à un fermier il faut toujours lui dire : « Maître un tel ».
Sont tous à leur aise.

FEU — « Feu mon père » et on soulève son chapeau.

FEU — Le feu purifie tout.
Ne se refuse jamais entre fumeurs.
Il faut toujours commencer [par] perdre la tête quand on entend crier : Au feu!

FEUILLE DE VIGNE — Emblème de la virilité dans l'art de la sculpture.

FEUILLETON — Les romans publiés en feuilletons sont bien plus moraux à lire que dans les volumes.
Cause d'immoralité.
Se disputer sur le dénouement probable.
Écrire à l'auteur pour lui donner des idées.
Fureur quand on trouve un nom pareil au sien.

FIDÈLE — Inséparable d' « ami » et de « chien ».
Ne pas manquer de citer les deux vers : « Puisque enfin... »

FIÈVRE — Tout ce qui la donne : prunes, melon, soleil d'avril, etc.
« C'est la force du sang. »

FIGARO — Fils de Beaumarchais et l'un des promoteurs de la Révolution.

FIGURE — Une figure agréable est le plus sûr des passeports.

FILLE — Toutes les jeunes filles sont « pâles » et « frêles ».
Toujours « pures ».
Éviter pour elles toute espèce de livres, les visites dans les musées, les théâtres, et surtout le Jardin des Plantes, côté des singes.

Les jeunes filles — articuler ce mot timidement.

FLAGRANT-DÉLIT — Prononcez : « flagrante delicto ».
Ne s'emploie que pour les cas d'adultère.

FLAMANT — Ainsi nommé parce qu'il vient de Flandre.

FLATTEUR — Ne jamais manquer la citation :
« Détestables flatteurs, présent le plus funeste
« Qu'ait pu faire aux humains la colère céleste. »
ou bien :
« Tout flatteur vit aux dépens de celui qui l'écoute. »

FLEGME — Il faut avoir du flegme; d'abord c'est bon genre et puis ça donne l'air anglais.
Toujours suivi de « imperturbable ».

FŒTUS — Toute pièce anatomique conservée dans de l'esprit-de-vin.

FOLLICULAIRE — Les journalistes sont des folliculaires.
Quand on ajoute « de bas étage », c'est le comble du mépris.

FONCTIONNAIRE — Impose le respect, quelle que soit la fonction qu'il remplit.
Est fonctionnaire, tout salarié de l'État, depuis le Ministre jusqu'au garçon de bureau.
Haut-fonctionnaire.

FONDEMENT — Toutes les nouvelles en sont dénuées.

FONDS SECRETS — Sommes incalculables avec lesquelles les ministres achètent les consciences.
S'indigner contre.

FORÇAT — Les forçats ont toujours une figure patibulaire.
Ils portent leurs crimes écrits sur le visage.
Sont tous très adroits de leurs mains : ils sculptent les noix de coco, tressent des petits paniers de paille, etc.
Il y a des hommes de génie au bagne.

FORCE Toujours « herculéenne ».
« La force prime le droit » (Bismarck).

FORNARINA C'était une belle femme; inutile d'en savoir plus long.

FORT « Comme un Turc. »
« Comme un bœuf. »
« Comme un cheval. »
« Comme un Hercule. »
Cet homme doit être fort, il est tout nerfs.

FORTUNE *Audaces fortuna juvat!*
— « Ils sont heureux les riches, ils ont de la fortune! »
Quand on parle d'une grande fortune, ne jamais manquer de dire : « Oui, mais est-elle bien sûre? »

FOSSETTE On doit toujours dire à une jolie femme qu'elle a des amours nichés dans ses fossettes.

FOSSILE Plaisanterie de bon goût en parlant d'un académicien.
Preuve du déluge.

FOUDRES DU VATICAN S'en moquer.

FOULARD Il est « comme il faut » de se moucher dans un foulard.

FOULE « Turba ruit » ou « ruunt ».
« La vile populace » (Thiers).
« Le peuple saint, en foule, inondait les portiques. »
A toujours de bons instincts.

FOURCHETTE Les fourchettes doivent toujours être en argent, c'est moins dangereux.
Raconter, comme preuve, l'histoire de « l'homme à la fourchette ».
On doit s'en servir avec la main gauche, c'est plus commode et plus distingué.

FOURMI Bel exemple à citer à un dissipateur.
Elles ont donné l'idée des caisses d'épargne.

FOURRURE — Signe de richesse.

FOUTRE — Voyez *docteur*.
N'employer ce mot que pour jurer, et encore!

FOYER DES THÉÂTRES — Comédie française — Opéra.

FRANÇAIS — « Il n'y a qu'un Français de plus » (le duc d'Artois).
« Ah! qu'on est fier d'être français
Quand on regarde la colonne! » (à développer).
Le premier peuple de l'univers.

FRANC-MAÇONNERIE — Encore une des causes de la Révolution.
Les épreuves d'initiation sont terribles, il y a des gens qui en sont morts.
« Quel peut bien être leur secret? »
Cause de dispute dans les ménages.
Mal vue de MM. les ecclésiastiques.

FRANC-TIREUR — Plus terrible que l'ennemi.

FRAUDER — Frauder l'octroi n'est pas tromper.
C'est une preuve d'esprit et d'indépendance politique.
A encore une autre signification.

FRESQUE — On n'en fait plus.

FRICASSÉE — Ne se fait bien qu'à la campagne.

FRISER, FRISURE — Ne convient pas à un homme.

FROID — Plus sain que la chaleur.

FROMAGE — Citer l'aphorisme de Brillat-Savarin : « un dîner sans fromage est une belle à qui il manque un œil. »

FRONT — Large et chauve est un signe de génie ou d'aplomb.

FRONTISPICE — Les Grands Hommes font bien dessus.

FRUSTE — Tout ce qui est antique est fruste, et tout ce qui est fruste est antique.
(à bien se rappeler quand on achète des curiosités).

FUGUE — On ignore en quoi ça consiste, mais il faut affirmer que c'est fort difficile et très ennuyeux.

FULMINER — Joli verbe.

FUMISTE — Les fumistes sont renommés pour la finesse et la légèreté de leurs plaisanteries.

FURIE FRANÇAISE — Il faut toujours prononcer : « furia francese ».

FUCHSIA — Prononcer « fluxia ».

FUSIL — Toujours en avoir un à la campagne.

FUSILLADE — La seule manière de faire taire les Parisiens.

FUSILLER — Plus noble que guillotiner.
Joie de l'homme auquel on accorde cette faveur.

FUSION (des branches) — L'espérer toujours.

## G

GAGNE-PETIT — Belle enseigne pour une boutique, et qui inspir[e] la confiance.

GAIETÉ — Toujours accompagné de « folle ».
Les amis de la franche gaieté.

GALANT HOMME — Suivant les circonstances, prononcez : « galantuomo » ou bien « gentleman ».

GALBE — Devant toute statue qu'on examine il faut dire : « ça ne manque pas de galbe! »

GALET — En rapporter de la mer!

GALLOPHOBE — Se servir de cette expression en parlant des journalistes allemands.

GALOP — S'emploie toujours avec le verbe « flanquer ». « Flanquer un galop. »

GAMIN — Toujours suivi de « [de] Paris ».
Le gamin de Paris a énormément d'esprit.
Ne jamais laisser sa femme dire :

— « Quand je suis gaie, j'aime à faire le gamin. »

GANTS — Donnent l'air comme il faut.

GARDE — « La garde meurt et ne se rend pas! » huit mots pour remplacer cinq lettres.

GARDE-CÔTE — Ne jamais employer cette expression au pluriel en parlant des seins d'une femme.

GARE — S'extasier sur les gares de chemin de fer; les donner comme modèle d'architecture.

GARNISON — Garnison d'écolier : *pediculus testis.*
Garnison de jeune homme : *pediculus pubis.*

GAUCHER — Terrible à l'escrime. Plus adroit que les gens qui se servent de leur main droite.

GENDARME — Rempart de la Société.

GENDARMERIE — Dites : « force publique ».
Ou « maréchaussée ».

GENDRE — — « Mon gendre! tout est rompu. »
Cela doit être dit en imitant la voix de Grassot.

GÉNÉRAL — Prononcer « mon g'néral ».
Est toujours « brave ».
Fait « généralement » ce qui ne concerne pas son état, comme : être ambassadeur, conseiller municipal ou chef de gouvernement.

GÉNÉRATION SPONTANÉE — Idée de socialiste.

GÊNES (ville de) — A un touriste qui raconte son voyage à Gênes, ne jamais manquer de dire : « Alors, vous étiez en état de gêne. »

GÉNIE — Il faut toujours s'écrier : « Le génie, c'est une névrose! » ce qui ne veut rien dire du tout.

GÉNOVÉFAIN — On ne sait pas ce que c'est.

GENRE ÉPISTOLAIRE — Exclusivement réservé aux femmes.

GENTILHOMME — Il n'y en a plus.

GÉOMÈTRE « Nul n'entre ici s'il n'est géomètre. »

GERME Les germes des idées.
Inculquer les germes.
Les germes des passions.

GIAOUR Expression farouche, d'une signification inconnue; mais on sait que ça a rapport à l'Orient.

GIBELOTTE La gibelotte est toujours faite avec du chat.

GIBERNE DE SOLDAT Étui de bâton de maréchal.

GIBIER N'est bon que faisandé.

GIRAFE Mot poli pour ne pas appeler une femme : chameau.

GIRONDIN Plus à plaindre qu'à blâmer.

GLACE Toutes les glaces viennent de Saint-Gobain.

GLACE Très dangereux d'en prendre.

GLACIER Les glaciers sont tous Napolitains.

GLÈBE S'apitoyer sur la — .

GLOBE Mot pudique pour désigner les seins d'une femme : « Laissez-moi baiser vos globes adorables. »

GLOIRE N'est qu'un peu de fumée.

GLORIA « Un gloria ne marche jamais sans sa consolation. »

GOBELINS Il faut toujours dire devant une tapisserie des Gobelins : « c'est plus beau que de la peinture! »
Se persuader que c'est une œuvre inouïe qui demande cinquante ans à finir.
L'ouvrier ne sait pas ce qu'il fait.

GODDÀM C'est le fond de la langue anglaise, « comme disait Beaumarchais » et là-dessus on ricane de pitié.

GOD SAVE THE KING Chez Béranger se prononce « God savé te King » et rime avec préservé.

GOG Faire toujours suivre de « Magog » : Gog et Magog.

GOMME — La gomme élastique est toujours faite avec le scrotum du cheval.

GOTHIQUE — Style d'architecture portant plus à la dévotion que les autres.

GOURMÉ — Faire toujours précéder par « raide ». Roide et gourmé.

GOÛT — « Ce qui est simple est toujours de bon goût » doit toujours se dire à une femme qui s'excuse de la modestie de sa toilette.

GRAMMAIRE — L'apprendre aux enfants dès le plus bas âge comme étant une chose claire et facile.

GRAMMAIRIEN — Tous pédants.

GRAS — Les personnes grasses, le désespoir des exécuteurs parce qu'elles offrent des « difficultés d'exécution ».
Ex : la Du Barry.
Nagent naturellement.

GRÊLÉ — Les femmes grêlées sont toujours lascives.

GRENIER — Qu'on y est bien à vingt ans!

GRENOUILLE — La femelle du crapaud.
« Il n'y a pas de grenouille qui ne trouve son crapaud. »

GRISETTE — « Il n'y a plus de grisettes! » cela doit être dit avec l'air déconfit du chasseur qui se plaint qu'il n'y a plus de gibier.

GROG — N'est pas comme il faut.

GROTTES — A stalactites. — Il y a eu une fête célèbre, bal ou souper donné par un grand personnage — On y voit dans l'intérieur [comme] des tuyaux d'orgue, un autel d'église.
« On y a dit la messe pendant la Révolution. »

GROUPE — Convient sur une cheminée, et en politique.

GUÉRILLA — Font plus de mal à l'ennemi que l'armée régulière.

GUERRE — Tonner contre.

GULF-STREAM — Une ville de Norvège, nouvellement découverte.

GYMNASE (le) — Succursale de la Comédie française.

GYMNASTIQUE — On ne saurait trop en faire.
Exténuez-y les enfants.

## H

HABIT — Il faut dire « frac »; excepté dans le proverbe : « L'habit ne fait pas le moine », auquel cas il faut dire : « froc ».
Importance en province.
Dernier terme de la cérémonie et du dérangement!

HABITUDE — Il faut toujours ajouter : « est une seconde nature ».
Les habitudes de collège sont « de mauvaises habitudes ».
Avec de l'habitude on peut jouer du violon comme Paganini.

HACHISCH — Ne pas confondre avec « hachis » qui se fait avec de la viande, et qui ne provoque aucune extase voluptueuse.

HALEINE — Une haleine « forte » donne l'air distingué.
Éviter les allusions sur « les mouches » et affirmer que ça vient de l'estomac.

HALLEBARDE — Ne rime point avec « miséricorde ».
Quand on voit un nuage menaçant, ne pas manquer de dire : « il va tomber des hallebardes. »
En Suisse, tous les hommes portent des hallebardes.

HALLIER — Qualifier toujours de « sombre » et « impénétrable ».

HAMAC — Propre aux créoles.
Indispensable à la campagne.
Se persuader qu'on y est mieux que dans un lit.

HAMEAU — Fait bien en poésie.
Mot attendrissant.

HANNETON — Fils du Printemps.
Quand on parle de leurs ravages dans un discours de Comice agricole, il faut les traiter de « funestes coléoptères ».
Beau sujet d'opuscule.
Leur destruction radicale est le rêve de tout préfet.

HAQUENÉE — Animal blanc du moyen âge dont la race est disparue.

HARAS — Question des — : beau sujet de discussion parlementaire.

HAREM — Comparez toujours un coq au milieu de ses poules à un sultan dans son harem.
Rêve de tous les collégiens.

HARENG — Fortune de la Hollande.

HARICOT — (Citer ce qu'en dit Casanova.)
Flageolets.

HARPE — Fait valoir les bras et la main.
Ne se joue, en gravure, que sur des ruines.
Produit des harmonies célestes.

HÉBREU — Tout ce qu'on ne comprend pas.
Origine des langues.

HEIDUQUE — Le confondre avec « eunuque ».

HÉLICE — Avenir de la mécanique.

HÉMICYCLE — On ne connaît que celui des Beaux-Arts.

HÉMORROÏDE — Mal de saint Fiacre.
Les hémorroïdes sont un signe de santé, il ne faut donc pas les faire passer.
S'asseoir sur la pierre, sur un poële chaud en donne.

HENRI III, IV — Quand on parle de ces princes, ne pas manquer de s'écrier : « Tous les Henri ont été malheureux! »

HERCULE — Les hercules sont tous du Nord.

HERMAPHRODITE Excite la curiosité.
Chercher à en voir.

HERNIE Descente. Blessure.
Tout le monde en a, sans le savoir!

HÉRODE Être vieux comme Hérode.

HÉROSTRATE A employer dans toute conversation sur les incendies de la Commune.

HEUREUX Dire, en parlant d'un homme heureux, qu'il est « né coiffé ». On ne sait pas ce que ça signifie, et l'interlocuteur non plus.

HIATUS Ne pas le tolérer!

HIÉROGLYPHES Ancienne langue des Égyptiens.
Écriture mystérieuse inventée par les anciens prêtres égyptiens pour cacher leurs secrets.
— « Et dire qu'il y a des gens qui les comprennent! »
— « Qu'est-ce qui le prouve? c'est peut-être une blague? »

HIPPOCRATE On doit toujours le citer en latin parce qu'il écrivait en grec, excepté dans cette phrase : « Hippocrate dit oui, Galien dit non. »

HIPPOLYTE La mort d'Hippolyte, le plus bel exemple de narration que vous puissiez donner.
Tout le monde devrait savoir ce morceau par cœur.

HIRONDELLE Ne jamais les appeler autrement que : « Messagères du printemps. »
Comme on ignore d'où elles viennent, dire : « elles arrivent des bords lointains. »
Poétique.

HISTRION Toujours précédé de « vil ».

HIVER Toujours exceptionnel. (Voyez *été*).
Plus sain que les autres saisons.

HOBEREAU de campagne.
Avoir pour eux le plus souverain mépris.

HOMÈRE — Célèbre par sa façon de rire : rire homérique.
N'a jamais existé.

HOMO — *Ecce homo!* en voyant entrer l'individu qu'on attend.

HONNEUR — Quand on en parle, faire la citation suivante :
« L'honneur est [comme] une île escarpée et sans bords
« On n'y peut plus rentrer, dès qu'on en est dehors. »
Il faut toujours être soucieux du sien, mais peu de celui des autres.

HOQUET — Pour le guérir, une clef dans le dos ou une peur.

HORIZON — Toujours trouver beaux ceux de la nature et sombres ceux de la politique.

HORREUR — « Des horreurs! » en parlant d'expressions lubriques.
On peut en faire, mais pas en dire.
« C'était pendant l'horreur d'une profonde nuit. »

HOSPITALITÉ — Doit toujours être « écossaise ».
Citer à ce propos les vers suivants :
« Chez les montagnards écossais,
« L'hospitalité se donne,
« Mais ne se vend jamais. »

HOSPODAR — Fait bien dans une phrase, à propos de la « question d'Orient ».

HOSTILITÉ — Les hostilités sont comme les huîtres, on les ouvre.
« Les hostilités sont ouvertes! » il semble qu'il n'y a plus qu'à se mettre à table.

HÔTELS — Ne sont bons qu'en Suisse.

HUGO — « Grand poète, quel dommage qu'il ait fait de la politique! »

HUILE D'OLIVES — N'est jamais bonne.

Il faut avoir un ami de Marseille qui vous en fait venir un petit tonneau.

HUÎTRES — On n'en mange plus. Elles sont trop chères.

HUMEUR — Il faut toujours se réjouir quand elle sort, et s'étonner que le corps puisse en contenir de si grandes quantités.

HUMIDITÉ — Cause de *toutes* les maladies.

HUSSARD — Prononcer : « houzard ».
Toujours précédé de « gentil » ou de « fringant ».
Il plaît aux dames.
Ne pas manquer la citation :
« Toi qui connais les hussards de la garde. »
Sont très élégants.

HYDRE — L'hydre de l'anarchie.
— du Socialisme.
Et ainsi de suite pour tous les systèmes qui font peur
Tâcher de la vaincre.

HYDROTHÉRAPIE — Enlève toutes les maladies, et les procure.

HYGIÈNE — Doit toujours être « bien entendue ».
Elle préserve des maladies — quand elle n'en est pas la cause.

HYPERBOLE — A bafouer, en disant : « Avec ça que c'est si difficile d'en faire! »

HYPOTHÈQUE — Demander « la réforme du régime hypothécaire », très chic.

HYPOTHÈSE — Souvent « dangereuse », toujours « hardie ».

HYSTÉRIE — Idées qu'on s'en fait.
La femme hystérique est le rêve des débauchés.
La confondre avec la nymphomanie.

## I

IDÉAL — Tout à fait inutile.

IDÉOLOGUE — Tous les journalistes.

IDOLÂTRES — Sont cannibales.

ILIADE — Toujours suivi de « l'Odyssée ».

ILLISIBLE — Une ordonnance de médecin n'est efficace que si elle est « illisible ».
Toute signature officielle doit être illisible; de même pour les particuliers. Cela indique qu'on est accablé de correspondance.

ILLUSIONS — Affecter d'en avoir eu beaucoup.
Se plaindre de ce qu'on les a perdues.

ILOTES — Exemple à donner à son fils, mais on ne sait où les trouver.

IMAGES — Toujours trop dans la poésie.

IMAGINATION — Est toujours « vive ».
Il faut s'en défier.
Quand on n'en a pas, il faut la dénigrer chez les autres.
Pour écrire des romans, il suffit d'avoir de l'imagination.

IMBÉCILES — Tous ceux qui ne pensent pas comme vous.

IMBROGLIO — Le fond de toutes les pièces de théâtre.

IMMORALITÉ — Ce mot bien prononcé rehausse celui qui l'emploie.

IMPÉRATRICES — Sont toutes belles.

IMPÉRIALISTES — Tous gens honnêtes, paisibles, polis, distingués.

IMPERMÉABLE — Très avantageux comme vêtement.
Très nuisible à cause de la transpiration empêchée.

IMPIE — Tonner contre.

IMPORTATION — Ver rongeur du Commerce national.

IMPRÉSARIO — Mot d'artiste qui signifie « directeur ».
Toujours précédé d' « habile ».

IMPRIMÉ — On doit croire tout ce qui est imprimé.
Voir son nom imprimé! Il y en a qui commettent des crimes, rien que pour ça.

IMPRIMERIE — Découverte merveilleuse.
A fait plus de mal que de bien.

INAUGURATION — Sujet de joie.

INCAPACITÉ — Est toujours « notoire ».
Plus on est incapable, plus on doit être ambitieux.

INCENDIE — Toujours un spectacle à voir.

INCOGNITO — Costume des princes en voyage.

INCRUSTATION — Ne se dit qu'en parlant de la nacre.

INDOLENCE — Résultat des pays chauds.

INDUSTRIE — Carrière plus noble que celle du commerce. (Voyez *commerce*).

INDUSTRIE. COMMERCE — Belle carrière. Mène à tout.
Ex : Aristote était parfumeur à Athènes.

INFANTICIDE — Ne se commet que dans le peuple.

INFECT — « C'est infect! » doit se dire de toute œuvre artistique ou littéraire que *le Figaro* n'a pas permis d'admirer.

INFÉODÉ — Injure très grave et de grand style à jeter à la tête d'un adversaire politique.
« Môssieu! vous êtes « inféodé » à la Camarilla de l'Élysée! »
Ne s'emploie qu'à la tribune.

INFINITÉSIMAL — On ne sait pas ce que c'est, mais a rapport à l'homéopathie.

INGÉNIEUR — Le plus beau titre à envier, et cependant il suffit de vendre des lunettes pour avoir le droit de se dire : ingénieur opticien.
La première carrière pour un jeune homme — à dire de tous les métiers.
Connaît toutes les sciences.

INHUMATION — Danger des inhumations précipitées.
Raconter des histoires à faire frémir.
On a découvert des cadavres qui s'étaient dévorés pour apaiser leur faim!
Ne pas se laisser démonter si on vous soutient que l'asphyxie avait mis ordre à tout.

INJURE — Doit toujours se laver dans du sang.
Injure mortelle.

INNÉES (idées) — Les blaguer.

INNOCENCE — L'impassibilité la prouve.

INNOVATION — Toujours dangereuse.

INONDÉS — Toujours de la Loire.

INQUISITION — On a bien exagéré ses crimes.

INSCRIPTION — Toujours cunéiforme.
(Expire) ne se conjugue qu'à propos des abonnements des journaux.

INSPIRATION — Les choses qui la provoquent : la nature, les femmes, le vin, etc.

INSTINCT — Supplée à l'intelligence.

INSTITUT — On doit le blaguer.
Les membres de [l'] — sont tous des vieillards et portent des abat-jour en taffetas vert.

INSTITUTRICE — Doivent toujours être fort laides.
Toujours d'une excellente famille qui « a eu des malheurs ».
Portent toutes des lunettes bleues.
Danger dans les maisons.
Corrompent le mari.

INSTRUCTION — Le peuple n'en a pas besoin pour gagner sa vie.
Toujours laisser croire qu'on en a reçu beaucoup; les classes « éclairées » étant dans l'impossibilité de se rendre compte du contraire.

INSTRUMENT — Les instruments qui ont servi à commettre un crime sont toujours « contondants », quand ils ne sont pas « tranchants ».
Instruments de musique.

INSURRECTION — Le plus saint des devoirs (Blanqui).

INTÉGRITÉ — Appartient surtout à la magistrature.

INTRIGUE — Seule manière de parvenir.
Mène à tout.

INTRODUCTION Mot obscène.

INVASION Excite les larmes.

INVENTEUR Meurent tous à l'hôpital — et un autre profite de leur découverte, ce n'est pas juste.

ITALIE But de tous les voyages de noces.
*Italiam! Italiam!*
Donne bien des déceptions, n'est pas si belle qu'on le dit.

ITALIENS Tous traîtres.

IVOIRE Ne s'emploie qu'en parlant des dents.

IVRESSE Toujours précédé de « folle ».

## J

JALOUSIE Toujours suivi de « effrénée ».
Les sourcils qui se rejoignent, preuve de jalousie.
Passion terrible.

JAMBAGE (droit de) Ne pas y croire.

JAMBON Les jambons sont toujours de Mayence, même quand ils viennent d'Angleterre.
S'en méfier, il y a des trichines.

JANSÉNISME On ne sait pas ce que c'est, mais très chic d'en parler.

JAPON Tout y est en porcelaine.

JARDINS ANGLAIS Plus naturels que les jardins à la française.

JARNAC (coup de) S'indigner en parlant de ce coup habile qui, du reste, était fort loyal.

JARRETIÈRE Les jarretières doivent toujours se porter *au-dessus* du genou quand on appartient au grand monde, et *au-dessous* pour les femmes du peuple.
Une femme ne doit jamais négliger ce détail de toilette; il y a tant d'impertinents en ce monde.

JASPE — Tous les vases des musées sont en jaspe.

JAVELOT — Vaut bien un fusil quand on sait s'en servir.

JÉSUITE — Fils de Loyola.
Ils ont la main dans toutes les révolutions.
On ne se doute pas de ce qu'il y en a.
Ne pas parler de la « bataille des Jésuites ».

JEU — Les jeux « innocents »; ce qu'ils sont.
Les jeux de société.
Les jeux et les ris.
S'indigner contre cette « fatale passion ».
Les jeux graves : whist, échecs, etc.
— vulgaires : piquet, écarté, bésigue.
— de cercle : Lansquenet, Baccara.
— de café : dominos, trictrac.
— bêtes : dames, trente-et-un.
— nobles : billard.

JEUNE HOMME — Est toujours farceur, serait même inconvenant s'il ne l'était pas. « Comment! vous un jeune homme! »
Tout ce qu'il doit faire : chanter, danser, avoir des dettes, pas trop cependant.

JEUNESSE — Il faut toujours citer ces vers italiens, même sans les comprendre :
« Gioventù! primavera della vita.
« Primavera! gioventù del anno. »
« Ah! c'est beau la jeunesse. »

JOCKEYS — Déplorer la race des —.

JOCKEY-CLUB — Les membres sont tous des jeunes gens farceurs et très riches. Dire simplement « le Jockey », très chic, donne à croire qu'on en fait partie.

JOHN BULL — Quand on ne sait pas le nom d'un Anglais, on l'appelle : John Bull.

JOIE — La mère des jeux et des ris; on ne doit pas parler de ses « filles ».

JOLI — S'emploie pour tout ce qui est « beau ».
« C'est joliment joli! » est le comble de l'admiration.

JONC — Une canne doit être en jonc.

JOUET — Devrait toujours être scientifique.

JOUISSANCE — Mot obscène.

JOUR — Il y a les jours de « Monsieur » : le jour de barbe, le jour de médecine, etc.
Il y a ceux de « Madame » qu'elle appelle : « critiques » à certaines époques du mois.

JOURNAL — Son importance dans la société moderne. Ex : *le Figaro.*
Il faut toujours déclamer contre eux, tout en croyant ce qu'ils disent.
Les journaux « sérieux » : *La Revue des Deux-Mondes, L'Économiste, Le Journal des Débats.* Il faut les laisser traîner sur la table de son salon, mais en ayant bien soin de les couper avant. Marquer quelques passages au crayon rouge produit aussi un très bon effet.
Lire le matin un article de ces feuilles sérieuses et graves, et le soir, en société, amener adroitement la conversation sur le sujet étudié afin de pouvoir briller.

JUIF — Fils d'Israël.
Les Juifs sont tous marchands de lorgnettes.

JUJUBE — On ne sait pas avec quoi c'est fait.

JURY — S'évertuer à ne pas en être.

JUSTICE — Ne jamais s'en inquiéter

K

KALÉIDOSCOPE — Ne s'emploie qu'à propos des salons de peinture.

KEEPSAKE — Doit traîner sur la table d'un salon.

KIOSQUE — Lieu de délices dans un jardin.

KNOUT — Mot qui vexe les Russes.

KORAN — Livre de Mahomet où il n'est question que de femmes.

## L

LABORATOIRE On doit en avoir un à la campagne.

LABOUREURS Que serions-nous sans eux?

LAC Avoir une femme près de soi, quand on se promène dessus.

LACONISME Langue qu'on ne parle plus.

LACUSTRE (ville) Nier leur existence, parce qu'on ne peut pas vivre sous l'eau.

LA FAYETTE Général célèbre par son cheval blanc.

LA FONTAINE On doit soutenir qu'on n'a jamais lu les contes de La Fontaine.
L'appeler « le Bonhomme »
« l'immortel Fabuliste ».

LAGUNE Ville de l'Adriatique.

LAIT Dissout les huîtres.
Attire les serpents.
Blanchit la peau. Il y a des femmes entretenues qui prennent un bain de lait tous les matins.

LANCETTE En avoir toujours une, mais craindre de s'en servir.

LANGOUSTE Femelle du homard.

LANGUES Les langues étrangères s'apprennent vite par l'usage.
Les malheurs de la France viennent de ce qu'on ne sait pas assez de langues étrangères.

LATIN Langage naturel de l'homme.
Gâte l'écriture.
Est seulement utile pour comprendre les inscriptions des fontaines publiques.
Il faut se méfier des citations en latin; elles cachent toujours quelque chose de leste.
Citations qu'il faut faire.
Exemple...

LAURIER Les lauriers empêchent de dormir.

LAVEMENT Ne se dit qu'en parlant de la cérémonie du « lavement des pieds ».

LEGALITÉ La légalité nous tue! avec elle aucun gouvernement n'est possible.

LÉTHARGIE On en a vu qui duraient des années.

LIBELLE On n'en fait plus.

LIBERTÉ « Que de crimes on commet en son nom! »
« La liberté n'est pas une comtesse
« Du noble faubourg Saint-Germain. »
« La liberté n'est pas la licence » — phrase de conservateur.
Nous avons toutes celles qui sont nécessaires.

LIBERTINAGE Ne se voit que dans les grandes villes.

LIBRE-ÉCHANGE Cause de tous nos maux.

LIEUE On fait plus vite une lieue que quatre kilomètres.

LIÈVRE Dort les yeux ouverts.

LIGUEURS Précurseurs du libéralisme en France.

LILAS Fait plaisir parce qu'il annonce l'été.

LINGE On n'en montre jamais trop.

LION Bien rugi, Lion!
— « Et dire que le lion et le tigre sont des chats! »
Plus généreux que le tigre.
Joue toujours avec une boule.

LITTÉRATURE Occupation des oisifs.

LITTRÉ Ricaner quand on entend son nom.
— « Ce monsieur qui dit que nous descendons des singes. »

LIVRE Quel qu'il soit, toujours trop long!

LORD Anglais riche.

LORGNON Insolent et distingué.

LOUIS XVI Toujours dire : « cet infortuné monarque ».

LOUTRE — Petit carnassier dont la peau sert à faire des casquettes et des gilets.

LUMIÈRE — Toujours dire : *Fiat lux!* quand on allume une bougie.

LUNE — Inspire la mélancolie.
Être peureux comme la lune.
Est peut-être habitée.

LUXE — Perd les États.

LYNX — Animal remarquable par son œil.

## M

MACADAM — Le macadam a supprimé les révolutions parce qu'il n'y a plus de pavés pour faire des barricades.
Est néanmoins bien incommode.
Tonner contre.

MACARONI — Doit se servir avec les doigts, quand il est à l'italienne.

MÂCHE — Toujours accompagné de « céleri ».

MACHIAVEL — Ne pas l'avoir lu, mais le regarder comme un scélérat.

MACHIAVÉLISME — Mot violent et terrible qu'on ne doit prononcer qu'en frissonnant.

MACKINTOSH — Philosophe écossais.
L'inventeur du caoutchouc.

MAESTRO — Mot italien qui veut dire « pianiste ».

MAGIE — S'en moquer.

MAGISTRATURE — Belle carrière pour se marier.
Magistrats tous pédérastes.

MAGNÉTISME — Joli sujet de conversation avec les dames — et qui sert à faire des femmes.

MAILLOT — Très excitant.

MAIN — Avoir une belle main, c'est écrire bien.

MAIRE — Se croit insulté quand on l'appelle : Échevin.
Toujours les tourner en ridicule.

MAJOR — Ne se trouve plus que dans les tables d'hôte

MAL DE MER — Pour ne pas l'éprouver, il suffit de penser à autre chose

MALADE — Pour remonter le moral d'un malade, rire de son affection, et nier ses souffrances.

MALADIE DE NERFS — Toujours des grimaces

MALÉDICTION — Toujours donnée par un père.

MALTHUS — L'infâme!
On ne connaît même pas le titre de son livre.

MAMELUCK — Ancien peuple de l'Orient.

MANDOLINE — Indispensable pour séduire les Espagnoles.

MANTEAU — Toujours « couleur de muraille », pour les équipées galantes.

MARBRE — Toute statue est en marbre de Paros.

MARSEILLAIS — Tous gens d'esprit.

MARTYR — Tous les premiers chrétiens l'ont été.

MASQUE — Donne de l'esprit.

MASTURBATION — (Voyez Dictionnaire d[e l]'Académie.)

MATELAS — Plus il est dur, plus il est hygiénique.

MATÉRIALISME — Prononcer ce mot avec horreur en appuyant sur chaque syllabe.

MATHÉMATIQUES — Dessèchent le cœur.

MATINAL — L'être — preuve de moralité. Si l'on se couche à 4 heures du matin et qu'on se lève à 8 on est paresseux mais si on se met au lit à 9 heures du soir pour en sortir le lendemain à 5, on est actif.

MATRICE — Synonyme de vulve.

MAXIME — Une maxime n'est jamais neuve, mais elle est toujours consolante.

MAZARINADES — Les mépriser
Inutile d'en connaître une seule.

MÉCANIQUE — Partie basse des mathématiques

MÉDAILLE — On n'en faisait que dans l'Antiquité.

MÉDECINE — S'en moquer quand on se porte bien.

MÉLANCOLIE — Signe d'élévation d'esprit et de distinction de cœur.

MÉLODRAMES — Moins immoraux que les drames.

MELON — « Est-ce un fruit? est-ce un légume? »
Intéressant sujet de conversation à table — Donner comme argument qu'il y a des personnes qui le mangent au dessert, en Angleterre.
— Ce que c'est que les usages, pourtant!

MÉMOIRE — Se plaindre de la sienne — et même se vanter de n'en pas avoir mais rugir si on vous dit que vous n'avez pas de jugement.

MÉNAGE — En parler toujours avec respect.

MENDICITÉ — Devrait être interdite et ne l'est jamais.

MÉPHISTOPHÉLIQUE — Doit se dire de tout rire amer.

MER — N'a pas de fond.
Image de l'infini.
Donne de grandes pensées.
Au bord de la mer il faut toujours avoir une longue-vue.
Quand on la contemple toujours dire : « Que d'eau! »

MERCURE — Tue la maladie et le malade.

MÉRIDIONAUX (les) — Tous poètes.

MESSAGE — Plus noble que « lettre ».

MÉTALLURGIE — Très chic.

MÉTAMORPHOSE — Rire du temps où on y croyait. — Ovide en est l'inventeur.

MÉTAPHORE — Mauvais effet dans le style.

MÉTAPHYSIQUE — On ne sait pas ce que c'est mais en rire.

MÉTHODE — Ne sert à rien.

MEXIQUE — (dans la copie)
La guerre du Mexique est la plus grande pensée du règne (Rouher).

MIDI (cuisine du) Toujours à l'ail. Tonner contre.

MINISTRE Dernier terme de la gloire humaine.

MINUIT Limite du labeur et des plaisirs honnêtes. — Tout ce qu'on fait au-delà est immoral

MINUTE « On ne se doute pas comme c'est long une minute. »

MISSIONNAIRES Sont tous mangés ou crucifiés.

MOBILIER Tout craindre pour son —.

MOINEAU Ne jamais manquer d'ajouter : fils de moine — Rien ne fait rire comme cette plaisanterie.

MONARCHIE La monarchie constitutionnelle est la meilleure des Républiques.

MONOPOLE Tonner contre.

MONSTRE On n'en voit plus.

MONTRE Une montre n'est bonne que si elle vient de Genève.
— « Votre montre va-t-elle bien?
— « Elle règle le soleil. »
Dans les Féeries, quand un personnage tire la sienne, ce doit être un oignon — cette plaisanterie est infaillible.

MOSAÏQUE Le secret en est perdu.

MOUCHARDS Tous de la police.

MOUCHES *Puer abige muscas!*

MOULE Les moules sont toujours indigestes.

MOULIN Fait bien dans un paysage.

MOUSTACHE Donne l'air martial.

MOUSTIQUE Plus dangereux que n'importe quelle bête féroce.

MOUTARDE Il n'y a de bonne moutarde qu'à Dijon.
Ruine l'estomac.

MUSCLE Les muscles des hommes forts sont toujours en acier.

MUSÉE De Versailles. Belle idée du roi Louis-

Philippe. Retrace les hauts faits de la gloire nationale.
Du Louvre. A éviter pour les jeunes filles.
Dupuytren. Très utile à montrer aux jeunes gens.

MUSICIEN — Le propre du véritable musicien c'est de ne composer aucune musique, de ne jouer d'aucun instrument et de mépriser les virtuoses.

MUSIQUE — Adoucit les mœurs. Ex : *la Marseillaise.*
Fait penser à un tas de choses.

## N

NACELLE — Tout batelet qui porte une femme.
« Viens dans ma nacelle! »

NAIN — Quand on parle de nains il faut raconter l'histoire du général Tom Pouce et, si on lui a serré la main, le dire avec orgueil.

NAPLES — « Voir Naples et mourir! »
Si vous causez avec des savants, dites : Parthénope.

NARINE — Les narines relevées, signe de lubricité.

NATIONS — (réunir ici tous les peuples).

NATURE — « Que c'est beau la Nature! » à dire chaque fois qu'on se trouve à la campagne.

NAVIGATEUR — Toujours « hardi ».

NAVIRE — On ne les construit bien qu'à Bayonne.

NECTAR — Le confondre avec « ambroisie ».

NÈGRE — Il faut toujours parler « nègre » pour se faire comprendre d'un étranger, quelle que soit sa nationalité.
S'emploie aussi dans le « style télégraphique ».
Toujours s'étonner que la salive des nègres soit blanche — et de ce qu'ils parlent français.

NÉGRESSES — Plus chaudes que les blanches (voyez *brunes* et *blondes*).

NÉOLOGISME — La perte de la langue française.

NERVEUX — « C'est nerveux! »
Doit se dire toutes les fois qu'on ne comprend rien à une maladie.
Et l'auditeur est satisfait.

NOBLESSE — La mépriser et l'envier.

NŒUD GORDIEN — Manière des Anciens pour nouer leur cravate.

NOIR — Toujours suivi d' « ébène ».
Comme un « geai », pour « jais ».

NORMANDS — Tous filous (vrai).
Croire qu'ils prononcent des hâvre-sâcs, et les blaguer sur le bonnet de coton.

NOTAIRES — Maintenant ne pas s'y fier.

NOURRITURE — Toujours « saine et abondante » dans les collèges.

NUMISMATIQUE — A rapport au calcul infinitésimal.
A rapport aux hautes sciences, inspire un immense respect.

## O

OASIS — Auberge dans le désert.

OBÉSITÉ — Causes de — .

OBSCÉNITÉ — Tous les mots scientifiques dérivés du grec ou du latin cachent une obscénité.

OBUS — Sert à faire des pendules et des encriers.

OCÉAN — Image de l'infini.

OCTOGÉNAIRE — Se dit de tout vieillard.

OCTROI — Le frauder.

ODALISQUE — Voir *bayadère*.

ODÉON — Plaisanteries sur son éloignement, la solitude.

ODEUR (des pieds) — Signe de santé.

ŒUF — Point de départ pour une dissertation scientifique sur la genèse des êtres.

OFFENBACH — Dès qu'on entend son nom, fermer deux doigts de la main droite pour se préserver du mauvais œil.
Très parisien — bien porté.

OISEAU — Désirer en être un, et dire en soupirant « des ailes, des ailes » marque une âme poétique.

OMÉGA — Deuxième lettre de l'alphabet grec, puisqu'on dit l'alpha et l'oméga.

OMNIBUS — Il n'y a jamais de place dans les omnibus.
Ont été inventés par Louis XIV.
Il y a cinquante ans, on n'en avait pas.
— « Moi, Monsieur, qui vous parle, j'ai connu les tricycles. »
On a plusieurs compagnies : les Écossais, les dames blanches.

OPÉRA (coulisses de) — Est le Paradis de Mahomet sur la terre.

OPTIMISTE — Équivalent d'imbécile.

ORAISON — Tout discours de Bossuet.

ORCHESTRE — Image de la société. Chacun fait sa partie et il y a un chef.

ORCHITE — Maladie de Monsieur.

ORDRE — Que de crimes on commet en ton nom!

OREILLER — Ne jamais s'en servir, ça rend bossu.

ORFÈVRE — Il faut toujours l'appeler : « M. Josse ».

ORGUE — Élève l'âme vers Dieu.

ORIENTALISTE — Homme qui a beaucoup voyagé.

ORIGINAL — On doit appeler « original » celui qui refuse de plier devant les banalités et les idées reçues.
Rire de lui prouve toujours une grande supériorité d'esprit.
Manières de passer pour.

ORTHOGRAPHE N'est pas nécessaire quand on a du style.
Y croire comme aux mathématiques.

OURS Se nomment tous « Martin ».
Citer l'anecdote de l'invalide qui croyant voir une montre tombée dans sa fosse, y est descendu — et a été dévoré.

OUTRAGE Faire subir les derniers outrages.

OUVRIER Toujours honnête quand il ne fait pas d'émeutes.

## P

PAGANINI Célèbre par la longueur de ses doigts.
N'accordait jamais son violon.

PAIN On ne sait pas les saletés qu'on mange avec.

PALLADIUM Forteresse de l'antiquité.

PALMIER Donne de la couleur locale.

PALMYRE Reine d'Égypte ? ou ruines ? on ne sait pas.

PANTHÉISTE Tonner contre. Absurde.

PARADOXE Quelque chose de monstrueux qu'on dit toujours entre deux bouffées de cigarette, sur le boulevard, sa patrie.

PARALLÈLE On ne doit choisir qu'entre les suivants :
César et Pompée.
Voltaire et Rousseau.
Napoléon et Charlemagne.
Bayard et Mac-Mahon.
Gœthe et Schiller.
Horace et Virgile.

PARAPHE Plus il est compliqué, plus il est beau.

PARENTS Tous désagréables.
Cacher ceux qui ne sont pas riches.

PARIS La grande prostituée.
La Capitale.
Paradis des femmes, enfer des chevaux.
Idées politiques sur.

Moyen de le mater.
Ce qu'en pense la Province (et vice-versa).

PARRAIN — Est toujours le père du filleul.

PARTIE — Les « parties » sont honteuses pour les uns, naturelles pour les autres.

PAUVRE — S'occuper d'eux tient lieu de toutes les vertus.

PAYSAGES DE PEINTRE — Toujours « des plats d'épinards »!

PÉDANTISME — Doit être bafoué si ce n'est quand il s'applique à des choses légères.

PÉDÉRASTIE — Maladie dont tous les hommes sont affectés à un certain âge.

PEINTURE — Le secret de la peinture sur verre est perdu.

PÉLICAN — Se perce les flancs pour nourrir ses petits.
Emblème du père de famille.

PENSER — Pénible. Les choses qui vous y forcent, généralement sont délaissées.

PENSIONNAT — Dites « Boarding School » quand c'est un pensionnat de jeunes filles.

PERMUTER — Le seul verbe conjugué par les militaires.

PÉROU — Pays fantastique où tout est en or et en argent.

PEUR — Donne des ailes.

PHAÉTON — Inventeur des voitures de ce nom.

PHÉNIX — Beau nom pour une Compagnie d'assurances contre l'incendie.

PHILIPPE D'ORLÉANS-ÉGALITÉ — Tonner contre.
Encore une des causes de la Révolution.
A commis tous les crimes de cette époque néfaste.

PHILOSOPHIE — Ricaner.

PHOTOGRAPHIE — Détrônera la peinture.

PIANO — Indispensable dans un salon.

PIGEON — Ne doit se manger qu'avec des petits pois.

PIPE — Pas comme il faut de la fumer. Sauf aux bains de mer.

PITIÉ — Toujours s'en garder.

PLACE — Toujours en chercher une.

PLANÈTE — Toutes les planètes ont été découvertes par M. Leverrier.

PLANTE — Guérit toujours les parties du corps humain auxquelles elle ressemble.

PLIQUE POLONAISE — Si on coupe les cheveux, ils saignent.

POÉSIE (la) — Est tout à fait inutile. Passée de mode.

POÈTE — Synonyme de rêveur et nigaud.

POLICE — A toujours tort.

POLYTECHNIQUE (école) — Rêve de toutes les mères (vieux).

PONSARD — Seul poète qui ait eu du bon sens.

POPILIUS — Inventeur du cercle.

PORTEFEUILLE — Un portefeuille sous le bras donne l'air d'un ministre.

PORTRAIT — Le difficile est de rendre le sourire.

PORT-ROYAL — Sujet de conversation, très bien porte.

POURPOINT — Est toujours de couleur « abricot ».

POURPRE — Plus chic que rouge. Citer l'anecdote du chien qui découvrit la pourpre, en mordant un coquillage.

PRADON — On ne lui a pas encore pardonné d'avoir été l'émule de Racine.

PRAGMATIQUE SANCTION — On ne sait pas ce que c'est.

PRATIQUE — Supérieure à la théorie.

PRÉOCCUPATION — Est d'autant plus « vive », qu'étant profondément absorbé on reste immobile.

PRÊTRE — On devrait les châtrer. Couchent avec leur bonne et ont des enfants qu'ils appellent leurs « neveux ».

— « C'est égal, il y en a de bons tout de même. »

PRIAPISME — Culte du dieu Priape.

PRINCIPES — Toujours indiscutables.
On ne peut en dire la nature, ni le nombre; n'importe, sont sacrés.

PRISE (de tabac) — Donne l'air d'un docteur.
Convient à l'homme de cabinet.

PROFESSEUR — Toujours savant.

PROGRÈS — Toujours mal entendu et trop hâtif.

PROMENADE — Il faut toujours faire une promenade après dîner; ça facilite la digestion.

PROPRIÉTAIRE — Les humains se divisent en deux grandes classes : les propriétaires et les locataires.
— « Quel est votre état? » — « Propriétaire. »

PROPRIÉTÉ — Une des bases de la Société.
Plus sacrée que la religion.

PROSE — Plus facile à faire que les vers.

PROVIDENCE — Que deviendrions-nous sans elle?

PRUNEAU — Les pruneaux tiennent le ventre libre.

PUBLICITÉ — Source de fortune.

PUCELLE — Ne s'emploie qu'avec « Orléans ».

PUDEUR — Le plus bel ornement de la femme.

PUNCH — Source de délire.
Soirée de garçons. Éteindre les lumières quand on l'allume.
Et ça produit des « flammes fantastiques ».
Romantique (vieux).

PYRAMIDE — Ouvrage inutile.

## Q

QUADRATURE DU CERCLE — On ne sait pas ce que ça signifie, mais il faut lever les épaules quand on en parle.

QUESTION — La poser c'est la résoudre.

## R

RACINE Polisson!

RADEAU Toujours suivi [de] « de la Méduse ».

RADICALISME D'autant plus redoutable qu'il est « latent ». La république nous mène au radicalisme.

RAMONEUR Hirondelle de l'hiver.

RATE Autrefois on l'enlevait aux coureurs.

RECONNAISSANCE N'a pas besoin d'être exprimée.

RÉGENCE On ne faisait que souper.

RELIGION Encore une des bases de la Société.
Est nécessaire pour le peuple.
Pas trop n'en faut.
« La religion de mes pères » doit se dire avec onction.

RÉPUBLICAIN Les républicains ne sont pas tous des voleurs, mais tous les voleurs sont républicains.

RESTAURANT On doit toujours y demander les mets qu'on ne mange pas habituellement chez soi — quand on est embarrassé il suffit de choisir les mêmes plats que l'on sert aux voisins.

RÊVASSERIE Il est bien d'appeler « rêvasseries » les idées élevées qu'on ne comprend pas.

RÉVEILLON C'est le boudin qui constitue le réveillon.

RICHESSE Son prestige.
Tient lieu de tout, même de considération.

RIME Ne s'accorde jamais avec la raison.

RINCE-BOUCHE Signe de richesse dans une maison.

RIRE Un rire est toujours « homérique ».

ROBE Impose le respect.

ROMAN Les romans pervertissent les masses.
Sont moins immoraux en feuilleton qu'en volume.

Seuls, les romans « historiques » peuvent être tolérés, parce qu'ils enseignent l'histoire. Ex : *Les trois mousquetaires* etc.

Il y a des romans écrits avec la pointe d'un scalpel. Ex : *Madame Bovary.*

D'autres qui roulent sur la pointe d'une aiguille.

ROMANCE — Chanteur de romances, idéal de l'homme langoureux.

Plaît quelquefois autant aux mères qu'aux filles.

RONSARD — Ridicule par ses mots grecs et latins.

ROUSSEAU — Croire que J. B. Rousseau et J. J. Rousseau sont les deux frères, comme les deux Corneille.

ROUSSES — (Voyez *blondes, brunes, blanches* et *négresses*).

ROXELANE — Qu'est-ce que c'est? cela signifie : nez relevé.

RUINES — Font rêver et donnent de la poésie à un paysage.

## S

SABOT — On doit toujours dire d'un homme riche, qui a eu des commencements difficiles, qu'il est venu à Paris « en sabots »

SABRE — Les Français aiment a être gouvernés par un sabre.

SACERDOCE — L'art est un sacerdoce.

La médecine aussi,

Le journalisme,

Le notariat — et généralement toutes les professions.

SACRILÈGE — C'est un sacrilège d'abattre un bel arbre.

SAIGNER — Il faut se faire saigner au printemps.

SAINT-BARTHÉLEMY — Vieille blague.

SAINTE-BEUVE — Croire à la légende du Vendredi Saint, jour où il dînait exclusivement de charcuterie.

SAINTE-HÉLÈNE — Ile connue par son rocher.

SALIÈRE — Renverser une salière porte malheur.

SALON (faire le) — Début littéraire qui pose très bien son homme.
Salon de dame.

SALUTATIONS — Toujours « empressées ».

SANTE — Trop de santé, cause de maladie.

SAPHIQUE ET ADONIQUE (vers) — Excellent effet dans une critique littéraire.

SATRAPE — Homme riche et débauché.

SATURNALES — Fêtes du Directoire.

SAVANT — La science infuse.
Puits de science.
Pour être savant il ne faut que de la mémoire.
Les blaguer.

SBIRE — S'emploie par les républicains farouches pour désigner les agents de police.

SCIENCE — Par rapport à la Religion :
— « un peu de science en écarte. Beaucoup y ramène. »

SCUDÉRY — Ancien auteur à blaguer sans le lire.
On doit le blaguer sans savoir si c'était un homme ou une femme.

SÉNÈQUE — Était-il de Paris ?
Écrivait sur un pupitre d'or.

SERPENT — Tous venimeux.

SERVICE — C'est leur rendre service que de :
Calotter les enfants,
Battre les animaux,
Chasser les domestiques,
Punir les malfaiteurs.

SÉVILLE — Célèbre par son barbier.
Voir Séville et mourir (voyez *Naples*).

« Qui n'a pas vu Séville », etc. (en espagnol).

SITE — Bel endroit pour faire des vers.

SOCIÉTÉ — Ses ennemis.
Ce qui cause sa perte.

SOMBREUIL — Le verre de sang.

SOMMEIL — Épaissit le sang.

SOMNAMBULE — Se promène toujours sur les toits.

SOUFFLET — Ne jamais s'en servir.

SOUPER — Soupers de la Régence : fleurs, lumières, femmes demi-nues, etc...
L'esprit et le champagne y coulaient à flots.

SOUPIR — Doit s'exhaler près d'une femme.

SPIRITUALISME — Seul système philosophique.

STOÏCISME — Dire que c'est impossible.

STUART (Marie) — S'apitoyer sur son sort.

SUCRER — Édulcorer son café.

SUFFRAGE UNIVERSEL — Dernier terme de la science politique.

SUICIDE — Preuve de lâcheté.

SYBARITE — Tonner contre.

SYPHILIS — Plus ou moins, tout le monde en est affecté.

## T

TABAC — Celui de la Régie ne vaut pas celui de contrebande.
Le priser convient à l'homme de cabinet.
Cause des maladies du cerveau et de la moelle épinière.

TABELLION — Plus flatteur que « notaire ».

TALLEYRAND — Indignation contre.

TARTANE — « Viens dans ma tartane,
Belle grecque à l'œil noir. »
(Romance).

| | |
|---|---|
| TAUPE | « Aveugle comme une taupe », et cependant elle a des yeux. |
| TAUREAU | Le père du veau, le bœuf n'est que l'oncle. |
| TÉMOIN | Il faut toujours refuser d'être témoin en justice, on ne sait pas où ça peut mener. |
| TEMPÉRAMENT | Avoir du tempérament. |
| TEMPS | Éternel sujet de conversation.<br>Cause universelle des maladies.<br>Toujours s'en plaindre. |
| TERRE | Dire « les quatre coins de la terre » puisqu'elle est ronde. |
| THÈME | Au collège prouve l'application — comme la version prouve l'intelligence; mais dans le monde il faut rire des forts en thème. |
| TOILETTE DES DAMES | Trouble l'imagination. |
| TOLÉRANCE (une maison de) | N'est pas celle où on a des opinions tolérantes. |
| TOUR | Indispensable à avoir dans son grenier, à la campagne, pour les jours de pluie. |
| TRAITEMENT | Toujours « facile à suivre, même en voyage ». |
| TRANSPIRATION | Des pieds, signe de santé. |
| TREIZE | Éviter d'être treize à table; ça porte malheur.<br>Les esprits forts ne devront jamais manquer les plaisanteries suivantes : « Qu'est-ce que ça fait, je mangerai pour deux », ou bien, s'il y a des dames, demander si l'une d'elles n'est pas enceinte. |
| TROUBADOUR | Beau sujet de pendule. |
| TRUFFE | S'abstenir d'en manger quand sa femme est souffrante. |

## U

UKASE — Chaque fois que paraît un décret trop autoritaire, il faut l'appeler un « ukase », ça vexe le gouvernement.

UNIVERSITÉ — *Alma mater.*

USUM (*ad*) — Locution latine qui fait bien dans une phrase. *Ad usum Delphini* devra toujours s'employer en parlant d'une femme appelée Delphine.

## V

VACCIN — Ne fréquenter que les personnes vaccinées.

VALSE — S'indigner contre.
Danse lascive et impure qui ne devrait être dansée que par les vieilles femmes.

VEILLÉE — Celles de la campagne sont morales.

VELOURS — Sur les habits — distinction et richesse.

VENTE — Vendre et acheter, but de la vie.

VENTRE — Dire « abdomen » quand il y a des dames.

VERRÈS — On ne lui a pas encore pardonné.

VIEILLARD — A propos d'une inondation, d'un orage, etc., les vieillards du pays ne se rappellent jamais en avoir vu un semblable.

VIN — Sujet de discussion.
Leurs caractères.
— « Le meilleur est le Bordeaux, puisque les médecins l'ordonnent. »
— « Plus il est mauvais, plus il est naturel. »

VISAGE — « Miroir de l'âme », alors il y a des gens qui ont l'âme bien laide.

VIZIR — Tremble devant les cordons.

VOISINS — Tâcher de se faire rendre par eux des services sans qu'il en coûte rien.

VOITURES — Plus commode d'en louer que d'en posséder — de cette manière on n'a pas le tracas des domestiques ni des chevaux qui sont toujours malades.

VOLTAIRE — Célèbre par son « rictus épouvantable ». Science superficielle.

VOYAGE — Doit être fait rapidement.

VOYAGEUR — Toujours « intrépide ».
« Vous voilà, intrépide voyageur. »
Toujours précédé de « Messieurs », en style de chemin de fer.
« Messieurs les voyageurs. »

## W

WAGNER — Ricaner quand on entend son nom et faire des plaisanteries sur l'avenir de la musique.

## Y

YVETOT — Voir Yvetot et mourir!

# LE CATALOGUE DES IDÉES CHIC

*ms g 227, f° 2 r*

Bouvard et Pécuchet

Comme faisant pendant au *Dictionnaire des idées reçues,* aux dogmes de Prud'homme, *la théorie du farceur* - paradoxes à la mode, IDÉES CHIC.

*f° 59 r*

Catalogue *des idées chic.*

Défense de l'esclavage.
De la Saint-Barthélemy.
Se moquer des forts en thème.
Id. des savants.
Id. des études classiques.
Dire à propos d'un grand homme : « Il est bien surfait! » — Tous les grands hommes.
Et d'ailleurs, il n'y a pas de grands hommes.
Admiration de M. de Maistre.
de Veuillot.
de Stendhal.
de Proudhon.
Science superficielle de Voltaire.
Raphaël, aucun talent.
Mirabeau, aucun talent.
Mais son père (qu'on n'a pas lu), oh!
Molière, tapissier de lettres.

Charron bien supérieur à Montaigne!
A. de Musset, à Hugo.
Homère : n'a jamais existé.
Shakespeare : n'a jamais existé, c'est Bacon qui est l'auteur de ses pièces.

*Idées chic.* « Il est de la dernière évidence que les compagnies savantes de l'Europe ne sont que des écoles publiques de mensonges, et très sûrement il y a plus d'erreurs dans l'Académie des Sciences que dans tout un peuple de Hurons » (J.-J. Rousseau, *Émile*, III).

*f° 2 r*

Enthousiasmes populaires.

La girafe
La Fayette
Le dey d'Alger
Dufavel puisatier
Lacenaire
Me Lafarge
Lamartine
Le Prince-Président
Le jeune Hua
Tom-pouce
L'oncle Tom
Tropman
Rochefort

# DOCUMENT : LES DEUX GREFFIERS

*par Barthélemy Maurice*

« ..... *Senes ut in otia tuta recedant.* »

Mon Dieu! oui; il en est ainsi depuis le commencement du monde! Certains hommes semblent ne compter pour quelque chose dans la vie que sa partie la moins certaine et la moins aimable... son arrière-saison. C'est sans le vouloir qu'ils ont eu une enfance; mais la jeunesse et l'âge mûr, ils les sacrifient dans l'attente d'une vieillesse que peut-être ils n'atteindront pas ou qu'ils n'atteindront que pour souffrir.

Je ne suis pas bien sûr que la fourmi construise réellement par prévoyance de l'hiver ses greniers si vantés; mais, ce que je sais bien, c'est que la cigale, qui chante et saute tout l'été, me paraît infiniment plus heureuse et par conséquent plus sage. Et puis, je ne vois pas que, depuis tantôt six mille ans que cela dure l'une de ces deux espèces se soit multipliée par suite de son économie, ni que l'autre se soit anéantie ou même amoindrie par suite de son imprudence.

L'homme est un animal thésauriseur, et c'est ce qui le distingue des bêtes ordinaires (fourmis à part, bien entendu); mais en est-il plus heureux?... Je ne le crois pas. Sans doute le proverbe a raison : « *Il faut garder une poire pour la soif* », mais, s'il ne dépend pas de nous de prolonger cette dernière, ne vaudrait-il pas mieux manger la poire tandis qu'elle n'est que mûre encore, plutôt que de la conserver blette pour le temps où la soif nous aura quittés.

Quand la durée moyenne de la vie humaine est de vingt-sept à vingt-huit ans tout au plus, n'est-il pas étrange de voir tant d'hommes se vouer pour trente ans à des carrières qui ne leur présentent d'autres charmes que la perspective d'une retraite? Combien y arriveront? et ceux-là, dans quelles conditions physiques et morales seront-ils pour en jouir? Il y a des comédiens, des peintres, des militaires, des médecins et des avocats par amour de l'art, les artisans même choisissent leur état, on ne se fait employé que pour manger du pain et se préparer une retraite. Parcourez tous les ministères, toutes les administrations, je vous défie d'y rencontrer un jeune commis qui fasse sa besogne avec plaisir; les vieux ne l'aiment pas davantage, mais elle fait partie de leur manière d'être, elle est devenue un besoin de leur nature.

Au milieu de cette laborieuse oisiveté qu'on appelle la vie de bureau, si le commis, la plume derrière l'oreille, la tabatière ouverte, le mouchoir déployé ou la prise entre le pouce et l'index, s'arrête et se surprend à penser : soyez sûr qu'il pense à sa retraite, qu'il suppute le nombre d'années, de mois et de jours qui l'en séparent encore, qu'il arrange son avenir, qu'il dispose ses plans, et qu'il oublie de vivre aujourd'hui pour ne songer qu'à la manière dont il vivra quand il aura soixante ans d'âge et trente années de service. Prudente fourmi! Dieu te garde jusqu'à l'hiver, qu'une révolution ou qu'un grain de sable ne vienne pas renverser ton grenier!

Il était une fois deux greffiers. Quand je dis deux greffiers, distinguons, deux commis-greffiers; la différence est grande. Le greffier, proprement dit, capitaliste en robe noire, gagne bon an mal an, de cinq à dix fois autant que le président; les greffiers d'audience gagnent à Paris mille écus. Mais non pas d'emblée, s'il vous plaît; il faut qu'ils aient auparavant travaillé cinq à six ans dans les bureaux, avec des appointemens de 600 à 1,000 fr., puis qu'ils aient été autres cinq ou six ans greffiers d'instruction à 1,800 francs. Or, savez-vous quelle est la vie d'un greffier d'audience?

Le greffier d'audience, quand il s'est couché la veille, se lève, hiver comme été, à six heures, souvent il n'a pas fini sa besogne à minuit, encore n'en viendrait-il pas à bout s'il n'y consacrait tous ses jours de congé et au moins une nuit par semaine. Pas une pensée qui soit à lui; il a quelquefois 28 jugemens à minuter chaque jour, avec les dires et interrogatoires, articles de lois et ordonnances compris, le tout sans blancs ni ratures. Il est vrai que, par compensation, il n'est pas tenu d'écouter, et que pendant que l'on plaide il règle tranquillement la taxe des témoins, dont le nombre peut s'élever à près de cent par audience. Que si d'aventure le commis-greffier se trouve un homme de mérite, et nous en connaissons bon nombre dans ce cas et qui ne seraient pas les moins bons juges, presque personne n'en sait rien, encore que la responsabilité qui pèse sur eux soit considérable.

Il y avait donc deux greffiers d'audience : tous deux avaient trente-huit ans de service, l'un, Andréas ***, au civil, et l'autre, Robert ***, au correctionnel. Ceci n'est pas un conte fait à plaisir, c'est une histoire d'hier; et nous avons tous connu ces deux braves gens restés au Palais comme deux débris du vieux temps au milieu des hommes jeunes, intelligens et actifs appelés à partager leurs travaux.

Andréas avait écrit, et c'était sa plaisanterie quotidienne, trois fois autant que M. de Voltaire, et Robert quatre fois au moins. C'étaient tous deux de bien braves gens, sobres, économes, rangés, serviables, amis de la gaudriole, chacun d'eux avait une vieille femme et pas d'enfans. Je n'ai pas besoin de vous dire que tous deux prenaient du tabac; sans la poudre de Nicot, est-ce qu'il y aurait moyen de passer trente-huit ans cloué sur un fauteuil en basane? Vous trouveriez plutôt un pré sans herbe qu'un greffier sans tabatière.

Andréas était enfant de la balle; son père, greffier en la chambre criminelle du Châtelet, répondit un jour à Turgot, qui lui disait : « Cela vous devait causer bien de la peine, d'assister à la question et de suivre les patiens jusque sur la roue? — Oh! oui, monseigneur, bien de la peine : ces malheureux-là criaient si haut et parlaient si bas qu'on avait toutes les peines du monde à tenir son plumitif. »

Robert, lui, avait voyagé et porté le mousquet dans les premières années de la république; mais, après trente-huit ans de travail commun, vous ne l'eussiez pas distingué de son confrère.

C'étaient de bien braves gens; leur vie s'était écoulée uniforme et paisible comme l'eau du canal Saint-Martin. Leurs plaisirs, peu coûteux, s'étaient toujours bornés à une petite promenade le dimanche, interrompue par une bouteille de bière et terminée par une partie de dominos. Par état ils écrivaient trop pour avoir le temps de lire autre chose que la *Gazette des Tribunaux*. Quant au spectacle, ils y étaient allés peut-être trois fois en leur vie, et une circonstance les avait empêchés d'y prendre plaisir, la manière plus que rapide dont les lettres s'écrivent au théâtre. « Vos comédies! s'écriait Andréas, ça n'a pas le sens commun. J'y ai vu l'autre jour un tout petit jeune homme qui pretendait avoir écrit trois rôles en une demi-minute, est-ce que c'est vraisemblable? — Je ne connais, répliquait Robert, que M. W... pour écrire comme cela, aussi vite que la parole. — Et encore! encore! » reprenait Andréas, lequel avait vu la sténographie de trop près pour y croire entièrement.

La loi n'accorde pas de retraite aux commis-greffiers, mais l'usage, plus humain que la loi, leur permet de presenter leurs successeurs, lesquels leur font alors 1,200 francs de rentes pendant le reste de leur vie. Lors donc qu'Andréas et Robert virent qu'ils ne pouvaient plus aller, lorsqu'ils eurent pris toutes leurs dispositions pour se retirer à la fin de l'annee judiciaire, ils passèrent les trois ou quatre mois les plus heureux et les plus occupés de leur existence. Depuis plus de dix ans ils etaient convenus de finir leurs jours ensemble. En reunissant leurs pensions et leurs économies, ils pouvaient se faire 3,800 francs, c'était plus qu'il n'en fallait à quatre personnes âgées pour vivre a la campagne et se donner le luxe d'une bonne de 50 ecus. Andréas voulait un pays de chasse, se rappelant qu'il avait beaucoup aimé cet exercice autrefois, et Robert les bords d'une rivière, se déclarant passionne pour la pêche. Tous deux s'accordaient à vouloir un pays vignoble, attendu qu'enfans de Paris, il leur semblait impossible qu'on pût boire autre chose a ses repas que du vin.

A peine arrivés, ils empruntaient chaque matin au parquet les *Petites affiches*, journal sage par excellence et glorieux de n'avoir pas été une seule fois incriminé, et puis les voilà passant en revue toutes les petites maisons à louer : « C'est trop cher, — c'est trop au nord, — un pays de loup, — c'est trop près... c'est trop loin de Paris, etc. » Enfin, ils arrêtèrent leur choix sur une jolie petite maison sur la rive droite de la Loire, à mi-chemin entre Orleans et Blois. Dès ce moment, ils l'habitèrent par la pensée, et, je le dis à regret, le plumitif s'en ressentit. Au milieu de l'audience, Andréas laissait *couler* les témoins pour envoyer, par le garçon de salle, à Robert un billet de cette importance : « Dis donc! à propos, nous verrons passer les bateaux à vapeur; » et Robert lui répondait par la même voie : « Nous serons abîmes de fumee. » Un quart d'heure après, nouvelle missive *très pressee* : « Dis donc! à propos, nous élèverons des lapins; » et Robert répondait : « Ça dévastera tout. »

Le grand jour arriva. Préparés une quinzaine à l'avance, le déménagement et le voyage se firent sans encombre; ils arrivèrent lestes, joyeux, mourant de faim, heureux à faire envie; ils touchaient le port, ils allaient vivre enfin! La première journée passa comme une demi-heure à ranger des meubles, planter des clous, pendre des gravures; mes deux greffiers riaient, chantaient, sautaient, faisaient des calembourgs, tenaient des discours à faire rougir leurs femmes, ils étaîent tout guillerets, ils n'avaient que vingt ans.

Le lendemain, dès cinq heures du matin, Andréas, armé du fusil à deux coups, des guêtres de peau, de la casquette de rigueur et d'une ample carnassière, partait pour la chasse, tandis que Robert, un panier sous le bras gauche, une ligne de la main droite, le pantalon retroussé jusqu'à l'extrême limite que prescrit la décence, s'avançait sur la grève sablonneuse. Le soir, quand les deux amis rentrèrent presqu'en même temps, ils faisaient piteuse figure. Andréas n'avait tiré qu'un seul coup de fusil, aussi n'avait-il tué que son chien. Il le rapportait pieusement dans sa gibecière. « Pauvre bête! s'écria sa femme. — Ah bah! fit Andréas, en essuyant une larme, il avait quatorze ans. » De son côté, Robert n'avait guère été plus heureux, il n'avait pris que trois ablettes et une petite plie. Il ne tarda pas cependant à s'apercevoir qu'il avait attrapé deux choses de plus... un coup de soleil et un rhumatisme.

« On peut bien chasser sans chien, » dit Andréas le jour suivant. A quelque temps de là, il cessa de prendre son inutile carnassière; puis, comme son fusil lui semblait un peu lourd à promener toute une journée, il commença par le cacher des heures entières dans un buisson, et enfin par ne le plus emporter du tout, ce qui ne l'empêchait pas de dire chaque matin : « Je m'en vais à la chasse. »

De son côté, Robert s'était dit : « On peut bien pêcher sans se mouiller les jambes. » Le voilà donc assis gravement sur la berge; malheureusement, il s'endormit, roula jusque dans l'eau, et s'aperçut que la Loire, au mois d'octobre, est d'une température de vingt degrés moins élevée que celle des bains Vigier. Un jour, s'avisant que le poisson devait être plus gros au milieu de la rivière que sur le bord, il monta dans un petit batelet, après avoir détaché la grosse pierre qui lui tenait lieu d'ancre. Quelques minutes après, le courant l'entraînait, et il arrivait à Nantes le soir même si le passeur ne l'eût ramené au rivage; opération qui lui coûta un petit écu, tant pour le sauvetage de sa personne, de sa ligne et de son panier, que pour la location involontaire du batelet.

Tant et si bien que nos deux amis se rencontrèrent un beau matin dans leur modeste jardin, pris, chacun à l'insu de l'autre, d'une belle passion pour l'horticulture. La veille ils avaient lu en cachette, l'un *le Bon Jardinier*, l'autre *l'Almanach du Loiret* et celui de Mathieu Laensberg. Les voilà bêchant, émondant, déracinant, greffant à qui mieux et à qui plus vite, lorsque survint le jardinier dont ils louaient les services deux demi-journées par semaine, lequel leur déclara que, s'ils continuaient de ce train-là, ils n'auraient plus besoin de lui l'année prochaine, attendu qu'ils feraient de leur jardin une petite Sologne, sauf à indemniser le propriétaire. A grand'peine leur voulut-il permettre de ramasser les fruits tombés, d'arroser à de certaines heures et de ratisser les allées.

Enfin arrivèrent la pluie et le froid, sur lesquels ne comptent jamais les Parisiens qui doivent se retirer à la campagne; il est dans les idées innées des Parisiens pur sang qu'il fait toujours beau à la campagne, comme aussi qu'il fait chaud toujours et partout en Amérique, fût-ce dans le Haut-Canada. Que faire alors dans une petite maison isolée à trente-quatre lieues de Paris? Que faire?... Du feu... — Sans doute, et puis?... — Jouer aux dominos, au piquet... Nos deux greffiers n'eurent garde d'y manquer; mais ces jeux qui avaient fait leurs délices une heure ou deux chaque jour pendant quarante ans, leur parurent bien moins attrayans alors qu'ils durent y consacrer des journées de quatorze heures.

Puis, je ne sais comment, ces deux natures si affectueuses et si bonnes s'aigrirent insensiblement; il y eut des mots piquans, blessans même échangés; Andréas couchait avec le double-blanc et Robert fouillait dans son écart. On en vint à se dire réciproquement que si l'on s'était mieux connus on ne se serait jamais mis ensemble; on en vint à s'appeler hypocrite et méchant, alors qu'on n'était qu'ennuyé.

Habituées de longue main à vivre entre quatre murs, distraites d'ailleurs par les soins domestiques, Mmes Andréas et Robert n'éprouvèrent pas par elles-mêmes le mal qui rongeait leurs époux. Toutefois elles ne purent s'empêcher de remarquer le changement fâcheux de leur caractère, encore qu'elles fussent loin d'en deviner la cause : « C'est l'eau de la Loire, disait Mme Andréas. — Non, répondait Mme Robert, c'est le changement de climat. »

Le matin, en général, les choses allaient moins mal que le soir ; le repos de la nuit avait calmé les esprits, assoupi les petites querelles ; on se levait le plus tard possible, on déjeûnait lentement ; puis le facteur rural apportait le journal, que nos ex-amis lisaient chacun son tour et plutôt deux fois qu'une.

Un jour que, les dames retirées, Robert, usant de son droit, lisait le premier, les pieds sur les chenets, la bienheureuse *Gazette,* Andréas, séparé de lui par une table couverte d'un tapis et quelques papiers, s'amusait à parcourir un volume dépareillé du *Journal des Huissiers* :

— « Ne marmotte donc pas comme cela entre tes dents, fit-il au bout d'un quart d'heure, c'est insipide ! »

— « Ce n'est pas ma faute, répondit doucement Robert, tu sais bien que c'est mon habitude. »

Une pause de cinq minutes.

— « C'est à n'y pas tenir ! s'écria Andréas brandissant ses lunettes vertes, nous nous séparerons à Pâques. »

— « Comme tu voudras ; mais moi, quand je ne lis pas haut je ne puis pas comprendre. »

— « Eh bien ! alors lis haut tout-à-fait, » répliqua Andréas en fermant son livre, « du moins j'entendrai. »

— « Bien volontiers, » répondit le pacifique Robert.

Et le voilà lisant, comme on lit au Palais, lentement les narrations, les plaidoiries et jusqu'aux *considérans,* allant au galop quand il rencontrait des articles du Code, ainsi qu'un écolier qui n'est pas fâché de montrer qu'il a déjà lu la leçon, qu'il la sait et qu'au besoin il pourrait se passer de son livre. Cela dura une grande demi-heure. Quand il fut à la dernière réclame il s'arrêta et dit :

— « Andréas, veux-tu aussi les annonces ? »

— « Oui, mon cher ami, oui ; les annonces, tout, va toujours, lis tout... tout. »

Ces mots furent dits avec une chaleur et un accent de joie qui frappèrent Robert et lui firent tourner les yeux vers Andréas. Il le vit le corps penché sur la table, les deux mains appuyées sur un cahier de papier, que l'une cherchait à dissimuler tandis que l'autre cachait en vain une plume coupée à la moitié.

— « Qu'est-ce que tu fais donc là? »

— « Moi, rien, je... m'amuse. »

— « Tu écrivais. »

— « Non. »

— « Si fait. »

— « Eh bien oui, j'écrivais, oui, mon ami, j'ai besoin d'entendre parler haut, d'entendre lire, d'écrire sous la dictée. Ne va pas te moquer de ma faiblesse, mon cher ami... J'étais heureux! »

— « Moi, me moquer! s'écria Robert; crois-tu donc que je ne comprenne pas cela! Il y a plus d'un mois que je voulais te le proposer, je n'ai pas osé... tu étais si désagréable depuis quelque temps! »

— « Pardonne-moi, mon ami, cela ne m'arrivera plus; désormais nous ne nous ennuierons plus, tu dicteras et j'écrirai. »

— « Chacun son tour, » dit Robert.

— « C'est trop juste, » répondit Andréas.

Et les deux vieux greffiers se jetèrent dans les bras l'un de l'autre, et dès ce moment la paix et le bonheur habitèrent avec eux la petite maison des bords de la Loire. Chaque jour ils s'enfermaient après le déjeuner quatre ou cinq heures, dans la petite pièce qu'ils appelaient, suivant l'occurrence, le salon, la bibliothèque ou le cabinet. Quand d'aventure une de ces dames venait frapper à la porte, on lui répondait : « On n'entre pas, nous sommes en affaire; cela ne regarde pas les femmes; nous écrivons... nos mémoires. »

Ainsi ces deux vieillards s'amusèrent à écrire quatre à cinq heures par jour sous la dictée l'un de l'autre; ainsi leur dernier plaisir, leur vrai, leur seul plaisir, fut de reprendre fictivement cette aride besogne qui pendant trente-huit ans avait fait l'occupation et, peut-être à leur insu, le bonheur de leur vie.

B. MAURICE[52]

52. Cette nouvelle a été publiée dans *La Gazette des tribunaux* du 14 avril 1841, et reprise dans le *Journal des journaux*, nos de mai 1841, puis dans *L'Audience* du 7 février 1858 (cf. René Descharmes et René Dumesnil, *Autour de Flaubert*, t. II, pp. 8, 20, 23). Nous en donnons la version originale, plus complète que celle que l'on publie d'habitude.

# NOTE BIBLIOGRAPHIQUE

Gustave FLAUBERT, *Bouvard et Pécuchet,* Paris, Alphonse Lemerre, 1881.

*Id.*, Paris, Louis Conard, 1910.

*Id.*, Paris, Les Belles-Lettres, 1945, 2 vol. Texte établi et présenté par René Dumesnil.

*Id.*, édition critique par Alberto Cento, Naples, Istituto universitario orientale, et Paris, Nizet, 1964.

*Id.*, dans *Œuvres complètes de Gustave Flaubert,* édition nouvelle établie par la Société des Études littéraires françaises, Paris, Club de l'Honnête Homme, 2 vol. (numérotés 5 et 6), 1972.

E.-L. FERRÈRE, *Gustave Flaubert : Le Dictionnaire des idées reçues,* avec une introduction et un commentaire, Paris, Conard, 1913.

Gustave FLAUBERT, *Dictionnaire des idées reçues,* édition diplomatique des trois manuscrits de Rouen par Lea Caminiti, Naples, Liguori, et Paris, Nizet, 1966.

Gustave FLAUBERT, *Le Second Volume de « Bouvard et Pécuchet »,* documents présentés et choisis par Geneviève Bollème, Paris, Denoël, 1966.

Gustave FLAUBERT, *Correspondance,* Paris, Louis Conard, 1926 1954, 13 vol. (dont 4 de supplément). Une nouvelle édition, assurée par Jean Bruneau, est en cours de publication dans la « Bibliothèque de la Pléiade ». Premier volume (1830-1851) paru en 1973.

Guy de MAUPASSANT, *Étude sur Gustave Flaubert* dans *Lettres de Gustave Flaubert à George Sand,* Paris, Charpentier, 1884.

René DESCHARMES et René DUMESNIL, *Autour de Flaubert*, Paris, Mercure de France, 1912, 2 vol. (ch. VIII : *Les ancêtres de « Bouvard et Pécuchet »*).

René DESCHARMES, *Autour de « Bouvard et Pécuchet »*, Paris, Librairie de France, 1921.

Albert THIBAUDET, *Gustave Flaubert*, Paris, Plon, 1922; Gallimard à partir de 1935 (chapitre 9 : *Bouvard et Pécuchet*).

D.-L. DEMOREST, *A travers les plans, manuscrits et dossiers de « Bouvard et Pécuchet »*, Paris, Les Presses Modernes, 1931.

Marie-Jeanne DURRY, *Flaubert et ses projets inédits*, Paris, Nizet, 1950.

Victor BROMBERT, *Flaubert par lui-même*, Paris, Éditions du Seuil 1971.

Jean-Paul SARTRE, *L'Idiot de la famille*, Paris, Gallimard, Bibliothèque de Philosophie, 1971-1972, 3 vol.

Alberto CENTO, *Commentaire de « Bouvard et Pécuchet »*, Naples, Liguori, 1973.

## BOUVARD ET PÉCUCHET



### DOSSIER

## DU MÊME AUTEUR

*dans la même collection*

MADAME BOVARY. *Préface de Maurice Nadeau.*

L'ÉDUCATION SENTIMENTALE. *Préface d'Albert Thibaudet. Édition établie par Samuel S. de Sacy.*

TROIS CONTES. *Préface de Michel Tournier. Édition établie par Samuel S. de Sacy.*

SALAMMBÔ. *Préface d'Henri Thomas. Édition établie par Pierre Moreau.*

*Impression Bussière à Saint-Amand (Cher),*
*le 12 août 1985.*
*Dépôt légal : août 1985.*
*1^er^ dépôt légal dans la collection : septembre 1979.*
*Numéro d'imprimeur : 2126.*
ISBN 2-07-037137-9. / Imprimé en France.